Die Zähmung des Wikingers

SANDRA HILL

Die Zähmung des Wikingers

Roman

Aus dem Amerikanischen
von Susanne Kregeloh

Weltbild

Die amerikanischeOriginalausgabe erschien 1995
unter dem Titel *The Outlaw Viking*.

Besuchen Sie uns im Internet:
www.weltbild.de

Genehmigte Lizenzausgabe für Verlagsgruppe Weltbild GmbH,
Steinerne Furt, 86167 Augsburg

Übersetzung: Susanne Kregeloh
Umschlaggestaltung: Atelier Seidel, Teising
Umschlagmotiv: © John Ennis via Agentur Schlück GmbH, Garbsen
Gesamtherstellung: CPI Moravia Books s.r.o., Pohorelice
Printed in the EU
ISBN 978-3-8289-8306-9

2010 2009 2008 2007
Die letzte Jahreszahl gibt die aktuelle Lizenzausgabe an.

Dieses Buch habe ich meinen vier Söhnen gewidmet: Beau, Rob, Matt und Daniel. Jeder von ihnen hätte das Vorbild für Selik sein können, meinem gut aussehenden Wikingerhelden, der mutig, stark und empfindsam ist. Und in jedem der vier, wen könnte es überraschen, steckt auch ein kleines Stück seines »rebellischen« Geistes.

Und ich habe dieses Buch dem Gott und dessen Sinn von Humor gewidmet, der in diesem Buch zu Wort kommt. Da er mir vier außergewöhnliche »Wikinger«-Söhne zum Geschenk gemacht hat, sollte er mir »dort oben« ein ganz besonderes Plätzchen freihalten.

1

York, England

»Mommy, ich kann nichts sehen! Die Frau ist so riesengroß! Sie soll weggehen!«

Thoraine Jordan fühlte ihr Gesicht vor Verlegenheit rot werden, als sich der kleine Junge hinter ihr so lautstark beklagte. Sie spürte, wie sich die Leute umwandten, um nach der Ursache seiner Beschwerde zu schauen. Und sie alle mussten den Kopf in den Nacken legen, um zu Thoraine aufsehen zu können.

Riesengroß! Das war das Schlüsselwort.

Rain verzog das Gesicht. Nach all den Jahren sollte dieses grausame Wort eigentlich nicht mehr wehtun, aber so war es nicht.

Resigniert seufzend sah sie ihre Mutter Ruby an, die die Lippen in unterdrücktem Ärger zu einem schmalen Strich zusammengepresst hatte. Rain griff besänftigend nach ihrer Hand, um zu verhindern, dass ihre überbesorgte Mutter etwas sagen und eine Szene heraufbeschwören würde.

Sie drehte sich zu dem kleinen Jungen um, der unwissentlich die kränkende Bemerkung gemacht hatte. »Komm, Schätzchen, du kannst vorgehen. Wir haben es nicht eilig.«

»O nein, Ma'am«, widersprach die Mutter des Kleinen hastig. »Er wollte Ihnen gewiss nicht zu nahe treten. Er ist einfach nur müde vom langen Warten.«

Die Umstehenden betrachteten sie noch immer neugierig, und Rain wünschte, sie könnte sich unsichtbar machen. »Das ist schon in Ordnung. Es stört uns nicht«, versicherte sie der jungen Frau.

Nachdem sich Mutter und Kind, ein wenig verlegen, vor ihnen in die lange Schlange vor dem Wikingermuseum eingereiht hatten, flüsterte Rains Mutter: »Du bist viel zu höflich. Kindern sollte man ab einem bestimmten Alter beibringen, dass gewisse Bemerkungen unangebracht sind.«

»O Mutter! Der Junge hat doch nur eine Bemerkung über eine unübersehbare Tatsache gemacht. Ich bin einen Meter achtzig groß. Das lässt sich nicht verbergen.«

Ruby tat Rains Erwiderung mit einer kurzen Handbewegung ab. »Süßes, du bist eine wunderschöne Frau. Ich dachte, du hättest diesen Komplex wegen deiner Größe schon vor langer Zeit überwunden. Du hast keinen Grund, dich dessen zu schämen.«

Rain legte ihrer Mutter den Arm um die Schultern und küsste sie auf den Nacken. »Ich bin dreißig Jahre alt, und du sorgst dich noch immer, dass meine Gefühle verletzt werden könnten. Das ist wunderbar.«

»Ach was! Für mich bist du noch immer mein Baby. Für mich zählt es nicht, dass du jetzt Ärztin bist – und schon etliche Babys auf die Welt geholt hast. Für mich wirst du immer mein kleines Mädchen bleiben.«

Rain warf ihren langen Zopf über die Schulter und schaute viel sagend an sich herunter. »Klein? Wohl kaum!«

Ihre Mutter verzog entrüstet den Mund. »Du hast eben ein Gardemaß – genau wie dein Vater. Aber du bist nie übergewichtig gewesen.«

Rain versuchte, dieses altbekannte und daher ermüdende Thema zu wechseln, indem sie ihre Mutter neckte: »Welcher Vater, Mom?« Ein rätselhaftes Lächeln glitt über das noch immer attraktive Gesicht ihrer Mutter. Jahrelang hatte man es als Familienwitz gehandelt, dass ihre unkonventionelle Mutter behauptete, vor dreißig Jahren eine Zeitreise durchlebt zu haben. Eine Zeitreise, auf der sie Thork Haraldsson begegnet war, der übergroßen Wikingerausgabe ihres Ehemannes Jack Jordan. Genau genommen beteuerte Ruby sogar, dass Rain in der Vergangenheit gezeugt und in der Gegenwart geboren worden war. Noch schlimmer war es, dass sie darauf beharrte, dass sie Rains Wikinger-Halbbrüder Eirik und Tykir zurückgelassen hatte, als sie nach Thorks Tod in die Zukunft zurückgekehrt war.

Verrückt!

»Mach dich nicht über mich lustig, junge Dame«, tadelte Ruby sie und drohte ihr in spöttischer Unnachgiebigkeit mit dem Zeigefinger. »Auf gewisse Weise sind beide, Thork und Jack, deine Väter. Sie waren von hohem Wuchs und sich in ihrem Aussehen sehr ähnlich – nur dass dein Wikinger-Vater muskulöser gewesen ist.«

Rain verdrehte die Augen über die Beschreibung dieser Fantasiegestalt. Ihr Vater war ein attraktiver Mann gewesen. Wäre er muskulöser gewesen, hätte er einfach umwerfend ausgesehen.

Ihre Mutter streckte die Hand aus und berührte die antike Drachenbrosche am Revers von Rains weißer Seidenbluse. »Es freut mich, dass du die Brosche trägst, die Thork mir gegeben hat.«

»Dass ich sie trage, heißt nicht, dass ich an die Geschichte glaube.«

Ruby fasste ihrer Tochter zärtlich unter das Kinn. »Das weiß ich doch, Dummchen.« Sie strich liebevoll über die Anstecknadel, und ein verträumter Ausdruck legte sich auf ihr Gesicht. »Ich frage mich, was wohl aus dem Gegenstück geworden ist, aus der Brosche, die Thork als Schulterschließe für seinen Umhang getragen hat.«

Rain lächelte über den seltsamen Ausdruck auf dem

Gesicht ihrer Mutter. Sie zögerte, ehe sie weitersprach. »Ich habe diesen Humbug nie geglaubt. Ich tue es noch immer nicht, aber in letzter Zeit bin ich ziemlich durcheinander gewesen und – ach, ich weiß auch nicht.«

Ihre Mutter zog fragend eine Augenbraue hoch.

»Der Albtraum ist wieder da.«

Ein leises entsetztes Keuchen entfloh den Lippen ihrer Mutter. »O, Kind, es tut mir so Leid. Ich wusste es nicht. Seit dem Tod deines Vaters bin ich so sehr mit mir selbst beschäftigt gewesen.«

Rain wischte die Betroffenheit ihrer Mutter mit einer Handbewegung beiseite, als sie erklärte: »Dieser Traum ist für mich nichts Neues. Seit ich ein Kind war und Eddie im Libanon bei diesem Bombenangriff getötet wurde, kehrt er immer wieder zurück.« Rain war erst zwölf Jahre alt gewesen, als ihr Bruder in Beirut in Erfüllung seiner Pflicht als Marinesoldat ums Leben gekommen war. Doch dieses Ereignis hatte ihr Leben für immer verändert. »Ich habe den Traum seit langer Zeit nicht mehr gehabt, aber jetzt ist er wieder da – sehr eindringlich.«

»Derselbe Traum?«

»Ja, aber viel intensiver … und lebendiger. Manchmal fühle ich mich, als sei ich in einem Strudel gefangen, als würde ich zu etwas – oder zu jemandem – hingezogen werden, der in tiefer Verzweiflung ist oder schrecklichen Schmerz leidet. Weißt du, auf gewisse Weise ist das der Grund, aus dem ich mich entschieden habe, Ärztin zu werden. Die Bilder von Tod und Verzweiflung, die ich in meinen Träumen sah – ich habe sie als eine Art Berufung für den medizinischen Beruf interpretiert.«

»Das und dein verdammter Pazifismus.«

Rain lächelte. Ihre Mutter, die stets unverblümt ihre Meinung sagte, teilte Rains Ansichten über die Forderung nach Gewaltlosigkeit nicht.

»Weißt du, es bringt nichts, dass du in diesem Getto-Krankenhaus arbeitest. Und über die Sinnlosigkeit von Gewalt predigst, um es den Leuten wie eine tägliche Dosis zu verabreichen.«

Rain beschloss, das Gespräch auf ein weniger heikles Thema zu lenken. Ihre Mutter sähe es bei weitem lieber, wenn ihre Tochter als Chirurgin in einem hübschen, sicheren Stadtteil praktizieren würde, näher an ihrem Zuhause.

»Wie dem auch sei, Mom, die Träume kommen jetzt fast jede Nacht. Ich hasse es, schlafen zu gehen. Und ich wache mit wirklich schrecklichen Kopfschmerzen wieder auf. Ich frage mich, ob ...«

Rain verstummte mitten im Satz, als eine Touristengruppe das unter die Erde gebaute *Jorvik Viking Centre* verließ und die Warteschlange, in der sie stand, ein Stück weiter vorrückte. Seit ihre Mutter vor Jahren von der archäologischen Ausgrabung hier in York gelesen hatte, hatte sie die Zeitungsartikel und Zeitschriftenreportagen förmlich verschlungen, in denen über tausende von Fundstücken berichtet worden war, die man an diesem Ort entdeckt hatte. Schätze, die einen neuen Einblick in das Leben der grimmigen, stolzen Wikinger ermöglichten, die dort, unter einer Reihe von Königen, zwischen 850 und 954 n. Chr. ihre Blütezeit erlebt hatten. Ruby hatte sich danach gesehnt, an den Ort ihrer angeblichen Zeitreise zurückzukehren.

Nachdem sie die Eintrittsgebühr bezahlt und das Gebäude betreten hatten, wurden ihnen von Museumsführern Plätze in »Zeitreise-Wagen« angewiesen, die sie in eine Epoche entführen würden, die seit tausend Jahren vergangen war: in die detailgetreue Rekonstruktion einer Straße in Jorvik, der Stadt York der Wikingerzeit. Überall im Museum sah man lebensgroße, verblüffend echt wirkende Nachbildungen der einstigen Nordmänner stehen, und die Geräusche und Gerüche, die man wahrnahm, vermittelten den Eindruck eines geschäftigen Marktfleckens des frühen Mittelalters.

Rain wandte sich zu ihrer Mutter, um eine Bemerkung über die wunderschön gestalteten Dioramen zu machen, und erschrak, als sie deren bleiches Gesicht und die auf das Herz gepressten Hände sah.

»Mutter! Was ist mit dir?« Sofort wurde die Ärztin in Rain wach. Sie befürchtete, ihre achtundsechzigjährige Mutter litte unter Herzbeschwerden.

»Es sieht genauso aus wie damals«, wisperte Ruby, und ihre Stimme zitterte.

»Was meinst du?«

»Diese Straße – die Coppergate. Siehst du die Strohdächer, die Häuser mit den Wänden aus lehmverputzten Weidengeflecht? O Rain, es versetzt mich zurück in diese Zeit, es ist so lebensecht.«

Rain seufzte aus Erleichterung darüber, dass ihre Mutter nicht krank war. Sie selbst fand die Häuser eher primitiv, und es gelang ihr nicht, Rubys Begeisterung dafür zu teilen. Doch sie behielt ihre Gedanken für sich.

Sie fuhren weiter und erblickten einen kräftig gebauten Schmied, der an einem der viel gerühmten Wikingerschwerte arbeitete. Er verdrehte fünf glühende Eisenstangen zu einem Stab, an dem er dann hämmerte und formte, ihn wieder glühend machte, bis er die todbringende Waffe vollendet haben würde. Währenddessen erklärte er, dass der Formungsvorgang für ein einziges Schwert etwa hundert Stunden in Anspruch genommen hatte. Die Wikinger hielten ihre Schwerter so hoch in Ehren, dass sie ihnen sogar Namen wie Beinbeißer oder Viper gaben.

Während der Wagen sich langsam weiter vor bewegte, erklang eine schöne mittelalterliche Weise, die voller Süße und unvergesslich war. Ein Junge mit hellblonden Haaren spielte sie auf einer grob geschnitzten Panflöte. Genau genommen hatten alle Darsteller dieser Straßenszene helles Haar, vom leichten Platinblond bis zum feurigen Rot. Die riesig aussehenden Männer trugen sorgsam gepflegte Schnauz- und Vollbärte und schulterlanges Haupthaar. Die meisten Frauen und Mädchen hatten sich das Haar zu Zöpfen geflochten, einigen reichten sie bis an die Taille, andere hatten sie hochgesteckt und unter sauberen Stoffkappen verborgen.

Vor den Häusern saßen die Handwerker und arbeiteten fleißig – sie schnitzten Holzschalen, polierten Bernstein oder formten aus Bronze Gefäße. Sie alle straften das herkömmliche Bild Lügen, das den Wikinger als grausamen Vergewaltiger und Zerstörer friedliebender Völker zeigte.

Rain atmete tief durch und nahm die verschiedensten Gerüche wahr. Es roch nach frischem Stroh und den Hobelspänen, die bei den Schiffsbauern anfielen, nach dem Rauch der Herdfeuer und dem Salz des nahen Meeres. Aber es gab auch die unangenehmen Ausdünstungen, die in einer frühmittelalterlichen Stadt dieser Größe vorhanden gewesen sein mussten.

Nachdem die einstündige Rundfahrt durch das *Jorvik Viking Centre* beendet war, schlenderten Rain und ihre Mutter Arm in Arm durch die übrigen Räume des Wikingermuseums, um dort die Zeichnungen und Fotografien zu betrachten, die die Arbeit an der Ausgrabung dokumentierten.

»Oh!«, rief Ruby überrascht aus und blieb unvermittelt stehen.

Sie standen vor einem großen Ölgemälde, auf dem die Schlacht von Brunanburh im Jahre 937 n. Chr. dargestellt wurde. Das kleine Schild unter dem Gemälde besagte, dass diese Schlacht die Herrschaft der Wikinger über Northumbrien ein für alle Mal beendet hatte. Die Ritter des frühen Mittelalters kämpften auf der ebenen Kuppe eines Hügels in der Nähe der

Solway Firth. Das riesige Gemälde zeigte realistisch in allen Einzelheiten die tausende von gefallenen Kriegern. Darunter waren auch fünf Wikingerkönige und sieben Jarls, der Sohn des Schottenkönigs Constantine und zwei seiner Cousins, zwei Earls und zwei Bischöfe als Gefolgsleute des angelsächsischen Königs Athelstan.

Die Stimme ihrer Mutter verlor sich, und Rain hörte nicht mehr, was Ruby sagte. Ein Frösteln lief über ihren Körper, und ein heftiger Kopfschmerz verursachte ein quälendes Stechen hinter ihren Augen. Stumme Tränen liefen ihr über die Wangen.

Rains Albtraum war zum Leben erweckt worden.

Während der vergangenen Jahre hatte sie, wie die Teile eines Puzzles, Bruchstücke dieser Schlachtenszene in ihren Träumen gesehen – blutgetränkte Erde, klaffende Wunden, abgetrennte Gliedmaßen, sich aufbäumende Pferde und ein entsetzliches Gemetzel. Kein Wunder, dass sie zur Pazifistin geworden war, dass sie jeden Krieg als sinnlos ablehnte, nachdem sie diese menschliche Tragödie gesehen hatte – wieder und wieder und wieder.

Selbst der im Mittelpunkt des Gemäldes dargestellte Mann war ihr vertraut. Der blonde Hüne stand mit weit gespreizten Beinen da, die in Lederstiefeln mit kreuzweise gebundenen Kniegürteln steckten. Viele der Männer um ihn herum trugen Leder- oder Metallhelme mit Nasenschutz, doch das lange hellblonde Haar des faszinierenden Wikingers flatterte ungebändigt im Wind. Blut befleckte sein kurzärmliges, wadenlanges Kettenhemd, tropfte von Schwert und Schild, die er mit erhobenen Armen wie inständig flehend zum düster-grauen Himmel emporstreckte, als riefe er in seiner Seelenqual Odin um Hilfe an. Sein von Narben gezeichnetes, verzweifeltes Gesicht schlug Rain in seinen Bann, schien sie fast in das Bild, in diesen schrecklichen Mahlstrom hineinzuziehen.

Impulsiv wich Rain zurück, um der magnetischen Anziehungskraft des Gemäldes zu entfliehen. Das Bild machte ihr Angst.

Das Gesicht ihrer Mutter war schneeweiß geworden, und ihre Lippen bebten, als sie ausrief: »O mein Gott! Das ist Selik!«

»Selik?« Rain brachte nur ein Krächzen heraus. Nur mit Mühe gelang es ihr, ihre verwirrenden Gefühle unter Kontrolle zu halten. »Wer ist Selik?«

»Erinnerst du dich nicht an den jungen Mann, von dem ich dir erzählt habe? Er war ein Ritter der Jomswikinger, genau wie Thork, dein Vater.«

O nein! Nicht schon wieder dieser Zeitreise-Unsinn!

Trotz ihrer Ablehnung kniff Rain die Augen zusammen, um die zentrale Figur des Gemäldes besser erkennen zu können. »Du meinst doch nicht den gut aussehenden Burschen, der jede Frau verführt hat? Den, der dich immer geneckt und mit den Kindern gescherzt hat?«

»Genau das ist er. Er sah umwerfend gut aus, wie ein nordischer Gott. Und er war charmant! Er brauchte nur zu lächeln, und die Frauen schmolzen dahin.«

»Ich weiß nicht«, bemerkte Rain skeptisch. »Dieser Mann sieht viel zu grimmig aus und hat zu viele Narben, um dieser Mann sein zu können. Du musst dich irren.«

Ruby starrte nachdenklich auf das verzerrte Gesicht des Wikingers. »Vielleicht hast du Recht. Selik war ein liebevoller Mann, kein vom Hass zerfressener.«

Rain fröstelte. »Lass uns gehen, Mom. Für heute habe ich genug von den Wikingern.« Ihre Mutter lachte, und sie gingen zurück in ihr Hotel, das nur ein paar Straßen entfernt lag.

In der Nacht kehrte Rains Albtraum wieder, doch dieses Mal fügten sich alle Teile des Puzzles zum Bild einer schrecklichen, grauenhaften Schlacht zusammen, zu einem Bild erfüllt vom Stöhnen und vom Gestank des Todes. Als sie ihren einsamen Wikinger-Krieger sein Schwert und seinen Schild zum Himmel erheben sah und ihn das Leid über seine gefallenen Kameraden hinausschreien hörte, weinte auch Rain. Ihr Weinen weckte ihre Mutter und vermutlich das halbe Hotel. Nachdem sich Rain beruhigt und ihre Mutter wieder ins Bett geschickt hatte, hockte sie sich auf die Fensterbank und starrte wie blind auf die Straße hinaus. Sie wusste, dass sie in dieser Nacht keinen Schlaf mehr finden würde.

Beim ersten Morgengrauen kleidete sie sich an, schrieb eine Nachricht für ihre Mutter und lief dann stundenlang durch die leeren Straßen von York. Sie war die Erste in der Warteschlange, als das Museum um neun Uhr geöffnet wurde.

Rain ging ohne Umweg auf die Wandelhalle zu, in der das Ölgemälde hing. Über Nacht war hier ein Baugerüst errichtet worden, und Arbeiter waren damit beschäftigt, Reparaturen an der hohen Stuckdecke durchzuführen. Rain ignorierte die Sperre, die die Touristen von dem Bereich fern halten sollte, in dem gearbeitet wurde, und trat so nah wie möglich an das Gemälde heran. Sie zog eine kleine Papiertüte aus ihrer geräumigen Umhängetasche, die sie über der Schulter trug. Rain wickelte das Vergrößerungsglas aus, das sie gerade in einem Andenkenladen erstanden hatte, und betrachtete mithilfe des Glases den so unwiderstehlich wirkenden Wikinger-Krieger – *Selik*, so hatte ihre Mutter ihn genannt. Sie rollte den Namen weich auf ihrer Zunge.

Rain hatte jetzt keine Zweifel mehr. Selik war das Gespenst, das seit Jahren durch ihre Träume geisterte. Verwirrt zog sie die Stirn kraus. Was bedeutete das? Hatte sie eine Art telepathischer Fähigkeit? War der Traum eine Art Botschaft? Oder eine Warnung?

»He, Lady, passen Sie auf!«

Rain schaute hinauf zu dem Mann auf dem Gerüst, der ihr

die Worte zugerufen hatte. Fast gleichzeitig hörte sie ein lautes, knackendes Geräusch. Ihr blieb keine Zeit mehr, beiseite zu springen und dem großen Stück Putz auszuweichen, das sich von der Stuckdecke gelöst hatte und jetzt auf sie niederstürzte.

Rain fühlte einen stechenden Schmerz in ihrem Kopf explodieren, dann nichts mehr. Als Ärztin wusste sie augenblicklich, dass sie eine Verletzung erlitten hatte, die fatale Folgen haben konnte. Doch dann spürte sie wunderbarerweise, wie sie geistergleich über dem hohen Berg von Schutt schwebte, der ihren Körper bedeckte, und dass sie die Szene betrachtete, die sich unter ihr abspielte. Arbeiter versuchten verzweifelt, zu ihr zu gelangen, doch Rain kümmerte das nicht.

Ein weiß schimmerndes Licht kam auf sie zu, und Rain lächelte, als sie sich von einem unbeschreiblichen Frieden erfüllt fühlte, der sie einzuhüllen schien.

So also ist es, wenn man stirbt.

Aber dann veränderte sich das wunderbare weiße Licht, wurde zu einer verschwommenen körperähnlichen Gestalt, die leicht das Haupt schüttelte und Rains Reise Einhalt gebot. Die Hand der Gestalt wies sie in eine andere Richtung.

Rain erkannte den süßlichen, Übelkeit erregenden Geruch sofort. Sie hatte in zu vielen Notaufnahmen von Krankenhäusern und Operationssälen gearbeitet, die von der vergeudeten Lebenskraft zahlloser Opfer überfüllt gewesen waren, um den Blutgeruch des Todes ignorieren zu können.

Sie fühlte Feuchtigkeit auf ihrem Gesicht, und das erdrückende Gewicht der herabgestürzten Stuckdecke lastete auf ihrer Brust. Offensichtlich war sie doch nicht gestorben. Sie versuchte, den schweren Gegenstand von sich herunterzuschieben und den Kopf zu heben. Dabei öffnete sie mühsam die bleischweren Lider, um sich umzusehen.

»Hilfe!«, brach es aus Rain bei dem fürchterlichen Anblick heraus, der sich ihr bot. Es war nicht das schwere Schuttstück, das sie auf den Boden niederdrückte, sondern ein Mann – ein sehr großer Mann, nach dessen Gewicht zu urteilen. Sie hatte nicht bemerkt, dass vor dem Unfall noch ein anderer Museumsbesucher neben ihr gestanden hatte. Oder war es einer der Arbeiter? Und die klebrige Feuchtigkeit, die ihr Gesicht und ihre Leinenjacke benetzte – war das ihr Blut oder seines?

Rain schrie erneut, als Schmerz und Verzweiflung wie mit scharfen Klauen ihre Kehle packten. Sie fühlte sich, als sei sie lebendig begraben. Als niemand ihr zu Hilfe kam, zog sie die Beine an, stemmte die Füße fest auf den Boden und drückte die Handflächen gegen die Brust des Mannes. Mit einem gewaltigen Stoß schob sie seinen schweren Körper von sich herunter und stand taumelnd auf.

Verwirrt und wie blind tastete Rain nach der auf dem Boden liegenden Tasche. Sie zog ein paar Kleenex-Tücher und Erfrischungstücher heraus, um sich damit das Gesicht zu säubern. Darauf schaute Rain sich um und stieß einen keuchenden Laut aus. Rasch schloss sie die Augen, um den entsetzlichen Horror um sich herum nicht sehen zu müssen.

Langsam, widerstrebend, mit einem Gefühl dumpfer Vorahnung öffnete sie die Augen wieder, voller Angst vor dem, was sie sehen würde. Irgendwie, auf eine verrückte, unerklärliche, nach menschlicher Logik unmögliche Weise war sie mitten hinein in ihren Albtraum versetzt worden – in die Schlacht von Brunanburh im Jahre 937, mehr als tausend Jahre zurück, und um sie herum sah es genauso aus wie auf dem Gemälde im Museum.

Rain schaute zu Boden und sah, dass dem Mann in dem Kettenhemd, der auf ihrem Oberkörper gelegen hatte, der

Kopf halb vom Rumpf abgetrennt worden war. Das erklärte das viele Blut. Unweit von ihm lag ein weiterer Mann – ein gut aussehender Junge, dessen Körper nur durch einen eng anliegenden Helm und ein Wams aus dickem Leder über einer schenkellangen Tunika und Beinlinge geschützt gewesen war, und dem ein Schwert in der Brust steckte. Seine weit aufgerissenen Augen – sie waren von einem hellen, sehr blassen Blau – starrten zu ihr hoch.

Übelkeit drehte Rain den Magen um und löste in ihrer Kehle ein Würgen aus. Sie beugte sich vor und erbrach sich mehrmals, bis sie nur noch bittere Galle von sich gab. Sie warf ihren blutbefleckten Blazer auf den Boden und benutzte den Rest der Papiertücher, um sich den Mund abzuwischen. Dann wandte sie sich einigermaßen gefasst um und überschaute die Umgebung.

Tausende Männer lagen tot oder sterbend auf der scheinbar endlosen Ebene, auf der sich Rain befand. *Weondun* oder »Heiliger Berg« war im Museumsprospekt als Name für die sich weit hinziehende Fläche genannt worden. »Unheiliger Berg wäre treffender«, dachte Rain und erinnerte sich, dass sich hier einst irgendeine heidnische Kultstätte befunden hatte.

Falls sich Rain in ihren pazifistischen Ansichten je bestätigt gefühlt hatte, dann jetzt. Wohin sie auch schaute, sah sie den Beweis der Unmenschlichkeit von Menschen gegen Menschen. Einige Krieger waren schnell gestorben, durch den raschen Hieb eines Schwertes oder einer Streitaxt; andere waren bizarr verstümmelt, und ihnen fehlten Körperteile – Arme oder Beine oder der Kopf.

Rain erbrach sich erneut, dann hob sie ihre Schultertasche auf und begann, sich zwischen den Leibern der gefallenen Soldaten hindurch vorsichtig einen Weg zu suchen. Mehrmals glitt sie auf dem rutschigen Boden aus, der von den unbeschreiblich großen Mengen vergossenen Blutes getränkt und von menschlichen Eingeweiden übersät war.

Obwohl die Schlacht zugunsten der Angelsachsen ausgegangen zu sein schien, wenn man nach der unverhältnismäßig großen Zahl von hünenhaften, nach Art der Wikinger gekleideten Soldaten mit den konischen Helmen und den Kettenhemden urteilte, die auf dem Schlachtfeld lagen, so hatte der Tod an diesem Tag unter den Tausenden unterschiedslos seinen Tribut gefordert. Hellhaarige Nordmänner, englisch aussehende Angelsachsen, dunkeläugige Waliser, Schotten in den Plaids ihrer Clans, Iren in den engen safrangelben Hosen – sie alle waren gefallen, Seite an Seite.

Voller Verzweiflung klammerte sich Rain an den Gedanken, dass alles nur ein Traum war … ein Albtraum, doch die verrückte Wirklichkeit, die sie umgab, erzählte eine andere Geschichte. Trotz ihres Widerstands begann Rain zu glauben, dass sie in der Zeit zurückgereist war – genau wie ihre Mutter es all diese Jahre von sich behauptet hatte.

Rains Elend lastete schwer auf ihren Schultern. Warum war sie hierher geschickt worden? Gab es etwas, das sie tun konnte?

Eine beträchtliche Entfernung lag zwischen ihr und dem wilden Getümmel des Kampfes Mann gegen Mann, der noch immer auf der gegenüberliegenden Seite der einst von grünem Gras bedeckten Ebene tobte. Rain konnte die angelsächsischen Truppen erkennen, ihre Mauern aus Schilden, in deren Schutz sie mit tödlicher Kraft auf ihre Feinde vorrückten. Die Kompanien der Wikinger verteidigten sich tapfer in einer Keilformation, an deren Spitze die Stammeshäuptlinge kämpften und hinter denen die Krieger der niedrigeren Ränge fächerartig Aufstellung genommen hatten.

Aus irgendeinem Grund empfand sie keine Angst. Nur Entsetzen.

Ein leises Wiehern erregte Rains Aufmerksamkeit, und sie wandte sich um. Ein Pferd von imposanter Größe stand am Rand des Feldes. Sein Sattel war leer, und die Zügel hingen auf den Boden herab. Das Schlachtross stieß mit dem Maul gegen die blutüberströmte, kettenhemdbewehrte Brust des Toten, der vor ihm lag. Dann hob es den Kopf und richtete den Blick aus seelenvollen dunklen Augen auf Rain, als ob sie bewirken könnte, dass sein Herr wieder aufstand.

Rain wischte sich die Nase und wandte sich mit einem Schluchzen wieder dem Schlachtfeld zu. So viele brauchten ihre medizinische Hilfe, weitaus mehr, als ein Arzt allein versorgen konnte. Und die Behandlung der Verwundungen erforderte mehr als die Hilfsmittel, die sie in einem Erste-Hilfe-Set in ihrer Tasche bei sich hatte. Verzweifelt schüttelte sie den Kopf.

Mit einem tiefen Seufzen begann Rain, langsam, Schritt um Schritt, am Rand des Schlachtfeldes entlangzugehen. Wo immer sie das Gefühl hatte, irgendwie von Nutzen sein zu können, blieb sie stehen und half. Bei einem sie um Hilfe anflehenden schottischen Ritter mit einer tiefen Schnittwunde am Ellbogen legte sie eine Aderpresse am Unterarm an. Dabei verwendete sie einen Streifen ledernes Schnürband, das sie von seinem Stiefel abriss. Ob es überhaupt etwas nützen würde, wusste sie nicht. Der Mann hatte sehr viel Blut verloren.

So ging Rain von einem Mann zum anderen, und ungeachtet derer Nationalität stillte sie blutende Wunden, zog hier einem Verwundeten das Schwert aus dem Leib, hielt dort einem anderen tröstend die Hand, schloss totenstarre Augen. Schließlich richtete sie sich auf und reckte ihren steifen, schmerzenden Rücken. Die Hoffnungslosigkeit ihrer Bemühungen überwältigte Rain, und sie begann, sich vom Schlachtfeld zurückzuziehen. Sie schrie auf, als sie gegen einen harten Körper prallte. Sie begann wie hysterisch zu kichern, als sie begriff, dass das

Pferd ihr über das Schlachtfeld gefolgt war. Rain schlang die Arme um den Nacken des Tieres und presste das Gesicht gegen die warme, weiße Mähne. »Ach, Pferd, was soll ich nur tun?«

Wie zur Antwort erklang hinter ihr eine Kette lauter Flüche, und Rain hörte Metall aufeinander klirren. Sie erkannte, dass sie sich unbewusst weiter zu der Stelle bewegt hatte, an der noch immer gekämpft wurde.

Dann sah sie Selik.

O Gott im Himmel! Der arme, verlassene Wikinger stand völlig allein einer Übermacht von Feinden gegenüber. Er versuchte, sich gegen ein Dutzend gut bewaffneter angelsächsischer Ritter zu verteidigen, die entschlossen schienen, ihn zu töten.

Auf dem Feld kämpften noch immer ganze Kompanien von Soldaten Mann gegen Mann. Sie schwangen ihre Schwerter und Streitäxte und ihre langen Lanzen. Selik stand allein zwischen den gefallenen Wikingern seiner Truppe und brüllte seine Wut über die angelsächsischen Angreifer heraus. Den Schild in der linken Hand, schwang er mit der rechten gekonnt das Schwert, um einen der angelsächsischen Soldaten nach dem anderen zu Fall zu bringen, die versuchten, ihn zu überwältigen. Wütend über den ausbleibenden Erfolg seiner Anstrengungen riss er sich schließlich den schützenden Helm vom Kopf, und sein langes, blondes Haar wurde sichtbar. Selik schleuderte seinen Schild auf den Boden und hob eine langschäftige Lanze, an deren Ende eine Eisenspitze und eine Streitaxt saßen.

In einem rasenden Wutrausch ging Selik zum Angriff über. Ungeachtet der eigenen Verwundbarkeit und blind für das Gemetzel, das er anrichtete, attackierte er die noch verbliebenen Angelsachsen bis zu deren blutigem Ende. Mit Todesangst in den Augen wichen einige der Soldaten zurück, aber Selik kannte keine Gnade. Er stürmte vor, schlug mit beiden Waffen nach rechts und links, bahnte sich so einen Weg bis zu dem angelsächsischen Jungen, der das mit dem goldenen Drachen geschmückte Banner trug. Mit einem raschen Hieb seiner Axt zerschlug er die Bannerstange, ehe er den Jungen mit einem Lanzenstoß in den Nacken tötete. Blut schoss aus der durchtrennten Arterie und aus der Kehle des bedauernswerten Jungen hervor.

Rain zuckte vor Entsetzen über Seliks Metzelei zusammen. Dieser Mann hatte seit Jahren in ihren Träumen herumgespukt. Über die Jahrhunderte hinweg hatte irgendein rätselhaftes Band sie miteinander verbunden, doch wie konnte es sein, dass sie sich zu einer so brutalen Bestie hingezogen fühlte?

Schließlich stand nur noch einer der Feinde in Seliks unmittelbarer Nähe – ein angelsächsischer Prinz, wie man aus seinem auf Hochglanz polierten Kettenpanzer und dem Helm schließen konnte, der von derselben Insignie geziert wurde wie das Banner, das zu seinen Füßen lag.

»Sprich deine Gebete, du angelsächsischer Hund. Heute wirst du deinen Gott treffen.« Selik stieß diese Worte mit heiserer Stimme hervor, während er und der angelsächsische Ritter mit ihren Waffen aufeinander einhieben. Sie schienen sich in ihrem Können ebenbürtig zu sein.

Ein Hieb traf das Bein des Angelsachsen, doch der ignorierte die Wunde. »Nein, du verdammter Heide! Du bist es, der Odin gegenüberstehen wird, denn wahrscheinlich warten die Feuer der Unterwelt schon lange auf deine schwarze Seele.«

Er parierte den nächsten Schlag von Selik und fügte diesem seinerseits einen Hieb zu, der oberhalb der Taille durch Seliks Rüstung schnitt.

»Sag deinem Gott, dass es Selik der Geächtete war, der dich auf deine letzte Reise geschickt hat.« Ein grimmiges Lächeln verzerrte Seliks Lippen auf grausame Art, fast so, als ob er diese tödliche Auseinandersetzung genösse.

Der Angelsachse erblasste, als er den Namen des berüchtigten Wikingers vernahm. Dann trat ein verschlagenes Grinsen auf sein Gesicht. »Du Hurensohn, wusstest du, dass es mein Bruder Steven war, der deine Frau und dein Kind getötet hat?«, verhöhnte er seinen Widersacher bösartig. »Und Steven behauptet, sie war ein süßes Weib und so willig, als er ihr vor ihrem Tod die Beine spreizte und –«

Die Worte erstarben ihm auf den Lippen, als Selik mit übermenschlicher Kraft, genährt von seiner Wut, zum Berserker wurde. Er bohrte dem Angelsachsen die Lanze in die Brust und trieb sie hinauf und durch den Hals, dann hob er den so Aufgespießten hoch. Er stemmte das Ende des Lanzenschaftes in den Erdboden, sodass der junge Adlige, an der Lanze hängend, starb – vor den Augen seiner entsetzten Kameraden, die in einiger Entfernung standen.

Selik taumelte zu seinem Schild, um es aufzuheben, und wischte die blutige Schwertklinge an seiner Hose ab. Er war einen Augenblick lang verwirrt und starrte blicklos auf das Gemetzel um ihn herum. Er schien zum ersten Mal zu begreifen, dass er ganz allein stand. In gequältem Unglauben überschaute er das Schlachtfeld und erkannte allmählich das überwältigende Ausmaß der Niederlage.

Und dann stand er da, mit weit gespreizten Beinen, und hob Schwert und Schild mit ausgestreckten Armen zum Himmel empor, schrie seine Verlassenheit auf raue und primitive Weise heraus. Sein helles Haar wehte leicht im Wind, und unter der von einem Kettenhemd bedeckten Tunika zeichneten sich seine vor Anstrengung angespannten Muskeln ab.

»Odin! Göttervater!«, rief er. »Trag mich nach Walhalla. Verlass mich nicht.«

Rain hörte ein lautes Geräusch und sah, dass einige der Angelsachsen den Gefechten auf der anderen Seite der Ebene den Rücken gekehrt hatten, um sich zusammenzuschließen und Jagd auf Selik zu machen. Er brauchte Hilfe – dringend.

Ein hartes Schluchzen herunterschluckend, schrie Rain: »Selik!« Doch er hörte sie nicht, obwohl sie nur wenige Meter entfernt stand. »*Selik!*«

Er reagierte noch immer nicht.

Rain wandte sich hektisch um, suchte nach irgendeiner Möglichkeit zur Flucht. Sie sah das Pferd hinter sich, das ihr getreulich gefolgt war. *Gott sei Dank!* Sie lief zu ihm und fasste nach den Zügeln.

Rain hatte seit zwanzig Jahren auf keinem Pferd mehr gesessen, das letzte Mal war das im Feriencamp gewesen. Und dies hier war auch kein Pony. Die Verzweiflung gab ihr Mut. »Komm schon, Honigpferdchen«, redete sie dem nervösen Schlachtross gut zu. »Du musst mir helfen.« Nach einigen Fehlversuchen, die von einer Reihe von Kraftausdrücken und Flüchen über das unruhig tänzelnde Tier begleitet waren, kletterte sie schließlich unbeholfen auf den breiten Rücken des Pferdes und lenkte es vorsichtig zu Selik hinüber.

»Selik, komm mit mir. Schnell!«, rief sie laut und befehlend.

Zuerst senkte er nur Schild und Schwert und starrte Rain verwirrt an. In seinen glühenden Augen spiegelte sich die gequälte Mattheit seiner Seele als Nachwirkung des grausamen Kampfes wider.

»Schnell! Wir müssen fliehen«, drängte Rain und streckte ihm die Hand hin.

Wie erwachend wandte Selik den Kopf und schaute auf die rasch näher kommenden Feinde. Er erkannte die Gefahr auf einen Blick. Mit einer blitzschnellen Bewegung schwang er sich hinter Rain in den Sattel, dann packte er die Zügel und trieb das Pferd zu einem raschen Galopp an. Schon nach kurzer Zeit hatten sie die Angelsachsen abgehängt, die ihnen zu

Fuß folgten, doch Rain wusste, dass andere, unversöhnlich und mordgierig, ihnen bald zu Pferde folgen würden. Ihnen blieb nicht viel Zeit.

Länger als eine Stunde ritten sie rasch und schweigend dahin. Unterwegs begegneten sie anderen fliehenden Soldaten, die meisten von ihnen zu Fuß. Selik rief ihnen mit tiefer, schroffer Stimme zu, wo sich alle sammeln sollten.

Der harte Ritt bereitete Rains Hinterteil arge Schmerzen, und an den Innenseiten ihrer Schenkel scheuerte der Stoff der Leinenhose ihr die Haut wund. Trotz alledem fand ein Teil von ihr es seltsam tröstend, in der Wiege von Seliks Armen gehalten zu werden. Eine Aura des Friedens kam über sie, übertragen durch die Kraft, die Seliks Körper spüren ließ, und Rains Verzweiflung minderte sich durch das unerklärliche Gefühl von Richtigkeit. Trotz der entsetzlichen Grausamkeiten, die Selik verübt und die sie mit angesehen hatte, spürte Rain, dass dieser barbarische Wikinger den Schlüssel zu ihrer Zukunft in Händen hielt und er der Grund für ihre Reise in die Vergangenheit war.

Rain versuchte mehrere Male, etwas zu sagen, aber durch die raschen Bewegungen des Pferdes, die sie durchschüttelten und ihr das Atmen erschwerten, war das Sprechen so gut wie ausgeschlossen. Hinzu kam, dass es ihr nicht möglich war, sich zu Selik umzudrehen, um ihm ihre Fragen zu stellen. Sie hatte alle Hände voll zu tun, sich an der Mähne des Pferdes fest zu halten. Und Seliks Schweigen bedeutete eine weitere Barriere für eine Unterhaltung.

Deshalb lehnte sich Rain gegen die breite Brust des Wikingers zurück und spürte, selbst durch die beweglichen Kettenglieder seiner Rüstung hindurch, seinen kräftigen Herzschlag. Ein Prickeln unerklärlichen Stolzes durchströmte sie, als sie die kräftigen Muskeln seines Unterarms betrachtete, die sich anspannten, wenn er die Zügel anzog, um das Pferd durch den scheinbar undurchdringlichen Wald zu lenken, den sie jetzt durchquerten.

Endlich hielt Selik an, um das heftig schnaufende Tier ausruhen zu lassen. Trotz seiner hünenhaften Gestalt glitt er leicht aus dem Sattel, dann führte er das Pferd zum Ufer des abgeschieden gelegenen Flusses. Gewandt entledigte er sich daraufhin seines Kettenhemdes, unter dem er eine schweißgetränkte Tunika trug. Selik ließ sich auf die Knie fallen, um gierig von dem klaren Wasser zu trinken, ehe er den Kopf hineintauchte und sich dann wie ein nasser Hund schüttelte. Er ließ Wasser bis hinauf zu den kurzen Ärmeln der Tunika über seine Arme rinnen. Fasziniert beobachtete Rain, wie sich seine Rückenmuskeln unter dem eng sitzenden Kleidungsstück anspannten und bewegten. Ihr Puls beschleunigte sich, als Selik aufstand und seinen kräftigen Körper streckte, ehe er sich auf den Boden setzte. Er lehnte den Kopf gegen einen Baumstamm und schloss müde die Augen.

Er hatte keinen einzigen Blick für Rain, noch hatte er ihr Hilfe beim Absteigen vom Pferd angeboten, das jetzt müßig am Ufer weidete. Sie hätte ebenso gut unsichtbar sein können. Ungeschickt und unter leisem Fluchen stieg Rain aus dem Sattel und kniete sich hin. Das eiskalte Wasser, das sie in ihren zur Schale geformten Händen an den Mund führte, schmeckte wie Nektar. Sie trank sich satt, wusch sich Gesicht und Hände und betupfte mit ihrem angefeuchteten Halstuch einige Blutflecken auf dem Kragen ihrer Bluse. Dann wandte sie sich zu Selik um.

Trotz seiner Erschöpfung strömte Selik eine überwältigende Vitalität aus. Die Empfindungen, die er in ihr wachrief, trotzten ihrer Vernunft, und Rain wusste genau, warum er sie körperlich so sehr anzog. Er musste ungefähr dreißig Jahre alt sein, was ihrem Alter entsprach, aber er war größer als sie – mindestens 1,90 Meter. Und muskulös! Du meine Güte, er sah aus, als könnte er einen ganzen Bus zusammendrücken! Sein langes, helles Haar war verschwitzt und hing ihm glatt bis auf die Schulterblätter herunter, doch Rain wusste, dass es wunderschön sein musste, wenn es sauber war.

Der Gram hatte sein Gesicht mit harten Linien gezeichnet. Seine Nase schien einmal gebrochen gewesen zu sein. Hässliche Narben und purpurfarbene Blutergüsse, alte und neue, prägten das sonnengebräunte Gesicht und die Arme und Beine, wo immer bloße Haut zu sehen war. Am markantesten war eine schreckliche, seit langem verheilte weiße Narbe, die wie eine Zickzacklinie von seinem rechten Auge bis unterhalb des Kinns verlief. Aufwändig gearbeitete breite Armreifen schmückten seine kräftigen Oberarme, halb verdeckt von den Ärmeln seiner Tunika. Sie zeugten von Reichtum oder hohem Stand.

Selik hob die Hand, um sich das nasse Haar aus dem Gesicht zu streichen, und Rain keuchte leise auf, als sie das Wort *Rache* auf seinem Unterarm las. Die weiß schimmernden, sich deutlich abhebenden Buchstaben mussten vor langer Zeit mit einem scharfen Messer in die Haut geritzt worden sein. Was bedeutete das?

Rains Blick kehrte zu seinem Gesicht zurück. Sein trotz der Narben anziehendes Aussehen nahm sie völlig gefangen, auch wenn sie einräumen musste, dass die modernen Frauen von heute ihn vielleicht als zu ungezähmt und muskulös einstufen würden – als nicht perfekt im herkömmlich-ästhetischen Sinn.

Selik musste ihren prüfenden Blick gespürt haben. Er öffnete träge die Augen, und Rain ahnte die Gefahr, in deren rätselhafter graugrüner Tiefe ertrinken zu können. Auch wenn eine unübersehbare Kälte von ihnen ausging, ein Ausdruck seelenloser Gleichgültigkeit.

»Wer zur Hölle bist du?«

Welch herzliches Willkommen!

Aber zumindest konnte Rain seine Sprache verstehen. Sie hatte schon befürchtet, dass es ihr nicht möglich sein würde, sich mit diesen unkultivierten Menschen zu verständigen. Eigentlich sollte Selik eine Form des mittelalterlichen Englisch sprechen, dachte Rain und runzelte die Stirn. Verdammt, wahrscheinlich tat er das auch, aber Gott – oder wer auch immer der Drahtzieher dieses Fiaskos war –, hatte ihr auf geheimnisvolle Weise die Fähigkeit des Verstehens verliehen. Falls alles nur ein Traum ist, lässt sich das Fehlen der Sprachbarriere leicht erklären, überlegte Rain. Doch wenn es sich wirklich um eine Zeitreise handelte, dann sollte die Sprache im Augenblick die geringste ihrer Sorgen sein.

Sie schüttelte den Kopf, um ihn klar zu bekommen, und beantwortete seine Frage nach ihrem Namen. »Rain. Rain Jordan.«

»Rain? Das bedeutet Regen – was für eine Art Name ist das?«, spottete er verächtlich, während er sie langsam von oben bis unten musterte, sein Blick auf beleidigende Weise von ihrem Kopf zu ihren Zehen und wieder zurück wanderte. »Warum nicht Schnee oder Hagel oder Schlamm?« Und er fügte nach einem kurzen Augenblick geringschätzig hinzu: »Oder Baum?«

Baum! He, wenn ein kleiner Junge, der es nicht besser wusste, sie wegen ihrer Körpergröße beleidigte, so war das die *eine* Sache. Aber sich so etwas von einem verrückten, bösartigen Wikinger sagen zu lassen, dessen Leben sie gerade gerettet hatte? Auf keinen Fall!

»Du undankbarer Bastard! Ich habe dir gerade das Leben gerettet.« Rain blinzelte, um die Tränen zurückzuhalten.

Selik erhob sich und streckte die Arme aus, um die vom langen Ritt verspannten Glieder zu lockern. »Es ist kein Gefallen gewesen, den du mir damit erwiesen hast, Frau«, erwiderte er ausdruckslos. »Es wäre weitaus besser gewesen, ich wäre gestorben. Dieses Leben hält nichts mehr für mich bereit.«

Rain starrte ihn wütend an; es war ihr jetzt egal, dass er ihre demütigenden Tränen sah. »Wie kannst du dich unterstehen, das Leben so gering zu schätzen? Weißt du überhaupt, wie viele Menschen du heute getötet hast?«

»Nein. Weißt du es vielleicht?«, fragte er gelangweilt und legte das Kettenhemd wieder an. »Hast du sie gezählt?«

Rain spürte das Blut in ihre Wangen schießen. »Nein, aber ich wette, es waren hunderte. Empfindest du denn gar kein Reue über das Gemetzel, das du veranstaltet hast?«

»Nein. Warum sollte ich? Sie haben verdient, was sie bekommen haben, und noch viel mehr.«

»Wie kannst du das sagen? Besonders über diesen Jungen mit dem Banner, den du mit als Letzten umgebracht hast?«

»Ich habe einen Jungen getötet?« Selik neigte fragend den Kopf, offensichtlich versuchte er, sich an den Vorfall zu erinnern. Wie kann jemand einen Menschen töten und sich nicht daran erinnern?, fragte sich Rain traurig. Schließlich schüttelte Selik den Kopf, als sei diese Frage nicht von Bedeutung. »Jeder Angelsachse ist mein Feind, ob Mann oder Knabe. So sagt es die Inschrift auf dem Runenstein, den ich vor langer Zeit errichtet habe und auf dem ich König Athelstan Rache geschworen habe.« Dann sah er Rain argwöhnisch an. »Bist du vielleicht eine von Athelstans Lagerdirnen?«

»Dirne!« Rains Wangen brannten von einer Röte der Entrüstung. »Nein, du Witzbold, ich bin keine Hure – und auch keine Angelsächsin!«

Rain begriff erst jetzt, dass Selik wieder in den Sattel gestiegen war und Anstalten machte, davonzureiten. *Ohne sie!*

»Warte! Du kannst mich hier nicht zurücklassen!«

Selik zog hochmütig eine Augenbraue hoch, als wollte er

fragen: »Was willst du eigentlich von mir?«, und ließ das Pferd wenden. »Ach, kann ich das nicht?«

»Das Pferd gehört mir«, schwindelte sie rasch.

»Lügnerin«, gab er mit einem aufreizenden Grinsen zurück. »Komm sofort zurück!«

»Nein, ich werde nicht tun, was du willst, Hexe.« Er grinste. »Aber keine Sorge, es werden gewiss andere Hesire vorbeikommen. Vielleicht wird einer von den Soldaten vom Blutrausch der Schlacht überwältigter sein als ich und dir seinen Schutz anbieten. Als Gegenleistung für eine heiße Scheide für sein Mannesschwert.«

Mannesschwert! Rain sträubten sich vor Empörung die Haare. »Du gemeines Schwein! Ich werde für keines Mannes Schwert die Scheide sein – und schon gar nicht für einen verdammten Barbaren wie dich.«

Selik lachte nur. Dabei blitzten seine weißen geraden Zähne auf und bildeten einen scharfen Kontrast zu seiner tief gebräunten Haut.

Der Schrecken über sein bevorstehendes Verschwinden ließ Rain für einen Augenblick wie erstarrt dastehen. Als er sich anschickte, die Lichtung zu verlassen, brach in Rain Panik aus. Eisige Finger der Verzweiflung zerrten an ihrer Gemütsverfassung.

Was sollte sie in dieser fremden Zeit und an diesem fremden Ort ohne Selik als ihrem Leitstern anfangen, mochte er auch noch so abscheulich zu ihr sein? Sie zermarterte sich das Hirn nach einer Lösung – und es gab nur eine Möglichkeit.

»Selik!«, schrie sie dem Entschwindenden verzweifelt hinterher. »Was würde dein alter Freund Thork dazu sagen, dass du seine Tochter so schändlich im Stich lässt?«

Er hielt sofort an.

Rains Herz begann wild zu hämmern, als sich Selik im Sattel umwandte und Rain mit einem Blick aus seinen eisig grauen Augen zu durchbohren schien. Langsam lenkte er das Schlachtross zu ihr zurück, und Rain war versucht, sich umzudrehen und die Flucht zu ergreifen.

Ihre Frage hatte nicht wie erhofft Seliks Beschützerinstinkt geweckt. Er sah ganz im Gegenteil so aus, als wollte er sie töten. Von den geballten Fäusten und den hervorspringenden Muskeln seiner Arme bis zu dem weißen Strich seiner zusammengepressten Lippen war er das Abbild der Wut. In seinen Augen glitzerte Mordlust. Während er nach dem Dolch in seinem Gürtel griff, glitt Selik aus dem Sattel und kam drohend auf sie zu.

Rain wandte sich um und rannte um ihr Leben.

2

Wütend fluchend, verfolgte Selik die hoch gewachsene Frau in den Wald. Er musste spurten, um sie einzuholen. *Beim Blute Christi!* Er verschwendete mit diesem lästigen Weibsbild nur seine kostbare Zeit.

»*Halt!*«

Die etwas zu groß geratene Waldfee reagierte darauf mit dem Loslassen eines Astes, der zurückschwang und Selik ins Gesicht peitschte, während sie schrill dazu lachte. Eine Spur von Hysterie färbte ihr Lachen. Ohne Atem zu schöpfen, schoss sie behände durch das Walddickicht davon. Auf langen Beinen, die ungehörigerweise von Männerhosen bedeckt wurden.

»Du wagst viel, wenn du behauptest, Thork sei dein Vater«, rief er wütend. »Es wird mir eine Lust sein, dir bei lebendigem Leib die Haut abzuziehen, du Lügenhexe.« Als sie nicht antwortete und ihm weiterhin geschickt auswich, drohte er: »Ich werde dir deine verlogene Zunge herausreißen und sie roh verspeisen.«

Bei dieser letzten, lächerlichen Drohung hörte Selik die Frau aufkeuchen und ein Wort ausstoßen, das so ähnlich wie »Barbar« klang. Ein verhaltenes, rätselhaftes Lächeln spielte um seine Lippen. So so, dieses dumme Weib hielt ihn für einen Barbaren? Ha! Nun, er würde es ihr zeigen.

»Wenn du jetzt stehen bleibst«, versuchte er sie zu überreden, während er näher ging, »wird es ein schneller Tod für dich sein. Vielleicht ein rasches Abschlagen deines Kopfes.

Bestehst du jedoch weiterhin auf dieser sinnlosen Jagd, zwingst du mich, deine Qualen zu verlängern.« Das sollte die Fantasie dieser Person zu einigen lebhaften Bildern anregen!

»Geh zur Hölle!«, schrie das unverschämte Frauenzimmer zurück.

Verdammt sei ihre Unverschämtheit! Wusste das dumme Mädchen denn nicht um die Gefahr, die es heraufbeschwor, wenn es seinen Zorn weiterhin anstachelte? Er hatte schon viele Männer aus nichtigerem Anlass getötet.

Selik zog die Stirn kraus. *Goldene Augen?* Heiliger Thor, wann war ihm die Farbe ihrer Augen aufgefallen? Er schüttelte den Kopf, um das unwillkommene Bild zu vertreiben, und brüllte ihr dann grausam zu: »Und wehe deinen Augen! Vielleicht sollte ich dir auch die Augäpfel herausreißen!«

Die Frau schnaubte vor Abscheu – oder Unglauben –, und es schwang ein weiterer Ast zurück, der Selik dieses Mal in den Magen traf und die Schwertwunde wieder öffnete, die er auf dem Schlachtfeld erlitten hatte.

Jetzt war er richtig wütend.

Aus der Wunde sickerte Blut, und sie brannte wie das Feuer der Hölle – was noch ein Grund war, dieser starrsinnigen Unruhestifterin ihre Unverschämtheit aus dem Leib zu prügeln. *Bei Odins Speer!* Er vergeudete wertvolle Minuten damit, dieses dumme Geschöpf zu verfolgen, obwohl er eigentlich so viel Distanz wie möglich zwischen sich und seine angelsächsischen Feinde bringen musste.

Zudem gab es noch eine weitere Bedrohung. Selik hatte den Mann erkannt, den er als Letzten getötet hatte – den adeligen Gefolgsmann, den er mit seiner Lanze aufgespießt hatte. Es war Elwinus gewesen, Athelstans leiblicher Cousin. Der König hatte vor der Schlacht eine Belohnung auf Seliks Kopf ausgesetzt; jetzt würde der angelsächsische Bastard ihn lebend haben wollen und für ihn die quälendsten aller Foltern ersinnen.

Weitaus am schlimmsten für ihn war jedoch Elwinus' Aussage gewesen, dass Steven von Gravelys sein Bruder sei. Blutige Hölle! Er und Steven hatten wahrlich mehr Grund als genug, sich bei einem Aufeinandertreffen sofort gegenseitig umzubringen, auch ohne dass dieser letzte Zündstoff den schwelenden Hass zwischen ihnen hätte schüren müssen. Ist Steven auch auf dem Schlachtfeld gewesen?, fragte sich Selik plötzlich, und er erwog, dorthin zurückzukehren, um ihrer blutigen Fehde ein für alle Mal ein Ende zu machen.

Doch dann schaute Selik auf das verrückte Weibsbild, das noch immer vor ihm herlief. Er konnte die ungeheuerliche Behauptung dieser durchtriebenen Frau nicht einfach ignorieren. Ihm war bewusst, dass sie keine Angelsächsin war. Ihre hohe Gestalt, das blass honigfarbene Haar und die fein geschnittenen Gesichtszüge verrieten eindeutig das nordische Erbe in ihr. Aber niemals konnte sie die Tochter seines toten Freundes Thork sein. Sie würde teuer dafür bezahlen, wenn sie ihm nicht die Wahrheit sagte und ihm weiterhin seine Zeit stahl.

»Genug jetzt!«, brüllte Selik schließlich. Diese Hexe hatte ihn lange genug zum Narren gehalten. Mit einem mächtigen Sprung war er bei ihr und packte sie von hinten. Sie schlug mit einem dumpfen Klatschen auf dem Boden auf, und Selik landete lang ausgestreckt auf ihr.

Der Aufprall raubte Selik den Atem. Einen Moment lang verharrte er reglos, das Gesicht in das glänzende goldene Netz der üppigen Haare des Mädchens gedrückt, das sich aus dem langen Zopf gelöst hatte. Dessen süßer, verführerischer Duft, eine verwirrende Mischung aus Blumen und Gewürzen, überwältigte Seliks Sinne und ließ ihn augenblicklich die Grausamkeit und die Leere seines Lebens vergessen und sich an eine Zeit erinnern, in der er die kleinen Dinge des Lebens hatte genießen können. Wie den Duft einer Frau. Oder wie es sich anfühlte, wenn sich weiche weibliche Formen an seinen Körper schmiegten.

Einen Wimpernschlag lang rührten Gefühle an Seliks eiserstarrtes Herz, in deren Verdrängung er sich lange und diszipliniert geübt hatte. *Oh, Astrid*, dachte er, und ein Schmerz, der so grimmig war, dass er ihn nicht aushalten konnte, erfüllte sein Herz und drohte die Enge seiner Brust zu sprengen. Er vermisste sie so sehr. Tränen füllten seine Augen, als er sich an das letzte Mal erinnerte, da er seine Frau gesehen hatte. Das blutige, grausame Gedankenbild quälte ihn unentwegt. Würde es jemals verblassen?

Ein sanfter Stoß holte ihn aus seinem unliebsamen Traum. Das Pferd, das ihm durch den Wald gefolgt war, hatte ihn angestupst.

Beim Blute Thors!, knurrte Selik in stummer Selbstverachtung über seine gefühlsduseligen Tagträumereien. Es war Jahre her, dass er sich ein derart übertriebenes Schwelgen in der Erinnerung an seine seit langem verstorbene Gemahlin gestattet hatte.

Selik richtete sich auf und stützte sich auf den Ellbogen ab, als ihm auffiel, dass die Frau unter ihm sich nicht rührte. Hatte die Wucht des Aufpralls seines schweren Körpers sie getötet?

»Mmmpfh!«

»Was ist?«

Die Frau hob den Kopf und grummelte: »Geh von mir runter, du großer Flegel. Du musst so viel wiegen wie das Pferd – *mein* Pferd, nebenbei bemerkt. Oder willst du mich zu Tode quetschen – bevor du die Gelegenheit hattest, meine Zunge zu verspeisen?«

Mit einem leisen widerstrebenden Lachen gestattete Selik ihr, sich auf den Rücken zu drehen, dann drückte er sie mit dem Unterkörper wieder fest auf den Waldboden.

»Die Boshaftigkeit deiner Zunge übertrifft deinen Verstand

bei weitem, Frau. Ich vermute, sie ist zu scharf für meinen Geschmack.«

Zweige, von denen sie getroffen worden war, hatten rote Striemen auf ihrem Gesicht zurückgelassen, das von Gras und Schmutz bedeckt war. Stücke von Moos und Laub steckten in ihren zersausten Haaren und verunzierten ihre seidene Bluse. Rain spie heftig aus, um ihren Mund vom Dreck zu befreien.

Selik vergaß augenblicklich den Grund für seinen Zorn, so hingerissen war er von der Anziehungskraft der Frau, die unter ihm lag. Er strich ein paar der goldenen Haarsträhnen zurück, die ihr auf die Schulter gefallen waren. Sie waren wie bernsteinfarbene Seide, und er rieb die Strähnen sinnlich zwischen seinen rauen Fingern.

Als er aufschaute, bemerkte er einen grässlichen Bluterguss auf ihrer Stirn, dessen Purpurfarben sich von ihrer cremefarbenen Haut dunkel abhoben. Selik konnte nicht anders, als ihn sanft mit dem Zeigefinger zu berühren. Ihre vollen Lippen, die so zart wie Rosenblütenblätter schienen, teilten sich unwillkürlich, als sie vor Schmerz den Atem einzog. Dabei sah er ihre ungewöhnlich gleichmäßigen weißen Zähne aufschimmern.

Die Frau sah ihn aus honigbraunen Augen abwartend an, wobei sie sich vermutlich fragte, was er als Nächstes tun würde. Für lange Augenblicke konnte Selik nichts anderes tun als sie voller Sehnsucht anzusehen. Die große Leere in ihm schien plötzlich von Wärme erfüllt zu sein. Wann hatte er zum letzten Mal so etwas empfunden? *Astrid,* dachte er augenblicklich und schalt sich voller Selbstverachtung über seine Schwäche einmal mehr für diesen Gedanken aus.

Plötzlich begriff Selik die Narrheit seines Tuns. Er benahm sich wie ein berauschter Hirnloser, der seine Zeit mit einem Mädchen vertrödelte, während ihm die angelsächsischen

Jagdhunde auf den Fersen waren. Er zog den Dolch aus seinem Gürtel und hielt der Frau dessen Spitze an den Hals.

»Was tust du hier, Frau?«

»Wie kommst du darauf, dass ich etwas tue?«, schnappte sie. »Ich kann mich schließlich nicht bewegen.«

»Verstehst du meine Worte absichtlich falsch? Du solltest deine Lage ernster nehmen.« Er drückte die glänzende Klinge fester und ritzte eine blutige Linie in ihre Haut – wie eine Kette winziger Weintropfen auf frisch gefallenem Schnee. »Dein armseliges Leben bedeutet mir nichts.«

»Oh, wirklich?! Meinst du nicht, du bist ein wenig zu dramatisch?«, spottete die dumme Frau, als habe sie keine Angst vor ihm. »Außerdem wäre es weitaus angenehmer, wenn du mir nicht meine Drosselvene durchschneiden würdest. Ich schlage vor, du versuchst es hier, an der Niere, oder hier, beim Zwerchfell.«

Sie zeigte auf die beiden Stellen ihres Körpers, von denen Selik wusste, ein Schnitt dort würde den sofortigen Tod bringen, genau wie durch die kräftige Ader an ihrem Hals. Wie konnte eine einfache Frau so etwas wissen? Und was war ein Zwergen-Fell?

Rain sah die Verwirrung auf Seliks Gesicht.

Eine Stimme hallte durch ihren Kopf: *Rette ihn*.

Überraschend unerschrocken starrte sie den grimmigen Krieger schließlich an, der über ihr aufragte. »Würdest du mich wirklich töten, Selik?«

»Auf der Stelle.«

»Ich glaube nicht, dass du das tun würdest«, behauptete Rain mit mehr Zuversicht als sie empfand, »und außerdem – ich habe keine Angst vor dir, auch wenn du dich wie ein Bär aufführst.«

»Dann bist du wirklich schwachköpfig, würde ich schwören.«

Rain zuckte die Schultern und versuchte die Worte zu ignorieren, die sich unablässig in ihrem Kopf wiederholten: *Rette ihn. Rette ihn. Rette ihn …*

Selik runzelte die Stirn, ihr beherzter Mut schien ihn zu irritieren. Konnte diese Närrin denn nicht ihre eigenen Zähne klappern hören?

»Wieso kennst du meinen Namen? Warum warst du in Brunanburh?«

»Ich bin mir nicht sicher«, gestand Rain zögernd ein. »Ich glaube … ich glaube, Gott hat mich geschickt.«

Selik stieß ein verächtliches, ungläubiges Schnauben aus. »Warum sollte Gott das tun?«

»Um dich zu retten«, bot Rain lahm an.

»Mich? Gott kümmert sich nicht um solche wie mich.« Selik betrachtete sie aus zusammengekniffenen Augen, während er sein Messer wegsteckte. Fast widerstrebend, als könne er selbst nicht glauben, dass er diese Worte sagte, wollte er wissen: »Mich retten vor was?«

»Vor dir selbst.«

Selik schlug sich in völligem Unglauben mit beiden Händen an die Stirn. Noch immer auf Rain kauernd, warf er den Kopf in den Nacken und johlte vor Lachen.

Rain wusste, dass Selik ihr nicht glaubte. Wer würde das unter diesen Umständen schon tun? Sie schlug hastig die Augen nieder, um die Enttäuschung zu verbergen, dann wartete sie geduldig darauf, dass Selik sich von seinem äußerst ärgerlichen Lachanfall erholte.

Endlich wischte er sich die Augen und schüttelte über ihre arroganten Behauptungen verwundert den Kopf. »Das ist zu viel. Das Mädchen erklärt sich zu meinem Schutzengel. Süße Freya! Die Schlacht heute muss mir den Verstand verwirrt haben. Vielleicht hat aber auch die Frau einen Schlag auf den Kopf bekommen.« Er schaute viel sagend auf die Beule an ihrer Stirn. Er wusste nichts davon, dass sie diese Beule in tausend

Jahren in der Zukunft bekommen hatte, in einem Wikinger-Museum. Oder ist es heute Morgen gewesen?, fragte sich Rain und runzelte die Stirn.

Selik amüsierte sich noch immer.

Gereizt von seiner andauernden Erheiterung, schnalzte Rain mit der Zunge. Gütiger Himmel! *So* komisch waren ihre Worte nun auch nicht gewesen.

Aber Rain war nicht wirklich verärgert. Trotz der Gefahr durch die angelsächsischen Verfolger und trotz Seliks Drohungen beruhigten sich ihre strapazierten Nerven, und sie empfand bei dem Zusammensein mit dem grausamen Wikinger einen seltsamen Frieden, ganz so, als habe sie endlich ihren Platz im Leben gefunden.

Schließlich, sagte sie sich vernünftig, war Selik an diesem Tag durch die absolute Hölle gegangen … und wahrscheinlich erging es ihm seit Jahren so. Seine Narben, die schlecht verheilten Knochenbrüche und seine leer schauenden Augen zeugten davon. Ganz egal, wie sehr Rain seine Brutalität verabscheute, es konnte sie nicht davon abhalten, Selik, den Mann, zu bewundern. So wie sie ein verwundetes Tier von edlem Stammbaum bewundern würde, das sich trotz erlittener Misshandlungen die ihm eigene Schönheit bewahrt hatte.

Rette ihn.

Rain hätte fast laut gestöhnt, weil diese innere Stimme nicht verstummte. Wie sollte es ihr jemals gelingen, die trostlose Leere in der Tiefe seiner Augen zu durchdringen? Würde er sie so nah an sich heranlassen?

»Meine Mutter hatte Recht mit dem, was sie über dich gesagt hat«, flüsterte Rain, die noch immer durch das Gewicht seines Körpers auf den Boden gedrückt wurde.

Selik zog eine Augenbraue hoch.

»Du bist wunderbar.«

Selik schnaubte verächtlich. »Das ist ja wohl belanglos. Und wage es nicht, deinen jämmerlichen Charme an mir auszuprobieren. Es wird nicht gelingen. Außerdem – so wie ich vor vielen Jahren einmal ausgesehen habe, sehe ich heute nicht mehr aus.« Er zögerte, als dächte er über etwas nach. »Du hast deine Mutter erwähnt. Kenne ich sie?«

»Du kanntest sie. Ihr Name war Ruby … Ruby Jordan … ehe sie geheiratet hat und –«

»*Argh!*« Selik sprang auf und starrte auf Rain herunter. Als er sie grob auf die Füße zerrte, bemerkte er zum ersten Mal die Brosche, die sie am Revers trug. Seine Augen verengten sich misstrauisch, als er darauf zeigte und fragte: »Wo hast du *das* da gestohlen?«

»Meine Mutter gab sie mir.«

»Das ist unmöglich.« Er legte die Hand an die Stirn und rieb sie, offensichtlich war er irritiert. »Nein, nicht Ruby. Du kannst nicht ihre Tochter sein. Oder Thorks.«

Er sah ihr prüfend ins Gesicht, als suche er nach der Ähnlichkeit, von der Rain wusste, dass sie vorhanden war – wenn er sie nur sehen *wollte*. Selik schien sich unerwartet an etwas zu erinnern. Ehe Rain die Möglichkeit hatte zu reagieren, packte er ihre Bluse bei den Aufschlägen und riss sie auseinander. Das Reißen des Stoffes und die wegspringenden Knöpfe kümmerten ihn nicht.

»Wie kannst du es wagen?«, fauchte Rain und versuchte vergeblich, ihre Bluse zusammenzuraffen. Selik stieß ihre Hände zur Seite.

Ungläubig starrte er auf Rains Busen, doch sein Blick war bar jeder Begierde. »Bei der Liebe Freyas! Du trägst dieselbe seltsame Unterkleidung wie Ruby. Ich glaube, sie nannte es ›Dessous‹.«

»Das ist nicht der Büstenhalter meiner Mutter.« Rain schob trotzig das Kinn vor. »Wieso hast du jemals die Unterwäsche meiner Mutter gesehen?«, verlangte sie zu wissen.

»Ha! Jeder Mann an König Sigtryggs Hof hat ihre anstößige Kleidung gesehen, als sie dieses verräterische Hemd mit den Eisenkugeln darauf ausgezogen hat. Sie hat sogar ein Geschäft daraus gemacht, diese dünnen Dinger zu nähen, als sie bei uns lebte.«

Du lieber Himmel! Jetzt wiederholte Selik sogar dieselbe lächerliche Geschichte, die ihre Mutter jahrelang erzählt hatte. Und niemand hatte sie ihr je geglaubt, sie, Rain, eingeschlossen. Vielleicht war das alles doch kein Traum. Entsetzt presste Rain beide Hände vor den Mund.

O mein Gott! Waren Zeitreisen etwa wirklich möglich?

»Hör zu, ich schwöre dir, dass Ruby meine Mutter ist, und sie sagte immer, dass Thork mein Vater sei.« Rain beschloss, ihm nicht zu sagen – zumindest nicht jetzt –, dass ihre Mutter aber auch sagte, dass Jack Jordan ebenso ihr Vater war. »Ich kann dir all die Erklärungen geben, die du möchtest, aber glaubst du nicht, wir sollten zuerst von hier verschwinden? Wenn die Angelsachsen uns fangen, wird es unerheblich sein, wer ich bin.«

Selik nickte widerstrebend und stieß zwischen den geschlossenen Zähnen einen Pfiff aus. Und das dumme Pferd kam wie ein liebeskranker Bauernbursche gemächlich auf ihn zugeschlendert. Wie machte Selik das? Wahrscheinlich ist es eine Stute, schlussfolgerte Rain mit Verachtung. Sie fragte sich, ob Selik im Allgemeinen diese Wirkung auf weibliche Wesen hatte.

Er hielt sich mit der linken Hand am Sattel fest und schwang sich auf das Pferd. Ausdruckslos schaute er von dort auf Rain herunter, die sich damit abmühte, den Schaden an ihrer Bluse so gut es ging zu beheben und sich das Haar zu einem ordentlichen Zopf zurückzubinden.

»Ich werde dich mitnehmen – *vorerst* –, aber gehorche mir gut, Frau«, sagte er schließlich. »Wenn du dein Spiel mit mir treibst, werde ich nicht zögern, dich zu töten.« Dann streckte er die Hand zu ihr herunter und packte sie am Ellbogen. Mit einer groben Bewegung zog er sie so mühelos hinauf in seine Arme, als wöge sie nicht mehr als eine Feder, und setzte sie vor sich in den Sattel.

Rain massierte sich ärgerlich den Ellbogen, beschloss aber, ihr Glück nicht zu berufen, indem sie sich beklagte. Du heiliger Strohsack! Von seiner unnötigen Grobheit einmal abgesehen, war Rain voller Bewunderung für Selik, weil er sie so leicht hatte in den Sattel heben können. Sie konnte sich nicht erinnern, wann jemand sie das letzte Mal hochgehoben hatte. Sie war zu groß und schwer dafür. Oder doch nicht?

»Und rutsch nicht wieder so mit deinem Hintern herum, wie du es vorhin getan hast«, befahl Selik herablassend, während er das Pferd antraben ließ. »Deine unzüchtigen Spielchen werden dir nichts einbringen. Selbst wenn ich die Zeit hätte, würde ich eine wie dich nicht besteigen.«

Dieses Mal konnte Rain nicht schweigen. »Ich finde deine Arroganz abstoßend. Außerdem habe ich absolut kein Interesse daran, mit dir Liebe zu machen.«

»Ha! Liebe hat mit dem Beischlaf nichts zu tun. Wenn ein Mann das Verlangen verspürt, sich seine Entspannung zwischen den Beinen einer Frau zu suchen, dann ist das nur ein Sichpaaren, schlicht und einfach. Allerdings ist es häufig einfacher, er tut es selbst.«

Rain verzog vor Abscheu die Unterlippe und verdrehte die Augen. »Du tust mir Leid, wenn du das Liebemachen als einen rein körperlichen Vorgang siehst.«

»Genau genommen hat es Ähnlichkeit mit dem Pinkeln«, erklärte Selik.

Rain glaubte, eine Spur von Humor in seiner Stimme zu entdecken. Sie wandte sich um und sah ihm in die Augen, während sie weiterritten. Seine ausdruckslose Miene offenbarte nichts. Nur das leichte Zucken seiner Mundwinkel verriet das kaum unterdrückbare Grinsen.

»Ppff! Also wirklich, du bist völlig anders als der Mann, den meine Mutter mir beschrieben hat. Nach ihren Worten hattest du den Ruf, ein großartiger Liebhaber zu sein.«

»Was für ein Unsinn! Nun ja, vielleicht doch«, räumte er nach kurzem Überlegen ein. »Ich hatte einmal einen sagenhaften Ruf als Liebhaber, aber das ist lange her.« Er zuckte mit den Schultern. »Das hat jetzt keine Bedeutung mehr für mich.«

Unwillkürlich musste Rain kichern. »Du hast keine Ahnung, was für eine seltsame Unterhaltung dies für mich ist. Mit meiner Versagerquote in sexuellen Beziehungen steht es mir nicht an, Kritik zu üben.«

»Was bedeutet das? Versagerquote? Schläfst du nicht mit deinem Ehemann?«

»Ich bin nicht verheiratet.«

»Aha.«

»Was soll das heißen?«

»Das heißt, dass ich jetzt verstanden habe. Du bist eine unverheiratete Frau, die sich von Männern besteigen lässt und sich mit ihnen paart.«

»Moment mal, Freundchen! Keine vorschnellen Urteile! Ich gehe nicht wahllos irgendwelche Beziehungen ein, wenn du das damit andeuten willst.«

»Ich deute gar nichts an. Du bist diejenige, die vom Sichpaaren gesprochen hat. Und von ihren schlechten Erfahrungen mit den Männern, mit denen du nicht verheiratet bist.«

»Ich wünschte, du würdest aufhören, dieses hässliche Wort zu benutzen.«

»Welches Wort?«

»Sich paaren. Tiere paaren sich. Wenn du dich nicht dazu

entschließen kannst, es Liebemachen zu nennen, dann nenne es wenigstens Sex haben.«

Selik lachte wieder, tief und kehlig, und der Klang hallte wie Musik in Rains Ohren wider.

»Mit wie vielen Männern genau hast du *Sex gehabt*?«, fragte er mit einem anzüglichen Grinsen. Wie ein schützender Kokon umschlossen seine Arme Rain kaum merklich ein wenig fester.

»Das geht dich nichts an.« Rain richtete sich indigniert auf.

»Ich denke, dass du keinen Mann gehabt hast, Frau – wegen deiner scharfen Zunge. Kein Mann würde das Risiko eingehen, sich deren Spitze auszusetzen.«

Beleidigt hob Rain das Kinn. »Denk nicht, dass mich nie ein Mann begehrt hätte, nur weil ich ... weil ich so groß bin.«

Das Scheusal hinter ihr stieß einen überraschten Laut aus. »Also, jetzt, wo du mich darauf aufmerksam machst ... du bist in der Tat ziemlich ... hoch aufgeschossen. Es ist schon wahr, manche Männer fühlen sich irritiert durch ... *Stattlichkeit*.«

Erzähl mir davon.

»Also, was ist nun mit diesen *wenigen* Männern, die dich begehrt haben?«

O Mann! Er dachte ausgesprochen einseitig. Also gut, sagte sich Rain, das macht jetzt auch keinen Unterschied mehr. »Als ich achtzehn war, habe ich eine wirklich unschöne sexuelle Erfahrung gemacht – mit einen unglücklichen One-Night-Stand. In den vergangenen zwölf Jahren hatte ich nur zwei ernsthafte Liebesaffären. Sie sind nicht sehr gut gelaufen.«

Selik schwieg für einige Augenblicke, während der er über ihre Worte nachdachte. »Dann hast du also dreißig Winter gesehen. Ich hätte nicht gedacht, dass du so alt bist.«

»Ich bin nicht älter als du«, erwiderte Rain hitzig.

»Nun, dann müssen wir wohl beide alt sein, Süße«, schlussfolgerte er mit einem leisen Lachen. Er drückte ihre Wange gegen seine Brust und zeigte damit das Ende ihrer Unterhaltung an. Dann trieb er das Pferd zu einer schnelleren Gangart an.

Süße! Rain schmiegte sich enger an Selik und legte die Arme um seine Taille, um sich fest zu halten. Ein Schwächegefühl machte ihr zu schaffen. Dieses Zeitreise-Abenteuer war anstrengend.

Ehe Rain voller Zutrauen darüber, dass Selik sie vor jeder Gefahr beschützen würde, eindöste, fragte sie sich, wie es ihr jemals gelingen sollte, diesen wilden Wikinger zu retten. Diesen Barbaren, der es vorzog, vom Liebemachen als vom Sichpaaren zu sprechen, der Menschen so leicht tötete, wie er Ameisen zertrat, und der selbst bald genauso tot sein würde. Rain schwor, dass sie ihm helfen würde, so Gott es wollte. Und sie hoffte, im weiteren Lauf der Entwicklung auch irgendwie in ihr eigenes Leben zurückkehren zu können. Nur dass die Frage blieb, wo das sein würde – hier, in der Vergangenheit, oder in der Zukunft?

Rain schlief friedvoll, bis sie spürte, dass das Pferd einen steilen Weg bewältigen musste. Der Pfad, dem es folgte, wand sich durch undurchdringlich scheinendes Dickicht und ein Gewirr von Schlingpflanzen, das Selik, wenn es nötig wurde, mit dem Schwert zerhieb. Grimmig dreinschauende Soldaten standen entlang des Weges schweigend Wache. Sie winkten sie weiter, wenn sie Selik erkannten, und verwischten sofort deren Spuren, kaum dass sie vorüber waren. Bald darauf erreichten sie eine große Lichtung, die sich auf der Kuppe des Hügels befand. Von hier aus konnten sie meilenweit im Umkreis sehen. Ohne Zweifel war es ein guter Aussichtspunkt, um Feinde zu entdecken, die sie möglicherweise verfolgten.

Rain war überrascht, hier auf hunderte von Wikingern und deren Verbündeten zu treffen, eingeschlossen die Schotten und Waliser, die dem angelsächsischen Angriff entkommen waren. Die Mehrzahl der Männer trug noch Kampfkleidung, andere hatten sich Wolfspelze und andere Tierfelle übergeworfen, da sich ein kalter Herbstabend herabzusenken begann. Die wenigen anwesenden Frauen waren damit beschäftigt, das Essen auf den offenen Feuerstellen zu kochen, die auf einer Seite der Lichtung brannten.

Man hatte einige Zelte errichtet, doch die meisten der Männer lagen auf dem nackten Boden, ruhten sich aus oder versorgten ihre Wunden. Wenigstens konnte Rain als Ärztin hier von einigem Nutzen sein.

Rain hatte sich in der Absicht zu Selik umgewandt, ihr medizinisches Wissen anzubieten, als ihr seine stolze, arrogante Haltung der Schultern auffiel. Selbst in einer solchen Menschenmenge wirkte seine Gegenwart bezwingend, auch wenn er von seinen geschlagenen Kameraden mit keinem Wort willkommen geheißen wurde. Ihrem einsamen Wikinger schlug eine Atmosphäre der Ablehnung entgegen, als sei er eine Art Aussätziger.

Selik stieg vom Pferd und half dann Rain aus dem Sattel. Ein paar der Männer starrten sie neugierig an. Großer Gott, deren finsterem, barbarischem Aussehen nach zu urteilen, war sie in einer Versammlung von Kriegsherren des *Dark Age*, des tiefsten Mittelalters gelandet.

»Geh und hilf den Frauen beim Kochen«, befahl Selik ihr barsch.

»He? Kochen? Ich?«

»Spielen mir meine Ohren einen Streich, oder widersetzt du dich bereits meinen Befehlen?«, fauchte Selik mit zusammengebissenen Zähnen.

»Nein, ich dachte nur, du brauchst meine medizinischen Kenntnisse.«

»Scher dich zum Kochen.« Seine keuchende Stimme schnappte fast über. Einige der Männer hatten zu feixen begonnen, als Rain Seliks Befehl widersprochen hatte.

»Um Himmels willen, ich bin Ärztin«, stieß sie jetzt gereizt hervor, während sie sich abwandte, um davonzugehen.

Selik packte ihren Zopf und riss heftig daran, um sie daran zu hindern.

»Autsch! Was habe ich denn jetzt wieder verbrochen?« Sie zerrte an ihrem Zopf und befreite sich aus Selik Griff. Dann straffte sie trotz seiner Unheil verkündenden Miene entschlossen die Schultern.

»Deine spitze Zunge trotzt der Vernunft, und ich habe dich davor gewarnt, die Unwahrheit zu sagen. Zuerst behauptest du, ein Schutzengel zu sein. Jetzt bist du eine Heilerin. Was kommt als Nächstes? Die Göttin Freya?«

Rain schloss für einen Moment die Augen und seufzte vernehmbar. »Ich *bin* Ärztin. Dafür habe ich viele Jahre lang studiert. Ich bin Chirurgin am *Holy Trinity Hospital*.«

Rain hörte Ausrufe des Unglaubens und des Spottes um sich herum, doch Selik rieb sich das Kinn und betrachtete sie nachdenklich.

»Eine Ärztin!«, brummte er schließlich und schüttelte resigniert den Kopf. »Verdammte Hölle! Gewiss wollten die Götter mir ihr Missvergnügen kundtun, indem sie mir heute diesen weiblichen Plagegeist geschickt haben.« Ehe Rain protestieren konnte, packte Selik sie am Handgelenk und zerrte sie in das nächststehende Zelt, während er befahl: »Beweise es mir.«

Rain stellte bald fest, dass in drei Zelten verwundete Krieger untergebracht waren, wobei man eine Aufteilung nach dem Schweregrad der Verletzungen vorgenommen hatte. Rain trug noch immer ihre Schultertasche bei sich, die ein Notfallset enthielt. Sie betrat das Zelt, in das man die am schwersten Verwundeten gebracht hatte. Stundenlang arbeitete sie wie ein Automat und so gut es ihre beschränkten Hilfsmittel erlaubten – sie nähte Wunden, behandelte Schockzustände und versuchte, wo immer es möglich war, eine Infektion zu verhindern.

Zu Beginn stand Selik neben ihr und beobachtete jede ihrer Bewegungen. Er gebot ihr Einhalt, als sie versuchte, einigen der Männer Tabletten zu geben. Er ließ sie jedoch gewähren, nachdem sie ihm versichert hatte, dass es nur *Aspirin* und *Tylenol* seien, sanfte Schmerztabletten, von der Wirkung her ähnlich wie die Kräuter, die die Heiler seines Volkes verwendeten. Den Verletzten, die ein stärkeres Mittel brauchten, verabreichte sie *Darvon*.

Als sie alle Patienten in diesem Zelt versorgt hatte, trat Rain ins Freie und reckte sich den Rücken, um ihre verspannten Muskeln zu lockern. Ihr war bewusst, dass sie bis jetzt nur wenige der Verwundeten behandelt hatte. Sie hörte Schreie und lautes Stöhnen aus den anderen Zelten, in denen weiß Gott was für unfähige Ärzte ihre hilflosen Opfer malträtierten.

Selik stand abseits von seinen Kameraden auf der gegenüberliegenden Seite der Lichtung gegen einen Baum gelehnt. Ihre Blicke trafen sich und verfingen sich für eine Sekunde ineinander. Rain fragte sich, woran er gedacht haben mochte, so allein für sich in der frostkalten Nacht.

Er braucht dich, sagte die Stimme.

Ha! Er braucht eine gehörige Portion Friedensliebe. Das braucht er.

Jetzt sah Selik sie fragend an, als wollte er wissen, warum sie sich ausruhte, wenn noch so viele ihre Hilfe brauchten. *Dieser ungehobelte Kerl!*

Ärgerlich betrat Rain das nächste Zelt. Ihr schockierter Blick fiel auf einen jungen Mann, der auf einem langen Tisch lag und sich mit aller Macht gegen die Männer wehrte, die ihn darauf niederdrückten. Rain mochte nicht glauben, was sie sah. Und dann, als das Opfer ihr das Gesicht zuwandte, schrie Rain entsetzt auf.

Es war ihr Bruder Dave, der auf dem Tisch lag! Und ein nervöser Doktor Eisenbart des *Dark Age* war dabei, ein Messer von der Größe der Klinge des Sensenmannes zu schärfen, um es für die Amputation des Beines des Jungen vorzubereiten. Am schlimmsten aber war, dass das Blut anderer Patienten am Schneidwerkzeug dieses Quacksalbers klebte. Auch die Kutte, die er trug, und seine Tonsur waren blutbespritzt. Offensichtlich benutzte er das Messer immer wieder, ohne es zu säubern oder gar zu desinfizieren.

»*Halt!*« Jeder Mann im Zelt wandte sich um und starrte Rain an, als sie vorstürmte. »Untersteh dich, meinen Bruder anzurühren, du verdammter Schlächter.« Mit einer von einem pumpenden Adrenalinstoß genährten Kraft stieß sie den Heiler zur Seite. Rain erkannte das medizinische Problem auf den ersten Blick. Die tiefe Wunde oberhalb des Knies war schrecklich, und der junge Mann würde vermutlich einen bleibenden Muskelschaden zurückbehalten, aber sie war überzeugt, das Bein retten zu können. Natürlich hatte er viel Blut verloren, und sie hatte kein Plasma, aber der Versuch war das Risiko wert. Oder nicht?

»Keine Sorge, Dave. Ich werde nicht zulassen, dass sie dir das Bein abschneiden.«

Der junge Mann sah Rain voller Hoffnung an und umklammerte ihre Hand. Er ließ auch nicht los, als er zu sprechen versuchte, und Rain wies ihn an, seine Kräfte zu schonen.

Natürlich war es *nicht* Dave. Ihr *richtiger* Bruder war zweiundvierzig Jahre alt und spielte in diesem Augenblick vermutlich Golf, schließlich war Samstag. Dieser Junge jedoch konnte kaum mehr als zwanzig Jahre zählen. Er musste einer ihrer beiden Halbbrüder aus der Vergangenheit sein, von denen ihre Mutter ihr erzählt hatte.

»Bist du Eirik oder Tykir?«

»Tykir«, stieß er hervor.

»Gut, Tykir, ich bin deine Halbschwester Rain, und ich werde nicht zulassen, dass sie dir dein Bein abnehmen.«

»Schwörst du es?«, fragte er. Noch immer hielt er ihre Hand umklammert.

»Ich verspreche, alles zu tun, was möglich ist, um dein Bein zu retten.«

Ein Geräusch hinter ihr veranlasste Rain, sich umzudrehen. Sie sah sich einem wütenden Selik gegenüber, dessen Augen Flammen zu sprühen schienen. Flankiert vom Quacksalber und den Männern, die Tykir fest gehalten hatten, stand er im Zelteingang.

»Welche Art von Ärger verursachst du jetzt wieder?« Seine Stimme klang schneidend, als er drohend auf Rain zuging. Offensichtlich hatte er vor, sie eigenhändig aus dem Zelt zu werfen. Voller Entschlossenheit wich sie nicht von der Stelle, sondern hielt stattdessen ihre Arme schützend vor ihren Blutsverwandten, den sie gerade gefunden hatte.

Rain zitterte vor Wut und vor Angst, aber sie wusste, dass sie die Situation rasch erklären musste. »Sie werden ihn umbringen, wenn sie sein Bein amputieren – besonders mit diesem schmutzigen Messer. Ich werde nicht zulassen, dass sie meinem Bruder das antun.«

»Bruder? Welchen Unsinn verspritzt du denn jetzt?«

»Tykir – sie wollen amputieren –«

Mit einer heftigen Bewegung stieß Selik Rain zur Seite, sodass sie stürzte. Der Heiler grinste vor Schadenfreude.

Selik beugte sich besorgt über den Patienten. »Tykir? O, Junge, bei allem, was mir heilig ist – ich wusste nicht, dass du in der Schlacht dabei warst. Ich wähnte dich in Norwegen bei deinem Onkel Haakon und in Sicherheit. Ubbi soll verdammt sein, dass er meine Befehle missachtet hat.«

»Gib nicht Ubbi die Schuld«, flüsterte Tykir. »Es war mein Einfall.«

Rain erhob sich und klopfte sich den Hosenboden sauber. Fasziniert beobachtete sie, wie der grimmige Wikinger mit bemerkenswerter Zärtlichkeit Tykirs Gesicht streichelte. Es war der deutlichste Ausdruck von Mitgefühl, den sie bis jetzt bei diesem gefühllosen Nordländer gesehen hatte. Vielleicht gab es ja doch noch Hoffnung für ihn.

»Gestatte der Frau, dass sie mich heilt«, flehte Tykir und stützte sich auf den Ellbogen hoch. »Verwehre mir diese Bitte nicht, Selik. Ich ziehe es vor, mit dieser Frau ein Spiel auf Leben und Tod zu spielen, als ein Bein zu verlieren. Beim Grab meines Vaters ... gewähre mir diese Gnade.«

Selik wandte sich mit steinerner Miene an Rain. »Kannst du sein Bein wirklich retten?«

»Ich glaube schon ... wenn wir uns beeilen. Und vorausgesetzt, ich bekomme all die Unterstützung und all die Dinge, die ich brauche.« Sie sah viel sagend zum wütenden Heiler und zu den ihr feindlich gesonnenen Männern hinüber.

Hin und her gerissen zwischen dem Unmut seiner Kameraden und Tykirs drängendem Flehen, musste Selik eine Entscheidung treffen. Er hob die Hand, um den zornigen Bemerkungen der Männer Einhalt zu gebieten. »Ruhe!«, brüllte er und wandte sich dann entschlossen an Rain. »Was brauchst du?«

Rain hätte diesen dickköpfigen Ritter für seine Unterstützung küssen können, so schwer ihr das auch fallen würde. Doch sie verbarg ihre Gefühle und forderte: »Kochendes Wasser, große Mengen davon, dann Nadeln und saubere Tücher. Leg alles in das Wasser, um es zu sterilisieren; danach müssen die Tücher irgendwo trocknen, wo sie nicht mit Schmutz in Berührung kommen.«

Wie ein Ausbildungsunteroffizier erteilte sie den Männern im Zelt ihre Befehle. Sie wollte, dass der Tisch gründlich geschrubbt wurde und dass dutzende von Fackeln angezündet wurden, damit sie genügend Licht haben würde. Als der provisorische OP-Tisch vorbereitet war, zog sie Tykir bis auf die Haut aus. Dies geschah zu dessen größter Verlegenheit und der Bestürzung des Geistlichen, der übelnehmerisch verlauten ließ: »Das ist höchst unziemlich von dem Mädchen.«

»Hör zu, kleiner Bruder, was du unterhalb der Taille hast oder nicht hast, ist hier ohne Bedeutung. Du willst dein Bein retten, oder etwa nicht?«

Tykir nickte schwach.

Rain strich ihm beruhigend über das Haar. Mein Gott, er war doch noch ein Junge. Er sollte das Leben genießen, nicht in einem sinnlosen Krieg kämpfen. Sie seufzte mit müder Resignation. Ob im zehnten Jahrhundert oder im modernen Leben, einige Dinge änderten sich nie. Ein sinnloser Krieg nach dem anderen.

Rain entschied sich, die Aderpresse oberhalb der Wunde bis kurz vor dem Eingriff zu belassen, und untersuchte den Schnitt jetzt genauer, um festzustellen, wie tief er war. Der Schaden an den Muskeln dürfte nicht allzu schlimm sein, doch einige der Blutgefäße mussten so schnell wie möglich wieder miteinander verbunden werden, um die Blutzirkulation in Gang zu bringen, ehe das Bein abstarb. Selbst unter den günstigsten Umständen würde der Eingriff Stunden dauern. Und wie sollte Tykir die damit verbundenen Schmerzen jemals aushalten können?

Rain unterzog ihren Notfallset einer prüfenden Durchsicht. Natürlich hatte sie kein Anästhetikum dabei. Und die stärksten Schmerztabletten, über die sie verfügen konnte, waren *Darvon* und Kodein, und auch davon hatte sie nur wenige. Außerdem würden diese hilfreicher sein, wenn man sie *nach* der Operation einsetzte. Ob es eine verlässliche Wirkung hätte, Tykirs Sinne mit Alkohol zu betäuben? Alles Unsinn! Sie würde ihren Bruder vermutlich damit töten, in dieser schrecklichen Wunde herumzustochern.

Doch es gab noch einen anderen Weg, erkannte Rain plötzlich. Hatte sie den Mut, ihn auszuprobieren?

Dr. Chin Lee, ein Kollege im Krankenhaus, hatte sie in den vergangenen Jahren in der Anwendung der Akupunkturtechnik unterrichtet. Die Akupunktur galt als eine Alternative zu herkömmlichen Schmerzstillern und Anästhetika. Allerdings hatte Rain diese Technik noch nie selbst angewandt. Sie holte tief Luft und traf eine Entscheidung.

»Selik, kannst du mir einige lange Nadeln mit sehr scharfen Spitzen bringen?«

Er nickte.

»Bring so viele, wie du finden kannst, und vergiss nicht, auch diese in kochendes Wasser zu legen.« In Anbetracht ihres belehrenden Tonfalls runzelte Selik die Stirn, erwies ihr jedoch die Gnade, die dafür fällige Maßregelung auf später zu verschieben. Als alles bereit war, forderte Rain: »Und jetzt verlassen alle das Zelt.«

»Nein. Wir bleiben, um Zeugen ihrer Gräueltaten zu sein«, protestierte der Heiler.

»Der Junge muss fest gehalten werden«, argumentierte einer der Männer.

»Vielleicht wendet sie Hexerei an«, befürchtete ein anderer.

»Selik«, bat Rain, »wenn alles gut geht, wird Tykir nicht fest gehalten werden müssen.«

»Ha! Weil er tot sein wird«, rief der Heiler mit schriller Stimme, und die anderen bekundeten, dass er mit seiner Anklage Recht hatte.

Selik bedachte das Gesagte, dann verkündete er einen Kompromiss: »Father Cedric und ich werden bleiben, um Zeugen deines Tuns zu sein. Die anderen werden draußen vor dem Zelt warten – für den Fall, dass sie gebraucht werden.«

»Gut, dann müsst ihr beide euch die Hände schrubben.«

»Die Frauensperson verlangt zu viel«, jammerte Father Cedric.

»Selik, mein Bruder ist in größerer Gefahr durch eine Infektion zu sterben als durch die Verwundung selbst. Schmutz und verunreinigtes Blut übertragen Keime, sie sind eine tödliche Gefahr, wenn sie in offene Wunden gelangen.«

Stur bleibend, starrte Selik Rain zunächst nur an, doch dann schaute er in Tykirs flehende Augen. Entschlossen sagte er dem Heiler: »Wir tun, was die Frau verlangt – vorerst.«

Sie verließen das Zelt, um sich zu waschen, und stießen Flüche aus, als Rain ihnen hinterherrief, sie sollten auch unter den Fingernägeln schrubben. Dann wandte sie sich dem inzwischen fast bewusstlosen Tykir zu.

»Lämmchen, ich werde einige Dinge tun, die die Schmerzen mildern. Du wirst dich dann viel besser fühlen und wirst sogar sprechen können, wenn ich die Wunde behandele und den Schaden repariere. Vertraust du mir?«

»Ich muss dir vertrauen«, erwiderte er unsicher.

»Über eine Sache müssen wir noch reden, Tykir ... über die Art, wie ich dir den Schmerz nehmen werde. Ich tue es, indem ich an mindestens zehn Stellen deines Körpers Nadeln in deine Haut steche.«

Gott im Stillen für ihr nahezu fotografisches Gedächtnis dankend, rief sich Rain Dr. Lees Lektionen über dieses alte chinesische Heilverfahren in Erinnerung. Sie stellte sich die Meridiane vor, die den menschlichen Körper durchziehen, und deren 365 Einstichpunkte auf der Haut. Selbst Dr. Lee war sich, trotz seiner großen Erfahrung, nicht sicher gewesen, warum die Akupunktur wie eine natürliche Form der Anästhesie wirkte. Er vertrat aber die Ansicht, dass, wurde die Nadel an den richtigen Punkt gesetzt, eine Botschaft zum Gehirn ausgesandt wurde, welches wiederum die Ausschüttung körpereigener Schmerzhemmer veranlasste. Dazu zählten unter anderem die Endorphine, die das Schmerzempfinden reduzieren oder gar völlig ausschalten konnten.

Tykir hatte Todesangst, doch er presste mutig die Lippen zusammen und schloss die Augen, als Rain ihm die langen Nadeln an mehreren Stellen seines Körpers, einschließlich des Kopfes, in die Haut stach. Als sie fertig war, schaute er sie verblüfft an. »Es ist ein Wunder. Ich fühle keinen Schmerz.«

Rain schloss für eine Sekunde die Augen. *Ich danke dir, Gott!*

»Nein!«, riefen Selik und der Heiler wie aus einem Munde, als sie in das Zelt zurückkehrten und sahen, was Rain mit den Nadeln getan hatte. Seliks imposant großer Körper schien beim Anblick der Nadeln zu wanken, ganz als drohten ihm die Sinne zu schwinden. Er packte Rain am Kragen und zischte ihr zu, welche Qualen er ihr dafür antun würde, dass sie seinen verletzten Freund so gemartert hatte. Doch dann mischte sich Tykir mit schwacher Stimme ein: »Nein, Selik, die Nadeln töten den verdammten Schmerz. Ich habe ihr erlaubt, es zu tun.«

Selik sah Tykir zweifelnd an, schließlich fuhr er den noch immer vor sich hin stammelnden Heiler an: »Halts Maul, Mann, oder verschwinde!«

Die Operation dauerte Stunden. Und die ganze Zeit hielt ein weißgesichtiger Selik für Rain das Vergrößerungsglas, das sie früher an diesem Tag gekauft hatte, um das Gemälde im Museum besser betrachten zu können.

War es wirklich erst heute Morgen gewesen? Oder war es schon ein ganzes Leben lang her?

Trotz der Akupunktur verlor Tykir – gnädigerweise – während des Eingriffs das Bewusstsein. Am Ende, als sie die letzten Stiche machte, das Bein verband und eine Schiene anlegte, zitterten Rains Finger vor Anspannung und Erschöpfung.

Father Cedric verließ kopfschüttelnd und vor sich hin murmelnd das Zelt: »Hexe! Teufelswerk! Schwarze Magie!« Aber Selik sah Rain unablässig und tief in Gedanken versunken an, während sie ihre kläglichen Hilfsmittel zusammenpackte. Schließlich trat er vor das Zelt, sprach mit den Männern und kehrte dann zurück, um ihr zu helfen. Irgendwann zog er sie trotz ihrer Proteste von Tykirs Lager fort und versicherte ihr, dass einer der Soldaten während der Nacht Wache bei ihm halten und sie rufen würde, sollte eine Veränderung eintreten. Er führte Rain zu einem kleinen Zelt ganz in der Nähe und forderte sie auf, hineinzugehen.

»Das ist das Beste, was ich auftreiben konnte«, entschuldigte er sich und wies auf die am Boden liegenden Felle und die Schale mit Wasser zum Waschen. Auf einem Schemel daneben standen ein Becher mit Wasser und ein Holzteller, auf dem ein Kanten Brot und ein paar Scheiben halb verbranntes Fleisch lagen.

Seliks Fürsorge überraschte Rain. Als sie sich umwandte, um ihm dies zu sagen, war er bereits gegangen.

3

Nachdem Rain das eigentlich ungenießbare Mahl heißhungrig verschlungen und das erfrischend kalte Wasser getrunken hatte, entkleidete sie sich bis auf die Unterwäsche und wusch sich, so gut es ihr mit den begrenzten Mitteln möglich war. Was hätte sie für ein Deodorant gegeben!

Sie zog ihre Hosen wieder an und betrachtete widerwillig ihre vor Schmutz starrende, zerrissene Bluse. Auf deren Rücken entdeckte sie einen großen – *sehr* großen – rötlich braunen Fleck.

Blut! Wie konnte das sein? Sie betastete ihren Rücken, ohne dort eine Verletzung zu finden. Und Tykirs Blut konnte es auch nicht sein. Als sich Rain daran erinnerte, dass das Schwert des Angelsachsen Seliks Rüstung durchdrungen hatte, begriff sie plötzlich. Bei dem Ritt hierher waren sie tüchtig durchgerüttelt worden, und dabei musste sich Seliks Wunde wieder geöffnet haben. Und dieser dumme Wikinger hatte nicht genug Verstand gehabt, etwas zu sagen.

Selik zu retten würde sich sehr viel schwieriger gestalten, als sie gedacht hatte. Rain zog die Bluse an, griff nach ihrem Notfallset und verließ eilig das Zelt. Trotzig trat sie den aufmerksamen Wachen entgegen und bahnte sich ihren Weg zwischen den am Boden schlafenden Soldaten hindurch, bis sie Seliks Zelt gefunden hatte.

Er hatte das Kettenhemd abgelegt und die Stiefel mit den kreuzweise gebundenen Bändern ausgezogen. In einer schenkellangen Tunika stand er barfuß da und leerte mit großen

Schlucken einen Becher. Er wandte sich um, als er Rains leises Seufzen hörte, und sah sie über die Schulter fragend an. Seine halb geschlossenen Augen hielten ihre wie eine Liebkosung einige Augenblicke lang in ihrem Bann, ehe er amüsiert fragte: »Womit habe ich diese Ehre verdient? Hat dich der Himmel geschickt?«

Rain schluckte mühsam, als sie Seliks kühnen Blick auf sich ruhen spürte. Großer Gott, was für ein faszinierend attraktiver Mann er war! Sogar seine Füße waren schön – mit hohem Spann und perfekt geformt. Obwohl die Tunika einen großen Teil seines Körpers bedeckte, weideten sich Rains Augen an seinem Anblick, an den schmalen Hüften und der schlanken Taille, den breiten Schultern und den kräftigen Muskeln.

Im Geiste ermahnte sie sich, Vorsicht walten zu lassen. Auf eine Frau von 1,80 Meter Größe wirkte dieser mehr als 1,90 Meter große Mann schrecklich verlockend. Sie schüttelte den Kopf, um wieder zu Besinnung zu kommen, und errötete, als er sich ganz zu ihr wandte und sie sein wissendes Grinsen sah.

»Hast du deine Ansichten über das Sichpaaren geändert?«, fragte er, wobei das mutwillige Lächeln auf seinem Gesicht seine Augen nicht ganz erreichte.

»Oh!«, stieß Rain empört aus. Seine Direktheit vertrieb die Hitze aus ihrem siedenden Blut. »Nein, du lüsterner Bock. Ich bin *deswegen* gekommen. Es ist *dein* Blut.« Sie drehte sich um und zeigte ihm den Rücken ihrer Bluse. »Warum hast du mir nichts von deiner Verwundung gesagt?«

Er zuckte die Schultern. »Es ist nicht wichtig. Die Wunde ist belanglos; der Heiler kann sich morgen Früh darum kümmern.«

»Das wird er nicht!«, erklärte Rain mit Nachdruck. »Ich werde diesen Schlächter nicht in deine Nähe lassen. Und jetzt zieh deine Tunika aus.«

Angesichts ihrer Besorgtheit zog Selik die Augenbrauen hoch. Er bewegte sich mit sinnlicher Anmut, als er auf sie zuging und sich dabei die Tunika auszog. Darunter trug er nur einen kleinen Lendenschurz.

Rain biss sich auf die Unterlippe und unterdrückte einen Ausruf der Bewunderung über die faszinierende Vollkommenheit seines Körpers. Doch dann konzentrierte sie sich auf den langen, tiefen Schnitt, der quer über seinen Bauch verlief, und sie rügte Selik heftig: »Bist du nicht mehr recht bei Sinnen? Eine Wunde wie diese ist gefährlich. Sie muss gesäubert und mit einem Antiseptikum behandelt werden. Und mit mindestens fünfzig Stichen genäht werden.«

»Untersteh dich, auch nur daran zu denken, mir diese langen Nadeln in den Kopf zu stechen – oder in irgendeinen anderen Teil meines Körpers«, warnte Selik sie und wich ein Stück vor ihr zurück. »Das werde ich dir niemals erlauben.«

Rain lachte leise. »So, der große tapfere Kriegsheld fürchtet sich vor einer kleinen Nadel? Mach dir keine Sorgen. Es wird mir ein großes Vergnügen sein, zu sehen, wie du dich in Schmerzen windest, ein klein wenig nur. Das ist dafür, dass du mich heute Morgen durch den Wald gejagt hast.«

Sie drängte ihn zu seiner von Fellen bedeckten Bettstatt und kniete sich neben ihm auf den Boden, als er sich darauf ausgestreckt hatte. Rain arbeitete rasch, und bald hatte sie die Wunde genäht und mit sauberen Tüchern verbunden. Selik gab keinen einzigen Laut des Schmerzes von sich. Stumm, als versuche er, einem Rätsel auf die Spur zu kommen, beobachtete er jede ihrer Bewegungen. Er lehnte ab, als Rain ihm ein Schmerzmittel anbot, weil er meinte, dass andere es nötiger brauchten als er.

Als Rain fertig war, grinste Selik mutwillig. Mit einer blitzschnellen Bewegung brachte er sie zu Fall, und sie fand sich auf dem Rücken liegend neben ihm auf seinem Bett wieder.

»Ich glaube, du solltest heute Nacht hier schlafen.«

»Vergiss es. Ich habe dir vorhin schon gesagt, dass ich mich nicht mit dir einlassen würde. Außerdem bist du nicht in der Verfassung für Sex.«

»Ha! Überlass es mir, über *diese* besondere Verfassung zu entscheiden. Und hast du vergessen, dass deine spitzen Knochen mich nicht dazu reizen, dich zur Bettgefährtin haben zu wollen?«

»Oh.«

»Jetzt mach Mund und Augen zu und schlaf, süßes Schnee-Mädchen.«

»Schnee?« Rain war empört. »Mein Name ist Rain. Und ich mag es nicht, dass du dich über meinen Namen lustig machst.«

»Nun, ich finde, der Name Rain passt nicht zu dir. Regen steht für Sanftheit ... und für die Wiedergeburt des Frühlings und für ... Hoffnung.«

Bei diesen poetischen Worten Seliks stieß Rain einen langen Seufzer aus. Wahrlich, war nicht genau das der Grund, warum sie zu diesem grimmigen Krieger geschickt worden war – um die Sanftheit in sein raues Leben zurückzubringen, um ihm zu zeigen, dass selbst die schwärzeste Seele wiedergeboren werden konnte? Und – vor allem anderen –, dass die Hoffnung eine nie versiegende Quelle für Veränderung war?

Seliks langes Schweigen sprach Bände. Rain wusste, dass ihn die gleichen Gedanken wie sie bewegten. Doch dann sprach er weiter: »Genau genommen wäre Hagel ein passenderer Name für dich. Schnee wird zu Matsch und ist dann grau und unansehnlich, und man kann ihn leicht aus dem Weg schieben. Doch du bist ganz anders. Ein Hagelschauer kommt unvermutet, ohne Warnung, und seine Körner stechen in die Haut eines Menschen, bis der diese Stiche nicht mehr ignorieren kann. Und er bringt oft Verwüstung mit sich. Ja, ich denke, ich werde dich Hagel nennen. Oder Hagelkörnchen.«

»Du bist unmöglich.« Rain bewegte sich unruhig, um es sich bequemer zu machen. Selik streckte den Arm aus und legte ihn über ihre Brust. Mit dem rechten Bein umschlang er ihre Beine, sodass Rain wie festgenagelt auf den Fellen lag.

»Lass mich aufstehen.«

»Nein, du könntest fliehen.«

»Fliehen? Wohin sollte ich gehen?«

»Dein Ruhm als Heilerin wird sich ohne Zweifel ausbreiten wie der Rotlauf in einer Schweineherde. Die Angelsachsen werden eine Prämie auf deinen Kopf aussetzen, genau wie bei mir, aber dich werden sie lebend haben wollen. Gute Heiler stehen hoch im Kurs, besonders am angelsächsischen Hof.«

Rain spürte, wie sich ein warmes Glücksgefühl über Seliks indirektes Lob ihrer medizinischen Fähigkeiten in ihr ausbreitete. »Nun, wenn ich hier schlafe, dann nimm wenigstens deinen Körper von meinem.«

Selik zog sich lachend zurück, und Rain drehte ihm den Rücken zu und brachte sich in eine bequemere Lage. Selik schwieg, und sie nahm eine dumpfe Niedergeschlagenheit in der Stille wahr, die sich ausbreitete. »Ist etwas nicht in Ordnung?«

»Vieles ist nicht in Ordnung. So viele Männer ... so viele Freunde ... sind heute gestorben, ohne ein anständiges Begräbnis. Die Sterbesakramente der christlichen Kirche sind ihnen nicht zuteil geworden. Und auch nicht das Feuerritual der Nordmänner, ohne das sie ihre Reise nach Walhall nicht antreten können. Ein Mann sollte die beschützen können, die unter seinem Schutz stehen. Ich habe heute versagt.«

»Siehst du nicht, wie sinnlos die heutige Schlacht war? Auf beiden Seiten? Und so wie jeder Krieg? Er ist vorbei, und es sind viele Menschenleben vergeudet worden ... für nichts.«

»Der Krieg ist nicht vorbei – nicht für mich. Ich werde auch weiterhin jeden Angelsachsen töten, der meinen Weg kreuzt, bis ich mich endlich gerächt habe … oder in Walhall bin.«

»O Selik«, wisperte Rain, der das Herz wehtat wegen seiner Qual und seiner rastlosen Jagd nach Vergeltung.

Nach einer Weile brach Selik das Schweigen. »Genug von mir gesprochen. Erzähl mir mehr über deine Versagerquote, Hagelkörnchen.«

»Hmmm?«

»Die schlechten Beziehungen zu Männern.«

»Oh, da gibt es eigentlich nicht viel zu erzählen. Es ist eben so, dass ich mir nicht viel daraus mache – aus Sex. Das ist alles.« Rain runzelte die Stirn. Guter Gott! Warum enthüllte sie etwas so Intimes einem praktisch Fremden? Weil Selik kein Fremder für mich ist, dachte sie. Rain hatte das Gefühl, ihn schon ihr ganzes Leben lang zu kennen. Und wenn sie über sich sprach, könnte sie ihn damit vielleicht von seinen Grübeleien ablenken.

»Beim Blute Thors! Du bist sehr direkt!«

»Du hast mich gefragt«, rechtfertigte sie sich.

»Wie lange ist es her, dass ein Mann zwischen deinen Schenkeln gelegen hat?«

»Du selbst bist aber auch ziemlich direkt, Mister«, lachte Rain und dachte dann kurz nach. »Zwei Jahre.«

»Wirklich? Ich kann es kaum glauben, aber andererseits weiß ich schließlich, dass sich einige Frauen vom Treiben im Bett abgestoßen fühlen. Allerdings halte ich dich für heißblütiger als jene Frauen. Vielleicht hattest du bist jetzt noch keinen Mann mit den entsprechenden Fähigkeiten.«

»O bitte, spar dir die Sache mit dem männlichen Ego. Sex stößt mich nicht ab, und ich kann so gut wie jede andere Frau zum Orgasmus kommen. Schließlich weist der Körper einer Frau siebenundfünfzig erogene Punkte auf. Und wenn ein

Mann nicht fähig ist, auch nur einen von ihnen zu finden, dann braucht er ein Leitfeuer und ein Handbuch über Sex.«

Heiliger Bimbam! Hatte sie wirklich all diese Dinge gesagt? Dieser Traum-Trip musste ihr die Zunge gelöst haben – oder ihren Verstand. Sie hoffte nur, dass Selik ihre Anstrengungen, ihn von seinen quälenden Gedanken abzulenken, zu schätzen wusste.

Selik keuchte vor Lachen. »Nur siebenundfünfzig?«, fragte er trocken. »Und haben Männer genauso viele oder mehr?«

Rain wusste, dass er sie neckte. Nun, sie würde es ihm zeigen. Sie hielt ihm einen Vortrag wie aus dem Lehrbuch über das Einmaleins in Sachen Sexualkunde. Als sie damit fertig war, bebte Seliks Brust vor Lachen.

»Also wirklich! Was ist daran so komisch?«

»Du. Du kennst all diese Einzelheiten über die Vereinigung von Mann und Frau. Du bist wie ein verdammtes Buch, nicht wie eine Frau. Nein, du hast dich in den Armen eines Mannes noch nie wie eine richtige Frau gefühlt, da gehe ich jede Wette ein. Ich bin überzeugt, du weißt nicht einmal, was du von einem Mann willst.«

»Ha! Ich werde dir etwas sagen, Mr. Allwissend. Der beste Sex, den ich je hatte, beinhaltete keine ... beinhaltete keine ... nun ja ... Penetration.« Rain hatte die Falle erkannt, in die sie sich durch ihre voreilige Zunge manövriert hatte, und flüsterte das letzte Wort nur noch.

Aber Selik hörte es.

Als sie ihn gedämpft kichern hörte, fügte sie mit falschem Mut hinzu: »War das explizit genug für dich?«

»Ich denke, du versuchst absichtlich, mich zu schockieren. Du meinst diese haarsträubenden Dinge, die du da sagst, gar nicht ernst.«

»Doch, das tue ich. Ich meine, nein, das tue ich nicht.«

»Machst du jetzt einen Rückzieher, Frau?«

»Nein! Und glaub nicht, ich wüsste nicht, dass du mich einfach nur herausfordern willst, indem du so dumme Sachen sagst.«

»Willst du damit sagen, dass ich dich veranlasse, solchen Unsinn von dir zu geben?«

Rain war empört. »Was für Unsinn?«

»Zum Beispiel das, was du eben gesagt hast … über die Penetration.«

»Oh.« Das Wort klang wie ein Quieken. Rain gähnte übertrieben geräuschvoll. »Diese Unterhaltung ist sehr ermüdend. Ich denke, ich werde jetzt schlafen.«

»Das machen die Frauen immer.«

»Was?«

»Weglaufen. Sich verstecken. Versuchen, ihre Schwindeleien zu verbergen, wenn sie sich in ihren eigenen Fallstricken verfangen haben.«

»Also wirklich, Selik, du machst aus einer Mücke einen Elefanten. Ich habe die Wahrheit gesagt. Viele Frauen werden dir bestätigen, dass der beste Sex der war, den sie als Teenager hatten. Das Necking mit ihrem Freund. Viele Stunden lang.«

»Necking?«

Voller Selbstverachtung stellte Rain fest, dass sie in die Grube gefallen war, die sie sich selbst gegraben hatte. »Beim Necking küsst man sich nur, aber das auf jede nur erdenkliche Weise – unschuldig, tief, leidenschaftlich, Zunge – du weißt schon, die ganze Palette. Im Gegensatz zum Petting, das das Sichberühren einschließt. Üblicherweise behält man dabei die Kleidung an, und es kommt niemals zum Geschlechtsverkehr.«

»Zunge?«, stieß Selik hervor.

»Ja, französisch küssen.«

»Französisch? Ha! Wagen diese verdammten Franzosen es etwa zu behaupten, sie hätten den Zungenkuss erfunden? Den haben die Nordmänner schon lange vor ihnen gekannt.«

Rain lächelte im Stillen über die Eingebildetheit der Männer, ganz egal welcher Nationalität sie angehörten und in welcher Epoche der Geschichte sie lebten.

Selik schnaubte missbilligend. »Und dieses stundenlange Geküsse ist für dich befriedigender als die Vereinigung?«

»Das kann es sein. Oh, in einer perfekten Situation würde Sex wahrscheinlich die Folge sein. Aber wie ich schon sagte, frag irgendeine Frau, was sie vorziehen würde – eine Verführung durch stundenlanges Küssen oder eine Rein-raus-vielen-Dank-das-wars-Nummer.«

Selik sagte nichts, und Rain begriff, dass sie irgendwie einfach drauflos geplappert hatte. Wahrscheinlich hatte sie ihn zu Tode gelangweilt. Oder ihn bis zur Sprachlosigkeit geschockt.

»Schläfst du?«

Er schwieg lange, ehe er mit weicher Stimme antwortete: »Nein.«

»Was tust du?«

Er lachte heiser. »Mir Befriedigung verschaffen.«

Rain stieß einen entrüsteten Ton über seine Ungezogenheit aus und drehte sich um, um ihn deswegen zu schelten. Im Dämmerlicht des Fackelscheins sah sie, dass Selik auf dem Rücken lag und die Arme hinter dem Kopf verschränkt hielt. Er grinste mutwillig und zwinkerte ihr zu.

Dieser verdammte Kerl! Verärgert drehte Rain ihm wieder den Rücken zu.

»Rain?«

»Was willst du?«

»Was ist Orgie-Asmus?«

Rain fühlte ihr Gesicht vor Verlegenheit rot werden, und sie weigerte sich, ihm zu antworten. Außerdem wusste er es wahrscheinlich ohnehin und konnte es nur nicht lassen, sie zu piesacken.

Selik erhob sich, um die Fackel zu löschen, und legte sich wieder hin, wobei er die Felle über sie beide zog.

»Schlaf jetzt, Süße.«

Süße! Rains Herz summte. Er hatte kuriose Kosenamen für sie. Und *Hagelkörnchen*! *Sei's drum.*

Schon halb im Schlaf, sagte sie leise: »Selik?«

»Hmmm?«

»Ich bin froh, dass Gott mich geschickt hat, dich zu retten.«

Sie glaubte, ihn fluchen und etwas sagen zu hören, das ähnlich klang wie: »Dein Gott muss einen seltsamen Sinn von Humor haben«, aber sie war zu müde, um ihn zu bitten, die Worte zu wiederholen.

Rain erwachte am nächsten Morgen erst spät, sie war völlig ausgeruht – und allein. Sie reckte sich träge unter den warmen Fellen und fragte sich, wo Selik sein konnte.

Plötzlich fiel ihr auf, dass sie die ganze Nacht ungestört geschlafen hatte. Keine Albträume. Keine Schreckgespenster. Sie lächelte.

Nun ja, was erwarte ich denn, dachte sie und fühlte sich plötzlich niedergeschlagen. Schließlich befinde ich mich doch mittendrin in meinem Albtraum.

Tykir. Die Erinnerung traf Rain wie ein Blitz, und sie sprang hektisch auf, um nach ihrem Patienten zu sehen. Sie benutzte das Wasser aus einer kleinen Schale, um sich damit das Gesicht zu benetzen und den Mund auszuspülen. Da sie keinen Spiegel hatte, strich sie kurzerhand die Haare einfach nur zurück, die sich aus ihrem Zopf gelöst hatten.

Ihr Halbbruder lag dort, wo sie ihn am Abend zuvor zurückgelassen hatte. Er wurde von einem jungen Soldaten bewacht, der ihre Fragen danach beantwortete, wie es dem Patienten während der Nacht ergangen war. Rain seufzte erleichtert, als sie Tykir berührte und seine Haut sich kühl anfühlte. Kein Fieber, Gott sei Dank. Sein Puls war schwach – nach einem derart traumatischen Eingriff war es nicht anders zu erwarten gewesen –, aber dennoch regelmäßig. Sein Herz schlug ruhig und kräftig.

Während sie seine Verbände löste, erwachte Tykir. »Bin ich am Leben? Oder bin ich tot? Bist du eine Dienerin der Götter?«, fragte er benommen.

Rain lachte leise. »Und ob du am Leben bist, junger Mann, und ich hoffe, dich noch eine ganze Weile zu behalten. Und auch wenn Selik mich als Schutzengel bezeichnet, so bin ich genau wie du auch nur sterblich.«

Tykir versuchte zu lächeln, doch seine Lippen waren weiß vor Schmerz.

»Hier, nimm das«, sagte Rain und holte das Röhrchen *Darvon* aus ihrer Tasche. »Es sind nur noch sechs Stück übrig, deshalb werden wir sie genau einteilen müssen. Es wird dir den Schmerz nehmen.«

»Nein, ich brauche keine magischen Zauberkugeln gegen den Schmerz.«

»Nimm sie«, befahl Rain unnachgiebig und schob ihm die Tablette in den Mund. Dann stützte sie ihm leicht den Kopf, damit er etwas Wasser aus dem hölzernen Becher trinken konnte, den sie für ihn hielt.

»Bist du eine Zauberin? Ich erinnere mich, dass du gestern Abend meine Wunde versorgt hast und ich keinen Schmerz dabei gefühlt habe.«

»Nein, ich bin Ärztin. Chirurgin, genauer gesagt«, erwiderte Rain, während sie sein Bein auf Anzeichen einer Infektion untersuchte, ehe sie einen Verband aus sauberen Tüchern anlegte.

»Wirklich? Ich habe noch nie gehört, dass eine Frau so etwas macht. Und die Nadeln? Das waren doch gewiss die Gerätschaften einer Hexe.«

»Keineswegs, denn schon vor undenklichen Zeiten war die Akupunktur ein anerkanntes Verfahren, das von den Heilern angewandt wurde. Ich muss zugeben, dass sie nicht mein Fachgebiet ist, aber ich hatte in deinem Fall keine andere Wahl.«

Tykir runzelte die Stirn. »Hast du gestern Abend behauptet, meine Schwester zu sein, oder habe ich das geträumt?«

Rain legte letzte Hand an den Verband an, ehe sie sich zu Tykir umwandte und ihren gut aussehenden Bruder anlächelte. »Ich bin deine Halbschwester Thoraine Jordan. Im Allgemeinen nennt man mich Rain.«

Tykir war verwirrt. »Wie kann das sein?«

»Wir haben denselben Vater«, erklärte Rain und kreuzte bei dieser Halblüge die Finger. »Meine Mutter ist Ruby Jordan. Erinnerst du dich an sie?«

Rain konnte es nicht fassen, dass sie die Zeitreise-Geschichte ihrer Mutter jetzt so bereitwillig akzeptierte, nachdem sie sie dreißig Jahre lang nicht geglaubt hatte. Nun, welche Erklärung konnte es sonst noch geben? Es war entweder eine Zeitreise oder ein verdammt realer Traum.

»Nein! Das ist unmöglich«, stieß Tykir aufgeregt hervor und versuchte, sich aufzusetzen. Mithilfe des Wachsoldaten gelang es Rain, ihren Bruder wieder auf sein Lager zu drücken. »Es ist grausam von dir, die Wahrheit so zu verdrehen«, klagte Tykir sie mit schwacher Stimme an.

»O Tykir, ich würde über etwas so Wichtiges niemals die Unwahrheit sagen.«

In den Augen ihres Halbbruders standen Tränen. »Ich liebte Ruby, aber sie ging fort, ehe ich die Gelegenheit hatte, es ihr zu sagen. Ich war zu der Zeit erst acht Jahre alt. Warum hat sie uns verlassen?«

»Sie hatte keine andere Wahl. Sie war gezwungen, in ihre eigene Welt zurückzukehren nach Thorks … unseres

Vaters … Tod. Aber sie wusste, dass du sie liebst, Tykir. Sie hat oft darüber gesprochen.«

»Aber Ruby und mein Vater haben erst vor zwölf Jahren geheiratet. Wie können sie da ein Kind deines Alters haben?«

»Ich verstehe es selbst nicht, aber die Zeit muss in der Zukunft schneller vergehen als hier.« Rain hatte keine andere Erklärung dafür, warum die dreißig Jahre in der Zukunft in der Vergangenheit nur zwölf Jahre ausmachten.

»Du musst mir mehr erzählen … aber später … nicht jetzt«, bat Tykir. Er sprach sehr undeutlich. »Deine Tablette ist wirklich magisch. Ich fühle mich ganz wunderbar. Mir ist zu Mute, als würde ich …« Ein leises Schnarchen entfloh seinen Lippen. Rain lächelte und strich ihm in liebevoller Fürsorge eine dunkelblonde Haarlocke aus der Stirn.

Als Rain das Zelt verließ, bemerkte sie, dass im Laufe der Nacht noch mehr Männer im Lager eingetroffen waren. Ungefähr fünfhundert Soldaten bevölkerten die Ebene, und in diesem Augenblick wurde gerade eine Art Zusammenkunft abgehalten. Ein halbes Dutzend Männer, es schienen die Anführer zu sein, standen vor den versammelten Kriegern. Sie alle waren andersartig gekleidet, sodass es sich um die Vertreter verschiedener Länder oder Volksstämme handeln musste. Da Rain zu weit entfernt stand, um verstehen zu können, was die Männer sagten, ging sie zu den Feuerstellen hinüber. Dort war eine Gruppe Frauen fieberhaft damit beschäftigt, eine Mahlzeit vorzubereiten.

Rain ging auf eine der Frauen zu, die bei einem riesig großen Kessel stand, in dem ein Eintopf brodelte, der seinen köstlichen Duft in die kalte Morgenluft verströmte.

»Was geht dort vor?«, fragte Rain die Wikingerfrau. Sie war von mittlerem Alter und trug das blonde Haar zu einer Art Krone aufgesteckt. Die ärmellose Tunika wurde auf den Schultern von zwei Messingfibeln geschlossen und über einem gefältelten Untergewand getragen. In Anbetracht der Umgebung war ihre Kleidung überraschend reinlich.

Bei Rains Frage zuckte die Frau vor Überraschung zusammen und ließ vor Schreck die Schöpfkelle fallen. Sie tauschte einen raschen, wachsamen Blick mit der Frau, die neben ihr stand. Diese war jünger, trug ihr rotblondes Haar zu Zöpfen geflochten, die ihr bis an die Taille reichten, und war ähnlich gekleidet. Ob es Dirnen waren? Oder Ehefrauen?

»Mein Name ist Rain Jordan.«

»Ich bin Sigrid, das Weib von Cnut«, sagte die Ältere zögernd. Sie legte die Hand auf die Brust und deutete dann auf die jüngere Frau. »Das ist meine Tochter Gunvor.«

»Ich bin halb verhungert«, sagte Rain. »Könnte ich etwas zu essen haben?«

Sigrid reichte ihr eine Holzschale mit dem sämigen Eintopf, in dem außer Fleischstücken auch Zwiebeln und Wurzeln waren. Mit einem grob geschnitzten Holzlöffel probierte Rain zaghaft davon, dann schloss sie verzückt die Augen, und ihr Magen grummelte zufrieden. Sie hatte seit mehr als vierundzwanzig Stunden so gut wie nichts gegessen, und vermutlich hätte auch Spülwasser ihr so gut geschmeckt wie die feinste Speise.

Gunvor starrte sie mit offenem Mund an. »Hast du heute Nacht wirklich das Lager mit dem Geächteten geteilt?« Sie schauderte bei diesem Gedanken sichtbar zusammen.

»He?«

Rain hatte geglaubt, man würde sie wegen ihrer Körpergröße anstarren, obwohl sie diese Frauen, die größer als der Durchschnitt waren, nur unwesentlich überragte. Oder auch wegen ihrer fremdartigen Kleidung oder vielleicht wegen ihrer ungewöhnlichen medizinischen Fähigkeiten. Doch nein, es war lediglich ihre Verbindung zu Selik, die die Frauen beschäftigte. Rain erinnerte sich vage daran, dass Selik sich gestern selbst auch so genannt hatte: der Geächtete.

Rain runzelte verwirrt die Stirn, während sie Sigrid die leere Schale zurückgab. Inzwischen waren noch einige der Frauen näher gekommen, um jedes Wort ihrer Unterhaltung mitzubekommen.

»Ja, ich habe letzte Nacht neben Selik geschlafen«, gab Rain zu, verzichtete jedoch darauf, weitere Erklärungen abzugeben.

»Oh, wie konntest du es nur ertragen, von diesem Tier angefasst zu werden?«, rief Gunvor aus. »Man sagt, er sei in den Schlaffellen ein ebensolcher Berserker wie auf dem Schlachtfeld.«

»Berserker?«

»Verrückt vor Lust.«

Rain zog zweifelnd eine Augenbraue hoch. Selik war ganz gewiss nicht verrückt vor Lust nach ihr gewesen.

»Schon sein Anblick dreht einem den Magen um«, fügte eine andere Frau mit einem Schaudern hinzu. »Wie konntest du es ertragen, ihn anzusehen? Er ist so hässlich.«

»Hässlich? Selik?«, fragte Rain ungläubig. »Da reden wir wohl nicht von demselben Mann. Selik ist brutal, und er liebt das Töten und den Krieg viel zu sehr – aber hässlich? Niemals! Ganz im Gegenteil, er ist vermutlich der attraktivste Mann, dem ich je begegnet bin.«

Die Frauen wichen leicht vor ihr zurück, als befürchteten sie, Rain könnte nicht ganz richtig im Kopf sein.

»Aber die Narben, die gebrochene Nase, die Grausamkeit in seinen Augen, sein hasserfülltes Wesen. Und man erzählt sich, dass er nicht einmal Kinder in seiner Nähe duldet, dass er sie unter seinem Fuß zerdrückt wie Ungeziefer. Und diese Dinge stoßen dich wirklich nicht ab?«, fragte Gunvor ungläubig.

Rain versuchte, Seliks Bild vor sich entstehen zu lassen. Ja, da waren Narben, sogar sehr viele, und seine Nase war nicht perfekt, doch nichts von alldem entstellte diesen Mann mit ebenmäßigen klassischen Gesichtszügen, dem durchtrainierten, muskulösen Körper. Und die Grausamkeit in seinen Augen – es gab sie, aber konnten diese Frauen nicht erkennen, dass sich dahinter ein tiefer Schmerz verbarg? Natürlich könnte sie einen Mann wie Selik niemals lieben. Er war zu vulgär, zu eigensinnig, liebte zu sehr den Krieg. Doch andererseits konnte sie sich seiner naturgegebenen Attraktivität nicht entziehen.

Sie hob gerade an, um diesen ignoranten Frauen genau das zu sagen, als Selik näher kam. Er stieß ein paar derbe Flüche aus, und die Frauen stoben wie furchtsame Hühner davon.

»Musstest du den Frauen solche Angst einjagen?«

»Dumme alberne Gänse«, knurrte er und beugte sich über den simmernden Kessel. Er schnupperte daran, ehe er sich eine Schale mit dem Eintopf füllte. Dann setzte er sich in der Nähe auf einen Felsbrocken und schlang sein Mahl hungrig hinunter. Dabei ignorierte er Rains Anwesenheit völlig.

Sein Hunger berührte sie seltsam. Er trug dieselbe befleckte Tunika wie gestern, aber Rain bemerkte, dass er gebadet und sich rasiert hatte. Sein platinblondes Haar glänzte wie gesponnenes Silber und fiel ihm bis auf die Schultern. Das harsche Urteil der Frauen über seine Erscheinung im Kopf, betrachtete Rain ihn genauer. Sie entdeckte viele Narben, alte und neue. Besonders schrecklich war eine alte Narbe, die von seinem rechten Auge bis zum Kinn verlief: eine verblasste gezackte Linie in seinem von der Sonne gebräunten Gesicht. Und aus dem weißen Narbengewebe auf seinem Unterarm konnte man das Wort *Rache* lesen. Rain erschrak bei dem Gedanken daran, welche fürchterlichen Ereignisse Selik veranlasst haben mochten, sich diese Buchstaben in die Haut zu ritzen. Zumindest vermutete sie, dass er es selbst getan hatte.

»Halte deine neugierigen Augen im Zaum, Hagelkorn.«

»Was?« Rain zuckte verlegen zusammen, weil er sie dabei ertappt hatte, dass sie ihn in Augenschein genommen hatte. »Ich habe nur all deine Narben bewundert.«

»Lügnerin.« Sein Blick durchbohrte sie geringschätzig, dann wandte er ihn wie vor Abscheu ab. »Nimm dich in Acht, Frau. Ich bin heute nicht in der Stimmung, dein Getue zu ertragen. Verschwinde und lass mich in Ruhe.« Er legte die Hände vors Gesicht und rieb sich erschöpft die Augen.

Seine schroffe Zurückweisung kränkte Rain, und törichterweise verharrte sie dort, wo sie saß. »Woher hast du die Narbe in deinem Gesicht? Ist es bei irgendeiner sinnlosen Schlacht passiert, in der du die Männer reihenweise abgeschlachtet hast? Oder hat dich der Ehemann einer dieser Frauen erwischt, mit denen du dich vergnügt hast? Nein, lass mich raten. Ich könnte wetten, du bist gestolpert und gefallen, als ...«

»Nein, Frau, es war nichts dergleichen.« Seliks eiskalte graue Augen hielten ihre unbarmherzig gefangen. Aus ihnen sprach ein Grauen, von dem Rain plötzlich wusste, dass sie nichts darüber hören wollte. Sie stand auf, um zu gehen, doch Selik zerrte sie zurück und zwang sie, sich auf den Fels zu setzen. »Du hast danach gefragt, du Törin, und jetzt wirst du bleiben und zuhören.

Dein Vater Thork und ich waren Ritter der Jomswikinger. Als Thork noch ein Kind war, wurde er von seinem Bruder Eric mit mörderischem Hass verfolgt – Eric Blutaxt nannte man ihn. Als Thork fünf Jahre alt war, hat Eric ihm sogar den kleinen Finger der rechten Hand abgeschlagen. Schließlich lief Thork davon, um Jomswikinger zu werden. Es war der einzige ihm mögliche Weg, um dem Hass seines grausamen Bruders zu entkommen.«

»Selik, hör auf. Es tut mir Leid. Ich wollte diese schmerzvollen Erinnerungen nicht aufrühren.«

Aber Selik fuhr fort mit der Schilderung, mit der er Rain strafen wollte. »In der letzten Schlacht, die die Jomswikinger vor dem Tod deines Vaters geschlagen haben, hat unser Feind Ivar – Ivar der Bösartige – Thork noch drei Finger der rechten Hand abgeschlagen. Und er hat ihm einen Tritt in die schwärende Schwertwunde in seiner Brust versetzt. Und das geschah, du süße Friedensverfechterin, nachdem er einem Dutzend unserer Kameraden den Kopf hat abschlagen lassen.«

Tränen strömten über Rains Wangen. Sie wollte diese entsetzlichen Einzelheiten über das Leben ihres Vaters oder das Seliks nicht wissen. Sie wollte nicht das Gefühl empfinden, es gäbe irgendeine Rechtfertigung für die Gewalt, die sie ausübten. Es gab keine Entschuldigung für den Kampf oder für Kriege. Daran hatte sie bis jetzt immer geglaubt. Sie glaubte auch jetzt noch daran. Sie musste daran glauben.

Selik verzog zynisch den Mund, als er das Wechselbad ihrer Gefühle sah, das sich auf ihrem Gesicht widergespiegelt haben musste. »Ich hatte an jenem Tag mehr Glück als die meisten anderen. Ivar versuchte, mir die Augen auszustechen, aber es ist ihm nur gelungen, mich mit dieser Erinnerung auszuzeichnen«, sagte er und berührte die gezackte Narbe.

Rain streckte die Hand aus, um sie ihm wie tröstend auf den Arm zu legen, aber Selik wehrte sie mit einem Schulterzucken ab. »Spar dir dein Mitleid.«

»Ich versuche nur, dich und die seltsame Zeit zu verstehen, in der ich gelandet bin, Selik. Ich weiß, du denkst, ich verdamme alles, aber –«

»Verschone mich mit deinen Erklärungen, Frau. Es kümmert mich nicht, was du oder sonst jemand über mich denkt. An jenem Tag hielt ich meinen Kopf schon über den Richtblock gebeugt, und seitdem habe ich mich niemals wieder vor dem Angesicht des Todes gefürchtet. Um die Wahrheit zu sagen, ich heiße ihn sogar willkommen.«

»Dein Kopf war über den Richtblock gebeugt?«, keuchte Rain.

»Ja.« Ein grausames Lächeln machte seine Lippen dünn und hart. »Willst du die Geschichte hören?«

Als Rain ihn entsetzt anstarrte, sprach Selik in grausamer Befriedigung: »Ich habe damals verdammt gut ausgesehen, genau wie deine Mutter gesagt hat, und ich war eitel wie ein Gockel. Als ich an die Reihe kam, verhöhnte ich Ivar. Ich bat darum, dass mir jemand während des Enthauptens mein schönes Haar hochhält, um diese wunderbare Pracht nicht mit meinem Blut zu beflecken.« Bei der Erinnerung daran strich er sich mit den Fingern in einer sinnlichen Geste durch das lange Haar.

»Selik, ich möchte nichts mehr hören. Hör auf.«

Er ignorierte ihr Flehen. »Die Menschen, die gekommen waren, um der Hinrichtung der berühmten Jomswikinger zuzusehen, bewunderten meine Kühnheit, und sie drängten Ivar, meinen Wunsch zu erfüllen. Er befahl einem der edlen Krieger, vorzutreten. Es war einer seiner tapfersten Gefolgsmänner, den er anwies, sich vor mich zu stellen. Der Mann wickelte sich mein Haar um die Hand, zerrte es hoch und entblößte meinen Nacken für die Klinge des Scharfrichters. Als dieser das Schwert niedersausen ließ, im letzten Moment, riss ich den Kopf zurück, und die Klinge trennte dem Mann den Unterarm ab.«

Rain stöhnte und presste von Grauen erfüllt die Hand auf den Mund. Wie den lauten Widerhall ihres Stöhnens hörte sie hinter sich den Aufschrei der Frauen, die näher gekommen waren, um Seliks Geschichte zu hören. Selik schien keine von ihnen wahrzunehmen, so stark war er in der grauenhaften Erinnerung gefangen.

»Statt wütend zu sein, bejubelte die Menge meine Tapferkeit und forderte von Ivar, mein Leben und das der anderen

Jomswikinger zu schonen, die noch auf ihre Hinrichtung warteten – dein Vater eingeschlossen.« Selik kehrte in die Wirklichkeit zurück und hob stolz das Kinn, als er höhnte: »Jetzt kennst du die Geschichte meiner Narbe. Bist du nun glücklich, dass deine anstachelnden Worte meine Erinnerungen geweckt haben?«

»Nein, Selik, das bin ich nicht. Ich bin unbesonnen gewesen. Du scheinst mich dazu zu verleiten«, erwiderte sie leise. Sie berührte seinen Unterarm, in den das Wort *Rache* geritzt worden war. »War das der Grund, aus dem du dich selbst verstümmelt und dir diese Schnitte beigebracht hast?«

Ein tiefes Grollen, drohend wie das Knurren eines gereizten Bären, stieg in Seliks Brust auf, erfüllte seine Kehle und brach als wütendes Brüllen aus ihm heraus. Er sprang auf, packte Rain an den Unterarmen und zerrte sie hoch, bis ihre Füße kaum noch den Boden berührten. Ihre Augen waren auf gleicher Höhe wie seine, und ihre Nasen stießen fast aneinander. Rain spürte seinen Atem ihre Lippen streifen, als er wütend hervorstieß: »Nie wieder, *niemals* wieder fragst du nach dieser Narbe! Wenn dir dein Leben lieb ist, du dummer Balg aus der Brut Lokis, dann schau sie nicht einmal mehr an. Denn ich schwöre, dass ich dir ansonsten wie einem mageren Huhn den Hals umdrehen werde.« Er schüttelte sie, bis ihr die Zähne klapperten. »Hast du das verstanden, Frau?«

Rain konnte nicht sprechen. Wie betäubt nickte sie.

»Herr! Herr!«

Selik erstarrte, als der gellende Gruß seinen Zornesausbruch durchdrang.

»Verdammte stinkende Hölle!«, fluchte er. Er ließ Rain achtlos auf den Boden fallen, als er sich umwandte und einem gnomenhaft aussehenden Mann entgegensah, der auf krummen Beinen auf ihn zueilte. Dessen gichtige Hände und die vornübergebeugten Schultern verrieten, dass er an Arthritis litt. Er konnte nicht älter als vierzig sein, wirkte aber durch seine Krankheit wesentlich älter.

»Den Göttern sei Dank, dass ich dich endlich gefunden habe, Herr«, rief der wie ein Troll aussehende Mann atemlos aus, als er vor Selik stand.

»Ubbi, was zur Hölle tust du hier? Hatte ich dir nicht befohlen, in Jorvik zu bleiben?«

You-bee. You-bee. Rain wiederholte im Stillen den fremd klingenden Namen.

»Aber, Herr, ich hörte von der Schlacht und dachte, du könntest mich gebrauchen.«

»Ich bin nicht dein Herr, Ubbi. Ungezählte Male schon habe ich dir das gesagt.«

»Ja, Herr. Ich meine, ja, Mylord. O, du weißt schon, was ich meine, Herr«, verhaspelte er sich.

Selik stöhnte und richtete den Blick zum Himmel. »Genau was ich brauche – einen Diener, den ich weder will noch brauche *und* einen Schutzengel.«

Zum ersten Mal schaute Ubbi Rain an, und seine Augen weiteten sich überrascht. »Wirklich, Herr? Ist sie ein Schutzengel?«

Die Wut war aus Seliks Augen verschwunden, stattdessen funkelte eine leichte Amüsiertheit darin, als er zu Rain hinüberschaute. »Ja, sie behauptet, ihr christlicher Gott habe sie geschickt, um mich zu retten.«

Ubbis flinker Blick schoss von Rain zu Selik, dann zurück zu Rain. »Vor was denn?«, fragte er zweifelnd. Offensichtlich dachte er, eine Frau würde Selik auf einem Feldzug nicht gut tun.

»Vor mir selbst«, erwiderte Selik ausdruckslos.

Ubbi überraschte sie beide, als er verständig nickte und sagte: »Es ist an der Zeit.«

Selik warf beide Hände in die Luft, als gäbe er vor den beiden auf. Dann wandte er sich an Rain. »Führe Ubbi in mein Zelt.«

»Und wo soll ich Fury lassen?«, fragte Ubbi verlegen.

»*Fury!* Du hast Fury hierher gebracht?«

»Ja. Ich dachte, du könntest dein Pferd gebrauchen.«

»Fury! Das wundert mich gar nicht. Nur du kannst einem Pferd einen solch schauerlichen Namen geben«, bemerkte Rain.

Selik streifte sie mit einem geringschätzigen Blick. »Geh und stich eine Nadel in irgendjemandes Auge – vorzugsweise dem eines Angelsachsen.«

»Ich habe Tykir keine Nadel ins Auge gestochen«, verteidigte sie sich. »Aber ich würde gern eine in deines stechen. Und in ein paar andere ausgewählte Stellen. Hast du schon mal etwas von Vasektomie gehört?«, fragte sie unschuldig. Auf seinen verblüfften Blick hin erklärte Rain ihm, was sich hinter diesem Wort verbarg. Sie war zufrieden zu sehen, wie Selik bei dem Gedanken erbleichte, man würde Nadeln in seine kostbare Männlichkeit stechen.

»Nadeln? Augen?«, stotterte Ubbi und schaute zwischen Rain und Selik hin und her, während diese Beleidigungen austauschten.

»Außer in seine Augen hast du sie *überall* hingesteckt«, klagte Selik sie an.

»Er ist am Leben, oder nicht?«

»Pah! Ohne Zweifel hast du deine verdammten Engelsflügel über ihn ausgebreitet.«

»Du willst nur nicht wahrhaben, dass auch eine Frau Arzt sein kann.«

»Mach dich nicht lächerlich.«

»Lächerlich! Lächerlich! Ha! Ich werde dir sagen, was lächerlich ist. Du bist lächerlich mitsamt all diesen anderen Kriegern!«, schrie Rain und streckte den Arm aus, um auf die besiegten Soldaten zu zeigen, die auf der weitläufigen Ebene versammelt waren. »Du denkst, dass der Krieg und das Zerstören von Menschenleben deine Probleme löst. *Das* ist es, was lächerlich ist.«

Ubbi, Sigrid, Gunvor und all die anderen Zuschauer, die sich um sie herum eingefunden hatten, starrten Rain ungläubig an, weil sie es wagte, den gefürchteten Geächteten anzuschreien, doch in Seliks Mundwinkeln zuckte es verdächtig. Verdammt! Ich bin ihm schon wieder auf den Leim gegangen, dachte Rain und war wütend auf sich selbst.

»Oh, ich gebe es auf«, sagte sie und hob resigniert die Hände. Sie wandte sich um und ging mit großen Schritten zu Seliks Zelt hinüber, dabei rief sie Seliks Getreuem zu: »Nun steh nicht so festgewachsen wie eine Rübe da, Ubbi! Komm schon!«

»Ich?«, quiekte der jetzt eingeschüchterte Ubbi zaghaft.

Selik grinste aufreizend.

»Ja, du«, schnarrte Rain und packte ihn so kräftig am Arm, dass sie seinen schmächtigen Körper fast vom Boden hob. »Lass uns über komische Namen sprechen. Wer hat schon je von dem Namen Ubbi gehört?«

»Was stimmt denn nicht mit meinem Namen?«, fragte Ubbi kleinlaut. Er musste sich sehr anstrengen, um ihren langen Schritten zu folgen.

»Er klingt wie ein Motown-Song. *You-bee, doo-bee, doo*.«

Ubbi gluckste erheitert über Rains leise gesungenen Worte. »O Mistress, dem Herrgott sei Dank, dass Ihr gekommen seid, meinen Herrn zu retten. Das ist genau das, was mein Herr braucht, damit sich sein raues Leben wieder erhellt.«

Nachdem Ubbi Seliks Pferd Fury versorgt hatte – ein herrlicher Rappe mit einem so verschlagenen Charakter, dass es hervorragend zu seinem Besitzer passte –, gingen sie zu Seliks Zelt hinüber, in dem Ubbi das jämmerlich kleine Bündel seiner Habseligkeiten verstaute.

Ubbi schielte viel sagend zur Bettstatt hin. »Waren die Felle weich genug für Eure zarte Haut, Mylady?«

Rain lachte über Ubbis unverhüllte Neugier, ob sie und sein Herr zusammen geschlafen hatten. »Nein, Ubbi, ich habe letzte Nacht keine Liebe mit Selik gemacht.«

Ubbi schlug sich in übertriebenem Erschrecken mit der gichtigen Hand an die Brust. »O Mistress, ich bitte tausend Mal um Entschuldigung. Ich weiß, dass Ihr nicht mit meinem Herrn geschlafen habt.«

»Du weißt es?«

»Ja. Mein Herr wäre in einer weit besseren Laune, wenn er sich zwischen Euren Schenkeln entspannt hätte«, sagte Ubbi unverschämt, wobei ein spitzbübisches Zwinkern in den Augen zu sehen war.

Rain lächelte und schüttelte den Kopf. Dieser gerissene Bursche gefiel ihr.

In bestem Einverständnis kehrten sie zur Lichtung zurück, wo große Gruppen von Männern dabei waren, eilig ihre Waffen zusammenzusammeln und ihren Aufbruch vorzubereiten. Die Angelsachsen mussten näher gekommen sein.

»Wohin werden sie gehen?«

Ubbi zuckte die Achseln. Mit dem Kopf wies er auf einen grauhaarigen Mann von riesiger Statur, der einen über die Schulter geworfenen Plaid trug. »Constantine und seine Schotten werden zweifellos in den Norden zurückkehren, zusammen mit seinem Neffen Eugenius und dessen Walisern aus Strathclyde.« Die beiden imposant wirkenden Kriegsherren hatten ihren Soldaten befohlen, Aufstellung zu nehmen, und überwachten die Ausführung ihrer Befehle. In Constantines rot geränderten Augen lag ein verzweifelter Ausdruck. Ubbi berichtete Rain, dass der schottische König seinen Sohn, den Prinzen Ceallagh, am Tag zuvor in der Schlacht verloren hatte.

Dann machte Ubbi sie auf Olaf Guthfrithson aufmerksam, den Wikingerkönig von Dublin und Befehlshaber aller Nordmänner in der Schlacht von Brunanburh. Ehrfurcht ergriff Rain, die sich bis jetzt nicht bewusst gewesen war, von welch historischen Persönlichkeiten sie umgeben war.

Sie schaute zurück und sah Selik im Gespräch mit Olaf. Sie schienen sich zu streiten. Ubbi folgte ihrem Blick. »Was jener edle Schweinehund jetzt tun wird, ist schwer zu sagen. Vielleicht wird er nach Jorvik zurückgehen und versuchen, seine Herrschaft über Northumbria zurückzugewinnen, aber wahrscheinlicher ist, dass er nach Dublin zurückkehren wird – mit eingekniffenem Schwanz.« Ubbi spuckte auf den Boden, um seine Abscheu auszudrücken, ehe er weitersprach. »Man sagt, Olaf habe auf dem Humber hunderte von Schiffen vor Anker liegen, die für seine rasche Abreise bereit sind. Eines ist aber sicher: Er wird nicht mehr genügend überlebende Soldaten haben, um seine Langschiffe zu bemannen.«

Rain nahm den hoch gewachsenen Mann mit dem exakt geflochtenen blonden Haaren in Augenschein. Grausamkeit zeichnete seine schroffen Gesichtszüge. Es schauderte sie vor Abscheu, und sie teilte Ubbis Abneigung gegen König Olaf.

»Und wohin werden wir gehen?«

»*Wir?*« Ubbi zog fragend eine Augenbraue hoch.

»Du, ich, Selik und Seliks Männer, die überlebt haben. Sind es viele?«

Bekümmert schüttelte Ubbi den Kopf. »Nein, er hat in der Schlacht all seine treuen Gefolgsleute verloren. Aber es wird andere geben, die sich ihm anschließen werden. Es wird sie immer geben – die, die seinen wahren Wert kennen; jene, die tapfer genug sind, Athelstans Zorn nicht zu fürchten. Aber es werden zunächst nur beklagenswert wenige sein.« Der kleine Mann seufzte leise.

»Aber wohin werden wir gehen? Nach Schottland? Oder nach Wales?«

Ubbi sah sie fassungslos an. »Nein. Constantine und Eugenius haben die starke Hand meines Herrn in der Schlacht willkommen geheißen, aber sie werden es jetzt ganz und gar nicht schätzen, ihn bei sich aufnehmen zu müssen. Sie kehren nach Hause zurück, um ihr eigenes Fell zu retten.«

»Was meinst du damit?«

»Jetzt, da sie die Große Schlacht verloren haben, werden der schottische und der walisische König dem angelsächsischen Herrscher ihre trügerische Gefolgschaft antragen. Bis es ihnen irgendwann anders besser passt. Es wäre nicht das erste Mal. Und Selik ist ein Geächteter, auf den ein Kopfgeld ausgesetzt ist. Sie können es nicht riskieren, ihn bei sich aufzunehmen.«

»Und was ist mit dem Wikinger-König?«, fragte Rain. Sie deutete auf Olaf, der noch immer mit Selik debattierte. »Wird *er* ihn willkommen heißen?«

Ubbis Lippen verzogen sich sarkastisch. »Willkommen heißen – nein, das nicht. Aber er kann meinen Herrn nicht daran hindern, sich ihm anzuschließen. Sicherlich ist es das, worüber sie gerade streiten. Wahrscheinlich versucht er Selik davon zu überzeugen, sich auf seinem Langschiff davonzumachen und sich nie wieder an Northumbrias Küsten sehen zu lassen.«

Zornrot im Gesicht, ließ König Olaf Selik jetzt stehen und ging mit großen Schritten davon. Ärgerlich befahl er seinen Männern, ihm zu folgen.

Selik ließ den Blick über die Ebene schweifen. Hochaufgerichtet stand er da, das Kinn trotzig wie ein eigensinniges Kind vorgereckt. Zweifellos war ihm bewusst, dass die meisten der Versammelten, auch viele seiner Männer, ihn als Geächteten ansahen. Seine stahlharten Augen trafen Rain, und ihre Blicke verfingen sich in stummer Herausforderung.

Erwartete er, dass sie ihn wie all die anderen im Stich ließ? Voller Stolz hob Rain das Kinn und ahmte seine Geste nach. Sie hoffte, dass er verstand, dass sie auf seiner Seite stand, ganz egal was geschehen würde.

Ubbi streckte seine knotige Hand nach ihrer aus und drückte sie ganz fest. »O Mistress«, sagte er leise.

Ohne den Blick von Rain zu wenden, nickte Selik schließlich ernst und erfüllte damit Rains stumme Bitte, ihre Loyalität anzunehmen. Nach und nach traten jetzt auch einige der Soldaten zu Selik und stellten sich neben ihn. Rains tränenverschleierte Augen streichelten Selik, und ihr Herz war übervoll von dem überwältigenden Verlangen, diesem einsamen Mann seinen Schmerz zu nehmen.

Rain wünschte, sie könnte die Trostlosigkeit aus Seliks Augen vertreiben, und in ihrem Innern fühlte sie, dass sie sich in seine emotionale Hölle würde begeben müssen, um ihn daraus befreien zu können. Aber wie würde dann ihr eigenes Schicksal aussehen? Würde sie je wieder in ihre eigene Zeit zurückkehren können? Und welche Narben würde sie davontragen – auf immer und ewig?

4

Rain sah mit Entsetzen, dass mehr und mehr der Soldaten ihre Zelte abbauten und ihre Schlaffelle zusammenpackten, um das Lager rasch entschlossen zu verlassen. Einige zogen unter der Führung der Könige Constantine und Olaf in militärischer Disziplin davon, andere brachen allein oder in kleinen Gruppen auf. Sie riefen sich das Versprechen zu, sich später in den nördlichen Gebieten der Schotten oder in Dublin zu treffen, wo die Nordländer regierten, oder auch in Jorvik, der Stadt, die Rain unter dem Namen York kannte.

Binnen Stunden war die weitflächige Ebene auf der Hügelkuppe nahezu menschenleer.

Ubbi hütete die Feuerstellen, die von den Frauen verlassen worden waren, die mit ihren Männern geflohen waren. Ein Dutzend zerlumpter Soldaten, die sich entschieden hatten, bei Selik zu bleiben, waren dabei, den Unrat wegzuräumen und Selik dabei zu helfen, die Spuren der Fortgezogenen zu verwischen.

»Warum brechen wir nicht auch auf?«, wollte Rain von Ubbi wissen.

»Der Herr würde Tykir niemals zurücklassen, und es wird noch Tage dauern, bis er für den Transport kräftig genug ist.«

»Ist Selik hier sicher?«

»Seid Ihr von Sinnen?«, fragte Ubbi und schnaubte spöttisch. »Für meinen Lord ist es nirgendwo sicher, wenn Angelsachsen in der Nähe sind. König Athelstan hat vor langer Zeit eine Prämie auf seinen Kopf ausgesetzt, aber jetzt will er vermutlich auch seine Augen und seine Zunge haben.«

»Warum?«

»Ihr wart bei der Großen Schlacht dabei. Habt Ihr nicht den Angelsachsen gesehen, den mein Herr aufgespießt und auf seiner in den Boden gerammten Lanze hochgezogen hat? Sodass der edle Prinz daran hin und her baumelte?«

Rain nickte voller Unbehagen. »Ein angelsächsischer Prinz?«

Ubbi schüttelte traurig den knorrigen Kopf. »Es war König Athelstans Cousin Elwinus.« Besorgt rang er die knotigen Hände. »Und noch schlimmer ist, dass Elwinus der Bruder dieses Bastards – entschuldigt meine Sprache, Mylady – dieses verfluchten Steven von Gravely ist, der Selik mit Inbrunst hasst.«

»O mein Gott! Dann muss Selik sofort aufbrechen. Ich werde hier bleiben und mich um Tykir kümmern, bis er sich erholt hat. Selbst wenn wir hier entdeckt werden, hätten die Angelsachsen keinen Grund, mir etwas anzutun.«

Ubbi sah sie aus seinen wässerigen Augen ungläubig an. »Und was, denkt Ihr, würden sie mit Tykir tun? Ihn mit Hühnerbrühe und süßem Wein aufpäppeln? Ha! Sie würden ihm auf der Stelle alle Glieder abhacken und ihn zu Tode bluten lassen.«

»Sag mir nicht, dass auch auf Tykirs Kopf eine Prämie ausgesetzt ist.«

»Nein, zumindest bis jetzt noch nicht, aber er hat in dieser Schlacht auf der falschen Seite gekämpft.«

»Trotzdem ... Selik soll uns hier zurücklassen und fliehen, solange er es noch kann.«

»O Mistress, Ihr versteht nicht. Selbst wenn es nicht wegen Tykir wäre, mein Herr würde Euch nicht allein hier lassen. Ihr gehört jetzt ihm.«

Rain richtete sich protestierend auf. »Ich? Ich gehöre ihm? Wohl kaum!«

»Nun, Mistress, kämpft nicht gegen Euer Schicksal. Der Herr hat Euch in der Schlacht gefangen genommen, und Ihr seid Teil der Beute, um es einmal so auszudrücken. Ich denke, er nannte Euch sogar seine Geisel, oder nicht?«

»Er hat mich *nicht* gefangen genommen. Genau genommen habe ich *ihn* gerettet. Und lass mich eines klarstellen – ich bin niemandes Gefangene. Und ich brauche auch nicht den Schutz irgendeines verdammten blutrünstigen Wikingers.«

»Wenn Ihr es sagt«, meinte Ubbi zweifelnd, »aber der Herr nimmt seine Pflichten ernst. Zumindest versucht er sein Bestes, die Männer und Frauen zu beschützen, die unter seinem Schutz stehen, und das ganz besonders, seit Astrid …« Ubbi verstummte, und er schaute schuldbewusst zu Selik hinüber, als ob er erst jetzt begriff, was er ausgeplaudert hatte.

»Astrid? Wer ist Astrid?«

Ubbi stöhnte. »Ich bitte Euch, Mylady, erwähnt meinem Herrn gegenüber niemals diesen Namen, wenn Euch Euer Leben lieb ist.«

Rain runzelte verwirrt die Stirn. »Sag mir, wer sie ist, und ich verspreche, Selik kein Wort davon zu sagen.« Als er sich sträubte, fügte sie hinzu: »Wenn du es mir nicht sagst, kann ich schließlich jederzeit Selik fragen.«

Ubbis Gesicht erbleichte vor Entsetzen.

Die Neugier in Rain wurde übergroß, und sie verlangte mit unnachgiebiger Stimme eine Antwort: »*Wer* ist Astrid?«

»Seine Frau«, erwiderte Ubbi grimmig und ergriff die Flucht, ehe Rain noch mehr Fragen stellen konnte.

Seine Frau! Rains Herz setzte einen Schlag lang aus, und ihre Schultern sackten herunter. *Seine Frau!* Warum hatte sie nicht daran gedacht, dass Selik verheiratet sein könnte? Und warum sollte es für sie von Bedeutung sein? Sie war nur eine Besucherin in dieser dunklen Epoche der Geschichte, eine Zeitreisende, die sicherlich in die Zukunft zurückkehren würde, sobald ihre Mission erfüllt war, wie auch immer diese aussehen mochte.

Nein, für mich ist es ohne Bedeutung, ob Selik verheiratet ist oder nicht, sagte sich Rain entschlossen und weigerte sich, auf ihr Herz zu hören, das sich vor Schmerz zusammenzog und eine ganz andere Sprache sprach. *Seine Frau!*

Selik kam jetzt auf sie zu, und Rain vergaß Schmerz und Zorn, als sie sah, dass er gekleidet war, als wollte er in die Schlacht ziehen. Sie presste sich die gespreizte Hand auf die Brust, um ihr heftig schlagendes Herz zu beruhigen.

Selik trug nicht wie am Tag zuvor ein Kettenhemd, sondern ein Wams aus dickem, schützendem Leder. Es war an den Seiten offen und schützte ihn vom Nacken bis zur Mitte der Oberschenkel. Darunter war er mit einer knielangen Tunika aus schwerer Wolle und eng anliegenden schwarzen Beinlingen bekleidet. Ein breiter Silbergürtel mit einer auffallend großen Schließe betonte Seliks Taille und lenkte Rains Blick zu seinen schmalen Hüften. Der Metallgürtel musste nach ihrer Schätzung wenigstens zehn Pfund wiegen und war ohne Zweifel ein Vermögen wert. Dazu passende silberne Armreifen umschlossen seine muskulösen Oberarme.

Das lange Haar hatte sich Selik zu einem Zopf geflochten, der ihm – ähnlich wie ihr eigener – bis auf den Rücken fiel. Er hielt einen konischen Helm in den Händen und ging ungeduldig hin und her, während Ubbi ihm den gesattelten Fury zuführte.

Selik verkörperte all das Gewaltsame und Dunkle, das der vernünftige, den Frieden liebende Teil ihres Verstandes an einem Mann hasste. Und er stand für all das die Sinne Verführende und die Emotionen Aufwühlende, das zu haben der gefühlsbetonte, völlig irrationale Teil ihres Seins sich sehnte. Und sei es auch nur für dieses Intermezzo im ewigen Lauf der Zeit.

Ohne zu denken, machte Rain einen Schritt auf ihn zu. Sie sehnte sich danach, seine sonnenwarme Haut zu berühren – bis sie das wissende Lächeln bemerkte, das seinen Mund umspielte. Abrupt zog sie sich zurück.

»Hast du deine Meinung so schnell geändert? Willst du jetzt ... Sex machen?«

»Nein, das will ich nicht!« *Und ob ich will, Sweetheart.*

»Wirklich nicht? Du hast mich angesehen wie eine ausgehungerte Katze, der plötzlich eine Schale Sahne zum Schlecken hingestellt wird.«

»Du überschätzt dich.« *Schlecken? Nun, das könnte ein paar interessante Möglichkeiten eröffnen.*

»Vielleicht können wir später darüber diskutieren, wenn ich –«

Er ließ den Satz offen, denn eine Hand voll seiner Männer kam zu ihm geritten, um seine Befehle entgegenzunehmen.

»Kümmere dich um Tykir und die anderen verletzten Männer, während ich fort bin.« Das Seidenweiche, Verführerische war aus seiner Stimme verschwunden und durch einen harten Befehlston ersetzt worden.

Rain nickte zustimmend und schaute zu dem einzigen »Hospital«-Zelt hinüber, das noch verblieben war. Dann begriff sie die Bedeutung von Seliks Worten und sah ihn furchtsam an. »Du verlässt uns?«

Er nickte. »Wir müssen den Bergpfad besser tarnen. Und Nahrungsmittel mitbringen – falls wir ein Tier finden, das dumm genug ist, in der Nähe des Lagers herumzustreifen. Sonst werden wir hungern müssen und bald nur noch Haut und Knochen sein.«

Als wollte er *ihre* Haut und *ihre* Knochen abschätzen, ließ er seinen kühlen Blick über sie gleiten, vom Kopf zu den Füßen, von den Füßen zum Kopf.

Rain dachte, ein anerkennendes Aufblitzen in seinen Augen

zu sehen und errötete. *Guter Gott! Ich bin dreißig Jahre alt, und er bringt mich so durcheinander, als sei ich eine fünfzehnjährige Jungfrau*.

»Sei hier, wenn ich zurückkomme«, befahl er Rain, und seine Stimme klang dabei tief und rau.

»Wohin sollte ich schon gehen?«, fauchte sie gereizt, ebenso verärgert über sich selbst wie über ihn, weil sie so schnell nach seinem Köder geschnappt hatte. »Du *wirst* zurückkommen, nicht wahr?«

»Vermisst du mich jetzt schon, Frau?«

Rette ihn, sagte die Stimme in ihr wieder.

Rain vermochte nicht zu entscheiden, ob es ihre innere Stimme war, die sprach, oder irgendein übernatürliches Wesen. Aber es missfiel ihr.

»Warum weichst du zurück?«, fragte Selik leise und trat näher zu ihr, so nahe, dass sie den Ledergeruch seiner dicken Weste wahrnahm. Es gelang ihr nicht, sich seiner faszinierend männlichen Ausstrahlung zu entziehen, als er sich noch weiter vorbeugte und sein warmer Atem ihr Gesicht streichelte. »Kann es sein, dass ich dich nervös mache?«

»Nein. Ich glaube, Gott hat gerade zu mir gesprochen«, flüsterte sie voller Ehrfurcht, »und es hat mich aus der Fassung gebracht.«

»Ich habe nichts gehört.« Selik schaute zum Himmel hinauf, ehe er den Blick wieder senkte und Rain skeptisch ansah. »Spricht Gott oft zu dir?«

Sie schüttelte den Kopf. »Nein, er hat es noch nie getan, bis ich hierher gekommen bin, um ...«

»... um mich zu retten«, beendete Selik ihren Satz und schüttelte dabei fast mitleidig den Kopf. Ein kaum merkliches Aufflackern von Hoffnung spiegelte sich in seinen Augen wider, erstarb aber sofort wieder. »Warum beharrst du auf deiner närrischen Behauptung? Ich glaube nicht mehr an Gott, und zweifellos bin ich bei Ihm in Ungnade gefallen.«

»Du bist Christ?«, fragte sie überrascht.

»Nein. Das heißt, ich war es einmal. Zumindest hat Erzbischof Hrothweard mich in der Kirche zu Jorvik getauft, so wie viele andere Nordmänner, die zum einen das Christentum praktizieren, zum anderen aber auch der alten Religion anhängen. Aber ich glaube an nichts mehr, nicht einmal an mich selbst. Ich bin ein Neiding.«

»Ein Neiding?« Rain zuckte zusammen über die bittere Selbstverachtung in seiner tonlosen Stimme.

Selik zuckte die Schultern. »Eine höchst unliebsame Person. Es ist die größte Beleidigung für jeden Mann, so genannt zu werden, ob Wikinger oder Angelsachse. Eine auf ewig verdammter Mensch.«

Rain schüttelte heftig den Kopf. »Du irrst dich, Selik. Ich bin nicht ganz sicher, warum Gott mich hierher geschickt hat, aber eines weiß ich mit Bestimmtheit: Gott glaubt, dass du errettet werden kannst.«

Für den Bruchteil einer Sekunde sah Rain Hoffnung in seinen silberhellen Augen aufglimmen, aber fast sofort erstarb dieser Funke wieder, und die gewohnte graue Trostlosigkeit kehrte zurück. Und Rain wusste, dass sie ein hartes Stück Arbeit vor sich hatte.

»Ich glaube nicht an die Erlösung«, erklärte Selik. Er streckte seine Rechte aus und umfasste zärtlich Rains Kinn. »Aber noch weiß ich den seltenen Augenblick wahrer Lust zu schätzen. Jetzt, da ich um dein Können als Heilerin weiß, werde ich dich vielleicht noch für eine Weile an meiner Seite behalten. Und vielleicht werden wir einen jener Augenblicke miteinander teilen. *Oder auch zwei.* Um die Wahrheit zu sagen, es ist lange her, dass ich eine solche ... Wollust empfunden habe.«

Süßes Ahnen erfüllte Rain bei Seliks arroganten Worten. Erwartung. Ungeduld. Entzücken. Das alles stritt mit der ihr eigenen Selbstbeherrschung, und die Vernunft gewann. »Keine Chance, dass ich dein flüchtiges Abenteuer werde, Babe.« *Besonders nicht mit einer Ehefrau im Hintergrund.* »Am besten, du zügelst deine Triebe.«

Selik lachte nur. Und er besaß die Unverschämtheit, ihr den Po zu tätscheln, eine Geste, die zu sagen schien: Warte es nur ab, du wirst schon sehen.

Entrüstet über diese Vertraulichkeit versuchte Rain, seine vorwitzige Hand fortzuschlagen, aber Selik war schon außerhalb ihrer Reichweite. Er nahm die Zügel, die Ubbi ihm reichte, stellte den linken Fuß in den Steigbügel und schwang sich mit der Geschmeidigkeit eines Athleten in den Sattel.

»Hier ist Zorn«, sagte Ubbi und reichte ihm ein Schwert von Ehrfurcht gebietender Größe. Es war dasselbe, das Selik auf dem Schlachtfeld geschwungen hatte. »Ich habe es für dich geschärft.«

»*Zorn*! Du hast deinem dämlichen Schwert einen Namen gegeben? Was für ein Quatsch! Das wäre ja, als würde ich meinem Skalpell einen Namen geben. Obwohl mir dieser Gedanke irgendwie gefällt«, redete sie drauflos, um zu verstehen, warum ihre Gefühle so aufgewühlt waren. »*Heiler* wäre nett, meinst du nicht auch?«

Selik ignorierte sie völlig. »Danke, Ubbi, dass du die Klinge geschärft hast. Du bist meine rechte Hand.«

Ubbi strahlte, als habe Selik ihm mit diesen knappen Worten des Lobes die Welt zu Füßen gelegt. Und in Rain begann der Gedanke zu wachsen, dass es bei diesem grimmigen Wikinger auch eine weichere Seite geben könnte.

»Halte meine Schlaffelle für mich warm, Frau!«, rief Selik Rain aus dem Sattel zu und vertrieb damit jeden wohlwollenden Gedanken, den sie eventuell für ihn gehegt haben könnte. Er fing ihren Blick auf und zwinkerte ihr voller Mutwillen zu.

Rain bedachte ihn mit einem sehr vulgären Wort, ein Wort, das sie in ihrer Zeit noch niemals benutzt hatte, das ihr in der gegebenen Situation jedoch das einzig Passende zu sein schien. Offensichtlich war es ein angelsächsischer Ausdruck, der sich durch die Jahrhunderte erhalten hatte, denn Seliks Augen weiteten sich überrascht und in absolutem Verstehen, während Ubbi ein schockiertes »Mylady!« ausrief.

Selik grinste, als er sich den Lederhelm aufsetzte. »Ich werde an dieses Wort denken, Süße.«

Süße!

Verdrossen sah Rain zu, wie ein lachender Selik mit seinen Männern davonritt. Trotz ihres Ärgers und trotz der Tatsache, dass dieser gemeine, arrogante Mann eine Frau hatte, hallte der Klang seines anrührenden Kosenamens für sie noch lange Zeit in ihrem einsamem Herzen wider. *Süße.*

Für den Rest des Tages konzentrierte sich Rain auf Tykir und das Dutzend anderer verwundeter Soldaten, die im Lager zurückgeblieben waren. Bevor die Armeen am Morgen aufgebrochen waren, hatten Arbeitskommandos die Toten begraben. Ihre Verwundeten hatten sie mitgenommen, wobei sie sie auf Pferdeschlitten und in kräftigen Tragschlingen transportiert hatten. Es wurde bald offensichtlich, warum die Schotten und Nordmänner darauf verzichtet hatten, diese letzten ihrer verwundeten Krieger auch mitzunehmen. Bei keinem von ihnen bestand auch nur die geringste Hoffnung zu überleben.

Nichtsdestotrotz arbeitete Rain mit aller Verzweiflung, diesen Männern ihr Sterben zu erleichtern. Nachdem das *Darvon* und das Aspirin aufgebraucht war, griff sie zu den Akupunkturnadeln als dem letzten Mittel. Drei der Verwundeten starben noch vor Einbruch der Dämmerung. Ein vierter würde die Nacht nicht überleben.

Die Dunkelheit hatte sich bereits herabgesenkt, als Rain das Zelt verließ. Sie war sicher, dass Tykir die Nacht durchschlafen würde. Sie hatte ihm einige Nadeln gesetzt, um seine Schmerzen zu mindern, und einen von Seliks Wachsoldaten angewiesen, Tykir auf seinem Lager festzubinden. Es war eine reine Vorsichtsmaßnahme, um zu verhindern, dass er sich im Schlaf die Nadeln unbeabsichtigt herausziehen würde.

Als sie sich erschöpft neben der Feuerstelle auf den Boden fallen ließ, reichte Ubbi ihr eine Schüssel mit dem Eintopf, der vom Morgen übrig geblieben war, und einen trockenen Kanten dunkles Brot. Rain schmeckte es wunderbar, und sie musste sich beherrschen, die hölzerne Schale nicht auszulecken.

»Wollt Ihr mehr?«

Sie schüttelte den Kopf. »Nein, bewahre den Rest für Selik und seine Soldaten auf.« Ihr wurde plötzlich bewusst, wie lange die Männer schon fort waren, und sie sah sich beunruhigt auf dem Lagerplatz um. Noch zwei weitere kleine Feuer brannten hell, an denen Männer auf ihren Schlaffellen lagen. Etwas weiter entfernt standen an den strategisch wichtigen Punkten Soldaten auf Wachposten. Aber kein Anzeichen Seliks.

»Sollte Selik nicht längst zurück sein?«

Ubbi zuckte die Schultern.

Was würde ich tun, wenn er nicht zurückkommt?, fragte sich Rain. Trotz seiner vulgären, gewalttätigen Natur war er, das erkannte sie jetzt, ihr einziger Anker bei diesem Bungee-Sprung durch die Zeit. Ohne ihn würde sie abstürzen, und was käme dann? Der Tod? Die Hölle? Die Wiedergeburt? Bei all diesen Möglichkeiten erwog Rain nicht einmal den Gedanken, dass sie in die Zukunft zurückkehren würde. Irgendwie spürte sie, dass sie zu einem ganz bestimmten Zweck in die Zeit zurückgeschickt worden war.

Um ihn zu retten.

Rain stöhnte laut auf, als sie die Stimme in ihrem Kopf hörte. Noch immer war sie unsicher, ob es ihre eigene innere Stimme oder etwas anderes war. *O Gott!*

Ich höre dich.

Rain richtete sich kerzengerade auf, und ihr Blick richtete sich auf Ubbi, der eifrig damit beschäftigt war, glühende Holzscheite aufzuhäufeln und die Kochgerätschaften zu reinigen.

»Ich finde das nicht komisch, Ubbi. Kein bisschen.«

»He?«

»Oh, nun sieh mich nicht so unschuldig an. Ich weiß, dass du vorgibst, Gott zu sein, und mit dieser tiefen Stimme zu mir gesprochen hast.«

»Gott?«, stieß Ubbi mit einem Keuchen hervor. »Was hat – uh, Gott zu Euch gesagt?«

Verärgert erhob sich Rain und starrte den kleinen Mann über das Feuer hinweg an, der mit offenem Mund dastand und Stielaugen machte. Offensichtlich war nicht er es gewesen, der diese verdammten Worte gesagt hatte.

»Ich muss mich geirrt haben«, brachte sie mühsam heraus und ging mit großen Schritten davon. Doch dann blieb sie abrupt stehen und kam zu ihm zurück. »Wo soll ich heute Nacht schlafen?«

Er zuckte die Achseln. »Natürlich im Zelt meines Herrn.«

»Er sollte besser nicht auf irgendwelche Ideen kommen. Wenn du ihn eher als ich zu sehen bekommst, dann sag ihm, er soll seine Schlaffelle hier draußen am Feuer ausbreiten. Ich habe nicht die Absicht, noch einmal das Lager mit ihm zu teilen.«

»Aber warum denn nicht?« Ubbi schien verwirrt, dass es eine Frau gab, die es nicht für eine Ehre hielt, mit seinem Herrn das Bett teilen zu dürfen.

»Ich schlafe *nie* mit verheirateten Männern.«

Ubbi legte den Kopf schief, als versuchte er, ihre ihm unverständlich klingenden Worte zu begreifen. »Verheiratete Männer? Aber wer … Mistress, ich glaube, Ihr habt mich vorhin missverstanden.«

»Oh, ich habe genau verstanden, aber zerbrich dir deswegen nicht den Kopf. Das ist mein Problem, und du kannst sicher sein, dass ich es lösen werde.«

»Aber Ihr wollt, dass ich meinem Herrn sage, er soll hier draußen auf der Erde schlafen?«, fragte er in fassungslosem Erstaunen. Dann schnaubte er: »Für dieses Ansinnen würde er mich mit seinem Schild erschlagen!«

»Ich werde morgen Früh mit ihm darüber reden«, beruhigte Rain ihn, »aber erst einmal sag ihm nur, dass …«, sie fuhr mit der Hand durch die Luft und suchte nach den richtigen Worten, »… ach, sag einfach, dass er zu laut schnarcht und ich nicht gestört werden möchte.«

Sie wandte sich noch einmal um und lächelte trotzig, als sie den leisen entsetzten Ton gehört hatte, den Ubbi hinter ihr ausgestoßen hatte, nachdem sie sich auf den Weg zum Zelt gemacht hatte.

Einer der Soldaten erzählte ihr von einem kleinen See, der von einer Quelle gespeist wurde und sich ungefähr eine Viertelmeile vom Lager entfernt befand. Rain durchwühlte Seliks Truhe, bis sie eine saubere Tunika aus abgetragener grüner Wolle gefunden hatte, ebenso wie Seife und einige Stücke Leinenstoff, die als Handtücher dienen würden. Eine halbe Stunde später saß Rain trotz der frischen Abendluft im kalten, kniehohen Wasser und spülte sich den Seifenschaum von Haar und Körper. Dann begann sie, ihre Unterwäsche, ihre Hose und ihre Bluse auszuwaschen. Nachdem sie sich abgetrocknet hatte, nahm sie einen kleinen Probeflakon aus ihrer Tasche und tupfte sich einige Tropfen *Leidenschaft* hinter die Ohren und in die Halsbeuge. Es war erstaunlich, was ein gutes Parfüm für das Selbstbewusstsein einer Frau ausrichten konnte.

Und für sie war es ein Bindeglied zur Zukunft, das sie gerade jetzt irgendwie brauchte.

Selik war noch nicht zurückgekehrt, als Rain sein Zelt betrat. Besorgt biss sie sich auf die Unterlippe, während sie ihre nassen Sachen auf seiner Holztruhe ausbreitete. Sie machte sich in dem kleinen Zelt zu schaffen, sammelte herumliegende Gegenstände auf, legte Kleidungsstücke zusammen und hoffte, ihr geächteter Wikinger würde bald zurückkommen.

Schließlich gähnte sie herzhaft und sagte sich, dass es dumm sei, noch länger zu warten. Sie legte Seliks warme Tunika ab und legte sie sorgsam zusammengefaltet neben den Schlaffellen ab. Stattdessen zog sie ihren Slip und ihren BH wieder an, die inzwischen getrocknet waren. Dann schlüpfte Rain zwischen die weichen Felle und war innerhalb von Sekunden eingeschlafen.

Wie in der Nacht zuvor schlief sie tief und fest. Keine finsteren Krieger fochten gewalttätige Schlachten in ihren Träumen, doch wurde ihr Schlaf schon bald auf ähnliche Weise beeinträchtigt.

Wie in dem Michael-Jackson-Video, in dem Gesichter ineinander geblendet werden, von einer Identität zur anderen wechseln, änderte der Held in Rains Traum immer wieder das Aussehen. Hatte sie eben noch das Gesicht Daniel Day-Lewis' gesehen, wurde daraus das Kevin Costners und Seliks. Es war überwiegend Seliks Bild, das ständig wiederkehrte, aber es war ein Selik, den sie so nicht kannte.

Keine Narben, keine gebrochene Nase beeinträchtigten die Vollkommenheit seiner Gesichtszüge. Verschwunden waren die tiefen Linien um den sinnlichen Mund und die silberschimmernden Augen, die Schmerz und Zorn gnadenlos eingebrannt hatten. Dies war der so unglaublich gut aussehende Wikinger, den ihre Mutter ihr beschrieben hatte. Es war Selik, wie er gewesen war, ehe die Tragödien seines Lebens ihn für immer gezeichnet hatten.

In Rains Traum kniete der Daniel/Kevin/Selik-Mann auf dem Boden neben ihrer Bettstatt. Er trug nur einen kleinen Lendenschurz, als er sich über sie neigte und ihr leise etwas zuflüsterte. Rain war auf seltsame Weise unfähig, sich zu bewegen, ihre Arme schienen wie festgenagelt. Der Mann beugte sich herunter, und sein langes blondes Haar strich wie ein hauchfeines Gespinst über ihre nackten Arme. Rain erbebte unter der Intensität dieser federleichten Berührung.

»So wunderschön«, flüsterte er, als seine kräftigen Hände rau über ihre Arme glitten, von den Handgelenken hinauf zu den Schultern.

In diesem Augenblick verschmolzen all die Gesichter und Körper miteinander und wurden zu einem, wurden zu ihrem Wikinger.

Rain stieß einen leisen, gurrenden Laut aus, der bei ihrem Liebhaber ein warmes Lächeln der Bewunderung auslöste. Sie fühlte sich einfach wundervoll, vermutlich zum ersten Mal in ihrem Leben. Nicht zu groß oder ungraziös oder unweiblich. Einfach nur vollkommen. Sie sah die Bewunderung und so viel mehr in Seliks glühenden Augen, als ihre Blicke sich einen atemlosen Herzschlag lang ineinander verfingen. Rain war zu Mute, als neigte sich die Welt und stünde still.

So unglaublich sanft glitten seine Fingerspitzen über den weichen Schwung ihrer Schulter, bewegten sich nach oben, um ihre leicht geöffneten Lippen nachzuzeichnen. Rain sehnte sich danach, sich aufzurichten und die festen, sinnlichen Lippen dieses Mannes zu küssen, der sich wie ein Geistwesen über sie beugte. Aber sie konnte sich nicht bewegen. Sie konnte nur fühlen.

Er nahm seine Hand fort, und Rain flehte: »Bitte. Lass mich nicht allein.«

Seine grauen Augen füllten sich mit Zärtlichkeit, und mit einer Stimme, die von weit her zu kommen schien, wisperte er: »Niemals, mein Liebstes. Nicht bis zum Ende aller Zeit.«

Im glimmenden Licht der Kerzen schimmerte die Haut ihres Geliebten wie blasses Gold. Die Muskeln seiner breiten Schultern und seines mächtigen Brustkorbs spielten unter der Haut, als seine Hände begannen, Rains Körper zu erkunden. Und das Blut, o lieber Gott, es strömte zu jeder Stelle, die er leicht wie Flaum berührte, und entzündete dort heiße Flammen des Verlangens.

Seine Hände glitten von ihrem Gesicht, streichelten ihren Nacken, erforschten das Tal zwischen ihren vom Spitzenstoff des Büstenhalters verhüllten Brüsten, suchten sich sengend heiß den Weg zu ihren Hüften. Seine große Hand liebkoste ihren flachen Bauch, zeichnete unsichtbare Kreise auf ihre Haut, erweckte ein Verlangen, das sie wie ein Wirbel erfasste und mitriss.

Er zog die Hand fort, ließ sie langsam, so unerträglich langsam hinaufgleiten und berührte zart Rains Brustwarze, die sich wie eine feste Knospe aufrichtete und eine so intensive Lust in Rain weckte, dass sie laut aufschrie.

»Pst, Süße. Langsam. Langsam.«

Aber Rain war jenseits allen vernünftigen Denkens, war jenseits allen Wollens, diesem fordernden Verlangen zu widerstehen, war jenseits allem, was sie je erfahren hatte oder was sie an weiblicher Hingabe je für möglich gehalten hatte. Mit nicht mehr als ein paar federleichten Berührungen hatte dieser Mann – dieser Traum-Wikinger, dieser geächtete Krieger – sie zu einem willenlosen, flehenden Wesen gemacht, das sich nach der Vereinigung mit ihm sehnte.

Sie schaute herunter und sah seine Erektion unter dem Lendenschurz. Und sein Verlangen nach ihr erregte Rain nur noch stärker. Sie verzehrte sich danach, ihn zu berühren, doch noch immer vermochte sie in ihrem Traumzustand nicht, die Arme zu bewegen.

Als spüre er, dass sie ihr Verlangen nicht mehr ertragen konnte, legte Selik den Handballen auf das V zwischen ihren Schenkeln und führte seine Finger zwischen ihre Beine. Er verstärkte den Druck, streichelte sie dort, rhythmisch, wieder und wieder, bis Rains Verlangen zu einem Meer berstender Explosionen wurde und sie vom intensivsten, schönsten Höhepunkt mitgerissen wurde, den sie je erlebt hatte.

Als ihr Atem ruhiger geworden war, gestand Rain dem Mann, dessen Gesicht nicht länger verschwommen, sondern das Seliks war, nur Seliks, flüsternd und voller Ehrfurcht: »Ich habe mein ganzes Leben lang auf dich gewartet. Jetzt weiß ich, warum ich hierher geschickt worden bin.«

In Seliks Augen spiegelte sich plötzlich ein wildes Verlangen wider. »Ich habe niemals erwartet, dich wiederzusehen, Astrid.«

Zuerst weigerte sich Rains Verstand, die Bedeutung von Seliks Worten zu begreifen. Doch dann, betäubt durch das Dröhnen in ihren Ohren, hörte sie nur ein einziges Wort durch ihr von Leidenschaft verwirrtes Denken widerhallen, das sich immer und immer wiederholte: »Astrid! Astrid! Astrid!«

Seine Frau.

Selik erhob sich und ließ seinen Lendenschurz fallen. Er war sich seiner Männlichkeit höchst bewusst und wollte sich mit ihr auf diesem Bett vereinen, wollte sie lieben. Nein, nicht sie, wurde Rain klar – *seine Frau.*

Der seltsame Glanz in seinen grauen verschleierten Augen erregte Rains Aufmerksamkeit, und sie erkannte darin denselben verwirrten Ausdruck wie gestern wieder. Wie gestern nach seinem gewalttätigen Ausbruch auf dem Schlachtfeld.

O nein! Rain war jetzt hellwach und begriff rasch, dass dies kein Traum war.

Rasch ließ sie den Blick durch das Zelt gleiten und entdeckte die Ursache für Seliks seltsames Benehmen. Seine blutbefleckte Tunika und sein Schwert lagen dort, wo er sie auf den Boden hatte fallen lassen, noch nass von dem Lebenssaft der Menschen, die er unzweifelhaft an diesem Tag getötet hatte. Es war der Blutrausch, der ihn zu ihr trieb, nicht die Lust auf ihren Körper. Und ganz gewiss war es nicht Liebe. Die war offensichtlich für seine Frau reserviert, für die Frau, die sein Herz besaß.

Rain hatte sich Seliks meisterhafter Verführungskunst völlig hingegeben, hatte all ihre Schutzwälle niedergerissen, wie sie es nie zuvor getan hatte, aber Selik wollte nicht sie. Er hatte sie für seine Frau gehalten. Ihre Kehle schmerzte ob dieser Niederlage, und sie hätte dieses schneidend scharfe Gefühl des Verlustes nicht in Worte fassen können.

Sie stand abrupt auf und zog sich von Selik zurück. Ihr Gesicht brannte vor heißer Scham über ihre bereitwillige Kapitulation. Sie war sich Seliks prüfendem Blick peinlich bewusst und erkannte darin sofort, dass Unbarmherzigkeit und Zorn sein glühendes Begehren verdrängt hatten.

»Ist das die Art von Spiel, die du mit jenen Männern gespielt hast, von denen du gestern Abend gesprochen hast – die, mit denen du keinen guten Sex hattest? Machst du all deine Männer erst heiß und stellst sie dann kalt? Oder ist das nur bei mir so? Gehörst du zu den Frauen, denen es gefällt, Männer zum Narren zu halten?«

»Nein«, widersprach Rain, die endlich ihre Stimme wiedergefunden hatte. »Ich habe geschlafen … geträumt. Du hast mich überrumpelt.«

Selik schnaubte geringschätzig. Während er seine Hose überstreifte, zog er höhnisch die Augenbraue hoch. »Lady, deine heiße Lust hat mir am ganzen Körper praktisch die Haare versengt.«

Voller Trotz hob Rain das Kinn. Sie war nie jemand gewesen, der falsche Bescheidenheit vorgegeben oder sich dahinter versteckt hatte. »Du hast Recht. Ich wollte dich. In einem Augenblick der Verrücktheit. Bis ich wieder daran gedacht habe.«

»Bis du an was gedacht hast?«

»Dass du verheiratet bist, du fremdgehender Bastard«, fauchte sie. Sie hatte ihre Zerreißgrenze erreicht. »Dass du eine Frau hast ... Astrid, die wahrscheinlich umgeben von einer Schar Kinder zu Hause sitzt. Dass du nicht mit mir Liebe machen wolltest. Du dachtest, ich sei deine Frau.«

Rain wischte die Tränen fort, die ihre Augen verschleierten, und wandte sich ab. Sie wollte nicht, dass Selik Zeuge ihrer tiefen Demütigung wurde. »Geh weg. Lass mich allein.«

Ein langes Schweigen setzte ein, während dessen kein Laut, kein Stoffrascheln darauf hinwies, dass Selik das Zelt verlassen hatte. Schließlich wandte sich Rain leicht zur Seite, um zu sehen, was Selik machte.

Er stand noch immer auf derselben Stelle und starrte sie entsetzt an. »Wieso weißt du von Astrid?«

Selik war durcheinander. Er war den ganzen Tag fort gewesen. So viel Blut. So viel Töten. Gefangene. Schreie. In seinem Kopf verwirrte sich alles aus Entsetzen vor der Gewalt, an die er sich noch immer nicht gewöhnt hatte, auch nicht nach all diesen Jahren.

Er strich sich das Haar zurück und presste beide Hände gegen den Schädel, um ihn klar zu bekommen.

Die hoch gewachsene Frau stand wie eine majestätische Göttin vor ihm, ihr goldenes Haar fiel ihr in einer wilden Kaskade über die Schultern, umhüllte ihre Formen in der fleischfarbenen Unterwäsche. Der dünne Stoff verbarg so gut wie nichts von ihrer Weiblichkeit, und Seliks Blick glitt über die sanften Kurven ihrer Taille und ihrer Hüften und über ihre Beine, die so faszinierend lang waren.

Das war nicht Astrid, seine kleine Frau mit der zierlichen Figur und dem sanften, scheuen Wesen. Nein, Astrid war tot. Diese Frau, die behauptete, eine Sendbotin der Götter zu sein, war wie eine Statue, stark und eigenwillig – eine Frau, die an der Seite eines Mannes stand, nicht hinter dessen Schild. Sie war herrlich.

»Nein, du bist nicht Astrid.« Zu spät wurde Selik bewusst, dass er diese Gedanken laut ausgesprochen hatte.

Die Kränkung, die ihre schönen honigfarbenen Augen umschattet hatte, verwandelte sich augenblicklich in Zorn. Wütend streckte sie die Hand aus und bückte sich nach einer seiner Tuniken, die vor ihren Füßen lag. Sie eröffnete ihm dadurch einen ungehinderten Blick auf ihre schön geformten Brüste, die einen Augenblick lang in ihren Spitzenkörbchen zu schweben schienen, ehe sich Rain wieder aufrichtete. Und Selik spürte seine Männlichkeit härter werden.

»Sieh mich nicht so an, du Lustmolch.«

Sein Mund klappte zu, und sie zerrte sich die Tunika über den Kopf. Die kurzen Ärmel reichten ihr bis über die Ellbogen, und ohne Gürtel bedeckte das Wollkleid ihre Waden bis zur Mitte. Aus einem unerklärlichen Grund gefiel Selik der Gedanke, dass Rain seine Tunika trug. Nahm sie seinen Geruch wahr, der dem Stoff anhaftete? Gefiel auch ihr der Gedanke, etwas zu tragen, was seine Haut berührt hatte?

Beim Blute Thors! Woher kommen diese Gedanken? Mir ist diese fremde Frau genauso egal wie jede andere.

»Ich sehe, du bist wieder unterwegs gewesen, um zu vergewaltigen und zu plündern«, stellte sie verächtlich fest und zeigte auf das blutbefleckte Schwert und die Kleider, die in der Nähe des Zelteingangs auf dem Boden lagen.

»Kein Vergewaltigen.« Er grinste spöttisch.

»Und du glaubst, das entschuldigt deine Gewalttätigkeit? Du verdammter Kriegstreiber! Du Mörder! Du …«

»Wie kannst du es wagen, mich zu verurteilen? Ich habe Grund genug zu töten. Ich tue nichts, was nicht auch meinen Leuten wieder und wieder angetan worden ist.«

»Oh, wie ich den Krieg und das Kämpfen hasse, und die Männer, die an dem Prinzip festhalten, dass Gewalt Recht schafft!«

Selik konnte nicht umhin, die Tränen zu sehen, die ihre wunderschönen Augen wie hinter einem Schleier versteckten, auch wenn sie hastig blinzelte, um sie vor seinem prüfenden Blick zu verbergen. Als ob das Weinen bei einer Frau ein Zeichen von Schwäche sei. Was für eine seltsame Frau sie doch war!

»Geh schlafen. Deine vorlaute Zunge macht mir Kopfschmerzen«, sagte er schließlich. Er hatte einen langen Tag hinter sich, und sein Kopf fühlte sich in der Tat an, als würde ein Hammer darin wüten. Wie eine Totenglocke, dachte Selik kläglich. Für ihn? Für die, die er heute getötet hatte? Er fuhr sich mit der Hand über die Stirn. *Beim Hammer Thors! Diese Frau hat mich mit ihrem verdrehten Gerede verrückt gemacht.*

»Ich werde nicht im selben Bett mit dir schlafen«, erklärte sie heftig und reckte trotzig das Kinn. »Wenn du glaubst, du kannst da weitermachen, wo du aufgehört hast – vergiss es, Freundchen.«

»Was lässt dich glauben, dass ich das will?«, gab er es ihr mit stählerner Stimme zurück. Ihr Eigensinn war nicht länger amüsant.

»Geh zur Hölle. Oder besser noch, zu deiner Frau, du – du Ehebrecher.«

Die Frau trieb ihn zu weit. Es gefiel ihm nicht, über seine

Frau zu reden. »Ich hab dich schon einmal gefragt ... wer hat dir von Astrid erzählt?«

»Du warst es.«

Selik zog ungläubig die Augenbraue hoch.

Rains Gesicht begann, sich mit einem hellen Rosa zu überziehen. »Du sagtest ihren Namen – als – oh, du weißt sehr gut, wann.« Das Rosa ihrer Wangen verdunkelte sich jetzt zu einem tiefen Rot.

»Aber ich habe nicht davon gesprochen, dass sie meine Frau ist.«

»Ach, was für einen Unterschied macht das? Ubbi hat es mir gesagt.«

Selik versteifte sich vor Ärger. »Dazu hatte er kein Recht«, erklärte er mit eisiger Stimme, die Strafe verhieß.

Als Rain erkannte, dass sie Seliks Zorn auf Ubbi gelenkt haben könnte, fügte sie rasch hinzu: »Es war nicht seine Schuld. Ich habe ihn gewissermaßen erpresst, es mir zu sagen. Und du brauchst dich wegen mir gar nicht so aufzuspielen – oder wegen Ubbi. Schließlich bist du derjenige, der seine Frau betrügt.«

»Ich habe meine Frau nie betrogen.«

»Ha! Du hast aber ein seltsames Verständnis davon, was Betrügen ist. Ich nenne das, was du mit mir getan hast, betrügen, und ich nenne auch ganz entschieden das, was du vorhast, betrügen. Wo ziehst du denn da die Grenze, Mister?«

»Genau jetzt. Ich habe genug von deiner vorlauten Zunge«, erwiderte Selik. Er war es leid, von ihr so dreist an seine geliebte Frau erinnert zu werden. »Geh ins Bett. Sofort.«

Wieder einmal war sie so töricht, sich ihm zu widersetzen. Selbst noch, als er näher kam, wich sie bis an die Zeltwand vor ihm zurück. Selik grinste hämisch, verfolgte sie wie das hilflose, gefangene Tier, das sie jetzt auch war. Als Rain in der Nähe des Zeltausgangs war und Anstalten machte, hinauszuspringen, machte Selik einen Satz nach vorn, packte sie bei der Taille, hob sie hoch und hielt sie fest.

Einen Moment lang vergaß sie das Sichwehren, stattdessen stand ihr der Mund vor Staunen offen. »Du hast mich hochgehoben.«

»Wie klug von dir, das zu bemerken.«

»Aber ich bin zu groß. Niemand hat mich je hochgehoben.«

»Sieh genau hin, Süße. Deine Füße kitzeln meine Schenkel.«

Sie begann jetzt, sich gegen ihn zur Wehr zu setzen, trat, kratzte und schlug um sich ohne jeden Erfolg. Den einen Arm unter ihre Beine geschlungen, zog Selik sie in einer eisernen Umarmung gegen seinen Körper. Der andere Arm hielt ihre Schultern umschlungen, nagelte sie gegen seine Brust, ihr Gesicht gegen seinen Hals gepresst. Selik holte tief Luft, als er den verführerischen Blütenduft bemerkte, den ihre Haut verströmte. Derselbe Duft war ihm auch gestern aufgefallen, als er sie durch den Wald verfolgt hatte.

Mit drei langen Schritten ging er zur Bettstatt, ließ sich geschmeidig darauf nieder, ohne Rain loszulassen, und zwang sie dann, sich mit ihm zugewandten Rücken neben ihn zu legen. Er deckte sie beide mit den wärmenden Fellen zu.

Mit einem Seufzen legte er sein Bein über Rains. Ihr Kopf ruhte in der Beuge seines linken Arms, mit dem rechten Arm hielt er ihren Oberkörper gefangen.

Als sie schließlich aufhörte, sich zu wehren – nachdem sie ihn mit dem seltsamen Namen »Witzbold« bedacht hatte, von dem er vermutete, dass er nicht als Kompliment gemeint war –, begann Selik es zu genießen, wieder eine Frau in den Armen zu halten.

»Was ist das für ein Duft?«, flüsterte er und schnupperte an ihrem Nacken.

»Vermutlich dein Körpergeruch«, schnappte sie.

Er lachte leise. »Nein, es ist ein süßer Duft. Nach Blumen. Hier ist er besonders stark.« Mit der Zungenspitze berührte er die empfindsame, pulsierende Stelle in ihrem Nacken.

Rain holte scharf Luft, und Selik lächelte, als er ihre unfreiwillige sinnliche Reaktion spürte. Wie konnte diese Frau nur behaupten, dass es ihr kein besonderes Vergnügen machte, mit einem Mann zu schlafen, wenn sie auf jede Berührung so heftig reagierte?

»*Leidenschaft*.«

»Was?«

»Es ist *Leidenschaft*, du Dummkopf.«

»Ah, ich verstehe. Einige Frauen strömen diesen Moschusgeruch der Leidenschaft aus, wenn ihr Körper zur Vereinigung bereit ist. Es wundert mich nur, denn ich habe noch nie gehört, dass Moschus nach Blumen duftet.«

»O du Dummkopf! Du bist wirklich ein selbstgefälliger Mensch. *Leidenschaft* ist der Name eines Parfüms.«

Einen Augenblick lang verstand Selik nicht. Dann lachte er. »Du bist in der Tat erstaunlich. Du verhöhnst mich, weil ich meinem Schwert einen Namen gebe, und du machst das Gleiche mit deinem Parfüm.«

Rain versetzte ihm mit dem Ellbogen einen Stoß in die Rippen und kuschelte sich tief in die Felle, wobei sie ungeniert gähnte. »In meiner Zei– in meinem Land tragen alle Parfüms einen Namen. Es ist etwas ganz anderes, als ein Gewehr oder eine Bombe zu benennen – oder ein dummes Schwert«, erklärte sie und gähnte wieder.

»Hör auf, dich ständig hin und her zu winden.« Selik lächelte, wohlwissend, dass sie wütend wäre, wenn ihr bewusst würde, was ihre Bewegungen mit seiner härter werdenden Männlichkeit anstellten. »Und ich werde versuchen, dich nicht mit meinem Schnarchen zu belästigen. Das ist es doch, was du Ubbi gesagt hast, nicht wahr?«

»Ubbi redet zu viel.«

»Ja, das tut er.«

Als sie für eine lange Weile still blieb, fragte Selik leise: »Rain?«

»Hmmm?«

»Bist du noch wach?«

»Nein.«

»Astrid ist tot.«

Zuerst lag sie nur reglos und stumm da. Selik war nicht sicher, ob sie ihn gehört hatte. Er wusste nicht, warum er den Wunsch in sich gefühlt hatte, Rain die Wahrheit zu sagen und sich vor ihr zu rechtfertigen.

Endlich drehte sie sich in seinen Armen zu ihm herum und sah ihn im flackernden Schein der Kerzen an. Sie schien in seinem Gesicht nach Antworten zu suchen, die er nicht geben konnte.

»O Selik«, wisperte sie, und ihre Stimme klang so leise, dass er sie kaum verstehen konnte. Dann lehnte sie den Kopf gegen seine Brust und schlang die Arme um ihn. »O Selik.«

Zum ersten Mal seit zwölf Jahren spürte er Tränen in seinen Augen aufsteigen. Und er spürte, wie müde er war. Als er einschlief, fühlte er sich seltsam getröstet.

5

Jegliches freundliche Gefühl, das Rain je für Selik gehegt haben mochte, nachdem er ihr gesagt hatte, dass seine Frau tot war, verschwand in der Sekunde, in der sie am nächsten Morgen aus seinem Zelt trat. Fünfzehn Gefangene kauerten vor Kälte zitternd auf der nackten Erde nahe dem großen Kochfeuer. Ihre Hände und Füße waren gefesselt, und sie alle waren, wie die Perlen einer Halskette, mit einem Führstrick aneinander gebunden.

In ihrer Nähe standen einige von Seliks Gefolgsleuten Wache, die todbringenden Schwerter bereithaltend. Und das, obwohl keiner der Gefangenen aussah, als sei er fähig, einen Kampf anzufangen. Sie waren verdreckt, für den kühlen Herbstmorgen viel zu dünn angezogen, voller blauer Flecken, und einige von ihnen waren sogar verwundet. Kein Wunder, dass gestern Nacht Blut auf Seliks Schwert und auf seiner Kleidung gewesen war. Etwas Essbares war offensichtlich nicht das Einzige gewesen, was er gejagt hatte.

Und – o mein Gott – in der Reihe der Gefangenen standen auch drei Frauen, ebenso an den Strick gebunden wie die Männer.

Ich werde ihn umbringen. Ich schwöre, dass ich noch nie in meinem Leben den Wunsch gehabt habe, gewalttätig zu werden, aber dafür werde ich diesen verdammten Wikinger umbringen.

Rain überblickte das ganze Lager, aber weder von Selik noch von den Soldaten, die ihn gestern auf seinen »Jagdausflug« begleitet hatten, war etwas zu sehen. Rain verzog vor Abscheu den Mund und ballte wütend ihre Hände.

»Ubbi, wo ist dein Herr?«, verlangte sie von dem treu ergebenen Diener zu wissen, nachdem sie zu ihm gestürmt war. Er rührte den abscheulich riechenden Inhalt eines Kessels um, der über dem Feuer hing. Was immer es war, es roch, als wäre es am Boden des Kessels angebrannt. Obenauf schwamm eine dicke Fettschicht. *Na großartig! Der reinste Schweinefraß.*

Ubbi schaute auf und fragte höflich: »Habt Ihr heute Nacht gut geschlafen, Mylady?«

Rain stöhnte vor Ungeduld über sein Versäumnis, ihre Frage zu beantworten.

»Er ist auf das Schlachtfeld zurückgegangen«, enthüllte er ihr dann widerstrebend.

Das war nicht die Antwort, die Rain erwartet hatte. »Warum?«

»Um seine Toten zu begraben.«

Rain atmete vor Wut laut aus. »Hat er denn völlig den Verstand verloren? Seine Männer sind tot. Es gibt nichts, was er jetzt noch für sie tun kann.«

Ubbi zuckte die Achseln. »Der Herr gibt sich die Schuld an ihrem Tod, weil er die Männer in die Schlacht geführt hat, obwohl er vorher keine Raben gesehen hat.«

Rain zwang sich zur Ruhe. »Ubbi, wovon sprichst du?«

»Nun, es ist eine allgemein bekannte Tatsache, dass alles auf einen Sieg für die Nordmänner hindeutet, wenn sie vor der Schlacht Raben sehen. Und den ganzen Tag vor der Großen Schlacht und auch währenddessen hat sich kein einziger Rabe blicken lassen.« Er blähte seine Brust, als habe er eine große Weisheit verkündet.

Rain schnalzte verächtlich mit der Zunge. »Was für ein Haufen ausgemachter Unsinn!«

»Das ist die Wahrheit«, beharrte Ubbi stur.

»Lassen wir das. Aber wie konntest du Selik auf das Schlachtfeld zurückkehren lassen? Machst du dir keine Sorgen um ihn? Die Angelsachsen patrouillieren sicherlich noch in der ganzen Gegend. Er könnte getötet werden.« Rain war nicht sicher, warum sie sich über diesen Punkt überhaupt Gedanken machte. Schließlich hatte sie noch vor wenigen Augenblicken selbst Mordgedanken gehegt.

»Es ist schändlich für einen Nordmann, zuzulassen, dass die Aasgeier sich an den Eingeweiden seiner gefallenen Kameraden gütlich tun«, erklärte er.

»Und ist es weniger schändlich, Gefangene zu nehmen? Und sie so schrecklich zu misshandeln?«, stieß Rain hervor und wies mit der Hand auf die in der Nähe hockenden Gefangenen, die sie über das Feuer hinweg stumm anstarrten.

Ubbis trübe Augen schauten überrascht zu Rain auf. »Es zeugt nicht von Unehre, nach einer Schlacht Sklaven zu nehmen. Mit Sicherheit haben sich die Angelsachsen nach der Großen Schlacht ihren Teil an Schotten und Nordmännern genommen. Davon könnt Ihr überzeugt sein.«

»Aber was will er mit ihnen machen?«

Ubbi zuckte mit den gichtigen Schultern. »Vielleicht sind sie den Angelsachsen ein Lösegeld wert, obwohl ich das bezweifle. Sie sind ein jämmerlicher Haufen.«

In einer Geste des Abscheus hob Rain die Hände. »O Ubbi, gib mir einfach dein Messer, damit ich die Gefangenen freilassen kann.«

Ubbi wich zurück und achtete darauf, dass die scharfe Klinge außerhalb ihrer Reichweite blieb, mit der er etwas zerschnitten hatte, das wie gehäutete Hasen aussah. »Nein, das kann ich nicht.«

Ein rothaariger Wachsoldat – ein riesiger Mann mit mächtigem Brustkorb, der eine Ledertunika und darüber einen

Umhang aus Eichhörnchenfell trug – ging drohend auf Rain zu.

»Wie ist dein Name?«, verlangte sie mit mehr Selbstvertrauen zu wissen, als sie hatte.

»Gorm«, schnarrte er, während er sich Unheil verkündend vor ihr aufbaute. Er hielt ein sehr scharfes Schwert in der Hand. Der beißende Geruch nach ungewaschenem Körper und schlechtem Atem überfiel Rain, aber sie weigerte sich, vor dem Mann zurückzuweichen.

»Binde sofort diese Leute los.«

Der bärenhafte Riese grinste blöde. »Das ist verdammt nicht wahrscheinlich.«

»Ich sage dir, Worm ...«

»Nicht Worm, Gorm«, korrigierte er mit eisiger Stimme und kam einen Schritt näher, wobei er mit der Waffe in seiner Hand spielte.

»Also gut, Gorm, ich möchte, dass diese Gefangenen freigelassen werden. Und ich möchte, dass es sofort geschieht.«

Er lachte hämisch und versetzte Rain einen derben Stoß. »Geh zurück ins Zelt deines Herrn, und halte die Felle für ihn warm. Du bist selbst kaum mehr als eine Sklavin. Es ist nur dein Talent im Bett, das dich vor demselben Schicksal wie diesen Haufen bewahrt.«

Rain sah Ubbi Hilfe suchend an. »Sag diesem Rüpel, dass ich keine Sklavin bin.«

Zu ihrem Verdruss senkte Ubbi schuldbewusst den Kopf und murmelte: »Nun, Ihr seid eher eine Geisel als eine Sklavin.«

»Ubbi! Ich dachte, du wärst mein Freund!«

Seine Augen weiteten sich, als wundere es ihn, wie sie je auf diesen Gedanken hatte kommen können. Schließlich war er ihr erst gestern zum ersten Mal begegnet.

»Sklavin oder Geisel, das ist mir egal«, erklärte Gorm ärgerlich und versetzte ihr einen weiteren Stoß, dieses Mal härter. »Ich könnte dir kurzerhand deinen mageren Arsch versohlen.«

»Das wirst du nicht wagen.«

»Werde ich nicht? Am besten, du gehst mir aus dem Weg, oder du wirst es erleben. Jetzt geh endlich ins Zelt des Herrn, oder ich werde dich wie die anderen Gefangenen fesseln, bis unser Lord zurückkommt.«

»Das wird nicht nötig sein«, erwiderte Rain trotzig. »Das werde ich selbst tun.«

Hoch erhobenen Hauptes ging sie zu den Gefangenen, setzte sich am Ende der Reihe nieder und schlang sich den Strick in einem symbolischen Knoten um die Fußgelenke. Ubbi keuchte vor Schreck, und Gorm klappte der Mund auf, wobei die Lücke sichtbar wurde, die ein fehlender Vorderzahn hinterlassen hatte. Rain konnte nicht anders, als sich stolz zu fühlen; sie fühlte sich wie zu jener Zeit, als sie und ihre Mitstreiter für den Frieden sich eigenhändig an den Zaun des Weißen Hauses gefesselt hatten, um gegen die Erhöhung von Militärausgaben zu protestieren.

»Allmächtiger! Bist du eine verdammte Irre?« Die schwergewichtige Frau neben Rain rückte, so weit es der Strick zuließ, von ihr ab.

»Nein, ich bin Ärztin und …« Der gelbliche Hautton der Frau erregte Rains Interesse, und sie fragte Anteil nehmend: »Wie lange fühlst du dich schon krank? Ich könnte dir vielleicht helfen.« Rain war klar, dass der Hautton entweder auf so etwas Ernstes wie einen Tumor oder ein Leberleiden hinweisen konnte oder aber einfach nur von einem Vitamin-K-Mangel herrührte, der sich leicht korrigieren ließ.

Die Augen der Frau weiteten sich entsetzt. Mit einem Aufschrei versuchte sie aufzustehen. »Bringt mich von ihr weg. Eine Heilerin! O Gott, sie muss eine Hexe oder eine Zauberin sein. Hilfe! Wahrscheinlich hat sie den bösen Blick.«

Gorm kam herübergestapft und versetzte der Frau einen Hieb gegen den Kopf, woraufhin sie auf den Boden sackte und laut stöhnte.

Rain begann zu protestieren, doch Gorm fuchtelte mit seinem dreckigen Finger vor ihrem Gesicht herum. »Benimm dich, Weib. Du magst dem Herrn Vergnügen bereiten, bis ihm der Schwanz abfällt, aber wenn du nicht dein Maul hältst, werde ich dich über dem Feuer rösten wie die Hexe, für die diese Frau dich hält.«

Ubbi starrte mit vor Entsetzen großen Augen zu ihr herüber. »Mistress, kommt zurück ins Zelt. Dem Herrn wird das hier nicht gefallen.«

»Nein. Wenn ich eine Gefangene bin, dann will ich nicht anders behandelt werden als die anderen.«

Ubbi verdrehte die Augen und schaute gen Himmel.

Eine halbe Stunde lang saß Rain reglos und in dumpfem Schweigen auf der kalten Erde und zitterte jedes Mal, wenn Wind aufkam. Selbst in Seliks wollener Tunika, unter der sie ihre lange Hose und ihre Seidenbluse trug, begann sie allmählich zu frösteln.

Als ihr die Zeit schließlich zu lang wurde, begann sie, sich ihre Mitgefangenen näher anzusehen. Sie holte tief Luft, als ihr Blick auf den jungen Angelsachsen fiel, der bewusstlos zusammengesunken gegen die Frau lehnte, die neben ihm hockte. Dort, wo seine Lederrüstung zerrissen war, sickerte aus einer tiefen Schulterwunde Blut hervor.

»Ubbi, komm und hilf diesem Mann«, rief sie alarmiert. »Seine Wunde muss behandelt werden.«

Ubbi ignorierte sie geflissentlich. Er wandte kein Auge von den Hasen, die er zerlegte. Sein rotes Gesicht verriet jedoch, dass er Rain gehört hatte, es aber vorzog, nicht zu reagieren.

»Gorm, binde diesen Mann vom Strick los und bring ihn zur Behandlung in das Krankenzelt.«

Gorm, der überhebliche Bastard, bedachte sie mit einem hässlichen Grinsen und spuckte ihr vor die Füße.

Rain biss sich ärgerlich auf die Unterlippe. Sie konnte keinen Patienten ignorieren, der so dringend ihre Hilfe brauchte. Schließlich stand sie auf, wobei sie die Frau gehörig durchrüttelte, die noch immer voller Furcht vor Rain war. »Also gut«, verkündete Rain, »wenn niemand sonst ihm helfen will, ich werde es tun.« Sie löste das Tau von ihren Knöcheln und ging zum Zelt, um ihre spärlichen medizinischen Hilfsmittel zu holen.

Ubbi gelang es nicht ganz, ein amüsiertes Kichern über ihre eigenwillige Auffassung von Gefangenschaft zu unterdrücken. Rain starrte ihn an, bis er den Kopf senkte, allerdings nicht, ohne diesen zuvor in Verwunderung über ihre Mätzchen zu schütteln.

Rain löste die Stricke des Mannes, der aussah, als sei er kaum dem Jungenalter entwachsen, und half ihm, zum Zelt zu wanken. Trotz des Protestes des Postens, der das Krankenzelt bewachte, hatte Rain die Schwertwunde bald gesäubert und versorgt. Sie war nicht so schlimm, wie sie anfangs befürchtet hatte.

Sie versuchte, ihren Patienten zu beruhigen, indem sie sich mit ihm unterhielt, während sie den vielleicht zehn Zentimeter langen Schnitt nähte. »Wie ist dein Name?«

»Edwin.«

»Woher kommst du, Edwin?«

»Winchester«, erwiderte er zurückhaltend.

»Hast du in der Schlacht für König Athelstan gekämpft?«

Er nickte zögernd, als sei er nicht sicher, ihr trauen zu können.

»Warum bist du nicht mit dem König und seinen Truppen nach Wessex zurückgegangen?«

»Weil ich ein verdammter Narr war«, brummte er. »Ich bin

wegen meiner Frau ins Lager zurückgegangen, und sie wollte nicht in der Dunkelheit unterwegs sein. Dunkelheit! Ha! Wir haben jetzt verdammt viel mehr zu fürchten als die Dunkelheit.«

»Ich bin sicher, alles wird in Ordnung kommen, wenn Selik zurückkehrt«, versicherte Rain ihm.

»Seid Ihr die Frau des Geächteten?«, fragte er und rückte ein Stück von ihr ab.

»Nein, ich half ihm, vom Schlachtfeld zu entkommen und …«

»Ihr habt diesem Tier geholfen zu entkommen?«

Rain spannte sich an. »Nenn Selik nicht Tier. Das mag ich nicht.«

Die Unterlippe des Mannes verzog sich verächtlich.

»Ich meine, was ich sage, Edwin. Er ist nicht mehr ein Tier als du oder irgendein anderer der Männer.«

Edwins Augen verengten sich abschätzend, als er Rain musterte, während sie den Faden verknotete und die Naht mit einem sauberen Tuchverband abdeckte. »Habt Ihr je einen Mann gesehen, nachdem er von einem barbarischen Wikinger skalpiert worden ist? Nur ein Tier würde einen Mann skalpieren. Und ich wette, ein so bösartiger Mann wie der Geächtete ist kein Stück besser als irgendein anderer verdammter Nordländer.«

Zuerst wollte Rain nicht begreifen, was Edwins Worte bedeuteten. Dann stieß sie ein Keuchen aus, und ihr sprangen Tränen in die Augen. »Du lügst. Selik würde niemals etwas so grauenhaft Abscheuliches tun.«

»Tue ich das?« Zorn verzerrte Edwins schmutziges Gesicht zu einer hässlichen Fratze. »Wisst dies, Mylady, *das Tier* sollte mich besser töten, und das bald, denn ich will eher tot als sein Sklave sein.«

Der Wachposten, dessen Geduld ohnehin inzwischen

erschöpft war, wollte nicht zulassen, dass der Gefangene bei den anderen Verwundeten im Zelt blieb. Wie benommen führte Rain ihn zurück an seinen Platz in der Reihe der Gefangenen. Sie wollte ihn auf Gorms Befehl hin gerade wieder festbinden, als Edwin sie packte und herumzerrte, ihre Arme auf den Rücken drehte und ihr mit der rechten Hand in einem würgenden Griff die Kehle zudrückte.

»Keine Bewegung, Frau«, warnte er Rain und schnürte ihr die Luft ab, bis ihr die Beine durch den Sauerstoffmangel wegsackten. »Ich würde nicht zögern, dich zu töten, aber du scheinst bei deinem Herrn in großer Gunst zu stehen. Vielleicht lässt er mich im Austausch gegen dein Leben frei.«

»Und was ist mit deiner Frau?«, fragte Rain. Sie schaute auf die junge Angelsächsin hinunter, die unweit von ihr am Boden kauerte und in Entsetzen und Angst zu ihr und Edwin hochstarrte.

»Blanche kommt allein zurecht. Sie ist ein gerissenes Weib und verfügt über gewisse Talente im Bett. Ohne Zweifel wird sie bald einen anderen Beschützer finden«, erwiderte er gleichmütig, ohne sich um Blanches Protestgeschrei zu kümmern.

»Und du nennst Selik ein Tier?«

Edwin drückte wieder, und Rain verlor für eine Sekunde das Bewusstsein. Nur einen Moment später hörte sie einen schrillen Schrei hinter sich, und Edwin gab seinen Griff um ihren Nacken frei. Aber Rain blieb keine Zeit, sich darüber zu wundern, denn Edwin fiel vornüber gegen ihren Rücken und riss sie mit sich zu Boden. Als Rain ihn schließlich von sich heruntergeschoben hatte, sah sie, dass eine Streitaxt in Edwins Hinterkopf steckte. Blut schoss aus der Wunde, und es war offensichtlich – auch ohne dass sie seinen Puls fühlen musste –, dass er auf der Stelle tot gewesen war.

Sie schrie heraus: »O mein Gott! Ich bin mitten im Aufruhr des finstersten Mittelalters gelandet!«

Sie wollte wissen, wer die Axt geworfen hatte, und schaute sich um. Es überraschte sie, dass es Ubbi gewesen war. Er stand da mit gespreizten Beinen, die Hände in die Hüften gestemmt. Der sanfte kleine Troll war zu einem grimmigen Krieger geworden. Zorn überzog das Gesicht des Mannes, aber seine Stimme klang sanft: »Mistress, seid Ihr verletzt?«

Rain schüttelte den Kopf. Sie war verwirrt von all dem, was innerhalb nur weniger Augenblicke geschehen war. Ihretwegen war Blut vergossen worden, und diesen schrecklichen Gedanken musste sie erst einmal verarbeiten.

»Das ist verdammt noch mal ihre eigene Schuld«, sagte Gorm wütend zu Ubbi. »Sie hätte diesen Bastard niemals losbinden dürfen. Die Angelsachsen sind alle gleich – hinterhältig bis ins Mark.«

»Was hast du denn erwartet, was er tut, du Scheusal?«, rief Rain. »Er war verzweifelt, und ich war seine einzige Chance zu entkommen.«

Gorm und Ubbi sahen sie an, als sei sie verrückt geworden. »Er hätte Euch getötet«, stellte Ubbi fest.

»Das ist keine Rechtfertigung«, konterte Rain, doch selbst für ihre Ohren klang das lahm.

»Nun, Ihr könnt den Göttern danken, dass Euch nichts geschehen ist«, sagte Ubbi. »Warum geht Ihr jetzt nicht ins Zelt zurück und ruht Euch von dieser Tortur aus?«

Rain schaute auf die Gefangenen, die sie scheu anstarrten. Sie schüttelte den Kopf. »Nein, ich kann nicht.«

Zu Ubbis Ärger setzte sich Rain wieder neben die Gefangenen und schlang den Strick um ihre Fußgelenke. Gorm knurrte: »Verfluchte Hündin«, während er Edwins Leichnam zu den Bäumen am Rand der Lichtung zerrte und seinen Männern dann befahl, ihn dort zu begraben, »ehe der Gestank von angelsächsischem Blut mir den Appetit verdirbt«.

Das erinnerte Rain daran, dass sie seit dem Vortag nichts

mehr gegessen hatte. Sie schaute auf die Reihe der Gefangenen, die mit ihr an den Strick gebunden waren, und ihr wurde bewusst, dass diese Menschen vermutlich schon seit viel längerer Zeit nichts mehr gegessen hatten.

»Du musst diesen Leuten zu essen geben«, rief sie Ubbi zu, der an das Kochfeuer zurückgekehrt war. Während er seinen Pflichten nachging, pfiff er fröhlich vor sich hin, als hätte er nicht soeben einen Menschen getötet.

Ohne aufzusehen, rief er zurück: »Der Herr hat keine Anweisungen gegeben, seine Gefangenen mit durchzufüttern.«

»Das ist lächerlich. Was ist, wenn er nicht zurückkommt?« Rains Herz wurde schwer, als sie daran dachte, wie sehr sie sich über Selik geärgert hatte. Es gab eine Menge, über das sie sich bei ihm beklagen wollte, und viele Fragen, die eine Antwort verlangten, aber sie konnte sich nicht vorstellen, ohne ihn zu leben. Wie unglaublich, dachte sie verwundert, dass ich so tief für einen Mann empfinde, den ich gerade erst kennen gelernt habe. Sie zwang ihre Gedanken, sich mit der Gegenwart zu beschäftigen, und setzte hinzu: »Ich meine, was ist, wenn er nicht vor heute Abend zurückkommt?«

Ubbi zuckte gleichmütig die Achseln.

Voller Widerwillen über ihre Äußerung schüttelte Rain den Kopf, dann murmelte sie unhörbar eine Obszönität vor sich hin und befreite sich einmal mehr von ihren Fesseln. Entschlossen ging sie zur Feuerstelle hinüber.

Ubbi zog amüsiert die Augenbrauen hoch und bemerkte trocken: »Ist das die Art, wie man in Eurem Land die Leute einsperrt? Die Gefangenen fesseln sich selbst und binden sich los, wann immer ihnen danach zu Mute ist?«

»Halt den Mund, du Komiker.«

Er kicherte und machte sich wieder daran, die mageren Hasen zu zerteilen und die Stücke auf einen Haufen zu seinen Füßen zu werfen.

»Ist das alles, was du zu bieten hast?«, fragte Rain und verzog missbilligend die Nase, als sie sich über den Kessel beugte.

»Ja«, war Ubbis verlegene Antwort. »Ich kann nicht besonders gut kochen, aber es gibt sonst niemanden, der diese Aufgabe übernehmen kann. Vielleicht könntet Ihr ...«

»Vergiss es! Ich koche nicht.«

»Nun, dann bleibts bei dem da«, sagte Ubbi und zeigte auf den Topf mit der übel riechenden breiigen Masse. »Es ist ein wenig angebrannt, als das Feuer zu heiß geworden ist.«

»So ähnlich muss die Hölle stinken.«

Er lächelte. »Wisst Ihr vielleicht, wie es in der Hölle riecht? Ich meine, weil Ihr doch vom Himmel kommt?«

Rain gab einen unwilligen Ton und ein obszönes Wort von sich.

»Ich hab nur gefragt. Kein Grund, grob zu werden. Vielleicht könnt Ihr den Gefangenen diesen Brei geben, dann könnte ich den Kessel schon für das Abendessen säubern.« Er zeigte auf den Berg aus Hasenfleisch und Hasenknochen zu seinen Füßen.

Rain blieb keine andere Wahl. Sie verteilte den Inhalt des Topfes in zwei Holzschalen und trug diese zu den Gefangenen. Die Angelsachsen waren gezwungen, die Schalen mit gefesselten Händen zu halten und den Brei herauszuschlürfen. Nicht einer von ihnen beklagte sich über das unrühmliche Gericht, sie waren zu hungrig, um sich darum zu kümmern. Vermutlich fragten sie sich ohnehin, ob dies ihre vielleicht letzte Mahlzeit sein würde.

Als sie fertig waren, half Rain Ubbi dabei, den Kessel im nahen See mit grobem Sand auszuscheuern. Dann kehrte sie zu den Gefangenen zurück und ging zu Blanche, der Frau, die mit Edwin zusammen gewesen war.

»Kannst du kochen?«, fragte sie freundlich. Sie war voller

Mitgefühl für die Frau und den schmerzlichen Verlust, den diese erlitten hatte. Aber Blanche schien über den Tod ihres Liebhabers nicht allzu betroffen zu sein, als sie jetzt die Möglichkeit witterte, ihrer Gefangenschaft zumindest vorübergehend zu entkommen.

»Ja, das kann ich, Mistress«, erwiderte sie eifrig. »Und Hase ist meine Spezialität. Wenn Ihr mir erlaubt, unter den Bäumen da drüben einige Kräuter zu sammeln, natürlich unter Bewachung, dann kann ich einen schmackhaften Eintopf kochen, der sogar einem König schmecken würde.«

Rain bezweifelte das von Herzen, aber sie zog alles andere Ubbis Kochkünsten vor. Es brauchte fast keine Überredungskunst, Ubbi dazu zu bewegen, Blanche eine Chance zu geben.

Einige Stunden später erlebte Rain eine angenehme Überraschung. Blanche hatte nicht gelogen: Der Haseneintopf war sämig und würzig, enthielt Pilze, wilde Zwiebeln und Möhren, nicht zu erwähnen die Gewürze, die Rain zum Teil gar nicht kannte. Blanche strahlte vor Zufriedenheit, zumal sie wusste, dass sie ihre Haut gerettet hatte – wenigstens für die Zeit, die sie hier waren.

Gorms Augen glänzten lüstern, als Blanche sich über das Feuer beugte. Rain warf ihm einen Blick zu, der unmissverständlich sagte: »Wage es ja nicht.« Er grinste einfältig und konterte mit einem geringschätzigen Seitenblick, der eine stumme Herausforderung enthielt: »Du kannst es ja versuchen, mich aufzuhalten.«

Erschöpft an Leib und Seele, kehrte Selik spät in der Nacht zurück. Den angelsächsischen Soldaten auszuweichen, die in der Umgebung des Schlachtfeldes patrouillierten, hatte von ihm und seinen Kameraden eine Wachsamkeit gefordert, die sie nur mit äußerster Anstrengung hatten aufbringen können, denn seit der kräftezehrenden Schlacht hatten sie sich noch nicht ausruhen können.

Sie hatten alle ihre Freunde und Bekannte begraben, die sie hatten finden können. Eine Pflicht, die schon unter besseren Umständen schrecklich genug war; eine Zerreißprobe für den Verstand, wenn man den gierigen Geiern zuvor deren Beute abjagen musste. Die Augen der Toten fraßen sie zuerst – sie waren für diese schrecklichen Vögel ohne Zweifel ein besonderer Leckerbissen –, und Selik und seine tapferen Gefährten hatten unzählige Male innegehalten und sich beim Anblick der augenlosen Gesichter erbrochen. Ganz zu schweigen von den halb angefressenen Leichen. Oder dem Gestank. O Gott, der Gestank! Und die ganze Zeit schlichen Wölfe und andere Aasfresser um das Leichenfeld und warteten darauf, dass die Störenfriede endlich verschwanden.

Deshalb war Selik nicht in der besten Stimmung, als er sein Zelt betrat, die gebundenen Lederschuhe und die Rüstung ablegte und sich dann auf die Bettstatt fallen ließ, ohne seine Tunika abzulegen. Er brauchte nur wenige Augenblicke, um zu begreifen, dass diese seltsame Frau, die behauptete, sein »Schutzengel« zu sein, nicht da war.

»*Ubbi!*«

Der kleine Mann schlug die Zelttür zur Seite, nachdem er so schnell, wie ihn seine kurzen Beine hatten tragen können, über den Lagerplatz herbeigelaufen gekommen war.

»Du hast gerufen, Herr?«

Selik sagte ein sehr übles Wort, und Ubbi zuckte zusammen.

»Wo ist sie?«

»Wer?« Ubbi trat unbehaglich von einem Bein auf das andere und wich Seliks fragendem Blick aus.

»Du weißt verdammt gut, wen ich meine.«

»Bei den Gefangenen, Mylord. Aber ich kann nichts dafür. Und Gorm auch nicht«, fügte er rasch hinzu.

Selik atmete hörbar aus und beherrschte sich, seinen treuen Diener nicht durchzuschütteln. Bedachtsam wählte er jedes Wort. »Warum ist sie bei den Gefangenen?«

»Sie sagt, sie ist Pazifistin …«

»Pazifistin?«

»Ja, Pazifisten sind gegen jede Art von Kampf, sogar …«

»Pazifisten sollen verdammt sein!«

Ubbi bedachte ihn für diese Unterbrechung mit einem tadelnden Blick und fuhr fort: »Sie sagt, sie ist Pazifistin, und wenn ich oder Gorm die Gefangenen nicht freilassen, dann will sie auch eine Gefangene sein.«

»Sie *ist* eine Gefangene.«

Herausfordernd schob Ubbi das Kinn vor. »Nein, sie ist eine Geisel. Das habe ich ihr auch gesagt. Und das ist ein Unterschied, Mylord.«

»Ja, und durch ihr Können als Ärztin ist sie außerdem eine sehr wertvolle Geisel. Ich will sie in diesem Zelt haben, wo ich sie im Auge behalten kann, damit sie nicht das Weite sucht.«

Seliks Motive anzweifelnd, zog Ubbi die Augenbraue hoch.

»Ich habe nicht mit der Frau geschlafen«, erklärte Selik, und es klang seltsamerweise so, als verteidigte er sich.

»Hab ich gesagt, dass du es getan hast?«, erwiderte Ubbi rasch und hob beschwichtigend die Hände.

»Nein, aber ich weiß, was du denkst.«

»Ha! Spricht Gott auch zu dir? Du wirst noch genau so verrückt wie diese Frau«, sagte Ubbi und grinste wissend, was Selik nur noch mehr erzürnte.

»Bring die Frau her«, knurrte er.

Ubbi wich vor ihm zurück. »Nein, nicht ich, Herr. Sie hat

heute schon damit gedroht, mich zu prügeln. Am besten, du holst sie selbst.«

Selik runzelte die Stirn und machte sich auf, zu den Gefangenen zu gehen. »Warum hat sie dir Schläge angedroht, wenn sie doch überzeugte Pazifistin ist?«

»Weil ich einen der Gefangenen getötet habe, diesen finsteren Burschen, der gestern Abend all diese Drohungen ausgestoßen hat.«

Selik blieb stehen und sah seinen Diener an, der sich nur selten an Kampfhandlungen beteiligte. Wenn Ubbi einen wertvollen Sklaven getötet hatte, musste er einen guten Grund dafür gehabt haben. »Warum?«

»Er hat die Mistress gewürgt.«

»Rain?« Kaltes Entsetzen durchströmte Selik bei Ubbis beiläufig gesprochenen Worten. Warum fühlte er sich wie beraubt bei dem Gedanken, diese Frau zu verlieren, der er erst gestern zum ersten Mal begegnet war?

Ubbi nickte. »Und du bereitest dich am besten auf die schlimmste Strafpredigt deines Lebens vor. Sie ist verdammt wütend auf dich.«

»Nun, ich bin absolut nicht in der Stimmung, mir heute Nacht ihre verdrehten Nörgeleien über die Behandlung der Gefangenen anzuhören. Vielleicht sollte ich ihr kurzerhand einen Lappen in den vorlauten Mund schieben und mich ihres Körpers bedienen, bis sie zu müde ist, sich noch weiter zu beklagen.«

Ubbi gab einen schnalzenden, skeptisch klingenden Laut von sich, der die Klugheit eines solchen Vorhabens infrage stellte.

Der helle Vollmond und das Lagerfeuer spendeten Selik genügend Licht, die Gefangenen sehen zu können, die auf der Erde lagen. Die meisten von ihnen schliefen. Ein paar starrten mit weiten, angsterfüllten Augen zu ihm auf, als er vorbeiging.

Er würde morgen Früh wärmere Kleidung für diesen räudigen Haufen auftreiben müssen, ansonsten würden sie den anstrengenden Marsch nach Jorvik niemals durchstehen. Und Essen – seine Männer würden noch mehr Wild herbeischaffen müssen, um diese Jammergestalten satt zu bekommen, damit sie ihm beim Sklavenhändler genügend Geld einbringen würden.

Schließlich fand Selik die Frau, die ihm so viel Ärger machte. Zu einer Kugel zusammengerollt, lag sie am Ende der Gefangenenreihe und zitterte selbst im Schlaf vor Kälte. Er sah, dass sie sich eine seiner Wolltuniken genommen und übergezogen hatte, die aber keinen Schutz gegen den kühlen Herbstwind bot. Statt über ihren »Diebstahl« wütend zu sein, empfand er ein unbekanntes Glücksgefühl darüber, zu wissen, dass seine Tunika ihre Haut streichelte, wie ein armseliger Ersatz für seine Arme.

»Verdammte Hölle!« Er fluchte lautstark. »Die Frau bringt mich um den Verstand wie einen unerfahrenen Jüngling, der auf seinen ersten Beischlaf brennt.«

Als Seliks Stimme langsam in Rains Bewusstsein drang, öffnete sie die Augen. Noch schlaftrunken, protestierte sie nicht, als er sich herunterbeugte und die lockeren Fesseln von ihren Fußgelenken löste.

»Beim Allmächtigen! Eine schöne Gefangene gibst du ab, wenn du so leicht aus deinen Fesseln hinein- und herausschlüpfen kannst.«

»Es ist symbolisch gemeint«, erwiderte sie schläfrig und gähnte herzhaft, wobei sie vergaß, sich wohlerzogen die Hand vor den Mund zu halten. Aber dann bemerkte sie, dass Selik lächelte. Sie runzelte die Stirn und versuchte, ihn wegzuschieben.

»Ein Symbol für was?«, fragte er, während er sich aufrichtete und zusah, wie Rain sich aufsetzte und sich reckte, um ihre verspannten Schultern zu lockern. Ohne Zweifel schmerzte die eine oder andere Stelle ihres Körpers, weil sie auf der harten Erde geschlafen hatte. Eine wohlverdiente Strafe dafür, so dickköpfig zu sein, entschied Selik.

»Für meinen Protest gegen dein barbarisches Handeln.« Sie war jetzt hellwach und ihr Gesicht hatte sich plötzlich verhärtet.

Er zog fragend eine Augenbraue hoch und verschränkte die Arme vor der Brust. Sogar sein abgehärteter Körper begann, die Kälte zu spüren. »Welches barbarische Handeln?«

»Das, Menschen zu Sklaven zu machen«, zischte sie. »Wie konntest du das tun? So sehr ich die Gewalt auch verabscheue, ich kann verstehen, warum einige Leute sie als Mittel der Selbstverteidigung rechtfertigen. Aber Gefangene zu machen, wenn der Kampf vorbei ist – das ist unzivilisiert.«

»Ich muss mich weder vor dir noch vor sonst jemandem rechtfertigen. Und du begreifst die Zivilisation nicht, du Zankteufel, wenn du meinst, die Nordmänner seien die Einzigen, die Gefangene als Teil der Kriegsbeute betrachten. Das ist allgemein üblich. Ich kenne kein Land und keinen Menschen, der diese Vorgehensweise verurteilt.«

»Aber was sagt dein Herz dazu?«

Ihre Frage verwirrte Selik. Die Antwort darauf hätte ihm leicht fallen sollen, doch er konnte nicht die Worte finden, sich zu verteidigen.

Ein Rascheln erregte jetzt seine Aufmerksamkeit, und er bemerkte, dass ihr Wortwechsel die Gefangenen geweckt hatte, die interessiert dem zuhörten, was eine höchst seltsame Unterhaltung für sie sein musste. Selik stieß einen widerwilligen Ton aus, während er sich herunterbeugte und diese nichts als Verdruss machende Frau einfach hochhob und sich über die Schulter warf.

Rain hielt vor Überraschung über seine rasche Bewegung

den Atem an und wollte protestieren. Doch ehe sie die Gelegenheit dazu hatte, drückte er ihr Gesicht gegen seinen Hals, schlang einen stahlharten Arm um ihre wild zappelnden Beine und presste sie gegen seine Hüfte. Dann legte er den rechten Arm um ihren Leib und hielt sie so fest wie ein Schraubstock.

Selik wusste, dass Rain sich für zu groß hielt, um von einem Mann getragen werden zu könnten, und es bereitete ihm ein diebisches Vergnügen, sie in diesem Irrglauben zu bestärken. Er tat, als würde er stolpern und stürzen. Sie hörte sofort auf zu strampeln.

»Vielleicht würdest du aufhören zu wachsen, wenn du nicht so viel essen würdest.«

»Verdammt! Lass mich sofort runter!«

»Nein, ich finde, dies ist nach einem langen Tag im Sattel eine gute Übung für mich. Fast so, als würde ich mein Pferd tragen.«

Rain verharrte plötzlich reglos. Dann fragte sie zögernd: »Selik, wo ist dein Pferd?«

Ihre Frage überraschte ihn, und er antwortete abwartend: »Es ist bei den anderen Pferden, in der Nähe des Sees. Warum?«

»Würdest du mich hinbringen, damit ich Fury sehen kann? Bitte. Es ist wichtig für mich.«

Selik zuckte die Schultern. Was sollte es schaden, wenn sie sich das Pferd ansah? Außerdem könnte er bei dieser Gelegenheit ein rasches Bad im See nehmen. Wenn er sich recht erinnerte, hatte er Seife und Leinentücher in der Satteltasche, die er bei den Pferden auf den Boden gelegt und dort zurückgelassen hatte.

Aber allzu schnell wollte er ihrer Bitte nicht zustimmen. »Und warum sollte ich das tun? Was gibst du mir, wenn ich dir diesen Gefallen tue?«

Er spürte, dass sie sich augenblicklich versteifte. »Ich habe nichts zu geben.«

»Oh? Davon weiß ich aber nichts. Du könntest versprechen, eine Weile zu schweigen und deine vorlaute Zunge im Zaum zu halten. Oder einen Eid schwören, nicht zu fliehen.« Ein köstlicher Gedanke, der sein Herz zum Stolpern brachte, kam ihm. »Oder...«

»Oder was?«

»Oder du könntest mich küssen – freiwillig«, flüsterte er heiser und streifte mit den Lippen ihr Haar. Es duftete noch immer nach *Leidenschaft*, dem Parfüm, das sie gestern Abend benutzt hatte. Und nach ihrem eigenen süßen Duft.

»Ha! Ich habe dir letzte Nacht sehr viel mehr als Küsse gegeben.«

»Ja, aber nicht wirklich aus freiem Willen, denn du hast geschlafen. Und so weit ich mich erinnere, gab es keine Küsse.«

Wie seltsam, dachte Selik, dass ich sie so intim berührt, aber nicht geküsst habe! Wenn er in seinem wie rauschhaften Zustand wirklich in dem Glauben gewesen war, seine Frau zu lieben, warum hatte er nicht Rains Lippen berührt? Vielleicht war er doch nicht so verwirrt gewesen, wie sie beide angenommen hatten. Vielleicht hatte er genau gewusst, wer in seinem Bett lag, aber irgendetwas in ihm hatte sich der faszinierenden Verdeckung verweigern wollen.

»Ein Kuss? Alles, was du willst, ist ein Kuss?«

Er nickte. Sie hatten inzwischen den See erreicht, und Selik lockerte seinen Griff. Voller Sinnlichkeit ließ sich Rain an seinem harten Körper heruntergleiten, bis sie Selik gegenüberstand – ohne sich zu berühren und nur durch einen Atemhauch voneinander getrennt.

»Und dann werden wir reden?«

Wieder nickte Selik stumm. Er war unfähig, sich unter

dem Zauber ihrer verlockenden Nähe zu bewegen. Wahrhaftig, sie musste eine Zauberin sein, ihn so in ihren Bann zu schlagen.

Rain legte die Hände auf seine Schultern und reckte sich hoch. Er fühlte ihren süßen Atem auf seinen Lippen, noch ehe sie die Augen schloss und ihre Lippen über seine gleiten ließ, als wollte sie diese leichteste aller Berührungen auf ewig auskosten. Aber die Wirkung war überwältigend.

Sie wimmerte unhörbar.

Selik hielt sich ganz starr, als er gegen das Dröhnen des Blutes in seinem Kopf ankämpfte, gegen das wilde Schlagen seines Herzens. *Es ist nur ein Kuss.*

»Selik«, wisperte sie flehentlich gegen seinen Mund.

Sie ließ ihre Hände von seinen Schultern zu seinem Nacken gleiten, streichelte die angespannten Muskeln. Und sie kam näher. Ihre Körper schmiegten sich aneinander. Schenkel an Schenkel. Hüfte an Hüfte. Männlichkeit an Frausein.

Selik stöhnte. Er konnte nicht anders.

Und sie streichelte seinen Mund noch einmal mit ihren Lippen, fester dieses Mal, verlangender, verschmelzender. Sie nippte an seiner Unterlippe, sog sanft daran.

Er keuchte vor purer Lust, und Rain nutzte die Gelegenheit, ihre Zungenspitze zwischen seine Lippen gleiten zu lassen. Eine kurze Berührung. So rasch, dass Selik glaubte, er könne es nur geträumt haben.

Und sie behauptet, keinen Spaß daran zu haben, mit einem Mann zu schlafen! Was würde sie erst tun, wenn sie wirklich erregt war?

Selik spürte, wie er härter und stählerner wurde, als er sich an ihren weichen Leib presste. Genug der neckischen Spiele! Er schlang die Arme um Rain und zog sie fest an sich. Und er übernahm die Kontrolle über diesen Kuss.

Er schloss ihr Gesicht in seine Hände und neigte ihren Kopf in das helle Mondlicht. Mit Befriedigung sah er ihre verhangenen, halb geschlossenen Augen, die leicht geöffneten, feuchten Lippen. Mit köstlicher Zartheit zeichnete er mit dem Daumen die Wölbung ihrer Lippen nach, wiederholte dies mit der Spitze seiner Zunge.

Rain öffnete sich ihm noch weiter, und Selik war es, als bliebe ihm das Herz stehen. Seine Lippen streichelten ihre, bis sie von gegenseitigem Wollen feucht und heiß waren. Sein Mund wurde fordernder, wollte alles von ihr, dann wieder berührte er sie federleicht, dann erneut hart und verlangend. Er konnte nicht genug von ihr bekommen. Ihr Geschmack war ein Aphrodisiakum, dem er nicht widerstehen konnte.

Als das Verlangen immer stärker in seinen Adern pulsierte, konnte er dem nicht länger widerstehen und ließ die Zunge in die ihn bereitwillig aufnehmende Scheide ihres Mundes gleiten. Sie umschloss ihn, und Selik spürte, wie sich seine Härte unbeherrschbar gegen Rain drängte.

Eine beständige innere Stimme warnte Selik, dass dies alles viel zu schnell geschah. Dieses wundervolle, intensive Sichsehnen, dass er seit so vielen Jahren, vielleicht noch nie, nicht mehr gefühlt hatte, würde dazu führen, dass er ungewollt seinen Samen vergießen würde, wenn er dieses Liebesspiel nicht verlangsamte.

Widerstrebend zog er sich zurück und sagte heiser: »Rain, du wirst mich mit deiner süßen Glut noch verschlingen. Wir müssen uns ein wenig abkühlen, damit wir es länger auskosten können.« Sie protestierte und wollte sich wieder an ihn schmiegen, doch er hielt sie fest. »Nicht, Süße, ich will dich die ganze Nacht hindurch lieben, aber ich werde keinen weiteren Augenblick mehr überstehen, wenn du nicht aufhörst, mich zu quälen.«

»Ich? Dich quälen? Nein, ich bin diejenige, die im Feuer brennt«, wisperte sie heiser.

Und Selik erreichte fast seinen Höhepunkt.

Er legte die Hände auf ihre Schultern und schob sie von sich fort, hielt sie fest. Ein raues Stöhnen entrang sich seiner Kehle, als er die verhangene Sinnlichkeit ihrer halb geschlossenen Augen sah, ihre geröteten, geschwollenen Lippen. Das haben meine Küsse gemacht, dachte er mit zügelloser Befriedigung. *Heiliger Thor!*

Selik zwang sich, den Blick von ihr zu wenden, und griff nach der Satteltasche, die er bei seiner Rückkehr am See hatte liegen lassen. Dann nahm er Rain an die Hand und führte sie zum Ufer. Sie ging mit ihm, schien noch wie betäubt vom Aufruhr ihrer Sinne. Ehe sie Seliks Absicht erkannte, hatte er die Tasche fallen lassen und Rain hochgehoben. Er trug sie in das Wasser, bis das eisig kalte Nass ihm bis an die Oberschenkel reichte. Sie noch immer in den Armen haltend, ließ er sich langsam hineingleiten.

Rain schrie auf.

Er hielt sie fest. »Sitz still, Liebes. Wir müssen beide unser heißes Blut abkühlen für die lange Nacht, die vor uns liegt. Außerdem rieche ich wie Fury.«

»Selik, es ist eiskalt.«

»Pst. Ich weiß. Komm, steh auf.«

Als sie ohne ihr übliches Fragen oder Widersprechen seine Bitte erfüllt hatte, zog er sie aus. Die Tunika, ihre Bluse und ihre Hose, ihre Schuhe und die verführerische Unterwäsche mit dem geheimnisvollen Verschluss zwischen den Brüsten. Sie stand nackt und zitternd vor ihm. Sie war herrlich. Goldenes Haar, das bis an die Taille reichte. Schlanke Glieder. Schmale Hüften. Hohe, feste Brüste. Sein Sinnbild einer nordischen Göttin.

»Beweg dich nicht«, befahl er rau. Das Atmen fiel ihm schwer, und er sagte sich, dass es an der Kälte liegen musste.

Er watete ans Ufer und nahm Seife und einige Leinentücher aus der Satteltasche und legte seine Kleidung ab. Als er zu Rain zurückkam, stand sie noch immer an derselben Stelle und betrachtete seinen Körper so intensiv, wie er ihren angesehen hatte.

»Du bist so wunderschön«, flüsterte sie.

»Nein, nicht mehr. Du musst blind sein.« Aber er konnte das Lächeln nicht unterdrücken, das sein Gesicht weich machte.

»Meine Mutter hatte Recht. Du siehst aus wie ein nordischer Gott.«

Selik schüttelte über die Übereinstimmung ihrer Gedanken den Kopf. »Vielleicht hat das Schicksal es so bestimmt, dass du die Göttin für diesen Gott bist. Halt still«, sagte er und begann, rasch ihren ganzen Körper einzuseifen, von den Schultern bis zu den Zehenspitzen. Dabei hielt er von Zeit zu Zeit inne, um jeder verlockenden Stelle, die er entdeckte, seine Wertschätzung zu zeigen. Als seine Hände sich um ihre Brüste schlossen und er sie zu massieren begann, bis deren harte Spitzen sich gegen seine Handflächen pressten, stöhnte Rain laut auf. Heiser sagte sie: »Nie, niemals habe ich einen Mann so sehr gewollt, wie ich dich will.«

Selik wollte mit einer spöttischen Bemerkung auf ihr Eingeständnis antworten, doch die unerklärliche Freude über ihre Worte schnürte ihm die Kehle zu. Stumm reichte er ihr die Seife, und Rain erwiderte seinen Liebesdienst und seifte ihn ein. Mit sanften Händen massierte sie seine Muskeln, bis seine Haut trotz der Kühle der Luft und der Kälte des Wassers vor Hitze zu prickeln begann. Als sie ihr Können an seiner Männlichkeit zu erproben begann, hielt Selik sie widerstrebend davon ab. »Nein, so viel Lust könnte ich nicht aushalten.«

Die Seife fiel zwischen ihnen ins Wasser, und Selik zog Rain wieder in seine Arme. Sie lächelten sich an, als ihre vom Seifenschaum bedeckten Körper sich sinnlich aneinander rieben.

Voller Entzücken ließ Rain den Kopf zurücksinken, als Selik seine Brust an ihrer rieb. Sie schloss die Augen und presste sich verlangender an ihn. »Ich sehne mich nach dir«, flüsterte sie.

»Genug!« Er ließ sich ins Wasser sinken und zog Rain mit sich. Hastig spülte er die Seife von ihrer beider Körper, dann zog er sie mit sich zum Ufer. Er griff nach dem Fellumhang, den er mit der Satteltasche bei seinem Pferd zurückgelassen hatte, und hüllte Rain darin ein – aber erst, nachdem er all die wunderschönen Kurven ihres herrlichen Körpers gestreichelt und geküsst hatte.

Rain stand stumm da und sah ihn unverwandt an. Ihre Erregung raubte ihr die Sinne, und Selik ging es nicht anders.

Er wrang das Wasser aus seinem Haar und schüttelte sich wie ein nasser Hund, ehe er den Arm um Rains Schultern legte und sie an seine Seite zog. Unbekümmert seiner Nacktheit schlug er den Weg zu seinem Zelt ein und nahm Rain mit sich.

Sie waren schon fast an dem Areal vorbeigegangen, in dem man die Pferde angebunden hatte, als Rain unvermutet stehen blieb und den Kopf schüttelte, als müsse sie einen klaren Gedanken fassen. »Das Pferd«, sagte sie mit unerwartet kalter Stimme, »du hast versprochen, dass ich dein Pferd sehen kann.«

Verwirrt über ihren plötzlichen Stimmungswechsel, nickte Selik und führte sie zu Fury, der seinen Herrn mit einem leisen Wiehern begrüßte. Selik ging zu ihm und kraulte ihm die Mähne.

»Wo ist dein Sattel?«, fragte Rain. Ihre Stimme klang seltsam schrill.

»Was bekümmert dich, Süße?«, fragte Selik, plötzlich beunruhigt.

»Zeig mir einfach nur deinen Sattel.«

Er wies auf die Stelle, an der der Sattel lag. Mit schmalen Augen beobachtete er, dass Rain dorthin ging, sich herunterbeugte, als sie den Sattel gefunden hatte, und dann auf die Knie sank. Aus ihrer Haltung und dem Beben ihrer Schultern konnte er schließen, dass sie weinte. Verwirrt ging er zu ihr.

»Sag mir, was ist«, drängte er Rain und kniete sich neben sie. Trotz seiner Nacktheit spürte er die kalte Nachtluft nicht.

»Dies hier«, brachte sie mit versagender Stimme mühsam heraus. »Hast du sie dir genommen?«

Er sah das halbe Dutzend Skalpe, die an seinem Sattelhorn hingen, und versteifte sich. Verdammte Hölle! Er hatte vorgehabt, die scheußlichen Dinger zu vernichten. An dem Tag, an dem er die Skalpe in einem barbarischen Blutrausch genommen hatte, war ihm überhaupt nicht bewusst gewesen, was er tat. Erst kurz vor der Rückkehr ins Lager war es ihm klar geworden. Obwohl viele seiner Kameraden nach jeder Schlacht Skalpe nahmen, hatte er es noch nie zuvor getan. Der Horror der Metzelei, deren Zeuge er an jenem Tag gewesen war, musste ihm den Verstand geraubt haben. Aber er weigerte sich, sich vor dieser selbstgerechten Frau zu rechtfertigen.

»Ja, das ist *behaettie*, eine hehre nordische Tradition, um es unseren Feinden unmöglich zu machen, das Tor zum Himmel zu durchschreiten.«

Rain schüttelte fassungslos den Kopf. Weinend wiegte sie sich vor und zurück.

»Sie sind kein schöner Anblick, das weiß ich, aber es ist nicht schlimmer als die Trophäen der Angelsachsen. Sie häuten die Nordmänner bei lebendigem Leib und nageln deren Haut an die Türen ihrer Kirchen.«

»Gewalttätige Menschen finden immer Entschuldigungen für ihre Bestialität«, entgegnete Rain erschöpft. Sie sah Selik jetzt direkt an. Die Traurigkeit in ihren Worten ließ ihn auf eine Art frösteln, wie es weder eisige Wasser noch die kalte Nachtluft vermocht hatten.

Selik zitterte, und der immer gegenwärtige Schmerz in seiner verlorenen Seele schwebte wie eine dunkle Wolke über ihm.

6

Ein Schmerz, der ihr das Herz zerriss, ließ Rain taumeln, als sie sich erhob. Krampfhaft hielt sie den Pelz um ihren nackten Körper geschlungen. Sie zitterte, aber nicht vor Kälte. In ihrem Kopf drehte sich alles aus Entsetzen vor dem schrecklichen Anblick der menschlichen Skalpe, die an Seliks Sattel hingen.

O Gott! Dieser Mann – dieser Mann, der angefangen hat, mir so viel zu bedeuten – er tötet Menschen nicht nur, sondern nimmt sich auch Trophäen als Beweis für sein grausames Tun.

Selik stand vor ihr, nackt und selbstbewusst, den Kopf leicht zur Seite geneigt. Die Strähnen seiner noch feuchten Haare wehten sacht im Nachtwind. Sogar im schwachen Licht des Mondes konnte Rain sehen, dass ihre entsetzte Reaktion auf die Skalpe den Ausdruck in seinen Augen verändert hatte. Waren diese eben noch von Leidenschaft verhangen gewesen, so zeigte sich jetzt wieder die schon vertraute nichts sagende Leere darin.

Sie ließ den Blick über seinen Körper gleiten, über die breiten Schultern, vorbei an den zu Fäusten geballten Händen, die er in die schmalen Hüften gestemmt hatte, über seinen flachen Bauch, sogar über seine gut geformten Genitalien, hin zu den langen, muskulösen Schenkeln und Waden und seinen bloßen Füßen. Sie schüttelte den Kopf – in Bewunderung seiner Vollkommenheit und wegen der Tatsache, dass es für sie nicht zählte, dass er ein so herrliches Tier war. Denn genau das war das Schlüsselwort – *Tier.* Er war, in der Tat, ein verwundetes Tier.

»Ja, ich bin ein Tier. Ich habe dich gewarnt vor dieser Tatsache, aber du hast darauf beharrt, mich retten zu können.« Seliks Stimme klang rau und belegt vor Geringschätzung und Selbstverachtung.

Rain war nicht bewusst gewesen, dass sie ihre Gedanken laut ausgesprochen hatte. Aber vielleicht war es das Beste, dass Selik genau wusste, wie sie fühlte. Nicht, dass das irgendetwas ändern würde. Ein Mann, der etwas so Schreckliches tun konnte, war unrettbar verloren.

Wer bist du, um mit Steinen zu werfen?, fragte die Stimme in Rains Kopf. Sie schloss müde die Augen, hatte davor Angst, sich am Rande eines Nervenzusammenbruches zu bewegen.

Es gibt etwas Gutes in jedem Menschen, man muss es nur sehen wollen.

In Rains Kopf drehte sich alles. Diese ganze Zeitreise-Erfahrung war vermutlich nur ein Produkt ihrer Fantasie. Wie in einem abstrusen Monty-Python-Sketch saß sie wahrscheinlich in eine Zwangsjacke gesperrt in irgendeiner Nervenheilanstalt. Mit einem Psychiater vom Typ Jack Nicholson in Reichweite. Ja, das gab Sinn. Dieser ganze Wikinger-Unsinn war reine Fantasie. Nein, ein Albtraum. Sie schlug die Hand vor den Mund, um ein hysterisches Kichern zu unterdrücken.

Selik schnaubte vor Abscheu über ihr Lachen, das absolut fehl am Platze war, woraufhin Rain ihm einen Blick zuwarf, von dem sie hoffte, er würde mindestens ebenso viel Abscheu enthalten. Dann wandte sie sich ab, um von diesem Barbaren fortzukommen, weil sie nachdenken musste.

Selik packte Rain am Unterarm, als sie vorbeiging, und hielt sie zurück. »Wohin willst du?«

»Fass ... mich ... nicht an«, stieß Rain kaum hörbar hervor. »Fass ... mich ... nie ... wieder ... an.«

Er ließ ihren Arm los und wich ein Stück zurück. Die Muskeln seines eckigen Kinns spannten sich an, und er sagte mit stahlharter Stimme: »Geiseln geben keine Befehle.«

Rain zuckte resigniert die Achseln. »Ich war ein Dummkopf, zu glauben, ich wäre etwas anderes für dich. Und ich war ein Dummkopf, zu glauben, ich könnte dich ändern.«

O du Kleingläubige!

»Hör auf«, schrie sie und presste die Hand an ihren schmerzenden Kopf, während sie mit der anderen den Fellumhang zusammenhielt.

»Womit soll ich aufhören?«

»Ich habe nicht mit dir gesprochen«, fauchte sie. »Es ist diese verdammte Stimme in meinem Kopf.«

Selik wirkte fast erheitert, doch das Lächeln reichte nicht bis an seine kalten Augen. »Wieder Gott?«

»Ja. Nein. O, ich weiß es nicht. Es ist wahrscheinlich nur mein Bewusstsein oder so etwas.«

»Spar dir dein Bewusstsein für jemanden auf, der Wert darauf legt«, bemerkte Selik geringschätzig. »Oder für jemanden, der noch zu retten ist. Ich bin es nicht.«

»O sei still. Siehst du nicht, dass ich genug habe für einen Tag?« Ihn absichtlich ignorierend, schlug sie den Weg zu den Gefangenen ein, blieb dann aber unvermutet stehen und ging stattdessen auf Seliks Zelt zu. Ihr war gerade bewusst geworden, dass sie wärmere Kleidung brauchte.

Während sie mit bloßen Füßen über die kalte Erde lief, stieß sie hervor: »Verdammter Mist! Ich werde die einzige Ärztin der Welt mit Schwielen an den Füßen sein.«

Kurz darauf war Rain in Seliks Zelt und durchwühlte eine seiner Truhen auf der Suche nach einer Tunika und Hosen – Beinlinge hatte Selik sie genannt –, die sie tragen wollte, bis ihre Kleider getrocknet waren. Als sie aufsah, stand er am Zelteingang, noch immer sinnverwirrend, atemberaubend herrlich nackt.

Rain unterdrückte ein Stöhnen. *Gönne mir eine Pause, Gott. Du spielst nicht fair.*

»Jetzt auch noch Diebstahl?«, fragte Selik trocken und schaute viel sagend auf die Kleidungsstücke in ihren Händen.

»Ich brauche etwas Warmes zum Anziehen. Du magst gegen die Kälte unempfindlich sein, aber ich werde nicht splitterfasernackt schlafen – da draußen auf der kalten Erde.«

»Du hast Recht. Du wirst nicht dort draußen auf der kalten Erde schlafen.«

Als ihr die Bedeutung seiner Worte bewusst wurde, wandte Rain sich zu ihm um und sah ihn ungläubig an. »Du kannst unmöglich glauben, dass ich jetzt mit dir schlafen werde. Hast du überhaupt eine Vorstellung, wie sehr du mich abstößt? Genau genommen ekle ich mich vor mir selbst, weil ich es dir erlaubt habe, mich so intim zu berühren, mit deinen Händen ... nachdem ... nachdem ...« Sie geriet ins Stammeln und war unfähig, die richtigen Worte zu finden, seine Gräueltaten zu beschreiben. Schließlich zuckte sie resigniert die Achseln und erklärte: »Ich fühle mich besudelt.«

Rain sah, wie Selik das Kinn anspannte, aber seine Augen verrieten nichts von seinen Emotionen. »Besudelt oder nicht, du teilst das Bett mit mir.«

Sie stand zornig auf. Mit der einen Hand hielt sie den Pelzumhang zusammen, die andere umklammerte eine Tunika und ein Paar Beinlinge.

Selik hob die Hand, um sie vom Sprechen abzuhalten. »Nein, denk nicht einmal daran, mir zu trotzen. Und eines sollst du wissen, Frau: Ich habe heute Nacht kein Verlangen danach, mich mit dir zu paaren. Aber sollte mich dieser Trieb jemals in einem Moment des Wahnsinns packen, dann wird es meine Entscheidung sein, nicht deine.«

»Dann wäre es eine Vergewaltigung. Aber warum sollte dich das kümmern, Tier, das du bist? Es ist nur eine Sünde mehr, um sie deinem Sündenregister hinzuzufügen. Und überdies eine winzig kleine, würde ich sagen, verglichen mit deinen anderen Gräueltaten.«

Selik zuckte gleichmütig mit den Schultern.

»Oh!« stieß sie schließlich wütend hervor, weil es sinnlos war, mit diesem unbeugsamen Rohling zu argumentieren. »Dreh dich um, damit ich mich anziehen kann.«

Er zuckte mit keinem Muskel, starrte sie nur überheblich an. »Nein, du wirst die Sitte der Nordmänner achten. Wir tragen im Bett keine Kleidung. Du kannst meine Kleider morgen Früh anziehen, aber nicht im Bett.«

Mit einem ungläubigen Schnauben ließ Rain schließlich den Pelzumhang fallen und glitt zwischen die Schlaffelle, die auf dem Boden lagen. Ihr entging dabei nicht, dass Seliks Blick an ihren vor Kälte aufgerichteten Brustwarzen hängen blieb. Ein leichtes Zucken in seinem Mundwinkel verriet ihr unzweifelhaft, dass ihre Nacktheit auf ihn wirkte.

Sich im Stillen für diesen vorübergehenden Anflug von Genugtuung über seinen anerkennenden Blick tadelnd, kuschelte sich Rain tiefer unter die Felle. Sie verbannte Selik aus ihrem Blickfeld und ihr gerötetes Gesicht vor seinen zu aufmerksamen Augen.

Als er die Kerzenflamme gelöscht hatte und sich neben Rain legte, rückte sie so weit sie konnte von ihm ab, damit ihre Körper sich nicht berührten. Dennoch spürte sie die Hitze seines Körpers und stellte sich vor, dass sein warmer Atem über ihre Schultern strich.

Sie erwachte noch vor der Morgendämmerung und stellte fest, dass sie sich im Schlaf umgedreht hatte. Wie hingegossen lag sie in seinen Armen, die Wange gegen die seidigen Haare auf seiner Brust geschmiegt; er hatte sein Bein über ihre gelegt und hielt sie damit umschlungen. Für einige Augenblicke lag Rain einfach nur reglos da und fühlte den gleichmäßigen

Schlag seines Herzens an ihrem Ohr. Und im Halbschlaf gestand sie sich etwas ein, was sie im hellwachen Zustand niemals hätte zugeben können: Sie hasste diesen Mann nicht, ganz egal, was er getan hatte oder was er noch tun würde. Sie konnte ihn einfach nicht hassen.

Sie musste ihm helfen. Aber wie?

Als das erste Licht des Morgens durch die Zeltöffnung zu kriechen begann, befreite sich Rain behutsam aus Seliks Armen und aus den Schlaffellen. Sie griff rasch nach Seliks Hosen und schlüpfte hinein. Die Tatsache, dass sie um die Knöchel herum zu lang und zu weit waren, kümmerte sie nicht. Auch seine Wolltunika war ihr viel zu groß, aber sie war bequem und warm. Und ihr haftete ganz leicht Seliks Geruch an, sein männlicher Duft, den sie die ganze Nacht eingeatmet hatte.

Gorm hielt in der Nähe der Gefangenen Wache. Schlaftrunken hockte er am Boden, den Kopf gegen einen Baumstamm gelehnt. Er richtete sich ein wenig auf, als er Rain sah, erhob aber keine Einwände, als sie begann, Ubbis neben der Feuerstelle liegenden Küchengerätschaften zu durchwühlen. Als sie gefunden hatte, wonach sie gesucht hatte, drehte sich Rain entschlossen um und ging zu den Pferden.

Eigentlich, Gott, verdiene ich zwei Paar Engelsflügel dafür, dass ich mich um ihn kümmere.

Selik erwachte erst lange nach der Morgendämmerung. Die Strapazen, denen sein Körper und sein Geist in den vergangenen Tagen ausgesetzt gewesen waren, forderten schließlich doch ihren Tribut. Diese lästige Weibsperson war aus seinem Bett verschwunden, aber das überraschte ihn eigentlich nicht. Diese dumme Frau missachtete munter seine Befehle und tat nur, was ihr gefiel.

Selik schnaubte, als er daran dachte, wie unmissverständlich Rain gestern Abend ihrer Abscheu darüber Ausdruck verliehen hatte, dass er Skalpe genommen hatte. Ein Tier – so hatte sie ihn genannt. Nun, vielleicht hatte sie damit Recht.

Aber andererseits kritisierte diese Frau schließlich alles, was er tat. Sie führte sich auf, als sei er ein nichtsnutziges Kätzchen und sie die Herrin. Ha! Besser, sie nähme sich in Acht, oder sie würde erleben, dass sie einen Tiger in ihrer Nähe hatte und dass sie der köstliche Happen war, den er verspeisen würde. Selik lächelte über diese witzige Überlegung. Vielleicht sollte er diesen Gedanken Rain gegenüber später wiederholen, aber er bezweifelte, dass sie die Pointe verstehen würde. Erst recht nicht, wenn sich ihre Stimmung über Nacht nicht gebessert hatte.

Selik erhob sich aus den warmen Fellen, und er glaubte, noch Rains bezauberndes Parfüm riechen zu können. Er schüttelte den Kopf, verwundert über diese fremde Frau, die in sein Leben getreten war. War es wirklich erst drei Tage her? Ihm kam es so vor, als habe er sie schon immer gekannt. Und was für ein merkwürdiges Geschöpf sie war! Man stelle sich das vor, einem Parfüm einen Namen zu geben! Ob sie ihre Seife auch beim Namen nennt?, fragte er sich lächelnd. Oder ihren Kamm?

Selik gähnte herzhaft und kratzte sich die Brust, ehe er ein sauberes Paar Beinlinge und eine dunkelblaue Tunika anzog. Er schlang einen breiten Gürtel aus Silbergliedern um seine Taille und legte die schweren Armreifen, die Astrid ihm einst geschenkt hatte, um seine Oberarme. Liebevoll strich er mit den Fingerspitzen über die feine Ziselierarbeit.

Er ging zur Feuerstelle, wo das angelsächsische Mädchen, das er gefangen genommen hatte, mit Kochen beschäftigt war. Es zog mehrere flache Brotlaibe aus den glühenden Kohlen und legte sie zum Auskühlen auf einen Stein. Seliks Magen rumorte vor Hunger, und er griff nach einem dieser Laibe und warf ihn von einer Hand in die andere, damit er rascher abkühlte.

Er wechselte kein Wort mit dem stumm arbeitenden Mädchen. Er machte auch keine Bemerkung darüber, dass man sie freigelassen hatte, weil er annahm, dass Ubbi seine Aufgabe als Koch nur allzu freudig weitergegeben hatte.

Selik brach einen Kanten von dem hellen Brot ab und vertilgte es heißhungrig, während er zu den Pferden hinüberging. Dort traf er Ubbi, der den Tieren sparsam das kostbare Futter zuteilte, das Selik gestern Abend mitgebracht hatte.

»Hast du Sveinn gefunden?« Ubbi schaute kurz zu ihm auf und arbeitete dabei weiter.

Selik nickte.

»Und Ragnor?«

»Ja, ebenso wie Tostig und Jogeir und Vigi«, erwiderte er niedergeschlagen.

»Alle begraben?«

»Alle begraben. Es war das Beste, was wir tun konnten. Eine Feuerbestattung hätte zu viele Angelsachsen auf unsere Spur gebracht. Es waren ...« Seine Worte erstarben, aber er musste den Satz auch nicht beenden. Ubbi war lange genug mit ihm zusammen, um zu wissen, dass auch dieses Mal viele Angelsachsen gekommen und durch Seliks Hand gestorben waren.

»Mit allem Respekt, Mylord, aber es muss aufhören.«

»Dummer Kerl, ich bin niemandes Lord. Ich bin ein verdammter Neiding.«

Entsetzt über diese schlimmste aller Selbstanklagen, holte Ubbi scharf Luft. Und, guter Gott, in Seliks Augen funkelten Tränen. Tränen! Verloren denn jetzt alle den Verstand?

»Es ist mir egal, was du sagst«, erklärte Ubbi heftig, »du bist so edel wie der Beste von ihnen. Es ist nur, dass du über die harten Steine gestolpert bist, die das Leben dir in den Weg gelegt hat. Aber der Weg wird besser werden. Das weiß ich genau.«

»Harte Steine! Wohl eher Felsbrocken!« Selik schaute sich um. »Wohin ist mein Schutzengel heute Morgen geflogen?«

Ubbi wirkte schuldbewusst und wich Seliks Blick aus.

»Beim heiligen Thor! Was ist jetzt wieder los?«

»Ich glaube, du siehst dir besser Furys rechtes Vorderbein an, Herr. Mir scheint, dass es ein wenig wund ist.«

»Wo ist sie?«

»Wer?«

»Gottes Sendbotin! Wen zur Hölle sollte ich wohl sonst meinen?«

»Glaubst du wirklich, dass Gott sie zu dir geschickt hat?«

»Nein, ich denke, Loki erlaubt sich einen großen Witz, indem er Rain geschickt hat, um mich zu verhexen.«

Ubbi wirkte zunächst ein wenig gekränkt, doch dann schaute er nach rechts und links, um sicher zu sein, dass sie nicht belauscht wurden, ehe er in ehrfurchtsvollem Flüstern mitteilte: »Ich habe gestern eine Feder zwischen deinen Schlaffellen gefunden, als ich in deinem Zelt Ordnung gemacht habe.«

Selik runzelte bei diesen Worten die Stirn. Er sah keinen Zusammenhang zwischen Rain und Ubbis Entdeckung.

»Verstehst du denn nicht, Herr? Sie stammt ohne Zweifel aus ihren Flügeln, die sie vor uns irdischen Kreaturen verborgen hält.«

»Bei der Liebe Freyas!« Selik brach in lautes Lachen aus. Es fiel ihm schwer, Ubbis Einfältigkeit zu begreifen.

Als er sich einige Augenblicke später die Lachtränen aus den Augen wischte, entdeckte er Rain. Sie kniete auf der anderen Seite der Quelle unter einem Baum auf der Erde – und grub ein Loch.

Ubbi legte die Hand auf Seliks Arm, als dieser sich anschickte, zu Rain zu gehen. »Herr, sei nicht so streng mit ihr. Sie versteht unsere Art nicht.«

Selik schaute auf die besorgte Miene seines treuen Dieners und spannte sich an. Ohne Zweifel hatte Rain wieder Ärger ausgebrütet, und der närrische Ubbi versuchte, sie vor seinem Zorn zu beschützen.

Ohne ein weiteres Wort machte Selik auf dem Absatz kehrt und ging mit großen Schritten auf Rain zu, die noch immer kniete. Als er näher kam, sah er, dass sie den Kopf andächtig gesenkt hielt. Sie murmelte etwas vor sich hin, etwas über Gott, der ihr Hirte sei, der sie auf eine grüne Aue führte. Vor ihr erhob sich ein kleiner Hügel frischer Erde.

Vollzog sie eine Art religiöses Ritual? Oder hatte sie einen kostbaren Gegenstand aus seinem Zelt gestohlen und vergrub ihn, bis sie zu fliehen versuchen wollte?

Wütend packte Selik Rain am Unterarm und zog sie auf die Füße. Die kleine Schaufel, die sie gehalten hatte, glitt ihr bei der heftigen Bewegung aus den Händen.

Rain stand vor Verblüffung der Mund offen. »Oh! Du hast mir Angst eingejagt!« Dann, als ob ihr wieder bewusst würde, dass sie noch immer erzürnt über ihn war, begann sie, sich gegen seinen Griff zu wehren.

»Was, verdammt noch mal, treibst du da?«

Sie hob trotzig das Kinn und weigerte sich zu antworten.

»Ich habe dich etwas gefragt«, sagte Selik kalt und packte ihren Arm so fest an, dass es ihr wehtat. »Antworte mir oder ich breche dir den Arm, das schwöre ich.«

Er sah sehr wohl die Tränen in ihren Augen, in denen ein Ausdruck von Schmerz war. »Hast du vor zu fliehen?«

Ihre Augen weiteten sich überrascht. »Was?«

»Sind es meine Goldmünzen, die du da vergräbst? Oder ist es ein scharfes Messer, das dir bei deiner Flucht von Nutzen sein soll?«

»Nein, du dummes Scheusal, ich begrabe deine Toten.«

Der Atem entwich Selik in einem lauten Schnauben, und er ließ Rain los. Seine Finger hinterließen rötliche Male auf ihrer zarten Haut.

»Welche Toten?«, keuchte er. »Meine Männer haben den Gefangenen doch gewiss begraben, den Ubbi gestern getötet hat.«

Sie bedachte ihn mit einem verächtlichen Blick. »Du bist der begriffsstutzigste Mann, der mir je begegnet ist. Glaubst du wirklich, ich könnte mit dieser kleinen Schaufel ein Loch graben, das groß genug ist, um einen Mann von Edwins Größe darin zu begraben?«

Als Selik auf das Grabewerkzeug schaute, begriff er, dass er nicht nachgedacht hatte. *Beruhige dich*, sagte er sich im Stillen. *Hör damit auf, deinen Verstand von deinen Gefühlen beherrschen zu lassen. Denk nach.*

»Dann erkläre es mir«, sagte er ruhiger.

Rain erwiderte seinen Blick, und ihre Honigaugen funkelten herausfordernd. »Ich habe die ...«, sie schluckte mehrmals heftig, ehe sie weitersprechen konnte, »... die Skalpe begraben, die du gestern genommen hast.« Ihre Augen blitzten trotzig, während sie auf seinen üblichen Wutausbruch wartete.

Die Skalpe. Diese verdammte Hexe versucht, dem behaettie *entgegenzuwirken. Allmächtiger, sie wird niemals aufhören, mich zu überraschen.*

»Also wirklich, Selik, mach den Mund zu. Das steht dir nicht.«

Er presste die Lippen zusammen und ärgerte sich, weil sie bemerkt hatte, wie dümmlich er sie angestarrt hatte. »Diese Worte, die du gemurmelt hast – sind sie ein Zauber?«, fragte er, von ihrer Erklärung noch nicht restlos überzeugt.

Zunächst wirkte sie verwirrt, denn sie zog fragend die

Augenbrauen hoch. Doch dann lachte sie – ein klares, angenehmes Lachen, das über die Lichtung klang. Selik sah, dass Ubbi das Füttern der Pferde unterbrach und hoffnungsvoll herüberschaute. *Als sei er dankbar, dass ich ihr noch nicht den Kopf abgeschlagen habe. Verdammte Hölle!*

»Ich habe ein paar Gebete gesprochen, Selik«, erklärte Rain schließlich sanft. »Christliche Gebete für ein Begräbnis.«

»Du betest für die Erlösung meiner Feinde?«, fragte er mit eiskalter Stimme.

»Ich würde für *jeden* beten, Selik. Sogar für dich. Besonders für dich.«

»Spar dir deine Gebete. Du hattest kein Recht, zu nehmen, was mir gehört. Oder sie ohne meine Erlaubnis zu vergraben.« *Heiliger Thor! Die Frau muss das Naturell eines kampferprobten Kriegers haben, dass sie es fertig gebracht hat, diese blutigen Häute anzufassen. Und sich meinem fürchterlichen Zorn zu stellen.*

»Ich habe getan, was ich tun musste. Wirst du mich jetzt bestrafen?«

»Möchtest du bestraft werden?«

»Natürlich nicht. Aber ich habe genug Zeit gehabt, gründlich darüber nachzudenken, während du die ganze Nacht lang geschnarcht hast, und ...«

»Ich schnarche nicht.« *Tue ich das tatsächlich? Niemand hat das je zuvor gesagt.*

Ihr schöner Mund verzog sich leicht, als sie erfolglos versuchte, ein Lächeln zu unterdrücken. »Wie ein Bär.«

Rain entfernte sich einige Schritte weit von dem seltsamen Grab und machte Selik ein Zeichen, ihr zu folgen. Verwirrt, dass sie ihn herumkommandierte, so verblüfft war er gleichermaßen darüber, dass er ihr wie ein unterwürfiger Welpe gehorchte. Demnächst würde er ihr noch das Gesicht lecken. *Aahh! Nun, dieser Gedanke eröffnet einige interessante Mög-*

lichkeiten. Selik grinste trotz seines Zorns. *Als Nächstes werde ich mit meinem Schwanz wedeln.* Bei dieser Vorstellung brach er in ein selbstspöttisches Lachen aus.

»Was ist so komisch?«

»Du. Ich. Mein Leben.«

Rain neigte fragend den Kopf und setzte sich nahe dem kleinen See auf die Erde. Sie winkelte die langen Beine an – deren herrliche Länge von seinen Beinlingen verführerisch betont wurde –, schlang die Arme um die Unterschenkel und stützte das Kinn auf die Knie.

Selik wurde die Kehle trocken, und er hatte Schwierigkeiten zu schlucken.

Er ließ sich neben sie auf den Boden fallen und lehnte sich mit dem Rücken gegen einen Baum. Nicht zu nah bei ihr. Ihre Nähe entwaffnete ihn, und er musste auf der Hut bleiben vor dieser listigen Frau.

»Selik, ich scheine keine Wahl zu haben, als hier bei dir zu bleiben, deshalb müssen wir eine Absprache treffen.«

Er wartete darauf, dass sie weitersprach.

Rain befeuchtete sich mit der Zungenspitze die Lippen, als wollte sie ihre Gedanken sammeln, und Selik dachte, wie sie sich gestern Abend in seinem Mund angefühlt hatte. Unwillkürlich reagierte sein verräterischer Körper in unmissverständlicher Deutlichkeit.

»Ich möchte, dass du mir versprichst, niemals, niemals wieder einen Menschen zu skalpieren.«

Selik richtete sich auf. »Du hast kein Recht, Forderungen an mich zu stellen.«

»Ich stelle keine Forderung«, korrigierte sie ihn. »Bemerke, dass ich dich gebeten habe. Ziemlich freundlich sogar, denke ich.«

»Warum sollte ich aufhören?«

»Nun, ich wünschte, du würdest einfach deshalb damit aufhören, weil ich dich darum gebeten habe. Aber es ist offensichtlich, dass meine Meinung nicht wichtig genug für dich ist.«

Sie errötete, als er es unterließ, diesem Eindruck zu widersprechen. In Wahrheit begann Rain, viel zu wichtig für ihn zu werden.

»Selik, hast du solche barbarischen Dinge auch getan, als Astrid noch gelebt hat?«

Mit einem Satz war er auf den Beinen und baute sich vor Rain auf. Sie zuckte mit keiner Wimper. »Nein, das habe ich nicht, aber schließlich war ich damals ein anderer Mann. Ich hatte eine Seele. Und ein Herz. Jetzt habe ich beides nicht mehr. Und ich will es auch nicht haben.«

Seine Worte schienen sie zu verletzen. Verdammte Hölle! Warum bedeutete es ihr so viel?

»Selik, ich würde gern einen Pakt mit dir schließen.«

»Bitte, nur heraus mit der Sprache. Ich kann es nicht erwarten zu hören, was du anzubieten hast.«

»Wenn du mir versprichst, niemals wieder diese – diese – schreckliche Sache zu tun, dann verspreche ich dir, dass ich nie versuchen werde zu fliehen.«

Er sah sie misstrauisch an. »Du hast also vorgehabt zu fliehen?«

»Nein, das habe ich damit nicht gesagt«, schnappte sie ungeduldig, »aber ich könnte es tun, wenn ich es wollte. Schließlich«, sie sah ihn mit einem aufreizenden Augenaufschlag an, »habe ich Gott auf meiner Seite.«

»Ich dachte, du leugnest es, ein Engel zu sein.«

Schuldbewusst wandte sie den Blick ab. »Nun ja, man weiß ja nie so genau, oder?«

Sie log das Blaue vom Himmel herunter. Und zwar so schlecht, dass sie ihm dabei weder in die Augen sehen noch die heftige Röte verbergen konnte, die ihre hellen Wangen färbte.

»Ubbi hat eine deiner Federn in den Schlaffellen gefunden«, erklärte er mit trockenem Humor.

»Eine meiner Federn?«

»Er ist überzeugt, sie stammt von deinen Flügeln. Du weißt, die Flügel, die du ausbreiten oder unter deiner Haut verbergen kannst. Ganz wie du es willst.«

Er grinste, als er die verblüffte Neugier in ihrem Gesicht sah.

Dann brachen sie beide in Lachen aus.

»Nun, stimmst du meinem Vorschlag zu?«, fragte sie schließlich.

Wenn Selik ehrlich war, so verabscheute er das *behaettie* und hatte es immer getan. Aber was er noch weitaus stärker verabscheute, war sein rauschähnlicher Zorn, in den er gestern Morgen geraten war, als er die halb verwesten augenlosen Leichen seiner guten Freunde wie Unrat auf dem Schlachtfeld hatte liegen sehen. »Vielleicht. Was genau versprichst du dafür?«

»Ich werde nie versuchen zu fliehen.«

»Und falls du mit etwas nicht einverstanden bist, was ich in der Zukunft tue?«, fragte er skeptisch.

Ein wenig resigniert zog sie die Augenbrauen hoch. »Dann werde ich dir einen Schlag auf den Kopf versetzen oder dir gründlich die Meinung sagen, aber ich werde nicht fortgehen.«

»Es ist wichtig für dich, nicht wahr?«

»Ja. O ja«, sagte sie und schloss für einen kurzen Moment die Augen, ehe sie weitersprach. »Als ich ein junges Mädchen war, war mein Bruder Eddie Soldat. Er wurde in einem Kampf getötet, vom dem später sogar die Regierung zugegeben hat, dass er sinnlos war.«

»Und das ist der Grund, aus dem du Pazi … Pazifistin geworden bist?«

Rain nickte. »Später wurde ich Ärztin und begann, in einem Krankenhaus eines ziemlich schlimmen Stadtviertels zu arbeiten. Die Morde und die Verstümmelungen, die die jungen Gang-Mitglieder sich gegenseitig antun, sind ein kraftvolles Argument gegen Gewalt.«

»Aber einige Kämpfe können nicht vermieden werden«, widersprach Selik.

»Du magst damit Recht haben. Ich weiß es nicht. Aber zurück zu der Sache mit dem Skalpieren – wenn du mir dein Versprechen gibst, habe ich wenigstens das Gefühl, einen kleinen Schritt dabei weitergekommen zu sein, dir zu helfen. Es ist wichtig für mich, Selik.«

»Dann bin ich einverstanden. Solange du bei mir bist, werde ich kein *behaettie* mehr nehmen.«

Rain presste nachdenklich die Lippen zusammen. »Wegen der Gefangenen ...«

»Fordere nicht dein Glück heraus.«

Diese unverschämte Frau zuckte nur mit den Schultern, als dürfte er es ihr nicht vorwerfen, es versucht zu haben. »Nun, dann haben wir also einen Handel geschlossen.« Sie lächelte froh, und Seliks Herz machte einen seltsamen Sprung in seiner Brust und schien sich vor Leichtigkeit auszudehnen. Er mochte das Gefühl nicht.

Rain erhob sich und streckte ihm die Hand hin, etwas seitlich, die Handfläche geöffnet. Selik sah sie fragend an. Wollte sie, dass er sie ergriff?

Sie schien seine Ratlosigkeit zu verstehen und erklärte: »In meiner Zei ... meinem Land geben wir uns die Hand, wenn wir einen Pakt geschlossen haben. So.« Sie legte seine rechte Handfläche gegen ihre, schloss mit leichtem Druck ihrer beider Finger umeinander und zeigte ihm dann, wie man sie sich schüttelte. Aber alles, worauf sich Selik zu konzentrieren vermochte, war der intensive Schock des Entzückens, als ihre Hand die seine berührte. Er wollte sie nie mehr loslassen.

Er holte tief Luft und konnte sich nicht aus dem Bann ihrer strahlenden Augen lösen, in denen deutlich zu lesen war, dass Rain ebenso empfand.

Als ob seine Hand plötzlich Feuer gefangen hätte, ließ Rain sie rasch fallen, und Selik stieß mit angehaltenem Atem hervor: »Die Hexe hat ihren Zauber auf mich geworfen.«

Aber Rain verstand seine leise gesprochenen Worte. »Wenn es einen Zauber gibt, dann bin auch ich in seinem Netz gefangen«, erwiderte sie rau.

Wunderbar! Dann können wir jetzt beide durch dieses albtraumhafte Leben stolpern, das ich unter dem Fluch Lokis, dieses Rachegottes, führe. Oder unter Rains christlichem Gott. Oder dem Teufel. Zur Hölle, verdammt!

Für den Rest des Tages fühlte sich Rain sehr zufrieden mit sich, und sie summte vor sich hin, während sie die Patienten im Krankenzelt versorgte. Sie machte sich keine Illusionen darüber, dass Selik etwa einen gewaltigen Sprung auf dem Weg zu einer plötzlichen Wandlung gemacht hätte. Es ist nur ein kleiner Sieg, sagte sie sich, aber schließlich beginnt jede Reise mit dem ersten Schritt.

»Warum lächelst du?«, fragte Tykir, der hochgestützt auf seinem Krankenbett lag. Er war den ganzen Tag bei Bewusstsein gewesen, und zu Rains großer Freude machte seine Genesung mit jeder Minute Fortschritte. Sie würde Dr. Lee bei ihrer Rückkehr viel zu erzählen haben.

»Ich lächle, weil ich heute eine kleine Schlacht gegen Selik gewonnen habe. Genau genommen stimmt das nicht ganz. Es war eher ein Kompromiss. Wir sind bei diesem Handel beide die Gewinner.«

Tykir zog ungläubig eine Augenbraue hoch. »Selik? Ich kann kaum glauben, dass er sich dem Willen eines anderen beugen würde.« Dann zwinkerte er ihr anzüglich zu. »Der Lohn dafür muss ein mächtig verlockender Köder gewesen sein.«

Rain schlug Tykir spielerisch auf den Arm. »Benimm dich, kleiner Bruder. Du bist noch schwach, und es wäre mir ein Leichtes, dir das Leben sehr sauer zu machen.«

»Aha, jetzt zeigt die Pazifistin ihr wahres Gesicht.«

Rain lächelte, als Tykir sich mit dieser Bemerkung auf die Pazifismus-Lektionen bezog, die sie ihm jeden Tag erteilte. »Oh, es gibt gewaltlose Mittel der Bestrafung, man muss nur einfallsreich genug sein. Zum Beispiel könnte ich dafür sorgen, dass Ubbi alle Mahlzeiten für dich zubereitet.«

Tykir stöhnte übertrieben gequält auf. »O bitte, nicht das. Lieber die Wasserfolter.«

Rain lachte über Tykirs unbeschwerte Haltung. Es tat so gut zu sehen, dass er sich besser fühlte. Außerdem war er in seiner Art seinem Klon in der Neuzeit sehr ähnlich, seinem Bruder Dave.

»Wie lange dauert es noch, bis ich reisen kann?«, fragte er, plötzlich ernst werdend. »Ich muss nach Ravenshire zurück, ehe die Angelsachsen versuchen, den Besitz zu beschlagnahmen.«

»Eine Woche noch«, sagte Selik, ehe Rain antworten konnte. Er war von ihr unbemerkt ins Zelt gekommen und hatte den unbeschwerten Wortwechsel zwischen ihr und ihrem Bruder mit einem Ausdruck der Verwunderung auf dem Gesicht verfolgt.

»O nein, dann wird er noch nicht dazu in der Lage sein«, protestierte Rain. »Wenigstens zwei Wochen länger. Vielleicht sogar drei.«

»Wir werden in sieben Tagen aufbrechen, und wenn wir Tykir auf einem Schlitten befördern müssen.«

»Ich will nicht wie ein alter Mann gezogen werden«, verkündete Tykir gekränkt. »Ich werde morgen damit anfangen, jeden Tag mit meinem Bein zu üben. In einer Woche werde ich wieder im Sattel sitzen, und wenn es mich umbringt.«

»Das könnte durchaus der Fall sein«, bemerkte Rain besorgt und sah Selik missbilligend an.

»Jeder Tag, den wir länger zögern, vergrößert für uns so nah bei Brunanburh die Gefahr«, erklärte Selik. »Selbst jetzt könnten die Angelsachsen dabei sein, ihre Truppen zu sammeln, um uns zu verfolgen. Tykir versteht, warum wir nicht noch länger warten können.«

»Ja, das tue ich, Selik, und ich bin dir dankbar, dass du so lange bei mir geblieben bist.« Er warf einen sanften Blick auf Rain und drückte beruhigend ihre Hand: »Ich bin vom harten Schlag. Und ich habe vor, noch eine ganze Weile zu leben. Vielleicht werde ich sogar auf deiner Hochzeit tanzen.« Er zog neckend die Augenbrauen hoch.

»Meine Hochzeit!«, rief Rain verblüfft. »Wie kommst du darauf, ich könnte vorhaben, *jemals* zu heiraten?«

Tykir verdrehte die Augen himmelwärts. »Das hat mir ein kleiner Engel verraten.«

Selik sah aus, als würde ihm schlecht werden.

An diesem Abend hockte Rain im Schneidersitz auf dem Boden von Seliks Zelt, ein Fell unter ihrem Po und ein anderes über ihre Schultern geworfen, um sich vor der Kälte zu schützen. Sie machte sich Sorgen um die Gefangenen, die draußen auf der Erde schliefen. Auch wenn Selik saubere Kleidung und Felle aufgetrieben hatte – und nur der Himmel wusste, wo er diese Dinge gestohlen hatte, wahrscheinlich von irgendwelchen Toten –, so war es in dieser Herbstnacht merklich kälter geworden.

Sie wollte ihn fragen, ob er nicht auch noch ein Zelt für sie auftreiben könnte, aber sein Gesicht verschloss sich jedes Mal, wenn sie die Rede auf die Gefangenen brachte. Rain beschloss, die Sache behutsam anzugehen und ihn mit Freundlichkeit zu zermürben.

Sie leerte den Inhalt ihrer Tasche vor sich aus, da sie es an der Zeit fand, eine Bestandsaufnahme dessen zu machen, was sie aus der Gegenwart auf diesen unerwarteten Ausflug mitgebracht hatte.

Außer ihrem kleinen Notfallkoffer hatte sie ein paar – wenn auch beklagenswert wenige – Kosmetikartikel dabei – eine Puderdose mit Spiegel, einen Mascara-Stift, Rouge und einen Stift Lipgloss mit Erdbeergeschmack, der einige interessante Erfahrungen bieten würde, falls sie Selik jemals wieder küssen sollte. *Was ich, natürlich, nicht tun würde*, sagte sie sich starrsinnig, korrigierte sich aber augenblicklich, indem sie sich fragte, *wen willst du eigentlich zum Narren halten?*

Außer Kamm und Bürste, Geldbörse und Scheckheft, ein für das zwanzigste Jahrhundert wirklich nützliches Ding – zehntausend Dollar auf der Bank und keinen Cent zum Ausgeben –, hatte Rain nur noch den Zauberwürfel dabei, den sie oft in den Pausen zwischen zwei Operationen benutzte, um ihre Anspannung abzubauen. Und sie fand noch zwei Rollen *Lifesaver* – die eine mit Bonbons in verschiedenen Geschmacksrichtungen, die andere nannte sich *Tropische Früchte*. Rain steckte sich einen grünen Bonbon in den Mund und verstaute ihre Habseligkeiten wieder in der Tasche.

Sie beschäftigte sich mit dem Zauberwürfel, die Zungenspitze vor Konzentration zwischen ihre Lippen geschoben, als Selik kurze Zeit später ins Zelt kam. Er rieb sich die nackten Arme, um die Kälte daraus zu vertreiben.

»Warum ist deine Zunge grün?«

Sie streckte ihre Zunge weiter heraus, um ihm den kreisrunden Bonbon mit dem Loch in der Mitte zu zeigen, den sie im Mund hatte. »Ich lutsche einen *Lifesaver.*«

»Ist das eine Medizin?«

»Nein«, erwiderte sie mit einem Lachen. »Es ist ein Bonbon. Eine Süßigkeit. Möchtest du einen?«

Selik schien skeptisch, nahm dann aber den gelben, den sie ihm anbot. Seine Gesicht leuchtete vor Vergnügen auf, und er begann, ihn krachend zu zerbeißen.

»Du darfst ihn nicht kauen. Du musst ihn auf der Zunge zergehen lassen«, ermahnte sie ihn. »Man soll lange etwas davon haben.«

»Darin bin ich sehr gut«, prahlte er und zwinkerte ihr vieldeutig zu. »Freuden lange dauern zu lassen, meine ich.«

Mit einem verächtlichen Schnauben über sein aufgeblasenes Ego bot sie ihm noch einen Bonbon an, dieses Mal einen in Rot, ihrer Lieblingsfarbe. Selik lernte schnell und ließ ihn auf der Zunge liegen, um die Süße zu genießen. Irgendwann streckte er die Zunge heraus so weit er konnte, um zu sehen, ob sie sich rot gefärbt hatte. Zufrieden, dass Rain es bestätigte, beharrte er darauf, noch zwei weitere Bonbons zu bekommen, einen in Orange und einen grünen. Rain weigerte sich, noch einen roten herzugeben.

»Wie viele hast du noch?«

Rain lächelte und ließ die halbe Rolle, die sie noch hatte, in ihrer Tasche verschwinden. »Das waren alle«, schwindelte sie und kreuzte dabei die Finger hinter dem Rücken. Warum sollte sie ihre *Tropischen Früchte* mit diesem Kerl teilen? Aber vielleicht würde sie Tykir einen geben.

»Was ist das?«, fragte Selik und setzte sich neben sie auf das Fell.

»Ein Zauberwürfel. Ein Mann namens Rubik hat ihn erfunden. Es ist eine Art Rätsel.«

Selik beobachtete mit Interesse, wie Rain die Felder des

Würfels drehte, bis sie diese schließlich nach ihren Farben geordnet und das Rätsel gelöst hatte. Sie machte sich nicht die Mühe, Selik zu sagen, dass sie ein besonderes Talent für dieses Spiel hatte und einmal einen Wettbewerb gewonnen hatte, der in ihrem Heimatstaat veranstaltet worden war.

»Lass es mich versuchen.«

Sie verstellte die Flächen und gab Selik den Würfel, wobei sie insgeheim vor Vorfreude lächelte. Selik machte nicht einmal eine Bemerkung, als Rain eine Stunde später – vollständig bekleidet – zwischen die Schlaffelle schlüpfte. Sie hatte sich wegen der Sitte des Nacktschlafens schon auf einen Streit mit ihm eingestellt, aber diesem gefühllosen Kerl war nicht einmal aufgefallen, dass sie schlafen gegangen war. Viel später, Rain hatte mindestens schon drei Stunden geschlafen, wachte sie kurz auf. Selik saß noch immer neben der flackernden Kerze und versuchte, sich nachdenklich auf die Unterlippe beißend, das vermaledeite Rätsel zu Ende zu bringen.

Es dämmerte schon, als Rain spürte, dass er sich neben sie legte und nah an sie heranrückte. Er strich ihr Haar zur Seite und liebkoste die empfindsame Stelle ihrer Halsbeuge. Dabei flüsterte er ihr zu: »Morgen wirst du mir beibringen, wie das Rätsel zu lösen ist.«

»Hmmmm«, murmelte sie schläfrig.

»Vielleicht werde ich dir als Gegenleistung dafür auch etwas beibringen.«

Und diese Worte machten Rain hellwach.

7

»Ubbi – doobie – doo. Da – da da – da da. Ubbi – doobie – doo. Da – da da – da da.«

»Ubbi, hör auf, immer wieder diese dämliche Melodie zu singen, oder ich werde dir deine verdammt Zunge herausschneiden, ich schwöre es dir«, knurrte Tykir. »Fürwahr, dieses Lied fängt bereits an, mich bis in meine Träume zu verfolgen.«

»Aber, Tykir, nun lass deine schlechte Laune doch nicht an Ubbi aus«, rügte Rain ihn in neckendem Ton. Sie schloss zu Tykir auf, um neben ihm herzureiten.

Nach zwei Tagen im Sattel begann sich Rain auf Godsends Rücken tatsächlich heimisch zu fühlen. Sie hatte das Pferd, auf dessen Rücken sie und Selik das Schlachtfeld von Brunanburh verlassen hatten, auf diesen Namen getauft. Als Rain Selik gegenüber diesen Namen zum ersten Mal erwähnt hatte, hatte er protestiert: »Der Name ist genauso verrückt, wie du es bist.« Ubbi hingegen hatte gestrahlt und erklärt, diese Wahl sei »einfach perfekt«.

Rain schaute voller Besorgnis zu dem kleinen Mann hinüber. Er ritt eines der Pferde, die Selik und seine Männer in der vergangenen Woche vom Schlachtfeld ins Lager gebracht hatten. Sie war froh, dass Selik darauf bestanden hatte, dass Ubbi den Weg zu Pferde zurücklegte statt zu Fuß wie die Gefangenen. Seine Arthritis bereitete ihm ganz offensichtlich beträchtliche Schmerzen.

Im hellen Mondlicht konnte Rain sehen, dass Ubbi immer

wieder verstohlen auf ihren Rücken schaute, wann immer er glaubte, sie sähe es nicht. Es war dieser armen Seele regelrecht zur Gewohnheit geworden.

»Ubbi, stimmt mit meinem Rücken irgendetwas nicht?«

Ertappt zuckte er zusammen. »Tausendmal Vergebung, Mylady. Ich habe nur die Bäume dort drüben bewundert.«

Skeptisch zog Rain eine Augenbraue hoch. Sie wusste nur allzu gut, dass sie alle schon ganz krank davon waren, nichts als Bäume um sich zu sehen, besonders im Dunkeln. Selik hatte bestimmt, nur in der Zeit zwischen dem Einbruch der Dunkelheit und der Morgendämmerung zu reiten, um ein Zusammentreffen mit den Angelsachsen zu vermeiden, die vermutlich in der Gegend patrouillierten.

Rain reckte die Schultern und sagte mit einem übertriebenen Stöhnen: »Ubbi, meine Schulterblätter tun schrecklich weh! Es fühlt sich an, als säßen dort tausend Bienen unter der Haut, die nur darauf warten, hervorzubrechen.«

Sein Mund formte ein perfektes O.

Rain legte die Hand vor den Mund, um ihr Lächeln zu verbergen, als sie hinzufügte: »Mein Rücken ist ziemlich verspannt. Glaubst du, du kannst ihn mir massieren, wenn wir das nächste Mal Rast machen?«

»Ich?« Er keuchte.

»Übrigens, Ubbi, ich scheine etwas verlegt zu haben, das in meiner Tasche war. Hast du irgendwo einen dünnen goldenen Reif gesehen?« Rain ließ für eine Sekunde die Zügel los, um mit weit gespreizten Fingern einen Kreis vom Umfang ihres Kopfes zu formen.

Ubbi verschluckte fast seine Zähne und flüsterte mit gedämpfter, von Ehrfurcht erfüllter Stimme etwas, das nicht für Rains Ohren bestimmt war: »Ein Heiligenschein! Der gnadenreiche Engel hat seinen Heiligenschein verloren.«

Es verwunderte Rain noch immer, dass sie die Sprache dieser Menschen und diese die ihre verstehen konnten. Aber schließlich gab es bei diesem Zeitreise-Abenteuer eine Menge Dinge, die sie verwirrten.

Der Vollmond kam hinter einer Wolke hervor, als Selik zu ihr geritten kam und sein Pferd neben ihrem gehen ließ. Obwohl er seine Kampfkleidung aus dickem Leder trug, saß er mit behänder Leichtigkeit im Sattel. Die Zügel hielt er locker in den Händen, während er mit den Oberschenkeln das Pferd lenkte. Unter seinen schwarzen, engen Beinlingen war das Spiel seiner Muskeln deutlich zu erkennen.

Rain befeuchtete sich ihre plötzlich trockenen Lippen und zwang sich, den Blick von ihm abzuwenden.

Mit einer leichten Neigung des Kopfes wies Selik auf Tykir: »Wie geht es ihm? Müssen wir vor Sonnenaufgang noch einmal Halt machen?«

»Nein, wir werden *meinetwegen* keinen Halt machen«, erklärte Tykir und ignorierte, dass Seliks Frage an Rain gerichtet gewesen war.

Rain war überzeugt, dass ihr Bruder quälende Schmerzen haben musste. Trotzdem hatte der dickköpfige junge Mann alle Angebote abgelehnt, sich auf einem Schlitten transportieren zu lassen, und saß stattdessen im Sattel. Sein Bein wurde von einer weich gepolsterten Halterung gestützt, die sie und Selik für ihn angefertigt hatten.

»Kannst du meine dickköpfige Schwester nicht zwingen, Ubbi ein anderes Lied beizubringen?«, bedrängte Tykir den Freund und wechselte absichtlich das Thema, um die Aufmerksamkeit von sich abzulenken. »Mir tun schon die Zähne weh von diesem ewigen *doobie-doobie*-Gesinge.«

In Seliks Augen blitzte ein Lachen auf, als er Rains Blick voll warmer Zärtlichkeit erwiderte. »Ha! Was lässt dich glauben, deine Schwester würde mir plötzlich gehorsam sein?«

»Nun, dann bring sie wenigstens dazu, ihm ein anderes Lied beizubringen. Eines, das weniger auf die Nerven geht.«

Rains Gesicht leuchtete sofort auf.

»Nein!«, riefen Selik und Tykir entsetzt und wie aus einem Mund, ehe Rain die Möglichkeit hatte, etwas zu sagen.

»Lass dir nicht einfallen, jetzt dieses andere Lied zu singen – dieses Herz-Schmerz-Ding«, befahl Selik mit einem gequälten Stöhnen. »Allmächtiger, gibt es denn in deiner Heimat keine schönen Melodien?«

»Vielleicht liegt es an deiner schrillen Stimme«, fügte Tykir hinzu. »Ich will nicht unhöflich sein, Schwester, aber du hast eine Stimme, die einem Baum die Rinde abschält.«

»Wie nett von dir zu erwähnen, dass ich keinen Ton halten kann, Tykir. Ich werde mich daran erinnern, wenn ich heute Nacht deinen Verband wechsle.«

Selik warf den Kopf in den Nacken und lachte, tief und kehlig, über den Schlagabtausch zwischen Bruder und Schwester. Seine Erheiterung vertrieb die Furchen, die Wut und Schmerz in sein Gesicht gegraben hatten, und seine Züge entspannten sich für einen Augenblick. Er sah um Jahre jünger aus.

Als sie bei Tagesanbruch in einem dicht bewaldeten Tal anhielten, um ihr Lager aufzuschlagen, war Tykir die Lust aufs Späßemachen vergangen. Mit einem beklommenen Gefühl entfernte Rain die Verbände von seinem Bein. Aber die Nähte waren nicht aufgegangen, und es gab auch keine Anzeichen für eine Entzündung der Wunde. Tykirs Lippen waren zu einer dünnen Linie des Schmerzes zusammengepresst. Er konnte kaum vom Pferd absteigen und ballte die Fäuste, als man ihn zu dem Lager trug, das man für ihn vorbereitet hatte.

Rain wies Ubbi an, die Nadeln über dem Kochfeuer zu sterilisieren. Binnen einer Stunde schlief Tykir friedlich, die Akupunkturnadeln steckten in den maßgebenden Stellen, um den

Schmerz abzuschwächen. Ein Mann saß in der Nähe, um aufzupassen, dass Tykir die Nadeln während des Schlafens nicht herauszog.

Selik hatte der ganzen Prozedur mit Schaudern zugesehen. Unter seiner Bräune war er blass geworden, und seine Knöchel traten weiß hervor, als er die Hände zu Fäusten ballte.

Rain hatte keinerlei andere medizinischen Pflichten zu erledigen und ging deshalb zur Feuerstelle, um Blanche anzubieten, bei der Vorbereitung des Essens zu helfen.

Während Rain die großen Spieße mit Hirschfleisch drehte, um es über dem niedrig flackernden Feuer zu rösten, beobachtete sie Blanche. Bei dem Mädchen saß jeder Handgriff, als sie den Teig für die flachen Weißbrote zubereitete, den sie in den heißen Kohlen backen wollte. Blanche hatte sich gut herausgemacht. Zu gut, gestand sich Rain eifersüchtig ein, wenn sie bemerkte, dass die Männer unter dem einen oder anderen Vorwand bei ihr stehen blieben, um ihre Hilfe anzubieten. Einer der Verehrer sammelte Kräuter. Ein anderer holte frisches Wasser. Selbst Gorm hatte sich zu einem lärmend-lauten Lothario gewandelt, das rote Haar sauber gewaschen und zu einem Zopf geflochten, das Grislibärgesicht frisch barbiert. Wenn er nicht gerade lächelte und dabei das Fehlen eines Vorderzahns enthüllte, könnte man ihn fast gut aussehend nennen, musste Rain zugeben.

Aber die – geradezu unverschämt zierliche – junge Frau verschmähte sie alle. Sie hatte ihre Augen auf ein lohnenderes Ziel gerichtet. Auf Selik.

Rain versuchte, das grünäugige Monster zu ignorieren, das jedes Mal unter ihrer Haut rumorte, wenn sie sah, dass Blanche ihm wieder einmal sinnliche Blicke zuwarf oder lasziv die Hüften schwang, wenn sie mit vorgetäuschter Ungezwungenheit und bei viel zu vielen Gelegenheiten an ihm vorbeiging. Rain musste sich zwingen, daran zu denken, dass die angelsächsische Lolita vermutlich nicht älter als sechzehn war, genau genommen also noch ein Kind. Ha!, korrigierte sie sich sofort – die wissenden Blicke dieser kleinen Brünetten zeugten von alterslosen weiblichen Tricks, die zu erlernen Rain bis jetzt noch nicht gelungen war. Und sie war dreißig!

Weitaus schlimmer wog die Tatsache, dass Selik – der Wikinger, der einen zur Raserei bringen konnte – aussah, als sei er davon höchst angetan. Mit Eifersucht beobachtete Rain, dass Seliks silberfarbene Augen vor Vergnügen glitzerten und seine sinnlichen Lippen sich zu einem betörenden Lächeln verzogen, wenn Blanche unverhohlen nah bei ihm stand. Und dass er die uralte Körpersprache verstand, mit dem sie ihm zeigte, was sie von ihm wollte, selbst wenn sie ihm eine so einfache Frage stellte wie: »Wo bewahrst du das Salz auf, Herr?«

Bestimmt nicht in seiner verdammten Hose, du kleine Hure!

Rain starrte Selik mit dem brennenden Wunsch an, ihn zu erwürgen, wenn sein anerkennender Blick der Bewegung von Blanches wohl geformten Hinterteil folgte, wenn sie sich über den Korb mit den Kräutern beugte, die sie gerade gesammelt hatte. Ein Playboy-Bunny hätte nicht so aufreizend posieren können.

Verdammt! Würde ich das machen, würde mein Hinterteil wahrscheinlich aussehen wie das eines Pferdes.

Verstohlen sah Rain Selik von der Seite an und stellte verärgert fest, dass sein Blick auf derselben Stelle klebte wie ihrer – an Blanches Hinterteil. Ihre Besonnenheit verließ sie, und ehe sie ihre vorlaute Zunge beherrschen konnte, bemerkte sie sarkastisch: »Auf der Suche nach einer Scheide für dein Mannesschwert?«

Selik grinste sie breit an und zwinkerte ihr zu. Augenblicklich bedauerte Rain es, Selik an ihre erste Begegnung erinnert zu haben, als er versucht hatte, sie zurückzulassen. Er hatte gesagt, sie könnte unter jenen Soldaten, die stärker daran interessiert wären, eine Scheide für ihr Mannesschwert aufzutun, leicht einen anderen Beschützer finden.

Unbekümmert, dass er dabei ertappt worden war, dass er das Mädchen angegafft hatte, lachte Selik. »Ist das ein Angebot?«

»Nein, du Lüstling.«

»Auch gut, ich hatte ohnehin nicht geglaubt, ich würde dich aufs Kreuz legen ... jetzt schon.«

»Aufs Kreuz legen? Woher kennst du diesen modernen Ausdruck?«

»Von deiner Mutter. Ich hatte in jenen Tagen großen Schlag bei den Frauen, und Ruby hat mich eine Menge nützlicher Worte gelehrt: ›aufs Kreuz legen‹, ›Schwein haben‹, ›vom Platz gestellt werden‹.«

Rain nickte. Das sah ihrer Mutter ähnlich. »Betrachte dich als vom Platz gestellt.«

Selik bedachte sie mit einem Dies-ist-nur-der-erste-Teil-des-Spiels-Lächeln.

Dann drangen Seliks andere Worte in ihr Bewusstsein. »Was meinst du damit – *jetzt schon*? Am besten, du kriegst eines ganz schnell in deinen sturen Schädel, Selik – zwischen uns wird *nichts* passieren.«

»Dein Körper sagt etwas anderes.« Herausfordernd lässig verschränkte er die Arme vor der Brust.

»Das war, bevor ich herausgefunden habe, wie brutal du bist.«

Selik richtete sich stolz auf, und sein Gesicht verdunkelte sich vor Wut. »Ich habe versprochen, keine *behaettie* mehr zu nehmen.«

»Ja, aber du hast noch immer Gefangene. Und du hast noch immer vor, so viele Angelsachsen zu töten, wie du nur kannst.«

»Ja, das habe ich vor, süße Pazifistin. Aber das hat nichts damit zu tun, miteinander zu schlafen.«

»O doch, das hat es.«

Die Wut verschwand aus Seliks Augen, und sie zogen sich abschätzend zusammen, als er Rain prüfend ansah. Sie konnte fast hören, wie es in seinem Kopf arbeitete. »Gestern Nacht, während ich schlief, habe ich eine Stimme in meinem Kopf gehört. ›Die Frau wird mit dir Sex machen‹, hat sie gesagt. Ich glaube, es war dein Gott, der zu mir gesprochen hat.«

»Lügner«, erwiderte Rain. Es gelang ihr nicht, das Lächeln über seinen offenkundigen Versuch der Verführung zu unterdrücken.

Bei Gott, er war ein verheerend gut aussehender Mann, wenn der Grimm aus seinem Gesicht wich. Selik hielt den Kopf leicht zur Seite gewandt, und Rain konnte die Narbe nicht sehen, die im Zickzack von seinem rechten Auge bis zu seinem Kinn verlief. Der kantige Umriss seines strengen Profils schien weicher zu werden, und sie sah jetzt das Bild eines selbstbewussten, starken Mannes. Ihre Blicke hielten sich in der lastenden Stille gefangen, und Rain spürte, dass etwas in ihr, das noch niemals von einem Mann berührt worden war, Selik voller Sehnsucht entgegenflog.

»Na schön, den Versuch war es wert.« Dann schaute er mit einem Funkeln in den Augen wieder zu Blanche hinüber. »Möglicherweise hat die Stimme jene Frau *dort drüben* gemeint.«

Blanche hatte die Arme hochgestreckt, um von einem der Bäume ein paar abgestorbene Zweige für das Feuer abzubrechen. Jeder heißblütige Mann in der Umgebung starrte, mit hervorquellenden Augen, auf ihre großen Brustwarzen, die sich unter der eng sitzenden Tunika deutlich abzeichneten.

Rain sah rot. Und wandte sich ab, um ihre Eifersucht vor dem allzu scharfsichtigen Selik zu verbergen.

»Rain?«, hörte sie Selik leise hinter sich sagen. Sie schaute über die Schulter zurück und war überrascht, ihn ganz nah hinter sich stehen zu sehen. Sanft strich er eine Haarsträhne zurück, die sich aus ihrem Zopf gelöst hatte. Rain wandte sich zu ihm um, und seine überwältigende Nähe raubte ihr fast die Sinne. »Weißt du, wie lange es her ist, seit ich mit einer Frau ›Sex gehabt‹ habe?«

Von seiner Frage verwirrt, schüttelte Rain langsam den Kopf. Sie brachte kein Wort heraus, als seine grauen Augen sie gefangen hielten.

»Zwei Jahre.«

»Wa ... was?«

»Und weißt du, wie lange es her ist, seit ich es überhaupt *gewollt* habe, mit einer Frau ›Liebe zu machen‹?« Er machte eine klare Unterscheidung zwischen ›Sex haben‹ und ›Liebe machen‹.

Fasziniert und voller Sehnsucht ließ Rain den Blick über sein Gesicht wandern, noch immer war sie unfähig, etwas zu sagen. Sie verzehrte sich danach, seine wie gemeißelt wirkenden Wangenknochen mit den Fingerspitzen zu berühren, die Süße seiner leicht geöffneten Lippen zu schmecken und zu sehen, wie er in völliger Hingabe an das Verlangen seine Augen schloss. *Oh Gott!*

Als Rain schwieg, beantwortete er seine Frage selbst: »Zehn Jahre. Zehn verdammte, seelenlose Jahre.«

Rain keuchte.

»Oh, natürlich habe ich mit Frauen geschlafen, weil ich dachte, ein Mann sollte das tun; weil ich dachte, es würde mich vergessen lassen. Aber seit zwei Jahren bin ich dieses bedeutungslosen Beiwohnens müde geworden.«

»Aber du hast angedeutet, du würdest zu Blanche gehen«, unterbrach sie ihn.

Selik schüttelte den Kopf. »In meinem Leben hat es hundert solcher Mädchen wie Blanche gegeben. Aber während dieser langen Zeit hat es keine Frau gegeben, die ich wirklich gewollt habe. Bis vor zehn Tagen. Bis ich einem lästigen, zänkischen Engel begegnet bin, der behauptet, aus der Zukunft zu kommen, und der mein Leben gründlich auf den Kopf gestellt hat.«

»O Selik.«

»Sag nicht ›o Selik‹«, warnte er sie. »Ich mag dies Gefühlvoll-Sehnsüchtige nicht. Ich verabscheue es, wieder etwas zu empfinden.« Er schien noch etwas hinzusetzen zu wollen, drehte sich dann jedoch abrupt um und ging davon.

Rain stand mit offenem Mund da und starrte ihm verwirrt nach. Schließlich fasste sie sich und folgte ihm. Als sie ihn endlich eingeholt hatte, war Selik damit beschäftigt, Gorm Anweisungen wegen der Kundschafter zu geben.

Ohne daran zu denken, wie unhöflich es von ihr war, eine private Unterhaltung zu unterbrechen, legte Rain die Hand auf Seliks Brust und versetzte ihm einen Stoß. Natürlich rührte sich Selik nicht von der Stelle, sondern starrte nur ungläubig auf ihre Hand, die ihn so unverfroren berührte. Gorm starrte Rain an, als habe sie zwei Köpfe.

»Hör zu, mein Freund, du kannst einer Frau nicht so etwas Wundervolles sagen und dann einfach davongehen, wie es dir beliebt.«

Er sah anzüglich auf ihre Hand, die sie noch immer gegen seine steinharte Brust stemmte. Er zog die Augenbrauen hoch, während er trocken bemerkte: »Wie mir scheint, gibt es doch eine dunkle Seite an dir. Für eine Pazifistin, meine ich.«

Rain folgte seinem Blick und begriff, dass sie in der Tat dabei war, ein gewalttätiges Verhalten anzunehmen. Als habe seine Brust plötzlich Feuer gefangen, ließ sie die Hand fallen. Genau genommen strahlte dieser Mann wirklich eine quälende Hitze aus. *O Gott!*

Selik sah Rain fragend an. »Was Wunderbares habe ich denn gesagt?«

Rain spürte ihr Gesicht rot werden. »Du hast gesagt …« Sie zögerte, als sie bemerkte, dass Gorm noch dastand und mit höchster Konzentration und einem breiten Grinsen jedem ihrer Worte lauschte. Sie starrte ihn an, bis er vor Missfallen schnaubte und murrend davonging.

Sich wieder Selik zuwendend, fuhr sie fort: »Du hast gesagt, du hast seit zehn Jahren nicht mehr den Wunsch gehabt, mit einer Frau Liebe zu machen – bis zu mich getroffen hast.«

»Und?«

»Und! Es gibt kein ›und‹, du Dummkopf. Du hast es absichtlich gesagt, um mich in Versuchung zu führen, nicht wahr? Und dann …«

»Führt es dich in Versuchung?«

»Nein!«, rief Rain viel zu rasch. Seliks Mund verzog sich langsam zu einem Lächeln, und Rain wusste, dass sie ihn kein bisschen hatte täuschen können. »Wie auch immer – ist es wahr?«

»Ist was wahr?« Er versuchte nicht einmal, sein Lächeln zu verbergen, und als Reaktion darauf klopfte Rains Herz wie wild. »Dass ich dich will? Dass es zwei Jahre her ist, seit ich mit einer Frau geschlafen habe? Dass ich keine Frau begehrt habe, seit meine – nun, seit zehn Jahren?«

»Ja, all das«, stimmte sie rasch zu. Endlich kam sie ein Stück voran bei diesem dickköpfigen, wunderbaren Dummkopf.

Selik dachte eine Weile nach, rieb die Fingerspitzen grübelnd an seiner zerfurchten Stirn und nickte dann langsam. Und schwieg. Er sah Rain unverwandt an.

Sie wartete darauf, dass er etwas sagte, aber er stand nur schweigend da wie eine verdammte Statue. Wütend mit dem Fuß aufstampfend, unterbrach Rain das Schweigen. »Verdammt! Ich weiß, was du gerade tust. Meine Mutter hat mir alles über dich erzählt. Ich hätte auf sie hören sollen. Ein abgebrühter Verführer, so hat sie dich beschrieben. Oh, du bist wirklich raffiniert, das kannst du mir glauben. Ich würde schwören, diese Worte haben schon bei tausend Frauen funktioniert!«

»Tausend!« Ein Lachen, tief und reich, perlte aus seiner Kehle. »Du überschätzt meine Fähigkeiten, Süße.«

Sie trat näher, hob die Hände, um ihm wieder einen Stoß zu versetzen, doch Selik legte ihr beide Hände auf die Schultern und hielt sie auf Abstand. Ein Blitz aus weiß-heißem Feuer entzündete ihre Haut unter seinen Fingerspitzen und schoss bis in die empfindsamen Nervenenden ihrer Körpers. Instinktiv beugte sie sich vor.

»Nein, Frau, bleib mir vom Leibe. Meine Selbstbeherrschung ist bis an ihre Grenzen strapaziert worden. Ich will dich. Bis zum Wahnsinn. Und wenn du nicht vorhast, mein Lager mit mir zu teilen, so, wie ich es verstehe, dann ist es am besten, du hältst dich von mir fern.«

Rain konnte nicht leugnen, dass diese Aussicht sie reizte. Genau genommen wollte sie in diesem Augenblick nichts mehr, als sich all den wilden unbekannten Gefühlen zu ergeben, die durch ihren Körper jagten. Aber Rain hatte sich in der Vergangenheit niemals impulsiv verhalten, und ihr allzu pragmatischer Verstand brachte einen weiteren Einwand vor: Könnte sie einen Kompromiss mit ihren Prinzipien schließen, um mit einem Mann zu schlafen, der für all das stand, was sie verabscheute? Sie seufzte unter der Last ihrer widerstreitenden Gefühle. »Selik, bitte, wirst du die Gefangenen freilassen und das Kämpfen aufgeben?«

»Nein, das kann ich nicht.« Er schüttelte traurig den Kopf, ehe er sie herausfordernd ansah. »Aber ich werde dir Dinge beibringen, die nicht in deinen Büchern stehen, dir Freuden bereiten, von denen die Liebhaber deiner Zeit nicht einmal träumen. Ich werde dein Blut zum Singen und deine Knochen zum Schmelzen bringen. Du wirst nach mir niemals wieder einen anderen Mann wollen.«

Rain hätte ob seiner Arroganz beleidigt sein sollen. Sie war es nicht.

Nervös befeuchtete sie sich die Lippen und versuchte, ihre aufrührerischen Hormone unter Kontrolle zu bringen. »Und was ist mit dir?«, fragte sie leise. »Würdest du eine andere Frau haben wollen, nachdem du mich gehabt hast?«

Selik sah sie an. Die Leidenschaft in seinen Augen spiegelte ihre eigene wider, ehe er antwortete: »Wahrscheinlich nicht.«

Rains Herz erbebte vor Hoffnung. »Selik, wenn du nicht bereit bist, mit dem Blutvergießen aufzuhören, bezweifle ich, dass wir eine Zukunft haben können«, rief sie und umklammerte seine Hände. Sie wünschte sich, dass er verstand.

»Wir haben das Heute.«

»Aber das ist nicht genug«, erwiderte Rain, und ihre Hoffnungen flogen davon. »Verstehst du es denn nicht? O Selik, ich habe solche Angst.«

»Wovor?«

»Vor dir. Vor uns. Es gibt etwas Mächtiges, das uns verbindet. Wenn wir uns lieben, dann wird es unglaublich schön sein, das weiß ich. Ich weiß es einfach. Du musst mich nicht mit falschen Komplimenten oder verlockenden sexuellen Herausforderungen verführen. Ich will dich schon jetzt.«

Er kam näher und legte sich ihre Hände auf seine Schultern.

Rain entzog sich ihm, weil seine Nähe sie schwach machte. Sie musste ihn dazu bringen, zu begreifen. »Ich kann mich nicht auf diese Weise mit einem Mann einlassen, so intim, wenn ich weiß, dass er ein Leben führt, das von Gewalt bestimmt wird. Es ist zu gegensätzlich zu allem, was ich wertschätze, zu allem, woran ich glaube. Kannst du nicht darüber nachdenken, deine Blutrache aufzugeben?«

Seliks Gesicht versteifte sich, und er reckte stolz das Kinn vor, als er sich weigerte, sich ihren Wünschen zu beugen oder um ihre Gunst zu bitten.

»Dann ist es hoffnungslos für uns«, wisperte Rain. Sie bemühte sich, die Tränen zurückzuhalten, die sich in ihren Augen sammelten, die überfließen wollten. Es gelang ihr nicht. »Aber eines sollst du wissen, du sturer Wikinger – ich will dir nicht wehtun.«

Selik starrte hilflos auf die Tränen, die Rain übers Gesicht liefen. Nach einem Moment entspannte sich seine Miene, und sein Zorn schmolz dahin. »Weine nicht um mich«, sagte er und zwang einen unbeschwerten Ton in seine Stimme. »Ich habe viel Schlimmeres überlebt als den Verlust einer Frau. Viel, viel Schlimmeres.«

Der Mangel an Gefühl in seiner Stimme brach Rain fast das Herz. Sie fragte sich, wer ihn so schrecklich verletzt hatte, dass er dem Weg des Blutvergießens so beharrlich folgte.

Als Selik sich dieses Mal von ihr abwandte und davonging, hoch aufgerichtet und mit unbeugsamem Rücken, folgte Rain ihm nicht.

»Lieber Gott, wie soll ich diesem Mann jemals widerstehen?«, fragte sie laut.

Er braucht dich, mein Kind.

»Was er braucht, ist eine gehörige Portion Pazifismus.

Was er braucht, ist Liebe.

Wenn sie nicht endlich aufhörte, diese Stimmen zu hören, würde sie sich wohl doch Ubbis Überzeugung anschließen müssen, dass sie ein von Gott gesandter Engel war. Verstohlen, sodass keiner es bemerkte, betastete Rain ihren Rücken. *Yup!* Genau wie sie gedacht hatte. Ihre Schulterblätter waren flach. Verärgert über ihre Einfalt, schüttelte sie den Kopf.

Als Rain zu den Kochfeuern zurückkehrte, fischte Blanche gerade einige Kräuter aus einem Kessel mit kochendem Wasser und gab stattdessen etwas hinein, was wie geschmorte wilde Zwiebeln und Knoblauch aussah. Ein Dutzend goldbraun gebackene Brotlaibe lagen zum Abkühlen auf einem flachen Felsbrocken. Der auf den Punkt gegarte Hirschbraten röstete über dem Feuer und verströmte einen köstlichen Duft.

Diese Frau war erstaunlich. Rain begann, Blanche zu hassen.

»Wo hast du gelernt, so gut zu kochen?«, fragte sie süßlich.

Blanche sah sie mit ihren haselnussbraunen Augen aufmerksam an, während sie Rain und deren Frage einzuordnen versuchte. Vermutlich ging sie mit sich zu Rate, inwieweit es klug war, persönliche Informationen preiszugeben. »Mein Vater war ein Lord in den Highlands und meine Mutter Weberin in seiner Burg. Der Lord hegte keine besondere Zuneigung für mich, aber er hat mir gestattet, statt auf dem Feld in der Küche zu arbeiten.«

»Wie bist du dann mit Edwin zusammengekommen?«

»Die Frau meines Vaters – diese Hexe – hasste mich seit dem Tag, an dem ich geboren wurde. Als ich älter wurde und meinem Vater immer stärker zu ähneln begann, wuchs ihre Bösartigkeit.« Blanche zuckte die Achseln. »Um ihrem Zorn zu entkommen, blieb mir keine andere Wahl, als meine anderen Talente zu nutzen – die im Bett.«

Rain schüttelte traurig den Kopf. Wieder einmal war sie daran erinnert worden, in welch gewalterfüllter Periode der Geschichte sie gelandet war. »In meiner Ze – meinem Land geht es anders zu. Unehelich zu sein ist kein wirkliches Stigma, und Frauen haben Rechte. Mit deiner offensichtlichen Gescheitheit hättest du jeden Beruf erlernen und dich selbst ernähren können, ohne von einem Mann abhängig zu sein – weder als Ehefrau oder als Prostituierte.«

Blanche legte den Kochlöffel aus der Hand und starrte Rain ungläubig an. »Wirklich?«

Rain nickte.

»Wie komme ich in dieses Land?«

Rain lachte. Oh, wenn das so einfach wäre. »Es ist ein langer, langer Weg. Ich bin nicht einmal sicher, ob ich selbst den Weg zurück finden werde.«

Blanche betrachtete sie mit neu erwachtem Interesse. »Nun, dann will ich dich etwas anderes fragen. Ist Selik dein Mann?«

Ein Hitzestrom breitete sich von Rains Nacken bis hoch zu ihrem Gesicht aus, und sie bewegte sich unbehaglich. »Nein. Ich meine, nicht auf *diese* Art. Wir sind keine Liebenden.«

»Hast du vor, ihn zu deinem Mann zu nehmen?«

Rain legte den Kopf schräg. »Warum fragst du?«

»Nun, wenn du ihn nicht willst, ich will ihn.«

Rains Herz erstarrte, als sie im Geiste Selik und Blanche zusammen vor sich sah. Oder Selik zusammen mit irgendeiner anderen Frau als sie selbst. Oh, wie missgünstig war sie geworden – sie wollte ihn nicht als ihren Liebhaber, aber wollte auch nicht, dass er eine andere Frau hatte.

Seliks Wirkung auf Blanche beunruhigte Rain. »Die Frauen, die vor dir hier im Lager waren – sie sind aufgebrochen, ehe du gekommen bist –, fühlten sich von Seliks vielen Narben und seinem gewalttätigen Benehmen abgestoßen. Ein Tier, so haben sie ihn genannt.«

Blanche schnaubte ungläubig. »Sie waren blind.«

Ja, das waren sie, stimmte Rain im Stillen zu. Wie scharfsichtig von Blanche, das zu erkennen. Und wie beunruhigend.

Als sich Selik in dieser Nacht neben Rain zum Schlafen niederlegte – er beharrte darauf, dies jede Nacht zu tun –, sah Rain, dass Blanche dies mit abschätzendem Blick beobachtete. Den Augen dieser scharfsichtigen jungen Frau entging wahrlich nichts. Sie musste wissen, dass Selik die Bettfelle mit Rain teilte – aber nicht mehr. Und sie wartete nur auf den für sie richtigen Augenblick. Aber jetzt genoss Rain Seliks Nähe, die Wärme seines Körpers an ihrem Rücken, seinen Atem an ihrem Nacken.

»Bist du bereit, deine Scheide für das Mannesschwert zu öffnen, Süße?«, neckte Selik sie. Er liebkoste ihren Nacken, und Rain fühlte süße Schockwellen der Lust bis in ihre Fingerspitzen und Zehen strömen.

Rains Antwort bestand aus einem vulgären Wort *ihrer* Zeit.

Aber Selik lachte und verstand vollkommen. Offensichtlich bedurften einige Worte keiner Erklärung.

Im Stillen rügte sich Rain für diesen Niedergang ihres Benehmens. Zwei Wochen in einer anderen Zeit, und sie drohte den Menschen in ihrer Umgebung bereits Gewalt an, gewöhnlich betraf es Selik, und sie benutzte Worte, die sie in ihrem modernen Leben niemals in den Mund genommen hätte. Das ist ganz allein Seliks Schuld, schlussfolgerte sie wenig logisch. Statt ihn zu ändern, zog er sie auf sein Niveau herunter.

Vielleicht tut es dir gut, von deinem Sockel herunterzusteigen.

Oh, hör auf.

»Was hast du gesagt?«, fragte Selik, wobei sein heißer Atem die feinen Härchen an ihrem Nacken reizte.

Sie stöhnte. »Nichts.«

»War es wieder Gott?«

Als Rain ihm die Antwort verweigerte, lachte er. »Na schön, dann sag deinem himmlischen Wesen in unserer beider Namen gute Nacht.«

Eine weitere Woche lang setzten sie ihren Weg nur des Nachts fort. Überraschenderweise stießen sie nur auf wenige Spuren von angelsächsischen Soldaten, und es gelang ihnen, eine Konfrontation mit ihnen zu vermeiden. Offensichtlich waren die Angelsachsen, ebenso erschöpft von der Schlacht wie die Nordmänner und die Schotten, in ihre Heimat zurückgekehrt. Ein fahnenflüchtiger Soldat berichtete, dass König Athelstans Männer Selik in Cumbria aufzuspüren versuchten, weil sie annahmen, er wäre mit König Constantine dorthin entflohen.

Eines Morgens, als sie bei einem kleinen Bauernhof anhielten, um die Pferde zu tränken, bekam Rain selbst einen ersten Eindruck von Seliks zwanghafter Abneigung gegen Kinder, von der ihr die Wikingerfrauen erzählt hatten. Zwei kleine Jungen und ein Mädchen, keines von ihnen älter als fünf Jahre, spielten neben dem Brunnen im Matsch, während die Mutter die Winde drehte, um den mit Wasser gefüllten Holzeimer heraufzuziehen. In der Sekunde, in der Selik die Kinder sah, gab er Befehl, sofort weiterzureiten, und gestattete seinen Leuten nicht, abzusitzen und ihren Durst zu stillen. Obwohl es zwei Stunden dauerte, bis sie wieder Wasser fanden, entschuldigte er sich mit keinem Wort für sein Verhalten. Und es war das letzte Mal, dass sie an einem Hof oder bei Tageslicht anhielten.

Auch wenn sie sich relativ sicher fühlen konnten, so kamen sie wegen der Sklaven, die zu Fuß gehen mussten, nur langsam voran. Einige der gefangen genommenen Männer, die eingewilligt hatten, unter Seliks Befehl zu dienen, waren freigelassen worden und ritten jetzt neben seinen Soldaten. Bertha, die korpulente Frau, die Rain für »verrückt« erklärt hatte, als diese sich freiwillig an den Gefangenenstrick gebunden hatte, ging Blanche zur Hand, lamentierte dabei aber die ganze Zeit. Rain war froh zu sehen, dass Berthas leichte Gelbsucht sich gebessert hatte – dank der Einhaltung einer speziellen Diät sowie ausreichender Mengen von Gemüse und Tierleber, soweit dies verfügbar war. Die Dritte in deren Bunde war Eadifu. Eine schlampig wirkende, ungefähr dreißigjährige Frau mit dem Wortschatz eines Fuhrknechts. Sie brachte den größten Teil ihrer Zeit auf dem Rücken liegend im Wald zu, wobei sie jedem Mann zur Verfügung stand, der die Neigung verspürte, von ihrem zweifelhaften Liebreiz zu kosten.

Als sie schließlich Ravenshire, Tykirs Ahnensitz, erreichten, sah sich Rain trotz ihrer Erschöpfung mit neugieriger Aufregung um. Sie hatte von ihrer Mutter so vieles über diese Burg gehört, doch diese zerfallende Ruine *konnte* nicht das blühende Anwesen aus deren Erzählungen sein. Nicht nur, dass die Felder brachlagen und verwilderten, auch die Katen der Pachtbauern waren verlassen und eingestürzt und sahen eher wie Trümmerhaufen aus. Die Motte selbst, die primitive Burg aus Stein und Holz, lag weiter oben auf einem Hügelplateau und erinnerte mit ihren Holzpalisaden an ein Fort aus dem Wilden Westen. Angesichts dieser Vernachlässigung und des Verfalls schüttelte Rain betrübt den Kopf.

Sie wandte sich an Tykir, dessen trauriges Gesicht ihre eigene Betroffenheit widerspiegelte. »Was ist passiert?«

Er zuckte mit den Schultern. »Mein Großvater Dar und seine Frau Aud hielten den Übergriffen der Angelsachsen so viele Jahre lang Stand, wie sie es ohne die Hilfe meines Vaters und Eiriks und meiner vermochten. Jetzt sind sie beide tot.«

»Gehört Ravenshire noch dir?«

»Allerdings gehört es mir, das heißt eigentlich Eirik. Da er der Älteste ist, fällt es nach dem Erbrecht ihm zu, und er steht in König Athelstans Gunst. Die Angelsachsen würden es nicht wagen, ihm sein Erbe zu stehlen. Was mich betrifft«, fügte er mit einem Grinsen hinzu, »so ist das eine andere Sache. Wenn er könnte, würde der angelsächsische König die Burg mitsamt mir schleifen lassen.«

»O Tykir. All dieses Kämpfen und all diese Feindseligkeit! Für was?«

»Es muss keinen besonderen Grund geben, Schwester. Das wirst du bald lernen. Angelsachsen hassen ›die heidnischen Nordmänner‹. Und die Nordmänner hassen ›die verdammten Angelsachsen‹. Das ist der Lauf der Dinge, und so wird es immer sein, bis der eine oder der andere vom Angesicht der Erde fortgewischt worden ist.«

Rain schüttelte traurig den Kopf. Sie hätte Tykir sagen können, dass die Wikinger diese Schlacht gegen die Briten verlieren würden, aber es stand ihr nicht zu, in die Geschichte einzugreifen.

»Wirst du hier sicher sein?«

»Für eine Weile. Bis ich ganz gesund bin.«

»Und dann?«

»Vielleicht werde ich meinem Vetter Haakon einen Besuch abstatten. Er ist jetzt König von Norwegen und kann immer gute Soldaten hinter sich brauchen, solange es seinen Bruder Erich Blutaxt nach dem Thron gelüstet. Oder vielleicht gehe ich zu der Varangischen Wache des byzantinischen Kaisers. Nein, besser noch, ich könnte Selik dabei helfen, ein paar Angelsachsen mehr in ihre Gräber zu schicken.«

Rain keuchte entsetzt. »Tykir! Bist du etwa auch so?«

Er tat ihre Betroffenheit mit einem Abwinken ab, fügte aber mit einem mutwilligen Funkeln in seinen braunen Augen hinzu: »Andererseits hätte ich nichts dagegen, dein Land zu besuchen. Wenn alle Frauen dort so bezaubernd sind wie du und deine Mutter, könnte mich das zweifellos dazu veranlassen, das Kämpfen eine Zeit lang aufzugeben.«

Nun, das wäre eine erschreckende Aussicht – Tykir, wie er seinen nordischen Charme unter den modernen emanzipierten Frauen versprühte. Und Rain fielen durchaus ein paar Freundinnen ein, die diesen sexprotzenden Wikinger ohne lange zu zaudern verschlingen würden. Oder umgekehrt.

Aus ihren früheren Gesprächen mit Tykir wusste Rain

jedoch, dass er glaubte, dass sie aus irgendeinem fernen Land kam, keinesfalls jedoch aus der Zukunft. »Nein, du kannst nicht in mein Land gehen, Tykir. Unglücklicherweise habe ich überhaupt keine Ahnung, wie ich nach dort zurückreisen kann.«

»Wie bist du dann hierher gekommen? Nein, sag es mir nicht. Ich fürchte, du wirst mir erklären, dass du auf Engelsschwingen zu uns geflogen bist.«

Lächelnd streckte Rain die Hand aus und stieß ihm spielerisch gegen die Rippen. »Wie ich höre, hat Ubbi wieder Unsinn erzählt.«

»Wie ein Wasserfall.« Tykir erwiderte ihr Lächeln in brüderlicher Zuneigung.

Sie ritten auf den verlassenen Burghof, und Selik half Tykir, aus dem Sattel zu steigen, wobei er ihm einen Holzstab reichte, der als provisorische Krücke diente. Danach gab Selik Anweisung, die Pferde zu versorgen, und schickte einige Männer aus, um Wild zu jagen und Futter für die Tiere zu beschaffen.

Als sie die Große Halle des Wohnturmes betraten, wusste Rain, dass sie und die Gefangenen schwer würden schuften müssen. An den hohen Dachsparren hingen Fledermäuse, die sich ihre Quartiere mit einer Reihe von Vogelnestern teilten. Die Binsen auf dem Steinboden waren so verfilzt, dass deren Halme in Klumpen zusammenklebten. Rain schauderte es bei dem überwältigenden Geruch von Moder und Verfall.

Rain hätte es bei weitem vorgezogen, im Freien zu essen und zu schlafen, aber sie hatte auf Tykirs Gesicht den Ausdruck des Schmerzes über den traurigen Zustand des Hauses seiner Ahnen gesehen. Und genau genommen war es ebenso ihr Erbe. Rain musste tun, was in ihren Kräften stand, um ihm zu helfen.

Sie beschloss, zuerst die Küche und die Schlafräume in

Angriff zu nehmen. Nachdem sie Bertha und Eadifu angewiesen hatte, alle Matratzen und Schlafmatten zum Reinigen hinaus auf den Hof vor der Küche zu tragen, ging sie begleitet von Blanche durch den schmalen Gang, der die Halle mit den verschiedenen Räumen der Küche verband.

Die ehemaligen Bewohner hatten die Küche ratzekahl ausgeräumt. Weder Topf noch Kochlöffel, weder Schemel noch irgendein Fitzelchen an Nahrungsmitteln war von den Dienern zurückgelassen worden, als sie die Burg geräumt hatten. Nur ein großer, auf Böcken stehender Holztisch war in der Mitte des riesigen Küchenareals verblieben, außerdem fanden sich auf dem Regal der Spülküche noch ein Dutzend Riegel harter Seife an. Vermutlich war der Tisch für Diebe zu groß zum Stehlen gewesen, sonst wäre er wohl auch nicht mehr hier gewesen. Und aus Rains Erfahrung mit den Menschen des 10. Jahrhunderts war Seife kein sehr hoch angesehener Handelsartikel.

Rain verbrachte zwei anstrengende, Rückenschmerzen verursachende Stunden mit dem Schrubben des Bodens und des Tisches und dem Entfernen der Spinnweben von Wänden und Decken, während Blanche das Kochgeschirr und die Vorräte in die Küche trug, die sie aus Brunanburh mitgenommen hatten. Bald hatten sie die Küche in einen annehmbar sauberen Zustand versetzt, und das letzte Stück ihres Hirschbratens röstete über dem Herdfeuer.

Rain ging hinaus auf den Küchenhof, um nach Bertha und Eadifu zu sehen, die damit beschäftigt waren, in großen Kesseln mit Seifenwasser die wenigen Betttücher auszukochen, die sie gefunden hatten. Ebenso wie die schmutzigen Kleider der Soldaten.

»Du machst das ganz falsch«, klagte Bertha, als Eadifu ein triefendes Kleidungsstück mit einem langen Stock aus der Seifenlauge hob und es achtlos in einen Kessel mit sauberem

Wasser fallen ließ. Das Wasser schwappte über und sammelte sich in der großen Matschpfütze rund um den Kessel. Dann angelte sie es wieder heraus und warf es tropfnass über einen in der Nähe stehenden Busch zum Trocknen. »Du musst die verdammte Tunika auswringen, du dummes Ding. Oder glaubst du, wir haben wochenlang Zeit, bis diese Scheißdinger trocken sind?«

»Steck dir die Scheißdinger in deinen Arsch, du alte Beißzange«, gab Eadifu zurück. »Ich hab mit meiner Zeit Besseres zu tun.« Sie schaute hinüber zum Rand des Hofes, wo ein Soldat wartete – ein lüsternes Glimmen in den Augen und eine unübersehbare Ausbuchtung in seinen Beinlingen.

Jetzt bemerkte Bertha Rain und holte sich bei ihr Beistand. »Mistress, sagt diesem Flittchen, sie soll hier bleiben und ihre Beine fest auf dem Boden halten, statt sie breit zu machen. Für mich allein ist es zu viel Arbeit.«

»Eadifu«, warnte Rain die Frau in eisigem Ton, »wenn du dich unterstehst, diesen Hof zu verlassen, ehe die Wäsche fertig ist – ich schwöre dir, dass ich dich im Verlies anketten lassen werde.« Gibt es hier ein Verlies?, fragte sich Rain unwillkürlich, ehe sie weitersprach. »Und du wirst eine Woche lang nichts zu essen bekommen.« Eadifu war eine Sklavin, die zu verkaufen sie nichts dagegen hätte, begann Rain zu denken.

Eadifu brummelte etwas vor sich hin, das sich anhörte wie »verdammte Hündin«, aber sie wandte sich mürrisch wieder ihrer Arbeit zu.

»Und mach deine Arbeit anständig, so wie Bertha es sagt.«

Bertha strahlte wie ein Vollmond, weil ihr die Aufsicht übertragen worden war.

»Hör auf, jedes Mal mit deinem Arsch zu wackeln, wenn ein Mann in den Dunstkreis deines üblen Gestanks kommt«, hörte Rain Bertha noch hinzufügen, als sie in die Küche zurückkehrte.

»Du bist doch nur sauer, weil du keinen Arsch hast, der es wert ist, dass man mit ihm wackelt«, fauchte Eadifu zurück.

Rain hörte ein lautes Klatschen und hoffte, dass Bertha die Schlampe in den Kessel mit kaltem Wasser geworfen hatte. So viel dazu, Pazifistin zu sein. Wenn es hart auf hart ging, so schien es, waren ihre Prinzipien offen für ein gewisses Maß an Flexibilität.

Später, nach dem wenig aufwändigen Abendessen, kam Selik zu Rain in die Küche und sagte ihr, dass er mit Tykir und den Männern zu einem in der Nähe gelegenen See gehen wollte, um zu baden.

»Es sei denn, du möchtest, dass ich warte. Dann können wir zusammen gehen«, flüsterte er ihr mit tiefer, rauer Stimme ins Ohr. Die adleräugige Blanche beobachtete sie interessiert von der gegenüberliegenden Seite der Küche her.

»Nein«, lehnte Rain rasch ab, und ihre Haut begann allein bei der Erinnerung an ihr letztes gemeinsames Bad zu prickeln.

Seliks graue Augen verschleierten sich, als er sich an ihre leidenschaftliche Begegnung erinnerte, und seine sinnlichen Lippen verzogen sich zu einem wissenden Grinsen. »Nun gut, dann vielleicht das nächste Mal.«

Als Rain in dieser Nacht die Treppen zu seinem Schlafzimmer im ersten Stock hochstieg, fühlte sie Schmerzen in Muskeln, an die sie seit dem Medizinstudium nicht mehr gedacht hatte. Tykir schlief bereits in der Kammer neben ihrer. Der Ritt und die Heilung seiner Verwundung hatten seine Kräfte aufgezehrt.

Selik war dabei, seine Kleider abzulegen, als Rain die Tür zur Kammer öffnete. Beim Anblick seines halb bekleideten Körpers schoss es ihr durch den Sinn, die Tür wieder zu schließen und sich nach unten zurückzuziehen. Sie schluckte mühsam und versuchte, nicht auf sein frisch gewaschenes Haar zu starren, das ihm über die Schultern fiel, auf seinen nackten muskulösen Rücken und seine schmale Taille, die durch die Beinlinge, die tief auf seinen Hüften saßen, noch betont wurde. *Allmächtiger!*

»Mach die Tür zu«, befahl er, kaum dass er sie sah. »Hier drinnen ist es kälter als im Schoß einer Hexe.«

Da er keine sauberen Binsen zur Verfügung gehabt hatte, um die alten in den Matratzen zu ersetzen, hatte Selik seine Schlaffelle auf dem Boden vor dem Kaminfeuer ausgebreitet. Das Feuer war die einzige Wärmequelle in dem zugigen Raum, und Rain, der von ihrem Bad noch kalt war, hatte bereits zu zittern begonnen. Wie erstarrt stand sie in der Tür.

»Komm näher.«

Rain ging zögernd auf das Feuer zu – und auf Selik. Sie hatte in den vergangenen zwei Wochen neben diesem Mann geschlafen, sie kannte den Geruch seiner Haut, sein leises Schnarchen, die Wärme seines Körpers. Und dennoch – mit ihm hier in der kleinen Kammer zu sein, war etwas anderes. Etwas Intimeres. Selbst die Luft in dem Zimmer schien vor Anspannung still zu stehen.

Sie wollte davonlaufen. Und sie wollte bleiben.

Rain machte sich hinsichtlich Seliks Absichten nichts vor. Ganz der meisterhafte Liebhaber, wusste er genau, was sie empfand. Sie konnte es in den rauchigen Tiefen seiner grauen Augen sehen, die jede ihrer Bewegungen mit adlerähnlicher Intensität verfolgten, am aufreizenden Öffnen seiner Lippen und der geschmeidigen Anmut seines Körpers.

Selik streifte seine Beinlinge ab und stand dann vor ihr, die Hände in die Hüften gestemmt, die Beine leicht gespreizt – und völlig nackt. Rain konnte den Blick nicht abwenden. Guter Gott! Der Mann spielte nicht fair.

Sekundenlang schloss sie die Augen, um ihre Selbstkontrolle zu wahren. Die Flammen warfen flackernde Schatten auf

Seliks silberhelles Haar und zauberten einen goldenen Schimmer auf die festen Muskeln seiner Brust und seines waschbrettharten Bauches. Selik strahlte rastlose Kraft und unbeherrschbare Stärke aus.

»Zieh deine Kleider aus, Süße«, forderte er Rain heiser auf.

Erschreckt sah sie ihn an.

Er ließ die Zungenspitze über seine sinnlichen Lippen gleiten und lachte. »Ich werde mich dir nicht aufzwingen. Wir werden nur schlafen ... wenn das ist, wonach es dich verlangt.«

»Ha!«, entgegnete Rain mit zittriger Stimme und starrte unverwandt auf sein großes erigiertes Glied. Es wurde unter ihrem Blick noch größer.

»Oh.« Sie stöhnte leise, als sie ihre Abwehr schwächer werden fühlte.

Und Selik kam näher, streckte die Hand nach ihr aus.

Rain wich zurück.

Er hob die Hände, als wollte er sich ergeben, und bekräftigte noch einmal: »Ich werde dich nicht zwingen.« Dann legte er sich auf die Felle nieder, um seine guten Absichten zu zeigen, und deckte sich zu. »Komm ins Bett, Rain. Es ist ein langer Tag gewesen, und wir sind beide müde.«

Sie glaubte nicht eine Minute lang, dass er *zu* müde war.

»Selik, dass wir die ganze Zeit zusammen schlafen, ist keine gute Idee.«

»Das hast du schon zahllose Male vorher gesagt.«

»Ich denke, ich sollte nach unten gehen und bei Blanche schlafen.«

»Wieso glaubst du, dass Blanche allein schläft?«

»Was?«

Selik zuckte die Schultern. »Sie hat mir ein paar Mal Avancen gemacht. Und ich glaube nicht, dass ich der einzige Mann bin, den sie in ihr Bett einlädt.«

Du solltest es aber glauben, dachte Rain mit schwerem Herzen. Sie fragte sich, wie lange es dauern würde, bis Selik unter dem Ansturm Blanches unnachgiebiger Anmache sein Zölibat aufgeben würde. *Oh, zur Hölle!*

»Du hast keine Wahl. Du schläfst bei mir«, erklärte er entschlossen und klopfte auffordernd auf das Fell neben sich. »Du bist meine Geisel.«

Rain stöhnte. »Selik, ich werde nicht mit dir schlafen. Warum quälst du dich?«

»Ebenso wie dich?« Fragend zog er die linke Augenbraue kaum merklich hoch.

»Ebenso wie mich.«

Mit wütend machender Befriedigung lächelte er über ihr Eingeständnis.

Rain gab ihren Protest auf und ließ sich auf die Felle sinken, die dem Feuer am nächsten lagen.

»Nein. Zieh zuerst deine Kleider aus.«

Rain erhob sich wieder und starrte auf Selik herunter. »Ich habe während des Rittes hierher immer in meinen Kleidern geschlafen.«

»Das war das, und jetzt ist jetzt. Ob du aus der Zukunft kommst, wie du behauptest, oder vom verdammten Mond, du wirst dich nach unseren Sitten richten, so lange du hier bei uns lebst.«

Selik setzte sich auf und schlang die Arme um die angewinkelten Beine. Er sah Rain unverwandt an, als sie sich zu entkleiden begann.

Rain fühlte, wie ihr die Röte ins Gesicht stieg, aber sie wollte ihr Unbehagen darüber, sich vor diesem arroganten Mann ausziehen zu müssen, nicht verraten. O Gott, sie war viel zu groß, viel zu schwer und viel zu linkisch. Die einzigen Male, die sie in der Vergangenheit mit Männern zusammengewesen war, hatte sie sich im Dunkeln ausgezogen, um ihre Verlegenheit über ihren unattraktiven Körper zu verbergen. Die Männer schien das nicht gestört zu haben.

Als einzige Geräusche waren in der Kammer das Prasseln des Feuers und Seliks gleichmäßige Atemzüge zu hören, als Rain schließlich mit nichts als ihrem hautfarbenen Spitzen-BH und Pantys am Leib vor ihm stand. Sein brennender Blick schien ihr die Haut zu versengen. Als er sich mit ihrem traf, zuckte sie vor der Hitze darin wie bei einem elektrischen Schlag leicht zurück.

»Den Rest auch«, stieß Selik rau hervor und wies auf ihre Dessous. Rain war sich nicht sicher, aber sein Atem klang in der gefangenen Stille des Raumes wie zerrissen.

Rain fühlte sich wie betäubt und protestierte nicht. Sie hob trotzig das Kinn, als sie die hauchdünnen Kleidungsstücke auf die Felle fallen ließ, und weigerte sich, vor seiner eingehenden Musterung zu Kreuze zu kriechen. Sie wies schon genügend Makel auf, wenn sie vollständig angezogen war. Nackt fühlte sie sich plump und unattraktiv, so wie damals in der Sechsten, als sie die größte Schülerin ihrer Klasse gewesen war – und die Zielscheibe der Spötteleien der gemeinen, unsensiblen und höhnischen Jungen.

Aber Selik verspottete sie nicht. Seine Augen streichelten jeden Zentimeter ihres Körpers. Wo immer sein Blick sie berührte, fühlte Rain eine prickelnde Hitze ihre Haut erwärmen. Zum ersten Mal in ihrem Leben fühlte sie sich attraktiv.

»Du bist die schönste Frau, die ich je gesehen habe«, flüsterte er bewundernd.

Rain sprangen die Tränen in die Augen. »Nicht, Selik. Mach dich nicht über mich lustig.«

Er neigte fragend den Kopf, dann hob er die Felle neben sich hoch und forderte sie damit auf, sich zu ihm zu legen.

Als Rain sich niederlegte und dabei sorgsam darauf achtete, dass sich ihre Körper nicht berührten, sagte Selik leise: »Die

Männer deiner Zeit müssen nicht ganz bei Verstand sein, dass sie dich dazu gebracht haben, dich deines Körpers zu schämen. Wirklich, Rain, du *bist* wunderschön.« Unglaublich sanft strich er ihr einige lose Haarsträhnen aus dem Gesicht.

»Ich denke, du bist derjenige, der nicht ganz bei Verstand ist«, erwiderte sie mit einem unsicheren Lachen. Sie freute sich über seine Worte – trotz der Tatsache, dass er wahrscheinlich nur versuchte, sie zu verführen. Merkwürdig, aber für Selik wollte sie schön sein. »Außerdem hast du mich einige Male mit einem Baum und mit einem Pferd verglichen, falls du dich erinnerst.«

Selik lachte leise und folgte mit dem Zeigefinger der Linie ihrer Schulter. Rain erbebte vor süßer Lust, die sie so intensiv durchströmte, dass sie fast unerträglich war. »Ja nun, es ist eine allgemein bekannte Tatsache, dass ich eine Schwäche für Pferde und für stattliche Bäume habe.«

Sie wandte sich ihm zu, um ihn für diese Neckerei mit einem Knuffen zu bestrafen. Ein großer Fehler! Ihre Brust streifte seinen Arm, und Selik holte bei diesem elektrifizierenden Kontakt hörbar Luft. Rain wandte sich augenblicklich von ihm ab und drehte sich zum Feuer, um zu verbergen, welche Wirkung diese noch so kurze Berührung auf ihre empfindsamen Brustspitzen gehabt hatte.

Plötzlich konnte sie die stummen Tränen nicht mehr zurückhalten, die ihr über das Gesicht liefen. Sie begehrte Selik so sehr, und sie war erschöpft von den Kämpfen, die sie gegen sich selbst ausfocht.

»Rain, warum weinst du? Ich werde dich nicht lieben, wenn du es nicht willst.«

Du dummer Mann, weißt du nicht, dass das genau ist, was ich möchte, dass du es tust?

Er strich mit der Hand tröstend über ihren Arm, was kleine

prickelnde Ströme in jeden dafür empfänglichen Teil ihres Körpers schickte.

»Hast du Angst, ein Kind zu empfangen? Ich versichere dir, dass du meinen Samen nicht in dir aufnehmen wirst«, sagte er leise, während er unterhalb des Nackens zahllose Küsse auf ihre Schulter hauchte. Und bei jedem rhythmischen Atemzug presste sich die Spitze seines Gliedes gegen ihren Po.

Rain lachte zittrig. »Nun, das ist doch mal etwas Neues. Wie willst du mir das garantieren? Hast du ein Kondom?«

»Nein, ich benutze diese komischen Hüllen nicht, von denen deine Mutter immer gesprochen hat.« Rain fühlte, wie sich seine Lippen an ihrem Nacken zu einem Lächeln verzogen. »Ich folge der Methode deines biblischen Onan – und lasse den Samen außerhalb des Schoßes verströmen.« Als Rain ungläubig schnaubte, lachte er. »Hast du vor, mir eine Lektion in Sachen Empfängnisverhütung zu erteilen, wie es deine Mutter bei König Sigtryggs Damen getan hat?«

»Meine Mutter hat *was* getan?«, rief Rain aus. Sie drehte sich um und sah in sein fröhlich grinsendes Gesicht. »Ach, vergiss es.« Bei allem, was Recht war, aber sie hatte über das empörende Benehmen ihrer Mutter nun wirklich genug gehört. »Aber ich verstehe nicht, wie du so sicher sein kannst, nie Kinder gezeugt zu haben ... bei Anwendung dieser Methode, meine ich.«

»Ich versichere dir, Lady, ich habe keine *lebenden* Kinder.«

»Nun, vielleicht stimmt das. Aber es ist reines Glück, dass du keine hast, wenn du es praktizierst, dich vor dem Höhepunkt zurückzuziehen.«

Selik gab einen ungläubigen Laut von sich. »Was für eine Art Frau bist du, dass du so offen darüber sprichst?«

»Ich bin Ärztin, um Himmels willen. Und ich sage dir, Selik, dass du vor wenigen Augenblicken einen Spermatropfen an der Penisspitze gehabt hast und ...«

Selik stieß einen unartikulierten Ton aus, der tief aus seiner Kehle zu kommen schien, und er zog die Augenbrauen hoch, vermutlich aus Verwunderung über ihre Neigung zur Ausführlichkeit.

»Wie dem auch sei, wenn du mit einer Frau schläfst, auch wenn du dich rechtzeitig zurückziehst und deinen Höhepunkt außerhalb des Körpers der Frau hast, hätte sie dennoch schwanger werden können.«

»Ich vermute, dieses Sperm-A und Pe-niss bedeuten das, was ich denke, was sie bedeuten?«, fragte er trocken. Als Rain nickte, fuhr er fort: »Aber wie könnte eine Empfängnis stattfinden, wenn der Samen sich außerhalb des Körpers ergießt?«

»Weil, du Dummkopf, schon ein winziger Tropfen Sperma, der in den Körper der Frau gelangt, ausreicht, sie zu schwängern.«

»Du denkst dir diese Sachen aus, wie es dir gerade in den Kram passt. Das stimmt doch gar nicht.«

»Doch, das tut es, Selik. Als Ärztin sage ich dir, dass ich den Beweis dafür wieder und wieder gesehen habe.«

Ungläubig starrte Selik sie an. Seine Ungläubigkeit wurde zu Fassungslosigkeit. »Das wusste ich nicht«, flüsterte er schließlich voller Entsetzen. »Dann ist es einfach Glück, dass ich nicht mehr Babys gezeugt habe.«

Mit dieser Bemerkung drehte er Rain zu deren Verdruss den Rücken zu.

8

»Hör mir gut zu, Rain. Du wirst mit Tykir hier auf Ravenshire bleiben, bis ich zurückkomme«, befahl Selik am nächsten Morgen, als er in seiner Schlafkammer seinen Ledersack schnürte.

Rain protestierte. Sie hatte keine besonders gute Laune, da sie unruhig und schlecht geschlafen hatte – ohne Zweifel verursacht durch ihren sexuellen Frust. Eine Erfahrung, die sie bis jetzt nicht gekannt hatte. Und es ärgerte sie, Selik so gelassen reden zu hören und ihn so unbeeinträchtigt seine Sachen zusammenpacken zu sehen.

Er trug eine *brynja*, eine gepolsterte Tunika, die seine Haut vor dem Wundscheuern durch das Metall der Rüstung schützen sollte, und eine Hose aus dickem Wollstoff, die seine muskulösen Schenkel eng umschloss. Selik versuchte, Rains Proteste zu ignorieren.

»Warum? Warum muss ich hier bleiben? Wohin gehst du? Wann kommst du wieder? He, du denkst doch wohl nicht daran, mich hier sitzen zu lassen, oder? Das kommt überhaupt nicht infrage!«

Selik hielt sich genervt die Ohren zu. »Himmel, Arsch und Wolkenbruch! Deine ewige Zankerei wird langsam lästig. Gehorche wenigstens einmal einfach nur meinen Befehlen und füge dich.«

»Ich und zänkisch? Ha! Und übrigens, ich schätze deine rüden Wikinger-Flüche nicht. Kein bisschen.«

Seliks graue Augen weiteten sich vor gespielt-übertriebener

Überraschung. »Du nimmst Anstoß an meinen rüden Worten? Und das, nachdem du mir vor ein paar Tagen auf eine selbst für mein Empfinden höchst vulgäre Weise gesagt hast, was ich mit mir selbst tun solle? Soweit ich mich erinnere, hast du mich sehr drastisch dazu aufgefordert, ich solle mich ...«

»Du musst mir meine Worte nicht wie ein verdammter Papagei nachplappern, um sie mir unter die Nase zu reiben.« Trotzig streckte Rain das Kinn vor. Sie versuchte so zu tun, als gäbe es die Röte nicht, die ihr ins Gesicht geschossen war, als wäre sie nicht peinlich berührt von der Tatsache ihrer zunehmend vulgärer werdenden Ausdrucksweise. Großer Gott! Sie war auf dem besten Wege, eine Frau zu werden, die sie nicht mehr wieder erkannte. »Nun, du hast mich provoziert.« Ihre Rechtfertigung klang selbst in ihren Ohren schwach.

»Du hast auf alles eine Antwort, Frau.«

Nicht auf alles, dachte Rain düster. Verzweifelt sah sie zu, wie Selik einige Streifen des Stoffes zusammenfaltete, die er als Lendenschurz trug. Plötzlich geisterte ein Bild durch ihren Kopf – ein verlockendes Bild – ein Bild von Selik mit nichts am Leib als einem G-String. He, in Boxershorts würde er aber auch nicht übel aussehen, dachte Rain.

»Warum grinst du? Denkst du dir gerade irgendeine andere Hinterhältigkeit aus, um mein Leben durcheinander zu bringen?«

»Nein«, erwiderte Rain mit einem Lächeln. »Ich habe mir dich gerade in moderner Unterwäsche vorgestellt. In der Art, wie die Männer in meinem Land sie tragen.« Sie beschrieb ihm die verschiedenen Formen, aber er zeigte sich davon nicht beeindruckt.

»Warum sollten sich Männer Gedanken darüber machen, ob sie einen Lendenschurz aus Seide oder aus Leinen tragen? Oder ob sie ›Designer-Labels‹ von diesem Calvin-Menschen darauf haben?«, schnaubte er.

»Weil sie die Frauen damit beeindrucken wollen.«

»Was mehr zählt, ist das, was *unter* dem Lendenschurz steckt, Frau«, erklärte Selik und zwinkerte ihr höchst arrogant zu.

»Mag schon sein, aber trotzdem behaupte ich, dass du attraktiver aussehen würdest als Jim Palmer auf diesen Werbeplakaten. He«, fügte sie hinzu und fächelte sich übertrieben dramatisch Luft zu, »noch besser wäre allerdings essbare Unterwäsche.«

Selik hielt beim Packen inne, wandte sich um und starrte Rain an. Sie hatte seine volle Aufmerksamkeit. »Jetzt weiß ich, dass du dir einen Spaß mit mir machst. Die Leute essen ihre Unterwäsche?«

»Benutze deine Fantasie, Selik. Du, der leibhaftige Sexgott des Dunklen Zeitalters, solltest eine Idee dazu haben, was man daraus machen könnte.«

Rain erkannte den Augenblick, in dem Selik begriff. Sein Nacken verfärbte sich, und die Röte stieg langsam hoch bis in sein Gesicht. Sie liebte es! Dann verzogen sich seine Lippen zu einem jungenhaften Grinsen.

»Ein Sexgott! Ich habe nie behauptet, einer zu sein.«

»Wie dem auch sei, ich habe diese essbare Unterwäsche noch nie selbst ausprobiert, aber ich weiß, dass es sie in verschiedenen Geschmacksrichtungen gibt, zum Beispiel in Erdbeeren oder in Limone. Ich würde wetten, es gibt sogar welche, die wie die Lifesavers nach Kirsch schmecken.«

»Wirklich?«

»Das würde dir gefallen, nicht wahr?«, fragte sie mit einem Lachen.

Selik schüttelte den Kopf. Er war jetzt davon überzeugt, dass Rain ihn anflunkerte. »Wirklich, du erstaunst mich, Frau. Bist du die ganze Nacht wach geblieben, um dir diese unverschämten Geschichten auszudenken, weil du mich damit schockieren wolltest?«

»Bist du schockiert?«

»Nein. Aber du hast mich verwirrt, und das ist ohne Zweifel deine Absicht gewesen. Ich werde dir jedoch nicht erlauben, mich abzulenken. Damit wir uns ganz klar verstehen. Du hast geschworen, nicht zu fliehen, und ich erinnere dich an diesen Schwur. Bleib mit Tykir auf Ravenshire.«

»Wirst du zurückkommen?«

Selik sah sie finster an und verweigerte ihr eine Antwort.

»Aber wohin …«

»Wohin ich gehe und ob ich zurückkomme, ist meine Sache. Gehorche nur meinen Befehlen. Und bleib in der Nähe der Burg. In der Gegend treiben sich Angelsachsen herum, das könnte ich beschwören, und die Bastarde würden dir im Handumdrehen deinen hübschen Kopf abschlagen, ohne vorher lange zu fragen, *warum* du mit dem Geächteten herumziehst. Es reicht, dass sie denken, ich schätze deine Begleitung. Ich habe Gorm angewiesen, auf dich aufzupassen …«

»Das meinst du doch nicht im Ernst? Ich will diesen Schleimbeutel nicht in meiner Nähe haben.«

Seliks Gesicht spannte sich Unheil verkündend an. »Alle meine Männer haben Befehl, dich zu beschützen. Hat Gorm irgendetwas getan, dir zu schaden? Bei meinem Eid, ich werde diesem missratenen Kerl bei lebendigem Leib die Haut abziehen, wenn er auch nur ein Härchen deines schönen Körpers gekrümmt haben sollte.«

Schön? Rain sonnte sich unwillkürlich in seinem unbeabsichtigten Kompliment. Gestern Nacht hatte Selik sie wunderschön genannt, aber sie hatte an seiner Aufrichtigkeit gezweifelt. War es möglich, dass es doch keine Taktik gewesen war? Könnte es sein, dass er sich etwas aus ihr machte? War die Reaktion, die er eben gezeigt hatte, ein Hinweis auf tiefere Gefühle?

Doch als ihr die Bedeutung der Worte aufging, die Selik noch gesagt hatte, sank Rain das Herz. *Ich werde dem Kerl bei lebendigem Leib die Haut abziehen*. »Selik, bitte sag mir nicht, dass du Menschen häutest.«

Er grinste. »Es war nur so dahingesagt, Süße. Sogar für mich gibt es irgendwo eine Grenze.«

Rain lachte unsicher. »Nun, das wusste ich.«

Selik warf ihr einen Blick zu, aus dem amüsierte Ungläubigkeit sprach. »Gibst du jemals zu, dich geirrt zu haben?«

Kurze Zeit später stand Rain auf den Stufen, die von der Großen Halle zum Burghof hinunterführten, und sah voller Abwehr zu, wie Selik sich auf Furys Rücken schwang. Dies war wieder der Selik, den sie vom Schlachtfeld kannte, der Krieger auf dem Brunanburh-Gemälde, der Mann, der jahrelang durch ihre Albträume gegeistert war und sie durch die Zeit zurück zu sich gezogen hatte.

Über einem wollenen Hemd und eng sitzenden Beinlingen trug er ein schenkellanges Kettenhemd. Geschickt handhabte er die Zügel, als Fury nervös zu tänzeln begann, während sie auf das halbe Dutzend Männer warteten, die mit ihnen reiten würden. Selik schob sein Tod bringendes Schwert *Zorn* in dessen Scheide an seiner Hüfte und hängte seine Lanze und seinen Helm an die dafür vorgesehenen Sattelhörner.

In seinen Augen lag ein abwesender, Furcht einflößender Ausdruck, als er Rains Blick auffing. Es gab keine emotionale Bindung mehr, und Rain vermutete beklommen, dass sein Rachedurst wieder die Oberhand in ihm gewonnen hatte.

»Pass auf dich auf«, flüsterte Rain mit leiser, zittriger Stimme.

Selik schien ihre Worte nicht zu hören, denn er starrte unverwandt in die Ferne. Doch dann bemerkte Rain, wie sein

Adamsapfel sich bewegte. Selik versuchte etwas zu sagen, aber es wollte ihm nicht gelingen. Überrascht sah sie, dass er ihr zunickte. Dann ritt er, ohne etwas zu sagen, davon.

Als Rain der entschwindenden Gestalt nachschaute, war ihr zu Mute, als nähme er einen Teil von ihr mit sich. Für sie war es unbegreiflich, dass ein Mann, dem sie erst vor so kurzer Zeit begegnet war, sie so stark anrühren konnte. Sie begann sich mit dem Gedanken zu beschäftigen, dass sie vielleicht niemals fähig sein würde, in die Zukunft zurückzukehren, wenn das bedeutete, Selik verlassen zu müssen.

Als Selik in der Ferne nicht mehr zu erkennen war, machte sich Rain auf den Weg zu Tykir. Sie war entschlossen, von ihm Antworten auf einige Fragen zu bekommen. Wie sollte sie Selik helfen, wenn sie nichts über ihn wusste?

Sie traf Tykir in seiner Schlafkammer an, wo er mit Ubbis Hilfe einige Übungen machte, um sein verletztes Bein zu stärken. Die Männer hatten mit einfachen Mitteln eine Übungsmethode improvisiert, indem sie kleine, mit Mehl gefüllte Säcke an Tykirs Knöchel gebunden hatten. Jetzt lag er auf dem Bett und bewegte in langsamem, wiederholendem Heben und Senken sein Bein.

»Schwimmen wäre auch eine gute Übung, um deine Beinmuskulatur zu kräftigen, Tykir. Und Massagen. Eigentlich wollte ich dich massieren, wenn du mit deinen Übungen fertig bist.«

Tykir und Ubbi zogen skeptisch die Augenbrauen hoch und sahen Rain entgegen, als sie ans Bett trat.

»Schwimmen in dieser Jahreszeit? Ich glaube nicht, Schwester. Ich vermute, das Bein würde sich dabei verkrampfen.«

»Es könnte aber auch genau das sein, was es braucht, um den Heilungsprozess zu fördern. Das wäre auch etwas für dich, Ubbi«, sagte sie und richtete ihre Aufmerksamkeit auf den kleinen Mann. »Ich wollte mit dir über deine Arthritis sprechen. Wenn du mit Tykir fertig bist, möchte ich dich untersuchen. Und ich denke, es sollte mir möglich sein, dir zu helfen.«

Ubbi wich vor ihr zurück. »Art-ri-tits?« Er erhob sich und richtete sich so herausfordernd auf, wie es seine verkrümmten Schultern zuließen. »Mich untersuchen? Nein, Ihr werdet mich nicht anfassen. Es ist unschicklich für ein Mädchen, an so etwas auch nur zu denken.«

»Oh, Ubbi, ich habe es schon mit hunderten von nackten Männern zu tun gehabt, und dein Körper ist auch nicht anders gebaut, glaube mir.«

»Mistress, schämt Euch! Ihr solltet nicht so verleumderisch mit der Wahrheit umgehen. Eine so tugendhafte Frau, wie Ihr es seid, hat niemals mit hunderten von Männern geschlafen!«

Tykir grinste still vor sich hin, während er die Mehlsäckchen von seinen Knöcheln losband. Der Gedanke, eine mannstolle Schwester zu haben, amüsierte diesen Einfaltspinsel sichtlich.

»Sei nicht dumm, Ubbi. Ich meinte als Ärztin. In meinem Hospital habe ich schon viele, viele Männer untersucht.«

»Hmm. In Jorvik gibt es ein Hospizium. Ist Euer ›Hospital‹ so etwas Ähnliches?«, fragte Ubbi misstrauisch.

»Es gibt eine medizinische Einrichtung in Jorvik?«, fragte Rain aufgeregt.

»Ja, bei der St. Peters-Kirche. Die Mönche – Priester – haben ein eigenes Hospizium, in dem sie sich um die Kranken und Sterbenden kümmern.«

»Oh, das ist ja wunderbar! Wann können wir hingehen und es uns ansehen? Ist es in der Nähe?«

»Es liegt einen Tagesritt von hier entfernt, aber du kannst nicht fort von hier, ehe Selik nicht zurückgekehrt ist«, erklärte Tykir. Sein langes, blondes Haar fiel ihm in die Stirn, als er sich auf seinem Bett aufrichtete und versuchte, ohne Hilfe aufzustehen. »Selik hat diesen Befehl gegeben, und er würde mir den Kopf abschlagen – ebenso wie deinen übrigens –, wenn ich nicht gehorche.«

»Nein, steh nicht auf«, wies Rain ihren Bruder an und drückte ihn auf sein Lager nieder. Dann begann sie, seinen Oberschenkel zu massieren. Obwohl Tykir seine Beinlinge trug, war ihm ihre intime Berührung peinlich. Doch er fing an, sie zu verwünschen, als sie die verkrampften schmerzenden Sehnen zu lockern und zu strecken begann. »Bei Thors gütiger Mutter! Hast du mein Leben nur deshalb gerettet, um mich jetzt in mein Grab zu stoßen?«

»Sei nicht solch ein Baby.«

Später seufzte er vor Behagen unter Rains fachmännischer Behandlung, und für eine kurze Weile schloss er die braunen Augen, die denen ihres Bruders Dave so ähnlich waren. »Das muss ich dir lassen, meine Schwester, du hast wahrlich Zauberhände.«

Plötzlich fiel Rain auf, dass Ubbi Zentimeter um Zentimeter in Richtung auf die offen stehende Tür zurückwich. »Wage es nicht zu gehen. Ich bin mit Tykirs Behandlung für heute fertig, und jetzt bist du an der Reihe.«

Ubbi sah Tykir flehend an, aber der lachte nur. »Lass die Magierin ihre Kunst an dir anwenden, Ubbi. Wer weiß? Vielleicht vollbringen ihre Hände bei dir ein ebensolches Wunder wie bei mir.«

Tykir humpelte auf seiner provisorischen Krücke aus dem Zimmer und grinste belustigt über Ubbis offensichtliches Unbehagen darüber, mit Rain allein gelassen zu werden.

Rain musste Ubbi gut zureden, ihm drohen und ihm schmeicheln, bis sie ihn dazu bringen konnte, seine Kleider abzulegen. Aber selbst dann noch beharrte er darauf, den Lendenschurz anzubehalten. Rain gelang es kaum, ihr Entsetzen über seinen jämmerlichen Zustand zu verbergen.

»Ubbi, wie lange leidest du schon an Arthritis?« Als sie seinen verständnislosen Blick sah, formulierte sie die Frage anders. »Wie alt warst du, als du zum ersten Mal die Steifheit in den Gelenken gespürt hast? Ist es mal mehr, mal weniger schmerzhaft?«

Während sie ihre Fragen stellte, untersuchte Rain mit erfahrenen Händen jeden Zentimeter seines Körpers, von den verkrümmten Schultern bis zu den knorrigen Füßen, wobei sie seinen Genitalbereich nicht berührte. Sie wusste, das Ubbi es ihr niemals gestatten würde, ihn auch dort zu untersuchen.

Schließlich forderte sie Ubbi auf, sich bäuchlings auf das Bett zu legen. Trotz seiner Proteste und seiner offensichtlichen schamvollen Verlegenheit gehorchte er. Die Hände abwechselnd zur Faust ballend und wieder lockernd, begann sie, mal fester, mal sanfter, seine schmerzhaft verspannten Muskeln zu lockern.

»O Mistress, so gut habe ich mich nicht mehr gefühlt, seit ich ein Junge war«, gestand Ubbi mit einem Seufzen und vor Bewunderung überströmender Stimme.

Rain lächelte. Sie war glücklich, dem liebenswürdigen Mann helfen zu können. »Ab morgen werde ich dich zweimal täglich massieren. Es wäre großartig, wenn du etwas Öl auftreiben könntest. Ich werde dir einige Übungen zeigen, die du allein ausführen kannst. Und wir werden ein paar Kräuter sammeln, die deine Schmerzen lindern werden. Oh, da fällt mir gerade noch etwas ein – heiße Schlammpackungen für den ganzen Körper.«

Ubbi stöhnte zwar, doch in seinen feuchten Augen spiegelte sich sein von Herzen kommender Dank wider. »Glaubt Ihr wirklich, Ihr könnt mich heilen?«

»Nein, Ubbi, heilen kann ich dich nicht«, verneinte Rain und klopfte ihm sanft auf die Schulter. »Es gibt keine Möglichkeit, einen arthritischen Zustand zu korrigieren. Aber es gibt ein paar Dinge, die helfen können, dass man sich beweglicher fühlt und schmerzfrei ist.«

»Das ist ein Wunder«, erklärte Ubbi, und Rain wusste, dass sie in Ubbis Augen in ihrem Status als Engel um noch eine Wolke höher gestiegen war. Er hüpfte gewissermaßen aus dem Zimmer.

Plötzlich fiel Rain ein, dass sie den vorrangigen Grund, aus dem sie in Tykirs Schlafkammer hinaufgestiegen war, völlig vergessen hatte. Sie wollte Antworten auf ihre Fragen über Selik bekommen. Sie machte sich erneut auf die Suche nach ihrem Bruder und fand ihn in der Großen Halle. Er war dabei, einigen der Gefangenen Anweisung zu geben, die verdreckten Binsen zu entfernen und die Tische zu scheuern.

»Tykir, ich wollte dich das vorhin schon fragen. Wohin ist Selik geritten?«

»Er hat es dir nicht gesagt?«

»Nein. Ist es ein Geheimnis?«

»Nein«, erwiderte er unter ihrem unverwandten Blick bedächtig. »Er reitet zurück nach Norden, in das Land König Constantines.«

»Nach Schottland? Aber Ubbi hat mir erzählt, er sei dort nicht willkommen.«

Tykir zuckte die Achseln. »Das ist wahr, die Schotten würden es lieber sehen, Selik ginge irgendwo anders hin, aber er ist ein zuverlässiger Kamerad gewesen. Sie können ihn jetzt nicht guten Gewissens von ihrer Tür weisen.«

»Warum geht er überhaupt dorthin?«

»Um mich zu schützen – und Ravenshire.«

»Was!« Dass Selik irgendetwas aus einem ehrenhaften Grund tun könnte, war Rain bis jetzt nie in den Sinn gekommen. Was sagte das über sie aus? Und ihren Glauben an den Mann, den zu retten sie hierher geschickt worden war? Rain konnte sich in diesem Augenblick selbst nicht leiden.

Tykir nahm auf einer in der Nähe stehenden Bank Platz und rieb sich das schmerzende Bein, während Rain sich neben ihn setzte.

»Erzähl mir davon«, drängte sie ihn.

»Nachdem wir gestern Morgen hierher zurückgekehrt waren, fand ich in einem Geheimversteck eine Botschaft von Eirik vor. Es ist ein Versteck, das wir schon als Kinder benutzt haben. Er warnte mich davor, dass König Athelstan eine unerbittliche Menschenjagd auf Selik plant und dass er Ravenshire dem Erdboden gleichmachen will, sollte er herausfinden, dass Selik sich in der Nähe der Burg aufhält.«

Rain gefror das Blut in den Adern, und ihr Herz flog ihrem Geächteten zu, der fürwahr keine Heimat hatte – und der, genau genommen, nirgendwo willkommen war. »Bitte erzähl weiter«, bat sie ihn mit zittriger Stimme.

»Selik hat sich überlegt, dass König Athelstan seine Truppen ins Land der Schotten entsenden wird, wenn er sich dort blicken lässt. Es ist weit genug weg, und die Angelsachsen werden dann keinen Grund haben, Ravenshire zu überfallen. Ich bin für Athelstan nicht wichtig genug, um einen Trupp Soldaten hierher zu schicken.«

»Deshalb hat Selik vor, sich seinen Feinden wie ein verdammtes Banner zu präsentieren – um dich zu retten«, sagte Rain entsetzt.

»Um *uns* zu retten«, berichtigte Tykir. Sein Gesicht hatte sich bei ihren Worten und der darin enthaltenen Kränkung gerötet. »Sollten die Angelsachsen ihn hier finden, würden sie nicht nur die Burg vernichten, sondern auch alle, die sich darin aufhalten. Das schließt mich mit ein, ebenso wie dich und Ubbi, wie jeden.«

»Aber wir hätten mit ihm weggehen können«, wandte Rain ein. »Warum hat er uns nicht die Wahl gelassen?«

Tykir schüttelte traurig den Kopf. »Ich wollte, dass er bleibt.

Ich habe ihm das gesagt. Glaubst du denn, mich kümmert irgendeine zerbröckelnde Ruine und ein Stück Land? Aber Selik hat seinen eigenen Kopf.«

»Und ich habe ihn ein Tier genannt, brutal und rücksichtslos in all seiner Gewalt!« In Rain begann die Überzeugung zu wachsen, dass sie noch eine Menge darüber zu lernen hatte, was richtig und was falsch war. Vielleicht konnten diese primitiven Menschen es ihr beibringen. Sie die Lektionen lehren, die sie trotz ihrer fortschrittlichen Erziehung in ihrem modernen Leben irgendwie versäumt haben musste.

»Er *ist* brutal, Schwester. Glaube niemals etwas anderes. Die Tatsache seines grausamen Handelns kann nicht schöngeredet werden, aber im tiefsten Innern ist Selik ein guter Mensch.«

»Warum ist er so, Tykir? Bitte sag mir, was ihm widerfahren ist. Wie ist aus dem sorglosen jungen Mann, als den meine Mutter ihn mir beschrieben hat, diese Hülle eines gequälten Mannes geworden? Warum hat er sich so verändert?«

Tykir straffte die Schultern, und seine Miene verschloss sich. »Nein, ich werde nicht über Seliks Vergangenheit sprechen. Es liegt bei ihm, sie zu enthüllen – oder sie in seiner Seele zu verwahren, wenn er das wählt.«

»Aber wenn ich ihn nicht aufhalte – wenn nicht irgendjemand ihm hilft, wird er gewiss sterben.«

»Ja, so wird es kommen. Eine lange Zeit ist Selik den weiten Weg nach Walhalla gegangen, unbekümmert seiner eigenen Sterblichkeit und nur von dem Wunsch getrieben, so viele Angelsachsen dorthin mit sich zu nehmen, wie er kann.«

»Wie traurig, nur die Gewalt als Lebensziel zu kennen!«

Tykir zuckte mit den Schultern und erhob sich, wobei er sich auf seinen Stock stützte. »Eines sollst du wissen – für die Angelsachsen mag Selik nichts anderes als ein Berserker sein. Ein Dämon, der angesichts des Blutbades den Verstand verloren hat, in das sie Northumbrien bei ihrem Versuch getaucht haben, die Nordmänner von ihrem Land zu vertreiben. Aber für viele Nordmänner ist Selik ein tapferer Ritter, der den Weg legitimer Rache geht. Du tätest gut daran, das nicht zu vergessen.«

»Aber ...«

Tykir hob die Hand, um ihre nächsten Worte abzuwehren. »Nein, das ist alles, was ich dazu sagen werde. Frage Selik, wenn er wieder zurück ist.«

Aber wird er denn zurückkommen?, fragte sich Rain besorgt, als erst Tage, dann Wochen vergingen, ohne dass eine Nachricht von dem Mann eintraf, mit dem sie sich so seelenverwandt fühlte. Während sie mit den Gefangenen und den Soldaten, die Selik zurückgelassen hatte, anpackte, um die zerfallene Burg herzurichten – bei den ihnen zur Verfügung stehenden dürftigen Mitteln eine verlorene Schlacht – durchlebte Rain in Gedanken stärker und stärker die letzte Nacht, die sie zusammen mit Selik verbracht hatte. Wenn er starb – *Oh bitte, Gott, lass das nicht geschehen!* –, dann würde sie es auf ewig bedauern, ihn in jener Nacht nicht geliebt zu haben.

Nachdem ein Monat vergangen war und es noch immer kein Lebenszeichen von Selik gab, machte sich Panik in Rain breit. Sie hatte wieder begonnen, an ihren Fingernägeln zu kauen, eine nervöse Angewohnheit, die sie schon vor langer Zeit abgelegt zu haben glaubte. Ihr überempfindlicher Magen machte ihr zu schaffen, und ihr mangelnder Appetit war der Grund, dass sie wenigstens zehn Pfund an Gewicht verlor. Tykir und Ubbi, selbst Blanche und Bertha, mieden ihre Gesellschaft, weil sie es leid waren, ihre endlosen Fragen über Seliks Verbleib und über den Zeitpunkt seiner Rückkehr zu hören.

»Verdammt! Aber ich glaube, ich muss kotzen, wenn ich Euch noch einmal fragen höre, wann dieser verdammte

Geächtete zurückkommt«, beklagte sich Bertha mit weinerlicher Stimme, während sie Blanche dabei half, die Eingeweide eines frisch erlegten Rehs aufzubereiten. Gorm, einer von Blanches glühendsten Verehrern, hatte die Hirschkuh von seinem täglichen Jagdgang mitgebracht und Blanche das Tier im Hof zu Füßen gelegt, als handele es sich um ein Dutzend Rosen. Und die erfahrene Blanche, gewieft wie sie war, hatte sich gehörig beeindruckt gezeigt. Der Augenaufschlag, mit dem sie Gorm angesehen hatte, hatte ein unausgesprochenes Versprechen enthalten.

Als Rain Blanche daraufhin missbilligend angesehen hatte, weil sie wusste, dass Blanche es bisher vorgezogen hatte, ihre Netze in Seliks Richtung auszuwerfen, hatte das Mädchen ohne irgendein Schuldbewusstsein mit den Achseln gezuckt und erklärt: »Eine Frau muss alle ihre Möglichkeiten nutzen. Am besten, Ihr denkt auch daran, Mylady – für den Fall, dass der Geächtete nicht zurückkommt.«

Rain hatte sich daraufhin Bertha zugewandt. Sie freute sich, dass sich deren Aussehen dank der speziellen Diät, die sie ihr verordnet hatte, bedeutend gebessert hatte. Gott sei Dank war es nur ein Vitamin-K-Mangel und weder ein Tumor noch eine Lebererkrankung gewesen, die Berthas gelblichen Hautton verursacht hatten.

»Sieh zu, dass du etwas von der Leber für dich selbst aufhebst. Du brauchst noch immer jede Menge Eisen.«

Bertha nickte. Sie protestierte nicht mehr dagegen, dass Rain ihr jeden Tag einen medizinischen Rat verabreichte, seit sie am eigenen Leib erlebte, wie sich ihre Gesundheit zusehends verbesserte.

»Soll ich dir helfen, das da zu zerschneiden?«, fragte Rain und schluckte angeekelt in der Erwartung, die blutigen Eingeweide anfassen zu müssen. Sie war keine Vegetarierin, und sie hatte viele Male Eingriffe am menschlichen Körper ausgeführt, aber seltsamerweise widerstrebte es ihr, rohes Tierfleisch zu berühren. Vermutlich liegt das an meinen Kindheitserinnerungen und meinen Assoziationen mit Bambi, sagte sie sich.

»Nein, geht rauf zum Wehrgang und lauft noch ein bisschen die Bretter durch, die Ihr da oben hingelegt habt, während Ihr Euren Liebhaber herbeiguckt«, lehnte Bertha mit leichtem Spott ab. Blanche grinste über die vorlaute Bemerkung der Magd.

»Selik ist nicht mein Liebhaber.«

»Aber nicht, weil Ihr es nicht versucht habt, wette ich. Oder weil Ihr es nicht gewollt hättet«, bemerkte Bertha scharfsinnig.

»Du bist ungehobelt.«

»Sprecht nicht in diesem Ton mit mir, Mylady«, erklärte die Gefangene frech. »Ich mag vielleicht nur eine niedere Dienstmagd sein, aber es ist so offensichtlich wie die Warze auf der Nase einer Hexe, dass Ihr wie eine rossige Stute seid. Und der Geächtete – nun, er ist der Hengst, der um Euch herumtänzelt und nur auf den richtigen Moment wartet, um Euch zu bespringen.«

»Bertha!«, riefen Rain und Blanche wie aus einem Munde.

Rain konnte nicht anders, aber sie musste über dieses Bild lachen. »Ist das wahr? Wirke ich so auf die Leute – wie eine Stute in Hitze? Großer Gott!«

»Nein«, erwiderte Bertha jetzt etwas freundlicher. »Das kommt nur, weil ich meine Erfahrungen habe, was die Art von Männern und Frauen und ihre lustvolle Natur angeht. Ich sehe die Anzeichen klarer als die meisten anderen, das kann ich sagen.«

Rain schüttelte ungläubig den Kopf darüber, dass sie tatsächlich hier stand und einer kleinen, plumpen Frau mit verfaulten Zähnen zuhörte, die ihr Nachhilfe in Sachen Liebe erteilte.

»Allerdings verstehe ich nicht, warum Ihr nicht einfach Eure Flügel ausbreitet und davonfliegt, um Eurem Liebsten zu helfen, wenn Ihr so besorgt um ihn seid«, fügte Bertha hinzu und versäumte es nicht, schallend über ihren eigenen Witz zu lachen.

Blanche lächelte spöttisch und fügte hinzu: »Oh, und könntet Ihr Gott vielleicht fragen, ob er uns eine Milchkuh und Legehennen schicken könnte, damit ich einen Pudding zum Abendessen machen kann?«

Offensichtlich hatte Ubbi wieder seine Engel-Geschichte unters Volk getragen, obwohl niemand außer ihm sie glaubte.

Etwas gereizter Stimmung verließ Rain die Küche. Sie wusste, dass ihre zweifelhaften Kochkünste unerwünscht waren. Also stieg sie zum Wehrgang hinauf, von dem aus sie den Horizont überblickte. »O Selik, wo bist du? Lieber Gott, bitte lass ihn wohlbehalten zu mir zurückkommen. Ich verspreche, ich werde mich auch anstrengen und versuchen, ihm zu helfen.«

Ihr Gebet wurde augenblicklich erhört. Sie hörte in der Ferne das Donnern von Pferdehufen aufklingen, kurz darauf tauchten auf der Kuppe eines Hügels, der ungefähr eine Meile von der Burg entfernt war, die verschwommenen Umrisse von Reitern auf. Rain schaute zum Himmel und sandte ein stummes Dankgebet hinauf, ehe sie – im wahrsten Sinne des Wortes – die Holztreppe hinunterflog, die zum Burghof führte.

Selik sah die Frau auf dem Wehrgang stehen. Sie musste nach ihm Ausschau gehalten haben, denn sie stürzte davon, kaum dass sie sein Banner erkannt hatte. Sein Herz machte einen Sprung und weitete sich, bis er glaubte, es wollte ihm die Brust sprengen. Er musste tief durchatmen, um Luft zu bekommen. Verdammte Hölle! Er hatte die letzten vier Wochen damit verbracht, sich gegen den Zauber dieser Sirene zu wappnen, hatte versucht, seinen einmal gefassten Entschluss aufrechtzuerhalten, sein Leben nur auf ein Ziel auszurichten – den Tod für alle Angelsachsen, im Besonderen aber den Tod für seinen meistgehassten Feind, für Steven von Gravely.

Aber all seine Anstrengungen waren vergeblich. Oh, seit er von Ravenshire fortgegangen war, hatte er mehr Angelsachsen als genug getötet, um seinen Blutdurst nach Rache zu löschen. Und dennoch konnte Selik nicht den Ansturm der Freude leugnen, die ihn erfüllte, als er näher kam und den Ausdruck auf Rains Gesicht sah, der ihn willkommen hieß. Voller Ungeduld erwartete sie ihn auf den Stufen, die vom Burghof zur Großen Halle hinaufführten.

Selik klappte den Nasenschutz seines Helms herunter, um zu verbergen, dass seine Gesichtszüge weicher wurden. Er musste sich erst Klarheit über diese gefährlichen Gefühle verschaffen. Vielleicht sollte er Fury einfach die Sporen geben und wieder zurück nach Norden reiten.

Glaubte er wirklich, es würde für ihn ein Leben mit dieser Frau geben? Nein, sagte er sich sofort. Das ist unmöglich.

Aber war es nicht das, was er wollte? Ja, erkannte Selik und erschrak. Er hatte es zugelassen, sich ihrer Anziehungskraft auszuliefern, und das führte ihn auf einen Weg, den er nicht gehen sollte, nicht gehen *konnte*.

Selik sah, wie Rains Blick suchend zu seinem Sattel glitt, ehe sie die honigfarbenen Augen schuldbewusst niederschlug. Sie hatte nach den *behaettie* gesucht, ja, genau das hatte sie getan. Trotz seines Versprechens, keine Skalpe mehr zu nehmen, vertraute die Frau ihm nicht. Aus irgendeinem Grund, den er sich nicht erklären konnte, traf ihn das Unrecht ihrer Geste tief.

In diesem Moment verhärtete Selik sein Herz. Hier in Ravenshire erwartete ihn nichts. Eigentlich erwartete ihn nirgendwo etwas – außer Zerstörung und Tod. Sein Tod. Das war sein Schicksal. Nun, er würde die Nacht auf Ravenshire verbringen und es dann am Morgen wieder verlassen. Er würde niemanden mit sich nehmen, nicht einmal Ubbi. So war es am besten.

Diesen Entschluss hatte Selik gefasst, als er an Rain und an Tykir, an Ubbi und den Soldaten vorbeiritt, die er zurückgelassen hatte. Auf der anderen Seite des Burghofes stieg er aus dem Sattel und führte den schnaubenden Fury zu dem Nebengebäude, in dem die Pferde untergebracht waren. Sich gegen den verletzten Ausdruck stählend, der Rains goldfarbene Augen verdunkelte, ignorierte er ihren scheuen Willkommensgruß.

Selik hatte den Sattel abgenommen und war dabei, Fury mit Wasser und frischem Heu zu versorgen, als er Rain mit leichten Schritten auf sich zukommen hörte.

»Selik, was hast du?«

»Habe ich etwas?«

Rain stieß einen wütenden Ton aus. »Du weißt, was ich meine – warum meidest du mich?«

Selik wandte sich um und sah sie endlich an, zwang sich, von ihren flehenden Augen und ihren leicht geöffneten Lippen unbeeindruckt zu bleiben und sie gleichmütig anzuschauen. »Dich meiden? Nein. Vielleicht spukst du mir einfach nur nicht mehr im Kopf herum. Ich bin nicht mehr an dir interessiert.« *Allmächtiger! Muss ich jetzt auch noch das Lügen zu meinen Sünden zählen?*

Rain gab einen gequält klingenden Laut von sich, und auf ihrem Gesicht spiegelte sich der ganze Schmerz über diese Kränkung wider. »Ich habe mir Sorgen um dich gemacht.«

»Mylady, ich habe die letzten zehn Jahre überlebt, ohne dass sich ein aufdringliches Weib Sorgen um mich gemacht hat. Glaub nicht, dass ich mich über deine lästige Einmischerei freue.«

Rain neigte fragend den Kopf. »Und wer war die Frau, die sich damals bei dir eingemischt hat?«

Ihre Frage verwirrte Selik, und er war sich bewusst, dass sein Gesicht einen Moment lang sein Leid enthüllte. »Verschwinde, Rain«, sagte er mit müder Stimme. »Deine Sorge um mich ist fehl am Platze.«

»Tykir sagte mir, warum du fortgegangen bist, Selik, und ich möchte dir sagen, dass es mir Leid tut, dich ein Tier genannt zu haben. Ich versuche, dich zu verstehen, ich bemühe mich wirklich, aber ...«

»Tykir hatte kein Recht, sich in meine Angelegenheiten einzumischen, das werde ich ihm noch klarmachen. Und das Letzte, was ich von dir will, ist Verständnis.«

»Was willst du dann von mir?«

Er hob das Kinn und starrte Rain mitleidlos an. »Nichts, verdammt nochmal.«

Rains Gesicht verfärbte sich, aber sie blieb beharrlich. »Ich hatte viel Zeit nachzudenken, während du fort warst, und ich weiß jetzt, dass in jedem Menschen etwas Gutes steckt.«

»Und wer gibt dir das Recht, Gott zu spielen und dich zu meinem oder irgendeines Menschen Richter aufzuschwingen?«

Rain zuckte unter seinen zu Recht anklagenden Worten zusammen, sprach aber hartnäckig weiter. »Ich brauche nur daran zu denken, dass alles, was du an schrecklichen Dingen tust, gegen die Verbrechen aufgewogen werden muss, die dir in der Vergangenheit angetan worden sind.«

»Und hat Tykirs geschwätzige Zunge dir jene Ereignisse auch gleich enthüllt?«, fragte er in eiskaltem Ton.

»Nein, er hat mir gesagt, dass ich dich danach fragen müsste.«

Selik lehnte sich gegen einen der Stützbalken und sah Rain verächtlich an. Diese dumme Frauensperson provozierte ihn immer weiter und war sich des Ausmaßes des Zorns nicht bewusst, der in ihm tobte. »Ich habe dieses Mal keine Skalpe genommen. Ich weiß, dass du das nachgeprüft hast.«

Rain nickte widerstrebend, ohne Zweifel hörte sie jetzt die seidenweiche Drohung heraus, die in seinen Worten mitschwang.

»Und dachtest du, ich hätte mich plötzlich zum Pazifisten gewandelt?«

»Natürlich nicht. Aber es muss ein Zeichen sein ...«

»Zeichen? Du suchst nach Zeichen? Gott, du bist gefährlich in deiner Einfalt!« Er packte sie an den Unterarmen und schüttelte sie, als könnte er so ein wenig Verstand in ihren sturen Schädel hineintreiben. »Wie viele Männer, glaubst du, habe ich in diesen letzten Wochen getötet? Zehn? Zwanzig? Fünfzig? Hundert?«

Bei jeder Zahl, die er nannte, weiteten sich Rains Augen mehr. Er sah die Abscheu, die sich darin widerspiegelte, und die Tränen, die sich darin sammelten. Die Tränen quollen über und liefen über ihre Wangen. Als sie seine Hände benetzten, brannten sie wie flüssiges Feuer.

»Selik, ich glaube, ich liebe dich«, rief Rain aus. »Gott helfe mir, aber ich liebe dich.«

Seliks Herz machte einen Sprung bei dieser völlig unerwarteten Liebeserklärung. Es kostete ihn seine Beherrschung, Rain nicht in die Arme zu nehmen und diesen Augenblick zu genießen – und diese kostbaren, kostbaren Worte.

Ich liebe dich. Nein, es konnte nicht wahr sein.

Ich liebe dich. Warum quälte sie ihn so? Warum peinigte Gott ihn so sehr? Seine Sinne schwirrten vor Zorn. So tief hatte ihn nichts mehr aufgewühlt, seit er die Leiche seiner Frau gefunden hatte, geschändet und verstümmelt. Oder als er den Kopf seines kleinen Sohnes gesehen hatte – aufgespießt auf die Lanze eines angelsächsischen Soldaten.

Ich liebe dich. Selik schob Rain grob zur Seite und schlug mit der Faust gegen die Holzwand des Pferdestalls. Das modernde Holz zerbarst unter dem Schlag, und Selik stieß es mit dem Fuß wütend beiseite. Mit einem Knurren der Frustration machte er auf dem Absatz kehrt.

Ich liebe dich. Nein, schrie es in Selik. Er wollte ihre Liebe nicht. Er konnte so viel Schmerz nicht noch einmal ertragen.

Die Hände an seinen Schädel gepresst, in dem ein dumpfes Hämmern wütete, stürmte Selik über den Burghof. Er ignorierte Ubbis und Tykirs besorgte Zurufe. Ziellos rannte er vom Burghof und in den Wald, bis zu dem See, den die Bewohner von Ravenshire zum Baden nutzten, streifte die Kleider ab und ließ sie auf den Waldboden fallen. Dann watete er in das eiskalte Wasser und folgte dabei dem Holzbalken, der zur tiefsten Stelle des Sees führte. Dort angekommen, begann Selik zu schwimmen – hin und her, her und hin zog er seine Bahnen durch das ruhige Wasser.

Aber er konnte nicht vergessen. Nicht die Vergangenheit. Nicht die Gegenwart. Nicht Rains unbeabsichtigt grausamen Worte, die ihm das Herz hatten stocken lassen. Und nicht die einsame, hoffnungslose Zukunft, die ihn erwartete. Die vor allem nicht.

Vor zehn Jahren war es geschehen, vor zehn langen, quälenden Jahren. Die Bilder von damals hatten sich in sein Bewusstsein eingebrannt und waren so nah, als sei es erst gestern gewesen.

Voller Wut schüttelte Selik den Kopf und begann, noch schneller zu schwimmen, um so zu versuchen, die fürchterlichen Erinnerungen zu vertreiben. Aber die Erinnerung an Astrid und an seinen kleinen Sohn quälten ihn in jeder Sekunde seines Lebens.

Diese Ereignisse vor zehn Jahren markierten den Beginn seines Rachefeldzuges gegen alle Angelsachsen, und er hatte blutige Ernte gehalten. Auch wenn Steven von Gravely ihm bis jetzt immer wieder entkommen war, so hatte Selik auf dem Weg zu seinem letzten Ziel, der Vernichtung des teuflischen Earl von Gravely, doch hunderten von Angelsachsen das Leben genommen.

Er konnte nicht zulassen, sich von einem den Frieden liebenden Engel aus der Zukunft von der Erfüllung seiner Rache ablenken zu lassen. Nein, er würde sich von dem einmal gewählten Weg nicht abbringen lassen.

Aber noch hallten Rains Worte in seinem Kopf wider. *Ich liebe dich. Ich liebe dich. Ich liebe dich …*

Rain war im Pferdestall zurückgeblieben und starrte wie benommen auf die Tür, durch die Selik verschwunden war. Seine leise gemurmelten Worte dröhnten wie Trommeln in ihrem Hirn. Sie bezweifelte, dass Selik überhaupt bewusst gewesen war, dass er die Worte gesprochen hatte.

Die Leiche seiner Frau – geschändet und verstümmelt. Der Kopf seines kleinen Sohnes aufgespießt auf der Lanze eines angelsächsischen Soldaten.

Langsam setzten sich die Teile des Puzzles in Rains verworrenen Gedanken zu einem Bild zusammen. Sie begann zu erahnen, welcher Schmerz Selik quälte, und ihr gefror das Blut in den Adern. Kein Wunder, dass er so grausam geworden war, so versessen auf Rache.

Und sie, die sich immer ihrer Einfühlsamkeit sowohl als Ärztin als auch als Mensch gerühmt hatte, hatte sich angemaßt, über Selik zu urteilen und ihn für schlecht zu befinden. Wie selbstgerecht von ihr! Für den Bruchteil einer Sekunde schoss ihr die Frage durch den Sinn, wer in diesem Szenario die Bestie war, und die Antwort darauf lautete nicht Selik.

Irgendwann kam Ubbi, um das Pferd eines der Soldaten in

den Stall zu führen. Er wollte sich sofort zurückziehen, als er den Ausdruck auf Rains Gesicht sah.

»Wage es nicht, zu gehen«, herrschte sie ihn an. Sie ging auf den kleinen Mann zu, bohrte ihm den Finger in die Brust und drückte ihn gegen die Stallwand. Ubbi ließ nervös die Zügel fallen, und das Pferd schlenderte wieder hinaus ins Freie.

»Mylady, ich habe zu tun ...«

»Ich weiß Bescheid, Ubbi. Ich weiß alles über Selik.«

»Wa ... was meint Ihr?«

»Ich weiß von seiner Frau und von seinem Sohn. Und du wirst mir jetzt den Rest erzählen.«

»Der Herr hat Euch gesagt, wie Astrid starb? Und das Kind ... o Gott ... er hat auch von Thorkel gesprochen?«

Rain nickte grimmig.

»O Herrin, was habt Ihr getan? Womit habt Ihr ihn provoziert, dass er das preisgegeben hat?« Ubbi sank auf den staubigen Boden und verbarg das Gesicht hinter den gichtgekrümmten Händen. Als er Rain nach einer Weile wieder ansah, verschleierten Tränen seine dunklen Augen. Müde schüttelte er den Kopf. »Das sind keine guten Neuigkeiten. Nein, es kann nur Probleme mit sich bringen, wenn er über die Schrecknisse seiner Vergangenheit spricht.«

Rain ließ sich neben Ubbi in den Staub sinken und nahm eine seiner knotigen Hände in ihre. »Sag es mir.«

Ubbi schluckte mühsam. »Es ist jetzt über zehn Jahre her. Selik war nicht mehr Ritter der Jomswikinger, und er war seit zwei Jahren mit Astrid verheiratet. Ach, ein süßes Mädchen war sie. Schön wie ein Rittersporn im Frühling. Und so jung – sie hatte nicht mehr als achtzehn Winter gesehen.«

Makabrerweise empfand Rain einen Stich der Eifersucht, als sie an diese Astrid und deren Beziehung zu Selik dachte.

»Die beiden waren unzertrennlich. Und sie konnten die Hände einfach nicht voneinander lassen. Immer wollten sie allein und ungestört sein. Selbst noch, nachdem sie schwanger wurde und das Kind geboren war. Ihr müsst wissen, dass Selik nie eine Familie oder ein Zuhause hatte, das er sein Eigen hätte nennen können. Deshalb betete er Astrid und das Kind nur umso mehr an. Eines Tages dann musste Selik auf eine Handelsreise nach Hedeby gehen. Er ließ Astrid und Thorkel in dem schönen Haus zurück, das er in Jorvik für sie gebaut hatte. Er dachte, sie wären dort sicher, aber ...«

»Die Angelsachsen kamen«, beendete Rain den Satz für ihn.

Ubbi nickte. Sein sonst so freundliches Gesicht verzerrte sich vor Wut, als die Bilder der Vergangenheit lebendig wurden, die ihn fest zu umklammern schienen.

»Hast du Selik auf dieser Reise begleitet?«, fragte Rain behutsam und hielt seine zur Faust geballte Hand.

»Ja.« Seine von Entsetzen erfüllte Stimme sagte alles. Ubbi schluckte einige Male mit großer Mühe, ehe er weitersprach. »Das Haus war bis auf die Grundmauern niedergebrannt, und ein Stück davon entfernt, hinter dem Obstgarten, fanden wir Astrids Leiche. Sie war nackt. Ihre Beine waren von oben bis unten mit Blut bedeckt. Mit Blut und mit dem Samen der Männer, die sie geschändet hatten.«

Rain presste die Faust in den Mund, um ihr Schluchzen zu unterdrücken.

»Bis zu dem Tag, an dem ich sterbe, werde ich den Anblick meines Herren nicht vergessen. Er nahm Astrid in seine Arme, strich ihr das blutverklebte Haar aus dem Gesicht und murmelte dabei wieder und wieder ihren Namen. Ich schwöre, es war das letzte Mal, dass ich ihn habe weinen sehen.«

Ubbis Gesicht verdunkelte sich vor Ingrimm, als er sich an das erinnerte, was noch geschehen war. »Als Selik Astrids Leichnam auf die kalte Erde bettete, da sah ich ...« Ubbis Worte erstarben, als er versuchte, seine Gefühle unter

Kontrolle zu bringen. Nach einer Weile sagte er: »Der Anführer der angelsächsischen Meute – Steven, Earl von Gravely – hatte ihr seine Initialen in die Haut geritzt. Auf ihrer einen Brust stand ein S, auf der anderen ein G.«

Rain wollte nichts mehr hören. Sie konnte nicht begreifen, dass ein Mensch einen anderen absichtlich auf diese Weise quälen konnte. Nach einer Weile erfasste sie die Bedeutung des Namens, den Ubbi genannt hatte. »Steven von Gravely? War das nicht der Bruder von Elwinus, dem Ritter, den Selik in Brunanburh getötet hat?«

Ubbi nickte. »Und so geht die Blutrache zwischen den beiden weiter und weiter.«

»Wie hat das alles angefangen?«

»Steven von Gravely braucht keinen Grund, um seine Gräueltaten zu verüben. Er ist durch und durch ein schlechter Mensch. Er gibt Selik die Schuld am Tod seines Vaters, des alten Lords.«

»Hat denn Selik Stevens Vater getötet?«

»Vielleicht. Es war während einer Schlacht. An jenem Tag sind viele Angelsachsen und Nordmänner gestorben. Es kann Selik gewesen sein, der den Alten getötet hat, aber ebenso gut kann es irgendein anderer gewesen sein. Aber Steven brauchte ein Ziel für seinen Hass, und er wählte dafür Selik aus.«

»Aber das, was er Seliks Frau angetan hat – o Ubbi! Kein Wunder, dass Selik so verbittert ist.«

Der kleine Mann wandte sich ihr zu, und sein trotziger Blick schien Rain zu durchbohren. »Ja, er ist verbittert, und das aus gutem Grund. Denn das ist noch nicht alles, was dieser verfluchte Teufel an jenem Tag getan hat. Er ließ die zerfleischte und kopflose Leiche eines Säuglings zurück, der nahe der Leiche seiner Mutter lag. Es hat Wochen gedauert, bis es Selik gelang, den Kopf zu finden.«

Rain erinnerte sich an Seliks Worte. »Es war dieser Steven

von Gravely, der Thorkels Kopf aufgespießt auf seiner Lanze herumtrug, nicht wahr?«

»Ja, er hoffte, Selik damit aus seinem Versteck hervorlocken zu können, in seinen Tod. Als wir den halb verwesten Kopf des armen Kleinen endlich fanden, haben wir ihn zusammen mit der Leiche begraben. Seitdem versucht Selik, Steven von Gravely zu fassen zu bekommen und sich an ihm zu rächen – und an jedem anderen verdammten Angelsachsen, der ihm über den Weg läuft.«

Rain schaute herunter und sah den dunklen Fleck auf ihrer Tunika – Seliks Tunika. Erst jetzt wurde ihr bewusst, dass sie weinte und dass ihre Tränen wie ein steter heißer Fluss über ihre Wangen liefen und den Stoff tränkten. Wie Blut, dachte sie.

Oh, Gott. Jetzt weiß ich, warum du mich hierher geschickt hast.

»Jetzt wisst Ihr es«, sagte Ubbi und erhob sich entschlossen. Er versuchte, sich gerade und herausfordernd aufzurichten. »Wird es Euch gelingen, meinem Herrn zu helfen?«

»Ich weiß es nicht, Ubbi. Ich weiß es wirklich nicht – aber ich werde es versuchen.«

Ubbi lächelte bei diesen Worten, doch es war ein Lächeln, das seine traurigen Augen nicht erreichte. »Ihr werdet ihm helfen. Wenn irgendeiner es kann, dann Ihr, das wette ich.« Er sah zu, wie Rain aufstand und sich den Staub von den Kleidern klopfte. »Der Herr ist zum See gegangen. Geht zu ihm, Mädchen. Ich glaube, er braucht Euch.«

9

Selik schwamm in kraftvollen Bahnen von einem Ende des Sees zum anderen – wieder und wieder und wieder. Das Gesicht in das eiskalte Wasser getaucht, durchschnitt sein gleichmäßiger Armschlag in meisterhafter Perfektion die ruhige Fläche des Sees.

Rain setzte sich in der Nähe des Ufers auf die Erde, zog die Beine an, schlang die Arme darum und legte das Kinn auf die Knie. Geduldig wartete sie darauf, dass Selik seinen Zorn durch die anstrengende körperliche Betätigung abgekühlt haben würde.

Ihr Herz flog Selik zu, als sie sich bewusst machte, dass ihr Liebesgeständnis irgendwie die schmerzvolle Erinnerung an die furchtbare Tragödie wachgerufen hatte. Sie verstand jetzt die tägliche Qual, die er durchlitt, und wie gefangen er in einer nicht endenden Spirale blutiger Gewalt war. Ihn daraus zu befreien, musste die Stimme in ihrem Innern gemeint haben, als sie Rain aufgefordert hatte, Selik zu retten.

Wie ein wunderschöner Delfin tauchte Selik jetzt aus dem See auf. Er spie Wasser und schüttelte sich das lange Haar trocken, ehe er in langen Zügen dem Ufer zuschwamm. Als er flacheres Wasser erreichte, richtete er sich auf. Er spürte jetzt die Anstrengung, und die Beine drohten ihm wegzubrechen. Rain wollte ihm entgegengehen und ihn stützen, doch sie gab diesem Impuls nicht nach. Sie wollte Selik nicht erschrecken. Selik, ihren geliebten, grimmigen Seelenfreund.

Er hatte Rain noch nicht gesehen, als er mit wankenden

Schritten aus dem Wasser kam. Seine breiten Schultern, sein muskulöser Brustkorb, seine schmalen Hüften – das alles gab den vollkommenen Rahmen für vollendet geformte Genitalien und lange, kräftige Oberschenkel und Waden.

Innere Qual trübte seine Augen, und seine Lippen waren zu einem dünnen festen Strich der Entschlossenheit zusammengepresst. Selik kämpfte gegen seine Dämonen – auf die ihm gewohnte Art. Allein.

Das ist der Mann, den ich liebe, dachte Rain mit einem Gefühl der Gewissheit. Ehrfurcht und Stolz erfüllten sie bis fast zum Überströmen, als sie den Blick zärtlich über ihn gleiten ließ.

Als Selik sie gewahr wurde, blieb er unvermittelt stehen und sah sie an. Dann beugte er sich herunter, um seine Kleidung aufzuheben. Unbekümmert seiner Nacktheit ließ er sich Zeit, seine Beinlinge und die Tunika anzuziehen. Nachdem er sich den breiten Ledergürtel um die Taille gelegt und geschlossen hatte, fragte er mit ausdrucksloser Stimme: »Warum bist du mir gefolgt?«

Rain starrte stumm zu ihm auf. Sie war unsicher, wie viel ihres Wissens sie zugeben sollte, doch ihr Mitgefühl musste sich in ihrem Gesicht widergespiegelt haben.

Selik schnaubte missfallend. »Wer hat es dir gesagt?«

»Du warst es.«

Selik runzelte die Stirn. Dann schien er zu begreifen, dass er in seinem Aufruhr seine Gedanken laut ausgesprochen hatte.

»Und was noch fehlte, hat Ubbi mir gesagt.«

»Ich sollte dem Mann die Zunge herausschneiden«, bemerkte Selik resigniert, während er sich neben Rain niederließ und begann, sich mit seinem Schulterumhang die Haare trocken zu reiben. »Ich werde mit dir nicht über meine Vergangenheit reden, Rain«, erklärte er mit fester Stimme. »Also halte ausnahmsweise mal deine Zunge im Zaum.«

Rain wollte etwas sagen, kam aber zu dem Schluss, dass Selik Recht hatte. Jetzt war nicht die Zeit. Er hatte an diesem Tag schon genug gelitten. Besser später. Sie wollte sein Leben heller machen, statt diesem noch mehr Leid hinzufügen. Sie wollte ihm helfen, etwas von dem Schmerz zu vergessen, der seine Gedanken unablässig quälen musste.

Sie begann, ihm von all den kleinen Ereignissen zu berichten, die sich während seiner Abwesenheit auf Ravenshire begeben hatten. Als sie zu guter Letzt auf Gorm und seine Annäherungsversuche an Blanche zu sprechen kam, sah sie, wie sich Seliks Miene langsam zu entspannen begann. Er lächelte sogar, als sie ihm von den Ratschlägen in Sachen Liebe erzählte, die Bertha ihr und Blanche erteilt hatte. Und in seinen Augen blitzte es amüsiert auf und er begann zu lachen, als Rain ihm sagte, dass Bertha ihn mit einem Hengst und sie mit einer rossigen Stute verglichen hatte.

»Bist du denn in Hitze?«, wollte Selik daraufhin wissen und war offensichtlich von der Röte angetan, die seine neckenden Worte auf ihren Wangen hervorrief.

»Kaum.«

»Ah, du bestehst also weiterhin auf deiner Behauptung, dass du Abscheu gegen das Bett und die Berührung eines Mannes empfindest? Nein, spar es dir, bei dieser Lüge das Kinn so hochmütig zu recken. Denn ich habe unwiderlegbare Beweise dafür, dass du wahre Lust empfinden kannst.«

»Ich habe nicht gelogen«, protestierte sie. »Und ich habe nie behauptet, dass ich Sex nicht mag. Ich habe nur gesagt, ich könnte es ebenso gut tun wie auch lassen.« *Zumindest war das in meinem anderen Leben so.*

»Den Eindruck hatte ich aber nicht, als ...« Selik ließ den Satz offen und zuckte die Schultern.

»Mit dir ist es anders, Selik.«

»Und wer raspelt denn jetzt Süßholz?«

Rain lächelte, weil Selik sich an diesen Ausdruck erinnerte, den sie einmal verwandt hatte. »Es *ist* anders mit dir. Oh, nun fang nicht gleich an, dir wie ein eitler Gockel etwas darauf einzubilden«, fügte sie hinzu. Ihre Worte veranlassten Selik, in lautes Lachen auszubrechen. »Es liegt nicht daran, weil du eine so wunderbare Technik drauf hättest. Es liegt eben daran, dass ... nun, es ist nur, weil *du* es bist. Es gibt so eine Art göttlicher Übereinstimmung bei uns – als Paar betrachtet.«

»War das ein Kompliment oder eine Beleidigung?«, fragte Selik trocken.

Dankenswerterweise war seine dunkle Stimmung verflogen. Ihre Mutter hatte immer gesagt, dass eine Frau sich den Weg zum Herzen eines Mannes – zum Herzen eines Liebhabers, genauer gesagt – mit ihrer Fähigkeit erobern könne, ihn zum Lachen zu bringen. Und Selik lachte noch lange nicht oft genug. Rain dachte eine Sekunde lang nach, dann hellte sich ihre Miene auf. Sie wusste, wie sie das selbstgefällige Ego dieses arroganten Mannes erschüttern und ihn zum Lachen bringen konnte. O ja, sie wusste es!

»Weißt du, Selik ...«, begann sie mit einer von übertriebener Süße gefärbten Stimme, die Selik sofort veranlasste, Rain argwöhnisch anzusehen. *O ja, mein Lieber, du hast jede Veranlassung, argwöhnisch zu sein.*

»... wenn wir je Liebe machen ...«

Ein überhebliches Lächeln machte seinem Argwohn Platz.

Das ist gut, mein Liebling. Lächle. Wiege dich ruhig in Sicherheit.

»... *falls* wir je Liebe machen *sollten*, ich bin sicher, es würde dir gelingen, meinen G-Punkt zu finden.« *Da! Steck dir das in deine Macho-Pfeife und rauch es!*

»Ich weiß, dass ich die Frage bereuen werde, aber ich kann nicht widerstehen. Bitte sag mir, was, verfluchte Hölle, ist ein G-Punkt?«

Ich hatte schon Angst, du würdest mich das nie fragen. »Nun, darüber gibt es in der Zeit, aus der ich komme, verschiedene Ansichten. Aber die meisten Sexualwissenschaftler ...«

»Sexualwissenschaftler? Gibt es wirklich solche Scharlatane, die behaupten, in diesen Dingen Experte zu sein?«

Rain lächelte und nickte.

»Das sind ohne Zweifel Franken«, verkündete Selik im Brustton der Überzeugung. »Die Männer aus dem Frankenland halten sich schon ewig für die besten Liebhaber der Welt. Ich vermute, sie haben einige von diesen Büchern geschrieben, von denen du immer wieder sprichst.«

»Hunderte.«

»Ha! Ich weiß so viel wie jeder von diesen selbst ernannten Sexualwissenschaftlern, darauf wette ich.«

Zweifellos tust du das, Babe. »Wie auch immer, bevor du mir ins Wort gefallen bist, wollte ich dir sagen, dass die Sexualwissenschaftler verschiedener Meinung darüber sind, ob der G-Punkt einer Frau überhaupt existiert. Viele Frauen hingegen behaupten, ihn zu haben.« Rain fuhr damit fort, Selik eine äußerst detaillierte Lektion über die weibliche Anatomie zu erteilen. Dabei vermittelte sie ihm eine nahezu bildhafte Beschreibung des G-Punktes und führte genauestens aus, was er damit zu tun haben könnte, die Lust einer Frau zu steigern.

Verwirrt über die Offenheit ihrer Worte, starrte Selik sie zunächst nur an. Dann brach er in amüsiertes Lachen aus.

»Also wirklich, eine Frau wie du ist mir noch nie begegnet. Du kennst so viele Einzelheiten darüber, wie es abläuft, wenn ein Mann und eine Frau miteinander schlafen. Wie so ein verdammtes Buch bist du. Aber ich glaube, dass du eigentlich gar nichts weißt. Ich wage zu behaupten, dass du so unschuldig bist wie eine Jungfrau, was den Beischlaf angeht.«

»Das bin ich nicht!«

Selik brach erneut in Lachen aus und reichte Rain die Hand, um ihr beim Aufstehen zu helfen. Als er sie zur Burg zurückführte, zwickte er ihr in den Po, als sie nach seinem Dafürhalten nicht schnell genug ging. Und den ganzen Rückweg über lachte er und rief immer wieder aus: »Der G-Punkt! Verdammte Hölle! Der G-Punkt!«

Als sie die Burg erreichten, entdeckte Rain Ubbi, der besorgt nach ihnen Ausschau gehalten hatte. Der treue Diener sah von Seliks lachendem Gesicht in ihr verärgertes, und dann wieder zu Selik, während sich Rain den schmerzenden Po rieb. Ein Lächeln breitete sich auf Ubbis Gesicht aus, und er nickte Rain zu, als wollte er sie beglückwünschen.

Nach Ubbis Meinung hatte sie ohne jeden Zweifel ein weiteres engelsgleiches Wunder vollbracht.

Und dann wurde sie von Selik überrascht, der ihr den Finger unter das Kinn legte und ihr Gesicht zu ihm emporhob. »Danke«, flüsterte er weich. Offensichtlich hatte er die Gründe für ihre Bemühungen, ihn aufzuheitern, ganz und gar verstanden.

Einige Tage später bereitete sich Selik darauf vor, Ravenshire erneut zu verlassen. Er warf die Satteltaschen über Furys Rücken und stieg in den Sattel.

Rain saß schon auf Godsend, ihrem Pferd mit dem nach wie vor scheußlichen Namen, und schloss jetzt zu Selik auf. Er stöhnte innerlich und fragte sich, für welche Missetat sie ihn jetzt zu rügen wünschte.

»Danke, Selik, dass du zugestimmt hast, mich mit nach Jorvik zu nehmen.«

Bei ihren freundlichen Worten weiteten sich seine Augen überrascht. Ohne Zweifel wollte Rain etwas von ihm.

»Ich habe dich gebeten, mich mitzunehmen, weil ich hoffe,

in Jorvik besser verstehen zu können, warum ich hierher geschickt wurde. Wenn ich an demselben Ort sein werde, an dem später einmal das Museum stehen wird, vielleicht kann ich dann ...«

Selik stieß ein ungläubig klingendes Räuspern aus. »Was? Hast du wieder eine Botschaft von Gott bekommen?«

»Du bist unmöglich.«

Er wandte sich um, sah Rain an und schüttelte skeptisch den Kopf. »Das lässt mich an den Fluss denken, der dem Ozean vorhält, dass er nass ist.«

Als Rain lachte, war ihm zu Mute, als würde sich sein Herz in seiner Brust weiten und ihm fast den Atem nehmen.

»O Selik, ich lie ...«

Er hob die Hand, um sie am Weitersprechen zu hindern. Er wusste, dass sie wieder einmal versuchen wollte, ihm zu sagen, dass sie ihn liebte. Und das konnte er nicht zulassen. Er schaute auf die verführerische Frau neben sich, und es kam ihn hart an, ihren lockenden Worten zu widerstehen. Seit jenem Abend am See war es ihm gelungen, es ihr zu verweigern, diese kostbaren Worte zu wiederholen. So lange er diese Worte nicht laut ausgesprochen hörte, so lange konnte er irgendwie das Band ignorieren, das zwischen ihnen wuchs. So lange konnte er so tun, als kümmere es ihn nicht. Einen Augenblick lang schloss Selik müde die Augen.

O Gott, oder Odin, oder welches Wesen auch immer dort draußen ist, bitte quäle mich nicht so. Ich kann es nicht ertragen, wieder zu lieben. Und wieder zu verlieren. Das ist mehr, als ich durchstehen kann.

Entschlossen straffte er die Schultern.

Vertrau mir.

»Was hast du gesagt?«, fragte Selik aufgeschreckt.

»Wann?«

»Gerade eben. Etwas über Vertrauen.« Doch noch während

er dies sagte, wusste Selik, dass es nicht Rains Stimme gewesen war, die er gehört hatte. O verdammte Hölle! Sie drehte wahrhaftig sein Innerstes nach außen und ließ ihn so dumm dastehen wie einen Narren.

Ihre wundervollen goldfarbenen Augen weiteten sich und schienen vor Entzücken zu glänzen. »Du hast die Stimme auch gehört. Nicht wahr?«

»Nein. Ich habe nichts gehört.«

»Lügner.«

»Es sind schon Menschen für eine geringere Beleidigung als diese gestorben.«

»Ich habe keine Angst vor dir.«

»Das solltest du aber.«

»Warum?«

»*Argh!*«

»Selik, du solltest wirklich darauf achten, nicht so leicht in Wut zu geraten. Jedes Mal, wenn du mit mir böse bist, schwillt an deiner Stirn eine Ader an. Dich wird noch der Schlag treffen.«

Er schnaubte. »Der einzige Schlag, der treffen wird, ist der meiner Klinge, wenn ich dir deine vorlaute Zunge herausschneide.«

Ubbi kam herbeigeritten. »M'lord, wünscht Ihr vielleicht, dass ich die Lady mundtot mache, damit sie Euch nicht mehr lästig fällt?«, bot er Selik in einschmeichelnder Willfährigkeit an. Seit Selik ihm gestern Abend eröffnet hatte, dass er ihn nach Jorvik begleiten könne, tanzte Ubbi praktisch vor Freude.

Selik zog bei diesem verlockenden Angebot eine Augenbraue hoch. »Es wäre ein Vermögen in Gold wert, es dich versuchen zu sehen. Und es wäre das Doppelte wert, wenn man euch beiden den Mund zunähen würde, um der Welt ihren gesegneten Frieden zu schenken.«

Bei diesen kränkenden Worten sackten Ubbis Schultern

herab, und seine Lippen verzogen sich in tiefer Niedergeschlagenheit, doch Selik glaubte schwören zu können, dass er Rain dabei verschwörerisch zublinzelte. *Wunderbar! Diese beiden Wirrköpfe sind miteinander im Bunde.*

»Es sind alle zum Aufbruch bereit«, teilte Ubbi Selik jetzt mit.

Mit leichtem Widerwillen betrachtete Selik die bunte Schar von Vertrauten und Gefolgsleuten, die er um sich gesammelt hatte. Obwohl er einem halben Dutzend seiner Hesire befohlen hatte, bei Tykir und Bertha, die für sie kochen würde, zu bleiben, bestand Seliks Reisegruppe noch aus zwei Dutzend Soldaten und sechs Gefangenen. Sieben der männlichen Sklaven hatten sich entschieden, sich Selik als Gefolgsleute anzuschließen. Sie alle, Blanche eingeschlossen, saßen zu Pferde. Irgendwie war es den Männern gelungen, in der Umgegend genügend Pferde zum Stehlen zu finden.

Selik war dabei, das Zeichen zum Aufbruch zu geben, als sein Blick auf die letzte Person im Gefolge fiel und auf ihr verharrte. *Personen*, korrigierte er sich augenblicklich selbst. Es war eine junge Frau, die im Herrensitz auf ihrem Pferd saß und einen Säugling im Arm hielt.

»Schaff sie mir aus den Augen«, befahl Selik Gorm mit zusammengebissenen Zähnen.

»Aber Herr«, mischte sich Ubbi ein, »ihr Mann war viele Jahre lang freier Bauer auf Ravenshire. Er ist gestern Morgen am Fieber gestorben, und sie muss zu ihrer Familie nach Jorvik.«

»Das ist mir egal, und wenn ihr Mann ein verdammter König war. Ich will keinen Säug ...« Er verstummte für einen Augenblick, in dem er versuchte, das Zittern in seiner Stimme unter Kontrolle zu bringen. »Ich will keine plappernden, zänkischen, lästigen Frauen in der Gruppe haben«, erklärte er dann. »Ich habe an diesen beiden mehr als genug.« Dabei wies er auf Rain und Blanche. »Den Göttern sei Dank, dass ich mit ihnen nichts mehr zu tun haben werden, wenn ich Jorvik erst erreicht habe.«

»Aber Herr, es ist grausam, die Frau hier ohne einen Mann zurückzulassen, der sie beschützen kann und ihr Beistand leistet.«

»Von mir aus soll sie Bertha in der Küche helfen. Oder sich zum Teufel scheren, verdammt nochmal. Das ist nicht meine Sache.« Selik nickte Gorm zu, der den zuvor erteilten Befehl ausführte, indem er die Frau und das schreiende Kind grob vom Pferd herunterzerrte. Selik ignorierte die Tränen, die der jungen Mutter über das Gesicht liefen, und wandte sein Pferd in Richtung des Torhauses, um die Reihe der Reiter anzuführen, die sich anschickte, die Brücke zu überqueren. Mit kerzengeradem Rücken saß er im Sattel und drehte sich nicht einmal zu dem weinenden Kind und dessen verzweifelt schluchzender Mutter um.

Und er weigerte sich, Rain anzusehen, denn er wusste, mit welch verurteilender Missbilligung sie ihn strafen würde.

Hat deine Frau versucht zu fliehen, als die Angelsachsen kamen? Hat man auch ihr die Hilfe verweigert, so wie dieser Frau?, sagte die Stimme.

Selik spürte einen Knoten in seiner Kehle und schluckte hart. Was geschah mit ihm? Vor einem Jahr, vor einem Monat noch hätte er nicht gezögert, die Frau mitsamt ihrem verdammten Kind fortzujagen, damit sie für sich selbst sorgten. Er hätte sie sogar eigenhändig vom Pferd gezerrt.

Ohne Ubbi anzusehen, der neben ihm ritt, griff Selik in seine Tunika und zog einen kleinen Beutel mit Münzen hervor. Er warf ihn dem verblüfften Diener zu und befahl mit harscher Stimme: »Gib das der Frau, und kümmere dich darum, dass sie später von hier fortreiten kann.«

Ubbis dunkle Augen strahlten auf, und er wandte sein Pferd zurück nach Ravenshire. Er fragte weder, welche Frau Selik meinte, noch danach, welche Gründe er für seinen Befehl haben mochte. Aber Selik glaubte Ubbi murmeln zu hören: »Ich wusste, du würdest es tun. Ich wusste einfach, du würdest es tun.«

Selik gefiel die Veränderung nicht, die seinem Leben widerfuhr. Es geriet außer Kontrolle. Zu viele Menschen hatten sich an ihn gebunden, verließen sich auf ihn. Er beschloss, sich von diesem ganzen verdammten Haufen von Kletten freizumachen, wenn er Jorvik erst erreicht hatte. Dann würde er weiterziehen, um Rache an seinen angelsächsischen Feinden zu nehmen. Und an Steven von Gravely. *Allein. Das* war der Weg, den er vor langer Zeit gewählt hatte. Und auf seinem Lebensweg gab es keine Umkehr für ihn, keinen Scheideweg. Er würde dies auch gar nicht zulassen.

Ha! Das Wort hallte als Entgegnung auf seinen Entschluss in ihm wider.

Selik grinste höhnisch über die verdammte Stimme in seinem Kopf. Verdammte Hölle! Wenn es Gott war, der zu ihm sprach, dann hatte Er eine recht sarkastische Art, sich auszudrücken. Selik schaute sich rasch um, ob irgendjemand in seiner Nähe etwas gesagt hatte, aber seine Begleiter sahen stur geradeaus, konzentrierten sich auf die Unebenheiten des Weges. Selik zuckte die Schultern. Er weigerte sich, das Unmögliche zu glauben. Er war überzeugt, dass er laut mit sich selbst gesprochen hatte. Ja, so war es. Er konnte nicht akzeptieren, dass es wieder diese Stimme in seinem Kopf sein sollte. Niemals würde er glauben, dass es Gott war – mochten die Heiligen seinen Verstand behüten!

Du solltest es aber glauben.

Er stöhnte. Ubbi sah ihn an und zog fragend die Augenbrauen hoch. Selik stieß einen derben Fluch aus und gab seinem Pferd die Sporen. Er hatte das Bedürfnis nach einem schnellen Galopp, um wieder einen klaren Kopf zu bekommen.

Rain konnte kaum ihre Aufregung bezähmen, als sie am folgenden Morgen in Jorvik eintrafen. Seliks Männer bildeten einen Schutzring um sie und hielten aufmerksam nach angelsächsischen Soldaten Ausschau, als sie die Brücke über den Ouse überquerten und sich dann dem Strom der Menschen anschlossen und der Hauptstraße folgten, die Ubbi Micklegat, die »Große Straße« nannte.

Rains Mutter hatte vor langer Zeit einmal erzählt, dass Jorvik, wie man York im 10. Jahrhundert genannt hatte, das Durchgangstor zwischen Skandinavien und dem angelsächsischen England gewesen war. Von hier führten Handelswege bis hin nach Irland, den Shetland Inseln, ins Rheinland, ins Baltikum und sogar noch darüber hinaus.

Rain versuchte, all die Eindrücke in sich aufzunehmen, die diese wunderschön gelegene Stadt ihr bot, während sie durch die engen Gassen des Marktfleckens ritten, die von den weit vorspringenden Dachtraufen der kleinen Fachwerkhäuser beschattet wurden.

Die alte römische Stadtmauer, die mit ihren wehrhaften Türmen die Stadt umschlossen hatte, und einige der Häuser waren aufgrund der angelsächsischen Angriffe der vergangenen Jahre nur noch Ruinen. Ubbi erzählte Rain, dass zurzeit kein König die Nordmänner regierte und dass überall ein Hauch von Neuaufbau und Wohlstand zu spüren war, dass das Neue sich rasch mit dem Alten zu verbinden begann. Wie bei den Menschen auch, dachte Rain – hier lebten Nordmänner und Engländer, Isländer und Normannen neben Franken, Deutschen und Russen, und es gab sogar Händler, die aus weit entfernten östlichen Kulturen kamen.

Das Durcheinander der vielen Sprachen, deren melodiöser, manchmal aber auch rauer Klang, bildete den geräuschvollen Hintergrund für das emsige Treiben in der Stadt. Händler und Seeleute fluchten wortgewaltig in der jeweils ihnen eigenen

Sprache, während sie die exotische Waren aus den dickbäuchigen Handelsschiffen entluden, die am Zusammenfluss von Ouse und Foss vor Anker lagen. Ubbi zählte die Waren auf: gute Weine aus Frisia, Bernstein, Pelze und Fischbein vom Baltikum, Speckstein aus Norwegen, Mühlsteine aus Lava aus dem Rheinland und Seide, die in allen Regenbogenfarben schillerte, aus dem Fernen Osten.

Handwerker hatten Verkaufsstände vor ihren einfach gebauten Häusern aufgestellt und priesen lautstark ihre Produkte an, um sie an den Mann zu bringen – Kämme aus Elfenbein, Schlittschuhe aus Knochen, Broschen aus Bronze, Gürtelschließen und Armreifen, Perlenketten aus Glas und aus Gagat, Schalen und Kochwerkzeuge aus Holz, Schmuck aus Silber und Gold mit Einlegearbeiten aus kostbaren Steinen. Jede der Gassen oder »Gates«, wie die Nordmänner sie nannten, schien den Angehörigen eines Handwerks und dessen Produkten reserviert zu sein: es gab eine Gasse der Tischler, der Goldschmiede, der Glasbläser.

»Das alles ist wie ein riesengroßes Fest der Handwerker«, sagte Rain voller Staunen, als sie sich zu Selik gesellte. Er hatte Rain seit dem Vortag ignoriert, aber dieses Mal wandte er sich nicht von ihr ab.

»Ja, die Handwerker haben deine Mutter auch beeindruckt«, erinnerte er sich und schien sich über die Faszination zu amüsieren, die diese entzückenden Gässchen auszuüben schienen. »Dies hier ist die Coppergate, die Straße, in der viele Läden angesiedelt sind.«

Wie gebannt starrte Rain auf diese quer durch die Stadt verlaufende Hauptader. Sie wusste, dass sich irgendwo an dieser Straße die Stelle befinden musste, an der sich einst das Wikinger-Museum erheben würde.

»Selik, hier war der Ausgangspunkt meiner Reise durch die Zeit.«

Er stöhnte, als sie ihre Zeitreise erwähnte, die er zwar widerstrebend akzeptierte, über die er sie aber nicht gern sprechen hörte. »Vermutlich denkst du, du wirst – kaum dass ich dir den Rücken zukehre – in dieser Straße stehen und mit deinen Engelsflügeln einfach durch die Luft davon und zurück in deine Zeit fliegen. Bitte, Mylady, ich hoffe doch sehr, du wirst mich einladen, Zeuge dieses wundergleichen Ereignisses zu sein.«

»Sei nicht sarkastisch. Ich habe nicht gesagt, dass ich nach Hause zurückkehren möchte.« *Vielleicht habe ich das einmal gedacht, aber jetzt nicht mehr. Ich weiß nicht, was ich will.*

Ihre Gruppe wurde unvermittelt von einem Ochsenkarren aufgehalten, der vor ihnen die Straße passierte. Seliks Soldaten, die die Vor- und die Nachhut ihrer Reisegesellschaft bildeten, hielten wachsam Ausschau nach Hinweisen auf mögliche Gefahren.

»Ich würde gern eine Kette aus jenen Bernsteinperlen dort haben«, bemerkte Rain beiläufig. Sie zeigte auf die orangegelben, zitronenähnlichen Steine, die von einem äußerst fähigen Künstler geschliffen und poliert worden waren, vermutlich von dem Mann, der in der Nähe des Verkaufsstands auf einem Schemel saß. Rain lachte. »Glaubst du, er würde einen Scheck akzeptieren?«

Selik lächelte. Als er Rain ansah, lag ein Ausdruck in seinen Augen, den man als Zuneigung deuten konnte, und Rains Herz machte einen Sprung. Sie genoss diese seltenen Momente der Verbundenheit und wünschte, sie könne sich über die schmale Kluft hinüberbeugen, die sie trennte, und Selik das wunderschöne, seidenweiche Haar aus dem Gesicht streichen. Oder mit der Fingerspitze seine Lippen berühren, die sie in diesem Augenblick so bezaubernd anlächelten. Aber Selik würde ihre Geste wahrscheinlich zurückweisen oder irgendeine sarkastische Bemerkung machen.

Doch er überraschte sie, indem er ihr rasch und verstehend zuzwinkerte, ehe er sich an den Verkäufer wandte. Er warf dem jungen Mann mit den großen Augen eine Münze zu und zeigte auf die Bernsteinkette, die dieser in den Händen hielt. Der Mann warf sie Selik zu und dankte mit einem Kopfnicken.

Entzückt streckte Rain die Hand nach der Kette aus. »O danke, Selik. Sie ist wunderschön«, murmelte sie.

Doch er hielt sie außerhalb ihrer Reichweite und fragte herausfordernd: »Als Gegenleistung werde ich einen von diesen Lifesavern von dir bekommen.«

Ein Stück Naschwerk im Tausch gegen ein unbezahlbares Halsband? Kein schlechter Handel! »Ich habe dir doch gesagt, dass ich keine mehr habe.«

»Aber du hast gelogen.«

Rain lachte. »Okay, aber nur einen.« Sie griff in ihre Tasche und zog die noch ungeöffnete Rolle *Exotische Früchte* heraus und gab Selik einen gelben Bonbon.

»Was soll das? Ich will einen roten.«

»Die letzten mit Kirschgeschmack habe ich Tykir und Ubbi gegeben. Dieser schmeckt nach Ananas, glaube ich.«

Selik warf ihr einen verärgerten Blick zu, als habe sie sein persönliches Eigentum verschenkt. Dann steckte er sich voller Skepsis den kreisrunden Bonbon in den Mund. Bei diesem exotischen, von ihm noch nie gekosteten Geschmack huschte sofort ein Ausdruck der Überraschung über sein Gesicht.

»Magst du ihn?«

»Er ist gut, aber ich ziehe trotzdem die roten vor«, erwiderte er gereizt. Dennoch streckte er den Arm aus, streifte Rain die Kette über den Kopf und richtete sie. »Sie passt gut zu deinen goldenen Augen, Süße.«

Er mag meine Augen. »Habe ich dir gesagt, was es mit mir macht, wenn du solche Liebesworte sagst?«, fragte Rain heiser und beugte sich zu ihm.

Doch Selik zog sich sofort zurück. »Liebesworte? Was für Liebesworte?«

»Süße. Liebes.«

»Ha! Das sind keine Liebesworte. Es sind nur …« Er verstummte.

Der Ochsenkarren hatte die Straße frei gemacht, und Selik trieb sein Pferd voran.

Rain spornte Godsend an, um Seliks Führung zu folgen, und holte ihn schon bald ein.

»Selik, danke. Ich werde die Kette in Ehren halten. Auf immer.« *Weil sie von dir ist.*

»Es ist nur ein wertloses Schmuckstück. Dass ich sie dir geschenkt habe, bedeutet nichts.«

»Oh! Das ist, als würdest du mir mit der einen Hand etwas geben und es mir mit der anderen wieder fortnehmen. Warum stößt du mich immer wieder von dir weg?«

»Warum drängst du dich mir immer wieder auf?«

»Weil ich geschickt …«

»… wurde von Gott, um mich zu retten«, führte er den Satz mit einem angewiderten Kopfschütteln für sie weiter. »Bitte, Frau, verschone mich damit und sei für eine Weile für jemand anders der Schutzengel. Besser noch – warum fliegst du nicht dort hinauf und hockst dich auf das Dach einer dieser Kirchen?«, sagte er. Dabei wies er auf die zahlreichen Gotteshäuser, an denen sie bis jetzt vorbeigekommen waren. »Dein ständiges Gegurre würde gut zu dem der Tauben passen.«

Rain wollte ihm die Zunge herausstrecken, besann sich aber noch rechtzeitig eines Besseren. Sie begnügte sich damit, stattdessen ihre Nase kraus zu ziehen. »Offen gestanden kann ich kaum glauben, dass es hier so viele Kirchen gibt. Ich glaube, wir sind an mindestens einem Dutzend davon vorbeigekommen. Welche ist denn St. Peter's – die Kirche, zu der das Hospizium gehört?«

Selik wies auf eine hohe Turmspitze in der Ferne.

»Wirst du mich dort hinbringen?«

»Vielleicht ... also ja, ich werde es tun.«

»Möglicherweise könnte ich dort sogar als Ärztin arbeiten.«

Er grinste. »Das wäre ein lohnenswerter Anblick – wie du in die Klosterkirche geplatzt kommst und den heiligen Brüdern deine Dienste anbietest. Wie ihr euch über geschwollene Adern unterhaltet. Damit dürftest du eine ganze Menge platzender Blutgefäße verursachen.«

Rain lachte.

»Nun, besser wäre es schon, du würdet dich an sie hängen statt an mich«, erklärte Selik. Sein Ton war barsch geworden. »Du bist wie ein verdammter Schatten für mich geworden. Du und dieser verfluchte Ubbi.«

Bei Seliks Worten tat Rain das Herz weh. War sie für diesen Mann, den sie zu lieben begonnen hatte, wirklich nicht mehr als eine verdammte Plage? Sie hoffte, dass es nicht so war.

»Heute? Wirst du mich heute hinbringen?«

Er schüttelte den Kopf und lächelte über ihr Drängen. »Ich muss heute noch die Gefangenen abstoßen und Ubbi mitsamt den Soldaten loswerden.«

Abstoßen? Hieß das etwa verkaufen? Rain wollte fragen: *Und was ist mit mir?* Aber sie hatte Angst vor der Antwort. »Wohin wirst du dann gehen?«

Selik zuckte mit den Schultern. »Vielleicht nach Süden, nach Wessex.«

Rain war drauf und dran, ihn einmal mehr dafür zu schelten, dass er seinen Rachefeldzug fortsetzen wollte, als ein unbeschreiblich Ekel erregender Gestank ihre Sinne attackierte. »O mein Gott, was ist das für ein Gestank?«

»Das ist die *Pavement* – eine Straße, die man nicht so bald wieder vergisst. Was du da riechst, ist die Duftwolke, die von den Schlachtereien und Gerbereien herüberweht. Schau, dort drüben ist es.« Selik zeigte auf einige Gebäude, an denen an riesigen Haken alle Arten von toten Tieren hingen – deren Gedärme und Blut hatte man einfach in die Gosse entsorgt oder in den Fluss geworfen, der träge hinter den Häusern vorbeifloss.

Eifrige Männer waren dabei, die Kadaver mit Werkzeugen aus Knochen zu häuten. Danach wurden die Häute mit einer dicken Schicht einer Substanz bedeckt, die Hühnermist zu sein schien. Andere Arbeiter waren unterdessen damit beschäftigt, die Häute, die bereits seit einiger Zeit unter dem Hühnerkot abgelagert gewesen waren, in eine Flüssigkeit zu tauchen, die wie vergorener Traubensaft aussah. Rain sah auch die fertig bearbeiteten Häute, die man auf große Holzrahmen gespannt hatte und die man nach dem Trocknen zu Schuhen, Westen und Gürteln verarbeiten würde.

Auf den Hinterhöfen der Häuser waren Frauen und Kinder zu sehen. Rain schloss daraus, dass die Häuser zugleich Wohn- und Arbeitsplatz sein mussten, wobei der Geruch die Menschen in keiner Weise zu stören schien. Gänse und Hühner liefen in den eingezäunten Besitzungen frei herum, während die Schweine, die geräuschvoll grunzten, in Pferchen gehalten wurden. Einige Kinder vertrieben sich die Zeit damit, auf ihren Holzflöten zu spielen.

Alles in allem gaben die Handwerker, Händler und Familien zusammen das Bild eines friedlichen Menschenschlages ab. Es entsprach ganz und gar nicht den Vorstellungen, die die »modernen« Menschen von den Wikingern oder den Angelsachsen des *Dark Age* hatten.

Es entsprach auch nicht dem Eindruck, den sie gewonnen hatte, seitdem sie sich auf dem Schlachtfeld von Brunanburh wiedergefunden hatte und dort Selik begegnet war. Ihr Verstand begann konzentriert zu arbeiten, um zu versuchen, ihren geächteten Wikinger in dieses friedliche Bild einzufügen.

»Selik, was würdest du tun, wenn du kein Krieger wärst?«

»Heh?«

»Ich meine, als meine Mutter dich kennen lernte, da war dein Leben doch noch nicht aufs Blutvergießen ausgerichtet, nicht wahr?«

Er lächelte über ihre Wortwahl. »Ich war damals Ritter der Jomswikinger.«

»Ja, ja, ich weiß, aber das war etwas, was du nicht für den Rest deines Lebens bleiben wolltest. Du hast mir einmal gesagt, dass du die Jomswikinger verlassen hattest, bevor ..., nun, du hast gesagt, du hättest es aufgegeben.«

»Händler.«

»Händler? Du meinst, so wie diese Leute, die ihre Waren entlang den Straßen verkaufen?«

Selik schüttelte den Kopf. »Nein, nicht so. Ich hatte fünf Handelsschiffe und bin einige Male im Jahr nach Hedeby und sogar bis nach Micklegaar gereist, um zu kaufen und zu verkaufen.«

Ein schrecklicher Gedanke durchfuhr Rain. *O bitte, Gott, nicht das.* »Welche Art von Waren hast du denn auf deinen Schiffen transportiert?«

Er zuckte die Achseln. »Alles.« Er sah Rain prüfend an und schien ihre Besorgnis zu begreifen. »Nein, du misstrauische Frauensperson, ich war *kein* Sklavenhändler.«

Rain stieß einen Seufzer der Erleichterung aus. »Ja, ich kann mir dich auf einem Wikingerschiff vorstellen, wie du von einem Handelszentrum zum anderen reist.«

»Es freut mich, dass es deine Zustimmung findet«, entgegnete er mit einem spöttischen Neigen des Kopfes. »Aber eigentlich war ich eine Zeit lang auch ein Künstler. Ich habe ...« Er hielt kurz inne, und sein Gesicht rötete sich, als ihm plötzlich bewusst zu werden schien, dass er zu viel von sich preisgegeben hatte.

»Was? Wage es nicht, jetzt nicht weiterzusprechen. Was hast du gemacht?«

»Tiere«, gestand er verlegen. »Ich habe Tiere aus Holz geschnitzt, aber sie nur selten verkauft. Meistens habe ich sie Kind … Freunden und Bekannten geschenkt, die sie gern haben wollten.«

Kinder. Er hatte seine Kunstwerke an Kinder verschenkt. Nun, das war ein weiterer Ansatzpunkt. »Ich würde die Figuren gern irgendwann einmal sehen. Hast du welche bei dir?«

Seliks Gesicht verschloss sich bei ihrer Frage. »Nein. Ich habe keine mehr. Ich habe sie alle vernichtet. Und ich beschäftige mich auch nicht mehr mit solch unbeschwertem Zeitvertreib.« Er sah Rain direkt in die Augen. »An meinen Händen klebt zu viel Blut.«

Sie hatten jetzt den belebtesten Teil der Stadt hinter sich gelassen und hielten auf die Außengebiete zu. Hier lagen die Häuser weiter auseinander und waren größer und schöner. Ubbi gesellte sich zu Rain und Selik, woraufhin dieser sich zurückzog, um mit Gorm zu reden. Aus der verkrampften Schulterhaltung Ubbis konnte Rain schließen, dass der lange Ritt von Ravenshire hierher seinen schmerzhaften Zoll auf Kosten der Arthritis des kleinen Mannes gefordert hatte.

»Ubbi, als wir an der Gerbergasse vorbeigekommen sind, habe ich gesehen, dass dort auch geschlachtet wird. Meinst du, du könntest mich morgen dorthin begleiten, um mit den Schlachtern zu reden?«

»Warum? Habt Ihr Hunger?«

Rain lachte. »Nein, aber wenn ich einige Nebennieren der Kühe bekommen kann, könnte ich daraus vielleicht eine einfache Art Kortison gewinnen. Es würde bei deiner Arthritis ein absolutes Wunder bewirken können.«

Zuerst strahlte Ubbis Gesicht auf, doch seine Hoffnung machte rasch Entsetzen Platz, als Rain ihm die Sache mit den Nebennieren erklärte. »Ihr wollt mir Kuhinnereien auflegen?«

»Nein, du dummer Mann, du müsstest es einnehmen.«

Ubbi dachte eine Weile über ihre Worte nach. »Mit ›einnehmen‹ könnt Ihr doch wohl nicht meinen, dass ich die blutigen Teile essen soll.«

»Doch, aber ...«

»Niemals! Mistress, ich habe Euch erlaubt, meinen Körper zu massieren und auf unziemliche Weise zu berühren. Ihr habt mich auf Ravenshire zur Zielscheibe des Spotts gemacht, indem Ihr mir heißen Schlamm auf die Haut geschmiert habt. Ich habe nicht protestiert. Nun, nicht allzu sehr jedenfalls. Ich bin sogar in dem eiskalten Wasser des Sees herumgeschwommen, um Euren Marotten nachzugeben, ganz zu schweigen von den kochend heißen Bädern, die auszuhalten Ihr mich gezwungen habt. Aber ich weigere mich, rohe Kuhinnereien zu essen. Sogar ich habe meine Grenzen.«

Rain brach über Ubbis langatmige Tirade in Lachen aus. »Ubbi, ich meinte doch nicht, dass du sie roh essen sollst. Zumindest glaube ich nicht, dass das überhaupt funktionieren würde. Obwohl ... hmm ... wie auch immer, ich dachte daran, die frischen Nebennieren mit etwas anderem zu vermischen und das dann zu einer Pille zu formen. Ich bin nicht einmal sicher, ob es überhaupt zu bewerkstelligen wäre.«

»Ha! Ihr wollt mich also zu einem – wie nennt Ihr es, wenn Ihr mit den verschiedenen Übungen herumexperimentiert? – Versuchsschweinchen machen!«

»Versuchs*kaninchen*«, korrigierte Rain ihn lächelnd. Sie streckte die Hand aus, um Ubbis knotige Hand zu tätscheln. In der Tat, er hatte sich bei ihren verschiedenen Versuchen, seinen Zustand zu verbessern, mehr als kooperativ gezeigt. Und einige dieser Versuche hatten auch angeschlagen.

»Selik!«

Rain und Ubbi wandten sich um und schauten zu der kleinen grauhaarigen Frau hinüber, die vor der Tür eines großen Hauses stand und laut und voller Freude Seliks Namen gerufen hatte. Vom Nachbaranwesen durch einen ausgedehnten, an der Hausseite liegenden Hof und hölzerne Zäune abgetrennt, war das rechteckige Haus mit dem Reetdach im für die Wikinger typischen Stil erbaut. Kunstvoll geschnitzte Ornamente zierten die große Eichenholztür und die Fensterrahmen. Nahe der Tür standen einige bewaffnete Männer Wache, und Rain entdeckte noch mehr Bewaffnete neben und hinter dem Gebäude.

»Mutter!«, begrüßte Selik mit warmer Stimme die Frau, während er abstieg und Gorm die Zügel überließ.

»Mutter?«, fragte Rain Ubbi. »Ich dachte, Selik habe keine Eltern mehr.«

»Das ist Gyda, Astrids Mutter. Selik ist für sie wie ein Sohn.«

»Wir haben uns solche Sorgen gemacht. Besonders als wir von der Großen Schlacht hörten. Warum hast du uns keine Nachricht geschickt, dass du in Sicherheit bist, du Schuft?«, schalt die Frau Selik aus, ehe sie auf ihn zulief.

Er nahm sie wie ein großer Bär in seine Arme und hob sie hoch, während sie sich an ihn klammerte, ihre kurzen Arme um seinen Hals geschlungen.

»Selik, mein Sohn«, sagte sie zärtlich, als sie sich leicht zurückbog und liebevoll sein Gesicht betrachtete. Ohne Zweifel suchte sie nach neuen Narben. »Lass mich jetzt herunter, du großer Lümmel, damit ich anfangen kann, dich aufzupäppeln. Du bist ja nur noch Haut und Knochen.«

Selik lachte unbeschwert und setzte sie behutsam wieder ab. Dann legte er den rechten Arm um Gydas Schultern. Die Frau reichte ihm kaum bis zur Brust. »Ich möchte, dass du jemanden kennen lernst.« Er gab Rain ein Zeichen, vom Pferd zu steigen und zu ihm zu kommen.

Als Rain neben Selik stand und die winzige Gyda weit überragte, sagte Selik: »Erinnerst du dich an Ruby Jordan? Thorks Frau?«

»Ja, natürlich«, erwiderte Gyda zögernd. Seine seltsame Frage verwirrte sie, und sie zog die Stirn kraus.

»Diese ... Geisel ... ist deren beider Tochter, Thoraine. Ihr Rufname ist Hagelkorn ... ich meine Rain.«

Rain warf ihm einen missbilligenden Blick zu. Sie fand seinen Witz kein bisschen komisch. »Und deiner ist Witzbold«, murmelte sie Selik mit gedämpfter Stimme zu.

Aber Gyda hatte es trotzdem verstanden, und ihr Gesicht strahlte fröhlich auf. »Ich kenne dieses Wort. Witzbold. Deine Mutter hat es mir beigebracht.« Sie wandte sich an Selik und drohte ihm mit dem Finger. »Und es hat sich als sehr treffend erwiesen, das muss ich dir sagen, Selik. All diese Wachen, die du hier zurückgelassen hast, damit sie uns beschützen. Allmächtiger! Ich kann ja nicht einmal zum Abort gehen, ohne über den einen oder anderen von ihnen zu stolpern. Aber Rubys Tochter! Hat Ruby sie nach Thorks Tod geboren? Aber nein, sie ist viel zu alt! Es ist unglaublich! Und solch eine Riesin!«

Rain versuchte, Gydas lang gewundenen Ausführungen zu folgen, aber die Wikingerfrau sprach zu schnell. »Was sagt sie?«, fragte Rain deshalb Ubbi.

»Es scheint, dass Eure Mutter Gyda das Wort Blödmann beigebracht hat, dass Selik hier so viele Wachen zurückgelassen hat, dass Gyda bei jedem Schritt über sie stolpert und dass es ihr schwer fällt, zu glauben, dass Eure Mutter nach Thorks Tod ein Kind zur Welt gebracht hat.«

»Und sie hat mich eine Riesin genannt, nicht wahr?«, fragte Rain, die spürte, dass Ubbi ihre Gefühle schonen wollte.

»Ja, das hat sie«, gab er zu, »aber schließlich ist für sie jeder ein Riese, der größer als ein Kalb ist.«

Gyda trat näher und streckte Rain die Hände entgegen, um

sie willkommen zu heißen. Sie bemühte sich, jetzt langsamer zu sprechen: »Willkommen, Rain. Jedes Kind von Thork und Ruby ist ein Freund dieses Hauses.«

Rain fühlte die Aufrichtigkeit dieser Begrüßung und drückte der kleinen Frau dankbar die Hände.

»Selik sagt, dass du eine Geisel bist, aber in meinem Haus wirst du niemals als eine solche behandelt werden.«

Rains Blick schoss zu Selik hinüber, der sich alle Mühe gab, sie zu ignorieren, während er sein Pferd in die Scheune führte. Doch die Bemerkung, die sie an ihn richten wollte, wurde durch das Erscheinen der bezauberndsten jungen Frau verhindert, die Rain je in ihrem Leben gesehen hatte.

»Selik!«, rief die blonde Schönheit, die vielleicht siebzehn Jahre zählen mochte und die sich jetzt übermütig in Seliks weit geöffnete Arme warf, um ihn willkommen zu heißen. Er fing das Mädchen auf und wirbelte es im Kreis herum, als er es mit ebensolcher Begeisterung begrüßte.

Dieser Blödmann!

»Tyra«, rief Selik bewundernd aus, als er das Mädchen endlich wieder freigegeben hatte. Unverhohlen betrachtete er das Mädchen – von den rotblonden Haaren, den gerundeten Brüsten und der zerbrechlich schmalen Taille und den schlanken Hüften bis zu den abscheulich zierlich-kleinen Schuhen, die es trug. »Du bist zur Frau herangewachsen, während ich fort war. Zu einer sehr schönen Frau.«

Tyra legte ihre kleine Hand auf Seliks Brust und warf ihm unter ihren Übelkeit erregenden langen Wimpern einen schwülen Blick zu, als sie mit süßer Stimme gurrte: »Dann ist es ja höchste Zeit für unsere Hochzeit.«

10

»Du kleines Biest«, flüsterte Selik Tyra als Antwort auf ihre freche Bemerkung zu. Dann lachte er, schloss sie noch einmal fest in die Arme und stellte sie wieder auf den Boden, wobei er nicht versäumte, ihr einen Klaps auf das wohlgerundete Hinterteil zu geben.

Als er den Kopf hob, schaute er zu Rain hinüber und stutzte, als er den Ausdruck überraschter Verwirrung auf deren Gesicht sah. Als ihm klar wurde, dass sie Tyras Bemerkung über die Hochzeit gehört haben und annehmen musste, er habe dem jungen Mädchen ewige Treue geschworen, neigte er irritiert den Kopf. *Heiliger Thor!* Tyra war für ihn wie eine Schwester. Das war für jeden offensichtlich, der Augen im Kopf hatte.

Aber für Rain nicht, das erkannte er in diesem Augenblick. Sie biss sich auf die zitternde Unterlippe und hatte die Augen weit aufgerissen, um die Tränen zurückzuhalten, die aus deren goldenen Tiefen aufzusteigen drohten.

Instinktiv wollte Selik auf Rain zugehen und ihr die Wahrheit sagen, um den Ausdruck des Schmerzes von ihrem Gesicht zu vertreiben und sie mit süßen Worten der Erklärung zu besänftigen. Doch er unterließ es. Vielleicht konnte ihm Rains Irrtum von Vorteil sein. Er hatte dieser Anziehungskraft zwischen ihnen schon allzu sehr nachgegeben. *Bei allen Heiligen!* Er lief in diesen Tagen in einem Zustand der Erregung herum, die der Aufmerksamkeit seiner Männer kaum entgangen sein konnte. Wie lange noch könnte er der Versuchung widerstehen, die Rain für ihn bedeutete? Er musste sich beherrschen, besonders jetzt, da er wusste, wie schnell es geschehen könnte, dass er sie schwängerte. Es war besser, diesen kleinen Schmerz unbefriedigter Lust zu ertragen als den größeren, der ansonsten unausweichlich kommen würde.

Selik zwang sich, sich von Rains anklagendem Blick abzuwenden. Er beugte sich zu Tyra hinunter, die ihm kaum bis zur Brust reichte, und sagte so leise, dass nur sie es hören konnte: »Sei vorsichtig, Mädchen. Du sagst das schon, seit du fünf Jahre alt warst und ich ein erwachsener Mann von achtzehn war. Eines Tages könnte ich dich beim Wort und dein Angebot ernst nehmen, und was würdest du dann tun?«

Sie schenkte ihm ein kleines Lächeln und erwiderte rasch: »Annehmen, natürlich.«

»Ha! Das sagst du jetzt, aber was wäre dann mit all den Verehrern, die um deine Hand anhalten?«

Selik wusste, dass Rain von dort, wo sie noch immer wie erstarrt in eisigem Schmerz stand, kein Wort dieser Unterhaltung hören konnte. Aber auf sie musste es wie das neckende Wortgeplänkel zwischen Liebenden wirken. Selbst Ubbi sah ihn stirnrunzelnd und in stummer Missbilligung an.

Und Tyra fügte sich in die ihr zugewiesene Rolle perfekt ein. Einen verführerischen Schmollmund ziehend, legte die junge Circe einen Finger an ihr Kinn, als müsse sie die Tragweite der Entscheidung überdenken, all ihre anderen Verehrer für Selik aufzugeben. »Hmmm. Das ist etwas, worüber ich erst nachdenken müsste.«

»Tyra! Schäm dich!«, mischte sich Gyda schließlich ein und schob ihre Tochter und Selik entschlossen auf das Haus zu, wobei sie Rain und die anderen aufforderte, ihnen zu folgen.

Selik zwang sich, unverwandt geradeaus zu schauen und sich nicht zu Rain umzudrehen. Er befürchtete, er könnte seinem Impuls nachgeben und ihr seine Charade eingestehen.

Dass er alles tun würde, um sie von der Qual zu befreien, die sein vorgeblicher Verrat ihr so unübersehbar bereitete.

Verrat! Wie komme ich auf diesen Gedanken, fragte sich Selik. Er hatte keine Verpflichtungen gegenüber dieser Frau, die aus irgendeinem fernen Land gekommen war.

Sie hat dein Leben gerettet.

»Ja, aber ich habe das mehr als gutgemacht, indem ich ihr nörgelndes Gezanke ertragen habe, oder etwa nicht?«, fragte Selik Ubbi.

»He?« Ubbi sah seinen Herrn so verwundert an, als sei diesem plötzlich eine zweite Nase gewachsen.

Mit gezwungener Geduld erklärte Selik: »Du hast mich darauf hingewiesen, dass Rain mein Leben gerettet hat, und...«

»Habe ich das?«

»Ganz bestimmt hast du das.«

»Wann?«

»Gerade eben.«

Ubbi schaute zum Himmel und lächelte, ehe er Selik neugierig von der Seite ansah. »Und was habe ich sonst noch gesagt?«

Selik blieb abrupt stehen, stemmte die Hände in die Hüften und stieß einen knurrenden Ton der Selbstverachtung aus, weil er es zugelassen hatten, sich von Ubbi in dieses sinnlose Gespräch verwickeln zu lassen. Schließlich hob er missmutig die Hände. »Du hast gesagt, dass du ein Pferd bist, und ich sei der Arsch dieses Pferdes.«

»Niemals habe ich so etwas gesagt!«

Selik warf ihm einen grimmigen Blick zu. »Aber ohne Zweifel hast du es gedacht.«

Zu seiner Überraschung nickte Ubbi energisch. »Ja, wenn du Mylady so behandelst, wie du es eben getan hast. Wenn ich so kühn sein darf, meine unmaßgebliche Meinung kundzutun, dann – nun, du hast dich in der Tat nicht besser aufgeführt als ein Pferdearsch.«

Selik war eher überrascht als wütend. Auf diese Art sprach sein getreuer Gefährte nur selten mit ihm. »Wieso? Ist sie geschlagen worden, oder hat man sie Hunger leiden lassen? Wurde ihr körperliche Gewalt angedroht? Nein. Ich denke, Ubbi, du vergisst, dass sie nur eine Gefangene ist. Wie alle anderen auch.«

»Ha! Glaub das, und ich weiß mit Sicherheit, dass du den Verstand verloren hast. Vielleicht ist er ja in das Ding gerutscht, dass du schon die ganze Woche wie ein Banner vor dir herträgst.« Ubbi schaute bedeutungsvoll auf den Schritt von Seliks Hose und schnaubte derb, ehe er sich abwandte und davonging.

Selik spürte jetzt Rain neben sich, oder vielleicht nahm er auch den Duft ihrer *Leidenschaft* wahr. Doch als er zur Seite schaute, sah er, dass sie ihren Blick auf Tyra gerichtet hatte, die dabei war, Gyda bei der Zubereitung eines Mahls für die unerwarteten Gäste zu helfen.

Verdammte Hölle! Sie denkt, dass es Tyra ist, nach der mein Körper verlangt. Wie kann sie nur so blind sein? Soll ich es zulassen, dass sie das auch weiterhin annimmt? Ja, ich muss es tun.

Selik ging entschlossen zur Kochstelle, die sich an erhöhter Stelle in der Mitte des großen Raumes befand, und legte die Hand auf Tyras Schulter. Dann beugte er sich herunter und flüsterte dem Mädchen ein paar bedeutungslose Worte ins Ohr. Ein perlendes Lachen Tyras war die Antwort darauf.

Selik hörte Rain leise aufkeuchen. Um zu vermeiden, dass er sich umdrehte und die Hände nach ihr ausstreckte, ballte er diese zu Fäusten.

Niemals, niemals in ihrem neuzeitlichen Leben hätte Rain erwartet, wegen eines Mannes einen solchen Schmerz empfinden zu können. Einem betrügenden, lügenden, falsch spielenden Schmutzkübel von einem Mann zudem.

Er liebt Tyra, dachte sie.

Nein, sie musste ehrlich sein. Selik hatte ihr keine Versprechungen gemacht. Sie hatte ihm ihre Liebe erklärt, und er hatte es mehr als deutlich gemacht, dass ihm ihre Gefühle nicht willkommen waren. Bestenfalls begehrte er sie aus reiner Lust.

Er liebt Tyra.

Ja, sie musste es zugeben – in diesem Bild war *sie* die Dumme. Irgendwie hatte sie von sich das Szenario der wunderbaren Retterin aus der Zukunft entworfen, die gekommen war, um den primitiven Wikinger zu retten. Ha! Bis jetzt war es ihr kaum gelungen, ihre eigene Haut zu retten.

Er liebt Tyra.

O Gott, wie sollte sie ohne ihn leben? Bis jetzt war ihr nicht bewusst gewesen, wie verbunden ihrer beider Leben miteinander waren. Als sie ihre aufkeimende Liebe für ihn gefühlt hatte, hatte sie gedacht, diese kontrollieren zu können. So wie alles in ihrem modernen Leben – ihre Ausbildung, ihre Karriere, ihre Familie, ihre Gefühle, ihr Liebesleben. Jedes Ding wohl verwahrt in seiner kleinen Schublade, aus der es nach Belieben herausgenommen und wieder hineingelegt werden konnte.

Er liebt Tyra.

Rains Schultern sackten herunter, und sie wandte sich von den Menschen ab, die in Gydas großem Zimmer beisammen waren und fröhlich miteinander plauderten. Selik und Ubbi standen in der Mitte des Raumes und wiesen die Soldaten an, die Pferde zu versorgen und die Gefangenen zu bewachen. Gyda war mit ihren Dienern am Kochfeuer beschäftigt, während Tyra den großen aufgebockten Tisch mit Holztellern und Trinkbechern eindeckte.

In einem Nebel von Tränen machte Rain auf dem Absatz kehrt. In sich spürte sie den überwältigenden Wunsch, aus diesem Haus zu fliehen, in dem diese beiden sich aufhielten – Selik und seine Verlobte. Niemand bemerkte, dass sie fortging.

Rain schlug die Richtung ein, aus der sie gekommen waren. Sie ging ohne Ziel, bis ein Gedanke von ihr Besitz ergriff.

Coppergate.

Wenn sie zur Coppergate zurückgehen könnte, dem Ort, an dem einmal das Wikingermuseum errichtet werden würde, vielleicht könnte sie dort den Schlüssel zur Tür des Zeittunnels finden.

Er liebt Tyra.

Rain konnte keinen klaren Gedanken mehr fassen, schon gar nicht über ihre Mission, die sie hierher geführt hatte und die misslungen war. Sie, die immer vom Streben nach Perfektion besessen gewesen war, musste jetzt zugeben, gescheitert zu sein. Es war eine bittere Pille zu schlucken.

Noch weniger wollte sie über Selik nachdenken und darüber, wie er auf ihr Verschwinden reagieren würde. Vermutlich mit Erleichterung. Auch ihr selbst war bewusst, dass sie sich in letzter Zeit verändert hatte und zu einer zickigen selbstgerechten Nervensäge geworden war.

Woran Rain aber am allerwenigsten denken mochte, war, je wieder in ihrer sterilen, modernen Welt zu leben, in der sie in ihrer Rolle als angesehene Ärztin glücklich gewesen zu sein glaubte – nein, zufrieden. Aber wie konnte es sein, dass die Aussicht auf jenes Leben, das sie bislang als befriedigend empfunden hatte, jetzt eine Furcht in ihr auslöste, bei der ihr die Haut zu kribbeln begann? Was fehlte in dem Bild?

Liebe, antwortete die Stimme in ihrem Kopf.

Aber Selik liebt mich nicht, schrie ihr Herz.

Und wenn er es täte? Würdest du dann bei ihm bleiben?

Ja ... nein ... ich weiß es nicht.

Trotz der Tränen, die ihr die Augen trübten, fand Rain ohne Mühe ihren Weg durch das gitterartig angelegte Straßennetz Jorviks. Bald erkannte sie die Läden der Handwerker wieder, die Selik ihr zuvor gezeigt hatte. Sie ging langsamer, während sie nach rechts und links Ausschau halten zu begann und versuchte, den Ort wieder zu erkennen, an dem das Museum einmal stehen würde.

Unvermittelt spürte sie, wie sich alle Härchen ihres Körpers fast wie elektrisiert aufrichteten. Beklommen näherte sich Rain einem Gebäude, das verlassen zu sein schien. Je weiter sie heranging, desto stärker spürte sie die Aura, die von dem Ort ausging. Ihr schien es, als taumelte sie am Rand eines Wirbelwindes dahin. Wenn sie jetzt den Fuß durch die Tür setzte und das Gebäude betrat, würde sie in diesen Wirbel hineingezogen und durch das Nichts in die Zeit zurückgeschleudert werden. Dessen war sich Rain sicher.

Rain ging um das Gebäude herum. Unablässig strömten ihr die Tränen über das Gesicht, während sie mal einen Schritt darauf zu machte, dann wieder ein Stück zurückwich, wenn sie spürte, dass der magische Sog sich verstärkte. Und jedes Mal fühlte sie den zwingenden Wunsch, über den Rand zu springen, aber ein noch stärkerer Drang hielt sie davon ab, es zu tun. Rain runzelte die Stirn. Sie verstand nicht, warum sie zögerte.

»Geh nicht. Noch nicht.«

Rain zuckte erschrocken zusammen und fuhr herum.

Nur ein kurzes Stück von ihr entfernt stand Selik, dessen sonst gebräuntes Gesicht blass aussah, wie es schien aus Angst und Sorge. *Um mich?* Rain schluckte, als sie den Knoten ihn ihrer Kehle spürte, und sie war kaum fähig, durch den zarten Schleier ihrer Tränen Seliks Gesicht zu sehen.

Schweigend hielt er ihr die Hand hin, aber seine silbern schimmernden Augen flehten sie an, zu ihm zu kommen. Er zwang sich, keinen Schritt weiterzugehen, denn er spürte die Macht der Aura, die diesen Ort umgab, und er wusste, wie nah am Rand der Zeit Rain stand.

Rain versuchte sich zu sagen, dass Selik eine andere Frau liebte, dass es in der Vergangenheit keine Zukunft für sie geben würde. Der analytische, wissenschaftlich denkende Teil ihres Verstandes sagte ihr etwas von Prioritäten, die sie setzen musste, etwas über richtig und falsch und rationale Entscheidungen. Der andere Teil ihres Verstandes hingegen, der emotionale, weibliche Teil, triumphierte, als sie sich Schritt für Schritt langsam, aber entschlossen von der Aura fortbewegte und auf ihren Leitstern zuging, der in der Vergangenheit für sie leuchtete.

Rain ging nur wenige Schritte, bis Selik sie in seine Arme zog und ihr zu Mute war, als sei sie heimgekommen. Er drückte sie an seine Brust, schlang die Arme um sie, und seine Hände streichelten ihre Schultern, den Rücken, ihre Taille und die Hüften, sogar ihren Po. Dann drückte Selik sie noch fester an sich, fast als habe er Angst, sie würde wieder fliehen.

Schließlich hielt er Rain ein wenig von sich weg, wobei er sie schmerzhaft an den Schultern packte. Sein Gesicht war jetzt nicht mehr blass vor Sorge, sondern rot vor Zorn. Mit rauer Stimme klagte er sie an: »Du hast gelogen, Rain. Du hast versprochen nicht zu versuchen zu fliehen, wenn ich keine Skalpe mehr nehme.«

Wie Stücke grauen Eises blitzte Empörung in seinen Augen, und die gezackte Narbe auf seiner Wange stach weiß gegen das von Zorn gerötete Gesicht ab. Voller Wut stieß er seine Anklage hervor.

»Ich breche meine Versprechen nicht leicht, Selik, aber ich war außer mir, dich mit Tyra zu sehen.«

»Ob ich mit Tyra zusammen bin oder mit Blanche oder mit hundert anderen Frauen – das ist keine Entschuldigung für dich, deinen Schwur zu brechen. Wir werden später darüber reden, wenn wir wieder in Gydas Haus sind.« Mit diesen knappen Worten zog er Rain mit sich zu seinem Pferd, das neben dem Weg zufrieden Gras rupfte. Mit einer groben Bewegung legte Selik die Hände um Rains Taille und hob sie auf Furys Rücken. Dann schwang er sich in den Sattel, sodass sie seitlich vor ihm saß.

Verwirrt über seine Heftigkeit, betrachtete Rain ihn nachdenklich. »Selik, ich hätte gedacht, du würdest erleichtert sein, mich loszuwerden. Ich weiß, dass ich dich in letzter Zeit erzürnt habe. Warum also? Warum macht es dir etwas aus, ob ich bleibe oder ob ich gehe? Ist es mein Wert als Geisel?«

Als wolle er diesen Wert taxieren, sah Selik sie aus zusammengekniffenen Augen abschätzend an. Sie hatte den Eindruck, seinen Maßstäben nicht zu genügen, weil er den Blick abwandte und sie anfauchte: »Ich schulde dir keine Erklärung. Wenn ich es recht bedenke, dann bist du in der Vergangenheit viel zu nachsichtig behandelt worden. Das wird sich jetzt ändern, da ich deinem Wort nicht mehr trauen kann.«

Rain starrte ihn an, während sie versuchte, diesen Zorn mit der offensichtlichen Angst in Einklang zu bringen, die Selik noch vor wenigen Augenblicken gezeigt hatte, als er annehmen musste, sie würde ihn verlassen. Als er Fury antrieb und das Tier schneller durch die schmalen Gassen trabte, legte Rain die Hände um Seliks Taille, um sich an ihm fest zu halten.

Er holte tief Luft.

Sie beschloss, sich noch weiter in das tiefe Wasser zu wagen, und presste ihre Hüfte gegen ihn.

Ihr Schenkel berührte die Härte zwischen seinen Beinen, und Selik zuckte zusammen, als habe sie ihm einen elektrischen Schlag versetzt. Plötzlich schoss Rain ein Gedanke durch den Kopf, der ihr das Herz leicht machte. Vielleicht war sie es, die ihn erregte, und nicht die schöne Tyra.

»Steig ab.«

Rain schaute auf und sah, dass Selik die Zähne zusammenbiss.

»Was ...«

»Steig ab, sofort, oder ich schwöre bei allen Göttern der Nordmänner und allen christlichen Heiligen, dass ich dich hier und jetzt nehmen werde. Im Sattel und mitten auf der Coppergate.«

Rain bedachte diese verführerische Aussicht einen Moment lang und fand sie bei weitem nicht so erschreckend, wie Selik unzweifelhaft annehmen mochte, dass sie es tat. Nichtsdestotrotz rückte sie ein kleines Stück von ihm ab.

»Warum hast du mich nach Jorvik gebracht, wenn du wusstest, dass Tyra hier auf dich wartet?«, fragte sie düster.

»Ich habe dir schon genug Fragen beantwortet. Aber eines sollst du wissen, Frau: Es wird noch eine Abrechnung für den Ärger geben, den du mir heute gemacht hast.«

»Wirst du mich auspeitschen?«, spottete Rain und schmiegte trotz seiner abwehrenden Haltung das Kinn gegen Seliks Brust.

»Vielleicht.«

»Vielleicht wirst du wieder auf alte Gewohnheiten zurückgreifen und mich skalpieren.«

Er stieß ein kleines Schnauben aus, das tief aus seiner Kehle kam.

»Aber nein, ich glaube nicht, dass du das tun würdest. Du hast mir einmal gesagt, mein Haar wäre gesponnenes Gold. Niemand hat mir jemals zuvor etwas so Nettes gesagt, Selik. Wusstest du das?« Katzengleich rieb sie die Wange an der weichen Wolle seiner Tunika, die er unter dem mit Bändern geschnürten Lederwams trug. Zufrieden stellte Rain fest, dass sein Herzschlag augenblicklich schneller wurde.

»Sei dir deiner nicht so sicher, Frau«, knurrte er.

»Nun, die Wikinger kennen wahrscheinlich einige besonders peinigende Qualen, die du anwenden könntest. Zum Beispiel ... oh, einen Menschen zu Tode kitzeln. Aber ich bin nicht kitzelig, das würde also nicht funktionieren. Obwohl ... wenn du eine Feder dazu nehmen würdest und ich nackt wäre und du auch ...«

Selik stieß einen heiseren Ton aus, und er legte ihr die Hand auf den Mund. »Genug, Frau! Glaube nicht, mich mit diesen Anzüglichkeiten ablenken zu können. Was ich einfach tun könnte, wäre – falls du darauf bestehst, deinen verdammten G-Punkt zu finden, ihn auszugraben und ihn dir auf die Stirn nageln, damit alle Welt sieht, was für ein lüsterner Plagegeist du bist.«

Rain wartete, bis Selik kurze Zeit darauf die Hand von ihrem Mund nahm, und fragte in gewollt unschuldigem Ton: »Du glaubst also zu wissen, wo er sitzt?«

»Was?«

»Mein G-Punkt.«

Rain hörte ein kurzes, ersticktes Aufstöhnen; dann verblüffte Selik sie, indem er die Hand auf den Scheitelpunkt ihrer Weiblichkeit legte und den Daumen durch den Leinenstoff ihrer Hose auf die Stelle genau oberhalb ihres Schambeins drückte. »Ja. Er ist genau hier. Innen, natürlich.«

Rain sah ihn verblüfft an. Es erstaunte sie, dass Selik die weibliche Anatomie so gut kannte und dass er, bei all ihrem Gerede über wissenschaftliche Untersuchungen über das Sexualverhalten und weiblicher Befriedigung, nur zu gut jedes Wort verstanden hatte, das sie gesagt hatte. Trotz seiner noch immer grimmigen Miene zwinkerte er ihr jetzt mit höchst männlicher Arroganz zu.

»Manche Dinge weiß ein Mann einfach, auch ohne in Büchern darüber zu lesen.«

Jetzt war Rain es, die einen erstickten Ton von sich gab.

Als sie zu Gydas Haus zurückkehrten, waren schon alle an den großen Tischen zum Abendessen versammelt. Die Anwesenden von höherem Ansehen – wie Gyda und ihre Familie –, saßen an der Kopfseite, auf der gegenüberliegenden Seite hatten Seliks Gefolgsleute Platz genommen, insbesondere die ehemaligen Gefangenen, die jetzt zu seinen Soldaten gehörten. Mit einer wütenden Bewegung packte Selik Rain im Nacken und zerrte sie mit sich, als er mit raschen Schritten auf das Kopfende des Tisches zuging. Es war, als wollte er seine Autorität über eine entlaufene Sklavin demonstrieren.

Selik setzte sich auf den Stuhl mit der hohen Rückenlehne, den Gyda ihm anbot. Er wies Rain an, sich auf dem niedrigen Schemel niederzulassen, den ein Diener auf seinen Wink hin herbeigetragen hatte. Wie ein Hund, dachte sie, und hätte am liebsten mit den Zähnen geknirscht.

Als Rain den Mund öffnete, um zu protestieren, stopfte Selik ihn ihr mit einem Stück gebratenen Wildes. Sie versuchte aufzustehen, doch er legte seine große Hand fest auf ihren Kopf und hinderte sie daran.

Wut und Demütigung wirkten in Rain wie ein roter Schleier, durch den sie kaum etwas von der angeregten Unterhaltung mitbekam, die am Tisch herrschte.

Gyda warf Selik dafür, wie er Rain behandelte, einen tadelnden Blick zu, rügte ihn aber nicht. Stattdessen fragte sie: »Wann wird das Kämpfen aufhören, Selik? Überall auf den Straßen wird nur von der Großen Schlacht gesprochen und dass so viele gute Nordmänner gefallen oder verstümmelt sind.«

»Es wird nie aufhören, Mutter. Das weißt du«, erwiderte Selik resigniert. »Nicht, bis jeder Mann nordländischer Herkunft aus Northumbrien verschwunden ist.« Rain spürte die Anspannung in Seliks Worten, die sich bis in seine Hand übertrug, die auf ihrem Kopf lag und deren Druck sich verstärkte.

Nachdem sie dafür gesorgt hatte, dass jeder mit genügend Bier und Essen versorgt war, kam Gyda zu Selik zurück. »Dann bist du hier in Jorvik nicht sicher. Erst heute habe ich einige von Athelstans königlichen Wachen in der Nähe des Hafens gesehen.«

»Ohne Zweifel waren sie auf der Suche nach Olaf, der schon lange wieder auf seinen Besitzungen in Dublin ist. Aber du hast Recht, ich muss auch zusehen, dass ich verschwinde.«

»Was ist mit den angelsächsischen Gefangenen, die du mitgebracht hast?« Gyda schaute zu Blanche hinüber, die den Dienern beim Kochen half. Eadifu, die die Töpfe säubern sollte, unterhielt sich stattdessen mit den drei männlichen Gefangenen, die Selik mitgebracht hatte.

Er zuckte die Schultern. »Du kannst so viele von ihnen haben, wie du möchtest, einschließlich der Soldaten. Die anderen werden verkauft.« Bei dieser Ankündigung gefror Rain das Blut in den Adern, da sie nicht wusste, ob Selik auch sie damit meinte. Ehe sie die Gelegenheit wahrnehmen konnte, ihn danach zu fragen, ließ er die Hand von ihrem Haar auf ihren Mund gleiten, um sie zum Schweigen zu gemahnen.

»Die junge Frau, Blanche, könnte mir gut im Haus helfen, aber diese andere Schlampe muss gehen«, sagte Gyda. »Offen gestanden hast du das letzte Mal so viele Männer zu meinem und Tyras Schutz hier gelassen, dass wir die ganze Zeit übereinander stolpern. Und ich will nicht noch mehr Münder stopfen müssen.«

Endlich schien sie auch Rain wieder zu bemerken, da sie

fragte: Und was ist mit Rubys und Thorks Tochter? Willst du sie auch verkaufen?«

Selik schwieg daraufhin für eine äußerst ärgerlich lange Zeit, und Rain versuchte aufzustehen, um ihm zu sagen, was sie davon hielt, dass er so intensiv darüber nachdenken musste. Aber Selik vergrub die Finger in ihrem Haar und zog fest daran, um zu zeigen, wer in dieser Situation der Herr war.

»Nein, ich werde diese lästige Person nicht verkaufen. Zumindest jetzt noch nicht. Ich werde sie behalten. Möglicherweise bekomme ich von König Athelstan ein Lösegeld für sie.«

Tyra kicherte amüsiert, als habe Selik etwas sehr komisches gesagt. »O Selik! Du machst wohl Scherze. Wer würde schon eine solche Riesin von Frau haben wollen?«

»Da hast du Recht, meine Kleine«, stimmte Selik ihr trocken zu und zog dabei nachdrücklich an Rains Haaren. Dieser Schuft.

Gyda biss sich nachdenklich auf die Unterlippe, während ihr Blick zwischen der wütenden Rain und dem arrogant lächelnden Selik hin und her schoss. »Du würdest doch Thorks Tochter ganz gewiss nicht an einen Sklavenhändler verkaufen.«

»Sie ist ungemein zänkisch, Gyda.«

»Ich begreife noch immer nicht, wie sie die Tochter von Thork und Ruby sein kann. Die beiden waren vor zwölf Jahren zusammen, und Rain ist mit Sicherheit viel älter als zwölf.«

»Sie behauptet, aus der Zukunft zu kommen, und sagt, dass die Zeit dort schneller vergeht als bei uns, oder sonst irgendwelchen Unsinn.«

Gyda stand der Mund offen, und sie machte einen schnalzenden Laut des Unglaubens. »Aber ...«

Selik tat ihre Bedenken mit einer Handbewegung ab. »Das ist jetzt nicht von Belang. Und was den Sklavenmarkt angeht – selbst wenn ich mich dazu entscheide, sie zu verkaufen, wer würde schon eine zänkische Frau von dieser Körpergröße und diesem Alter haben wollen?«

Sowohl Gyda als auch Tyra sahen Selik misstrauisch an, wahrscheinlich vermuteten sie, dass er absichtlich versuchte, seine Geisel herauszufordern.

»Andererseits«, fuhr Selik fort, »ist Rain eine Ärztin mit der seltenen Fähigkeit zu heilen. Nach Brunanburh hat sie Tykirs Bein gerettet.« Rain zuckte herum und sah ihn überrascht an, als sie ihn dieses seltene Lob aussprechen hörte.

»Und jeder weiß, wie sehr der König von Wessex gute Heiler schätzt«, schloss Gyda für ihn.

»Vielleicht würde es dir gefallen, eine Sklavin zu haben, die dir deine Kleider wäscht und dir das Haar richtet, Tyra«, unterbreitete Selik gleichmütig sein Angebot. Rain hob beide Hände zum Kopf und zwang ihn, ihr Haar loszulassen, indem sie die Fingernägel in seine Hand krallte. Dann erhob sie sich und stand kerzengerade und voller Stolz Selik fast Auge in Auge gegenüber. »Eher würde ich Nadeln in die Teile deines Körpers pieksen, die du so sehr schätzt, du verdammter Barbar«, erklärte sie.

»Ts, ts, ts«, spottete Selik. »Gesprochen wie eine wahre Pazifistin! Aber nicht in Worten, die einer Sklavin angemessen sind, fürchte ich. Ich werde mir eine Strafe für dich ausdenken müssen.«

Rain dachte in diesem Augenblick an seine frühere Bemerkung über G-Punkte. So angestrengt sie auch versuchte, an etwas anderes zu denken, gelang es ihr nicht, die verräterische Röte zu verbergen, die ihr Gesicht überzog.

»Du musst nicht verlegen sein, Rain. Gyda und Tyra verstehen die Notwendigkeit des Gehorsams von Dienern und Sklaven.«

»*Argh!*«, stieß Rain hervor und streckte in dem Wunsch zu töten die Hände nach seiner Kehle aus. »Verstehen sie auch das Verlangen der Frauen, unerträglich arrogante Männer zu erwürgen?«

Selik duckte sich lachend und packte Rain an der Taille, um sie sich wie einen Sack Kartoffeln über die Schulter zu werfen. »Wo sollen wir heute Nacht schlafen, Gyda? Ich glaube, ich muss mich mit meiner Sklavin einmal ungestört über ihre Lästerzunge unterhalten.«

Tyra kicherte wieder. Wenn Rain von ihrer kopfüber baumelnden Lage bis zu ihr hätte reichen können, hätte sie versucht, auch sie zu erwürgen.

»Die Treppe hinauf. Deine übliche Kammer«, erwiderte Gyda lachend. »Ich werde Badewasser hinaufschicken. Ihr seht beide so aus, als könntet ihr eine gründliche Wäsche vertragen.«

»Sorg dafür, dass der Bottich groß genug ist«, sagte Selik und klatschte mit der Hand auf Rains Hinterteil, um ihren zappelnden Körper an Ort und Stelle zu halten. »Für zwei.«

»Autsch!«, rief Selik, nachdem Rain ihm in den Po gebissen hatte. Er stolperte und wäre fast die Holzstufen hinaufgefallen, die zum Obergeschoss führten.

Seliks Antwort bestand darin, dass er ihr in das Hinterteil zwickte. »Oh! Du bist ein Tier!«, keuchte Rain erbost. Als die Spitze ihres Schuhs seine Genitalien nur knapp verfehlte, spreizte Selik die Hand und drückte sie oben gegen die Innenseite von Rains Schenkel. Sein Mittelfinger berührte den dort befindlichen, sensiblen Punkt.

»Beweg dich nur um ein winziges Stück«, drohte er mit eisiger Stimme, »und ich schwöre dir, du wirst eine ganz neue Bedeutung des Wortes Peinlichkeit kennen lernen.«

Rain entschied sich, nicht mehr zu zappeln.

Als er die winzige Kammer am Ende des Ganges betreten hatte, warf Selik Rain kurzerhand auf die einzige Matratze dort und folgte ihr augenblicklich. Lachend legte er sich auf sie und schlang die Beine um sie, während er mit den Händen ihre Arme fest hielt, die sie über den Kopf gestreckt hielt. Sein Körper hielt sie gefangen, und Rain war vollkommen bewegungsunfähig.

»Geh runter, du großes Scheusal. Ich bekomme ja kaum noch Luft«, keuchte sie.

»Also gut. Vielleicht wird deine vorlaute Zunge jetzt Ruhe geben.«

»Du wirst nicht sehr viel Lösegeld für mich bekommen, wenn ich tot bin.«

»Kann sein, aber dann hätte ich endlich meinen gesegneten Frieden.«

»Ha! Du hast seit Jahren keinen Frieden, und das weißt du. Aus diesem Grund bin ich hierher geschickt worden, du sturer Dummkopf.«

»Das sagst *du*. Ich glaube, dass Gott – wenn ein solches Wesen existiert, und das bezweifle ich stark – mich für alle meine Missetaten bestrafen will. Welch bessere Strafe könnte es geben! Die wahre Hölle auf Erden – die Last einer zänkischen, wichtigtuerischen, selbstgerechten, vorlauten Frau!«

»Ist das etwa schon alles?«, fauchte Rain voller Sarkasmus und gab sich alle Mühe, von seiner verächtlichen Beschreibung nicht beleidigt zu sein. Sie versuchte ihn von sich herunterzustoßen, indem sie die Hüften heftig nach oben drückte. Es war ein Fehler. Sie erreichte nur, dass ihre Körper sich noch fester aneinander drückten, sodass *jener* Teil von ihm sich noch enger an *diesen* Teil von ihr schmiegte und Rain fühlen konnte, dass er noch größer wurde.

Bei dieser unmittelbaren Reaktion Seliks stritten in Rain Lust und Abwehr miteinander. Vom ersten Augenblick an hatte diese Chemie zwischen ihnen gewirkt, und es bedurfte nur eines flüchtigen Blickes, um die Glutasche schwelenden Verlangens auflodern zu lassen. Und wenn Rain ehrlich mit sich wahr, dann musste sie auch zugeben, dass Seliks Anziehungskraft auf sie schon lange vor ihrer ersten Begegnung existiert hatte. Seit Jahren war er ihr in ihren Träumen begegnet, hatte über alle Zeit hinweg nach ihr gerufen.

»Selik, was willst du von mir?«

»Loyalität. Aber du hast heute gezeigt, dass man dir nicht vertrauen darf. Dein Wort ist bedeutungslos geworden, als du deinen Schwur, nicht zu fliehen, gebrochen hast.«

»Ich habe dir gesagt, warum ich ...«

»Nein, mach keine Ausflüchte. Als du geschworen hast, geschah das ohne Einschränkung. Versuch nicht, jetzt irgendwelche Bedingungen an dein Wort zu knüpfen. Dazu ist es zu spät.«

»Also gut, es tut mir Leid.«

Selik starrte sie lange Zeit an, als suchte er in ihr nach einer verborgenen Wahrheit.

»Ich frage mich ...« Er zögerte und sprach nicht weiter.

»Was?«

»Ich frage mich, wer du wirklich bist.«

»Ich habe dich nicht belogen, Selik.« Sie hielt seinem Blick stand, denn es war ihr überaus wichtig, dass er ihr glaubte. Dann fügte sie hinzu: »In keiner Beziehung.« Rain dachte dabei an ihr Eingeständnis, dass sie ihn liebte. Obwohl sie diesen Gedanken nicht laut aussprach, schien Selik sie zu verstehen, denn die Anspannung wich aus seinem Gesicht. Seine grauen Augen verdunkelten sich, und Rain bemerkte zum ersten Mal die winzigen blauen Sprenkel darin.

»Ich kann deinem Wort nicht mehr vertrauen, und dennoch befinde ich mich in der seltsamen Lage, dass ich dich nicht gehen lassen kann ... noch nicht.«

»Wegen König Athelstan und meines Wertes als Geisel?«

Ein kleines Lächeln spielte um Seliks Mundwinkel. Er sah so attraktiv aus, dass es Rain fast den Atem raubte. Wie sonderbar, dachte sie, dass ich die Narbe in seinem Gesicht kaum noch wahrnehme. Oder die Unvollkommenheit seiner Nase. Unmerklich schüttelte sie den Kopf und wunderte sich über dieses rosarot gefärbte Bild, das sie von Selik hatte.

»Auch ohne dich als Talisman habe ich bis jetzt überlebt, Frau. Was lässt dich glauben, ich würde dich brauchen, um mich vor diesem Bastard von König in Sicherheit wähnen zu können?«

Darüber hatte Rain bislang noch nicht nachgedacht. Sie runzelte die Stirn. »Wegen des Geldes, das ich dir einbringen werde, nehme ich an. Du könntest es im Austausch dafür bekommen, dass der König einen neuen Heiler hätte.«

Selik lachte, wobei seine regelmäßig geformten, weißen Zähne aufblitzten. »Ach, Süße, ich habe Truhen gefüllt mit Gold und Schätzen hier bei Gyda und in den nordischen Landen gestapelt. Das kümmerliche Bisschen, das du bringen würdest, hätte keinerlei Einfluss auf mein Leben.«

»Du bist reich?«, fragte Rain höchst überrascht.

»Ich habe dir doch gesagt, dass ich einmal ein erfolgreicher Händler gewesen bin.«

»Aber ich dachte – du Idiot!«, rief sie und unternahm einen neuerlichen Versuch, ihn von sich herunterzuschieben. Ohne Erfolg. »Ich dachte, du hättest kein Zuhause, weil du arm bist. Deine Kleider sind zerrissen, und abgesehen von diesen Armreifen habe ich keinen Hinweis gesehen, der vermuten lässt, dass du Geld hast. Oh, es muss dir wirklich Spaß gemacht haben, mich glauben zu machen, du seist kaum mehr als ein Bettler.«

In Seliks Augen funkelte es ärgerlich. »Ist es das, wonach man in deinem Land einen Mann beurteilt – nach seinem Reichtum?«

»Nein – das heißt, manche Menschen tun das, aber ich nicht. Oh, mach nicht so ein verdrießliches Gesicht, und sieh mich nicht so ungläubig an. Habe ich dir nicht gesagt, dass ich dich liebe? Und das war, als ich dachte, du hättest nicht mehr als dieses bösartige Pferd und das Schwert mit diesem blödsinnigen Namen?«

»Du hast es schon wieder gesagt«, erwiderte Selik heiser, »obwohl ich dir verboten habe, diese unangebrachten Worte über Liebe noch einmal auszusprechen. Ich werde mir eine angemessene Strafe für deinen Trotz ausdenken müssen – und für deinen Versuch zu fliehen.«

Er beugte sich tiefer, liebkoste ihren Nacken. »Ah. Ich kann deine Leidenschaft riechen.«

»Ich trage heute kein Parfüm.«

»Ich weiß.« Mit der Spitze seiner Zunge zeichnete er einen Weg entlang der Linie ihres Halses bis hin zu ihrer Schulter und flüsterte: »Es ist die andere Leidenschaft, von der ich spreche, Süße.«

Rain stöhnte, als bei seiner federleichten Berührung süße, süße Lust in ihr aufwallte.

»Hat dir das gefallen, Rain?« Selik lehnte sich zurück, streckte die Arme aus und verflocht seine Hände mit ihren.

Sie nickte langsam und fuhr sich mit der Zunge über die trockenen Lippen. Fasziniert beobachtete sie, dass Selik ihr Tun nachahmte, sich mit der Zungenspitze über die Lippen fuhr und Rain dabei unablässig ansah.

»Ich denke, ich weiß jetzt, wie ich dich … bestrafen werde.«

In einer raschen Bewegung drängte er sich zwischen ihre Beine und spreizte sie weit. Er drückte sich an sie, bis er ihren empfindsamsten, sensibelsten Punkt gefunden hatte, dann stieß er einige Mal sanft gegen sie.

Rain gab einen Laut widerstrebender Lust von sich.

Selik lächelte arrogant. »Nein, dieses wimmernde leise Liebesflehen wird bei mir nicht genügen. Ich werde mich nicht mit dir ›paaren‹, süße Hexe. Mach dir in dieser Hinsicht keine Hoffnungen. Und runzle nicht so finster die Stirn. Trotz all deiner Behauptungen des Gegenteils wäre das nämlich keine Bestrafung für dich.«

Rain versuchte, sich seinem Griff zu entwinden, wobei sie darauf achtete, nicht noch einmal den Fehler zu machen, sich aufzubäumen. Aber die Wirkung war genauso schlimm, denn ihre Brüste drückten sich gegen seinen Lederwams. Und obwohl Rain BH, Seidenbluse und Wolltunika trug, spürte sie, wie ihre Brustwarzen sich augenblicklich aufrichteten und nach seiner Berührung verlangten.

Selik stieß einen rauen Laut aus, und ehe Rain noch die Zeit blieb, diese Gelegenheit zur Flucht zu nutzen, hatte er ihre Hände freigegeben und seine Ledertunika und sein Hemd abgelegt. Binnen eines Wimpernschlags hatte Selik wieder ihre Hände ergriffen und sich auf sie gelegt. Sein Oberkörper war nackt, und er trug nur noch die enge schwarze Hose und kurze Lederstiefel.

Er begann, sich mit dem Oberkörper an Rain zu reiben, hin und vor, von rechts nach links bewegte er sich auf ihr, wobei er ihre Brüste kaum berührte. Seine Bewegungen und seine Nähe quälten und marterten Rain und führten dazu, dass sie mehr wollte.

»Oh.«

»Jetzt sagst du ›oh‹, aber was wirst du erst sagen, wenn ich mit dir fertig bin, du dumme Frau?«

»Was meinst du?«

Selik lachte leise. »Willst du wissen, was deine Strafe sein wird?«

Rain nickte zögernd.

»Erinnerst du dich an das erste Mal, als wir uns unterhielten und du auf deine übliche Art so närrisch dahergeplappert hast?«

Rain versteifte sich. Seine unschmeichelhafte Beschreibung erfreute sie nicht gerade.

»Du hast mir erzählt, die schönste Art des Liebesspiels, die erregendste Fantasie für eine Frau sei es, geküsst zu werden. Stunde um Stunde und ohne dass …«

Rain stöhnte. »Musst du mir denn wirklich jedes einzelne Wort vorhalten, das ich je gesagt habe?«

Er lächelte. »Vielleicht ist es das, was ich mit dir tun sollte – dich küssen. Auf hundert verschiedene Arten und bis du es nicht mehr aushalten kannst, und dann wieder von vorn beginnen und …«

»Das reicht«, unterbrach Rain ihn. Sie fühlte eine heiße Röte von ihrem Nacken in die Wangen steigen. »Du brauchst nicht weiterzusprechen. Ich weiß, worauf du dich beziehst.«

»Worauf denn, Süße?«, fragte Selik. Ein mutwilliges Lächeln lag auf seinen Lippen, als er diese Frage stellte. »Ich glaube, es ist eine passende Strafe, deine Fantasie wahr werden zu lassen. Und dir zu beweisen, dass du Unrecht hast. Denn ich weiß ganz genau, dass deine Fantasie *nicht* die schönste ist. *Meine* ist es.«

Rain keuchte.

»Ja, so ist es gut. Hol noch einmal tief Luft, Engel. Du wirst sie brauchen, bis diese Nacht vorüber ist.«

11

»Du glaubst, geküsst zu werden wäre eine Strafe für mich«, fragte Rain ungläubig und lachte dann. »Du hast mir nicht gut genug zugehört. Ich habe dir gesagt, dass ich dich lie ...«

Selik legte ihr die Hand über den Mund, mit der anderen hielt er ihre über den Kopf gestreckten Hände gefangen. Er weigerte sich, Rain ihren Satz beenden zu lassen. Wie dumm von ihm zu denken, er könnte ihre Liebe ungeschehen machen, indem er sich weigerte, diese Worte zu hören!

»Ja, das ist alles, was ich in den letzten Wochen getan habe – dir zuzuhören, wie du über dies und das und sonst noch verdammtes Zeug geschwätzt hast.«

»Mmpfh! Glmk! Argst!« *Du denkst, ich rede zu viel, nicht wahr? Lass mich für eine Minute los, und ich werde dir ein, zwei Dinge klarmachen.*

»Heiliger Thor! Noch nie hat es auf dieser Erde eine Frau gegeben, die so überzeugt war, über alles und jedes Bescheid zu wissen, und die sich nicht scheut, der ganzen Welt zu sagen, was sie zu tun hat, wie sie es zu tun hat und wann und wo es zu geschehen hat. Bei allen Heiligen! Es ist Zeit, dem ein Ende zu machen. Du brauchst jemanden, der dir eine gründliche Lektion erteilt.«

Er hielt noch immer die rechte Hand über ihren Mund, als er sich zu ihr herunterbeugte und mit den Lippen ihre Stirn berührte. »So ist es richtig, süßer Plagegeist. Beruhige dich und lass diese Stirnrunzeln verschwinden.«

Rain schaute ihn sofort mit noch finstererem Blick an. Selik lachte, offenbar gefiel ihm ihr Trotz. »Mach nur so weiter. Vergeude gleich zu Anfang deine Kraft mit diesen kleinen Kämpfen. Dabei weiß doch jeder gute Krieger, dass er sich seine Kraft für die große Schlacht bewahren muss.«

»Vddmmtt!!« *Verdammt. Lass mich los.*

»Was war das, Liebling? Bittest du um mehr? Ah, das ist gut, ich wäre der Letzte, der seiner Geliebten die ihr zustehenden Rechte verweigern würde.«

Sein Lippen huschten über ihre Augenlider, über ihre Wangenknochen, entlang der Linie ihres Kinns; unter Seliks Hand öffnete sich Rains Mund unwillkürlich. Wie konnten sich Lippen, die so streng aussahen, so weich anfühlen? Rain versuchte, an etwas anderes zu denken. Versuchte, sich zu beherrschen, sich ihm entgegenzudrängen und mehr zu wollen – Eiswürfel ... Mandelresektionen ... Bäume ... Vasektomien ... Doch es gelang ihr nicht, das Gefühl zu verleugnen, das seine warmen Lippen auf ihrer kühlen Haut hervorriefen. Oder waren es kühle Lippen auf heißer Haut? Sie konnte das eine nicht mehr vom anderen unterscheiden, zu groß war die Verzückung flirrender Empfindungen, die seine Lippen immer dort entzündeten, wo sie Rain berührten.

»Wenn ich meine Hand von deinem Mund nehme, versprichst du, nicht zu reden?«, flüsterte Selik. Sein Atem neckte die feinen Härchen in ihrem Nacken, die sich aus ihrem Zopf gelöst hatten.

»Dhhaswwwvvssttvvnnn!« *Duhastwohldenverstandverloren!*

»Nein? Auch gut, dann werde ich mir andere Stellen für meine Küsse aussuchen müssen.«

Selik hauchte kleine Küsse auf ihren Nacken, wechselte zu zärtlichen Bissen und wieder zu Schmetterlingsküssen. Als er zu der Stelle hinter ihrem rechten Ohr kam, saugte er sanft an der zarten Haut, bis er unzweifelhaft einen Knutschfleck geschaffen hatte, dann pustete er federleicht darauf, als wollte er die Haut trocknen.

Als sein heißer Atem ihr übersensibles Ohr streifte, weiteten sich Rains Augen alarmiert, und ihr Körper versteifte sich in Widerstand. Sie durfte Selik nicht herausfinden lassen, wie lustvoll-empfindsam ihre Ohren waren. Dieser Riss in ihrer Rüstung könnte ihren Untergang bedeuten.

Aber Selik wusste es. Rain sah es an der Erkenntnis, die in seinen grauen Augen aufblitzte, und an dem zufriedenen Lächeln, das sich auf seinem Gesicht ausbreitete.

»Es sind also deine Ohren, Süße. Vielleicht ist dies einer von den fünfundsiebzig erogenen Punkten, die eine Frau hat und von denen du einmal so vollmundig gesprochen hast. Nicke einfach mit dem Kopf, wenn ich Recht habe.«

Rain schüttelte heftig den Kopf. *Guter Gott! Hatte der Mann denn jede dumme Bemerkung behalten, die sie einmal gemacht hatte?*

Selik lachte frohlockend und glaubte ihr nicht im Mindesten. »Ja, bei einigen Frauen sitzt dieser süße Punkt am Knie. In der Kniekehle, genauer gesagt. Bei anderen zwischen ihren Schenkeln. Dann wären da noch die Brustwarzen. Oder sogar der Spann des Fußes. Aber ich glaube, ich werde mit meiner Erkundung bei deinen Ohren beginnen, Liebes. Was sagst du dazu?«

Rain stöhnte.

»Ah ja, du musst auch nichts sagen. Ich werde jeden Zentimeter deines Körpers küssen, bis ich auch die allerkleinste deiner erotischen Schwächen entdeckt habe.«

»Gdmfppppft.«

»Genau meine Gedanken«, bestätigte Selik, als er sanft in ihr Ohrläppchen biss und mit der genauen – quälend genauen – Erkundung des Außenrandes ihres Ohres begann.

»Wie eine Muschel ist es, Süße – alle Schattierungen von Weiß bis Blassrosa«, flüsterte er heiser und fuhr damit fort, sie mit kleinen neckenden Bissen zu liebkosen. »Ich frage mich, ob du überall so gut schmeckst!« Rain stöhnte und versuchte, den Kopf abzuwenden. Ohne Erfolg. Seine Zunge fand den empfindsamen Pfad entlang der geheimnisvollen Windungen, deren Nervenenden sich mit der heiß pulsierenden Region tief in ihrem Körper verbanden.

»Ja, ich glaube, ich habe die Nummer eins der fünfundsiebzig Punkte gefunden«, erklärte Selik mit einem leisen Lachen und begann, die Spitze seiner Zunge tief in ihr Ohr zu stoßen. Hinein und hinaus glitt sie in langsamen, gekonnten Stößen, und instinktiv begann Rain, Selik die Hüften entgegenzudrängen. Auch wenn sie sich sofort wieder zurückzog, so genügte dieser eine Kontakt mit seinem härter werdenden Begehren ganz und gar, jenen kleinen Knoten der Lust zwischen ihren Beinen anschwellen zu lassen und sich nach Seliks Berührung zu sehnen. Rain schloss fest die Augen, um zu verhindern, dass Selik sah, wie wenig es ihn kostete, sie vor Verlangen willenlos zu machen.

Er widmete sich jetzt dem anderen Ohr, nahm sich endlos erscheinende Minuten dafür Zeit, es zu küssen, daran zu knabbern und es mit der Zunge zu streicheln. Als er die stoßenden Bewegungen der Zungenspitze zu wiederholen begann, wurden Rains Arme und Beine starr vor Gegenwehr, weil sie versuchte, gegen den wirbelnden Sog aus Zittern und schwellenden Spasmen anzukämpfen, den sie zwischen ihren Beinen spürte und dessen Intensität unaufhörlich zunahm.

Tiefe Demütigung über ihre rasche Erregbarkeit ließ Rains Haut erglühen. Ihr war zu Mute wie einem liebeshungrigen Mauerblümchen, das sich nach der Berührung eines Mannes verzehrte.

»Sieh mich an«, flüsterte Selik nah an ihrem Ohr. Selbst sein Atem verursachte kleine elektrisierende Wellen der Lust, die durch Rains Körper strömten.

Sie weigerte sich.

Selik presste sein hartes Glied gegen ihr schwellendes Geschlecht.

Und Rain verlor die Schlacht.

Sie öffnete die Augen, und ihre Blicke verbanden sich in einer sinnlichen Umarmung, und der wirbelnde Sog drehte und drehte sich, explodierte in ihr, zerbarst zu glühenden Funken, der alle Sinne ihres Körpers vibrieren ließ.

Selik stöhnte heiser und zog die Hand von ihrem Mund fort, schob sie unter Rain und umschloss ihren Po. Dabei zog er sie an sich und erregte ihre Lust mit den stoßenden Bewegungen seiner Hüften. Rain war unfähig, das Stöhnen der Lust zu unterdrücken, das von ihren Lippen drang.

Als ihr Körper befriedigt zusammensackte, wischte Selik sanft die Tränen fort, die ihr über die Wangen liefen. »Warum weinst du?«, fragte er leise.

»Weil ich mich gedemütigt fühle.«

»Du machst Witze. Ich bereite dir Lust, und du fühlst dich gedemütigt?«

»Du hast es getan, um mich zu erniedrigen.«

»Habe ich das? Ah, mein Schutzengel kann jetzt also auch noch Gedanken lesen.«

Rain sah ihn an. In seinen Augen spiegelte sich unbefriedigtes Verlangen wider, und seine Lippen waren weich und sinnlich von Leidenschaft.

»Nur ich hatte den Höhepunkt. Und deshalb komme ich mir so billig vor ... wollüstig.«

»Höhepunkt? Hmmm. Ein treffendes Wort, finde ich«, sagte Selik und zog die Augenbraue hoch. Dann wurde er wieder ernst. »Denk nicht, dein Höhepunkt hätte nicht auch für mich etwas Schönes gehabt. Beim Liebemachen ist die Lust der Frau das größte Geschenk für den Mann. Außerdem haben wir gerade erst angefangen, und ich habe mich für die schönen Dinge aufgespart, die noch kommen werden.«

»Nein, Selik. Ich will das nicht.«

»Ich auch nicht«, erwiderte er heiser und starrte sie voller Verlangen an. Mit der linken Hand hielt er noch immer ihre Hände gefangen, während seine rechte unablässig ihren Nacken streichelte. Jetzt hielt er dabei inne und beugte sich zu Rain herunter. Zentimeter um Zentimeter näherten sich ihr seine Lippen, bis sie sie berührten. Rain fühlte das wilde Schlagen seines Herzens an ihrer Brust. »Es ist ein gefährliches Spiel, das ich spiele, das weiß ich genau. Aber ich kann nicht damit aufhören.«

»Ich auch nicht«, wisperte Rain verzweifelt, und ihr Atemhauch berührte um Haaresbreite seine Lippen. »Ich auch nicht.«

Selik streichelte mit der Zungenspitze ihre Lippen und blies sanft gegen ihre Haut, um die feuchten Spuren seiner Küsse zu trocknen. »Dein Herz schlägt wie wild, Engel.«

»Deines auch.«

»Hast du Angst, Süße?«

»Ja. Ich bin ängstlich und aufgeregt.«

Er nickte verstehend.

»Und du, Selik? Bist du so ruhig, wie du zu sein scheinst?«

Er lachte, tief und heiser, und knabberte an ihrer Unterlippe, ehe er mit dem rauen Daumen darüber strich. »Meine liebe Rain, du weißt ganz genau, dass ich über die Maßen erregt bin«, sagte er heiser. »Und ich habe mehr Angst, als ich mir je vorgestellt hätte.«

»Du? Angst? Niemals!«

Seliks Antwort bestand in einem Aufstöhnen, und er fing an, ihre Lippen in Besitz zu nehmen, sie zu formen und von ihnen zu kosten, bis sie so nachgiebig waren, wie er sie haben wollte. Sein Kuss wurde drängender und leidenschaftlicher in seinem alles verschlingenden Verlangen nach ihrer Erwiderung.

Rain spürte mit größtem Entzücken, wie ihrer beider Lippen in betörender Sinnlichkeit miteinander verschmolzen, und sie erwiderte Seliks glühende Küsse mit gleicher Hingabe. Selik verschlang sie, benutzte Lippen und Zähne und Zunge, um ihren Mund allen Willens zu berauben.

Als er sich schließlich von ihr losriss, um Atem zu schöpfen, flehte Rain: »Nein, hör nicht auf«, und sie gab einen wimmernden Laut von sich, der nach Enttäuschung, fast nach Schmerz klang.

Selik beugte sich über sie. »Öffne deine Lippen für mich.«

Rain gehorchte.

Er versengte sie mit seiner Zunge, drang tief in ihren Mund ein, erfüllte sie, ließ sie dann leer und voller Sehnsucht zurück.

»Du schmeckst nach Leidenschaft«, flüsterte er zwischen zwei Küssen.

Rain nahm seine Zunge gefangen und saugte gierig daran, ehe sie ihm mit bebender Stimme antwortete: »Deine Glut verbrennt mich bei lebendigem Leib.«

Als seine Küsse tiefer wurden und nicht mehr aufhören wollten, als er ihr wieder und wieder zeigte, dass sie noch nie zuvor in ihrem Leben richtig geküsst worden war, dass *er* der Anfang und das Ende war, begann Rain, sich unter seinem festen Griff zu winden. Doch Selik ließ es nicht zu, dass sie die Führung übernahm, und hielt sie mit seinem Körper gefangen. Rain verlor jedes Gefühl für Zeit und Raum. Aber nicht für sich und nicht für diesen Mann. Nein, sie wusste, wer sie war, und sie wusste genau, wer er war. Selik. Ihre Liebe.

Ihre leisen lusterfüllten Schreie erregten Selik, und er presste sein hartes Glied fordernd gegen sie. In seinen grau schimmernden Augen glühte sein unbeherrschbares Verlangen. »Ich fürchte, du hast mich verzaubert, du süße Hexe.«

Leises Lachen, geboren aus ihrer eigenen Lust und dem

Frohlocken über ihre Fähigkeit, dem Mann, den sie liebte, Lust bereiten zu können, perlte von ihren Lippen. »Dann werde ich dir von nun an keine Ruhe mehr lassen, mein Geliebter.«

Heißes, sengendes Verlangen hatte von Rain Besitz ergriffen und erfüllte sie bis in die Nervenspitzen. Vom Kopf bis zu den Zehen schien sie zu vibrieren, war sie erregt bis zum Punkt der Explosion. Selik fasste in ihr Haar und drückte ihren Kopf nach hinten, um ihren Mund mit immer heftiger werdenden Stößen seiner Zunge zu erobern. Rain wusste nicht mehr, wo seine Lippen aufhörten oder ihre begannen. Das Verlangen steigerte sich bis zur Unerträglichkeit und pulsierte in ihren Adern. In instinktivem Widerstand gegen den drohenden Verlust der Kontrolle über ihre Gefühle spannte sie sich an.

»Rain. Rain, hörst du mich?«

Sie öffnete die Augen. Voller Glück sah sie den Ausdruck auf Seliks schönem Gesicht – den Ausdruck rückhaltloser Leidenschaft für sie.

»Rain, Süße, sieh mich an. Hör auf, gegen deine Gefühle zu kämpfen. Entspann dich. Oh Gott ... ja so, ja, genau so ... hörst du mir zu?«

Rain nickte. Sie fühlte sich kaum noch fähig zu atmen, so sehr beherrschten diese überwältigenden Gefühle ihr ganzes Sein. Seliks Stimme klang tief und sinnlich, als er weitersprach: »Weiter werden wir nicht gehen, ich werde nicht mit dir schlafen. Nein, hör auf zu stöhnen. Es würde mein Verderben sein. Ein Kuss ist alles, was ich dir für heute versprochen habe.«

Rain stöhnte, dann lachte sie leise. »Wenn das deine Vorstellung von ›nur‹ einem Kuss ist, dann bewahre mich Gott vor dem, was du unter ›Liebe machen‹ verstehst.«

»Nun, man hat mir bestätigt, dass meine Fähigkeiten als Liebhaber unübertroffen sind«, erwiderte er mit einem selbstgefälligen Grinsen. »Und jetzt hör mir gut zu, Frau, denn ich möchte, dass du tust, was ich sage.«

»Ja, Herr.«

Er feixte vor unübersehbarer Zufriedenheit. »Du lernst dazu, Frau. Ich werde dich jetzt küssen, und wenn meine Zunge in deinen Mund eindringt, dann sollst du dir vorstellen, dass es meine Männlichkeit ist, die deine Weiblichkeit erobert. Bei Gott! Ich liebe die Art, wie sich deine Lippen öffnen, wenn meine Liebesworte dich erregen.«

Rain befeuchtete ihre plötzlich trockenen Lippen.

»Wenn ich meine Zunge in deinen Mund stoße, dann wirst du so tun, als wäre es ...«

»Bitte, Selik«, protestierte Rain schwach, »ich kann meine eigene Fantasie benutzen.«

»Kannst du das?«, fragte er weich. Er beugte sich über sie, hielt aber inne, als er die trotzige Haltung ihres Kinns bemerkte. »Was ist?«

»Ich frage mich gerade, was *du* dir vorstellen wirst.«

»Wann?«

»Wenn ich dir den Gefallen tue und mit meiner Zunge in deinen Mund eindringe. Wenn ich sie hineingleiten lasse und sie wieder zurückziehe, sie hineinstoße und wieder ...«

Selik brachte sie zum Schweigen, indem er zunächst einen verblüfft-amüsierten Ton ausstieß und ihr dann den Mund mit seinen Lippen verschloss. Lippen, die Rain gründlich bewiesen, dass sie es mit einem Meister in dieser besonderen Kunst zu tun hatte.

Als die Hitze seiner Küsse sie erneut bis fast an den Punkt der Ekstase getrieben hatte, als tief in ihr der hämmernde Rhythmus pochenden Verlangens immer stärker wurde, wusste Rain, dass es bedeutungslos war, dass Selik aus einer anderen Zeit kam. Es war bedeutungslos, dass er manchmal grausam war. Es war bedeutungslos, dass er sie oft wütend machte oder sie tief verletzte. Er war wunderbar. Und er gehörte ihr. Selik war ihre Liebe – für alle Zeit. Und wenn dieser Moment alles sein sollte, was sie je haben würden.

»Du machst mich verrückt. Niemals, niemals habe ich so gefühlt ... ah, süße Freya ... heiliger Thor ...« Seliks Hüften stießen im perfekten Einklang mit den schneller werdenden Bewegungen seiner Zunge gegen Rains Schoß.

Die roten Lichter hinter Rains geschlossenen Augenlidern wurden heller und heller, bis sie wie das Bild eines Kaleidoskops in eine Myriade unbeschreiblicher Farben zerstoben. Und bis ein neuer Punkt im Zentrum ihrer Weiblichkeit zu pulsieren begann und sich Seliks Härte entgegendrängte.

Wie durch einen wundersamen Nebel sah Rain, dass Selik sie zu sich hochzog und ihre Hüften an sich presste, ehe er den Kopf in den Nacken warf und mit rauer Stimme seine Erlösung herausstieß.

Rain schien es, als müsste sie durch die Nachwirkungen des Sinnenrausches, der sie verzehrt hatte, für einige Augenblicke das Bewusstsein verloren haben. Denn als sie ihre Umgebung wieder wahrnehmen konnte, waren ihre Arme frei, und Selik lag zusammengesunken auf ihr. Er hatte das Gesicht in ihre Halsbeuge geschmiegt und atmete gleichmäßig und tief – fast so, als schliefe er.

»Eigentlich hättet ihr damit bis nach dem Bad warten können.«

»Was hast du gesagt?«, fragte Selik träge und rollte sich auf die Seite. Dabei zog er Rain mit sich und küsste sie auf die Schulter.

»Ich habe gar nichts gesagt.«

»Das war ich.«

Beide wandten den Kopf und sahen Gyda, einen Stapel Leintücher auf dem Arm, in der Tür stehen. Hinter ihr drängten sich die Mägde, die Eimer mit Wasser und den Zuber herbeigetragen hatten, und starrten neugierig auf das Paar.

Selik setzte sich sofort auf. Zu Rains Bedauern schien seine sinnliche Stimmung von Gydas Auftauchen gänzlich vertrieben worden zu sein. Vermutlich gemahnte ihn ihr Anblick an Tyra, seine Verlobte. Während er aufstand und den Dienstboten gereizt Anweisungen gab, wohin sie den Zuber stellen sollten, fiel Rain auf, wie finster seine grauen Augen wieder blickten und wie angespannt die Muskeln seiner Arme waren.

Gyda und die Dienstboten verließen die Kammer.

Aus dem großen Zuber stieg der Dampf auf, als Selik sich an Rain wandte. »Willst du zuerst baden?«

Rain errötete und reckte trotzig das Kinn vor. »Während du dabeistehst und mich wie ein Voyeur beobachtest? Nicht in einer Million Jahren!«

»Na schön! Dann werde ich zuerst gehen«, stimmte Selik überraschend zu, wies dabei aber warnend mit dem Finger auf sie. »Beweg dich auch nur ein winziges Stück von der Matratze herunter, und du wirst zusammen mit mir in diesem Bottich sitzen. Und ich schwöre dir beim Blut aller Götter, dass aus jeder einzelnen Öffnung deines Körpers Seifenschaum herauskommen wird.«

»Despot«, murmelte Rain.

»Was hast du gesagt?«, fragte Selik und wandte sich ihr Unheil verheißend zu.

»Ist gut. Ich sagte ›ist gut‹.«

Selik lachte verhalten. »Mir war gerade ein höchst erschreckender Gedanke gekommen. Ich glaubte schon, ich fange an, deine vorlauten, törichten Worte zu verstehen.«

Nach dieser Bemerkung ließ Selik seine Hosen fallen und machte sich daran, in den Zuber zu steigen. Entgegen ihrer besten Absichten streichelte Rain mit ihren Blicken seine breiten Schultern und die kräftigen Muskeln. Sie spürte den tiefen

Wunsch in sich, mit dem Finger die Buchstaben des Wortes RACHE nachzuzeichnen, die er sich in den Unterarm geritzt hatte. Dann wanderte ihr bewundernder Blick zu seiner Taille und den schmalen Hüften, dem kleinen festen Po.

Bevor sich Selik in den Zuber setzte, drehte er sich zu Rain um. Sie vergaß zu atmen und unterdrückte nur mit Mühe ein Keuchen.

Mutwillig grinsend ließ sich Selik in das heiße Wasser sinken und machte sich einen Spaß daraus, Rain mit seinem Anblick und der Tatsache zu reizen, dass er das Bad in vollen Zügen genoss, während sie dasaß und den Reisestaub ertragen musste, der ihr vom Ritt noch in den Kleidern klebte.

Um nicht untätig herumzusitzen, streckte Rain die Hand nach ihrer Tasche aus, die auf dem Boden lag. Dabei achtete sie sorgsam darauf, keine auffällige Bewegung zu machen, weil Selik sie aus zusammengekniffenen Augen wie ein Adler beobachtete. Mit kindischer Schadenfreude holte sie eine noch nicht angebrochene Rolle Lifesavers – mit Kirschgeschmack – heraus und steckte sich einen in den Mund.

Selik stand vor Verblüffung der Mund offen. »Du hast gelogen«, warf er ihr vor. »Du hast gesagt, sie wären alle.«

»Sie waren auch alle, aber dann habe ich noch eine Rolle in meiner Hosentasche gefunden.«

»Oh, du bist eine falsche Hexe. Zuerst brichst du deinen Schwur; dann lügst du auch noch.«

»Mach mal halblang, Selik. Es ist doch nur ein lächerlicher Bonbon.« Aber Rain lutschte lautstark darauf herum und gab vor, besonderen Gefallen an dessen Geschmack zu finden.

»Wie würde es dir gefallen, solch einen Bonbonring in der Nase zu tragen?«

»Sei nicht so unfreundlich.« Rain lächelte süß und zog den Rubik-Würfel aus der Tasche. Während Selik seinen Körper einseifte und sein Haar wusch, brachte sie die Farbreihen in die richtige Anordnung, wieder und wieder, wieder und wieder. Sie glaubte zu hören, dass Selik mit den Zähnen knirschte, ehe er den Kopf untertauchte und extra lange unter Wasser blieb.

Am nächsten Morgen erwachte Rain schon früh. Als sie sich in der kleinen Kammer umschaute, wurde ihr klar, dass Selik die Nacht nicht bei ihr verbracht hatte. Noch schläfrig, tappte sie zur Tür. Sie versuchte es einmal, zweimal, dreimal – schließlich akzeptierte sie mit Unglauben die Tatsache, dass sie eingesperrt war. »Ich werde diesen verdammten Barbaren umbringen«, schäumte sie vor Wut.

Gestern Abend, nachdem Selik sein Bad beendet und seinen nackten Körper auf geradezu unverschämte Art und Weise vor ihr zur Schau gestellt hatte, war er überraschenderweise aus der Kammer gegangen und hatte sie allein gelassen. Auch nachdem sie sich gewaschen hatte und die Dienstboten den Zuber und die nassen Leinentücher fortgeräumt hatten, war Selik nicht zurückgekommen. Erschöpft von der Reise und vom emotionalen Aufruhr, den Seliks Verlobung – oh Gott, *das* hatte sie ganz vergessen – in ihr ausgelöst hatte, hatte sich Rain auf der Matratze ausgestreckt, um sich einen Moment lang auszuruhen. Dabei war sie eingeschlafen und erst jetzt wieder aufgewacht.

Aber wo hatte Selik geschlafen? Viel wichtiger noch: mit wem? Und warum hatte er sie eingesperrt?

Trotz der frühen Stunde – es konnte nicht lange nach Sonnenaufgang sein – begann Rain, an der Tür zu klopfen und nach Selik zu rufen. Nach wenigen Augenblicken wurde die Tür von Gyda geöffnet, die Rain durch ein Zungenschnalzen zu verstehen gab, dass sie deren Benehmen missbilligte.

»Ts, ts! Man hört dich ja in ganz Jorvik herumkeifen.«

»Es tut mir Leid, Gyda. Ich wollte dich nicht aufwecken.«

»Ha! Ich bin schon lange bei den Tagspflichten.«

»Warum hat man mich in diese Kammer gesperrt?«

»Du bist in deiner Schlafkammer eingesperrt, weil du gestern versucht hast zu fliehen. Man kann dir nicht trauen, und Selik kann keinen seiner Männer erübrigen, um die Tür zu bewachen.«

»Dann bin ich jetzt eine Gefangene?«

»Warst du denn jemals etwas anderes?«, fragte Gyda und schaute mit sehr klugen, scharfsichtigen Augen zu ihr hinauf. »Soweit ich weiß, hat Selik dich von Anfang an eine Geisel genannt.«

Rain fühlte, dass sie rot wurde. »Das schon, aber ich habe ihm in Brunanburh das Leben gerettet und ...«

Gyda stieß einen entsetzen Ruf aus, der wie ein Zischen klang, und ließ sich auf die Bank sinken, die der Tür gegenüberstand. »Das hast du getan?«

Rain erklärte ihr die Umstände, und Gyda hörte aufmerksam zu.

»Liebst du ihn?«, fragte Gyda unverblümt, als Rain geendet hatte.

Rain zögerte überrascht. Sie war sich nicht sicher, ob sie ihre Gefühle überhaupt in Worten ausdrücken konnte. »Ich glaube schon. Aber bei Gott, es hat auf dieser Welt noch nie zwei Menschen gegeben, die weniger zusammengepasst haben und deren Beziehung mehr zum Scheitern verurteilt war. Seliks Leben ist ein absoluter Widerspruch zu allem, was ich schätze. Der Schuft macht mich so verrückt, dass ich speien könnte. Er sagt die abscheulichsten Dinge zu mir, zerreißt mir das Herz und fügt es mit einem Lächeln über etwas so Dummes wie einen Kirschbonbon wieder zusammen.«

Gyda sah Rain aufmerksam an. Sie schien deren widerstreitende Gefühle zu verstehen. »Ja, für mich klingt das nach Liebe«, schlussfolgerte sie schließlich und rieb sich entschlossen die Hände. »Jetzt müssen wir uns nur noch überlegen, wie wir die Sache angehen.«

Rain neigte fragend den Kopf. Sie war neugierig, aus welchem Grund Tyras Mutter ihr helfen wollte, doch ihre Frage wurde von Gydas nächsten Worten vereitelt.

»Weißt du, dass er beabsichtigt, in Kürze ins Land der Angelsachsen aufzubrechen? Steven von Gravely hat verbreiten lassen, dass er sich in Winchester aufhält. Dieser teuflische Mensch hofft, Selik damit in seine tödliche Falle locken zu können. Ich fürchte, Seliks Hass auf Graveley wird ihn blind machen für dessen hinterhältigen Winkelzüge.«

Rain keuchte erschreckt und presste die Hand auf ihr Herz, als sie den Namen des bösartigen Mannes hörte, der für den Tod von Seliks Frau und seinem Kind verantwortlich war. »Nein!«

»Doch! Und du solltest in der Tat besorgt sein. Es kann gut sein, dass Selik dieses Mal nicht lebend zurückkehrt.«

Eine böse Vorahnung ließ Rain vor Furcht frösteln. Selik konnte nicht ewig den Weg der Rache gehen und dabei unversehrt bleiben. Eines Tages würde er gewiss sterben, und sie spürte, dass das bald sein könnte.

»Ich denke, es könnte dir gelingen, ihn aufzuhalten. Ich habe auch schon eine Idee«, bot Gyda zögernd an.

»O Gyda, ich würde alles tun, um ihm zu helfen.«

Gydas Gesicht leuchtete auf. Sie beugte sich vor und ergriff Rains Hände. »Also hör zu. Du musst Folgendes tun . . .«

Nachdem sie Gydas langatmig vorgetragenen Plan vernommen hatte, starrte Rain die Frau ungläubig an. »Bist du verrückt? Selik entführen! Ihn seiner Freiheit berauben? Und das einige Wochen lang, bis Gravely sich wieder in irgendein

Versteck verkrochen hat! Warum soll ich das tun? Warum nicht deine Tochter?«

»Ha! Tyra ist zu klein und zu furchtsam, um eine solche Aufgabe zu bewerkstelligen.«

Klein! Genau das, was Rain jetzt brauchte – eine weitere Anspielung auf ihre Größe und ihre Unvollkommenheiten.

»Erwartest du, dass ich ihn zu Boden ringe und fessele? Ich mag groß sein, aber Selik ist gut hundert Pfund schwerer als ich.«

»Dein Spott steht dir schlecht. Du solltest wirklich versuchen, diese unweibliche Art abzulegen.«

Rain konnte kaum das Hohnlächeln unterdrücken, das ihre Lippen kräuseln wollte. »Fazit – selbst wenn ich deinem verrückten Plan zustimme, werde ich körperlich nicht in der Lage sein, Selik zu entführen.«

»Vielleicht kennst du einige Kräuter, die ihn zum Schlafen bringen, bis er gefesselt worden ist«, meinte Gyda schlau.

Resigniert schloss Rain sekundenlang die Augen, dann sah sie die ältere Frau offen an. »Vielleicht kenne ich solche Kräuter, aber ich müsste verrückt sein, eine so hinterhältige Sache auch nur zu erwägen. Und wo soll er überhaupt gefangen gehalten werden? Hier?«

»O nein!«, rief Gyda und schlug erschrocken die Hände vors Gesicht. »Es ist gefährlich für Selik, sich hier aufzuhalten. Sogar jetzt. Ich befürchte, dass die Männer des Königs mein Haus beobachten.«

»Ich bin überzeugt, du hast trotzdem ein paar Ideen, wo ich ihn gefangen halten könnte. O Gott, ich kann nicht glauben, dass ich das überhaupt gesagt habe!«

»Ja, ich dachte, dass vielleicht Ella uns helfen würde.«

»Ella?«

»Sie war eine Freundin deiner Mutter. Dank deren Hilfe ist

sie heute eine angesehene Händlerin in der Stadt. Wir werden sie nachher besuchen.«

»Sag mir eines, Gyda – willst du, dass ich die Schmutzarbeit erledige, um Selik deiner Tochter auf einem Silbertablett überreichen zu können?«, fragte Rain argwöhnisch. Sie war unschlüssig, ob sie der Frau völlig vertrauen konnte.

»Möglich«, entgegnete Gyda, »aber ich denke, wenn du ihn liebst, wirst du alles tun, was in deinen Kräften steht, um ihn zu retten. Nichtsdestotrotz.« Einige Augenblicke lang sah sie Rain erwartungsvoll an. »Nun, was sagst du dazu?«

»Ich sage dazu, dass an dir eine sehr fähige Politikerin verloren gegangen ist.«

In den darauf folgenden Stunden langweilte sich Rain unter der aufmerksamen Bewachung zweier mürrischer Männer, die jedem ihrer Schritte folgten, sogar wenn sie auf den Abort ging, um sich zu erleichtern. Entweder das oder in die Schlafkammer eingesperrt werden, so hatte Gydas ernst gemeintes Angebot gelautet.

Mit absolut nichts zu tun, löste Rain das Geheimnis des Rubik-Würfels siebenundzwanzig Mal, ging dreiundsechzig Mal von einem Ende der Halle zum andern und sagte sich den hippokratischen Eid im Stillen sechzehn Mal auf. Tödlich gelangweilt, verschlechterte sich ihre Stimmung zusehends.

Als Selik und Tyra dann endlich heimkehrten und über irgendeinen Witz fröhlich lachend das Haus betraten, vergaß Rain alle Anweisungen, die Gyda ihr für den großen Plan, Selik zu retten, gegeben hatte. Die beiden sahen zusammen so verdammt attraktiv aus – Selik in einer mitternachtsblauen Tunika über schwarzen Beinlingen, die schmale Taille betont von einem Gürtel aus goldenen Kettengliedern, und Tyra in einem grünseidenen, gegürteten Schürzenkleid, das sie über einem cremefarbenen Untergewand trug, das perfekt ihr üppiges rotblondes, vom Wind zersaustes Haar betonte.

Eine unerklärliche Wut überkam Rain, und sie packte den nächstbesten Gegenstand – einen Apfel, der mit anderen Früchten in einer Schale lag. Sie zielte sorgsam auf Seliks Kopf – und warf. Er sah das Geschoss im letzten Augenblick kommen und duckte sich; der Apfel zerplatzte direkt hinter ihm an der Tür.

Ungläubig starrte Selik zuerst sie und dann den Apfel an, der ihn so knapp verfehlt hatte, dann wieder auf Rain. Seine Augenbrauen zogen sich verärgert zusammen, als er auf sie zuging.

»Ich glaube nicht, dass du überhaupt eine Pazifistin bist«, schnarrte er. »Was, wenn du Tyra mit dem Apfel getroffen hättest? Sie hätte verletzt werden können.«

»Oder du hättest mir meine neue Tunika verderben können«, klagte Tyra, die sich jetzt in einem rechteckigen Stück polierten Metalls spiegelte, das an der Wand hing, und an ihrem Gewand herumzupfte.

»Oder vielleicht hätte ich dich auch mitten in dein blasiertes Wikingergesicht treffen können«, fauchte Rain Selik an, während sie vor ihm zurückwich und sich auf die gegenüberliegende Seite des Tisches zurückzog.

Seine Augen funkelten vor Zorn, und er ballte die Fäuste. Vermutlich juckte es ihm in den Fingern, sie zu erwürgen. »Dieses ›blasiert‹ hat einen Klang an sich, der mir nicht gefällt. Ich nehme an, es ist kein Kompliment.« Selik setzte seinen Weg auf seiner Seite des Tisches fort, hielt sich auf gleicher Höhe mit Rain und beobachtete jede ihrer Bewegungen, um sie bei der kleinsten Unaufmerksamkeit zu packen. »Welche Biene ist dir heute Morgen in den Arsch gekrochen, dass du wieder so zänkisch bist? Ich dachte, ich hätte dir gestern Abend eine gründliche Lektion erteilt. Forderst du mich möglicherweise absichtlich zu einer weiteren Demonstration meiner meisterlichen Fähigkeiten heraus?«

Rains Gesicht färbte sich rot, zum einen über seine Vulgarität, zum anderen über seinen Hinweis auf die intime Methode, die er zu ihrer Bestrafung gewählt hatte. Sie glaubte nicht, eine weitere Vorführung seines perfekten Könnens auf diesem Gebiet aushalten zu können. »Heb dir das für deine *fiancée* auf, für Tyra.«

»Fiancée?«, unterbrach Tyra sie. »Was ist das?«

»Verlobte, du dummes Ding«, erwiderte Rain gereizt. »Wann ist denn die Hochzeit? Vielleicht kann ich die Brautjungfer sein.« Rain konnte nicht glauben, wie sie sich aufführte. Wo war ihre Selbstbeherrschung geblieben, die ihr geholfen hatte, die Zeit als linkischer Teenager zu überstehen, in der sie oft zur Zielscheibe von Spott geworden war? Die ihr geholfen hatte, das streng geregelte Leben während ihrer Ausbildung zu ertragen, in die Brüche gegangene Liebesbeziehungen zu verkraften und ein Leben voller Unwägbarkeiten führen zu können?

Selik grinste.

Rain ging langsam in die Richtung zurück, aus der sie gerade gekommen war.

»Ich? Mit Selik verlobt?« Tyra lachte.

»Was ist daran denn so komisch?«, fragte Rain, plötzlich hellhörig geworden.

»Du bist komisch. Selik ist für mich wie ein Bruder, *du dummes Ding*. So hast du mich doch eben genannt, nicht wahr?«

Langsam begriff Rain Tyras Worte. *Selik und Tyra sind nicht verlobt*.

Rain sah Selik an.

Er zuckte die Schultern und grinste ohne jede Spur von Reue.

»Hör auf, sie zu verspotten, du Dummkopf«, mischte sich Tyra rasch ein. »In dieser einen Hinsicht hast du noch nie Interesse an mir gehabt und wirst es auch nie haben. Genau genommen hast du mich in den vergangenen beiden Stunden am Hafen bis zur Bewusstlosigkeit gelangweilt, weil du von nichts anderem gesprochen hast als von der wunderschönen Frau aus der Zukunft.«

Rain stand mit offenem Mund da und starrte die junge Frau ungläubig an – diese wunderbare junge Frau, für die sie plötzlich aufrichtige Zuneigung empfand. Dieses Nachlassen in ihrer Aufmerksamkeit nutzte Selik für sich, indem er mit einem Satz über den Tisch sprang, Rain packte und sie unter Einsatz seines Körpers gegen die Wand drückte. »Entschuldige dich«, verlangte er.

»Es tut mir Leid, dass ich den Apfel auf dich geworfen habe.« *Zu schade, dass ich dich verfehlt habe.*

»Jetzt Tyra.«

»Was?«

»Du wirst dich bei Tyra für deine mangelnde Freundlichkeit entschuldigen. Hast du vergessen, dass du Gast in ihrem Haus bist?«

Nach einer langen Pause sagte Rain: »Es tut mir Leid, wenn ich dich gekränkt haben sollte, Tyra.« *Wenn du das wirklich glaubst, dann tust* du *mir Leid.*

»Denk das nächste Mal nach, ehe du handelst, Frau«, warnte Selik sie, als er sie losließ – wobei er nicht versäumte, ihr einen Klaps auf das Hinterteil zu geben. »Das ist eine Regel, die jeder Krieger gut kennt.«

»Du hättest mich nicht in meiner Kammer einsperren sollen.«

»In der du dich, nebenbei bemerkt, zurzeit offensichtlich nicht befindest. Wer hat meine Befehle missachtet und dich herausgelassen?«

»Gyda. Aber sie hat diese beiden Männer dazu abgestellt, jeden meiner Schritte zu überwachen«, erwiderte Rain. Sie zeigte auf die beiden Soldaten, die in der Nähe an einem Tisch saßen und die ganze lächerliche Szene mit Interesse betrachteten. »Ich kann nicht mal pinkeln gehen, ohne dass sie an der Aborttür stehen und jeden Tropfen mitzählen.«

Selik schüttelte indigniert den Kopf. »Ich bin überaus angetan davon, dass du mir diese Einzelheiten mitteilst.«

»Ich fange an zu begreifen, was du gemeint hast, Selik«, warf Tyra ein. »Sie gibt einige faszinierende Worte von sich. Aber ich kann kaum glauben, dass sie eine Vertreterin dieser Glaubensgemeinschaft sein soll, die alle Gewalt ablehnt. Du hast davon gesprochen – Paz ... Pazifismus. Nach meiner Meinung ist sie mit Sicherheit gewalttätiger als jede andere Frau, die mir je begegnet ist.«

Rain stöhnte und begann zu glauben, dass Tyra Recht haben könnte.

»Willst du diese zänkische Person wirklich noch ins Hospizium mitnehmen, wie du es vorgehabt hast?«, wollte Tyra wissen.

»Nein, denn ich denke, sie ist viel zu sehr von sich überzeugt. Es war dumm von mir zu glauben, eine Gefangene würde eine solche Geste zu schätzen wissen.«

»Du hattest vor, mich mit ins Hospizium zu nehmen?«, fragte Rain völlig überrascht.

»Ja, aber es war eine dumme Idee.«

»Nein, das war es nicht.«

»Doch. Und ich habe beschlossen, dass ich keine Lust habe, den heutigen Vormittag in deiner zänkischen Gegenwart zu verbringen. Mir tut schon der Kopf weh.«

»Ich werde dir ein Aspirin geben.«

»Lobpreise die Götter! Endlich sagst du die Wahrheit.«

Rain zog die Stirn kraus. »Welche Wahrheit?«

»Du willst mir einen Arschtritt geben.«

Rain verzog missfällig den Mund, doch sie beherrschte

ihren Ärger, weil sie das mittelalterliche Krankenhaus wirklich gern sehen wollte. Sehr ruhig erklärte sie: »Aspirin ist eine Pille aus *meiner* Zeit, ein Schmerztöter.«

»Ha! Du gibst deinen Pillen also ebenso einen Namen wie deinem Parfüm. Was sagst du, Tyra, ist sie nicht ein seltsamer Vogel? Und sie kritisiert uns Nordmänner, weil wir unseren Schwertern Namen geben.«

Rain fiel immer schwerer, sich zu beherrschen, ihm keinen auf den Deckel zu geben. Sie ballte die Hände zu Fäusten.

Seliks Augen funkelten wissend.

Tyra schaute zwischen Rain und Selik hin und her, als diese ihre gegenseitigen Beleidigungen austauschten. Sie schien verwirrt. »Selik, ich dachte, sie sei eine Geisel. Warum gestattest du ihr, so zu reden? Solltest du ihr nicht besser die Zunge herausschneiden?«

»Das ist ein interessanter Gedanke.«

»Ich weiß, dass du daran denkst, sie bei König Athelstan gegen deine Freiheit einzutauschen, falls er dich je gefangen nehmen sollte, was Gott verhüten möge. Aber vielleicht solltest du versuchen, dieses alte Weib jetzt schon loszuwerden und dir die Mühe zu sparen. Meinst du nicht, dass einer der Sklavenhändler sie dir für einen der Harems im Osten abkaufen würde? Man sagt, sie suchen gelegentlich nach eigentümlichen Menschen. In dem Fall wäre ihre Größe vielleicht nicht unbedingt ein Nachteil.«

Rain fing wieder an, das Wikinger-Mädchen zu verabscheuen.

Selik legte den Kopf schräg und schien Tyras Vorschlag ernsthaft zu bedenken. »Ja, jetzt, da du mich darauf aufmerksam machst, könnte ich sie mir in nicht mehr als ein paar dünnen Schleiern am Leib vorstellen. Vielleicht auf seidenen Kissen neben einem Marmorbecken liegend und darauf wartend, die Wünsche ihres Herrn zu erfüllen. Vielleicht könnte sie sogar ...«

»*Argh!*«, knurrte Rain. Sie biss die Zähne zusammen, da sie zunehmend Schwierigkeiten hatte, ihre Zunge im Zaum zu halten. Zumal sie genau wusste, dass Selik sie einfach nur provozieren wollte. Sie hielt sich die Ohren zu, um seine spöttischen Worte nicht mehr hören zu müssen.

»Was ist nun, Selik? Gehst du zurück zum Hafen, um sie zu verkaufen?«

Selik sah Rain in die Augen. »Sag mir, Frau – versprichst du, mit dem Zanken aufzuhören und dich zu ändern?«

Rain biss sich auf die Zunge und nickte.

»Versprichst du, dass du nur reden wirst, wenn ich es erlaube, und jedem meiner Befehle gehorchen wirst, wenn ich dich zum Hospizium mitnehme?«

Rain zögerte, aber schließlich stimmte sie mit einem weiteren kurzen Nicken zu.

»Dann sei es. Aber zuerst kommst du mit mir nach oben. Ich muss deine Brüste binden.«

Rain starrte Selik nach, als dieser sich umdrehte und davonging. Er hatte ein langes Stück braunen Stoff mitgenommen, das auf einer der Bänke gelegen hatte. Selik war schon halb die Treppe hinauf, aber Rain hatte noch immer nicht begriffen, was seine Worte bedeuteten.

Meine Brüste binden?

12

Als Rain Selik eingeholt hatte, stand er mitten in der Schlafkammer und zog sich ein braunes Gewand über den Kopf. Als er das Kleidungsstück gerichtet und sich einen Strick als Gürtel um die Taille geschlungen hatte, begriff sie, dass Selik eine Mönchskutte angelegt hatte.

»Mach den Mund zu, Rain. Es ist unschön, mir deine Kehle zu zeigen – von innen.«

Rain biss die Zähne zusammen. »Was hast du jetzt vor?«

Selik drehte sich langsam um und ermöglichte es ihr, sich von der Vollständigkeit seiner Verkleidung zu überzeugen. »Ich habe dies heute Morgen am Hafen gekauft, als ich dem Sklavenhändler die Gefangenen geliefert habe.« Rain zuckte zusammen, als er so beiläufig erwähnte, Sklaven verkauft zu haben. »Ich muss in der Öffentlichkeit noch vorsichtiger sein. In den Straßen patrouillieren viele angelsächsische Soldaten, und es ist möglich, dass sie auch Gydas Haus überwachen.«

»O Selik. Ich wünschte, du würdest Britannien verlassen und in irgendein Land gehen, in dem du frei sein und ein neues Leben beginnen kannst!«

Das Kinn starrsinnig vorgereckt, gab Selik eine scharfe Antwort. »Ich bin kein Feigling, der vor seinen Feinden davonläuft. Und die Freiheit gehört niemals denen, die sich in fremden Ländern verstecken.«

Rain wollte ihm widersprechen, doch der stahlharte Ausdruck in seinen Augen sagte ihr, dass Selik sich nicht würde überzeugen lassen. Zumindest jetzt noch nicht. Sie beschloss, das Thema zu wechseln. »Wirst du mich wirklich zum Hospizium mitnehmen?«

»Ich habe es versprochen, oder etwa nicht?«

»Ja, aber ...« Rain schluckte ihre Bemerkung hinunter und lächelte ihn in übertriebener Süße an. Sie war bereit, nahezu alles zu tun, um diese Klinik des 10. Jahrhunderts sehen zu können. Sie salutierte kess.

»Alles, was du sagst, Herr.« *Du großer Bauer!*

Selik zog die Augenbraue hoch und lächelte maliziös. Sein Zorn hatte sich gelegt. »Es ist an der Zeit, dass du begreifst, wer hier das Sagen hat, Frau. Und wenn du es unbedingt wissen willst – ich nehme dich mit ins Hospizium, weil du dort vielleicht eine Arbeit finden kannst, mit der du deine Tage ausfüllen kannst, wenn ich Jorvik verlassen haben werde. Vermutlich würdest du Gyda das Leben ziemlich schwer machen, wenn du in deine Kammer eingesperrt wärst oder ihr dabei helfen sollst, die Aborte zu säubern. Oder als Tyras persönliche Dienerin.«

Rain hub an ihm zu erklären, was sie davon hielt, für eine verzogene Wikingergöre die Kammerzofe zu spielen, doch Selik hob die Hand. Er gebot ihren Worten Einhalt, ehe sie die Chance hatte, sie auszusprechen. »Dein Geschwätz ärgert mich, und es würde uns viel zu lange aufhalten. Zieh dein Hemd aus, damit ich dir die Brüste binden und dich verkleiden kann.«

Rain stieß einen unwilligen Ton aus. »Warum muss ich ...«

»Nein, keine Fragen mehr. Es ist schon spät. Du kannst nicht einfach in das Hospizium gehen und allen erzählen, dass du Ärztin bist. Man würde dir niemals den Zutritt gestatten.«

»Oh.«

Selik verschränkte die Arme vor der Brust und trat ungeduldig mit dem Fuß auf, während er darauf wartete, dass Rain seine Befehle befolgte.

Ihr Gesicht rötete sich, als sie ihre Möglichkeiten abwog. Die eine war, die Bluse auszuziehen und sich von Selik die Brüste schnüren zu lassen, damit sie vorgeben konnte, ein Mann zu sein. Die andere war, in ihre Kammer eingesperrt zu werden und zu versäumen, das Hospizium zu sehen. Rain entschied sich rasch und begann, ihre Bluse aufzuknöpfen.

»Was wirst du zum Binden nehmen?«

Selik beugte sich zu einer kleinen Holztruhe herunter, die auf dem Boden stand, und kramte darin herum. Dann zog er einen langen, halstuchähnlichen Streifen aus Seide daraus hervor.

Rain wandte ihm den Rücken zu, als sie Bluse und BH ablegte und abwartete. Die Bernsteinperlen fühlten sich auf ihrer heißen Haut kühl und glatt an.

»Heb die Arme hoch.«

Selik ergriff ihre Hände, um ihr zu zeigen, dass sie die Arme auf Schulterhöhe heben sollte. Als sie die kühle Luft auf ihrer nackten Haut fühlte und die leichte Berührung spürte, mit der seine Hand ihre Brust streifte, während er ihre Ellbogen umfasste, begannen Rains Knie zu zittern, und eine Schockwelle plötzlicher Lust durchströmte ihren Körper. Sie schloss sekundenlang die Augen, bis sie die Kontrolle über ihre Gefühle wiedergewonnen hatte.

»Beweg dich nicht«, sagte Selik heiser und stellte sich unerwartet vor sie.

Rain wollte protestieren, doch Selik war völlig auf seine Aufgabe konzentriert und schien keinen Blick für ihre Brüste zu haben, deren Spitzen sich verräterisch aufgerichtet hatten. Genau genommen beachtete er ihren Körper kaum, während er mit dem einen Ende des Streifens unter ihrem linken Arm ansetzte, ihn oberhalb ihres Brustansatzes weiterführte und um den Rücken schlang, ohne sich dabei von der Stelle zu rühren.

Zweimal wiederholte Selik diesen Arbeitsgang, dann begann er, unterhalb ihrer Brüste ebenso zu verfahren. Jedes Mal, wenn er sich vorbeugte, um den Seidenstreifen um ihren Rücken herumzuführen, erwachte in ihren Brüsten das schmerzvolle Verlangen nach seiner Berührung. Und jedes Mal, wenn sein warmer Atem ihre Schulter streichelte, musste Rain ein Stöhnen der Lust unterdrücken.

Als Selik fertig war, stellte er sich hinter Rain. »Ich werde ziemlich fest ziehen müssen. Es kann wehtun.«

Rain dachte, dass das Verlangen berührt zu werden sehr viel quälender war, als irgendein fest geschnürtes Stück dünner Seide es sein könnte. Als Selik den Stoff über ihren Brüsten behutsam festgezogen hatte, fragte er leise: »Ist das zu fest?«

Sein Atem löste ein Kribbeln in ihrem Nacken aus. Selik stand dicht hinter ihr und schaute über ihre Schulter.

»Es ist noch nicht fest genug, wie ich sehe. Die Brustwarzen sind noch zu sehen.«

Rain holte scharf Luft. »Ist das nötig?«

»Ja, das ist es«, erwiderte er und zog den Stoff enger. Es verursachte einen raschen, wunderbar rauen Reiz an ihren Brüsten, und es gelang Rain nur mit Mühe, ein Stöhnen zu unterdrücken. Selik hatte inzwischen damit weitergemacht, ihren Oberkörper mit dem Seidenstreifen zu umwickeln, wobei er diesen jedes Mal schmerzhaft fest angezogen hatte. Endlich band er die Enden zusammen und ging einmal um Rain herum, um sein Werk zu betrachten. Er schnalzte missfällig mit der Zunge. »Es wird gehen müssen, aber sind deine Brustwarzen immer so groß?«

Nein, du Narr, nur wenn du sie anstarrst und wenn du meine Brüste auf so verführerische Art in Seide einwickelst.

Rain setzte zu einer Erwiderung an, als sie das Lächeln bemerkte, das um seine Lippen spielte und verriet, dass er ein Lachen unterdrückte. Als er die Perlen der Bernsteinkette anfasste, streifte er mit den Fingerspitzen ihre Brust. Vermutlich hatte er die ganze Zeit gewusst, wie unbehaglich sie sich unter seinem prüfenden Blick und seinem Beinahe-Streicheln gefühlt hatte. Und hatte es über die Maßen genossen. »O, du bist ein Schuft.« Sie wollte wieder in ihre Bluse schlüpfen, aber Selik hielt sie zurück.

»Ich habe auch für dich eine Mönchskutte und ein Paar Schuhe.«

Irgendwie war es Selik gelungen, die kleinere Ausgabe einer solchen Kutte aufzutreiben, wie er eine trug. Nachdem Rain vollständig angekleidet war, sich einen Zopf geflochten und diesen unter der Kapuze der Kutte verborgen hatte, schaute sie erst Selik und dann sich selbst an. Mit einem leisen Kichern bemerkte sie: »Wir sehen aus wie Mutt und Jeff.«

Selik sah sie fragend an, aber Rain schüttelte nur den Kopf. Sie wusste, dass es unmöglich sein würde, dem Wikinger die beiden Charaktere aus dem Comicstrip zu erklären. Rain hatte plötzlich das faszinierende Bild Seliks vor sich, der an einem gemütlichen Sonntagnachmittag auf ihrem breiten Bett lag, in der einen Hand einen Kaffee, in der anderen ein Comic-Heft.

Schon wenige Augenblicke darauf waren sie auf ihrem Weg, der sie durch die belebten Gassen Jorviks führte. Wegen der kurzen Entfernung gingen sie zu Fuß. Überdies hatte Selik befürchtet, dass zwei Mönche, die zu Pferde unterwegs waren, in der Stadt zu viel Aufmerksamkeit erregen könnten.

»Musst du so mit deinem Hintern wackeln?«, rügte er Rain. »Denk daran, dass du einen Mönch darstellen sollst, kein Hure vom Hafen.«

»Ich wackle nicht.«

»Ha! Und hör auf, mich ständig am Ärmel zu zupfen, wenn du meine Aufmerksamkeit auf die verdammten Alltäglichkeiten lenken willst, die jeden Tag in dieser Stadt passieren. Die Leute werden uns sonst noch für Sodomiten halten.«

Wenn Selik doch nur wüsste, wie sehr sie sich zusammennahm! Rain hätte sich am liebsten bei ihm eingehakt und den Kopf an seine Schulter gelegt. Alle ihre neuen Gefühle für ihn brodelten in ihr, drohten sie jedes Mal fortzureißen, wenn sie ihn zufällig berührte oder ihn anstieß, wenn sie in der faszinierenden Stadt etwas besonders Interessantes sah.

»Und ich warne dich, Rain: Misch dich in nichts ein, was du im Hospizium sehen wirst. Es ist mir egal, ob es in deinem Land bessere Heilmethoden gibt. Es steht dir nicht zu, den Mönchen zu sagen, wie man heilt. Bei dem kleinsten Hinweis auf unnatürliche Fähigkeiten könnten die Geistlichen dich wegen der Ausübung schwarzer Künste gefangen setzen.«

»Selik, ich bin hier, um zu lernen, aber falls ich helfen kann...«

»Noch etwas – viele der Geistlichen hegen Verachtung für die Frauen. Selbst wenn du die beste Heilerin der Welt bist, würden sie dir ins Gesicht spucken. Das würden sie bei jedem Rat machen, den eine Frau ihnen geben würde. Für sie ist die Frau das Tor, das gute Männer direkt in die Hölle führt.«

Jetzt konnte Rain nicht mehr schweigen. »Das Tor – o, das ist so ungerecht! Als ob Frauen die Macht hätten, Männer irgendwohin zu führen! Und wer ist in den Augen der Priester für den Sündenfall der Frau verantwortlich?«

Selik grinste. »Niemand, vermute ich, weil die Frauen – die Töchter Evas – den Hang zur Sünde von Geburt an in sich tragen.«

Rain stieß Selik vor Missfallen gegen den Arm, wobei es ihr egal war, ob irgendein Passant sah, auf welch intime Weise ein Mönch einen anderen berührte. Selik machte sie noch wahnsinnig.

»Lass deine schlechte Laune nicht an mir aus. Ich sage nur das, was die Priester von ihren Kanzeln predigen.«

»Aber es gefällt dir, nicht wahr?«

»Mir?«, fragte Selik in gespielt gekränktem Ton und legte die weit gespreizte Hand auf seine Brust.

Rain wandte sich verärgert von ihm ab. Wieder einmal hatte sie auf seine Neckereien so reagiert, wie er es beabsichtigt hatte. Sie beschloss, ihn für eine Weile zu ignorieren und stattdessen die erstaunlichen Anblicke in sich aufzunehmen, die sich ihr boten.

Doch schon bald schwand Rains anfängliches Staunen über den betriebsamen Marktflecken dahin, denn mehr und mehr fielen ihr die mutwilligen Zerstörungen ins Auge, die die Angelsachsen bei ihren Überfallen angerichtet hatten. Und das Elend, das daraus resultierte. Teile der Stadtmauer waren niedergerissen und Häuser bis auf die Grundmauern abgebrannt worden. Am schlimmsten jedoch war die große Zahl der Menschen, die obdachlos zu sein schienen und um Essen oder Münzen bettelten.

»Selik, warum gibt es so viele Kinder auf den Straßen?«

Bei ihrer Frage spannte sich sein Kinn an. »Das sind Waisen, Nebenprodukte der angelsächsischen Überfälle.«

»Aber warum wird ihnen nicht geholfen?«

»Von wem den?«, fragte er süffisant.

»Von den Leuten, die überlebt haben.«

»Viele von ihnen haben selbst Probleme genug zu überleben.«

»Und die Kirche ...«

»... ist damit beschäftigt, ihre überquellenden Schatzkammern noch weiter zu füllen. Verdammte Hölle! Das Gold, aus dem einer ihrer schönen Abendmahlskelche gearbeitet ist, würde ausreichen, die Stadt eine ganze Woche lang mit Nahrung zu versorgen.«

»Was ist mit der Regierung?«

»Zurzeit gibt es keine. Der König der Nordmänner wurde verbannt, wie du ja weißt, und Athelstan hat bis jetzt keinen neuen angelsächsischen Herrscher eingesetzt.« Selik zuckte die Achseln. »Aber selbst wenn, die Regierung würde solch wertlosen Kreaturen nicht helfen.« Er zeigte auf einige Kinder, die in einer Nebengasse auf der Erde hockten.

Bei diesen gefühllosen Worten zuckte Rain zusammen. »Warum nicht? Weil es Wikinger-Kinder sind?«

»Zum Teil. Aber alle *armen* Kinder – besonders die aus dem gemeinen Volk – sind nur von geringem Wert. Dort, wo sie herkommen, gibt es noch genug von ihnen.«

»O wie grausam!« Aber, so fragte sich Rain unwillkürlich, lagen die Dinge in *ihrer* Zeit denn wirklich besser? Eine Zeit, in der die Zahlen über Obdachlosigkeit und Kindesmissbrauch ganz oben in den Statistiken standen? Eine Zeit, in der die Kinder der dritten Welt verhungerten und die Anzahl der Abtreibungen pro Jahr die Millionenmarke weit überschritt?

»So ist das Leben nun einmal. Und das ist mit Sicherheit ein Grund, warum ich mir geschworen habe, keine Kinder mehr in diese Welt zu setzen.«

Keine Kinder mehr? Rains Herz zerfloss bei Seliks leise gesprochenen Worten.

Ich werde nie mit Rain schlafen, schwor sich Selik, als er sich in der Stadt umsah und die Mitleid erregenden Waisenkinder sah. *Jetzt, da sie mir die Gefahr dabei so deutlich beschrieben hat, werde ich nie wieder das Risiko eingehen, noch ein Kind zu zeugen. Schon gar nicht mit ihr. Nein, ich könnte es nicht ertragen, dass noch ein Kind in diesen grausamen Pfuhl geboren wird, den wir Erde nennen. Aber ein Kind von meinem und von ihrem Blut – o du gnädiger Gott, dieser Gedanke zwingt mich fast auf meine Knie.*

Selik fühlte sich hin und her gerissen zwischen intensiver Lust und tiefster Qual bei diesem verbotenen Gedanken.

»Selik, was ist los? Warum siehst du mich so an?«

Er schüttelte den Kopf, um die verwirrenden Bilder daraus zu vertreiben.

»Nichts ist los. Und außerdem sind wir jetzt da. Zieh dir die Kapuze tiefer ins Gesicht.«

Selik legte mahnend den Finger an den Mund, damit sie schwieg, dann traten sie durch die große Flügeltür, die in den Hauptteil der Klosterkirche führte. Mit einer Kopfbewegung bedeutete er Rain, ihm zu folgen.

Er ging das Mittelschiff der Hauptkapelle herunter und machte vor dem Kreuz einen Kniefall – so wie man es ihm vor Jahren beigebracht hatte, als er getauft worden war. Verwirrt von dieser Geste christlicher Haltung, folgte Rain seinem Beispiel. Selik wandte sich jetzt nach links, wobei er die Mönche und die anderen Geistlichen ignorierte, die in ihre Gebete vertieft oder mit der Erfüllung religiöser Pflichten beschäftigt waren. Eine große Gruppe von Jungen aus der Klosterschule, Söhne ortsansässiger Adliger und Kaufleute, alberten und flüsterten miteinander, während sie dem andächtigen Priester folgten, der ihnen einen Vortrag über die Gebräuche der Kirche hielt.

Nachdem Selik und Rain einer Reihe von Gängen gefolgt und an zahllosen Türfluchten vorbeigekommen waren, gelangten sie endlich zum Hospizium, das in einem hölzernen Anbau untergebracht war, der dem Kirchengebäude angefügt worden war. Ein junger, spindeldürrer Priester, dessen Gesicht noch von den lästigen Pickeln der Jugendakne übersät war, schaute von dem Tisch auf, an dem er saß und Leinenstreifen zu Binden aufrollte.

»Ja? Ich bin Father Bernard. Kann ich Euch helfen?«

»Ich bin Bruder Ethelwolf, und ...«

»Ah, Ethelwolf – ›der edle Wolf‹ – ein schöner Name für einen so hoch gewachsenen Mönch wie Euch«, fiel ihm der junge Geistliche bewundernd ins Wort, dessen endgültige

Aufnahme in den Priesterstand noch nicht sehr lange zurückliegen konnte.

Rain sah ihn überrascht an.

»Und das ist mein Begleiter, Bruder Godwine.«

Sie schnappte nach Luft, und Selik schlug ihr herzhaft auf den Rücken.

»Wahrlich, es ist ungerecht. *Godwine* – ›Freund Gottes‹ – das war der Name, den ich mir zur Priesterweihe erwählt hatte, jedoch hatte ein Mitbruder ihn sich zuerst ausgesucht.« Der junge Priester spitzte die Lippen und setzte ein wehmütiges Lächeln auf, das für einen so jungen Menschen wie ihn eine geradezu unchristliche Zahl verfaulter Zähne sichtbar werden ließ.

Freund Gottes, in der Tat! Ich hätte für meinen Schutzengel keinen passenderen Namen wählen können, dachte Selik und warf einen amüsierten Blick auf Rain, deren Wangen sich in offensichtlicher Bestürzung über ihren Mönchsnamen gerötet hatten.

»Father Bernard, wir kommen vom Kloster St. Christopher, das in den Bergen des Frankenlandes liegt. Ihr habt doch schon von dem berühmten Hospizium dort gehört, nicht wahr?«

Rain zischte vor Entrüstung über seine unverschämte Lüge, und Selik stieß sie mit dem Ellbogen an, um sie zum Schweigen zu bringen.

»Leider nicht«, entschuldigte sich Father Bernard, »aber ich bin erst seit einem Jahr Priester und bereite mich jetzt darauf vor, nach Irland zu gehen. Vielleicht solltet Ihr mit dem Oberhaupt des St. Peters Hospiziums sprechen – mit Father Theodric. Er ist zurzeit in der Kapelle und nimmt dort die Beichte ab.«

»Ja, es wäre eine Ehre, diesem geachteten Heilkundigen zu begegnen, aber können wir uns das Hospizium zunächst einmal ansehen?«, fragte Selik. »Wir sind im Auftrage unseres Klosters in Jorvik und legen Wert darauf, in den Abteien, die wir besuchen, die neuesten Heilverfahren kennen zu lernen, die dort angewendet werden.«

Der junge Geistliche zog fragend die Augenbrauen hoch.

»Bruder Godwine ist in seiner Heimat ein überaus geschätzter Heiler, aber da er weder lesen noch schreiben kann, begleite ich ihn als sein Schreiber. Ich halte unsere Erkenntnisse schriftlich fest – für das Buch, das Bruder Godwine zu schreiben hofft. Der Heilige Vater hat diesen Wunsch an ihn herangetragen.«

Dafür, dass Selik sie als Analphabetin hingestellt hatte, warf Rain ihm einen ärgerlichen Blick zu. Doch er schaute sie nur treuherzig an.

»Gewiss habt Ihr auch schon von Balds *Leechbook* gehört, nicht wahr?«, fragte Selik Father Bernard voller Unschuld.

»Ja, natürlich.«

»Nun, Bruder Godwines Buch wird ganz anders sein. Wo Balds Buch sich mit dem Äußeren des Körpers – sozusagen vom Kopf bis zu den Zehen – befasst, da wird Bruder Godwines Buch sich mit dem Inneren desselben beschäftigen. Und er beabsichtigt, es das *Manual ärztlicher Heilkunst* zu nennen.«

Father Bernard stand der Mund offen, und die Wolke stinkenden Atems, die diesem entströmte, raubte Rain fast die Besinnung.

»Ist es nicht so, Bruder Gott-Freund – ich meine, Bruder Godwine?«, wandte sich Selik fragend an Rain.

Sie nickte widerstrebend, und Selik ahnte, dass er zu diesem Thema später etwas von ihr zu hören bekommen würde.

Seliks ständige Frotzeleien ärgerten Rain, und sie würde ihm das klarmachen, sobald sie wieder in Gydas Haus sein würden. Des Lesens und Schreibens nicht mächtig – also wirklich! Und dann dieses Manual über die ärztliche Heilkunst! Nichtsdestotrotz war ihr bewusst, dass seine Warnung, Vorsicht walten zu lassen, klug gewesen war. Sie sollte sich weder zu den medizinischen Behandlungsmethoden der Mönche äußern, noch durfte sie diese merken lassen, dass sie eine Frau war. Und schon gar nicht eine Frau, die aus der Zukunft kam.

»Kannst du uns im Hospizium herumführen, bis Father Theodric Zeit für uns hat?«, fragte sie, wobei sie ihre Stimme verstellte.

Father Bernard kratzte sich ungeniert den Unterarm und furzte laut – beides ohne eine Spur von Verlegenheit oder sich zu entschuldigen. Natürlich hielt er Rain für einen Mann, und sie vermutete, dass Männer – jedenfalls manche – so vulgäre Dinge wie diese taten. Sie sah, dass Selik sie beobachtete – mit diesem verdammten Grinsen. Vermutlich wartete er auf ihre übliche unüberlegte Reaktion. Rain klopfte ungeduldig mit dem Fuß auf, während sich der junge Geistliche unentschlossen auf die Unterlippe biss.

»Father Theodric würde es zweifellos gutheißen«, sagte er schließlich zögernd.

Damit Father Bernard seine Meinung nicht wieder änderte, gingen Rain und Selik ihm rasch zum Hospizium voran. Rain entging kein Detail des großen Saales, an dessen beiden Längsseiten mehr als zwanzig Matratzen nebeneinander auf dem nackten Boden lagen. Neben einigen der Kranken knieten Mönche, von denen die meisten damit beschäftigt waren, Blutegel anzusetzen. In medizinischen Abhandlungen hatte Rain Bilder von dieser Prozedur gesehen, bei denen den Patienten Blutegel oder Schröpfköpfe angelegt wurden, aber dennoch war sie auf diesen grässlichen Anblick nicht vorbereitet.

Jeder der Mönche hatte zwei irdene Schalen – in der einen befanden sich die »ungefütterten« Blut saugenden Egel, in der anderen die aufgeblähten, voll gesogenen Parasiten. Ungeachtet der Art der Erkrankung oder der Verletzung, wandten die

Mönche diese Methode bei so gut wie allen Patienten an, behandelten damit alles vom gebrochenen Knochen bis zum Schlaganfall.

Rain fühlte, wie Seliks Hand sich warnend um ihren Unterarm schloss. Sie versuchte, ihn abzuschütteln, aber er tat, als bemerke er es nicht.

Der gefällige Father Bernard führte sie von einem Krankenlager zum nächsten und erklärte den Zustand des jeweiligen Patienten. Dabei machte er Rain und Selik mit den Mönchen bekannt, die in ihrer Arbeit mit den Kranken unermüdlich waren. Abgesehen vom Aderlass konnte Rain deren Tun eigentlich nicht kritisieren, denn in Anbetracht der primitiven Mittel, die ihnen zur Verfügung standen, taten sie ihr Bestes. Ohne die Möglichkeiten fortschrittlicher medizinischer Verfahren und des Einsatzes moderner Medikamente konnte der Patient, der an einem Magenkarzinom litt, wirklich nur ruhig gehalten werden.

Bei dem Herzinfarkt-Patienten allerdings … Rain fragte sich, ob die Mönche die Wirkung des Fingerhutes kannten und je Digitalis bei ihm angewandt hatten.

Fast am Ende der Reihe der Matratzen konnte Rain ihre Meinung jedoch nicht mehr für sich behalten. Sie kniete sich neben den Mönch, der gerade einen blutgefüllten Egel entfernte, der auf der Brust eines ungefähr zwölfjährigen Mädchens gesessen hatte. Das Kind war in einem geschwächten Zustand, es keuchte heftig und fantasierte. Der ranzige Geruch, der dem ausgemergelten Körper entströmte, war Rain zu vertraut, als dass sie ihn hätte ignorieren können.

»Wisst Ihr, was der Kleinen fehlt?«, flüsterte Rain dem alten Mönch zu, den Father Bernard als Father Rupert aus dem Rheinland vorgestellt hatte. Der Mönch wischte mit einem feuchten Tuch das Blut von dem eingesunkenen Brustkorb des Mädchens.

Er schüttelte den Kopf. »Eine solche Krankheit habe ich noch nie zuvor gesehen. Was ich auch versuche – Kräuter, Aderlässe – nichts hilft.«

»Der Geruch, Father – ist er immer so stark? Und ihr Stuhl – ist er von weißer Farbe und enthält große Anteile von Fett? Verliert sie ständig an Gewicht, auch wenn Ihr ihr viel zu essen gebt?«

Die trüben Augen des alten Mannes weiteten sich überrascht. »Ja, habt Ihr denn schon andere Fälle wie diesen gesehen?«

»In der Tat, ja. Bei meiner Nichte wurde kürzlich das *Celiac*-Syndrom diagnostiziert, und das hier sieht bemerkenswert ähnlich aus.«

»Si-li-ack?«

»Ja, der Körper entwickelt eine Allergie – er ist unfähig, jede Art von Getreide zu verdauen.«

»Wirklich? Und wie konntet Ihr Eurer Nichte helfen?«

»Nun, ich war nicht ihr Arzt, aber man hat mir gesagt, dass sie jetzt ein normales Leben führen kann, solange sie *niemals* etwas isst oder trinkt, das aus Getreide gemacht ist.«

Father Rupert sah Rain skeptisch an, ohne Zweifel misstraute er dem Erfolg einer so einfachen Behandlung.

»Versucht es, Father. Was soll es schaden? Gebt dem Mädchen ein paar Tage lang kein Brot zu essen, und gebt ihr keine Getränke, die aus Getreide gemacht sind, Bier zum Beispiel. Wenn es das *Celiac*-Syndrom ist, werdet Ihr die beginnende Besserung fast sofort sehen.«

Der alte Mann neigte nachdenklich den Kopf. »Es ist einen Versuch wert, würde ich meinen.« Er rief einem in der Nähe stehenden Mönch zu, dass die Ernährung der Patientin ab sofort umgestellt werde, und wandte sich dann wieder Rain zu. »Wie, sagtet Ihr, ist Euer Name?«

»Bruder Godwine«, erwiderte sie. Als sie aufschaute, bemerkte sie, dass Selik sie unverwandt ansah. In seinen Augen spiegelte sich Überraschung wider – und so etwas, das Stolz auf die Diagnose zu sein schien, die sie bei dem Mädchen gestellt hatte.

»Wird es dir möglich sein, ihr zu helfen?«, fragte Selik, als er Rain aufhalf.

»Ich denke schon, aber …« Sie verstummte und wandte sich an Father Bernard. »Könnte ich an einem anderen Tag wiederkommen und mit den Patienten arbeiten? Ich denke, ich könnte von Nutzen sein, und natürlich könnte ich viel von Euch und den anderen lernen. Für mein *Manual der ärztlichen Heilkunst*.« Letzteres fügte sie mit einem missbilligenden Blick auf Selik hinzu.

»Das muss Father Theodric entscheiden, aber er beklagt sich ständig über den Mangel an guten Heilkundigen.« Father Bernard sah Rain verwundert an. »Eure Stimme ist sehr hoch … und melodiös.«

Rain zuckte zusammen, als sie begriff, dass sie vergessen hatte, ihre Stimme zu verstellen.

Jetzt richtete sich Father Bernards Blick auf Seliks Hand, die noch immer Rains Arm hielt. Als verstünde er plötzlich, welcher Art die Beziehung zwischen den beiden Besuchern war, leckte sich Father Bernard über die rissigen Lippen und erkundigte sich dann bei Selik: »Werdet Ihr Bruder Godwine begleiten, wenn es ihm erlaubt wird, im Hospizium zu arbeiten?«

Selik schüttelte den Kopf. In seinen grauen Augen lag ein entschieden ablehnender Ausdruck.

Father Bernard kicherte nervös und ließ einen abschätzenden Blick über Rains Gesicht und Gestalt gleiten. »Jetzt, da ich darüber nachdenke, bin ich sicher, dass Father Theodric Eure … Dienste willkommen heißen wird. Wir können immer einen fähigen … Mitbruder gebrauchen, besonders wenn ich Euch dem guten Pater empfehle.«

Rain fiel es wie Schuppen von den Augen, und ihr klappte die Kinnlade herunter. *O du großer Gott! Ein schwuler Priester! Und er hat seine Fühler nach mir ausgestreckt!*

Danach ließ Father Bernard ihnen eine rasche Führung durch den Kräutergarten angedeihen, in dem zahlreiche Pflanzen für den medizinischen Gebrauch wuchsen. Anschließend zeigte er ihnen die einfache »Apotheke«, in der ein Mönch damit beschäftigt war, in einer irdenen Schale Kräuter zu zerstoßen und sie entsprechend der Rezeptur aus einem alten, verstaubten Buch zu einem Heiltrank zusammenzumischen. Fasziniert beschloss Rain, dass sie ganz sicher in das Hospizium zurückkommen würde, um alles über die mittelalterliche Art der Medikamentenzubereitung zu lernen.

»Wenn Ihr zurückkommt, vergesst nicht, Euch beim Bruder Pförtner zu melden. Father Ceowulf vertritt mich oft. Wir können gar nicht vorsichtig genug sein. Auch heute treiben sich schon den ganzen Tag angelsächsische Soldaten hier herum. Sie suchen nach irgendeinem geächteten Wikinger.«

Bei Father Bernards Worten erstarrte Rain das Blut in den Adern. Konnte es Selik sein, nach dem die Soldaten suchten? Waren sie ganz in der Nähe?

»Tatsächlich?«, fragte sie mit zittriger Stimme. »Warum verschwenden sie ihre ganze Zeit an einen Wikinger?«

Father Bernard zuckte mit den Schultern. »Genau das habe ich mich auch gefragt. Haben die Soldaten denn nichts Besseres zu tun, als die Stadt nach einem Heiden zu durchkämmen? Aber so etwas sage ich natürlich nicht laut. König Athelstan ist gut zu der heiligen Kirche gewesen. Genau genommen war er es, der dieses Hospizium im vergangenen Jahr gegründet hat. Wenn also der König diesen elenden Nordmann haben will, dann liegt es mir fern zu widersprechen. Von mir aus können sie den Geächteten an den Füßen aufhängen und ihm bei lebendigem Leib die Haut abziehen.«

Rain zuckte zusammen. Es gelang ihr kaum, sich bei dem gefühllosen Father Bernard für seine Gastfreundschaft zu bedanken und sein Angebot, während ihres Aufenthalts in Jorvik im Kloster zu wohnen, mit der gebührenden Höflichkeit abzulehnen. Am Portal der Kirche herrschte Tumult, als Rain und Selik dorthin kamen. Ein Mann schrie und tobte und versuchte, den hoch gewachsenen Priester zur Seite zu drängen, der ihm den Zugang verwehrte. Der Mann flehte den Geistlichen an, er solle einen Heilkundigen zu seiner Frau schicken, die ihr erstes Kind erwartete und seit drei Tagen in den Wehen lag.

»Geh nach Hause, Uthred«, befahl der Priester streng. »Ich habe dir schon einmal gesagt, dass du eine Wehmutter holen sollst. Wir tun hier Gottes Werk. Für einen Priester schickt es sich nicht, den Leib einer Gebärenden zu berühren.«

»Aber Hilde stirbt. Die Wehmutter wird nicht kommen, wenn wir sie nicht bezahlen, und ...«

»Geh jetzt«, rief der Priester laut. Angewidert versuchte er, den Ärmel seiner Kutte aus den schmutzigen Händen des Mannes zu befreien. »Wachen, kommt und entfernt diesen Kerl aus der heiligen Kirche.«

»Verflucht sollst du sein, verflucht in die verdammte Hölle!«, fluchte Uthred, als er die Kirchenwachen näher kommen sah.

»Warte«, mischte sich Rain ein. »Ich werde mitkommen. Vielleicht kann ich helfen.«

Sie hörte Selik neben sich aufstöhnen.

Der Mann sah Rain mit solcher Dankbarkeit an, dass ihr klar war, dass sie helfen würde, ganz egal, was Selik dazu sagte. Aber überraschenderweise protestierte er nicht, als sie dem verzweifelten Uthred folgte. Der Priester am Kirchenportal schnaubte und bemerkte abfällig: »Fremde Mönche! Immer denken sie, dass sie mehr als andere wissen!«

Als sie das Portal der Kirche aufstießen, wurde es ihnen

unmöglich gemacht, auch nur einen Schritt zu tun. Hunderte von Menschen, darunter viele Kinder, kamen die Stufen zur Kirche hinaufgestürmt und balgten sich schreiend und stoßend um die Brotlaibe, die einige Mönche in die Menge warfen.

»Heute ist Almosentag«, erklärte Selik. »Die Armen finden sich hier ein, um ein paar kümmerliche Brotkrumen zu ergattern, und die Mönche schlagen sich dafür ob ihrer gnädigen Mildtätigkeit auf die Schultern.«

»Du bist sehr zynisch, Selik.«

»Und du bist zu weichherzig«, erwiderte er, während sie sich mühsam ihren Weg bahnten und Uthred folgten.

Rain blieb unvermittelt stehen, als ihr Blick auf einen Jungen und ein Mädchen fiel, die in der Nähe standen. Der Junge mochte ungefähr sieben Jahre alt sein, das Mädchen vielleicht drei. Dass es sich um Bruder und Schwester handelte, war sogar unter dem Dreck zu erkennen, der sie von den lausverseuchten Haaren bis zu den nackten Füßen bedeckte. Das kleine Mädchen lutschte am Daumen und hörte aufmerksam dem zu, was sein Bruder sagte.

»Du bleibst genau hier stehen, Adela. Ich versuche inzwischen, etwas Brot zu kriegen. Versprichst du mir, dass du dich nicht von der Stelle rührst?«

»Ja, Adam.« Die Kleine nickte und sah ihrem Bruder mit vor Furcht großen Augen nach, während dieser am Rand der Menschenmenge geschickt sein Durchkommen suchte. Dabei zwickte er hier jemandem in den Po, schoss dort zwischen zwei Beinen hindurch und schnappte zu guter Letzt den kleinen Brotlaib aus den Händen eines Mönchs, den dieser gerade einer alten, in Lumpen gehüllten Frau hatte geben wollen.

»Komm zurück, du verdammte Kröte«, kreischte die Alte vergebens. Einige der Umstehenden wandten sich um und sahen Adam davonlaufen, und der eine oder andere versuchte, ihm seine kostbare Beute abzunehmen. Aber um nichts in der Welt würde der kleine Bursche sein hart erkämpftes Brot hergeben. Er schob es sich in den Ausschnitt seiner schmutzstarrenden Tunika und rannte wie um sein Leben auf seine Schwester zu.

Als Rain auf die beiden Kinder zuging, ignorierte sie Seliks ärgerlichen Protest und Uthreds aufgebrachte Rufe, mit denen er seinem Unmut über die Verzögerung Luft machte. Rain sah, wie der Junge das Brot brach und wie jedes der Kinder seinen kümmerlichen Anteil des schimmligen Laibes gierig verschlang. Offensichtlich hatten sie seit Tagen nichts gegessen.

Rain hockte sich vor den beiden hin. »Wie heißt du, Schätzchen?«, fragte sie das Mädchen.

Furchtsame blaue Augen wandten sich Hilfe suchend an den Bruder. »Adam«, rief sie und packte seine Hand, während sie den Daumen der anderen augenblicklich in den Mund steckte.

»Warum willst du das wissen?«, fragte der kleine Junge mit herausfordernd zusammengekniffenen Augen und stemmte kämpferisch die Hände in die Hüften. Rain spürte, dass Selik hinter ihr stand, der aber nichts sagte.

»Ihr zwei solltet euch nicht auf der Straße herumtreiben. Wo sind eure Eltern?«

»Haben keine.«

»Sind sie … gestorben?«

»Ja. Was kümmert das welche wie euch? Ihr Priester kümmert euch nur um euer eigenes Wohlergehen. Ihr seid ja nicht mal gekommen, um meine Mutter zu beerdigen.«

Rain holte scharf Luft. »Wann war das?«

Gleichmütig und in gespielter Tapferkeit zuckte der kleine Junge die Schultern, wobei sich der locker sitzende Gurt seiner Hose mit hochzog. Rain glaubte, ein kurzes Aufschimmern von Schmerz und Furcht in seinen Augen zu lesen. »Letzten Winter.«

Vor einem Jahr! »Und bei wem lebt ihr jetzt?«

»He?«

»Rain, lass sie. Wir haben hier schon viel zu viel Zeit vertrödelt«, mahnte Selik und griff nach ihrem Arm. »Denk an die Frau in den Wehen.«

»Oh, das habe ich ganz vergessen«, sagte sie und sah Uthred um Entschuldigung bittend an. Doch gleich darauf widmete sie sich wieder dem kleinen Jungen. »Wer, sagtest du, kümmert sich um euch?«

Er hob trotzig den Kopf. »Ich kümmere mich um meine Schwester und um mich. Wir brauchen keinen lästigen Priester, der sich in alles einmischt.«

»Ich wollte nur helfen ...«

»Ha! Genau wie Aslam ...«

»Der Sklavenhändler?«, fragte Selik überrascht.

»Ja, der Sklavenhändler. Der versucht immer, uns zu fangen, ja, das tut er. Aber ich bin zu schnell für den fetten alten Pisser. Er hat gesagt, er kennt einen Sultan in einem Land weit weg, und der will uns haben als seine Kinder und will uns ein Zuhause geben und gutes Essen, aber ich weiß, was er will. Ja, ich weiß es.«

»Was denn?«, fragte Rain, ohne auf den derben Fluch zu hören, den der hinter ihr stehende Selik ausstieß.

»Er will uns in den Arsch ficken, das will er. Er steckt uns seinen Schwanz in den Arsch«, klärte der schmutzige Bengel sie mit unschuldiger, straßenmäßiger Direktheit auf. »Genau wie ihr verdammten Mönche«, fügte er hinzu und spuckte Rain vor die Füße; dann packte er seine Schwester an der Hand und tauchte mit ihr in der Menschenmenge unter.

»O Selik«, klagte Rain, als die Kinder nicht mehr zu sehen waren. »Wir müssen ihnen helfen.«

»Du hast deinen verdammten Verstand verloren. Ich will keine eigenen Kinder, und schon gar nicht werde ich mich um das lästige Pack von irgendjemand anderem kümmern. Krieg das in deinen sturen Schädel.«

»Aber, Selik, hast du die Augen des kleinen Mädchens gesehen, als sie eben zu uns zurückgeschaut hat? Sie haben um Hilfe gefleht.«

»Du siehst und hörst nur das, was du willst, Frau. Hast du diesen grobmäuligen schmutzigen Bengel nicht verstanden? Er will keine Hilfe, und ich bin sicher, dieser zähe kleine Welpe könnte auf jedem Schlachtfeld überleben, und damit erst recht auf den Straßen einer Stadt.«

»Bitte, bitte«, bettelte Uthred und zog Rain am Ärmel. »Meine Frau stirbt, und Ihr steht hier herum und schwatzt über wertlose Straßenbälger.«

Voller Empörung wandte sich Rain an den entnervten Mann. »Und was lässt dich glauben, dass dein ungeborenes Kind mehr wert sein wird als diese beiden kostbaren Kinder?«

Uhthred erblasste, als ihm aufging, dass seine unbedachten Worte jegliche Chance auf die erhoffte Hilfe zunichte gemacht haben konnten. »Es tut mir Leid. Aber ich bin so besorgt um meine Hilde ...«

Rain akzeptierte seine Entschuldigung mit einem Kopfnicken. Selik und sie folgten Uthred jetzt rasch. Als sie kurz darauf die grob gezimmerte Hütte erreichten, erlebte Rain eine Überraschung, als sie sich noch einmal umschaute, ehe sie die Kate betraten. Adam und Adela waren ihnen gefolgt. Die beiden Kinder standen unter einem Baum und beobachteten, wie Rain sich duckte, um unter dem niedrigen Türsturz hindurchzugehen. Sie winkte den beiden zu.

Und sie hätte schwören mögen, dass Adam ihren Gruß erwidert hatte.

13

Als Rain und Selik einige Stunden später die stickige Enge der Hütte verließen, waren die Kinder fort. Und aus Seliks Gesicht war alle Farbe gewichen.

»Was ist los?«, fragte Rain besorgt und legte die Hand auf seinen Arm.

»Wirklich, Frau, du erstaunst mich. Du steckst einfach deine Hand in den Leib einer Frau, drehst das Kind herum und holst es ins Leben – und *du* fragst mich, was los ist?« Ungläubig schüttelte er den Kopf. »Vollbringst du oft solche Wunder?«

Rain lächelte über sein verstecktes Kompliment. »Des Öfteren. Und es ist kein Wunder – es ist eine Geburt. Auch wenn die Geburtshilfe nicht mein Fachgebiet ist, habe ich schon mindestens fünfzig Kinder auf die Welt geholt.« Sie schaute Selik liebevoll an. »Es ist eine wunderbare Erfahrung, nicht wahr?«

»Wunderbar! An den Schreien und an dem Blut ist nichts Wunderbares.«

Rain schnalzte besänftigend mit der Zunge. Immerhin war Selik ehrlich. Es hatte ihn tief berührt, Zeuge der Geburt des kleinen Jungen zu sein. Sie fragte sich, ob er bei Astrid gewesen war, als sie den gemeinsamen Sohn geboren hatte, und ob dieses Ereignis heute ihn einmal mehr an all das erinnert hatte, was für ihn auf immer verloren war.

Und zum ersten Mal in den jetzt dreißig Jahren ihres Lebens sehnte sich Rain nach einem eigenen Kind. Wie würde es sich anfühlen, Leben in sich wachsen zu spüren? Die

Kontraktionen ihrer Muskeln zu spüren, die halfen, das Kind auf die Welt zu bringen? Zum ersten Mal das Neugeborene zu berühren, das eigene Kind?

Und was – o Gott, was wäre, wenn das Kind ein lebender, atmender Beweis ihrer Liebe war? Wie würde dieses Kind aussehen, entstanden aus ihrem und Seliks Blut und Genen? Welch ein Wunder das wäre!

Die Sehnsucht wurde so stark, dass Rain den Blick abwenden musste, damit Selik ihre Gefühle nicht erriet. *Du betrittst gefährlichen Boden, Lady, wenn du dir etwas wünschst, was niemals wird sein können.*

Frage, und du wirst eine Antwort bekommen.

Rain wandte den Blick zum Himmel. *Das sagst du jetzt. Aber was ist, wenn ich zurück in die Zukunft möchte? Und sagst du mir wirklich, dass ich Selik haben kann, wenn ich ihn will? Und sein Kind?* Rain schloss für einen Moment die Augen, um diese faszinierende Vorstellung zu genießen.

Die Antwort findest du in dir selbst. Frage dein Herz.

»Gib mir etwas Zeit«, murmelte Rain.

»Wofür Zeit?«, fragte Selik und fügte hinzu: »Verursachen Babys immer diesen träumerischen Ausdruck auf deinem Gesicht?«

»Ja.« *Besonders wenn ich mir vorstelle, mit dir eines zu haben.* Rain beschloss, das Thema zu wechseln und sich Unverfänglicherem zuzuwenden. »Meinst du, Uthred wird die Hütte so reinigen, wie ich es ihm geraten habe?«

»Geraten? Du untertreibst, Frau«, erwiderte Selik mit einem trockenen Lachen. »Du hast Befehle erteilt, wie ein kampferprobter Soldat. Uthred wird es nicht wagen, nicht zu gehorchen.«

»Nun, ich war wirklich wütend. Es war zu schwierig und zu kompliziert, das Leben seines Kindes zu retten, um mit anzusehen, wie es binnen weniger Wochen in diesem Dreck sterben wird. Wie können Menschen nur so hausen?«

Selik wollte darauf antworten, blieb jedoch stattdessen abrupt stehen und drängte Rain hinter sich. Obwohl sie noch ein gutes Stück von Gydas Haus entfernt waren, konnten sie erkennen, dass es von angelsächsischen Soldaten umstellt worden war.

»Ich werde diese Bastarde umbringen, wenn sie Gyda oder Tyra etwas antun«, sagte Selik mit eisiger Stimme.

»Pssst!«

Sie wandten sich um und sahen Ubbi, der sich zwischen zwei Häusern verborgen hielt und ihnen bedeutete, näher zu kommen. Als sie sich, ohne die Aufmerksamkeit der Soldaten zu erregen, zurückgezogen hatten, schob Selik Rain und Ubbi tiefer in den Schutz der Häuser, sodass sie völlig außer Sicht waren.

»Die Soldaten suchen dich auf Befehl König Athelstans«, erklärte Ubbi hastig. »Er rast vor Zorn über die hohe Zahl seiner Krieger, die er in Brunanburh durch dein Schwert verloren hat. Und besonders wegen seines Cousins Elwinus. Dutzende von Soldaten sind dabei, die Stadt und den Hafen zu durchkämmen. Der König hat hundert Mancuses darauf ausgesetzt, dich lebend gefangen zu nehmen. Und nur fünfundzwanzig, falls du tot bist.«

Seliks Kinn spannte sich an. »Haben sie Gyda oder Tyra etwas getan?«

»Nein. Sie haben zwar auf ihre übliche Art und Weise das Haus und die Außengebäude verwüstet, aber sie haben die Frauen nicht angefasst. Tostir, einer von Gydas Knechten, hat man die Nase gebrochen, weil der den Befehl eines der Soldaten nicht schnell genug ausgeführt hat. Und der Kommandant hat gedroht, Gyda die Zunge aufzuschlitzen, wenn sie nicht aufhört, ihm Predigten zu halten. Aber ich glaube, die Frauen sind sicher.«

»Und meine Männer und die Pferde?«

»Alle außer Sichtweite. Gorm ist rechtzeitig gewarnt worden.«

»Bring Rain zu Ellas Laden. Dort wird sie sicher sein. Danach treffen wir uns wieder hier. Und geh auf keinen Fall – *auf keinen Fall* – zu Gydas Haus. Sie werden es von jetzt an bestimmt genauer bewachen.«

»Nein, ich werde dich nicht hier zurücklassen«, protestierte Rain.

Seliks Gesicht zeigte stählerne Entschlossenheit. »Glaub nicht, du könntest darüber mit mir streiten. Sowohl deine eigene Sicherheit wie auch die von Gydas Familie könnte durch dein unbedachtes Verhalten gefährdet werden. Du wirst mir gehorchen oder die Konsequenzen tragen müssen.«

»Aber was ist mit deiner Sicherheit?«

Mit ärgerlich blitzenden Augen fauchte Selik sie an: »Mein Leben ist meine Sache, ausschließlich meine. Am besten, du begreifst das endlich.« Er wandte sich an Ubbi. »Bring sie zu Ella, und sorg dafür, dass sie dort bleibt.«

Selik verschwand, ehe Rain eine Möglichkeit hatte, ihm zu sagen, dass er auf sich aufpassen sollte. Ehe sie ihm sagen konnte, dass sie ihn liebte.

Mit schleppenden Schritten folgte sie Ubbi durch die Stadt, bis sie die Gasse mit den Läden erreichten, in denen Stoffe feilgeboten wurden, die wie ein Feuerwerk aus Farben und Materialien wirkten. Von rauen Wollstoffen bis zur feinsten Seide war alles vorhanden. Es gab sogar einige schon fertig gearbeitete Kleidungsstücke – Tuniken, Umhänge und Hosen.

Schließlich blieb Ubbi vor einem Haus stehen, das reicher wirkte als die anderen. Obwohl ein junges Mädchen vorn im Laden arbeitete, führte Ubbi Rain um das Gebäude herum zu einer Hintertür. Er klopfte laut und wartete, bis eine ältliche Dienerin ihnen öffnete. »Wir müssen mit deiner Herrin Ella sprechen«, verlangte er. »Ist sie da?« Die Dienerin nickte und wies ihnen den Weg in einen großen Raum, in dem einige Frauen damit beschäftigt waren, verschiedene Kleidungsstücke zuzuschneiden und zu nähen.

»Rhoda!«, rief Rain überrascht, als sie die Frau mittleren Alters erkannte, die jetzt auf sie zukam. »Wie bist du denn hierher gekommen?« Ohne deren Reaktion abzuwarten, schloss Rain die langjährige Aufwartefrau ihrer Mutter herzlich in die Arme. »Du hast keine Ahnung, wie gut es tut, jemanden von zu Hause zu sehen.«

»Mein Gott, nicht schon wieder dieser Rhoda-Unsinn! Ich dachte, mit Narretei wäre es vorbei, als Ruby vor zehn Jahren verschwand. Mein Name ist Ella, nicht Rhoda.«

Rain hörte nicht auf, Rhoda zu umarmen, auch wenn die sich sträubte.

»Allmächtiger! Ein verdammter Mönch umarmt mich. Jetzt werde ich zur Beichte gehen müssen und werde vermutlich zwanzig Vaterunser als Buße auferlegt bekommen. Und den ganzen Tag auf meinen verdammten Knien liegen müssen«, jammerte Ella.

Schmunzelnd wurde sich Rain bewusst, dass sie noch immer die Mönchskutte trug, und sie gab die Frau aus ihrer festen Umarmung frei. Dann streifte sie die Kapuze zurück und präsentierte sich mit langem blonden Haar und weiblichen Gesichtszügen.

Ella presste die weit gespreizte Hand auf ihre Brust. »O Gott, mein Herz fühlt sich an, als würde es bis in die Kehle hüpfen. Wer bist du, Mädchen? Eine verrückte Freundin von Ruby, ohne Zweifel. Sie war die einzige Närrin, die mich jemals Rhoda genannt hat.«

»Ich bin ihre Tochter. Ruby ist meine Mutter, und Thork war mein Vater«, erklärte Rain, wobei sie hinter dem Rücken die Finger kreuzte.

»Nein, das kann nicht sein«, widersprach die Frau und sah

Ubbi an, der den Arm ausbreitete und mit dieser Geste zu sagen schien: Frag mich nicht.

»Sie sagt, Gott hat sie geschickt, um Selik zu retten.«

Der Rhoda-Doppelgängerin stand der Mund offen. »Ein Schutzengel?«, fragte sie Ubbi in ehrfürchtigem Staunen.

Guter Gott! Rhoda und Ubbi waren von derselben Art. Rain konnte sich die beiden gut in der Zukunft vorstellen: Ubbi, wie er Rhodas *National Enquires* verschlang und wie er deren unersättlichen Appetit auf Klatsch teilte.

»Ja, und ich habe sogar schon eine Feder in ihren Schlaffellen gefunden«, schloss Ubbi wichtigtuerisch.

»Würdet ihr zwei aufhören, über mich zu reden, als sei ich nicht hier? Ich bin *kein* Engel. Ich bin ein menschliches Wesen, genau wie ihr beiden Paviane.«

»Pa-wie-ahne?«, fragten die beiden wie aus einem Munde. Rain schnaubte gereizt und verzichtete darauf, eine Erklärung abzugeben.

Ubbi schilderte die gefährliche Situation in Gydas Haus, und Ella war sofort einverstanden, dass Rain bei ihr blieb, bis die Gefahr vorüber wäre.

»Bitte, komm so schnell wie möglich zurück und sag mir, was vor sich geht«, flehte Rain Ubbi an, als dieser sich auf den Rückweg machte. »Ich mache mir so große Sorgen um Selik. Sein Hass auf die Angelsachsen könnte ihn dazu verleiten, leichtsinnig zu sein.«

»Habt keine Angst, Mylady. Dieser jämmerliche Haufen angelsächsischer Hunde ist für meinen Herrn keine wirkliche Gefahr. Steven von Gravely – das ist allerdings ein anderes Fass Honigwein. Er befolgt des Teufels Regeln der Arglist und der Gemeinheit. Ohne Zweifel werden es Gravely und seine verfluchte Hinterlist sein, die meinem Herrn eines Tages den Untergang bringen werden.«

Zitternd vor Besorgnis rief sich Rain Gydas mahnende Worte in Erinnerung, während Ubbi davonhastete. Gyda hatte gesagt, dass Selik beabsichtigte, bis in das Herz des angelsächsischen Territoriums vorzudringen, um bis zum Besitz Gravelys zu gelangen. Er hoffte, seinen verhassten Feind dann endlich töten zu können. Jetzt, da Rain von Ubbi aus erster Hand gehört hatte, wie groß die Gefahr war, die Selik durch Steven drohte, begann sie ernstlich Gydas kühnen Plan zu erwägen: Selik zu entführen und festzuhalten, bis der verabscheuungswürdige Gravely sich wieder in irgendein Versteck zurückgezogen hatte.

»Rhoda – ich meine, Ella, ich möchte dir von dem Plan erzählen, den Gyda sich zurechtgelegt hat, um Selik zu retten und …«

»Plan? Nein, nein, nein!«, rief Ella und hielt sich die Ohren zu. »Du bist genau wie deine Mutter. Sie hat auch versucht, mich zu überreden, bei ihrem ›Meisterplan‹ mitzumachen, mit dem sie sich deinen Vater angeln wollte.«

»Das hat sie?«, fragte Rain mit einem Lächeln. In der Tat, sie fing an, ihre Mutter als weitaus unverschämter zu betrachten, als sie es je für möglich gehalten hatte.

Aber Ella ignorierte ihre Frage und lamentierte weiter: »Erzähl mir nichts von deinen verdammten Intrigen. Als Nächstes wirst du versuchen, mich hineinzuziehen, das weiß ich genau.«

»Nun, genau genommen brauche ich deinen Rat.«

Ella stieß einen resignierten Seufzer aus, ließ sich auf eine Bank sinken, und Rain begann, ihr Gydas haarsträubenden Plan darzulegen. Als sie geendet hatte, rief Ella: »Gnadenreicher Gott, ihr habt ja allesamt den Verstand verloren! Es sei denn, ich kann mich nicht mehr richtig erinnern, und Selik wiegt nicht so viel wie ein halbes Pferd. Wie willst du es anstellen, einen so großen Kerl zu überwältigen?«

»Kräuter.«

»Und wie willst du ihn gefangen halten?«

»Angebunden an ein Bett.«

Ella schoss ihr einen ungläubigen Blick zu. »Für wie lange?«

Rain errötete und wand sich unbehaglich unter Ellas nachdrücklicher Befragung. »Ich bin nicht sicher. Vielleicht zwei Wochen oder so ... schätze ich.« Ihre letzten Worte waren nur noch ein Flüstern, aber Ella verstand sie.

»Verrückt! Ich hab es ja schon mal gesagt, aber man sollte euch allesamt zu den Irren sperren.«

»Ich weiß, es klingt verrückt, aber was können wir anderes tun? Ich habe versucht, mit Selik zu reden, aber das nützt nichts. Er ist äußerst starrsinnig und fest entschlossen, Steven zur Strecke zu bringen. Auch Ubbi befürchtet, dass Selik, wenn er sich auf Gravelys Besitz begibt, gefangen genommen werden wird, und dass er vermutlich – dass er vermutlich getötet wird.« Rains Stimme brach, und ihre Augen füllten sich mit Tränen, als sie sich neben Ella auf die Bank sinken ließ.

»Du liebst diesen Dummkopf, nicht wahr?«

Rain nickte unter Schluchzen und fuhr sich mit dem Ärmel über die Nase.

»Nun, lass mich ein Weilchen darüber nachdenken. Wohin wolltest du den Burschen denn bringen, wenn es dir gelingen sollte, ihn zu entführen – was nicht heißen soll, dass ich das tatsächlich für möglich halte.«

Rain schaute Ella schüchtern an, die ihr, auch wenn sie sie gerade erst kennen gelernt hatte, sehr vertraut vorkam. »Besteht vielleicht die Möglichkeit, ihn hier zu verstecken? Die Angelsachsen werden Gydas Haus überwachen.«

Ella sprang entrüstet auf. »Ich habe es gewusst. Ich habe es doch gewusst! Du ziehst mich voll mit hinein in deinen verdammten Plan. Seit zehn Jahren hab ich mir den Arsch abgeschuftet, um mir dies Geschäft aufzubauen, und das alles soll ich aufs Spiel setzen, nur weil du jetzt daherkommst? O Gott! O Gott! Ich hab es geahnt, es ging bis jetzt alles viel zu glatt.«

Als sich Ella nach diesem Ausbruch wieder ein wenig beruhigt hatte, fragte Rain: »Kannst du mir helfen?«

Ella verdrehte die Augen. »Nein, Selik hier festzuhalten – das würde niemals gut gehen. Ich habe zu viele Arbeiter, die hier ein und aus gehen und ihre Nase in meine Angelegenheiten stecken.«

Enttäuscht ließ Rain die Schultern sinken.

»Wie wär's denn mit Seliks Haus draußen vor der Stadt? Der größte Teil ist zwar von Gravely und seiner unmenschlichen Bande niedergebrannt worden, aber soweit ich weiß stehen die Grundmauern und das Pfostengerüst der Scheune noch. Es würden nur wenige Stunden Arbeit nötig sein, sie mit einem neuen Strohdach einzudecken.«

Voller Hoffnung regten sich Rains Lebensgeister wieder.

»Ein paar Bänke und Strohsäcke und alles, was sonst noch nötig ist, könnten in der Stadt besorgt werden. So könnte das vielleicht klappen. Aber die Leute würden neugierig werden, wenn dort plötzlich wieder jemand wohnt. Immerhin ist es zehn Jahre her, dass Selik auf dem Anwesen gelebt hat. Fällt dir irgendein Vorwand ein, warum du jetzt dort wohnst?«

Unvermittelt, aber glasklar blitzte ein Bild in Rains Unterbewusstsein auf. Ein Bild der beiden Kinder, die sie heute kennen gelernt hatte, Adam und Adela. Und sie dachte an die vielen anderen obdachlosen Kinder auf den Gassen.

»Ein Waisenhaus«, antwortete Rain, ohne zu zögern. »Ich werde ein Waisenhaus eröffnen.« Rain schloss Ella in die Arme und drückte sie herzlich. »O Ella, danke, vielen Dank. Ich schwöre dir, eines Tages werde ich mich für deine Hilfe erkenntlich zeigen.«

Auf eine für sie untypische schüchterne Weise schlug Ella

die Augen nieder. Zögernd sagte sie: »Nun, es gibt da schon etwas, was du für mich tun könntest.«

»Alles. Sag es einfach.«

»Könntest du bei Ubbi vielleicht ein gutes Wort für mich einlegen?«

Rain war so überrascht, dass ihr der Mund offen stand. Dann begann sie zu lachen, so heftig, dass sie nicht mehr aufhören konnte und schließlich keuchend einen Becher Wasser trinken musste, den eine indignierte Ella ihr gebracht hatte.

»*So* lächerlich ist das nun auch wieder nicht.«

»O Ella«, japste Rain, »ich lache doch nicht über dich. Ich lache über diese bizarre verrückte Wendung, die mein Leben genommen hat. Wenn du mir vor ein paar Wochen erzählt hättest, dass ich jemals den Liebesboten für jemanden spielen würde, dann hätte ich gesagt ›niemals‹. Schon gar nicht für zwei Menschen des *Dark Age*, die so wenig zusammenpassen.«

»So wenig zusammenpassen!«, rief Ella und schoss sich auf diese Bemerkung ein. »Ha! Bestimmt nicht weniger als du und Selik.«

»Da hast du wohl Recht, Ella. Da hast du wohl Recht.«

Rain versuchte ohne großen Erfolg, Interesse an dem florierenden Textilienladen zu zeigen, den Ella ihr stolz präsentierte – die besten goldbestickten Seidenstoffe aus Bagdad und Griechenland, Leinen von feinster Qualität und so hauchzart wie Batist und natürlich die Wollstoffe, für die Yorkshire berühmt war. Selbst die kostbaren Applikationen aus Marder- und Fuchspelzen konnten Rains Aufmerksamkeit nicht fesseln.

Letzten Endes gab Ella den Versuch auf, Rain zu beeindrucken und zu unterhalten, und führte sie über eine Treppe hinauf in ihre kleine Schlafkammer, die sie sich mit Rain teilen würde.

Viel zu sehr beunruhigt, um schlafen zu können, schlug sich Rain mit der quälenden Sorge über Seliks Schicksal und das von Gydas Familie herum. Am Nachmittag des folgenden Tages kam Ubbi zu ihr und versicherte, dass niemand ernstlich verletzt worden sei. Nichtsdestotrotz wuchs Rains Besorgnis, als sie Gydas Haus betrat und die mutwilligen Zerstörungen sah, die von den angelsächsischen Soldaten bei ihrer Jagd auf Selik angerichtet worden waren.

Die schweren Tische waren umgeworfen und mit Äxten zerhackt worden, Fässer und irdene Behältnisse, die zur Aufbewahrung von Lebensmitteln gedient hatten, zerschlagen worden. Und deren Inhalt – Mehl, Milch, Honig, Eier, Met – lag überall verstreut. Die gewebten Teppiche und Stoffe, die die Wände bedeckt hatten, um die Herbstwinde abzuhalten, waren heruntergezerrt und zerrissen worden.

Überall, wohin Rain auch schaute, sah sie die Bewohner emsig damit beschäftigt, das Chaos nach Gydas und Tyras Anweisungen zu beseitigen. Im Hinterhof flackerte ein helles Feuer, in dem man die Dinge verbrannte, die nicht mehr zu gebrauchen waren. Die Flammen nahmen an Intensität zu, als mehr und mehr Gegenstände ins Feuer wanderten.

»Gyda, es tut mir so Leid. Es ist fürchterlich.«

Gyda war dabei, klebriges Mehl auf einen Haufen zusammenzukehren, und unterbrach ihre Arbeit. »Wir haben solche Zerstörungen schon oft überlebt, und meistens waren sie schlimmer als diese. Wenigstens wurde niemand getötet, Gott sei Dank.«

Rains Blick fiel auf Tostir, den Knecht mit der gebrochenen Nase, den Ubbi erwähnt hatte, und sie ging zu ihm, um seine Verletzung in Augenschein zu nehmen. Es gab wirklich nichts, was sie für ihn hätte tun können, außer ihm zu raten, kalte

Kompressen aufzulegen, um die Schwellung abklingen zu lassen.

Nachdem sie zu Gyda zurückgekehrt war, nahm auch sie einen Besen zur Hand und begann, den Boden zu fegen. »Wo ist Selik? Ich habe mir solche Sorgen um ihn gemacht.«

»In irgendeinem sicheren Versteck, hoffe ich.«

»O nein! Er ist doch noch nicht aufgebrochen, um Steven von Gravely zu verfolgen, oder?«

»Nein, noch nicht. Aber ich vermute, dass er das in Kürze tun wird. Sobald er sich davon überzeugt hat, dass wir hier sicher sind.«

Rain legte die Hand auf Gydas Arm. »Ich bin zu dem Schluss gekommen, dass du Recht hast, Gyda. Wir müssen etwas unternehmen, um Selik davon abzuhalten, sich selbst umzubringen. Denn genau das wird er tun, wenn er sich jetzt auf angelsächsisches Territorium begibt.«

Gyda hielt im Fegen inne und hörte Rain aufmerksam zu. »Dann hat dir also dieses Zeugnis angelsächsischer Willkür und Grausamkeit klargemacht, wie groß die Gefahr ist, in die er sich begibt?«

»Ja, aber es ist nicht nur das. Selik gerät in blinden Hass, wenn der Name Steven von Gravely auch nur erwähnt wird. Auf seinem Rachefeldzug gegen die Angelsachsen wird er unter gnädigen Umständen den Tod auf dem Schlachtfeld finden. Aber was Gravely angeht ... ein Mann, der deiner Tochter und deinem Enkelkind etwas so unbeschreiblich Grausames angetan hat ... ich mag gar nicht darüber nachdenken, welche teuflischen Gemeinheiten er aushecken könnte, um Selik aus seiner Deckung zu locken – oder welche schrecklichen Dinge er ihm antun würde, sollte er ihn gefangen nehmen.«

Gydas Gesicht verwandelte sich zu einer starren Maske. »Ich rate Selik nicht davon ab, Rache an Gravely zu üben.

Wenn ich es könnte, würde ich diesen Teufel mit meinen bloßen Händen töten. Aber ich stimme dir zu, dass Selik von seinem Zorn in seiner Fähigkeit beeinträchtigt werden könnte, gegen einen solchen Unmenschen zu kämpfen.« Sie sah Rain aufmerksam an. »Was wirst du tun?«

»Ella hat eingewilligt, mir zu helfen, aber ich werde auch deine Unterstützung brauchen.«

Gyda nickte, und Rain begann, ihr die Einzelheiten des Plans zu erklären. Sie stimmten darin überein, dass bei ihrem Vorhaben die Zeit ein kritischer Punkt war, da Selik jeden Augenblick würde aufbrechen können.

An diesem Abend hatten sie nicht nur Gydas Haus wieder in einen einigermaßen sauberen und sicheren Zustand versetzt, sondern auch erste Vorbereitungen für Seliks »Entführung« getroffen. Ella war vorbeigekommen, um ihre Hilfe anzubieten, und die drei Frauen hatten es für das Beste gehalten, einige Männer zu Seliks Anwesen zu schicken, damit diese die Scheune in Stand setzten. Gyda trug einigen Dienern auf, die Kräuter zu besorgen, die Rain ihnen nannte, und die nötigsten Dinge für den Haushalt zu beschaffen.

Und ein Seil. Rain erbat sich eines, das superdick und superstark war.

Aber Selik kehrte an diesem Tag nicht in Gydas Haus zurück, und er ließ ihnen auch keine Nachricht über seinen Verbleib zukommen. Auch der darauf folgende Tag verging, ohne dass Selik auftauchte. Als Rain abends schlafen ging, waren ihre Nerven so angespannt, dass sie nicht einschlafen konnte. Sie trat an den schmalen Fensterschlitz und starrte in die mondhelle Nacht hinaus.

Wo war Selik? Was tat er? War er überhaupt noch am Leben? *O Gott, bitte beschütze ihn.*

Selik lehnte sich gegen den Türrahmen und beobachtete Rain, als diese unbewusst vor sich hin sprach. Die Luft trug ihm ihre geflüsterten Worte zu.

Verdammte Hölle! Die Frau betet für mich. Selik zuckte zusammen, als er ihr Tun begriff. Er war nicht sicher, ob ihm dieser Gedanke gefiel.

Erschöpft rieb er sich die Augen. Heiliger Thor! Er wollte sich nur noch hinlegen und schlafen, sonst nichts. Die letzten beiden Tage hatte er damit zugebracht, die angelsächsischen Soldaten auf eine falsche Fährte zu führen und von Jorvik fortzulocken. Er hatte dabei einen von Athelstans Gefolgsleuten getötet. Und morgen musste er noch vor dem ersten Tageslicht aufbrechen, wenn er Steven von Gravelys Spur nicht verlieren wollte.

An Selik nagte eine dumpfe Vorahnung, wie er sie noch nie gefühlt hatte. War es die Vorahnung, dass er von dieser Konfrontation mit Gravely nicht lebend zurückkehren würde? Oder war es etwas anderes?

»Selik!« Rain hatte sich umgewandt und ihn an der Tür stehen sehen. »Wo bist du gewesen? Warum hast du uns nicht wissen lassen, wo du bist, du dummer Kerl?« Rains tränenerstickte Stimme stand in seltsamem Widerspruch zu ihrer groben Anrede für ihn.

Noch während sie Selik auszankte, warf sich Rain so heftig in seine Arme, dass sie ihn, erschöpft wie er war, fast umriss. Sie schlang die Arme um seinen Hals und drückte ihn so fest an sich, als wollte sie ihn nie wieder loslassen. Dann küsste sie seinen Hals und seine Wangen, die Stirn und die Augenlider, das Kinn und seinen Mund – es waren ungezählte kleine stürmische Küsse. Zur selben Zeit berührten ihre Hände ihn überall, als wollten sie sich überzeugen, dass er wirklich am Leben und wohlauf war.

Etwas Unbekanntes, Intensives flackerte tief in Seliks Seele auf, und für einen kurzen Augenblick erwiderte er Rains Umarmung. Er genoss den köstlichen Duft ihres Haars und die Wärme ihrer glatten Haut und musste sich zwingen, sich von ihr zu lösen. Er hielt sie auf Armeslänge von sich, als er sie ansah.

»Du hast mich vermisst, nicht wahr, Frau?«

»Ja, du Schuft«, sagte sie, schlang den Arm durch seinen und führte Selik zum Bett. »Setz dich, ehe du umfällst, du verrückter Kerl. Hast du überhaupt geschlafen, seit ich dich zuletzt gesehen habe?«

Er schüttelte den Kopf. Fasziniert von dem Erleben, welchen Wirbel Rain um ihn machte, gehorchte Selik ihren Befehlen.

»Zieh deine Kleider aus. Du stinkst wie ein Bär.«

Hinter ihrer Aufforderung verbarg sich keine erotische Absicht, dennoch zeigte sich ein mutwilliges Lächeln auf Seliks Lippen, als er bis auf den Lendenschurz seine schmutzige Kleidung ablegte. Wenn er ehrlich war, so musste er zugeben, dass er vermutlich nicht einmal mehr den kleinen Finger heben könnte. Selbst die Knochen taten ihm weh.

Dennoch wurde sein Grinsen breiter, als Rain eine Kerze anzündete und mit einer wassergefüllten Schale an sein Bett trat. Sie kniete sich neben ihn und begann, ihn mit einem Leinentuch und Seife zu waschen. Mit sanfter Fürsorge wusch sie ihm Gesicht und Schultern, die staubbedeckten Arme und Füße.

Selik neigte leicht den Kopf, als er sich daran zu erinnern versuchte, wann ihm jemand zum letzten Mal einen solchen Dienst erwiesen hatte. Als Kind, einsam und allein am Hof König Haralds von Norwegen, war er gezwungen gewesen, allein mit allem fertig zu werden. Und nachdem er Astrid geheiratet hatte, hatte er für sie gesorgt. Er war der Stärkere gewesen und hatte es nicht nötig gehabt, dass man ihm diesen Dienst erwies.

Aber es tat gut, umsorgt zu werden, das spürte Selik jetzt. Sehr, sehr gut.

Als Rain ihn gewaschen und mit einem weichen Leinentuch abgetrocknet hatte, fragte sie besorgt: »Bist du hungrig? Soll ich nach unten gehen und etwas zu essen holen?«

Er schüttelte den Kopf. »Nein, ich will nur noch schlafen.« Er ließ sich auf das schmale Bett zurücksinken und rutschte ganz an den Rand. Dann wies er auf den freien Platz neben sich. »Komm, leg dich neben mich. Nur für eine Weile. Mir ist kalt, und ich brauche deine Körperwärme.« Er trug nur den Lendenschurz, und die Herbstluft ließ ihn frösteln.

Überraschenderweise widersprach Rain nicht auf ihre gewohnte zänkische Art. Stattdessen kam sie seiner Aufforderung ohne Zögern nach, lächelte scheu und kuschelte sich auf dem Bett in die schmale Lücke zwischen Selik und der Wand. Er zog die Wolldecke über sie beide.

Selik schloss seufzend die Augen, während sie sich aneinander schmiegten, seine Brust an ihrem Rücken, seine Männlichkeit an ihrem Po. Rains Kopf ruhte auf seinem linken Unterarm, den rechten hatte Selik um ihre Taille geschlungen. Wie von selbst glitt seine Hand nach oben und umschloss ihre linke Brust. Rain schien den Atem anzuhalten, doch sie akzeptierte diese Besitz ergreifende Geste ohne Widerstand. Selik konnte sein Glück kaum fassen, doch im Stillen fragte er sich, was diese wunderbare Wandlung verursacht haben mochte. Hatte Rain vielleicht einen Schlag auf den Kopf bekommen? Bisher hatte er stets damit rechnen müssen, für eine solche Dreistigkeit von ihr mit einer Ohrfeige bestraft zu werden.

Danke, Gott. Oder Odin, dachte er in einem Anflug von Humor.

Gern geschehen.

Selik lächelte über die Streiche, die ihm sein Verstand in

letzter Zeit spielte, und schmiegte sich noch enger an Rain. Alles im Haus schlief, und in der Stille der Nacht empfand Selik ein überwältigendes Gefühl des Friedens, fühlte er sich im Einklang mit der Welt. Jetzt war nicht die Zeit, über seine vergeudete Vergangenheit zu grübeln. Oder über die Anspannung der letzten Tage, über die freudlose Zukunft, die ihn erwartete.

Selik genoss das pure Vergnügen, Rain einfach nur in seinen Armen zu halten. In diesem Augenblick fern aller Zeit wollte er einfach nur seine Sinne spüren, die sich wie die Knospe einer schönen Blume in ihm öffneten und entfalteten.

Er legte sich ihren Zopf über die Schulter und löste das Lederband, das ihn zusammenhielt. Sinnlich ließ er die Finger durch das seidige Haar gleiten, das Rain bis auf den Rücken fiel. Er hielt die Spitzen an sein Gesicht und sog tief deren Duft ein. Es war eine faszinierende Mischung des Duftes von Rains *Leidenschaft* und der groben Seife, die Gyda in ihrem Haushalt verwendete.

Selik entblößte ihren Nacken und strich mit den Fingerspitzen über Rains Schulter.

»Selik«, stöhnte sie.

»Pst. Ich will dich nur halten. Das ist alles, ich schwöre.«

Rain lachte nervös. »Das sagen die Männer den Frauen schon seit Jahrhunderten.«

Er lachte leise. »Nun, es mag sein, dass ich es schon einige Male in der Hoffnung gesagt habe, eine bestimmte Belohnung dafür zu bekommen, aber dieses Mal meine ich es auch. Glaube mir, ich möchte dich nur berühren.« Er zögerte, ehe er eingestand: »Nein, das ist nicht ganz wahr. Ich *brauche* es, dich zu berühren.«

In seinen Armen drehte sich Rain zu ihm und nahm sein Gesicht in beide Hände. »Es ist gut, Selik. Ich möchte auch, dass du mich berührst.«

Selik stöhnte und sandte einen Blick gen Himmel. *Jetzt gibst du sie mir! Ha! Wo wart ihr Götter, bevor ich wusste, wie groß das Risiko ist, ein Kind zu zeugen? Und du, Gott, wie konntest du in deiner Bibel von diesem Dummkopf Onan berichten lassen? Hast du nicht daran gedacht, dass die Männer jahrhundertelang glauben würden, sie könnten eine Vaterschaft verhindern, wenn sie ihren Samen außerhalb des Schoßes der Frau verströmen? Es war ein grausamer Streich, den du der Menschheit damit gespielt hast!*

Rain hatte Selik mit sanftem Druck veranlasst, sich auf den Rücken zu drehen, und beugte sich jetzt über ihn. »An manchen Stellen ist deine Haut wie Bimsstein – hart und rau«, sagte sie leise und strich ihm mit dem Handrücken über Wange und Kinn. »Aber an anderen so glatt und so kühl wie Marmor.« Sie ließ ihre weit gespreizten Hände über seine Brust und seinen Bauch gleiten.

Selik atmete bei dieser köstlichen Berührung heftig ein. »Du bist blind, Liebling, wenn du das denkst«, flüsterte er, nichtsdestotrotz sehr angetan von ihrem Lob. »Ich bin ein großer gewöhnlicher, arg lädierter Stein. Ich würde sagen, Granit – der ist hässlich und durch die Elemente und den Lauf der Zeit verwittert.«

Rain stützte sich auf den Ellbogen auf und streckte die Hand aus. Mit dem Zeigefinger fuhr sie über die gezackte Linie der Narbe, die von Seliks rechtem Auge bis zu seinem Mund verlief. Dann legte Rain den Finger auf das Wort ZORN, das sich Selik in den Unterarm geritzt hatte. »Deine Narben sind wie die Maserung im Holz eines Baumes. Sie zeigen deinen Charakter.«

Bei diesen entwaffnenden Worten schüttelte Selik bedrückt den Kopf. »Ich wünschte, du hättest mich vorher gekannt. Damals hätte ich dir gefallen, darauf wette ich. Und ich meine damit nicht nur mein Äußeres oder meine Qualitäten als Liebhaber. Nein, ich meine, auf *jede* Weise. Ich war *ganz* damals. Ein Mann.«

Rain gab einen leisen bestürzt klingenden Laut von sich und setzte sich mit einem Ruck auf. Ihre Augen blitzten wütend. »Du dummer, dummer Mann. Ja, ich sage ›Mann‹. Weißt du nicht, dass ich nie, wirklich nie, jemandem begegnet bin, der mehr Mann gewesen ist, als du es bist?«

Die große Leere in Selik begann sich plötzlich zu füllen. Auch wenn er nicht bereit war, Rains Worte zu akzeptieren, so wollte er sie doch glauben. In den vergangenen zehn Jahren, seit er darin versagt hatte, seine Frau und sein Kind zu beschützen, hatte Selik sich in seinem Innern eher wie ein Krüppel gefühlt, weniger als ein Mann. Mit diesen wenigen kostbaren Worten hatte Rain begonnen, ihn wieder ganz zu machen, ihm einen kleinen Teil seines Stolzes zurückzugeben.

»Danke«, sagte Selik. Er war von diesem neuen Gefühl, eins mit sich zu sein, so überwältigt, dass seine Stimme heiser klang. Er dachte sich, dass er diese Stimmung noch verstärken musste, und gab seine Verletzbarkeit preis. »Heißt das, du betrachtest mich nicht mehr als Tier?«

»Nun, manchmal«, erwiderte Rain neckend und sah ihn mit solch unverhüllter Sehnsucht an, dass Selik nicht wusste, wie er dem Wunsch widerstehen sollte, mit ihr Liebe zu machen. Und Liebe zu machen war jetzt eine Unmöglichkeit, jetzt, da er wusste, dass auch schon der winzigste Tropfen seines Samens genügen könnte, sie zu schwängern. Auch wenn er sich rechtzeitig aus ihr zurückzog. Und es war auch ausgeschlossen wegen der seltsamen Vorahnung, die ihn beschlichen hatte. Die Vorahnung, dass er von der Verfolgung seines Feindes Gravely nicht zurückkehren würde. Und niemals wieder würde Selik eine Frau und ein Kind allein und schutzlos zurücklassen.

Aber noch war da auch die leise Stimme in seinem Kopf, die ihm voller Übermut zuraunte: »*Du könntest ein bisschen spielen. Du kannst jederzeit aufhören. Was kann es schaden?*«

Selik stöhnte plötzlich auf. »Ich werde morgen Früh fortgehen ... und vielleicht komme ich nicht zurück.«

Rains Reaktion überraschte ihn. Sie nickte. »Ich habe vermutet, dass du bald fortgehen würdest. Zu Steven von Gravely.«

»Ich habe zwei Mann abgestellt, die als deine Wache hier bleiben werden. Und ich werde dir genügend Geld dalassen, damit du sie ein Jahr lang entlohnen kannst.«

»Ein Jahr!«, rief Rain. Dann schien sie jegliche Emotion von ihrem Gesicht zu verbannen.

»Was wirst du tun, wenn ich fort bin?«, fragte Selik. Sein Wunsch, Rain zu berühren, ließ sich nicht länger bezähmen. Selik streifte den Ärmel ihrer Tunika hoch und berührte die zarte Haut ihres Arms. Als er spürte, wie sich die feinen Härchen unter seiner leichten Berührung aufrichteten, lächelte er.

Rain streichelte geistesabwesend sein Handgelenk und fuhr mit dem Daumen über die Stelle, an der sein Puls zu fühlen war. Nachdenklich antwortete sie: »Ich werde im Hospizium arbeiten. Ich weiß, dass ich dort von Nutzen sein kann, aber auch eine Menge lernen werde.«

Er nickte. »Solange du immer die Wachen bei dir hast. Und sei auf der Hut vor den Mönchen. Sie sind ein verschlagenes Pack, jedenfalls einige von ihnen.«

»Gibt es irgendeine Chance, dass du deine Absicht ändern wirst, morgen Früh aufzubrechen?« Rain starrte ihn unverwandt an. Seine Antwort schien von ungeheurer Bedeutung zu sein.

Ohne zu zögern, schüttelte Selik den Kopf. »Nein. Ich habe schon zu viel Zeit verstreichen lassen. Gravely könnte sonst schon fort sein, mir wieder einmal entwischt sein.«

Rain biss sich auf die Unterlippe, als müsste sie über eine Entscheidung von großer Tragweite nachdenken. Unter halb geschlossenen Lidern warf sie Selik einen abwägenden Blick zu. Die Frau brütete irgendeinen Ärger aus, darauf wollte Selik wetten. Unvermittelt sprang Rain aus dem Bett und war außerhalb von Seliks Reichweite.

»Ich werde uns etwas zu essen holen. Und Bier.«

»Ich will kein verdammtes Essen, und ich will kein verdammtes Bier. Komm zurück ins Bett.«

»Es dauert nur eine Sekunde«, versprach Rain und war fort, ehe er sie zurückhalten konnte.

Als sie kurze Zeit später zurückkehrte, musste sie Selik wecken. Sie hatte einen großen Teller mitgebracht, auf dem kaltes Lammfleisch, ein Stück harten Käses und Weißbrot angerichtet waren, und überdies zwei Krüge, gefüllt mit dem Bier, das Gyda braute. Obwohl Selik noch einmal protestierte und sagte, er wäre nicht hungrig, aß er jeden Bissen auf, den sie ihm zuschob.

»Das Bier schmeckt bitter«, beklagte er sich.

»Vermutlich ist das der Nachgeschmack von den Gewürzen, die Gyda für das Fleisch verwendet hat.«

Rain hatte Recht, ohne Zweifel. Gyda ging beim Würzen ihrer Speisen recht großzügig vor. Nachdem Selik jeden Tropfen des bitteren Biers getrunken hatte, griff er nach Rain und zog sie auf das Bett zurück. Er liebkoste ihren Nacken und murmelte: »Wo war ich stehen geblieben?«

Rain lachte und gab vor, mit großem Ernst über seine Frage nachzudenken. Er nutzte diese Zeit, um den Gürtel ihrer Tunika zu öffnen und ihr das Kleidungsstück über den Kopf zu ziehen. Darunter trug sie nur das hauchdünne Kleidungsstück aus Spitze, das so gut wie nichts verhüllte.

Ohne die Befangenheit, die Selik sonst an ihr kannte, kniete sich Rain vor ihm hin. Ihr Gesicht wirkte plötzlich traurig.

»Selik, ich liebe dich. Nein, setz nicht gleich wieder diese starrsinnige Miene auf. Es ist nun mal so, ich liebe dich, und ... und ganz egal, was geschieht, ich möchte, dass du das nie vergisst.«

Ihre Worte berührten ihn an einem kalten, lange verborgenen Ort tief in ihm, und der süße Nektar ihrer Liebe nährte ihn. Sein Herz weitete sich, bis Selik glaubte, es würde ihm die Brust sprengen, und sein ganzes Wesen war erfüllt von sehnsüchtigem Wollen. Es war nicht die verzehrende, hemmungslose Leidenschaft, die er in äußerster Erregung hin und wieder empfunden hatte, sondern eine sanfte, quälend intensive Anspannung aller Sinne, die drohten, von seiner Seele Besitz zu ergreifen.

»Berühre mich«, flüsterte er. »Bitte ... berühre mich.«

Und sie tat es.

Mit zärtlicher, so unglaublich zärtlicher Bedachtsamkeit benutzte Rain ihre Fingerspitzen und ihre Handflächen, ihre Lippen und ihren warmen Atem, ihre langen Beine und die spitzenbedeckten Brüste dazu, jeden Zentimeter seines Körpers zu streicheln. Jedes Mal, wenn Selik versuchte, sie zu berühren oder ihren Mund in einem Kuss zu fangen, entzog sie sich seinen Bemühungen. »Nein, lass mich.«

Seliks ganzes Denken konzentrierte sich auf seine Erregung, und er spürte, wie seine Beherrschung mehr und mehr bröckelte. Als Rain begann, sich die hauchdünne Unterwäsche abzustreifen, gebot er ihr Einhalt. Mit eisernem Willen war es ihm gelungen, etwas Ähnliches wie Selbstkontrolle zurückzugewinnen.

»Nein, meine Süße, wir werden uns nicht lieben.«

In trotziger Rebellion streckte Rain das Kinn vor. »Und wie nennst du das, was wir gerade machen?«

Er lächelte über ihre Schlagfertigkeit.

»Spielen.«

»Glaub nicht, du kannst mich ablenken, indem du mir dieses überwältigende Lächeln schenkst.«

Er lächelte noch breiter. »Mein Lächeln ist also überwältigend? Das wusste ich noch gar nicht. Aber jetzt, da ich um dessen vernichtende Macht weiß, werde ich es wohl noch häufiger einsetzen müssen.«

Rain knuffte ihn in die Rippen. »Warum hast du gesagt, wir würden keine Liebe machen?«

»Ich meinte, es wird keine Vereinigung geben«, erwiderte er, plötzlich ernst geworden.

»Warum nicht?«

O Gott! Was soll ich jetzt sagen? Ich kann ihr nicht die Wahrheit sagen. Ohne Zweifel würde sie sagen, dass es ihr egal ist, ob ich ihr meinen Samen gebe oder nicht. Und in einem Moment der Schwäche könnte ich ihr nachgeben.

Du könntest lügen.

Was? Ich dachte, Lügen sei eine Sünde – eines deiner zehn Gebote.

Nun, manchmal erlaube ich ein wenig Flexibilität.

Selik zwang sich, ein ausdrucksloses Gesicht aufzusetzen. Er schloss die Hand um Rains Kinn und forderte so ihre Aufmerksamkeit. »Es gibt einen guten Grund, warum ich mich nicht mit dir vereine, Rain. Ich könnte morgen in einen Kampf verwickelt werden und darf es nicht riskieren, meine Kräfte durch den Beischlaf zu schwächen. Viele Krieger halten es so«, log er und erstickte dabei fast an seinen Worten.

Rain nickte zögernd und verstehend.

»Aber das heißt nicht, dass ein Krieger nicht auch ein bisschen seiner Lust ausleben kann«, sagte Selik lachend. Ehe Rain reagieren konnte, hatte er sie hochgehoben, und sie saß mit gespreizten Beinen auf ihm. Alles, was sie noch voneinander trennte, waren der dünne Stoff seines Lendenschurzes und die zarten Spitzen ihres Slips. Selik hoffte, es würde reichen.

Er verschränkte die Hände hinter dem Kopf und verlangte: »Und jetzt möchte ich, dass du eine Erinnerung für mich schaffst, die ich morgen mit mir nehmen kann.« *Diese Erinnerung wird mir vielleicht für immer genügen müssen.*

Rains Augen füllten sich mit Tränen, als sie begriff. Eine strahlende Helligkeit schien plötzlich um sie zu sein. Wie der leichte Wind eines Sommertags umgab ihn ihr Duft, hüllte ihn ein. In seinem Innern war Selik vor langer Zeit gestorben, und Rain verhieß die Lebendigkeit, die er für sich erflehte.

Als ihre Lippen nur einen Hauch weit von seinem Mund entfernt etwas wisperten, bat Selik mit heiserem Flüstern: »Sag die Worte. Sag sie noch einmal.«

Ohne zu fragen, wusste sie, welche Worte er meinte.

»Ich liebe dich. Du verdammter, süßer, arroganter, liebenswerter Wikinger, ich liebe dich. Ich liebe dich ...«

Die Worte hallten in seinem Kopf wider, und Selik spürte auf einmal, dass sein Körper schwer und müde wurde. Er konnte die Augen nicht mehr offen halten. Er war wohl doch erschöpfter, als er angenommen hatte. Aber die Worte berührten ihn wie ein zärtliches Streicheln.

Ehe er einschlief, glaubte er noch zu hören, dass Rain etwas sagte. »Bitte vergib mir, Selik. Ich tue es zu deinem eigenen Besten.«

14

Als Allererstes am nächsten Morgen packte Rain Ubbi an der Hand und zog ihn in Gydas Kammer. Sie wollte versuchen, seine Hilfe dafür zu gewinnen, den bewusstlosen Selik von Gydas Haus in die Scheune draußen vor der Stadt zu bringen.

»Ubbi, ich muss dir ein Geständnis machen. Ich bin wirklich ein Schutzengel, den Gott geschickt hat.« Bei dieser offenkundigen Lüge kreuzte Rain die Finger hinter dem Rücken, und wäre es möglich gewesen, hätte sie auch noch ihre Beine gekreuzt.

Ubbis kleine Augen wurden groß wie Untertassen. »Nun, das habe ich gleich gewusst, Mistress. Ich hab es dem Herrn gesagt, wieder und immer wieder, hab ich das, aber er wollte mir nie glauben. Sagte, ihr kämt aus irgendeinem verrückten Land mit verrückten Menschen und einer verrückten Art zu leben, aber ich habe es gewusst. Ich hab ein Gespür für solche Dinge, ja, das habe ich.«

»Also, Ubbi ... übrigens, bist du Christ?«

Er schien zu zögern. »Ich bin getauft, genau wie mein Herr, aber ich verehre auch die Götter der Nordmänner.« Bei diesem Eingeständnis senkte er verlegen den Kopf.

»Das ist schon in Ordnung«, beruhigte sie ihn und klopfte ihm auf die Schulter. »Gott versteht das.«

»Tut er das?«, fragte Ubbi hoffnungsvoll.

»Ja, und ... Ubbi, Gott hat mir eine Botschaft für dich mitgegeben.« *Werde ich dafür in der Hölle schmoren, lieber Gott?*

Nein.

Rain verdrehte die Augen und sah Ubbi an, dem die Kinnlade praktisch bis auf die Brust heruntergeklappt war.

»Gott schickt mir eine Botschaft?« Er schluckte ehrfürchtig.

»Ja, er hat gesagt, dass du mir dabei helfen solltest, ein Waisenhaus für all die armen, obdachlosen Kinder einzurichten, die es in Jorvik gibt.«

»Wirklich? Wo denn?«

»In Seliks altem Haus.«

Ubbi keuchte und stützte sich auf die Lehne eines in der Nähe stehenden Stuhls. Es schien ihm komisch vorzukommen, dass er darum gebeten wurde, etwas zu tun, was ihm nicht gefallen konnte. »Das wird der Herr auf seinem Land niemals dulden. Außerdem ist das Haus abgebrannt.«

»Wir werden die Scheune benutzen. Ich habe gestern alles veranlasst. Es ist ein neues Dach gesetzt worden, und Gyda und Ella werden heute ein paar Möbel und Gerätschaften dorthin bringen lassen.«

»Und Mylord Selik hat dem zugestimmt?«, fragte Ubbi und blinzelte sie ungläubig an.

»Nun, nicht so ganz.«

Ubbi verrenkte sich den Hals, um Rain in die Augen sehen zu können, dann presste er sich mit einem Aufstöhnen die Hand aufs Herz. »O Gott, o Gott, o Gott. Er weiß gar nichts davon, oder?«

Rain schüttelte den Kopf. »Wirst du mir trotzdem helfen?«

»Der Herr wird mich töten, das ist gewiss!«, rief er. Mit beiden Händen raufte er sich die ohnehin vom Kopf abstehenden Haare. »Seid Ihr sicher, dass Gott gesagt hat, ich soll Euch helfen? Vielleicht meinte er einen anderen Ubbi.«

Rain lächelte. »Nein, er hat ausdrücklich dich gemeint. Es sei denn, du weigerst dich.«

»Wie kann ich einem von Gottes Engeln etwas verweigern? Aber Ihr bringt mich damit in eine unschöne Lage, Mistress.«

Wenn du wüsstest! »Da wäre noch etwas, Ubbi. Aber bevor ich es dir sage, musst du mir versprechen, dass du nicht versuchen wirst, meine Pläne zu vereiteln, wenn du dich entscheiden solltest, mir nicht zu helfen.«

»Verei ... Eure Pläne vereiteln«, stotterte Ubbi. »Wie könnt Ihr auch nur annehmen, ich könnte so etwas tun?«

»Nun, Ubbi, ich habe einen großen – einen sehr großen – Gegenstand, der auf die Farm transportiert werden muss. Wirst du mir helfen, ihn auf einen Karren zu legen und ihn auf den Heuboden der Scheune hinaufzuschaffen?«

»Einen großen ... Was ist es?«, fragte er argwöhnisch.

»Komm mit«, forderte Rain ihn auf und bedeutete ihm, ihr die Treppe hinauf zu folgen. Als sie die Schlafkammer erreichten, blieb Rain stehen und überließ dem kleinen Mann den Vortritt. Sie hielt sich die Ohren zu, um Ubbis entsetzte Rufe nicht zu hören.

»O mein Gott! O heiliger Thor! Der Herr ist tot!«, jammerte Ubbi und warf sich über Selik, der völlig reglos auf dem Bett lag, eiskalt und bewusstlos.

»Er ist nicht tot«, beruhigte Rain ihn rasch. »Er schläft nur.«

Fassungslos schüttelte Ubbi Selik an den Schultern, erfolglos. »Der Herr ist tot, der Herr ist tot. Was habt Ihr ihm angetan? Ist es während des Beischlafs geschehen?«

»Ubbi! Schäm dich«, sagte sie und fuchtelte mit dem Finger drohend vor seinem Gesicht herum. »Und Selik schläft wirklich nur, glaub es mir. Ich – nun, ich habe ihm ein paar Kräuter gegeben, damit er schläft.«

»Warum?«, fragte er und straffte seine krummen Schultern.

»Um ihn zu retten.«

Ubbi ließ sich neben Seliks Körper auf die Bettkante sinken. »Ich glaube, ich möchte das nicht hören.«

»Doch, Ubbi. Erinnere dich an unsere erste Begegnung. Schließlich warst du damals dankbar dafür, dass Gott mich geschickt hat, um Selik zu retten.«

»Ja, aber …«

»Und du weißt, wie gefährlich es für ihn ist, sich auf angelsächsisches Gebiet zu begeben, besonders seit dieser abscheuliche Gravely sich dort aufhält.«

»Ja, aber …«

»Der Zorn gegen Steven macht Selik blind für die Gefahren.«

»Ja, aber …«

»Kurz gesagt, Ubbi, ich bin zutiefst davon überzeugt, dass Selik getötet werden wird, wenn er jetzt die Verfolgung Steven von Gravelys aufnimmt. Ich habe heute Nacht mit Selik gesprochen, und ich denke, er hatte dieselbe Vorahnung. Und das ist die gottehrliche Wahrheit.«

Ubbi stützte die Ellbogen auf die Knie und barg den Kopf in den Händen. Als er nach langer Zeit wieder aufsah, erwiderte er Rains Blick und fragte: »Wie lange, glaubt Ihr, wird er schlafen?«

»Einen ganzen Tag. Ich habe ihm genug Opium – Mohnsaft – gegeben, um einen Elefanten ruhig zu stellen.«

»Dann machen wir uns am besten ans Werk«, sagte Ubbi, wobei er vor Widerwillen über die Rolle, die er bei diesem Unternehmen spielte, den Kopf schüttelte.

Selik erwachte mit hämmernden Kopfschmerzen, trockenem Mund und einem tauben Gefühl in Armen und Beinen. Und er musste so dringend Wasser lassen, dass ihm die Blase zu platzen drohte.

Als er langsam die Augen öffnete, sah er, dass es bereits Tag war. *Allmächtiger!* Er hätte schon längst aufbrechen müssen, hätte inzwischen auf halbem Wege nach Wessex sein wollen. Wieso lag er noch immer im Bett?

Rain! Er riss die Augen auf, als er an diese arglistige Person dachte, die ihn gestern Abend mit ihrer zärtlichen Fürsorge verführt hatte. Ohne Zweifel hatte sie gehofft, seinen Aufbruch hinauszögern zu können, indem sie ihn hatte verschlafen lassen.

Selik begann sich zu strecken, um sich zu erheben. Es dauerte einen Augenblick, bis er begriff, dass er sich nicht bewegen konnte. Er schaute an sich herunter und sah, dass er an Händen und Füßen an ein Bett gefesselt war. Und schlimmer noch, ein Knebel verhinderte, dass er sprechen konnte. Selik schnaubte und versuchte den Geruch einzuordnen, der ihn umgab. *Heu.* Er war in einer Scheune, nicht in Gydas Haus, wie er anfangs geglaubt hatte.

O verdammte, verdammte Hölle! In einem stummen Schrei der Verzweiflung knirschte Selik mit den Zähnen. Dieser Bastard Gravely musste in der Nacht in Gydas Haus eingedrungen sein und ihn überwältigt haben. Und da Selik dessen Neigung zur Grausamkeit kannte, musste er davon ausgehen, dass alle anderen Bewohner des Hauses getötet worden waren. Oder Steven von Gravely hatte sie misshandelt und gequält.

Rain! Plötzlich fiel ihm wieder ein, dass auch Rain bei ihm im Haus gewesen war. *O lieber Gott, wenn es dich gibt, dann lass sie nicht in Stevens Gewalt sein. Dann wäre es besser, sie wäre tot.*

In ohnmächtiger Verzweiflung bäumte sich Selik auf und zerrte an seinen Fesseln. Doch ohne Erfolg. Es gelang ihm nicht, sich von den Stricken zu befreien. Er schloss die Augen und versuchte, die quälenden Bilder zu verdrängen, die ihm durch den Kopf schossen. Er konnte sich nur zu gut vorstellen, welche Freude es einem Sadisten wie Gravely sein musste, eine Frau wie Rain zu quälen.

»Endlich. Es wurde aber auch Zeit, dass du aufwachst. Du hast zwei ganze Tage geschlafen.«

Selik riss die Augen auf, als er Rains Stimme erkannte. Lag sie gefesselt in seiner Nähe? Doch als er den Kopf wandte, sah er sie mit leichten Schritten auf sein Bett zukommen. Was zur verdammten Hölle ging hier vor? Er zerrte erneut an den Fesseln, wieder gelang es ihm nicht, sich zu befreien. Er streckte das Kinn einige Male nach oben und versuchte Rain aufzufordern, den Knebel fortzunehmen.

Sie näherte sich Selik vorsichtig und löste das Tuch um seinen Mund.

»Schnell, binde mich los, ehe Gravely oder seine höllischen Kohorten zurückkommen.«

»Das kann ich nicht, Selik«, erwiderte Rain leise und trat einen Schritt von seinem Bett zurück.

»Warum nicht, verdammt nochmal?«

»Weil es nicht Steven von Gravely war, der dich betäubt und gefesselt hat.«

»Betäubt ...?« Selik kniff die Augen zusammen, während sein benebelter Verstand langsam zu begreifen begann. »Und wem, sag mir das bitte, habe ich dann meine Gefangenschaft zu verdanken?«

»Mir«, wisperte sie.

»*Argh!*« Selik bäumte sich mehrere Male auf und nieder und brachte das Bett zum Schwanken. Aus der Matratze quoll das Stroh hervor und wirbelte um ihn herum. Aber wer immer ihn gefesselt hatte, hatte es verstanden, feste Knoten zu machen. Sein Blick bohrte sich in ihre furchtsam blickenden Augen, als er mit stahlharter Stimme erklärte: »Du weißt, dass ich dich dafür töten werde.«

»Selik, wenn du erst die Gelegenheit hattest, dich zu beruhigen, dann wirst du verstehen, dass es nur zu deinem Besten geschehen ist.« Ihre zittrige Stimme verriet ihre Unsicherheit.

»Wo sind meine Männer?«

»Noch in Jorvik.«

»Was glauben sie, wo ich bin?«

»Gyda hat ihnen gesagt, dass du nach Ravenshire zurückgegangen bist und in ein paar Wochen wiederkommen wirst.«

»Und wie lange willst du mich festhalten? Wo sind wir hier überhaupt?«

»Ungefähr zwei Wochen, würde ich sagen. So lange, bis ich mit Sicherheit weiß, dass Gravely Wessex verlassen hat«, erwiderte Rain und setzte sich nahe seinen Füßen auf die Kante des schmalen Bettes. »Und du bist auf dem Heuboden der Scheune in – hör zu, Selik, werde jetzt nicht wütend, wenn ich es dir sage – wir sind in der Scheune auf deinem alten Hof.«

Selik konnte fühlen, wie ihm vor Unglaube die Augen hervorquollen.

»An deiner Stirn schwillt schon wieder diese eine Ader an. Ich habe dir schon mal gesagt, du solltest damit vorsichtig sein.«

Unbändige Wut schnürte Selik die Kehle zu, sodass er nicht sprechen konnte. Aber in diesem Augenblick fielen ihm ohnehin nicht die passenden Worte ein, seiner rasenden Wut Ausdruck zu verleihen. Er schloss die Augen und zählte bis zehn und weiter und weiter, bis er die tobenden Gefühle unter Kontrolle hatte.

»Was murmelst du da die ganze Zeit vor dich hin?«, fragte Rain beiläufig, während sie Strohspäne von seiner Hose zupfte.

»Ich zähle die Arten, auf die ich dich martern werde, wenn ich erst wieder frei bin. Und du sollst jetzt schon wissen, Frau, dass ich es unbeschreiblich genießen werde.«

»Du meinst, ungefähr so, wie du mich damit bestraft hast, mich ewig zu küssen?«

Er warf ihr einen Blick zu, von dem er hoffte, er machte ihr deutlich, was für eine verdammte Närrin sie war, ihn jetzt und auf diese Weise zu verspotten. »Der einzige Kuss, den du spüren wirst, wird der meines Messers sein. Zuerst, denke ich, werde ich dich bei lebendigem Leib häuten – o, nicht ganz. Ich würde nicht wollen, dass du stirbst, ehe du die anderen Qualen gekostet hast. Vielleicht werde ich dir die Wimpern einzeln aus ...«

Er verstummte abrupt und neigte lauschend den Kopf. »Was war das?«

Von unten drang lautes fröhliches Lachen zu ihnen herauf.

Rain wandte schuldbewusst den Blick ab, und Selik fragte sich, welche Überraschungen sie noch für ihn auf Lager hatte. »Sag es mir«, verlangte er.

»Es sind die Kinder.«

»Welche ... verdammten ... Kinder?«, fragte er und dehnte dabei die Worte. Mit äußerster Beherrschung versuchte er, seinen strapazierten Geduldsfaden am Reißen zu hindern.

»Die Waisen«, brachte Rain kaum hörbar heraus. Als Selik stumm blieb und sie einfach nur fassungslos anstarrte, wobei sich die Nägel seiner geballten Fäuste in die Handflächen gruben, sprach sie weiter: »Ich hatte mir überlegt, dass ich einen Vorwand brauchte, warum ich mich hier aufhalte. Für den Fall, dass die angelsächsischen Soldaten hierher kämen, um nach dir zu suchen. Deshalb habe ich ein Waisenhaus eröffnet.«

»Lass mich sehen, ob ich es verstehe, Rain. Du hast beschlossen, dass ich nicht weiß, was das Beste für meine Zukunft ist, hast mich deshalb betäubt, hast mich hierher auf meinen Hof gekarrt – den je wieder zu betreten ich übrigens verboten habe –, hast mich gefesselt, hast Kinder in meinem Haus aufgenommen, obwohl du genau wusstest, dass ich den Anblick dieser missratenen, rotznäsigen Bälger verabscheue.«

»Ja, so ungefähr«, gab Rain mit einem schiefen Lächeln zu.

»Und wer, bitte sag mir das auch noch, hat dir dabei geholfen, mich hierher zu bringen? Oder hast du mich wie eine Schindmähre auf dem Rücken hergeschleppt?«

»Es gibt keinen Grund, ekelhaft zu werden. Ubbi hat mir geholfen ...«

»Ubbi! Jetzt hast du auch noch meinen treuen Freund auf deine Seite gezogen.«

»So war das nicht, Selik.«

»Ich muss pinkeln«, sagte er mit absichtlicher Direktheit. »Binde mich los, damit ich mich erleichtern kann.«

»O, ich habe gedacht ...« Rain eilte auf die andere Seite des Dachbodens und kam mit einem irdenen Krug zurück. Dann machte sie sich daran, das Taillenband an Seliks Hose zu lösen.

»Denk nicht einmal daran«, warnte er eisig.

»Nun, Selik, ich bin Ärztin. Ich tue solche Dinge ständig für meine Patienten ...«

»Ich würde mir lieber wie ein Säugling in die Hosen machen, als zuzulassen, dass du mir bei meiner Notdurft dienlich bist. Um die Wahrheit zu sagen, du überschreitest die Grenzen all dessen, was sich für eine Frau ziemt. Und wie willst du mit meinen anderen ... Bedürfnissen umgehen?«

»Eine Bettpfanne«, sagte Rain sachlich. »Ich habe sie aus einer von Gydas alten Backpfannen gemacht.«

»Eine Bett ... eine Bettpfanne«. Selik spie das Wort förmlich aus. »Solltest du es je wagen, mit diesem Ding in meine Nähe zu kommen, ich schwöre dir – hör mir gut zu, du niederträchtige Hexe –, ich schwöre, ich werde dafür sorgen, dass es dir Leid tun wird, geboren worden zu sein.«

Wenigstens hatte sie den Anstand, sich jetzt zurückzuziehen. Ihr Feingefühl sagte ihr, dass sie die Grenzen seiner Geduld für diesen Tag genügend oft überschritten hatte.

»*Ubbi!*«, brüllte Selik aus voller Lunge und bemerkte, dass das Lachen und die lauten Stimmen unten abrupt verstummten. »Ubbi! Beweg deinen verdammten Arsch hier hoch! Sofort! Ich muss pinkeln!«

Dann wandte er sich noch einmal an Rain und sagte mit vor Abscheu belegt klingender Stimme: »Am besten, du kommst mir nicht mehr unter die Augen, Frau. Denn wenn ich dich sehe, muss ich kotzen.«

Sie zuckte bei diesen groben Worten zusammen. Der Ausdruck, der über ihr Gesicht huschte, verriet, wie verletzt sie sich fühlte. Ihre goldfarbenen Augen verdunkelten sich, und ihre Lippen begannen zu zittern, doch sie schwieg und ging. Selik kümmerte das nicht. Diese Frau entmannte ihn gewissermaßen und erwartete dann auch noch von ihm, dass er ihr dafür dankbar war.

In plötzlichem Argwohn schickte er einen Blick nach oben. *Oder ist das deine Vorstellung von einem Witz, Gott? Falls ja, dann nimm bitte zur Kenntnis, dass ich nicht lache.*

Das wirst du noch, das wirst du noch.

Selik spürte, dass jemand am Fußende seines Bettes stand, trotzdem hielt er die Augen fest geschlossen. Gott, diese letzten fünf Tage … er war es leid, mit Rain darüber zu streiten, ihn freizulassen. Wenn er sie nur noch einmal sagen hörte, sie habe es getan, weil sie ihn liebe, dann würde er sich übergeben. Ganz bestimmt. Und Ubbi – dieser Hohlkopf – glaubte, Gott hätte ihm eine persönliche Botschaft gesandt, in der er forderte, ein Waisenhaus zu eröffnen.

In der Scheune war es überraschend ruhig, obwohl es noch nicht einmal um die Mittagszeit war. Rain war vermutlich in das Hospizium nach Jorvik gegangen, wo sie bei den Mönchen ihre guten Taten vollbrachte. Ha! Er würde ihr schon ein paar gute Taten zeigen, wenn er erst seine Hände frei hatte – Taten, darauf wettete er, von denen sie in ihren verdammten medizinischen Büchern noch nie gelesen hatte. Und Ubbi, der sich um die intimsten körperlichen Bedürfnisse seines Herrn gekümmert hatte – sehr zu dessen Demütigung –, würde ein paar Knoten mehr in seinen verdrehten Muskeln haben, wenn Selik erst mit ihm fertig war.

Selik spürte noch immer die Anwesenheit eines Menschen im Raum, und schließlich siegte seine Neugier. Er öffnete ein Auge gerade weit genug, um herauszufinden, wer es wagte, seinen Frieden zu stören. So erbarmungswürdig dieser auch war. *Jesus Christus!* Es war eine der Waisen, die Rain in *seinem* Haus aufgenommen hatte – das kleine Mädchen, das ihnen vor ein paar Tagen vor dem Hospizium begegnet war.

Obwohl die Kleider des Mädchens in Lumpen um ihre zerbrechliche Gestalt schlotterten, hatte Rain es irgendwie geschafft, diesen kleinen Balg so sauber zu schrubben, dass man sogar die Sommersprossen erkennen konnte, die die lächerlich kleine Nase sprenkelten. Das blonde Haar war zu einem Zopf geflochten, der der Kleinen lang über den Rücken hing.

Selik furchte die Stirn, als er sich zu erinnern versuchte, was der rotzfreche Bruder des Mädchens ihnen an jenem Tag vor der Kirche erzählt hatte. Ah, jetzt wusste er es wieder. Es war um den Sklavenhändler Aslam gegangen, der das Geschwisterpaar zu irgendeinem persischen Sultan hatte schicken wollen. Ja, Selik hatte auf seinen Reisen von den Männern gehört, die solchen Perversionen frönten. Es wäre eine Schande zuzulassen, dass dieses unschuldige Kind einem solchen Monstrum ausgeliefert wurde, aber letztlich war das nicht seine Sorge. Die Welt war voller Schrecken, und Selik weigerte sich, der

Streiter der Unterdrückten zu sein, der alle Übel mit der Wurzel ausriss, als den Rain ihn gern haben wollte.

Das barfüßige Kind, das nicht älter als vier Jahre alt sein konnte, starrte Selik aus großen, himmelblauen Augen an. Den Daumen im Mund, kam es langsam näher.

»Verschwinde«, knurrte Selik und schlug beide Augen auf.

Das Kind zuckte überrascht zusammen, als es die heisere Stimme hörte, doch statt ängstlich davonzulaufen, kam es noch näher. Der einzige Hinweis auf dessen Nervosität war, dass es begonnen hatte, heftig am Daumen zu nuckeln. Das Mädchen kletterte auf das Bett und setzte sich neben Selik, dabei starrte es ihn mit einem Blick an, den man nur sehnsüchtig nennen konnte.

Selik schloss für einen Moment die Augen und wappnete sich gegen den Gefühlssturm, der ihn gepackt hatte und zu überwältigen drohte. Der kalte Schweiß brach ihm aus, und sein Herz stimmte das traurige Klagelied an, wie es das stets in der Gegenwart kleiner Kinder tat. Und bei der Erinnerung an das, was er vor langer Zeit verloren hatte. Selik konnte es sich nicht gestatten, an sein totes Kind zu denken. Sich bei jedem Kind, das ihm über den Weg lief und ungefähr das Alter seines Sohnes haben mochte, zu fragen, wie Thorkel jetzt wohl ausgesehen hätte.

Er fühlte eine kleine Hand, nicht größer als seine Handfläche, die sich sanft auf seine Brust drückte, und Selik riss ärgerlich die Augen auf. Dieses lästige Mädchen lutschte noch immer auf dem Daumen, aber die andere Hand hatte es auf Seliks Brust gelegt.

»Nimm dich in Acht, Naseweis, ich beiße kleine Kinder wie dich. Ich verschlinge sie und spucke sie dann als Vogelfutter wieder aus.« Er zwang sich, seine Stimme tief und grimmig klingen zu lassen..

Statt furchtsam zurückzuweichen, kicherte die Kleine. Tatsächlich, sie kicherte.

Gott, mein Leben wandelt sich zu einem Albtraum. Ich rühme mich meines Rufes als tapferer Krieger, dabei kann ich nicht einmal mehr dieses lästige kleine Würmchen erschrecken.

»Rain! Ubbi!«, brüllte er. »Schafft mir dieses verlauste verdammte Gör vom Leib!«

Schweigend rückte die Kleine näher, legte ihre Wange auf seine Brust und nuckelte noch lauter am Daumen. Selik rutschte von einer Seite auf die andere, um sie abzuschütteln, aber sie klammerte sich einfach an seiner Tunika fest, als gelte es ihr Leben. Er glaubte sogar, sie leise lachen zu hören. Ohne Zweifel hielt sie das Ganze für ein Spiel, das er mit ihr spielte.

Nachdem er eingesehen hatte, dass es ihm nicht gelingen würde, den kleinen Blutegel loszuwerden, schaute Selik zu ihr herunter. Er sah, dass ihre Augenlider vor Müdigkeit flatterten. Und dann, bevor sie einschlief, flüsterte sie voller Zuneigung: »Pa«, und schmiegte sich noch enger an ihn.

Heilige verdammte Hölle! Die Kleine denkt, ich sei ihr Vater.

Er nahm ihren Babyduft wahr, der seine Sinne einhüllte und die Bilder besserer Tage und glücklicherer Zeiten seines Lebens vor ihm auftauchen ließ. Selik spürte, dass ihm Tränen in die Augen stiegen. Er blinzelte rasch, um sie an ihrem Lauf zu hindern, und verfluchte Rain einmal mehr dafür, dass sie ihn so quälte. Starr wie ein Brett lag er länger als eine Stunde da, während das Kind friedlich auf seiner Brust schlief.

»Adela! Adela! Wo bist du?«

Selik öffnete die Augen. Er musste eingeschlafen sein.

Er hörte, dass jemand die Leiter zum Heuboden hinaufgestiegen kam. Und dann tauchte auch schon das grimmige Gesicht des Jungen auf, dem er auf den Kirchenstufen zum ersten Mal begegnet war.

»Was tust du da mit meiner Schwester, du verdammter Heimtücker?«

»Adam …«, sagte das Mädchen, das langsam aus seinem tiefen Schlaf erwachte. Sie setzte sich auf, sah ihren Bruder an und streckte die Arme nach ihm aus. Kaum hatte der sie hochgenommen, stopfte sie sich wieder den Daumen in den Mund. *Heiliger Thor!* Der Junge brach unter dem Gewicht seiner Schwester, die ihre Beine um seine Taille geschlungen hatte, ja fast zusammen.

»Wenn du meine Schwester verletzt, du stinkender Geächteter, ich schwöre …«

»Halt den Mund«, fauchte Selik, der für diesen Tag genug von Kindern hatte. »Ihr beide geht mir jetzt aus den Augen und kommt nicht zurück.«

»Adela, hat er dich unanständig angefasst?«, fragte Adam seine Schwester. Das kleine Mädchen schüttelte heftig den Kopf.

Sie unanständig angefasst …? »Du schaffst am besten deinen dreckigen Körper hier raus, du Gossenratte«, zischte Selik den Jungen an. »Und sollest du jemals wieder eine solche Anschuldigung erheben, ich schwöre, dann werde ich dich …«

»Was wirst du?«, forderte der kleine Scheißkerl ihn heraus. Er stellte Adela auf den Boden und stolzierte wie ein arroganter Gockel großspurig vor dem Bett auf und ab. Sein braunes Haar – Selik nahm an, dass es unter all dem Schmutz diese Farbe hatte – stand ihm in wirren Borsten in alle Richtungen vom Kopf ab. Vermutlich waren seine Haare noch nie fachkundig geschnitten worden, denn es wies unzählige unterschiedliche Längen auf. Der Dreck von Monaten und die Krätze bedeckten sein Gesicht und die Arme, seine Tunika und die Hose starrten vor Schmutz und Staub und anderen Dingen, die nur Gott allein kannte. »Was wirst du mit mir machen, so verschnürt wie du bist? Du bist jetzt kein Furcht einflößender Krieger mehr! Stimmts, mein tapferer Ritter?«

Wenn er nicht so verdammt wütend gewesen wäre, hätte Selik darüber gelacht. »Verschwinde, du verdammter kleiner Maulwurf.«

»Ha! Willst du vielleicht nicht doch mal versuchen, mich zu vertreiben, wo du doch ein so grimmiger Krieger bist!«

Zornrot im Gesicht, bäumte sich Selik in seinen Fesseln auf. *Dafür werde ich Rain töten. Ich schwöre es. Ich werde es tun.* »Ich werde nicht immer gefesselt sein, du Dummkopf, und wenn ich frei bin, bist du am besten schon lange verschwunden, denn ich habe vor, dir das Fell so zu gerben, dass du eine Woche lang nicht sitzen kannst.«

Adela zupfte ihren Bruder am Ärmel und zeigte mit dem Finger auf Selik. »Pa«, sagte sie, und Adam schnaubte vor Abscheu. »Dieser fiese Geächtete ist nicht dein Vater, Adela. Unser Vater war ein tapferer Soldat, nicht so ein hilfloser ...«

»Ubbi!«, brüllte Selik. Dieser derbmäulige, verwahrloste Abschaum von einem Jungen hatte seine Geduld endgültig erschöpft.

Sein getreuer – nein, ungetreuer – Diener kam so rasch es seinen kurzen Beinen möglich war die Leiter hinauf. Mit einem Blick erfasste er die Situation und entschuldigte sich: »Ich bitte um Verzeihung, Herr, ich hatte für die Mistress etwas zu erledigen. Und es ist ziemlich anstrengend, wenn ein Dutzend Kinder an einem hängen und man ...«

»Ein Dutzend?«, keuchte Selik. »Du hast ein Dutzend Waisen in meiner Scheune, auf meinem Land, gegen meinen Willen? Rain hat gesagt, es wären nur sechs.«

»Nun, das war vor zwei Tagen«, gab Ubbi kleinlaut zu. »Jeden Tag kommen mehr und mehr von den armen Kleinen hierher, die von unserem Waisenhaus gehört haben.«

Selik stöhnte und befahl dann: »Schaff diese beiden lästigen Welpen hier weg! Sofort! Und sorg dafür, dass sie nicht wiederkommen.«

»Ja, Herr, was immer du sagst«, sagte Ubbi beflissen und scheuchte die Kinder die Leiter herunter. Dann wandte er sich wieder an Selik. »Brauchst du vielleicht die Bettpfanne, Herr?«

»*Argh-h-h-h!*«

»Ich hab ja nur gefragt«, murmelte Ubbi, als auch er die Leiter hinunterstieg.

Rain blieb Selik an den folgenden beiden Tagen absichtlich fern. Sie hatte nicht mehr die Kraft, seiner ständig wiederholten Forderung zu widersprechen, ihn freizulassen. Und sie war es leid, all die schrecklichen Dinge aufgezählt zu bekommen, die er ihr antun würde, wenn er erst frei wäre, und die jedes Mal auf ihre Weigerung folgten. Widerstreitende Gefühle machten ihr zu schaffen – zum einen die Schuldgefühle, weil sie ihn entführt und damit seine Wünsche verraten hatte, zum anderen die beständige Angst um seine Sicherheit.

Deshalb mied sie ihn und überließ es Ubbi, sich um Seliks Bedürfnisse zu kümmern, was auch das Waschen und das Füttern mit einschloss. Die Kinder waren angewiesen worden, nicht auf den Heuboden zu gehen.

Die Kinder! O Gott! Ihre Zahl wuchs und wuchs. Rain wusste, sie würde bald damit anfangen müssen, die fortzuschicken, die bei ihr um Aufnahme baten. Das Geld, das Gyda und Ella ihr gegeben hatten, war ausgegeben. Rain ging jeden Tag in das Hospizium, um dort zu arbeiten. Die Mönche entlohnten sie mit Nahrungsmitteln, die sie für Rain in großen Wäschesäcken sammelten. Doch sie taten es nur widerstrebend und auf eine sehr lieblose Art, und wenn Rain nach Hause kam, musste sie mehr als einmal feststellen, dass das Fleisch verdorben und das Brot verschimmelt war.

Rain saß vor der Tür zur Scheune und schaute den Kindern

beim Spielen zu, als sie Adam bemerkte. Langsam stand sie auf und ging zum Rand der Lichtung, auf der die Kinder sich die Zeit vertrieben. Der schmutzige Adam war Rain seit Tagen aus dem Weg gegangen. Nicht nur, dass sie genug von seiner Weigerung hatte, sich zu waschen, sie hatte auch keine Lust mehr, sich noch länger seine vulgären Ausdrücke anzuhören. Wenn sie ihn erst zu fassen bekommen hätte, würde sie ihn außen und innen einseifen.

Adam war dabei, die anderen Kinder auf die ihm eigene Art herumzukommandieren, selbst die, die älter und größer als er waren. Rain pirschte sich von hinten an ihn heran und packte den stinkenden Burschen an seiner Tunika.

»Lass mich los, du verdammte Hexe!«, schrie er.

Rain packte noch fester zu und schlang ihm mit einem kneifzangenähnlichen Griff die Arme um den Leib. Obwohl er mit Füßen trat und ihr die derbsten Schimpfworte seines ohnehin vulgären Vokabulars an den Kopf warf, würde sie ihn nicht loslassen.

»Ubbi, bring mir Seife, Leinentücher und saubere Kleider für diesen dreckigen kleinen Rotzlöffel.«

Sie schleppte den Jungen zur Pferdetränke, die der Regen vom Vortag bis zum Rand gefüllt hatte, und ließ Adam hineinfallen. Dann tauchte sie ihn für einen Augenblick unter Wasser, um sicherzugehen, dass auch sein verfilztes Haar nass wurde. Prustend tauchte der Junge wieder auf und bedachte sie mit einer Kanonade übelster Worte, die auch einem Seemann die Schamröte ins Gesicht getrieben hätten. Ubbi brachte ihr ein Stück harter Seife, und Rain bat ihn, den schlüprig-glitschigen Jungen festzuhalten, bis sie mit ihm fertig wäre.

Nach einer halben Stunde, die Rain und Ubbi so lang wie ein halber Tag vorgekommen war, ließen sie schließlich das vor Sauberkeit glänzende Kind aus dem kalten Wasser. Adam schüttelte sich das nasse Haar aus dem Gesicht, stemmte die

Hände in die mageren Hüften und starrte zu Rain hoch. Seiner Nacktheit schien er sich nicht bewusst zu sein.

Rain und Ubbi sahen den kleinen Jungen erstaunt an und wandten sich dann wie auf Kommando einander zu und tauschten einen Blick. »Er ist wunderhübsch«, wisperte Rain überrascht.

»Du bist ein schwanzlutschendes, arschleckendes, tittenloses, hässliches altes Weib von einer Hündin«, keifte Adam und versetzte Rain einen Stoß vor die Brust, »und ich ...«

»Angelsächsische Soldaten kommen! Angelsächsische Soldaten kommen!«, schrie eines der Kinder und kam von der Straße her auf den Hof gelaufen. »Bjorn hat sie vom Hügel aus gesehen!«

Rain und Ubbi sahen sich entsetzt an, fassten sich jedoch rasch und wiesen die Kinder an, sich genauso zu verhalten, wie sie es für einen solchen Fall immer wieder geübt hatten. Adam zog sich rasch trockene Sachen an und trieb die Kinder in die Scheune, dabei brüllte er wie ein Ausbildungsunteroffizier nach allen Seiten seine Kommandos. Gott sei Dank waren Seliks Männer und die Pferde noch in Jorvik. Es wäre ihnen unmöglich gewesen, sie alle hier zu verstecken.

Rain und Ubbi stiegen die Leiter zum Heuboden hinauf.

»Selik«, rief Rain, noch während sie begann, mit Ubbis Hilfe die Heuballen zum Bett zu ziehen. »Angelsächsische Soldaten kommen hierher«, erklärte sie atemlos. »Wir müssen dich verstecken, so lange sie hier sind.«

»Lass mich frei«, befahl er.

Als sie fortfuhr, Stroh auf seinem Bett aufzuhäufen, fauchte er: »Lass mich frei, verdammt nochmal. Gönn mir wenigstens die Würde, mich selbst zu verteidigen, wenn sie mich entdecken.«

Rain zögerte nur einen Moment, dann nickte sie Ubbi zu, der sein Messer aus dem Gürtel zog und Selik losschnitt.

»Bitte, leg dich hin und lass uns dich verstecken«, flehte Rain. »Bitte, Selik!«

Er schoss ihr einen verächtlichen Blick zu, leistete ihrer Bitte aber überraschenderweise Folge. Er wandte sich an Ubbi. »Lass es nicht auf einen Kampf mit diesen Bastarden ankommen. Und ich verbiete dir, irgendwelche Maßnahmen zu meinem Schutz zu ergreifen. Hast du mich verstanden, Ubbi?«

Ubbi nickte.

»Geh nach unten, Adela«, sagte Selik unvermutet sanft und mit einem seltsamen Ton in der Stimme. Er schaute an Rain vorbei.

Rain wandte sich um. Das kleine Mädchen stand hinter ihr und starrte sie aus großen, furchtsamen Augen an. Wie gewöhnlich lutschte es am Daumen.

»Bring sie von hier weg, Rain«, befahl Selik, aber die Kleine stieß einen Jammerlaut aus und lief, die Arme ausgestreckt, zu Selik.

»Verdammte Hölle!«, fluchte er und hob Adela hoch. Sie schlang die Arme fest um seinen Hals und weigerte sich, ihn wieder loszulassen, auch nicht als Selik ihr erklärte, dass es sicherer für sie wäre, mit Rain und Ubbi nach unten zu gehen.

Von der nahe gelegenen Straße klang das Klappern von Pferdehufen herüber. Die Soldaten hatten den Hof fast erreicht. »Verdammte Hölle!« Resigniert streckte sich Selik auf dem Bett aus, legte Adela quer über seine Brust. Das Mädchen verbarg das Gesicht an seinem Hals und schmiegte sich an ihn. In aller Hast warfen Rain und Ubbi den Rest des Strohs über das Lager. Sorgsam achteten sie darauf, die Gesichter der beiden darunter Liegenden nicht zu fest mit Stroh zu bedecken.

Als kurze Zeit darauf die Soldaten in die Scheune stürmten, saßen die Kinder bei Porridge und Brot an einem langen Tisch versammelt. Adam, dieser Racker, hatte ausgezeichnete Arbeit geleistet, indem er die Kinder dazu gebracht hatte, seinen Anweisungen zu gehorchen.

Die Furcht erregend aussehenden Soldaten, in Schlachtkleidung und mit gezückten Schwertern, blieben an der Tür der Scheune abrupt stehen. Eine so häusliche Szene hatten sie offensichtlich nicht erwartet.

Der Kommandant, ein Mann mit roten, schon angegrauten Haaren, trat näher. »Wo ist er?«

»Wer?«, fragte Rain höflich.

»Selik. Der Geächtete. Wer sonst?«, fauchte er und kam näher. »Das hier ist doch sein Hof, oder nicht?«

Rain zuckte die Achseln. »Ich kenne niemanden dieses Namens. Die Scheune war verlassen, und all diese heimatlosen Waisen hatten keinen Ort, an den sie gehen konnten, und deshalb ...«

»Das sind nichts als die wertlosen Nachkommen der heidnischen Nordmänner.« Der Mann spuckte auf den frisch gefegten Boden, Rain direkt vor die Füße. Sie biss sich auf die Unterlippe und zwang sich, diesem ordinären Kerl nicht die Meinung zu sagen. »Wer bist du?«, fragte er drohend und machte noch einen Schritt auf Rain zu. Mit einem Ruck packte er sie an ihrer Tunika, sodass sie taumelte und gegen ihn prallte.

Rain stieß hart gegen ihn und riss sich aus seinem Griff los. »Ich bin Rain Jordan, und du hast kein Recht, auf diese Weise in unser Heim einzudringen.«

Der Soldat schlug ihr mit dem Handrücken ins Gesicht, so hart, dass ihre Lippe aufplatzte und ihre Nase zu bluten anfing. Perplex presste Rain die Hand auf ihren blutenden Mund. Niemand hatte sie in ihrem ganzen Leben je geschlagen. Aber sie versuchte, ihre Wut zu zügeln, als sie sah, dass die Kinder voller Angst zu ihr hochstarrten. Und Adam, dieser dumme Junge, sah aus, als hätte er den Angelsachsen am liebsten mit seinem kleinen Messer erstochen. Glücklicherweise bemerkte Ubbi es ebenfalls und zwang den Jungen, sich wieder hinzusetzen.

»Alles durchsuchen!«, befahl der Kommandant seinen Soldaten. Unter mutwilliger Missachtung der bescheidenen Habseligkeiten begann die Meute, die Truhen und Fässer umzukippen, die in der Scheune standen. Mehl verteilte sich auf dem Boden. Ein Stapel Kleider wurde vom Schwert eines der Soldaten zu Fetzen zerschnitten. Zwei Paare von den Lederstiefeln der Kinder wurde in das Herdfeuer geworfen. Während einige der Männer nach draußen gingen, um den Wald zu durchkämmen, stieg einer der jüngeren Soldaten die Leiter zum Heuboden hinauf.

Rain zwang sich, zu Boden zu schauen. Sie fürchtete sich entsetzlich davor, Ubbi anzusehen, denn sie wusste, dass sich die Angst um Selik in ihren Augen widerspiegelte. *Bitte, Gott, bitte mach, dass die Soldaten Selik nicht finden. Bitte.*

Auf dem Heuboden war ein Poltern zu hören. Rain hob den Kopf und schaute hinauf. Der junge Soldat kam die Leiter herunter und kratzte sich, unten angekommen, träge die Unterarme. »Da oben ist nichts außer einem Haufen verschimmeltes Stroh.«

»Können wir es für unsere Pferde nehmen?«, fragte der Kommandant, und Rains Haut begann vor eiskalter Furcht zu prickeln.

»Nein. Es stinkt, als würde es schon jahrelang da rumliegen. Die Pferde kriegen bestimmt Magenkrämpfe davon.« Der junge Soldat gähnte herzhaft, und Rain erkannte, dass der junge Mann zu faul gewesen war, den Heuboden gründlich zu durchsuchen.

Der Kommandant trat wieder zu Rain. Er packte sie an den Unterarmen und hob sie hoch, bis ihre Zehenspitzen gerade noch den Boden berührten. Sie konnte sich kaum bezähmen, ihm nicht ins Gesicht zu spucken, aber ihre Verachtung für ihn musste ihr anzusehen sein, denn der stämmige Mann verstärkte seinen Griff. Rain glaubte, die Arme würden ihr brechen, und der heftige Schmerz trieb ihr Tränen in die Augen.

»Hör mir genau zu, Weib. Mein Name ist Oswald. Du findet mich in Jorvik, in der neuen Garnison. Wenn du irgendwas über den Geächteten hörst, gibst du mir sofort Bescheid. König Athelstan wünscht den Kopf dieses Bastards auf einem Teller serviert zu bekommen, und ich habe vor, ihm diesen Wunsch zu erfüllen.« Mit diesen Worten versetzte er Rain einen derben Stoß, und sie stürzte zu Boden.

Rain blieb reglos liegen, und auch die Kinder und Ubbi rührten sich nicht, bis das Klappern der Pferdehufe in der Ferne verklungen war. Erst dann erhob sie sich und betrachtete sich das angerichtete Chaos. Sie verstand jetzt, wie Gyda sich angesichts der Verwüstungen in ihrem Haus gefühlt hatte. Aber niemandem war etwas geschehen, und das war das Wichtigste überhaupt.

Sie schaute auf ihre nackten Arme, die unter den kurzen Ärmeln der Tunika hervorsahen. Rot und blau verfärbte Fingerabdrücke zeichneten sich von den Ellbogen bis hinauf zu den Schultern auf ihrer weißen Haut ab.

Die angespannte Stille löste sich, als eines der Kinder zu weinen anfing. Dann begann noch eines zu jammern und zu schluchzen. Rain hörte aber noch etwas anderes. Schritte. Sie schaute zur Leiter hinüber und sah Selik vom Heuboden heruntersteigen. Adela schmiegte sich in seinen Arm, Strohschnipsel bedeckte die beiden über und über.

»Adela!«, rief Adam erleichtert und lief, um sie Selik abzunehmen. Er umarmte seine Schwester liebevoll und sprach leise mit ihr.

Seliks wachsamer Blick überflog den Raum. »Sind alle wohlauf?«, wollte er von Ubbi wissen, der daraufhin nickte.

Dann richtete Selik den Blick auf Rain. Seine Augen funkelten vor Zorn. Und erst jetzt begriff Rain, was Seliks Anwesenheit hier unten bedeutete. Indem sie ihn freigelassen hatte, um sich gegen die Angelsachsen verteidigen zu können, hatte sie ihm auch die Möglichkeit gegeben, an ihr Rache zu üben. Rache dafür, dass sie ihn entführt hatte. Sie war davon ausgegangen, ihr würde genügend Zeit bleiben, um Selik zu besänftigen, um ihn von ihrer Liebe zu überzeugen. Ihm begreiflich zu machen, dass sie zu seinem eigenen Besten gehandelt hatte.

»Rain.« In seiner seidenweichen Stimme schwang unüberhörbar ein drohender Unterton. »Komm her.« Er winkte mit dem Finger, befahl sie zu sich, aber Rains Blick richtete sich auf die stählerne graue Verachtung in seinen Augen.

Sie wich einen Schritt zurück.

Selik machte einen Schritt auf sie zu.

»Selik, bitte versteh doch, dass ...« Rain legte die Hände auf den Rücken und tastete unauffällig nach der Tür. Kaum hatte sie sie gefunden, riss sie sie auf und versuchte ihr Heil in der Flucht.

»Oh, ich verstehe sehr gut, Frau«, höhnte er, als er ihr mit wilder Entschlossenheit nachsetzte.

In diesem Augenblick fragte sich Rain, von wem ihr die größere Gefahr drohte – von den angelsächsischen Soldaten oder von dem vor Wut rasenden Selik. Sie beschloss, es nicht darauf ankommen zu lassen, das herauszufinden. »O zur Hölle!«, rief Rain und rannte auf den Wald zu, um sich dort in Sicherheit zu bringen.

15

So schnell ihre Füße sie trugen, rannte Rain auf den Wald zu. Doch der aufkommende Wind machte ihr zu schaffen, denn er stach schmerzhaft in die Blutergüsse in ihrem Gesicht und an den Armen. Und ihre Hüfte schmerzte von dem Sturz auf den harten Scheunenboden.

»Das ist einfach lächerlich«, murmelte Rain. Sie hatte daran denken müssen, dass sich der Kreis der Ereignisse ihrer Zeitreise irgendwie geschlossen hatte. Auch an jenem ersten Tag, als sie im mittelalterlichen Britannien »angekommen« war, war sie vor Selik davongelaufen – vor dem brutalen Barbaren. Und jetzt floh sie wieder vor Selik – vor dem Mann, den sie liebte.

Unvermittelt blieb sie stehen und wandte sich um. Selik konnte nur mit Mühe einen Zusammenprall verhindern.

»Entscheide dich, Frau. Läufst du vor mir davon, oder läufst du mir entgegen?«

Rain zögerte nicht. »Dir entgegen.«

Plötzlich von dem Bewusstsein überwältigt, wie knapp sie dem Zugriff der angelsächsischen Soldaten entgangen waren, und zermürbt von der Anspannung der vergangenen Woche, in der sie Selik gefangen gehalten hatte, warf sie sich ihm entgegen und schlang die Arme um seinen Hals. »O Selik, Gott sei Dank, dass du in Sicherheit bist.« Sie stellte sich auf die Zehenspitzen und küsste seinen Hals, das Kinn, seine festen Lippen.

Und erkannte fast augenblicklich, dass er starr und mit

herabhängenden Armen dastand und nicht auf ihre Zärtlichkeiten reagierte.

»Bilde dir nicht ein, du könntest mich mit deinen Verführungskünsten weich machen. Ich werde dir nie vergeben, Rain. Nie.«

Sie beugte sich leicht zurück, um ihm in die Augen zu sehen. Beklommen ahnte sie, was sie darin lesen würde. Wie Splitter aus grauem Granit schienen seine Augen sie zu durchbohren, die Muskeln an seinem Kinn waren gespannt vor kaum beherrschbarem Grimm.

»Selik, lass es mich erklären. Ich weiß, dass du böse bist, aber ...«

»Böse! Lady, für den Zorn, den ich auf dich habe, gibt es keinen Namen. Aber eines lass dir gesagt sein: ›Böse‹ ist eine wirklich jämmerliche Untertreibung.« Seine Augen weiteten sich unmerklich, als er ihr Gesicht betrachtete. »Du blutest.«

Rain hob die Hand und betastete ihre Wange und Nase. »Der Soldat hat mich geschlagen. Es ist nur Nasenbluten, nehme ich an.«

Selik sog leicht den Atem ein. Es war der einzige Hinweis darauf, dass es ihn auf die eine oder andere Weise kümmerte, dass sie verletzt worden war. Nichtsdestotrotz musterten seine harten grauen Augen sie voller Verachtung.

Er wird mir niemals vergeben, dachte Rain düster.

»Komm mit«, befahl er in eisigem Ton. »Ich werde mich drinnen mit dir und deinem verräterischen Handeln befassen.« Er packte ihren Arm und begann, sie mit sich zur Scheune zu ziehen.

»Nein«, rief Rain. Schmerzen scharf wie Pfeile löste sein eiserner Griff in ihrem von Blutergüssen übersäten Arm aus. Sie strahlten bis in den Nacken, bis in die Fingerspitzen aus.

»Was ist?«, fragte Selik und runzelte verwirrt die Stirn. Er ließ Rain los, als er die violett schimmernden Male auf ihren Oberarmen sah.

»O Hölle«, sagte er tonlos.

Rain war nicht mehr in der Lage, die aufsteigenden Tränen zurückzuhalten. Zu groß war der Schmerz, den sie empfand. Und es war nicht allein der Schmerz in ihren Armen, es war zuallererst der Schmerz in ihrem Herzen, weil Selik offensichtlich nur noch Hass für sie empfand.

Der Wind wehte ihm das lange, blonde Haar um die Schultern, und aus seiner Tunika rieselten die letzten Strohspäne, aber Selik stand nur da und starrte auf Rains Arme. Ein undeutbarer Ausdruck lag auf seinem Gesicht. Mit dem Zeigefinger zeichnete er die sich dunkel färbenden Male nach. Seine Berührung war so leicht wie eine Feder, und es schien, als wollte er ihr so ihren Schmerz nehmen. Plötzlich wandelte sich der leere Ausdruck auf seinem Gesicht zu Überraschung.

»Was ist das?«, fragte er und berührte die kleine Narbe in Rains Armbeuge.

»Mein Verhütungsimplantat.«

»Dein *was*?«

»Mein Verhütungsimplantat. Ich habe es vor zwei Jahren einsetzen lassen. Ich dachte, ich würde eine Beziehung mit einem Mann eingehen, aber dann ... habe ich es doch nicht getan«, sagte sie mit einem Achselzucken und entzog ihm den Arm.

»Was genau macht ein Verhütungsimplantat?«

»Es beugt der Empfängnis vor.« Also wirklich, Selik redete hier über Geburtenkontrolle, während sie an nichts anderes denken konnte als daran, dass ihre Welt unter seinem zerstörerischen Zorn in Trümmer fiel.

»Wie bitte?«

»Es ist ein Mittel, um eine Schwangerschaft zu verhindern.

Ich weiß, es ist schwer zu glauben ... können wir nicht ein anderes Mal darüber reden? Ich möchte nicht ...«

»Und warum hast du mir diese wunderbare Tatsache nicht schon längst mitgeteilt?«

Überrascht über den Sarkasmus, der seine Stimme durchdrang, antwortete Rain wahrheitsgemäß: »Du hast nie gefragt.«

Selik stieß einen seltsamen Laut aus, der wie ein Gurgeln bei angehaltenem Atem klang. »Und wie lange wirkt dieses – dieses implantierte Gerät?«

»Ungefähr fünf Jahre.«

Selik lächelte breit.

Und Rain zitterte, weil in seinem Lächeln nicht wie sonst Wärme und Zuneigung lagen. Es war ein gefährliches Lächeln – das bedrohliche Lächeln eines erregten Raubtiers.

Rain war verwirrt. »Selik, ist das der Grund, aus dem du dich geweigert hast, mit mir zu schlafen? Du hast doch gesagt, es wäre, weil ein Krieger vor einem Kampf seine Kräfte schonen muss.«

Er nahm sie jetzt sanfter am Arm. »Komm, Rain. Wir müssen uns um ein paar Dinge kümmern, die seit langem überfällig sind und jetzt keinen Augenblick länger warten können.«

Als sie die Scheune betraten, sah Rain, dass Ubbi die Kinder bereits angewiesen hatte aufzuräumen, und dass alle dabei waren, das Durcheinander zu beseitigen, dass die Soldaten angerichtet hatten. Die Kinder schauten zwischen ihr und Selik hin und her, einige voller Neugier, andere voller Angst um Rains Sicherheit.

»Ubbi, treib diese verlausten Straßenratten zusammen und bring sie nach Jorvik in Gydas Haus.«

»Für wie lange?«, fragte Ubbi und verzichtete auf die Mühe, nach dem Grund für diesen Befehl zu fragen.

»Bis ich Nachricht schicke, dass sie in *mein* Haus zurückkehren können.«

»Aber was ist, wenn Gyda Einwände erhebt?«

»Das ist nicht meine Sorge. Ich schätze, Gyda hat auch eine Menge mit dieser hirnverbrannten Entführung zu tun. Sie soll selbst zusehen, wie sie jetzt mit den Konsequenzen zurechtkommt.«

Der Zorn in Seliks Stimme ließ Ubbi zurückschrecken.

»Ja, mein verräterischer Freund, du gehst mir am besten auch aus dem Weg. Du hast mich verraten, indem du meinem Feind geholfen hast ...«, bei diesen Worten wies Selik auf Rain, »... und darüber werden wir später noch reden.«

»Verrät ... verräterisch? Oh, denk das niemals von mir, Herr. Ich hab nur getan, was Gott mir befohlen hat zu tun – zu deinem eigenen Besten.«

Selik trat vor ihn hin und drohte vor Ubbis blassem Gesicht mit dem Finger. »Nun, dann wäre hier noch eine Botschaft für dich, Ubbi: Geh mir aus den Augen, ehe ich dir deinen dürren Hals umdrehe.«

Ubbi machte einen Satz rückwärts. Hastig drängte er die Kinder, ihre Habseligkeiten zusammenzupacken und mitzunehmen, und scheuchte die ganze Bande dann zur Tür hinaus.

Selik ließ den Blick aufmerksam durch den großen Raum schweifen und bemerkte dabei Adam, der sich verstohlen zur Tür hinausdrücken wollte. Mit einem Satz war Selik bei dem Jungen, packte ihn am Gürtel und hob ihn hoch. Der Junge trat um sich und wand sich in der Luft.

»Warst du nicht diese einfältige Stechmücke, die mich so übel verhöhnt hat, als ich gefesselt auf dem Heuboden gelegen habe?«

»Nein«, log Adam kühn. Er schlug heftig um sich und versuchte, Selik an den Schultern zu treffen. »Du verwechselst mich mit jemand anders. Ich bin nur ein hilfloser, mutterloser Junge, der versucht, sich um seine arme Schwester zu kümmern.«

»Hilflos! Ha! Ich denke, seit dem Tag, an dem du kreischend aus dem Leib deiner Mutter gekrochen bist, bist du kein einziges Mal hilflos gewesen.« Selik setzte sich auf eine Bank und legte Adam übers Knie. Im Nu hatte er ihm einen Klaps aufs Hinterteil verabreicht und ihn wieder auf die Füße gestellt. Jetzt stand der Junge vor ihm, und Selik hielt ihn an den Schultern fest.

Adam spie ihm ins Gesicht.

Die Augen groß vor Unglauben, schüttelte Selik über die Verwegenheit des Jungen den Kopf. »Dein Stolz lässt dich wie einen Narren handeln, Junge. Besser du lernst, wie du deine Schlachten klüger schlägst.«

Er presste die Lippen zusammen, legte sich Adam ein weiteres Mal übers Knie und verabreichte ihm noch fünf Schläge, die dieses Mal härter ausfielen. Als der Junge danach vor Selik stand, standen ihm die Tränen in den Augen, und seine starrsinnigen Lippen zitterten. Wer Adam kannte, wusste, dass ihn sein verletzter Stolz mehr schmerzte als sein Po.

»Haben wir uns jetzt verstanden?«, fragte Selik eindringlich.

Adam schien zu erwägen, sich noch einmal aufzulehnen, aber schließlich nickte er.

»Geh jetzt mit Ubbi und pass auf die anderen Kinder auf«, sagte Selik und schob den Jungen zu den wartenden, mit großen Augen dreinschauenden Kindern. »Ubbi braucht einen tapferen Burschen, der ihm hilft.«

Zuerst starrte Adam Selik nur an. Doch als das Lob in dessen Worten dann zu ihm durchdrang, grinste er schelmisch und begann sofort, die anderen Kinder herumzukommandieren.

Selik verriegelte die Tür hinter der Kinderschar und drehte sich zu Rain um. »Steig zum Heuboden hinauf.«

Rain versuchte, Seliks Absichten zu ergründen, und schaute in sein ausdrucksloses Gesicht. Sie hatte gehofft, ein wenig Milde darin zu finden. Es gab keine.

Mit dumpfer Resignation erklomm sie die Leiter zum Heuboden. Sie hörte Selik unten herumhantieren. Unsicher, was er von ihr erwartete, beschloss Rain, das Heu fortzuräumen, das sie und Ubbi auf das Bett geworfen hatten, um Selik und Adela zu verstecken. Als sie damit fertig war, setzte sie sich auf das Bett und wartete. Was würde er mit ihr machen? Wie würde seine Rache dafür aussehen, dass sie ihn entführt hatte?

Zu bald bekam sie ihre Antwort.

»Zieh dich aus«, forderte Selik sie auf, als er die Leiter zum Heuboden heraufkam.

»Warum?«

»Untersteh dich, mir Widerworte zu geben, Frau. Tu, was ich dir sage. *Sofort.*«

Widerstrebend legte Rain ihre wadenlange Tunika und die Hose ab, die sie darunter trug. Sie zögerte, den BH und den Slip auszuziehen.

»Alles«, fauchte Selik.

Als sie nackt vor ihm stand, den Kopf vor Scham gesenkt, machte sie sich daran, auch die Bernsteinkette abzulegen.

»Lass die Perlen«, verlangte er heiser.

Rains Kopf fuhr hoch, aber Selik hatte sich schon wieder von ihr abgewandt. Über die Schulter gab er ihr den nächsten Befehl: »Leg dich aufs Bett.«

Beklommen tat sie, was er verlangt hatte. Selik ging langsam auf das Bett zu, und sein Blick nahm jeden Zentimeter ihres Körpers in sich auf, von den Zehenspitzen bis zu dem langen Haar, das sich aus dem Zopf gelöst hatte und ihr über die

Schultern floss. Als Selik nach den Stricken griff, die noch an die Bettpfosten gebunden waren, wusste Rain, was er vorhatte.

»Nein, Selik, bitte tu es nicht. Ich hatte gute Gründe für mein Handeln. Ich wollte dich doch nur in Sicherheit bringen.«

Er ignorierte ihr Flehen und band sie mit Armen und Beinen an die vier Bettpfosten. Dann setzte er sich auf die Bettkante und betrachtete sie voller Verachtung: »Würdest du gern die Bettpfanne benutzen?«, fragte er mit höhnischer Bedachtsamkeit.

Rains Gesicht wurde flammendrot, und sie blinzelte die verräterischen Tränen zurück, die in ihren Augen brannten. »Das ist demütigend.«

»Ja, das ist es«, pflichtete er ihr kalt bei. »Wenigstens darin sind wir einer Meinung.«

Er stand auf, wandte sich ab und ging. Als Rain begriff, dass er beabsichtigte, sie allein zu lassen, rief sie ihm nach: »Selik, mir ist kalt.« Ein heftiger Wind hatte sich erhoben, und in der Ferne grummelte Donner, der den heraufziehenden Sturm ankündigte.

»Was du nicht sagst«, erwiderte er sarkastisch. Wider Erwarten nahm er eines der Schlaffelle und deckte Rain damit zu. Der weiche Pelz streichelte ihre Haut. Voller Sorgfalt achtete Selik darauf, dass er sie von den Schultern bis zu den Zehen bedeckte. »Schlaf jetzt, Engel. Du wirst deine Kräfte brauchen.«

Selik blieb so lange fort, dass Rain schließlich irgendwann einschlief. Als sie wieder erwachte, fror sie. Draußen tobte ein heftiger Sturm, und der Regen schlug gegen das verwitterte Holz der Scheune. Es war erst später Nachmittag, doch auf dem Heuboden war es dunkel und düster. Zumindest außerhalb des Lichtkreises, den dutzende von Kerzen bildeten, die um das Bett herum brannten.

Und sie lag nackt da, die Decke beiseite geworfen.

Ihr Blick irrte durch die Finsternis und suchte Selik. Er saß außerhalb des hellen Scheins auf einem Stuhl, die langen Beine lässig ausgestreckt und übereinander geschlagen, die Arme vor der Brust verschränkt. Er belauerte sie wie ein Geier, aber die flackernden Schatten verbargen den Ausdruck seiner Augen.

»Sag mir, was hat dich veranlasst, mich zu verraten?«, verlangte er mit tonloser Stimme.

Rain zuckte zusammen, als sie den Schmerz aus seinen anklagenden Worten heraushörte, doch sie sah ihn offen an. »Ich habe dich nie verraten, Selik. Ich habe versucht, dich zu beschützen.« Sie legte ihm dar, was Gyda und Ella ihr erzählt hatten und warum sie sich gezwungen gesehen hatte, zu so drastischen Mitteln zu greifen. »Wirst du dich jetzt auf Stevens Spur setzen? Wirst du nach Wessex gehen?«

Bedächtig schüttelte er den Kopf. »Nein. Während du geschlafen hast, habe ich in Jorvik mit meinen Männern gesprochen. Steven ist gesehen worden, als er an Bord eines Schiffes nach London gegangen ist.«

Rain atmete vor Erleichterung tief aus.

»Glaub nicht, dass dein verräterisches Handeln mich von meinem Vorhaben abgebracht hat. Du hast mich nur aufgehalten. Ich werde Stevens Verfolgung dennoch aufnehmen.«

»Selik, bitte versuch zu verstehen. Ich liebe dich. Und ich hatte Angst ...«

»Nein«, unterbrach er, »Liebe demütigt den Geliebten nicht. Hast du mich wirklich für einen so jämmerlichen Krieger gehalten, dass ich mich nicht selbst gegen einen teuflischen Feigling wie Steven von Gravely zur Wehr setzen könnte?«

»Das ist nicht der Punkt. Gyda hat mir gesagt ...«

»Hör auf, die Schuld auf andere zu schieben. Du, du ganz allein, hast entschieden, mich zu betäuben und mich zu fesseln. Du hast entschieden, den Mann zu spielen und mein Schicksal zu bestimmen. Wie konntest du nur? Wie konntest du nur?«

»Es tut mir Leid«, sagte sie schwach.

»Und glaube nicht, mich mit deinen Tränen weich zu kriegen. Ich versichere dir, dass es keinen Erfolg haben wird.«

Aber Rain konnte nicht anders, als zu weinen. Die Tränen quollen ihr aus den Augen, strömten über das Gesicht, brannten, wenn sie die verletzte Nase benetzten. Ihr war klar, dass sie entsetzlich aussehen musste. Eine Seite ihres Gesichts war vom Schlag des Soldaten wahrscheinlich rot verfärbt und ihre Nase geschwollen. O Gott, das war jetzt wohl das Geringste ihrer Probleme.

Selik trat ans Bett und setzte sich. Er beugte sich herunter und nahm eine kleine irdene Schale vom Boden auf. Nachdem er die Finger hineingetaucht hatte, begann er, die übel riechende Flüssigkeit auf die Blutergüsse an Rains Armen aufzutragen. Fast sofort fühlte sie den Schmerz geringer werden und dann ganz verschwinden.

»Was ist das?«

»Ein Einreibemittel für Pferde.«

Rain musste nach Luft schnappen, als sie den scheußlichen Geruch einatmete. Es stank wie Limburger Käse.

»Es ist Ubbis Spezialmischung«, erklärte Selik mit einem grimmigen Lächeln. Er sah ihr Unbehagen und genoss es ohne jeden Zweifel. »Der Geruch verschwindet fast sofort.«

Mit feuchten Leinentüchern wusch er Rain das Blut und die Tränen vom Gesicht und trug das Liniment dann auch auf ihre Wange auf. Rain glaubte, ohnmächtig zu werden, als ihr der beißende Geruch in die Nase drang.

»Kennst du den Namen des angelsächsischen Soldaten, der dir das angetan hat?«

»Er sagte, sein Name sei Oswald – der Kommandant einer neuen angelsächsischen Garnison in Jorvik, glaube ich.«

»Er wird nicht mehr lang genug leben, um Weihnachten feiern zu können«, verkündete Selik mit tödlicher Entschlossenheit, während er die Schale auf den Boden zurückstellte und sich die Finger mit einem Leinentuch säuberte.

Dann überraschte er Rain damit, dass er ihre Fesseln löste. »Geh und wasch dich«, befahl er ihr. Er wies in die Ecke, in der auf einem Heuballen ein Krug mit Wasser stand. »Und erleichtere dich«, fügte er mit beißendem Sarkasmus hinzu. »Ich empfinde nämlich das Halten der Bettpfanne als weitaus demütigender als den Akt des Hineinpinkelns.«

Die eiskalte Verachtung in seiner Stimme ließ Rain zusammenzucken. Sie drückte sich an ihm vorbei und huschte in die dunkle Ecke. Als sie fertig war, kehrte sie zu Selik zurück, der auf dem Bett saß und wartete. Der flackernde Kerzenschein warf dunkle Schatten auf sein Gesicht, auf dem ein melancholischer Ausdruck lag.

»Komm her«, forderte er sie auf und zeigte auf seinen Schoß.

Rains Herz machte einen Sprung, aber sie stellte seinen Befehl nicht infrage.

»Nein, nicht so«, sagte er. Er drehte Rain zu sich herum, sodass sie rittlings auf seinem Schoß saß.

Sie fühlte sich sehr verletzlich und zur Schau gestellt, als sie in dieser Stellung nackt vor Selik saß, der vollständig bekleidet war. Sie senkte den Kopf. Als Selik seine Beine spreizte und kalte Luft die Innenseiten ihrer Schenkel berührte, keuchte Rain leise auf.

Selik grinste. Dann fuhr er mit der Fingerspitze über die Narbe in ihrer Armbeuge. »Du hättest mir sagen sollen, dass du nicht schwanger werden kannst.«

»Ich dachte nicht, dass es wichtig wäre.«

»Warum, denkst du, habe ich darauf verzichtet, in dich einzudringen, als wir diese lächerliche stundenlange Küsserei veranstaltet haben? Oder bei den anderen Malen, bei denen wir beisammengelegen haben?

Rain schaute überrascht auf, suchte seinen Blick. »Weil ich dachte, dass du wirklich geglaubt hast, was du gesagt hast: dass Sex vor einer Schlacht den Mann schwächt. Und weil ich … ich war überzeugt, du fändest mich nicht anziehend genug.«

Selik holte hörbar Luft, und Rain spürte seine Erektion wachsen und sich hart an ihre Scham drücken. »Bist du verrückt?«

Rain traute sich zu lächeln, denn zum ersten Mal kam ihr der Gedanke, Selik würde vielleicht gar nicht vorhaben, sie körperlich zu bestrafen – zumindest nicht auf die quälenden Arten, die er ihr angedroht hatte. »Du meinst, du findest mich *doch* anziehend?«

»Du bist eine Hexe. Nein, tu nicht so, als seiest du ein Engel. Ich sehe das teuflische Funkeln der Verführung in deinen Honigaugen. Du versuchst ja nur, mich mit deinen sinnlichen Verlockungen von meinem Zorn abzulenken.« Unvermittelt presste er ihre Weiblichkeit gegen seine harte Erregung. »Seit Wochen quält mich meine Fantasie, und ich stelle mir all die Dinge vor, die ich gern mit deinem Körper tun würde. Und die ich nicht tun konnte, weil du diesen Unsinn über Samentropfen erzählt hast.«

Rains Lächeln verschwand, als Selik ihr einige seiner Fantasien in erregenden Worten zuflüsterte, während seine Fingerspitze unaufhörlich die kleine Narbe an ihrem Arm kreisförmig umfuhr. Seliks Kreativität beeindruckte Rain tief. Als er ihren Arm hochstreckte und mit der Zungenspitze die Narbe berührte, spürte Rain ein sehnsuchtsvolles Verlangen in sich wach werden. Wie um es abzuwehren, spannte sie ihre Oberschenkel an.

Seliks Augen funkelten. Er wusste, was er mit ihr anstellte. O ja, er wusste es genau. Und er genoss es.

»Selik«, flehte sie heiser, »zieh dich auch aus.«

»Nein, denn dies wird eine Reise, die ich vollständig bekleidet zu beginnen denke.«

»Eine Reise?«

»Ja, eine wunderbare Reise. Ein Abenteuer, eine Suche.« Obwohl Zorn und Schmerz über ihren Verrat sein Gesicht noch angespannt aussehen ließen, konnte Rain doch das mutwillige Aufblitzen in seinen Augen sehen.

»Was denn für eine Suche? Was wollen wir denn finden?«

»Deinen G-Punkt.«

»O Selik.« Sie lachte. »Das ist nicht nötig. Ich weiß, wo er ist.«

»Doch, das ist es«, widersprach er. »Und ich könnte dir sogar den geheimnisvollen S-Punkt zeigen – wenn es mir gelingt, meinen Zorn auf dich zu überwinden.«

»S-Punkt?«, fragte Rain zweifelnd. Sie war nicht sicher, ob er sie neckte.

»Ja, und erzähl mir nicht, es gibt etwas, was deine berühmten Sex-Exporte in ihren verdammten Untersuchungen nicht herausgefunden haben.«

Rain unterdrückte ein Lachen. »Experten«, korrigierte sie ihn, »nicht Exporte.«

Er winkte gleichmütig ab. »Das ist unerheblich. Die Wahrheit ist, dass die Sultane, die den S-Punkt als Erste entdeckten, dieses Geheimnis in ihren Harems bewahrten. Irgendwann kamen jedoch auch die Nordmänner auf einem ihrer Eroberungszüge hinter dieses Geheimnis und vervollkommneten die Kunst. Ohne Zweifel hat dieses Wissen dein Land nie erreicht.«

Selik verzog amüsiert die Lippen. Rain konnte nicht sicher sein, ob er Spaß machte oder nicht. Aber es war ihr auch gleich. In diesem Augenblick interessierte sie einzig und allein Selik und die Liebe, die sie für ihn empfand.

Selik legte die Hände um ihre Knie, die fast seine Hüften berührten, und ließ die rauen Finger ihre Schenkel hinaufgleiten. »Warum sind deine Beine so pieksig?«

»Weil ich sie seit Wochen nicht rasiert habe.«

»Ah ja, das Beinerasieren, von dem deine Mutter gesprochen hat.«

»Weißt du, ich bin es ein wenig leid, von all den Dingen zu hören, die meine neunmalkluge Mutter gesagt und getan hat.«

»Vielleicht kannst du deine Beine später mit meinem Messer rasieren. Es ist sehr scharf. Natürlich werde ich zuschauen und mich überzeugen, dass du es richtig machst.«

»O Selik, ich lie ...«

»Nein«, unterbrach er sie rau. »Du hast bewiesen, dass man dir nicht glauben kann. Spar dir deine Worte, die ohnehin gelogen sind. Außerdem ist es nicht das, was ich von dir will.«

Bei diesen Worten glitten seine Hände von ihren Hüften über ihre Taille bis hinauf zum Rippenbogen. Als seine Daumen die Rundung ihrer Brüste berührten, begann er, sie zu streicheln. Rain seufzte.

»Das gefällt dir, nicht wahr?«, fragte er mit einem leisen Lachen. »Und wie ist es damit?«

Seine Hände umschlossen ihre vollen Brüste und hoben sie sanft an. Dabei spreizte er die Finger, die sie überall berührten, nur nicht dort, wo Rain es am meisten ersehnte. Dann, nur kurz, berührten seine Mittelfinger die Brustwarzen.

Heftige, wilde Lust schoss von ihren Brüsten hinab zum Zentrum ihrer Begierde, und ihre Oberschenkel schlossen sich fester um Seliks Beine. »Mehr«, wisperte sie flehend.

Doch Selik nahm die Hände von ihren Brüsten und schloss sie um ihren Rücken. Er zog Rain an sich, bis ihre Scham sich um den Hügel seines erigierten Gliedes schmiegte. Er legte die Hände um Rains Kopf, vergrub sie in ihrem Haar, hielt sie so fest.

Rain sah in seine glänzenden Augen und bat: »Küss mich. Bitte.«

»Ich dachte schon, du würdet niemals darum bitten«, erwiderte er rau. Er beugte sich zu ihr. Als seine geöffneten Lippen ihren Mund berührten, drang seine Zunge verlangend ein, versengte sie. Rain fühlte heißes Begehren in sich aufflammen, das sich wie geschmolzene Lava im Zentrum ihres Frauseins sammelte. Sie spürte, wie sie anschwoll, und öffnete sich. Ihre Hüften begannen, sich in instinktiven, ruckartigen Stößen zu bewegen, bis elektrisierende Lust ihren ganzen Körper erfüllte. Sie versuchte, Selik zu sagen, dass sie ihn begehrte, dass sie alles von ihm wollte, doch sie konnte es nicht sagen. Seine Zunge hatte sich den rhythmischen Bewegungen ihrer Hüften angepasst und füllte heiß und fordernd die feuchte Höhle ihres Mundes. Selik zog Rain an sich, bis ihre Brustwarzen sich am rauen Stoff seiner Tunika rieben.

Rain stöhnte tief auf. Und dann explodierte die höchste Lust in ihr, die sie je in ihrem Leben erfahren hatte. Sie schien zu Millionen wunderschöner Funken zu zerbersten, die ihr ganzes Sein erfüllten.

Und sie wollte mehr.

Für einen Augenblick legte sie den Kopf gegen Seliks Schulter. Sie wusste, er hatte noch keinen Höhepunkt gehabt. Sie konnte seinen Penis fühlen, der sich hart gegen sie drückte, und sie hörte seinen heftigen Atem, der ihr sagte, das seine eiserne Beherrschung zu schwinden drohte.

Rasch und ehe er protestieren konnte, ließ sich Rain von seinem Schoß gleiten, kniete sich zwischen seine Beine und öffnete die Schließe seines Gürtels. Sie schob die Tunika hoch und drängte ihn mit stummen Gesten, ihr dabei zu helfen, ihn zu entkleiden.

Sie musste ihn berühren. Mit weit gespreizten Händen strich sie über das raue dunkelblonde Haar auf seiner Brust, über seine breiten Schultern, über seine muskulöse Brust. Sie reizte seine Brustwarzen und fühlte die Zuckungen, die durch seinen angespannten Körper liefen. Sie schaute auf. Seine wunderschönen grauen Augen glühten vor Leidenschaft, und das Weiß seiner Narbe hob sich deutlich von seiner geröteten Haut ab.

»Ich liebe dich.«

Selik legte die Hand auf ihren Mund und schüttelte den Kopf. Er wollte ihr Liebesbekenntnis nicht hören. Nun, dann würde sie es ihm auf andere Weise sagen, ohne Worte, mit ihrem Körper.

Das ist mein Geliebter. Diese biblischen Worte schossen Rain durch den Kopf und erschütterten sie zutiefst. Sie wusste nicht, ob es ihre eigenen Worte gewesen waren oder ob Gott durch sie gesprochen hatte, doch sie beschrieben ihre Gefühle ganz und gar. Und das wunderbare Gefühl, eins mit sich zu sein, überwältigte sie.

Rain zog Selik die Stiefel aus und löste das Band seiner Hosen, streifte sie ihm ab. Als er völlig nackt war, glitt ihr Blick voller Liebe über ihn.

»Du bist wunderschön. Du raubst mir den Atem.«

Er lächelte, und Rain war glückselig. »Das bin ich nicht, aber es gefällt mir, dass du das denkst.«

Sie beugte sich über ihn und nahm ihn liebevoll in ihren Mund auf. Selik keuchte und zog sie rasch zurück. »Nein, süße Hexe, du wirst dieses Liebesspiel nicht beenden, ehe es richtig begonnen hat.«

Er richtete sie auf, sodass ihre Brüste auf Höhe seines

Gesichts waren, und er begann, ihnen seine Ehrerbietung zu erweisen. Sein Lippen schlossen sich erst um die eine, dann um die andere empfindsame Spitze, sogen daran, seine Zunge spielte mit ihnen, streichelte sie.

»Oh ... oh ... oh-h-h!«

»Bin ich zu grob? Soll ich aufhören?«

»Untersteh dich«, keuchte Rain.

Selik ließ sich auf das Bett zurückfallen und zog Rain mit sich. Und jetzt konnte sie nicht mehr warten. Sie spreizte seine Beine und nahm sein hartes, pulsierendes Glied in sich auf. Mit weichen umklammernden Zuckungen hielt sie ihn in sich gefangen.

»Verdammt, zur Hölle verdammt!«, stöhnte Selik. »Das ist zu schnell. Du bist so fest. Nein, beweg dich nicht. Noch nicht. Ich möchte dieses Gefühl so lange wie möglich genießen ... ewig.«

»Selik?«

Langsam öffnete er die Augen. Sie waren wie schimmernde graue Seen, in deren Tiefe das Verlangen brodelte. Seine Lippen waren von Leidenschaft geschwollen. »Was ist?«, flüsterte er rau.

»Ich liebe dich«, sagte Rain und missachtete seinen Befehl, diese Worte nicht auszusprechen. Dabei bewegte sie sich in leichten rhythmischen Stößen auf ihm.

»Nein«, protestierte er, legte aber die Hände auf ihre Hüften, um den Rhythmus der Bewegungen zu bestimmen.

»Ich liebe dich«, wiederholte sie, flüsterte es an seinen geöffneten Lippen und versuchte, ihm die Kraft dieser Liebe mit liebenden Küssen zu zeigen.

»Nein, du liebst das Gefühl, mich in dir zu spüren.«

Rain lachte jubelnd. »Ja, das auch.«

Sie lächelte, nur flüchtig, zwischen seinen quälend langsamen Stößen.

»Was liebst du sonst noch?«, wisperte er, als er die Spitzen ihrer Brüste streichelte, die sich ihm verlangend entgegendrängten.

»Ich liebe *das*«, sagte sie, »und *das*«, fügte sie hinzu, als er den Mund um ihre Brustwarze schloss und sie sanft mit den Zähnen stimulierte. Rain bog den Rücken durch und warf den Kopf weit zurück. In einem tiefen Stöhnen gab sie Kunde von dem Sturm, der sich in ihr steigerte, sich auf den Punkt zwischen ihren Beinen konzentrierte, der ihr die Sinne raubte, der alle Schranken niederriss.

Selik legte den Mittelfinger zwischen ihre Beine und begann, den pulsierenden Punkt zu reiben. Unaufhörlich reizte er ihn, bis Rain hervorstieß: »Ich kann nicht ... ich kann nicht ... o Gott, hör auf ... nein, hör nicht auf ... ich will ...«

Noch immer mit ihr vereint, drehte Selik Rain auf den Rücken und winkelte ihre Beine an. Er quälte sie damit, dass er sich langsam aus ihr zurückzog, bis die Spitze seiner steinernen Härte kaum noch ihr Geschlecht berührte. Rain versuchte, sich zu bewegen, ihm zu folgen, ihn in sich zurückzuziehen, doch er wollte es nicht zulassen.

»Sag mir, was du willst.« Die Leidenschaft ließ seine Stimme so heiser klingen, dass Rain seine Worte kaum verstehen konnte. Sie konnte sehen, dass er ebenso erregt war wie sie, und doch quälte er sie, indem er sich zurückhielt.

»Ich liebe dich, und ich will, dass du mich auch liebst«, sagte sie. Und es war ihr inbrünstiger Wunsch.

Rain sah die Überraschung auf Seliks Gesicht. Es waren nicht die Worte, die er erwartet hatte. Wie in Resignation schloss er die Augen und stieß in sie hinein.

»Ich liebe dich«, rief sie, und bei jedem der harten Stöße, der ihren Körper zu so unbeschreiblicher Lust erregte, wiederholte sie die Worte wieder und wieder und wieder. »Ichliebedichichliebedichichliebedich ...«

An Seliks Nacken traten die Adern hervor, als er ein letztes Mal in sie stieß und die Urgewalt seines Höhepunkts herausschrie, als Rain ihm in einem Taumel der Sinne bis auf den Gipfel folgte und sie sich einander gaben. Sie waren eins und hielten sich umschlungen, bis die zuckenden Nachbeben der Leidenschaft in ihnen zur Ruhe kamen.

Das Gewicht von Seliks Körper drückte Rain auf das Bett, und in der Nachglut ihres Liebemachens genoss sie seine süße Wärme. Zuerst rang er keuchend nach Atem, doch bald spürte sie seine gleichmäßigen Atemzüge an ihrem Hals.

»Schläfst du?«, fragte sie leise und strich ihm zärtlich das Haar aus der Stirn.

Selik seufzte tief, hob den Kopf und lächelte sie an. »Nein, ich bin tot.«

Rain erwiderte sein Lächeln und fühlte, wie ihr Herz vor Liebe zu ihm überströmte. Keine Qual trübte jetzt sein so anziehendes Gesicht. Der Ausdruck des Schmerzes und der Bitterkeit, der seine Augen und seinen Mund sonst gefangen hielt, war dahingeschmolzen, als sie sich geliebt hatten.

»Warum siehst du mich so an?«, fragte er und legte zärtlich die Hand unter ihr Kinn.

»Wie sehe ich dich denn an?«

»Wie ein Bär, der unvermutet einer Schüssel Honig gegenübersteht – wobei ich denke, es sollte eigentlich genau anders herum sein.« Mit einem Knurren rollte er sich von Rain herunter, beugte sich rasch über sie und kostete von ihren Lippen. »Hmmm. Ja, ich glaube, ich schmecke Honig. Lass mich das weiter erkunden.«

Als er schließlich seine Lippen von ihren löste, tippte er ihr auf die Schulter und sagte: »Wir haben unsere Wikinger-Abenteuer-Suche noch nicht beendet.«

»Haben wir nicht?«, rief Rain, und der erstaunte Ton in ihrer Stimme veranlasste Selik zu einem leisen Lachen.

»Nein, ich muss dir noch deinen G-Punkt zeigen«, sagte er. Selik kniete sich zwischen ihre Beine und schob sie hoch, bis Rains Knie ihre Brust berührten. Er drückte den linken Arm über ihre Beine, damit sie sich nicht bewegte.

Er legte den Daumen auf ihre Scham und drang mit zwei Fingern in sie ein. Dann begann Selik, sie schnell und hart zu streicheln, wobei sein Daumen immer denselben Punkt stimulierte.

Eine verzehrende, versengende Erregung begann sich von diesem Punkt auszubreiten. Als die ersten Zuckungen des beginnenden Höhepunktes Rain wie Wellen durchströmten, versuchte sie die Beine zu schließen. Sie wusste nicht, wohin es sie fortreißen würde, wenn sie einem so machtvollen Höhepunkt nicht Einhalt gebot. Aber Selik hielt sie mit seinem Arm gefangen, und auch als der erste Höhepunkt sie durchfuhr, hörte Selik nicht auf, diesen empfindsamen Punkt in ihr zu erregen, bis sie sich in Ekstase von einer Seite auf die andere warf. Sie kam und kam und kam, bis sie wie unter einem Blitz zusammenzuckte und fühlte, wie sich heiß und sengend etwas in ihr Bahn brach, wie eine Ejakulation aus ihr herausschleuderte.

Selik gab ihre Beine frei und drang groß und hart in sie ein. Er flüsterte ihr sanfte Worte ins Ohr, als er sie mit unerträglich langsamen Stößen nahm. »Pst, es ist alles gut. Du warst wundervoll. Herrlich. Kannst du es noch einmal machen, Süße, wenn ich in dir bin? Kannst du es? Tust du es?«

Und sie tat es.

16

»Ich bin hungrig«, erklärte Rain einige Stunden später, und ihr Magen knurrte in unüberhörbarer Zustimmung. Sie lag in Seliks Armen – emotional und körperlich erschöpft und glücklicher, als sie je in ihrem Leben gewesen war.

»Ich auch«, murmelte Selik und knabberte spielerisch an ihrer Schulter.

»Nicht *diese* Art von Hunger. Selik, hör auf damit«, protestierte sie lachend, als er dieses fortsetzte und dabei tiefer und tiefer ging. »Mach so weiter, und deine kostbare Männlichkeit wird dir wegen Überbeanspruchung abfallen.«

Sein Kopf schoss hoch, und seine Augen weiteten sich erschreckt. »Nein, sag das nicht. Eines deiner Sexbücher behauptet, dass der Phallus bei zu viel Betätigung im Bett abfallen kann?«

Rain lachte. »Nein, das nicht, aber selbst, wenn er es täte, gäbe es Chirurgen, die ihn wieder annähen können.«

Selik setzte sich aufrecht hin und stieß ein ungläubiges Schnauben aus. »Schäm dich, Rain! Diese Bemerkung ist so abwegig, dass sie meines Nachdenkens nicht wert ist.«

»Hör zu, Selik, da war diese misshandelte Ehefrau, die ihrem Mann den Penis abgeschnitten hat, und ...«

Als Rain ihre Ausführungen beendet hatte, starrte Selik sie mit offenem Mund und vor Staunen weit aufgerissenen Augen an. »Und er hat genauso gut funktioniert wie vor dem Abschneiden?«

»Nun, das weiß man nicht so genau, aber die Ärzte des Mannes schienen zuversichtlich, dass er mit der Zeit wieder ganz in Ordnung kommen würde.«

»Ich glaube dir nicht. Ich glaube viel eher, du hast dir diese Geschichten ausgedacht, weil du eine merkwürdige Art von Humor hast«, erklärte er entschlossen und legte sich wieder neben sie. »Wenn du in dein Land zurückkehrst, wird es dir ohne Zweifel großen Spaß machen, deinen Freunden diesen Witz zu erzählen – dass du einen hohlköpfigen Wikinger zum Narren gehalten hast.«

Rain drehte sich auf die Seite und sah Selik an. Sie legte die rechte Hand auf seine Wange und fuhr mit den Fingerspitzen sanft über seine Narbe. »Selik, ich werde nicht zurückgehen. Ich werde dich nie verlassen.«

»Mach keine Versprechungen, die du nicht halten kannst«, sagte er rau und entzog sich ihrer Umarmung. Er verschränkte die Hände hinter dem Kopf und starrte düster zur Decke des Heubodens. »Außerdem habe ich dich nicht gebeten zu bleiben.«

Der Sturm war vorüber. In dem unaufhörlichen Prasseln der Regentropfen gegen die Scheunenwände schien ihr Bett wie ein zerbrechlicher Kokon der Friedens und der Liebe. Rain wusste aber auch, dass weiterhin Gefahr und Hass drohten und dass sie den Gedanken daran nur für kurze Zeit verdrängt hatten. Sie musste Selik von ihrer Liebe überzeugen, solange sie die Gelegenheit dazu hatte.

»Ich kann versprechen, nicht in die Nähe von Coppergate zu gehen«, sagte sie voller Inbrunst. »Ich kann versprechen, so lange bei dir zu bleiben, wie du mich willst. Ich kann versprechen, dich ewig zu lieben. Ich kann ...«

»Tu das nicht«, unterbrach Selik sie. Sein Aufstöhnen war voller Verzweiflung. Als er Rain wieder ansah, verrieten seine traurigen Augen und die fest zusammengepressten Lippen seine widerstreitenden Gefühle. Doch dann, unfähig, diese noch länger unter Kontrolle zu halten, zog er Rain wild in seine Arme und hielt sie fest. »Ach, Rain«, sagte er mit einem Seufzer tiefster Hoffnungslosigkeit.

Als er sich zurückzog, versetzte die Qual in seinen Augen Rain einen schmerzlichen Stich. Seliks Stimme zitterte, als er weitersprach. »Ich kann dich nicht beschützen. Ich habe meine Frau und meinen Sohn nicht vor Schaden bewahrt. Ich kann nicht versprechen, dass ich dich beschützen könnte.«

»Und wer hat dich zu meinem Beschützer bestimmt? Wer hat gesagt, du seiest für die Sicherheit der Welt verantwortlich? O Selik, siehst du es denn nicht? Es war nicht deine Schuld, dass Astrid und Thorkel gestorben sind. Hör auf, dich mit der Vergangenheit zu quälen, und fang an zu leben. Zu *leben*. Nicht nur zu existieren. Auf den Tod zu warten.« Rain verstummte. Sie befürchtete, mit diesen Worten zu weit gegangen zu sein.

Doch zum ersten Mal schien Selik bei der Erwähnung Astrids und der Vergangenheit nicht wütend zu werden. Er sah Rain nachdenklich an, ehe er sagte: »Vielleicht ist es wahr. Wenn ich vor Jahren, bald nachdem es geschehen ist, fähig gewesen wäre, meine Schuldlosigkeit zu akzeptieren, hätte ich vielleicht ein normales Leben führen können. Aber seitdem ist zu viel geschehen, es hat zu viele Tote gegeben ... auf beiden Seiten ...«

»Aber wenn du England verlässt, woanders neu anfängst ...«

»Gib es auf, Rain. Ich kann nicht ruhen, bis Steven tot ist, und Athelstan wird mir niemals gestatten zu leben. Das Blut vieler seiner Männer klebt an meinen Händen.«

»Aber ...«

»Nein, Liebes, für uns gibt es keine Zukunft«, sagte Selik. Er zog Rain an seine Schulter und strich ihr zärtlich über das

Haar. »Aber wir haben das Jetzt. Und wir werden alles in unserer Macht Stehende tun, um das Beste daraus zu machen.«

Irgendwann, nachdem sie eine Weile geschlafen hatten, erwachte Selik fröstelnd. In der Scheune war es kalt und zugig. Er beugte sich über Rain und weckte sie.

»Verdammte Hölle! Hier ist es kälter als der Hintern eines Walfängers auf dem Eismeer. Wir sollten die Strohsäcke nach unten vor das Feuer bringen, sonst werden deine Brüste noch zu Schneebällen.«

»Und dein Penis zu einem Eis am Stiel?«, fragte Rain anzüglich und sprang rasch aus dem Bett, um dem Klaps zu entgehen, den er ihr verabreichen wollte. Selik hatte eine vage Vermutung darüber, was man mit einem Eis am Stiel machte.

Sie stiegen die Leiter hinunter und vergewisserten sich, dass die Türen der Scheune von innen verriegelt waren und Seliks Schwert in Griffweite lag. Für den Fall, dass die angelsächsischen Soldaten zurückkommen würden, mussten sie vorbereitet sein.

Nachdem sie heißhungrig alles verschlungen hatten, was sie an Essbarem hatten finden können – helles Brot, kalten Wildbraten, harten Käse und mit Wasser verdünnten Met – zogen sie den Strohsack dicht vor die flackernden Herdflammen. Sie füllten einige Kessel mit Wasser und hängten sie über das Feuer. Wenn das Wasser heiß war, wollten sie baden. In eine große Felldecke gehüllt, saßen sie vor dem Feuer und fütterten es mit Holz, während sie darauf warteten, dass das Wasser zu simmern begann.

»Gibst du zu, damals gelogen zu haben?«

»Wann?« Rain sah Selik von der Seite an.

»Als du über deine schlechten Erfahrungen beim Vögeln gesprochen hast.«

Rain stieß ihn mit dem Ellbogen in die Rippen und gab vor, schockiert zu sein.

»Dieses Wort habe ich bestimmt nicht benutzt. Soweit ich mich erinnere, habe ich gesagt, dass ich mir nicht viel aus Sex mache. Und dass meine Beziehungen zu Männern Fehlschläge waren.«

»Und du empfindest noch immer so?«

»Du bist wohl auf Komplimente aus, was?«, fragte sie mokant und zog die Augenbrauen hoch.

»Das habe ich nicht nötig, ich weiß, wie gut ich bin«, prahlte Selik. »Ich wollte nur, dass du wenigstens einmal zugibst, dich zu irren.«

»Ich habe nicht gelogen, Selik. Ich weiß, du willst es nicht hören, aber ich liebe dich. Und ich glaube, das ist es, was den Unterschied dabei macht, wenn ich mit dir schlafe.«

Wenn Selik ehrlich war, so hatte er nichts mehr dagegen, dass sie diese Worte jetzt so oft sagte. Genau genommen wärmten sie seine Seele, und er fühlte sich seit Jahren wieder lebendig.

»Und wenn du mich nicht lieben würdest, denkst du, du hättest unser Zusammensein dann nicht genossen?«, fragte er weiter und biss sich nachdenklich auf die Unterlippe.

»Ich weiß es nicht«, gab Rain offen zu. »Vielleicht wäre es auch dann schön gewesen. Ich weiß nur, dass es eine besondere Verbindung zwischen uns gibt. Von dem Augenblick an, in dem ich dich zum ersten Mal in meinen Träumen sah, und das war lange vor der Schlacht von Brunanburh. Und letzte Nacht war es, als seien die beiden Teile eines zerbrochenen Ganzen endlich zusammengefügt worden. Das klingt schrecklich kitschig, nicht wahr?«

»Kitschig? Das Wort kenne ich nicht, aber mir gefällt, was du über das Sichpaaren gesagt hast.« Selik lächelte sie an. Ihm stockte der Atem, als er die unverhüllte Bewunderung in Rains Augen sah.

»Ich habe nicht ›paaren‹ gesagt, du lüsterner Molch. Ich sagte ›zusammengefügt‹. Komm, lass uns sehen, ob das Wasser heiß genug ist, ehe du auf dumme Gedanken kommst – schon wieder.«

Als das Bad beendet war, als Rain Selik geholfen hatte, sich zu rasieren, und er ihr *nicht* geholfen hatte, ihre Beine zu rasieren, weil er es vorgezogen hatte, ihr dabei zuzusehen und unablässig sinnlich-erotische Bemerkungen zu machen, durchkramte Rain ihre Tasche nach einem Kamm. Nachdem Selik sich gekämmt hatte, begann er, Rains Haar zu kämmen, das von der Wärme des Feuers, vor dem sie saßen, schon fast trocken war. Rain durchsuchte ihre Tasche erneut, dieses Mal in der Hoffnung, vielleicht doch noch einen letzten Lifesaver zu finden. Doch ohne Erfolg.

Dafür stieß sie auf etwas anderes Interessantes.

»Selik, was hältst du von Erdbeeren?«

»Ich mag sie ganz gern, aber die Früchte wird es erst im nächsten Frühling wieder geben.«

Rain öffnete den kleinen Metallstift in ihrer Hand und trug sich den nach Erdbeeren schmeckenden Lipgloss auf. Dann wandte sie sich um und nahm Selik den Kamm aus der Hand. »Ich kann dir diesen kleinen Genuss auch außerhalb der Saison bieten, Babe.«

Einige Zeit später flüsterte Rain: »Ich hoffe nur, dass du keine Allergie hast – du würdest mit einem Hautausschlag reagieren. Manche Leute sind allergisch gegen Erdbeeren.«

Selik erwiderte mit einem Stöhnen, das seine Lust verriet. »Heiliger Thor! Wenn ich diese Allergie habe, dann werde ich diesen Ausschlag an einigen Stellen bekommen, von denen man nur schwer erklären könnte, wie er dorthin gekommen ist.«

An diesem Nachmittag erwachte Selik aus tiefem Schlaf. Rains Arm lag auf seiner Brust, und sie hatte ihr Knie zwischen seine Beine geschoben. Ohne die Augen zu öffnen, grub er sich tiefer unter die Felldecke, deren weicher Pelz ihre nackten Körper wärmte.

Aber irgendetwas hatte ihn aufgeweckt. Ein sechster Sinn vielleicht. Plötzlich war Selik hellwach und tastete nach seinem Schwert. Dann öffnete er die Augen einen Spalt weit, um seine Umgebung zu betrachten.

Ein Dutzend Augenpaare starrten ihn neugierig an.

»Ubbi! Wo zur Hölle steckst du, du Dummkopf?«

Ubbi trat sofort einen Schritt vor. »Ja, Herr, hast du gerufen?«

Rain setzte sich neben Selik auf, zog sich die Decke über die nackten Schultern und setzte Seliks Körper damit der kalten Luft aus.

»Hatte ich dir nicht gesagt, dass du bei Gyda bleiben sollst, bis ich nach dir schicke?«

»Ja, das hast du. Das hast du ganz gewiss, Mylord. Aber Gyda hat uns weggeschickt. Ich soll dir ausrichten, dass sie acht eigene Babys großgezogen hat und dass sie zu alt ist, um diese lärmende, durchtriebene, schmutzige Brut durch ihr Haus toben und alles kaputtmachen zu lassen. Oh, und übelmäulig hat sie die Kinder auch genannt«, ergänzte er und warf einen verdammenden Blick auf Adam, der den nackten Selik neugierig anstarrte.

Selik stöhnte, zog sich die Decke über sein männlichstes Teil und sah Rain vorwurfsvoll an. Schließlich war es ihre dumme Idee gewesen, ein Waisenhaus zu gründen.

»Und noch etwas«, fügte Ubbi hinzu und sah Rain gekränkt an. »Ella war hinter mir her wie ein hungriger Hund hinter einem Knochen. Habt Ihr mich ihr versprochen, wie sie behauptet? Bin ich ein Stück Rindfleisch, das verschachert wird?«

»Rain! O nein, sag nicht, du hast versucht, Ubbi und Ella zu verkuppeln?«, fragte Selik verblüfft. »Weißt du nicht, dass Ubbi seit Jahren versucht, Ellas Fallstricken zu entgehen?« Doch dann erinnerte er sich daran, dass sein treuer Diener ihn kürzlich verraten hatte, und er schob nach: »Andererseits, Ubbi, brauchst du offensichtlich eine starke Frau, damit du unter Kontrolle bist.«

Zornentbrannt holte Ubbi hörbar Luft.

»Hat es dir gefallen, ihn in sie reinzustecken?«, unterbrach Adam die beiden. Die Hand auf die Hüfte gestützt, stand er da, und seine Blicke klebten förmlich an Rains halb entblößten Brüsten. Rasch zog sie die Decke wieder hoch, die unbemerkt heruntergerutscht war.

Alle Blicke richteten sich auf Adam. Niemand konnte glauben, dass er diese unverschämte Frage tatsächlich gestellt hatte.

»Was ist? Warum starrt ihr mich so an? Ich hab doch nur gefragt. Verdammte Hölle! Wie soll ein Junge etwas lernen, wenn er auf eine ehrliche Frage keine Antwort kriegt?«

»Jemand sollte dir den Mund mit Seife auswaschen«, erklärte Selik unheilvoll.

»Das hat diese Hexe da schon getan«, fauchte Adam und starrte Rain an, ehe er die nächste Frage an Selik richtete. »Hat sie das mit dir auch gemacht – dir den Mund mit Seife ausgewaschen? Du gebrauchst die gleichen üblen Worte wie ich.«

»Ich muss Pipi machen«, meldete sich Adela zu Wort, die neben ihrem Bruder stand. Der nahm sie an der Hand und führte sie in den abgelegenen Winkel der Scheune, wo der Eimer für die Notdurft stand.

»Pipi?«, keuchte Selik.

Adam warf Selik über die Schulter einen Blick zu. »Die Hexe hat gesagt, wir dürfen pissen nicht mehr sagen. Das ist zu derb.« Die Stimme des kleinen Jungen triefte vor Abscheu. Er half seiner Schwester, die Tunika wieder zu richten, und führte Adela zu den anderen zurück, die noch immer mit offenem Mund dastanden. Verächtlich sagte er: »Pipi ist schon schlimm genug, aber du solltest mal hören, wie sie *das* nennt.«

»*Das*?«, fragte Selik und wünschte im selben Moment, er hätte es nicht getan.

»Piephahn«, erklärte Adam tonlos und schaute auf seinen Hosensack herunter. Dann verschränkte er die Arme vor der Brust, nickte selbstzufrieden und sah Rain herausfordernd an. Ich hab dir gesagt, dass ich es ihm sagen werde, bedeutete sein Blick. »Und sie will, dass wir uns jeden Tag waschen, *jeden verdammten Tag*, und unsere Zähne putzen, unsere Gebete sagen und lesen und schreiben lernen. Das sind so viele verdammte Regeln, dass mir der Kopf davon dröhnt.«

Selik schaute in Rains Gesicht, das von einer feinen Röte überzogen war. Dann barg er den Kopf in den Händen und stöhnte gequält. Sein wohl geordnetes Leben brach um ihn herum zusammen. Vor kurzem noch hatte er nichts anderes gewollt, als Steven von Gravely zu töten, vielleicht ein paar Angelsachsen dazu, und dann zu sterben. Und jetzt? Jetzt schwebte ein Schutzengel aus der Zukunft über ihm, er hatte einen Diener, der glaubte, Botschaften von Gott zu erhalten, war gestraft mit einem Dutzend Waisenkindern und einem vorlauten Bengel, der mit Luzifer persönlich verwandt sein musste. Wie sollte er diesem Mahlstrom, zu dem sein Leben geworden war, je wieder entkommen?

Als Selik wieder aufschaute, sah er Adam am Feuer sitzen und in den Flammen herumstochern. Dann griff er, alle anderen ignorierend, nach Rains Zauberwürfel und begann, die Farbflächen zu drehen.

Und das Schlimmste von allem war, dass der Junge das Rätsel im Handumdrehen löste.

Am folgenden Nachmittag bestand Selik darauf, Rain auf ihrem gewohnten Gang in das Hospizium zu begleiten. Wie schon zuvor, trugen beide wieder ihre Mönchskutten.

Selik war in schlechter Stimmung. Letzte Nacht war das Wetter umgeschlagen, und es war kalt geworden, selbst für Anfang November. Für ihn und Rain war es zu kalt, um auf dem Heuboden schlafen zu können. Was bedeutete, dass nicht nur zwölf unruhige Kinder neben ihm geschlafen hatten, sondern auch ein vor dem Feuer liegender, laut schnarchender Ubbi. Ganz zu schweigen von Adela, die irgendwann in der Nacht zwischen ihn und Rain gekrabbelt war und sich wie ein frierendes Kätzchen an seine Brust geschmiegt hatte.

»Und ich sage, es ist noch immer viel zu gefährlich für dich, in der Stadt herumzustolzieren. Es sind viel zu viele Soldaten auf den Straßen«, klagte Rain wohl zum hundertsten Mal.

»Ich würde viel lieber einem Trupp von verdammten Angelsachsen gegenüberstehen, als noch eine Minute länger in diesem Irrenhaus zu verbringen.«

»Du bist schon den ganzen Tag über so ruhelos, Selik. Ich habe Angst, es zu fragen, aber ... willst du bald aufbrechen?« Aus dem Schatten der Kapuze schaute sie mit so hoffnungsvollen Augen zu ihm auf, dass Selik sich beherrschen musste, um sie nicht in die Arme zu nehmen und ihr alles zu versprechen, was sie nur wollte. Doch er konnte das nicht tun, und das nicht nur, weil der Anblick zweier sich umarmender Mönche die Vorbeigehenden schockieren würde.

»Ich erwarte heute Nachricht von Gorm über Stevens Aufenthalt. Ich werde mich in Ellas Laden mit ihm treffen.«

Er sah die Furcht in Rains Augen, aber sie biss sich auf die Unterlippe und schluckte den sonst üblichen Protest hinunter. Es berührte Selik seltsam, dass sie versuchte, ihre zänkische Zunge um seinetwillen zu zügeln.

»Ich werde mich nicht mehr darüber mit dir streiten. Oh, nun schau nicht so selbstzufrieden drein. Ich bin noch immer anderer Meinung als du. Ich will nur nichts von der wenigen Zeit verschwenden, die wir zusammen haben.«

»Was wirst du tun, wenn ich fort bin? In deine Heimat zurückkehren?«

Ehe Rain es verbergen konnte, huschte Verzweiflung über ihr Gesicht, doch dann reckte sie tapfer das Kinn. »Nein, so lange ich weiß, dass du am Leben bist, werde ich bleiben. Vermutlich werde ich auch weiterhin jeden Tag in das Spital gehen. Und ich möchte das Waisenhaus leiten, das heißt, wenn du uns erlaubst, auf deinem Besitz zu bleiben.«

»Und wenn ich nie mehr zurückkomme?«

Rain sah ihn traurig an, und ihre Blicke versanken ineinander. Sie musste mühsam schlucken, um antworten zu können. »Ich weiß es nicht.« Sie zwang sich, fröhlich dreinzuschauen, als sie ihm den Finger auf die Brust setzte. »Aber eines sollst du wissen, du dickköpfiger Wikinger, wenn du vorhast, nicht zurückzukommen und dich vor mir zu verstecken … ich werde dich finden. Vielleicht werde ich dich sogar noch einmal entführen.«

»Nein, ein zweites Mal würdest du das nicht wagen. Ich verbiete es dir.«

»Nicht einmal, wenn ich dich gefangen nehme, damit ich mich mit deinem Körper vergnügen kann?«, fragte sie und warf ihm einen übertrieben schwülen Seitenblick zu.

»Nun ja, dann vielleicht«, gab Selik grinsend nach.

Ehe sie das Hospizium betraten, legte Rain die Hand auf Seliks Arm und veranlasste ihn, stehen zu bleiben. Nervös sagte sie: »Ehe wir hineingehen, gibt es da noch eine ›Kleinigkeit‹, die ich dir sagen muss.«

Er kniff argwöhnisch die Augen zusammen. Wann immer

Rain diesen Ton anschlug und von einer ›Kleinigkeit‹ sprach, bedeutete das normalerweise, dass sie ihn um einen Gefallen bitten oder ihm etwas sagen wollte, was ihm nicht gefallen würde.

»Bernie ist scharf auf mich«, sagte sie und errötete.

Zuerst klappte Selik die Kinnlade herunter. Dann schloss er den Mund mit einem hörbaren Zuschnappen und grunzte vor Abscheu. Also wirklich, diese Frau hatte ein Talent dafür, ihn aus der Fassung zu bringen. »Ich kann mir denken, was dieses ›Scharfsein‹ bedeutet«, bemerkte er, als er seine Überraschung endlich wieder unter Kontrolle bekommen hatte, »aber wer im Namen Thors ist Bernie?«

»Oh, du erinnerst dich doch sicher an Father Bernard – der junge Priester, den wir am ersten Tag getroffen haben. Der mit der Akne, ich meine, der mit den Pickeln im ganzen Gesicht.«

»Und du bist so vertraut mit ihm geworden, dass du ihn Bernie nennst?«

»Nicht vertraut, das nicht. Aber er ist noch so jung. Ich nehme seine Schwärmerei halt hin, aber ich möchte nicht, dass du ärgerlich wirst, wenn du siehst, dass er mir den Hof macht.«

»Rain, ich habe keine Ahnung, wovon du gerade sprichst. Aber wenn er es wagt, Hand an dich zu legen, dann werde ich ihm seine verfaulten Zähne bis in die Zehen schlagen.«

Sie begann zu protestieren, doch Selik schob sie durch die Tür und legte die Hand dabei Besitz ergreifend um ihre Taille. Unglücklicherweise stand Father Bernard gleich hinter der Tür bereit, um das Objekt seiner Begierde zu begrüßen. Mit weidwunden Augen schaute er auf Seliks Hand. Selik sah dem jungen Mönch in die Augen und spreizte dabei seine Hand, ließ sie zu Rains rechter Pobacke gleiten und packte anzüglich zu.

Rain zuckte zusammen und fuhr zu ihm herum.

»Ich bitte um Verzeihung, Bruder Godwine. Ich wollte nach dem Türgriff fassen,« erklärte er mit Unschuldsmiene.

Doch Rain ließ sich kein bisschen von seiner gespielten Unschuld narren, mochte Father Bernard Seliks Erklärung auch akzeptieren. Bei der ersten Gelegenheit, die sich ihr bot, zischte sie Selik an: »Türgriff? Ha! Wie würde es dir gefallen, wenn ich mal *deinen* Griff anpacken würde?«

»Es würde mir gefallen«, erwiderte er mit einem Augenzwinkern. »Du darfst meinen Griff anfassen, so oft wie du willst.«

»Psst! Benimm dich, Selik, oder ich werde hier heute nichts Vernünftiges auf die Reihe bringen.« Mit verstellt heiserer Stimme wandte sie sich an den jungen Mönch. »Father Bernard, Ihr erinnert Euch doch noch an Bruder Ethelwolf, nicht wahr?«

Der Mönch, der von dem geflüsterten Wortwechsel nichts mitbekommen hatte, ignorierte Selik geflissentlich und wandte sich ausschließlich an Rain. »Ihr seid einige Tage nicht gekommen«, beklagte er sich. »Father Theodric hat nach Euch gefragt. Hattet Ihr nicht versprochen, mit ihm über das Fieber zu diskutieren, das das Gehirn befällt?«

»Ja, aber das Waisenhaus hat mich so in Anspruch genommen, dass ich nicht herkommen konnte.« Es fiel Rain schwer, ihre Stimme tief und heiser klingen zu lassen, damit niemand merkte, dass sie eine Frau war.

»Dieses Waisenhaus! Warum verschwendet Ihr Eure Fähigkeiten an diese dreckigen Blagen der Nordmänner? Sie sind nichts als widerliche Heiden«, jammerte er, und Rain fühlte, wie Selik hinter ihr erstarrte. Warnend zwickte sie ihn in den Arm.

»Es sind Gottes Kinder, Father«, tadelte sie den jungen Priester, »ganz egal welcher Abstammung.«

»Nun, ich biete Euch noch immer an, im Kloster zu wohnen. Ich werde schon einen Platz für Euch finden, an dem Ihr Euch hinlegen könnt.«

»Darauf wette ich«, wisperte Selik nahe an Rains Ohr. »Unter seinem mageren Körper.«

Sie warf Selik einen mahnenden Blick zu, denn sie befürchtete, er würde ihre Verkleidung verraten.

»Bruder Godwine! Bruder Godwine!«, rief Father Rupert nach Rain. Als sie an die Bettstatt traten, neben der er kniete, sah Rain das Mädchen wieder, das bei ihrem ersten Besuch todkrank darniedergelegen hatte. Es saß aufrecht da.

Father Rupert strahlte Rain an. »Ihr hattet Recht. Ein Wechsel in der Ernähung war alles, was Alise brauchte. Ihr Vater wird sie heute abholen und wieder mit nach Hause nehmen.«

Rain kniete sich neben Father Rupert und untersuchte das Mädchen. Die Kleine war noch immer viel zu dünn, aber bei guter Fürsorge würde sie sich rasch erholen. »Nun, Alise, du weißt, dass du niemals mehr Getreide essen darfst? Schon ein Bissen Brot kann die Krankheit wieder ausbrechen lassen.«

»Werde ich nie wieder ganz gesund?«, fragte das kleine Mädchen den Tränen nahe.

Rain schüttelte den Kopf. »Aber es ist doch ein geringer Preis, den du dafür zahlst, dass du dich wieder gut fühlst?«

Alise nickte, und Rain bat Father Rupert, dafür zu sorgen, dass der Vater des Mädchens die Krankheit verstand und was die Einhaltung einer strikten Diät bedeutete.

Stundenlang arbeitete Rain Seite an Seite mit den Mönchen. Sie untersuchte die Patienten, hörte aufmerksam zu, welche Diagnosen die Mönche stellten und welche Heilmittel sie verordneten. Dabei orientierten sie sich überwiegend an den Aufzeichnungen des von ihnen hoch geschätzten Heilers Bald, dessen *Leechbook* fünfundzwanzig Jahre zuvor entstanden war. Überraschenderweise waren viele der Rezepturen, nach denen sich die Mönche richteten, in ihrer Wirkung bewiesen. Selbst wenn man dies nach modernen Standards beurteilte. Besonders auffallend war dies bei der Anwendung von Pflanzenwirkstoffen. Gartenraute wurde gegen Blutungen eingesetzt, Bilsenkraut dafür verwendet, einen künstlichen, tranceähnlichen Schlaf herbeizuführen, Poleiminze beruhigte den Magen, Waldmeister und Bachbunge, beide reich an Tannin, linderten, zusammen mit Butter und Lilienwurzeln angewandt, Brandwunden.

Rains größter Kritikpunkt war die weit verbreitete Praxis des Aderlasses, der bei fast jedem Leiden angewandt wurde. Doch sie befolgte auch jetzt Seliks Rat und schwieg dazu. Sie beobachtete, hielt sich mit Ratschlägen zurück und tat nichts, was den Argwohn der Mönche hätte erregen können.

Manchmal vergaß sie sogar, dass Selik sie begleitete. Und wenn sie aufschaute, sah sie ihn müßig gegen die Wand gelehnt dastehen und auf sie warten. Ein überaus anziehender Mann mit einem faszinierenden Gesicht, sensiblen Händen und einem wunderbaren Lächeln.

»Was ist das für ein wunderbarer Duft?«, fragte Father Bernard plötzlich, der dicht neben Rain stand. Schnüffelnd wie ein Hund hob er die Nase.

»Das ist Bruder Godwines *Leidenschaft*«, antwortete Selik boshaft und griff nach Rains Arm, um sie den Gang hinunterzuführen.

Father Bernard starrte ihnen mit offenem Mund nach. »Seine ... seine ... sagtet Ihr Leidenschaft?« Er war derart in Verzückung geraten, dass er stotterte.

Doch dann packte ihn der Verdruss über Seliks abfällige Bemerkungen, und gereizt murmelte er vor sich hin: »Warum kniet sich dieser grobe Klotz nicht hin und hilft, statt untätig herumzustehen?«

Aber Selik hörte es und erwiderte dreist: »Ich beobachte, *Bernie*, für unser Buch.«

Father Bernards Gesicht färbte sich dunkelrot. Die eitergefüllten Pusteln, die sein Gesicht sprenkelten, hoben sich hell davon ab. »Ich meine, Father Ethelwolfs Arroganz schickt sich nicht für einen Mönch«, beklagte er sich bei Rain. »Und ehrlich gesagt kommt es mir vor, dass er genauer beobachtet, als er es sollte.«

Rain schaute sich zu Selik um und bemerkte, was auch Father Bernard nicht entgangen war: sein wohlgefälliger Blick ruhte auf ihrem Hinterteil, das sich wohlgerundet unter ihrer Kutte abzeichnete, weil sie sich vorgebeugt hatte, um ein Leinenknäuel aufzuheben.

Sie stieß einen zischenden Laut aus, um Seliks Aufmerksamkeit zu erregen, doch anstatt verlegen zu sein, bei dieser Handlung ertappt worden zu sein, zwinkerte er ihr zu. *Er zwinkerte.* Rain hörte, dass Father Bernard einen tiefen, gurgelnden Ton von sich gab, und sie begriff, dass sie Selik von hier fortbringen musste, ehe er sie beide verriet.

»Wir müssen gehen, Bruder Ethelwolf«, verkündete Rain unvermittelt und zog Selik am Ärmel mit sich. »Mir ist gerade eingefallen, dass wir noch zum Tuchhändler müssen, um Stoff für die Tuniken der Kinder zu kaufen.«

»O, aber Ihr könnt jetzt noch nicht gehen«, protestierte Father Bernard. »Father Theodric wird bald hier sein.«

Das war genau das, was Rain befürchtete. Besonders wenn Selik weiterhin so unverhüllt zeigte, wie anziehend sie auf ihn wirkte. Der kluge Father Theodric sah ohnehin zu viel. Schon mehrfach hatte er ihr Fragen über die Heilkundigen im Frankenland gestellt, deren Namen sie nicht einmal kannte. Und er hatte wissen wollen, wo sie ihr umfassendes medizinisches Wissen erworben hatte. Er hatte sogar einige Bemerkungen darüber fallen lassen, von welch weiblicher Anmut ihr Äußeres wäre.

»Ihr müsst Gott darum bitten, dass er Euch hilft, Eure sensitiven Instinkte zu beherrschen«, hatte er zu ihr gesagt, als Rain im Klostergarten eine Maus über den Fuß gehuscht war und sie mädchenhaft losgekreischt hatte. Father Theodric hatte sich damit auf das bezogen, was er für ihre weichliche Natur halten musste. Doch wenn er sie mit Selik sah und die sexuelle Spannung spürte, die zwischen ihnen knisterte, wann immer sie sich in Blickweite zueinander befanden, würde der Priester ohne Zweifel argwöhnisch werden.

»Bitte richtet Father Theodric aus, dass ich ihn morgen aufsuchen und wir dann über die Gehirnentzündung sprechen werden und über die Impfungen, die ich ihm gegenüber erwähnt habe. Ich werde viel Zeit haben, weil es Father Ethelwolf leider nicht möglich sein wird, mich zu begleiten.«

»He?«, fragte Selik und schaute von dem Sack mit Nahrungsmitteln auf, den er, in der Nähe der Tür stehend, auf seinen Inhalt untersucht hatte. »Warum wird es mir nicht möglich sein, dich zu begleiten?«

»Du wirst damit beschäftigt sein, alles, was wir gesehen und erfahren haben, zu Pergament zu bringen. Für unser Buch. Du erinnerst dich?«

Selik winkte lässig ab. »Ach, dass kann ich doch später machen. Wir werden uns nachher einmal darüber unterhalten.« Er wandte sich an Father Bernard. »Aber jetzt möchte ich wissen, wer für den Schweinefraß verantwortlich ist, den man Bruder Godwine immer als sein *laece-feoh* gibt – als Lohn für seine Dienste als Heiler.«

Rain sah Selik überrascht an. Ihr war nicht aufgefallen, dass er darüber Bescheid wusste, dass die Nahrungsmittel, die ihr die Mönche für die Kinder mitgaben, oft verdorben waren.

Father Bernards Gesicht wurde knallrot. »Das ist nicht der Lohn für den Heiler, es ist nur ein Geschenk – eine Gabe des Klosters an die Waisen.«

»Wollt Ihr damit sagen, *Bernie*, dass Bruder Godwines heilende Fähigkeiten keinen Wert haben?«

»Nein, das habe ich niemals gesagt. Aber schließlich ... für diesen Haufen räudiger Hunde ist es noch gut genug«, rechtfertigte er sich und zeigte auf die Essensreste. »Zumindest ist es das, was auch wir Mönche jeden Tag essen.«

»Ah, dann ist das natürlich etwas anderes«, sagte Selik mit einer Friedfertigkeit, von der Rain wusste, dass sie vorgetäuscht war. »Dann wird es Euch gewiss nichts ausmachen, einen Happen hiervon zu essen.« Er griff in den Leinensack und zog ein Stück Schweinefleisch heraus, das zum Himmel stank.

Father Bernard wich zurück, doch Selik folgte ihm und drückte ihm das faulige Fleisch ins Gesicht, gegen den fest geschlossenen Mund.

»Selik«, protestierte Rain. Auch wenn sie sich freute, dass er ihr beistand, so befürchtete sie, dass sein Verhalten unerwünschte Aufmerksamkeit auf sich ziehen könnte.

Selik ignorierte ihre Versuche, ihn fortzuziehen. Kalt sagte er zu Father Bernard: »Wagt es nicht noch einmal, Bruder Godwine verdorbene Speisen zu geben. Werft das da in die Jauchegrube. Es ist nicht mal mehr gut genug für die Hunde auf der Straße.«

Er wandte sich von dem angstschlotternden Mönch ab, packte Rain am Arm und zog sie durch die Tür.

»Selik, wir müssen für die Kinder etwas zu essen mitbringen. Ich bin sicher, ich hätte noch einige gute Dinge in dem Sack gefunden.«

»Nein, das hört jetzt auf. Du hast es nicht nötig zu betteln, indem du die Mildtätigkeit dieser geizigen Mönche annimmst. Ich werde alles kaufen, was du brauchst.«

Und, sehr zur Freude der Kaufleute von Jorvik, tat Selik das. Am Ende musste er einen Karren mieten, um all die

Dinge zum Hof zu fahren – frisches Rindfleisch, zehn lebende Legehennen, eine Milchkuh, rohes Gemüse, knackige Äpfel, Met, Honig und Mehl.

»Selik, die Leute werden sich wundern, woher ein Mönch so viel Geld hat«, flüsterte Rain besorgt, als er wieder einmal seinen Geldbeutel hervorzog, um einen Händler zu bezahlen.

So laut, dass der Händler es hören konnte, antwortete Selik ihr daraufhin: »Bruder Godwine, tut es dir wirklich Leid, dass ich des Bischofs Schatz gestohlen habe, den er beiseite geschafft hat, um sich davon einen juwelenbesetzten Kelch für das Abendmahl arbeiten zu lassen?« Als Rain ihn ansah, fuhr er fort: »Auch du musst zugeben, dass die Waisen Gold und Granatsteine nicht essen können.«

Der Händler murmelte leise seine Zustimmung: »Verdammtes Pfaffenpack! Kümmern sich mehr um ihre Schätze als um die Armen.« Um seine Unterstützung zu demonstrieren, schob er Selik einige Extra-Brotlaibe zu.

»Na siehst du«, stellte Selik stolz fest, als sie zu Ellas Laden weitergingen. »Ich bin also doch von einigem Nutzen.«

Rain konnte nicht anders, sie musste lächeln. Und Selik lächelte zurück, sein wunderbares, strahlendes Lächeln. Ihr Herz füllte sich mit all der Liebe, die sie für ihn empfand. Sie wollte ihm so viele Dinge sagen und wusste nicht, wie. So viele Gefühle blühten in ihr. Sie wollte ihre Liebe zu diesem Mann in die Welt hinausschreien, sie wollte sie umarmen und festhalten und im Geheimen für sich bewahren. Das war die Liebe, die es nur einmal im Leben gab – in tausenden Leben!

War sie deshalb in die Zeit zurückgeschickt worden? Rain hatte geglaubt, sie wäre geschickt worden, um Selik zu retten. Aber vielleicht war diese Liebe einfach ein Geschenk von Gott. Und wenn es so war, wie sollte sie Selik helfen?

Liebe.

Rain zuckte zusammen, als sie wieder die Stimme in ihrem Kopf hörte. *Liebe? Ist das alles? Wie kann Liebe Selik retten?*

Aus Liebe entsteht Liebe, Kind. Liebe entsteht aus Liebe.

Rain stöhnte laut.

»Du hast wieder diesen seltsamen Ausdruck auf deinem Gesicht, Süße, und du brummelst schon die ganze Zeit vor dich hin. Du sprichst mit Gott, nicht wahr?«

Rain warf einen Blick der Verdammnis auf Selik und seine allzu scharfe Beobachtungsgabe. »Ja, und er hat eine Botschaft für dich geschickt.«

»Oh, wirklich!« Selik lachte. »Erzähl mir nicht, dass Ubbi und ich beide mit diesen wundersamen Botschaften gesegnet werden, für die du den Boten spielst.«

»Sei nicht sarkastisch.«

Sie hatten Ellas Laden fast erreicht, und Selik war dabei, die Nebentür zu öffnen, als er fragte: »Also, wie lautet diese Botschaft? Will Er, dass ich Buße tue, weil ich das jungfräuliche Feld eines seiner Engel gepflügt habe?«

Rain schüttelte den Kopf, als wollte sie zum Ausdruck bringen, dass Selik ein hoffnungsloser Fall war.

»Was Gott sagte, war: Bestell diesem missratenen Selik, dass er in Zukunft seine Hosen fest halten soll, wenn ich ihm eine schöne Frau über den Weg schicke.«

Selik brach in Lachen aus, legte den Arm um ihre Schultern und zog sie liebevoll an sich. Rain konnte nicht widerstehen, die Arme um seine Taille zu schlingen und in sein Lachen einzustimmen.

Als sich beide zur Tür umdrehten, starrten Ella und die Frauen in ihrem Laden sie aus großen Augen und mit offenem Mund an.

»Die Mönche umarmen sich! O heiliger Gott!«, rief eine der jungen Frauen und schlug das Kreuzzeichen.

»Ohne Zweifel wird der Allmächtige für diesen Frevel die Pest auf diesen Laden herunterschicken!«, zeterte eine andere. »Oder er wird es Frösche regnen lassen! Der Herr hat eine Vorliebe dafür, zur Strafe Frösche zu schicken, habe ich sagen hören.«

»Unter meinem Dach werde ich solche Abartigkeiten nicht dulden«, erklärte Ella heftig. Erst als sie auf die beiden zuging, konnte Rain Ella ansehen, dass diese vor ihren Arbeiterinnen Theater spielte. »Kommt mit mir in den Nebenraum und sagt mir Euer Begehren. Dann macht Euch fort, ihr – ihr Sodomiten.«

Als Ella Rain und Selik in ihr einfaches »Büro« geführt und die Tür hinter ihnen geschlossen hatte, wandte sie sich ärgerlich zu den beiden um. »Seid ihr verrückt geworden? Wollt ihr, dass ich mein Geschäft verliere? Wenn die Leute in der Stadt erfahren, dass ich solche Lasterhaftigkeit in meinem Laden dulde, werden sie mich zertreten wie die Maden in einem Weihnachtspudding.«

Selik streifte sich die Kapuze vom Kopf und setzte sich auf einen hochlehnigen Stuhl, dabei grinste er Ella an.

»Glaub nicht, du könntest mich mit deinem charmanten Lächeln becircen«, grummelte Ella. »Ich bin weit über das Alter hinaus, in dem es mich kümmert, ob ein Mann o-beinig ist oder unverschämt gut aussieht.«

»Unverschämt gut aussehend, meinst du damit mich?«, fragte Selik und zwinkerte ihr zu.

»Nein, du bist der mit den O-Beinen, du Dummkopf.«

»Ella, hast du Ubbi erzählt, ich würde ihn dir gewissermaßen als Gegenleistung dafür liefern, dass du mir hilfst?«, wollte Rain wissen.

Ellas Gesicht wurde rosarot. »Nun, und wenn ich das getan habe? Ich war es leid darauf zu warten, dass du deine Versprechen erfüllst.«

»Ich sagte, ich würde ein gutes Wort für dich einlegen. Ich habe nicht versprochen, ihn dir auf einem Silbertablett zu präsentieren.«

»Ich würde ihn auch ohne Silbertablett nehmen, vielen Dank!«

»Wenn ihr zwei Frauen mit dem Streiten fertig seid, könnten wir endlich anfangen, unsere Angelegenheiten zu regeln. Schließlich wollen wir doch in unser Irrenhaus zurückkehren, bevor es dunkel wird.«

Sie verbrachten eine ganze Stunde damit, warme Wollstoffe für die Tuniken und Umhänge der Kinder auszusuchen, Leinen für Hemden und Lendenschurze, Garn, um daraus Strümpfe zu stricken, und sogar feine Seide aus Damaskus. Selik bestand darauf, dass sich Rain von Ella ein Kleid daraus machen lassen würde. Ella erklärte sich darüber hinaus bereit, bei einem Stiefelmacher, der in der Nachbarschaft wohnte, ein Dutzend Kinderschuhe in Auftrag zu geben. Sie würde alles zusammen dann in ein paar Tagen auf den Hof bringen lassen.

»Und wer wird all diese Dinge bezahlen?«, wollte Ella zu guter Letzt wissen.

»Ich«, erklärte Selik ohne zu zögern und zog seine fast leere Geldkatze hervor. »Ach übrigens, Ella«, sagte er und hielt beim Abzählen des Geldes inne, »hast du Rain schon das Geld gegeben, das du für ihre Mutter in Verwahrung genommen hast, als diese so unerwartet fortgegangen ist?«

Ellas Gesicht wurde hellrot, und unruhig trat sie von einem Fuß auf den anderen.

»Weißt du, Rain, deine Mutter hat Geld in das Geschäft gesteckt, das Ella vor Jahren eröffnet hat«, erklärte Selik, und seine Augen funkelten mutwillig. »Ella hat wohl vergessen, es dir zu geben.«

Rain wandte sich an Ella. »Ist das so?«

»Ja, nun, es war ein kleiner Betrag. Ungefähr …«

»Einhundert *mancuses*, mindestens«, beendete Selik.

Ella schnaubte entrüstet. »Nein, es waren eher fünfzig.«

»Nun, ich bin sicher, du wirst Rain das Geld so bald wie möglich geben«, sagte Selik und tätschelte nachsichtig Ellas Hand.

Gereizt schob Ella seine Hand fort und erklärte ihm, er brauche nicht wieder herzukommen. Sie käme sehr gut zurecht, auch ohne dass sie mit ihm Geschäfte mache. Zudem seien die Münzen, mit denen er sie bezahlt habe, weitaus weniger wert als die fünfzig *mancuses*, die sie Rain jetzt würde geben müssen.

Rain und Selik lachten, als sie den Laden verließen. Rain wünschte, die Zeit könnte einfach stehen bleiben, damit sie ewig so glücklich und unbeschwert sein könnten, wie sie es in diesem Augenblick waren.

Aber ihr Frieden wurde fast im selben Moment gestört, als Gorm aus einer der Nebengassen auftauchte. Er gab ihnen ein Zeichen, und sie folgten ihm, fort von der Hauptstraße und bis in den Eingang eines leer stehenden Hauses.

»Eirik hat Nachricht geschickt, von Athelstans Hof in Winchester. Steven ist im Frankenland, auf Besuch bei seinem Onkel Geoffrey in Rheams.«

Selik nickte grimmig.

»Oswald und seine Soldaten patrouillieren wie verdammte Aasgeier durch Jorvik und massakrieren und verstümmeln jeden kampffähigen Mann, der auch nur im Entferntesten wie ein Nordmann aussieht. Wir sollten Northumbrien schleunigst verlassen. Es ist nur noch eine Frage der Zeit, bis sie deinen Aufenthaltsort herausfinden.«

»Du hast Recht«, sagte Selik, und Rain glaubte, ihr würde das Herz in die Knie rutschen. »Wir treffen uns morgen Abend auf dem Hof. Bring alle Männer mit, die bereit sind, mit mir zu gehen. Wir werden dann unverzüglich aufbrechen.«

»Zu Pferde?«

»Ja, bring mir Fury mit.«

Als Gorm gegangen war, wandte sich Selik zu Rain um und wischte mit den Fingerspitzen die Tränen fort, die ihr über die Wangen liefen. »Schhh, mein Liebes«, flüsterte er und nahm sie in die Arme. »Du hast doch gewusst, dass es nur eine Frage der Zeit war.«

»Aber es ist zu früh«, weinte sie. »Es ist viel zu früh.«

17

Hinter den Hügeln ging die Sonne unter, und der Herbstwind hatte aufgefrischt, als Rain und Selik auf dem Rückweg zum Hof waren. Es war ein trüber Hintergrund für das Schweigen, das wie eine unüberwindbare Barriere zwischen den beiden herrschte. Seit sie Jorvik verlassen hatten, hatte Rain es vermieden, Selik anzusehen. Als ob er ihre Tränen dann nicht sehen könnte!

Eine kalte Bö wirbelte das trockene Laub unter ihren Füßen auf, und Rain fröstelte. Trotz der wollenen Umhänge drang die Kälte des nahenden Winters bis auf ihre Haut und erinnerte beide an den bevorstehenden Wechsel der Jahreszeit.

Wo werde ich Weihnachten sein? Oder besser, wo werde ich in einer Woche sein? Und wie soll ich überleben, jetzt, da ich Rain begegnet bin?

Das hörbare Klappern ihrer Zähne riss Selik aus seinen tiefen Gedanken, und er zog Rain unter seinen Umhang, auch wenn er an der abweisenden Haltung ihrer Schultern spürte, dass sie es nicht wollte. Er hätte ihr in Jorvik einen pelzgefütterten Umhang kaufen sollen. Jetzt war dafür keine Zeit mehr. Es gab noch so viele Dinge, die er tun wollte, jetzt, da er keine Gelegenheit mehr dazu hatte. So war es schon so oft in seinem Leben gewesen – die Gelegenheiten entglitten ihm wie Sand, der ihm durch die Finger rann und sein Schicksal besiegelte.

Sag ihr, dass du sie liebst.

Als seine innere Stimme ihm diesen unbefolgbaren Rat gab, schloss Selik sekundenlang die Augen. *Ich kann nicht. In mir gibt es keine Liebe mehr. Es wäre ohnehin am besten, sie ginge nach Hause zurück – in ihr eigenes Land, in ihre eigene Zeit. Es ist sicherer dort. Ich habe heute gesehen, was für eine gute Ärztin sie ist. Ihre Fähigkeit zu heilen ist in einer anderen Welt von größerem Nutzen als hier.*

Sag es ihr. Vertrau mir. Du solltest es ihr sagen.

»Bringst du diese Stimmen in meinen Kopf?«, fragte er plötzlich.

»Nein«, fauchte Rain. Sie sah ihn aus rot geweinten Augen an und wischte sich die Tränen von den fleckigen Wangen. »Bringst du sie in meinen?«

»Du siehst schrecklich aus.«

»Danke für die Mitteilung«, erwiderte sie gereizt, reckte das Kinn vor und marschierte stolz erhobenen Hauptes weiter.

Selik lächelte und trat auf den Saum ihrer Mönchskutte, was Rain zu einem abrupten Innehalten zwang. Ehe sie die Gelegenheit hatte, ihm die giftigen Worte entgegenzuschleudern, die ihre scharfe Zunge vermutlich für ihn bereithielt, führte Selik sie zu dem kleinen Kuhstall, der an der Grenze seines Besitzes stand. Es war kaum mehr als ein Unterstand, der an drei Seiten geschlossen war. »Komm. Wir sollten uns ein bisschen aufwärmen, bevor wir weitergehen.«

Rain fügte sich schweigend und ging in die entfernteste Ecke, fort aus dem Wind. Und von Selik.

»Rain, wende dich nicht von mir ab«, bat er leise. Er spürte, wie sich seine Brust schmerzvoll zusammenzog. »Wir haben nur noch so wenig Zeit.«

Sag es ihr. Was braucht es denn noch, um dich zu überzeugen? Einen Donnerschlag?

Rain kehrte ihm unverwandt den Rücken zu, doch Selik konnte sehen, dass ihre Schultern von stummen Schluchzern bebten. Doch mochte er auch noch so entschlossen sein, seine Füße hatten ihren eigenen Willen. Sie trugen ihn einen Schritt näher zu Rain – und zu der Gefahr, die sie für sein gequältes Herz bedeutete.

Sag es ihr.

Tief in ihm schmolz etwas, das lange in ihm verwahrt gewesen war, und es gab einen Teil seines Wesens frei, der so verletzbar, so empfänglich für Schmerz war, dass Selik es nicht ertragen konnte, daran zu denken. Und er ging noch einen Schritt näher.

Sag es ihr.

»Ich liebe dich«, flüsterte er so leise, dass sie es unmöglich gehört haben konnte. Noch brannten diese Worte auf seinen Lippen, ließen sie seine Hände zittern.

Und Rain wandte sich ihm zu. »Was hast du gesagt?«

Selik schloss die Augen und ballte die Hände zu Fäusten. Und machte noch einen Schritt.

»Sag es mir, verdammt!«, schrie sie heraus, doch ein Schluchzen ließ ihre Stimme brechen. Leise und wie in tiefem Flehen wiederholte sie: »Sag es mir.«

»Ich liebe dich«, wie ein Stöhnen stieß er die Worte hervor. »Gott helfe mir ... es war Er, ohne Zweifel, der dich in mein Leben gebracht hat ... aber ich liebe dich. Ich tue es.«

Selik glaubte, in der Ferne einen Donnerschlag gehört zu haben, und schickte einen Blick gen Himmel. *Das war nicht nötig.*

Rain stürzte sich in seine Arme, warf ihn fast um, sodass er zurückwankte. Die brüchige Wand des Stalls hielt ihrem Aufprall stand. Rain schlang die Arme um Seliks Nacken, umarmte ihn fest und legte die Hände um sein Gesicht. Sie begann, abwechselnd seine Stirn, seine Wangen, seine Augenlider zu küssen. Und die ganze Zeit sagte sie: »Ich liebe dich auch. O Gott, wie sehr ich dich liebe! Ichliebedichichliebedichichliebedich ...«

Selik lächelte und presste das Gesicht an ihren Hals. Er fühlte die Nässe von ihren Tränen und fragte sich, warum er es Rain nicht schon viel früher gesagt hatte. Es fühlte sich so gut an.

»Sag es noch einmal«, bettelte sie und bog sich zurück, damit sie ihm in die Augen sehen konnte.

Er drehte Rain herum, sodass sie mit dem Rücken zur Wand stand, und stützte zu beiden Seiten ihres Kopfes die Hände gegen die Wand. Als er sich herunterbeugte, nahm er den süßen Duft ihres Atems und ihres Parfüms war. Inbrünstig flüsterte er es noch einmal: »Ich liebe dich.«

»Noch einmal.«

»Ich liebe dich.«

»Nochmal.«

Selik lachte. Ein Gefühl unendlichen Glücks durchdrang ihn. »Ich liebe dich«, flüsterte er und neigte sich zu ihr.

Bei der ersten Berührung ihrer Lippen durchschoss ihn verheerendes Verlangen. Zitternd und mit all dem aufgestauten Begehren eines ausgehungerten Mannes küsste er Rain. Ihre Finger gruben sich in seine Schultern, und sie stieß einen Schrei aus, zitternd, und er wusste, dass ihre Sinne so entflammt waren wie seine.

Wie ein mächtiger Drache brüllte das Verlangen in seinen Ohren, und Selik presste die Hüften gegen ihre Weiblichkeit. Der Atem des Drachens entzündete ein Feuer in ihm, und mit einem tiefen Stöhnen ergab sich Selik dem Inferno.

In wildem Verlangen schob er Rains Gewand nach oben und löste das Taillenband ihrer Hose, die sie zum Schutz gegen die Kälte darunter trug. Bei der ersten Berührung seiner Hände auf ihrer nackten Haut schrie Rain auf wie bei einem Höhepunkt. Wie konnte sich ihre Haut so heiß anfühlen, wenn die Luft um sie herum so kalt war? Und, süße Freya, wie konnte sie so bereit für ihn sein, wenn er sie doch kaum berührt hatte?

Mit einer raschen Bewegung hob Selik sein Gewand hoch, streifte die Beinlinge ab und ließ sie auf den Boden fallen. Er umfasste Rain an der Taille und hob sie hoch. »Komm, Süße, leg die Beine um meine Hüften«, bat er heiser und drückte ihre Schultern mit dem Oberkörper gegen die Wand. Mit einem langen, harten, pfählenden Stoß nahm er Rain in Besitz. Heiß und willig nahm sie ihn in sich auf, hieß ihn mit erregenden kleinen Zuckungen willkommen. Und sie schrie seinen Namen: »Selik!«

Er richtete sich auf und versuchte, die Kontrolle über sich zu behalten. Eingebettet in ihre süße Tiefe, stöhnte er: »Wage ... nicht ... dich ... zu ... bewegen.«

Aber Rain trotzte ihm und bewegte die Hüften.

Selik konnte nicht mehr warten. Er zog sich zurück, stieß wieder in sie. Wieder und wieder. Schneller und kürzer wurden seine Stöße. Und härter. Immer härter.

Er keuchte.

Sie stöhnte zusammenhanglos.

Er rief ihren Namen.

Sie schrie vor Lust.

Er wurde so hart, dass er zu bersten glaubte.

Sie wand sich in seinen Armen, bäumte sich auf, drängte sich ihm entgegen, bis sie glaubte, die Sinne würden ihr schwinden.

»Lass es kommen, Süße«, flehte er heiser. »Lass es geschehen.« Er schloss die Hände um ihren Po und berührte ihre Weiblichkeit mit einem leichten Streicheln seiner Erektion, dann drang er ein letztes Mal in sie ein.

Ihre Schenkel spannten sich an und klammerten sich um seine Hüften, als ihr Körper sich in unkontrollierbaren Bewegungen aufbäumte, die Selik tief in ihr festhielten und ihn zum Höhepunkt trieben. Als sein Samen sich in ihren Schoß ergoss, glaubte Selik, hinter seinen geschlossenen Augenlidern einen

Regenbogen explodieren zu sehen, der sich in ein Meer von Farben verwandelte.

Seine Knie gaben nach. Als er zu Boden sank, zog er Rain mit sich. Nach Atem ringend, lag er auf ihr und hörte ihr Herz unter seinem schlagen. Selik fühlte sich so lebendig, dass er seine Ekstase zum Himmel hinaufschreien wollte.

Ein einfaches Dankeschön würde genügen.

Selik lachte. Rain schaute ihn aus von Leidenschaft verhangenen Augen mit solcher Liebe an, dass er sich von den Göttern gesegnet fühlte.

Oh, entschuldige. Ich denke, du meinst einen Gott. Ehre, wem Ehre gebührt.

Selik gab einen kurzen Gruß himmelwärts.

»Jetzt weiß ich, wie es sich anfühlt, ›Liebe zu machen‹«, sagte er leise und strich Rain das goldschimmernde Haar aus dem Gesicht, das sich aus ihrem Zopf gelöst hatte. »In meinem ganzen Leben habe ich noch nie etwas wie dieses erfahren.«

»Ich liebe dich, Selik. Ich weiß nicht, was die Zukunft uns bringen wird, aber in diesem Augenblick liebe ich dich so sehr.«

Kurze Zeit darauf, nachdem sie einander beim Anziehen geholfen und über die Strohhalme gelacht hatten, die an den seltsamsten Stellen in ihren Kleidern versteckt waren, sagte Rain neckend: »Ich wäre nicht überrascht, wenn ich von der Wand noch Splitter in meinem Po stecken hätte – so rau, wie du mich behandelt hast.«

»O du armes, bedauernswertes Ding«, beruhigte er sie und legte den Arm um sie, während sie sich auf den Heimweg machten. »Wenn da wirklich Splitter sind, werde ich sie für dich herausziehen. Mit meinen Zähnen.«

»Ist das ein Versprechen?«, fragte sie kess.

»Das ist ein heiliger Schwur«, erwiderte Selik und legte die

Hand aufs Herz. »Und dann werde ich deine lädierte Haut mit meiner Zunge glätten, und ich werde …«

Rain legte ihm die Hand auf den Mund. »Genug! Mach so weiter und wir werden uns noch einen Kuhstall suchen müssen.«

Kurz bevor sie die Scheune erreichten, mussten Rain und Selik zu ihrer peinlichen Überraschung feststellen, dass sie wohl ziemlich viel Zeit für den Weg gebraucht hatten. Die Waren aus Jorvik waren schon geliefert und abgeladen worden, denn sie begegneten dem leeren Karren. Der Wagenlenker winkte ihnen einen Gruß zu, hielt aber nicht an.

»*Gawd!*«, äußerte Ubbi voller Missfallen, nachdem die beiden die Scheune betreten hatten und er einen Blick auf sie geworfen hatte. »Ihr zwei seht aus, als hättet ihr euch im Stroh gewälzt.«

»Das muss der Wind gewesen sein«, murmelte Selik.

Nachdem sie die Mönchskutten abgelegt hatten und nah an das wärmende Feuer gerückt waren, setzte Ubbi noch eins drauf. Nachdem er Rain eine Weile angesehen hatte, meinte er: »Der Wind hat wirklich ganze Arbeit auf Eurem Hals und Euren Lippen geleistet, Mylady.« Dann warf er einen spähenden Blick auf Selik und kicherte. »Ist das ein Bissabdruck auf deinem Ohrläppchen? Ja, ich denke, das ist es. Es war ein recht beißender Wind, ohne jeden Zweifel.«

»Hüte deine Zunge, kleiner Mann«, warnte Selik ihn. »Ich muss mir noch immer eine Strafe dafür ausdenken, dass du meine Entführung mit ausgeheckt hast.«

»Nein, ich habe nichts ausgeheckt«, erklärte Ubbi entrüstet. »Ich habe dich nur hierher gefahren. Und du hast so viel gewogen wie ein verdammtes Pferd, das muss ich mal sagen.«

Selik starrte Ubbi an, dann bemerkte er voller Unschuld: »Übrigens schickt Ella dir ihre innigsten Grüße.«

Ubbis Gesicht verfärbte sich vor Bestürzung dunkelviolett,

und er suchte nach Worten. »Du ... du ... du sollst dich nicht in meine persönlichen Angelegenheiten einmischen.«

Alle lachten. Sogar Ubbi selbst.

Rain genoss diesen kurzen Augenblick gemeinsamen Lachens, ehe sie sich umwandte, um den Kindern zu helfen, die dabei waren, die gelieferten Waren zu verstauen und ihren täglichen Pflichten nachzukommen. Da die Zahl der Kinder so stark angestiegen war, hatten Rain und Ubbi festgelegt, dass jedes Kind einen Teil der Haushaltspflichten übernehmen musste. Das galt auch für die Jüngste, die dreijährige Maud, die dabei war, die Schneidebretter und die Holzlöffel auf den Tisch zu legen.

Die Ältesten, Humphrey, Jogeir und Kugge – sie waren ungefähr zehn Jahre alt – gingen nach draußen, um Feuerholz zu sammeln, während die kleineren Kinder Holzscheite und anderes Brennmaterial in die Scheune trugen und es neben dem Herd stapelten. Einige der Mädchen fegten in der Nähe des Kochbereiches die schmutzigen Binsen zusammen und streuten frische aus. Wieder andere versorgten die Kuh und die Hühner, die im windschiefen Stall untergebracht waren.

Blanche stand am Herd und rührte in einem Topf, in dem es heftig blubberte.

Blanche! »Was tust du hier?«, fragte Rain, ging auf die junge Frau zu und legte ihr die Hand auf den Arm.

»Gyda hat mich geschickt, um bei den Kindern zu helfen«, erwiderte Blanche und warf einen sehnsüchtigen Blick auf Selik. Und Rain war klar, dass das Mädchen viel tief liegendere Gründe für ihr Kommen gehabt hatte.

Rain runzelte die Stirn und gesellte sich zu Selik, der gerade dabei war, sich Adelas Annäherungsversuchen zu ergeben. Die Kleine zupfte unablässig und hoffnungsvoll an seinem Hosenbein, den Daumen dabei wie immer im Mund. Selik verdrehte die Augen, doch dann bückte er sich und nahm Adela auf den Arm. Dabei versuchte er, sich nicht anmerken zu lassen, wie angetan er von ihrem fröhlichen Kichern war.

»Wo steckt denn diese kleine Kröte Adam?«, wollte Selik von Adela wissen. Mit der freien Hand wies sie auf eine Ecke der Scheune.

Oje, dachte Rain, jetzt setzt es was. Denn während die anderen Kinder emsig arbeiteten, hatte Adam es sich auf einem der Strohsäcke gemütlich gemacht. Die Schultern gegen die Wand gelehnt, ein Bein über das andere geschlagen, saß er da und spielte mit dem Rubik-Würfel.

Selik stellte Adela behutsam auf den Boden und stürmte dann zu Adam hinüber. Er ignorierte Rain, die ihm gefolgt war und ihn leise zu besänftigen versuchte. »Aber Selik, er ist doch nur ein kleiner Junge von sieben Jahren.«

Die Beine gespreizt, die Hände in die Hüften gestemmt, stand Selik neben dem Strohsack und fragte mit eisiger Stimme: »Was zur Hölle soll das heißen, dass du wie eine faule Schnecke hier herumhängst?!«

Ohne sich auch nur um einen Zentimeter zu bewegen, überblickte Adam die Scheune und die eifrig arbeitenden Kinder. Dann spähte er an Seliks Respekt gebietender Gestalt hinauf, bis er ihm in die Augen schaute. Furchtlos antwortete er: »Ich beaufsichtige sie.«

»Du beaufsichtigst sie?« Selik spie die Worte förmlich aus. Ganz kurz sah Rain das Lachen über die Unverfrorenheit des Jungen in Seliks Augen aufblitzen, doch rasch verbarg er seine Erheiterung wieder. »Die Tage des Beaufsichtigens sind für dich vorbei. Heb deinen Arsch aus dem Bett, und hilf den anderen, Feuerholz hereinzuholen.«

Adam schien seine Möglichkeiten abzuwägen, klugerweise gelangte er zu dem Schluss, dass es am besten war, Seliks

Befehl zu befolgen. Aber er sorgte dafür, dass er das letzte Wort behielt. »Hat die Hexe dir erlaubt, das Wort ›Arsch‹ zu benutzen? Ich glaube, es steht auf ihrer Pfui-nein-Liste.«

Selik streckte die Hand aus, um dem Jungen einen Klaps auf den Po zu geben, als er an ihm vorbei musste, aber Adam wich geschickt aus. Rain meinte zu sehen, dass er Selik die Zunge herausstreckte.

Seliks und Rains Blicke trafen sich, und in seinen grauen Augen funkelte silbrig-hell seine Erheiterung. Er schüttelte den Kopf. »Siehst du nun, was für eine Aufgabe du hier übernommen hast? Dieser feuchtnasige kleine Welpe wird mehr Teufeleien aushecken als der ganze Rest zusammen.«

Rain legte die Hand auf seinen Arm. »Lieber, ich glaube, wenn dein Sohn noch leben würde, wäre er genau wie Adam.«

Zuerst blitzte die Wut in Seliks Gesicht auf, als Rain seinen Sohn erwähnte, und ließ sein Kinn hart und starr werden. Er ballte die Fäuste, bis die Knöchel weiß hervortraten. Doch dann schien er über ihre Worte nachzudenken. Seine Hände entspannten sich, und er streckte sie nach ihr aus. Selik lachte leise, als er den Arm um ihre Schultern legte und sie an seine Seite zog. »Vermutlich hast du Recht.«

»Und, Selik ...«

»Was ist?«

»Ich bin sicher, Adam legt es absichtlich darauf an, dich zu provozieren, weil er deine Aufmerksamkeit haben möchte.«

»Hm! Das ist ihm weiß Gott gelungen.«

»Er hat so lange Zeit auf seine Schwester aufgepasst. Ich könnte mir denken, dass er einfach jemanden haben möchte, der größer und stärker ist, um sich an ihn anzulehnen. Jemanden, den er bewundert, der ...«

»Nun übertreib es nicht, Rain. Ich bin nicht gerade begriffsstutzig, aber das glaube ich nun doch nicht.«

Blanche nutzte den reichen Vorrat an Lebensmitteln, die Selik beschafft hatte, und bereitete ein wahres Festessen zu: Rindfleisch-Stew mit Gemüse und dicker Soße, helles Brot, frisch gestampfte Butter, knackige Äpfel und Birnen und Honig, der noch in den Waben klebte. Die Kinder vertilgten erstaunliche Mengen, und Rain war klar, dass sie eine Möglichkeit würde finden müssen, die ganze Schar zu versorgen, besonders während der harten Wintermonate. Vielleicht könnte sie es erreichen, dass sie für ihre Arbeit im Hospizium auf irgendeine Weise entlohnt werden würde. Sie würde darüber nachdenken, wenn Selik fort war. Der Gedanke an den bevorstehenden Aufbruch morgen Abend hämmerte unablässig in ihrem Kopf.

Nach dem Essen erledigte Blanche mithilfe einiger Kinder den Abwasch und schaffte Ordnung. Andere halfen Ubbi dabei, den langen Tisch abzubauen, an dem sie gegessen hatten. Die Tischfläche, die aus einem Stück bestand, wurde gegen eine Wand gelehnt, die Bänke in der Nähe des Feuers aufgestellt. Darauf wurden die strohgefüllten Matratzen gelegt, auf denen die Kinder schliefen. Auf den Boden vor dem Feuer wurden ebenfalls Strohsäcke gelegt.

Die Kinder gähnten müde. Der volle Bauch und die Wärme des Feuers machten sie schläfrig. Dennoch lauschten sie aufmerksam den Gute-Nacht-Geschichten, die Rain ihnen erzählte, während sie den Mädchen, einem nach dem anderen, die Haare kämmte. Haarläuse waren anfangs ein ernstes Problem gewesen, aber bessere Hygiene hatte den lästigen Parasiten den Garaus gemacht. Rain war fest entschlossen, auch weiterhin sorgsame Kontrolle walten zu lassen.

»Es war einmal ein kleines Mädchen, das hieß Rotkäppchen«, begann Rain. Während sie der faszinierten Zuhörerschar die geliebten Geschichten ihrer eigenen Kindheit erzählte, fiel es ihr schwer, den Blick von Selik zu lassen. Er saß auf einem Stapel von Schlaffellen und hatte Adela auf dem Schoß, die sich wie eine zufriedene Katze an ihn kuschelte.

Selik schälte Äpfel für die Kinder. Seine schlanken Finger – seine wunderbar sensiblen Finger, die ihren Körper so verzaubern konnten – entfernten die Fruchtschale in langen, gewundenen Spiralen. Sorgsam teilte er den Apfel in mehrere Stücke. Und er tat es auf eine Art, die auf Rain unglaublich erotisch wirkte. Sie wusste selbst, dass es verrückt war. Aber es war so. Selik bot die Apfelstücke an, und die Kinder sperrten die Schnäbel für ihn auf wie hungrige Vogelküken. Rain stellte sich vor, wie diese Finger ihr die Kleider abstreiften, ihren Körper streichelten, ihre geheimsten Winkel erkundeten. Als Selik sich den Fruchtsaft von den Fingerspitzen leckte, stellte sie sich vor ... O Gott.

»Erzähl die Geschichte zu Ende«, bettelte eines der Kinder, und Rain stellte verlegen fest, dass sie mitten in der Erzählung aufgehört hatte. Selik lächelte sie an und hielt ihr ein Apfelstück hin. Sie streckte die Hand danach aus, doch er hielt es außerhalb ihrer Reichweite und zwang sie, den Mund für ihn zu öffnen. Als er ihr den Apfel in den Mund schob, berührten seine Finger ihre Lippen, und Rain leckte den süßen Nektar von seinen Fingerspitzen. Ihre Blicke nahmen einander gefangen. In den silberschimmernden Tiefen seiner Augen sah Rain sein Verlangen, das so groß war wie ihr eigenes.

Das ist dein Geliebter, sagte die Stimme.

Die Wahrheit dieser Worte ließ Rain innerlich zittern.

Sie bemerkte, dass die Kinder sie fragend ansahen. Und Blanche klapperte vor Eifersucht laut mit den Töpfen. Rain nahm sich zusammen und musste sich bemühen, nicht zu stottern, als sie mit der Geschichte fortfuhr: »Großmutter, was hast du für große Augen ...«

Nach dieser folgten andere Geschichten, von denen Rain annahm, sie könnten die Kinder fesseln – Robin Hood, Aladin und die Wunderlampe, Peter Pan. Sie sah, dass Selik ein kleines Stück Holz in die Hand nahm und dann nach einem Schnitzmesser griff. Rain erzählte den Kindern auch ihre eigene Version von *Little Orphan Annie*, weil sie meinte, diese Geschichte hätte eine besondere Bedeutung für die elternlosen Kinder.

Rains Gesicht strahlte auf, als ihr plötzlich noch eine besonders zutreffende Geschichte einfiel: Die Schöne und das Biest. Als sie zu Ende erzählt und mit den Worten geschlossen hatte: »Und wenn sie nicht gestorben sind, so leben sie noch heute«, zog Selik die Augenbraue hoch und sagte: »Ha! Jetzt weiß ich endlich, woher du deine verdrehten Gedanken hast. Hast du gedacht, du könntest mich mit deinen Küssen von einem Biest in einen Prinzen verwandeln?«

Rain lächelte nur.

Dann erzählte Selik die Sagen über die legendären Helden der Nordmänner – Ragnar Lodenhose, Harald Schönhaar und die vielen anderen. Und dabei verwandelte sich unter seinen Händen das leblose Stück Holz in einen Wolf. Zuerst schnitzte Selik die Ohren des Tieres, dann die Augen und die Schnauze. Dann den Körper.

Die Figur, die entstand, war von einfacher, unvollendeter Form, doch Seliks künstlerisches Talent war unverkennbar. Er überreichte Rain die kleine Skulptur, als sei sie ein kostbarer Gegenstand. Und für Rain war sie das auch.

»Zur Erinnerung«, flüsterte er.

Rain sprangen bei diesen Worten die Tränen in die Augen, denn sie erinnerten sie unausweichlich daran, dass Selik nicht mehr lange bei ihr sein würde. Mit starkem Willen zwang sie sich, ihn nicht anzuflehen, seine Meinung zu ändern. Ihre Zeit des Widerstands war vorbei. Sie wollte nicht mehr darum kämpfen, Selik zu jemandem umzuformen, der er nicht war. Jetzt wollte sie nur jede Minute der Zeit genießen, die sie zusammen hatten.

Selik erhob sich, legte die schlafende Adela auf eine der Matratzen und deckte sie mit einem wollenen Umhang behutsam zu. Dann nahm er drei Schlaffelle, streckte Rain die Hand hin und führte sie zu der Leiter.

»Ihr wollt auf dem Heuboden schlafen?«, fragte Ubbi ungläubig. »Da oben ist es kälter als auf einem Gletscher.«

»Rain wird mich wärmen«, erwiderte Selik rau.

Und Rain schwor, dass sie das tun würde.

Selik wünschte, diese Nacht würde nie zu Ende gehen. Gewärmt von weichen Fellen und im Schein dutzender Kerzen zeigte er Rain seine Liebe. Mit zärtlichen Händen erkundete er sie bis in die geheimsten Stellen, und jede Berührung, alle Lust, die er empfand, hielt er in seiner Erinnerung fest, um es sich für alle Zeit zu bewahren. Bei jedem Stöhnen, jedem Schrei der Lust, mit dem Rain ihm sagte, wie sehr sie eins waren, war Selik zu Mute, als flöge sein Herz zum Himmel empor. Fürwahr, die Lust der Frau war das Aphrodisiakum des Mannes.

Keine dunklen Schatten der Vergangenheit quälten Selik in dieser Nacht. Er dachte nur an das *Jetzt* und an die Erinnerung an Rain, die er mit sich nehmen würde. Rain, seine geliebte Rain.

»Werde ich dich je wiedersehen?«, fragte sie leise. Die Stimme drohte ihr zu brechen, und tapfer versuchte sie, ihr Schluchzen zu unterdrücken.

»Vielleicht.«

»Aber, Selik, wenn du stirbst, dann habe ich versagt. Wenn ich in die Zeit zurückgeschickt worden bin, um dich zu retten, und es gelingt mir nicht – was war dann der Sinn?«

Lächelnd zog er Rain an seine Schulter und streichelte sie zärtlich. Liebevoll spielte er mit ihrem Haar, federleicht fuhr er mit den Fingern über ihr Kinn, küsste sie zärtlich auf die Schulter. »Ich denke, dein Gott hat alles erreicht, was Er wollte – vorausgesetzt, Er war es, der dich geschickt hat. Siehst du es denn nicht, Rain? Du hast mich von meiner Schande erlöst. Du hast mein Herz erweicht, hast mich gelehrt, wieder zu lieben. Ich werde das nie bedauern, nie bereuen, auch wenn wir uns niemals wieder begegnen werden.«

»Wenn das so ist, warum musst du dann fortgehen?«

»Steven«, sagte er tonlos. »Ich könnte aufhören, die ganze angelsächsische Rasse für Astrids und Thorkels Tod anzuklagen, vielleicht könnte ich sogar meinen Racheschwur gegen sie aufgeben ... aber nicht den gegen Gravely. Ich liebe dich, Rain, aber die Ehre erfordert es, dass ich seine teuflische Existenz auf dieser Welt vernichte.«

Rain wusste, dass sie sich damit abfinden musste, und gab sich der Lust ihres Liebesspiels hin.

Als Selik ihre Beine spreizte und sich auf sie legte, spürte sie das heftige Schlagen seines Herzens an ihrer Brust. »Unsere Herzen scheinen im selben Takt zu schlagen«, murmelte sie.

»Ja«, erwiderte er leise und legte die Hand auf ihre Brust, zwischen ihre beider Herzen. »Sie scheinen immer nur das eine Wort zu wiederholen – Liebe, Liebe, Liebe, Liebe ...«

Er sah den untröstlichen Schmerz in Rains Honigaugen, in denen sich das Kerzenlicht golden spiegelte. Er spürte, wie angespannt sie war, wie sehr die Angst um ihn sie gefangen hielt. Und er begann, ihr die Anspannung zu nehmen, begann, die starre Kälte aus ihren Armen und Beinen zu vertreiben, indem er sie in die Arme schloss, sie festhielt und streichelte. Als ihre Lippen sich öffneten, um ihn noch einmal zu bitten, seine Entscheidung zu überdenken, brachte er sie mit einem Kuss zum Schweigen. Und er spürte, wie sich ihr Schmerz zu heißem Verlangen wandelte.

Als er in sie eindrang, schrie Rain vor Lust. Er stieß zu und zog sich zurück, langsam, langsam, wieder und wieder, bis ihr Körper in winzigen Zuckungen sinnenverwirrender Leidenschaft erbebte. »Oh ... oh ... oh ... Gott ... bitte!«

Selik hielt sich still in ihr, bis ihre Erregung den Höhepunkt erreichte und barst, dann begann er seinen Rhythmus von neuem. Er beherrschte Rain, er bestimmte, wie es geschah. Langsam, schnell, langsam, schnell.

»Sag es mir«, verlangte er heiser.

»Ich liebe dich.«

»Noch einmal.«

»Ich liebe dich.«

»Noch einmal.«

»Ich ... a-a-ah ... süßer Jesus ... ich liebe dich!«

Noch hielt er sich in fast schmerzhafter Beherrschung zurück, füllte sie mit seiner steinharten Erektion, zögerte es hinaus, sich der eigenen Lust zu ergeben, die ihn um den Verstand zu bringen drohte.

»Jetzt, sag es jetzt«, stieß er hervor und bäumte sich in männlichem Stolz auf, als sie seinen Namen schrie. Mit einem langen, quälend langsamen Stoß drang er tief in ihren Schoß ein, der sich ihm entgegendrängte.

»Sag es mir noch einmal.«

»Ich liebe dich, verdammt. Bitte ... oh, bitte ...«

Selik lachte, ein tiefes, kehliges Lachen voller Lust. Unter dem Ansturm der Leidenschaft bäumte er sich erneut auf und warf den Kopf weit zurück in den Nacken. Rain schlang die Beine um seine Hüften und hielt ihn fest umklammert. Er stieß in sie. Seine Lust war so stark, so unbeherrschbar, dass er wusste, sie würde sich auf ewig in seine Seele einbrennen. Er stöhnte laut, als er seinen Samen in Rain verströmte.

»Ich liebe dich! Für immer!« Er schrie es heraus, als er die Hitze in Rains Schoß spürte, die ihn auf dem neuen Höhepunkt ihrer Lust zuckend umschloss.

»Ich liebe dich auch.« Und dann, unter den Nachwirkungen der schwächer werdenden Zuckungen, stieß Rain hervor: »Du tötest mich.«

Selik lächelte. Er hatte das Gesicht gegen ihren Hals gedrückt und rang noch immer um Atem. »Ja, aber was für eine Art zu sterben!«

Befriedigt und vollkommen entspannt, schliefen sie eng umschlungen ein. Als das Grau des Morgens durch die Luke des Heubodens hereinkroch, richtete sich Selik abrupt auf.

»Wa-was ist?«, fragte Rain schläfrig. Auch sie hatte sich aufgesetzt.

»Ach, Süße, ich wollte dich die ganze Nacht lang lieben, aber ich bin eingeschlafen.«

Rain lachte und schlang die Arme um seine Taille, ihre Brüste rieben sich verführerisch an seiner behaarten Brust. »Ach ja! Große Worte!«

Er drückte sie auf das Bett zurück, legte sich auf sie und drückte seine schwellende Männlichkeit gegen sie. »Groß? Du liebst es groß?«, fragte er lachend. »Na gut, dann sollst du es auch so haben.«

An diesem Tag vergingen die Stunden wie Minuten. Selik nahm die Jungen mit in den Wald, aus dem sie einen toten Baum nach dem anderen zum freien Platz vor der Scheune schafften und in Blöcke zerhieben. Am frühen Nachmittag war neben der Scheune ein Holzvorrat aufgestapelt, der für einige Monate reichen würde.

Danach setzte er sich mit Rain und Ubbi an den Tisch. Während sie Brot und harten Käse aßen und Met dazu tranken, wandte sich Selik an Ubbi. »Geh morgen früh nach Jorvik. Gyda wird dir sagen, wo ich das Geld versteckt habe.«

Dann wandte er sich an Rain. »Was euer täglich Brot angeht, so wirst du von den Mönchen und deren jämmerlicher Mildtätigkeit nicht mehr abhängig sein. Nutze mein Vermögen, und wenn du mehr brauchst, wende dich an Gyda.«

Rain nickte. Der Knoten in ihrer Kehle machte es ihr unmöglich zu sprechen.

Selik schob ihr eine Pergamentrolle zu. »Ich habe den Hof auf dich überschrieben, er gehört jetzt dir.«

Rain keuchte. »Nein! Nein, das will ich nicht«, wehrte sie erschrocken ab und schob die Rolle zu ihm zurück. Selik handelte wie ein Mann, der wusste, dass er sterben würde, und seine Angelegenheiten regelte.

»Nimm es«, sagte er ernst und drückte ihr das Pergament in die Hand. »Die angelsächsischen Soldaten könnten zurückkommen, und dann wirst du den Nachweis brauchen, dass du die Besitzerin bist. Ich habe das Schriftstück auf das vergangene Frühjahr zurückdatiert, damit sie nicht zu dem Schluss kommen, ich sei doch hier gewesen.«

In den nächsten Stunden fielen Selik immer wieder wichtige Einzelheiten ein, die Rain wissen musste – der Name des Wikingers in Jorvik, der bereit war, im nächsten Frühjahr die Felder für sie zu bestellen, der Hinweis, das Geld abzuholen, das Ella ihr schuldete, die Warnung, sich vor den herumstreifenden Soldaten in Acht zu nehmen, die Ratschläge, wie sie mit den gerissenen Mönchen im Kloster umgehen sollte. Weiter und weiter sprach er, während Rain sich nur eines wünschte: sich an ihn zu klammern und ihn anzuflehen, nicht fortzugehen.

Irgendwann stand Selik auf, um sich Met nachzufüllen. Da stürmte Adam auf ihn zu und trat ihm vors Schienbein. »Was soll das, du verdammter Racker?«, herrschte er den Jungen an, packte ihn am Genick und hob ihn hoch.

»Das ist dafür, dass du weggehst, du verdammter, verfluchter Heide«, schluchzte Adam. »Du bist genau wie alle andern. Mein Vater. Meine Mutter. Keiner ist geblieben.« Die Stimme versagte ihm, und er begann, wild um sich zu schlagen und zu treten.

Selik starrte den tobenden Jungen überrascht an. Als er aufstöhnte, klang das fast schmerzvoll. Er zog Adam in seine Arme und drückte ihn fest an seine Brust. Zuerst wehrte sich der Junge noch mit aller Kraft, mit kratzenden Händen und vulgären Obszönitäten. Doch endlich beruhigte er sich und barg das Gesicht an Seliks Schulter.

Selik sagte nichts. Er sah Rain aus seinen schiefergrauen Augen an, ehe er Adam in eine ruhige Ecke der Scheune trug. Dort setzte er sich hin, nahm den Jungen auf den Schoß und sprach lange mit ihm.

Rain war zu Mute, als sei ihr Herz aus dünnem Kristall und würde jeden Augenblick in Millionen unzähliger Splitter zerbrechen. Sie wusste nicht, ob sie ohne diesen Mann überleben könnte – ohne ihn, der der andere Teil ihrer Seele war, der Schlag ihres Herzens ... ihre niemals endende Liebe.

Das Essen verlief an diesem Abend ernst und schweigsam. Blanche hatte sich mit dem Abschiedsessen selbst übertroffen – goldbraun gebackene, knusprige Hühner, geröstetes Wildbret, gekochtes Gemüse, frisches Obst und eine Creme aus Eiern und Honig –, doch selbst diese Gaumenfreuden konnten an der trüben Stimmung nichts ändern. Sogar die Kinder waren ungewöhnlich still. Sie warfen furchtsame Blicke auf die stumm dasitzenden Erwachsenen, fragende Blicke, denn einige von ihnen verstanden noch nicht, was vor sich ging.

Bei Einbruch der Dämmerung traf Gorm ein. Er führte Seliks Männer an und führte den gesattelten Fury mit sich. Selik ging mit großen Schritten auf seine Leute zu und sprach mit ihnen. Rain zuckte zusammen, als sie den grimmigen Krieger sah, in den sich ihr Geliebter verwandelt hatte. Selik trug lange Hosen aus Leder und ein Kettenhemd, das ihm bis zu den Waden reichte. Eine Tunika aus tiefblauer Wolle bedeckte die Rüstung. Zum Schutz gegen die Kälte hatte er sich einen schweren Fellumhang umgelegt. Selik befestigte Schwert, Helm und Lanze an Furys Sattel, zog sich die schweren Handschuhe an und kam dann noch einmal zu Rain.

Sie ging ihm entgegen, fühlte sich verzagt vor diesem Fremden in Kampfkleidung. Aber dieses Mal lag nicht der grausame Ausdruck in Seliks Augen. Sie fand darin nur Liebe, tiefe, immer während Liebe.

»Komm zu mir zurück, Selik.«

»Wenn ich kann«, versprach er leise. Zögernd hob er die Hand. Dann, als könne er einfach nicht anders, berührte er mit den kalten Spitzen seines Handschuhs ihre Lippen. »Wenn ich kann.«

»Ich werde dir folgen, wenn du es nicht tust«, schrie sie ihm zu, als er sich in den Sattel schwang. »Hörst du mich? Ich werde dir folgen!«

Selik lächelte verzerrt und setzte sich den Helm auf. Als er zu Rain herunterschaute, formten seine Lippen die Worte: »Ich liebe dich. Auf ewig.«

Dann ritt er davon, ohne sich noch einmal umzusehen. Rain sank zu Boden, als die Knie unter ihr nachgaben. Erst jetzt begann sie zu weinen. Sie weinte aus Schmerz, weil er fortgeritten war. Sie weinte aus Angst, dass er nicht mehr zurückkommen würde.

»Beschütze ihn, Gott«, betete sie unter herzzerreißendem Schluchzen. »Verdammt, hörst du mich? Du hast ihn mir gegeben. Untersteh dich, ihn mir wieder wegzunehmen. Bitte, Gott, o bitte, ich bitte dich, beschütze ihn.«

Doch die Stimme in ihrem Kopf blieb stumm, hüllte sich in tödliches Schweigen.

18

In den folgenden Wochen hing eine dunkle Wolke über dem Gehöft. Und auch das Wetter wurde grau und trostlos. Die Bewohner der Scheune erfüllten trübsinnig die ihnen zugewiesenen Aufgaben, und es schien, als läge eine schwere Last auf ihren Schultern. Die Kinder hackten weiterhin Holz und stapelten es auf, sie wuschen ihre Kleider, molken die Kuh, sammelten die Eier ein, hielten die Scheune sauber – aber sie waren dabei ungewöhnlich still. Rain wünschte sich fast ihr früheres Herumlärmen und ihre kindlichen Streitereien zurück.

Sogar Adam hatte sich in diesen Tagen zu einem Vorzeigekind gewandelt. Nun, das ist vielleicht ein wenig übertrieben, korrigierte sich Rain gleich wieder. Denn sein Mund spuckte auch weiterhin die üblichen vulgären Worte aus, doch jetzt entschuldigte sich Adam hinterher dafür. Er spielte bei den anderen Kindern nach wie vor den Tyrannen und sah seine Anführerrolle als selbstverständlich an, aber immerhin versuchte er, seine Befehle mit Lob zu verbrämen. Es rührte Rains Herz, wenn sie die Sorge um Selik in seinen großen braunen Augen sah. Und es machte ihr Angst.

Nach zwei Wochen des sich Sorgens und nutzlosen Hinundherlaufens beschloss Rain, eine alte Idee wieder aufzunehmen und in die Tat umzusetzen. Es ging um die Pocken, eine Krankheit, die die Menschen dieser Zeit plagte. Rain hatte nicht die Absicht, den Lauf der medizinischen Geschichte zu ändern, aber sie sah keinen Schaden darin, ihre kleine Horde zu impfen. Sie bat Ubbi um seine Hilfe.

»Jetzt weiß ich, dass Ihr wirklich verrückt seid«, verkündete er und schleuderte den kleinen Schleifstein zu Boden, mit dem er versucht hatte, sein Messer und sein Schwert zu schärfen. Er war schlechter Laune, seit Selik fort war, weil sein Herr ihm befohlen hatte, hier zu bleiben und Rain und die Kinder zu beschützen. Außerdem machte sich seine Arthritis wieder bemerkbar. Und ihre Bitte jetzt machte es nicht besser. »Dass Gott mir eine Botschaft schickt, dass ich dabei helfen soll, meinen Herrn zu entführen, ist eine Sache. Aber dass ich losgehen soll, um den Schleim von pockenkranken Kühen einzusammeln? Nein, das werde ich nicht tun!«

»Ubbi, lieber Ubbi ...«

»Versucht nicht, mich mit süßen Worten einzuwickeln«, warnte er und verschränkte unnachgiebig die Arme vor der Brust.

»Ich kann gehen«, meldete sich Adam freiwillig.

»Das wirst du nicht«, riefen Rain und Ubbi erschrocken und wie aus einem Munde.

»Nun, wenn Ubbi Angst vor den verdammten Kühen hat ...«

»Du gehst besser und hilfst deiner Schwester, den Pisspott zu leeren, den sie da von einer Seite zur andern schwenkt«, fauchte Ubbi. »Sonst fege ich die verdorbenen Binsen mit deinem Gesicht auf. Und halte dich von den Kühen fern – von *jeder* Kuh.« Kopfschüttelnd wandte er sich wieder Rain zu: »Mein Gott!«

Hast du mich gerufen?

»Habt Ihr das gehört?«, schrie Ubbi. »Habt Ihr das gehört? Oh, jetzt habt Ihr es getan! Ihr habt Gott gebeten, zu mir zu sprechen! Ihr habt es getan!«

Rain lächelte. Manchmal kam Gott zur rechten Zeit.

Ubbi kehrte bei Anbruch der Dämmerung zurück. Er murrte, weil er mehr als zwanzig Hektar Weideland hatte durchwandern müssen, bis er eine kranke Kuh gefunden hatte.

»Hast du Handschuhe getragen? Und dafür gesorgt, dass dein Mund bedeckt war, als du die Pusteln geleert hast? War die Kuh schon tot?«

»Ja, ja, ja«, erwiderte Ubbi müde.

»Stehen bleiben«, brüllte Rain, »und fass nichts an.«

Erschöpft wie er war, hatte Ubbi sich auf der Bank vor dem Feuer niederlassen wollen. Als Rain losbrüllte, zuckte er entsetzt zusammen. »Und was jetzt?«

»Jetzt ziehst du deine Kleider aus, damit ich sie verbrennen kann. Ich will jedes Risiko einer Ansteckung vermeiden.«

Ubbi widersprach nicht. Er war zu müde, um mit ihr zu streiten.

Am nächsten Tag impfte Rain die Kinder, ebenso wie den entsetzten Ubbi und die verschreckte Blanche – die sich, nebenbei bemerkt, ihr gegenüber auffallend feindselig benahm, seit sie bei ihnen in der Scheune wohnte. Zum Impfen benutzte Rain ein Messer mit scharfer Spitze. Damit ritzte sie die Haut am Oberarm ganz leicht ein und brachte eine ungefähr stecknadelkopfgroße Menge der aus dem Pockenvirus aufbereiteten Substanz in diese Wunde ein. In den folgenden Tagen zeigte sich, dass alle – abgesehen von leichtem Fieber und etwas Übelkeit – diese Feuerprobe gut überstanden hatten, ohne irgendeinen Schaden daran genommen zu haben.

Zufrieden mit dem Ergebnis dieses Projekts, beschloss Rain, die Arbeit im Hospizium wieder aufzunehmen. Außerdem musste sie in der Stadt Vorräte kaufen – dicke Stoffe und schweres Garn, um zusätzliche Auflagen für die Strohsäcke zu nähen, besondere Gewürze, die Blanche gefordert hatte, noch mehr Holzbretter und Löffel und Garn, um Strümpfe für die

Kinder zu stricken. Gyda hatte versprochen, für einen Tag auf den Hof zu kommen und die Mädchen in diesem nützlichen Handwerk zu unterweisen, das Rain nie erlernt hatte.

Ubbi, genervt von Rains ständigen Fragen nach Selik und seinem Schicksal, ermutigte sie. »Bitte geht. Gönnt uns eine Pause von Eurem ständigen Gerede über den Herren. Er kann gut auf sich selbst aufpassen, das sage ich Euch.«

Adam beharrte darauf, mit ihr zu gehen, um sie zu beschützen. Rain wollte protestieren, kam dann aber zu der Meinung, dass es dem Jungen nicht schaden würde, das Hospizium zu sehen. Vielleicht konnte er sogar eine Hilfe sein. Aber zuerst musste sie ihn warnen, ihre Verkleidung als Mönch nicht preiszugeben. Adam war begeistert von diesem Streich, den sie den Mönchen spielten, weil diese sich den Waisenkindern der Stadt gegenüber nicht gerade als großzügig erwiesen hatten.

Adams Gassenjungenfähigkeiten erwiesen sich als unschätzbar. Er führte Rain auf ihr bisher unbekannten Abkürzungen durch die Stadt, feilschte gnadenlos mit den Händlern und zeigte ihr zu guter Letzt einen Laden, der sich auf Importe aus dem Osten spezialisiert hatte, einschließlich exotischer Gewürze.

Später thronte Adam dann auf einem von Ellas hochlehnigen Stühlen und wartete darauf, bis die Frauen alle Stoffe und Garne zusammengepackt hatten, die Rain gekauft hatte. Dabei aß er Honigkuchen, trank mit Wasser verdünnten Met und sah ganz aus wie der Herr dieser Burg.

»Jemand sollte diesem kleinen Stinker mal einen Dämpfer verpassen«, murrte Ella, als Adam eine ihrer Arbeiterinnen auszankte, weil die nach seiner Ansicht zu knauserig beim Abmessen der Stoffe gewesen war. In Ellas Stimme klang aber gleichzeitig auch ein bewundernder Ton mit. »Bei Gott, wenn aus dem Jungen erst ein Mann geworden ist, dann wird er eine Augenweide sein.«

Rain stimmte Ella darin zu, besonders während ihres Besuchs im Hospizium. Adam folgte ihr überall hin, nicht wie ein junger Hund, sondern wie ein Kollege. Er war wissbegierig und saugte förmlich alles in sich hinein, was er um sich herum an Faszinierendem sah. Er stellte eine kluge Frage nach der anderen und schien vor Staunen über all das Unbekannte zu glühen.

Rain sah den zukünftigen Arzt vor sich. Zu schade, dass Adam in dieser archaischen Gesellschaft nie die Chance haben würde, einen solchen Traum zu verwirklichen.

Father Bernard allerdings war über Adams Anwesenheit nicht sonderlich erbaut. »Wirklich, Bruder Godwine, dass Ihr immer Eure Begleiter in diese geweihten Räume mitbringen müsst! Erst Bruder Ethelwolf, diesen brutalen Riesen, und jetzt diese heidnische Gossenratte.«

»Wer sagt, dass ich ein Heide bin?«, fauchte Adam streitlustig. »Ich spreche jeden Abend meine Gebete. Und außerdem bin ich zum Teil angelsächsisch, genau wie du, *Bernie*. War deine Mutter auch eine Hure?« Letzteres fragte er mit der großäugigen Unschuld einer gut genährten Katze.

Father Bernard blieb die Luft weg, und er verschluckte sich fast an seiner Zunge. »Warte, du, du kleiner …« Er packte Adam am Arm, um ihm eine geharnischte Strafpredigt zu halten.

»Hat Bruder Godwine dir erzählt, dass er uns arme Waisen mit Kuhpocken eingeschmiert hat?«

»Was?« Father Bernard ließ Adams Arm los, als sei er eine heiße Kartoffel, und stürzte an die Waschschüssel. Er begann, sich heftig die Hände abzuschrubben, immer wieder. Und dabei murmelte er unablässig vor sich hin: »Gott bestraft mich für meine Sünden. O, ich muss sofort zur Beichte gehen.«

Rain hatte das Gefühl, dass sie für einige Zeit im Hospizium nicht gerade willkommen sein würde. Sie blitzte Adam ärgerlich an. Wobei sie zugeben musste, dass sich ihr Ärger in Grenzen hielt. Denn ihr war der Gedanke gekommen, im Frühjahr ihr eigenes Spital zu eröffnen. Und während der Wintermonate würde sie ohnehin genug damit zu tun haben, sich um das Wohlergehen ihrer Waisen zu sorgen. Und um Selik.

Über ein Monat war vergangen, und Selik war noch immer nicht zurückgekehrt. Rain führte ihr »normales« Leben weiter. Sie kümmerte sich um das Wohl der Kinder, ging gelegentlich – wenn das Winterwetter es zuließ – in das Hospizium oder besuchte Gyda und Ella. Und sie fühlte, dass die Scheune zu ihrem Zuhause geworden war, weitaus mehr, als ihr vornehmes City-Apartment in der Zukunft je gewesen war.

Rain versuchte, die Hoffnung nicht aufzugeben und zuversichtlich zu bleiben. Als Weihnachten näher rückte, erzählte sie den Kindern alle Weihnachtsgeschichten, an die sie sich aus ihrer Jugend erinnerte. *Ein Weihnachtsmärchen*, *The Night before Christmas*, *Frosty der Schneemann*. Und die Geschichte von Rudolf, dem Rentier mit der roten Nase. Zu Rains großer Freude gelang es ihr, den brummigen Ubbi dazu zu überreden, einen Tannenbaum aus dem Wald zu holen und in der Scheune aufzustellen, wo sie ihn mit Tannenzapfen und Ketten aus Stechpalmenbeeren schmückten.

Auf ihrem letzten Gang nach Jorvik begegnete Rain einem Händler, der Zucker feilbot – in dieser Zeit, in der man mit Honig süßte, war Zucker etwas Seltenes und demzufolge sehr teuer. Von einer plötzlichen Idee inspiriert, kaufte Rain dem Mann den Zucker ab. An ihre Brust gedrückt, trug sie ihn dann nach Hause, zusammen mit einem irdenen Topf mit eingemachten Kirschen, den Gyda ihr geschenkt hatte, und einem anderen, der Melasse enthielt. Wenn Selik zu Weihnachten kam, was Rain hoffte, würde sie ein ganz besonderes Geschenk für ihn haben.

»Seid Ihr verrückt?«, fragte Ubbi, als Rain später an diesem Tag alle ihre Zutaten in einen Topf mit Wasser schüttete, der über dem offenen Feuer hing. »Den ganzen Zucker zu vergeuden! Für was?«

»Lifesaver«, sagte Rain und hob das Kinn. »Ich werde für Selik zu Weihnachten Lifesaver mit Kirschgeschmack machen.«

Ihr erster Versuch war ein absoluter Fehlschlag. Nicht nur, dass die Formen, die sie auf ein Stück Marmor goss, allem anderen eher ähnelten als Ringen, sie wurden auch nicht richtig hart. Darüber hinaus schmeckten sie einfach scheußlich.

Sie hörte, wie Adela ihrem Bruder zuraunte: »Die schmecken ja wie Hühnerscheiße«, ehe sie ihre heimlich in den Pinkelpott entsorgte.

Als Rain ein kleines Mädchen gewesen war, hatte ihre Mutter einmal mit ihr Bonbons gemacht. Sie waren wunderbar gelungen, und Rain hatte sich gedacht, dass Lifesavers auf ähnliche Weise hergestellt werden könnten. Für das Rezept ihrer Mutter brauchte man Maissirup. Vielleicht lag es an der Melasse, die sie stattdessen verwendet hatte. Oder sie hatte nicht die richtigen Mengen genommen. Aber möglicherweise war auch ein offenes Feuer für die Herstellung von Bonbons ungeeignet.

Also versuchte Rain es noch einmal. Dieses Mal gelangen die Bonbons, aber sie schmeckten mehr nach Melasse als nach Kirschen, und zudem waren sie nicht süß genug.

Wieder und wieder experimentierte sie herum, vergeudete dringend benötigtes Geld, wenn sie mehr und mehr von dem Zucker kaufte, bis Ubbi schließlich dagegen Einspruch erhob. »Genug jetzt! Wenn er die hier nicht mag, dann weiß ich, in welchen Teil seines Körpers ich sie ihm stecken werde. Außerdem macht Ihr uns alle ganz krank damit, dass wir ständig davon probieren müssen.«

Rain lächelte verschämt. Ubbi hatte Recht, und sie wusste genauso gut wie er, dass die Kinder meistens nur vorgaben, die Bonbons zu mögen. Sie sagten es einfach, um Rains Gefühle nicht zu verletzen. Genau genommen war das Ergebnis ihres letzten Versuchs gar nicht so schlecht gewesen. Sie wickelte einige Dutzend der formlosen Dinger in ein Stück dicken Pergaments, band alles mit einem roten Band zusammen und legte es unter den Weihnachtsbaum.

Als Weihnachten kam und sie alle vor dem Feuer saßen – der Baum mit den Kerzen war wunderschön anzusehen, und auf dem Feuer köchelte ein köstliches Festessen –, begann Rains Hoffnung zu sinken. Selik war noch immer nicht zu ihr gekommen.

Die Tage vergingen, wurden zu Wochen. Die Winterstürme heulten um die Scheune, und der Weihnachtsbaum, den hinauszubringen sie sich starrsinnig geweigert hatte, verlor mehr und mehr seine Nadeln. Er war das Sinnbild ihrer sterbenden Hoffnung.

Ubbi und die Kinder senkten mitleidig den Blick, wenn sie Rain begegneten, und sie begann langsam zu akzeptieren, was die anderen schon akzeptiert hatten. Selik würde nicht zurückkommen. Nie mehr.

Zwei Wochen nach Weihnachten, als sie von einem Besuch bei Gyda aus Jorvik auf den Hof zurückkehrte, bewahrheiteten sich Rains schlimmsten Ängste. In der Scheune lag ein verwundeter, verzweifelter Gorm vor dem wärmenden Feuer und wurde von Blanche und Ubbi versorgt. Die Kinder hockten still im Hintergrund, furchtsam aneinander gedrängt.

»Was ist geschehen?«, schrie Rain. Sie stürzte auf Gorm zu

und kniete sich neben ihn. Nachdem sie den Umhang abgestreift hatte, begann sie, seine Verletzungen zu untersuchen. Keine von ihnen war lebensbedrohend. Er war vom Kopf bis zu den Füßen von Blutergüssen und Schnitten übersät, zudem hatte er einige Rippen gebrochen, die Rain mit Leinenstreifen bandagierte.

»Es ist schlimm, Mylady«, berichtete er und sah aus grimmigen Augen zu ihr auf, während sie sich um ihn kümmerte. »Was geschehen ist ... es ist sehr schlimm.«

Rain fragte nicht nach Selik. Zu groß war ihre Angst vor der Antwort.

»König Athelstans Männer warteten in der Nähe des Humber, dort, wo das Langschiff des Herrn versteckt war.«

Rain holte mühsam Luft. *Bitte, Gott. Bitte!*

»Sie haben sofort drei unserer Männer getötet. Zwei andere haben sie zu Tode gequält.« Gorm schluckte wiederholt, als müsste er einen Brechreiz unterdrücken. Seine Augen weiteten sich und wurden starr, als er die grausamen Bilder vor sich sah, die sich unauslöschlich in sein Bewusstsein eingebrannt hatten.

Rain ballte die Hände zu Fäusten, Tränen strömten ihr über das Gesicht – sie hatte Angst, von Seliks Schicksal zu erfahren, aber dennoch musste sie wissen, was mit ihm geschehen war.

»Die Angelsachsen hielten mich für tot, sie dachten, all das Blut auf meiner Brust wäre meines, aber es war das von Snorr. O Gott, es war Snorrs. Die letzten Tage habe ich im Fieber gelegen, in der Hütte eines Bauern.«

Seine Augen hielten Rains Blick fest, sie glaubte, Mitleid darin zu erkennen, und wappnete sich gegen das, was als Nächstes kommen würde.

»Sie haben den Herrn gefangen genommen. Sie haben ihm schreckliche Dinge angetan, ehe sie ihn mitgenommen haben.

O heiliger Thor, das haben sie. Wenn ich ihn nur hätte töten können, ehe sie ihn wegschleppten! Ich hätte es getan, und zwar frohen Herzens. Denn er wäre besser tot, als in den Händen dieser Teufel zu sein.«

Rain klammerte sich an nur das eine. Selik lebte. *Danke, Gott*.

»Wo haben sie ihn hingebracht?«, fragte sie. Ihr Verstand zählte bereits alles auf, was an Vorbereitung für ihre Reise erforderlich wäre.

»Nach Winchester. Zu König Athelstan.«

Rain nickte, das hatte sie erwartet. »Ich muss nach Winchester. Vielleicht kann ich den König überzeugen, Selik freizulassen. Er hat immer gesagt, der König hege eine große Bewunderung für Heiler.«

»Aber der Hass, den er auf Selik hat, ist größer«, bemerkte Ubbi niedergeschlagen. »Das solltet Ihr bedenken.«

»Mag sein, aber ich habe gehört, er sei ein mitfühlender König, einer, der bereit ist, sich beide Seiten anzuhören.«

Ubbi schüttelte zweifelnd den Kopf.

»Ubbi, du gehst nach Jorvik und sagst Gyda, dass ich zwei Pferde brauche, damit Gorm und ich nach Winchester reiten können.«

»Drei Pferde«, mischte sich Blanche ein. »Ich reite auch mit.«

Sie sahen die junge Frau überrascht an. »Ich kenne mich in Winchester aus. Ich habe die meiste Zeit meines Lebens dort verbracht.«

Rain dachte kurz nach, dann stimmte sie zu. »Also drei Pferde. Und noch etwas, Ubbi. Sag Gyda, sie soll noch mehr von Seliks Geld schicken, und frag sie, ob sie oder Ella jemanden herschicken können, der bei den Kindern bleiben kann.«

»Ich werde dieses Mal nicht hier bleiben«, erklärte Ubbi nachdrücklich.

»Du musst aber, Ubbi«, versuchte Rain ihn zu überzeugen. »Wer sonst wird sich um die Kinder kümmern?«

»Ich werde das tun«, meldete sich Adam zu Wort. »Und glaubt nicht, ich könnte das nicht. Wenn ihr mir ein bisschen Geld dalasst, werde ich mit ein paar lumpigen Waisen schon fertig werden.«

Wahrscheinlich könnte er das, aber auf gar keinen Fall würde sie einen siebenjährigen Jungen zurücklassen und ihm die Verantwortung für ein Dutzend Kinder überlassen, von denen einige beträchtlich älter als er waren.

»Ubbi, du *musst* bleiben. Sei realistisch. Deine Arthritis ist bei dem feuchten Wetter so schlimm, dass du an manchen Tagen nicht einmal aus dem Bett kommst. Wie willst du einen so langen Ritt überstehen?«

Widerstrebend erklärte sich Ubbi schließlich einverstanden. »Ich würde Euch am liebsten zurückhalten. Ich muss daran denken, was das Beste für meinen Herrn ist.«

Rain umarmte ihn dankbar und stieg zum Heuboden hinauf, um ihre Habseligkeiten zu packen. Aus einem Stück Stoff machte sie sich eine Art Gürteltasche, die sie sich um die Taille legte und in der sie ihre Bernsteinkette verstaute. Des Weiteren die Drachenbrosche, die sie seit ihrer Ankunft nicht mehr getragen hatte, und den Rest der Münzen, die Selik ihr zurückgelassen hatte. Darüber zog sie zwei Paar von Seliks Wollhosen, zwei lange Tuniken, die Mönchskutte und einen Fellumhang.

Drei Tage später wurden Rain, Blanche und Gorm vor der Stadtmauer von Winchester aufgegriffen, nachdem sie versucht hatten, die Stadt nach Einbruch der Dämmerung zu betreten. Die angelsächsischen Soldaten tauchten aus dem Nichts auf und überrumpelten sie. Als Gorm in Gegenwehr seine Lanze hob, streckte ihn einer der Soldaten mit einem Schwertstreich nieder. Es geschah so schnell, dass es einen Augenblick dauerte, bis Rain begriff, dass Gorm tödlich getroffen am Boden lag und mit leeren, vor Todesangst weit aufgerissenen Augen zu ihr hochstarrte. Blanche schluchzte laut.

Dann machte Rain den Fehler, sich wütend an die Soldaten zu wenden. »Ich verlange, König Athelstan zu sprechen. Sofort. Wir sind gekommen, um für den Gefangenen Selik zu sprechen.«

»Der Geächtete!«, riefen die Männer wie aus einem Munde. Kaum hatte sie Seliks Namen genannt und damit die Vermutung erweckt, zu ihm in Verbindung zu stehen, zwangen die Soldaten sie, von den Pferden zu steigen, die sie sofort beschlagnahmten. Sie banden den beiden Gefangenen die Arme auf den Rücken und führten sie zu ihrem Kommandanten, wobei sie nicht darauf verzichteten, ihnen von Zeit zu Zeit mit ihren Lanzen einen Hieb zu versetzen.

»Master Herbert, die beiden hier sind um das Stadttor herumgeschlichen und haben nach dem Geächteten gesucht. Ein dritter Mann liegt tot draußen vor der Mauer«, erstattete einer der Soldaten Bericht.

»Wir sind nicht herumgeschlichen«, korrigierte Rain. Der Wachposten schob sie und Blanche in einen barackenähnlichen Raum, in dem ein gemein aussehender Mann, den Rücken gegen die Wand gelehnt, auf einer Bank saß und gelangweilt einen Becher Met leerte. Er war besser gekleidet als die übrigen Soldaten, die um einen Tisch herum saßen und sich die Zeit mit Trinken und Würfelspielen vertrieben. Zwei, drei Männer hatten eine Frau auf ihrem Schoß sitzen, die sie schamlos streichelten.

»Sollen wir den König davon unterrichten?«, fragte der Posten seinen Vorgesetzten. Rain hielt diesen Master Herbert für den Kastellan, den Kommandanten der königlichen Truppen in Winchester.

Plötzlich wachsam geworden, ignorierte Herbert die Frage des Soldaten. Mit frechem Blick musterte er ihr verdrecktes Äußeres, ihre noch immer auf dem Rücken gebundenen Hände. Sie waren zwei Tage geritten und hatten kaum Rast gemacht. Die persönliche Hygiene war nicht das Wichtigste gewesen. Der arrogante Herbert lehnte sich müßig zurück und nahm noch einen großen Schluck von seinem Met. Vermutlich hatte er sie aufgrund ihrer Erscheinung als bedeutungslos eingestuft.

»Ja, geh und tu das. Ich muss mit König Athelstan sprechen … sofort«, sagte Rain mit einem Drängen, das ihre Stimme höher klingen ließ.

Herberts Augenbrauen schossen hoch, und er stand abrupt auf. Über die Bank springend, ging er auf sie zu. Rain hörte einige Soldaten lachen.

»Ein Mönch, der zu Gunsten des heidnischen Nordmannes spricht? Nun, das ist merkwürdig«, sagte er seidenweich und kam näher. Rain konnte sich kaum beherrschen, nicht zurückzuweichen. Als er vor ihr stand, reichte sein Kopf ihr nur bis zur Nase. Seine Hand schoss vor, und er zerrte ihr die Kapuze vom Kopf. Er packte ihren langen Zopf und zog ruckartig daran, dann nahm er das Messer, das in seinem Gürtel steckte, und durchschnitt damit das Lederband, das den Zopf zusammenhielt. Rains Haar bauschte sich wie eine Wolke auf.

Herbert stieß ein lautes Pfeifen aus, und einige der Soldaten holten hörbar Luft, ehe sie begannen, vulgäre Bemerkungen zu rufen. »Einem Mönch, der solche Haare hat wie der da, würde ich auch gern mal meinen Bettelstab in den Arsch schieben«, rief ein junger Mann, der augenblicklich den Kopf einzog, als seine Kameraden ihn wegen seiner sexuellen Vorlieben aufzuziehen begannen.

Mit zwei raschen Handbewegungen, von denen Rain kaum mehr als das Aufblitzen seines Messers wahrnahm, schlitzte ihr der Kommandant die Mönchskutte vom Hals bis zum Saum, von der Schulter zum Handgelenk auf. Der schwere graubraune Wollstoff fiel auf den mit Binsen bedeckten Boden. Herbert ließ den Blick über ihre Gestalt gleiten und verzog dann abfällig den Mund. Die zwei Tuniken und die Hosen, die Rain übereinander gezogen hatte, ließen sie schwer und füllig aussehen, für seinen Geschmack offensichtlich zu füllig.

Dann richtete Herbert seine Aufmerksamkeit auf Blanche. Die junge Frau sah ihn aus halb geschlossenen Augen an und ließ ihren Blick herausfordernd über seinen Körper gleiten. Dann streckte sie in unverhohlener Einladung an ihn die Brüste heraus. Voller Abscheu sah Rain, wie sich in Herberts Mundwinkel ein See aus Speichel bildete.

Rain kam zu dem Schluss, dass sie jetzt rasch handeln musste. Es war anzunehmen, dass sie diesen Kommandanten nicht dazu bringen würde, sie zum König zu führen, nicht bei ihrem Aussehen. »Hör zu«, unterbrach sie seine lüsterne Betrachtung von Blanches Reizen, »ich bin Ärztin – eine Chirurgin. Ich komme von weit her. Dein König wird mit mir sprechen wollen.«

Herbert bedachte sie mit einem höhnischen Schimpfwort, und seine Kameraden lachten beifällig. »Eine Frau als Arzt? Das glaube ich nicht. Der einzige Verstand, den eine Frau hat, sitzt zwischen ihren Beinen.« Die Soldaten grölten vor Lachen.

Rain richtete sich wütend auf. »Und der einzige Verstand, den du hast, ist ...«

Ehe Rain die Gelegenheit hatte, zu Ende zu sprechen, schoss Herberts Faust vor und traf sie am Kinn. In ihrem Hals hörte sie ein leises Schnappen, als der Schlag ihren Kopf zur

Seite riss. Sie taumelte. Ihr Kopf schlug mit einem dumpfen Aufprall gegen die Holzwand. Rain sackte in sich zusammen und fiel zu Boden.

Rain erwachte erst wieder am nächsten Morgen. Als sie zu sich kam, lag sie auf einem harten, schmutzigen Steinboden, der durchdringend nach altem Urin, Feuchtigkeit und anderen schrecklichen Gerüchen stank. Ihre Arme waren nicht mehr gefesselt, und sie richtete sich mühsam zum Sitzen auf. Sie zuckte zusammen. Vorsichtig betastete sie zuerst die gänseeigroße Beule an ihrem Hinterkopf, dann ihr schmerzendes Kinn. Sie bewegte es hin und her und stellte erleichtert fest, dass dieser brutale Kerl es ihr nicht gebrochen hatte – was nicht hieß, dass er es nicht versucht hatte.

Als sie ein Quieken hinter sich hörte, richtete sie sich kerzengerade auf, was das Pochen in ihrem Schädel noch schmerzhafter machte. *Ratten*, erkannte sie augenblicklich. Man hatte sie in ein feuchtes unterirdisches Verlies gesperrt, und in der Nähe waren Ratten.

Rain stand auf, um sich zu orientieren. Die Zelle war nicht mehr als zweieinhalb Quadratmeter groß. Bis auf die Bank unter dem einzigen Fensterschlitz war sie leer. Das heißt, es gab noch einen Eimer für Exkremente, der in einer Ecke stand, und auf den Boden nahe der dicken Holztür hatte jemand einen Krug mit Wasser und ein Brett gestellt, auf dem ein Kanten verschimmeltes Brot und ein Stück Fleisch lagen. Eine Ratte nagte an dem Fleisch.

Rains Überlebensinstinkt regte sich. Sie war am Leben. Selik lebte. Das war alles, was jetzt wichtig war. Und die Hoffnung, die sie erfüllte.

Entschlossen schlang sie die Arme um sich und ging hinüber zu der Ratte. Sie verscheuchte das Tier mit einem Fußtritt und nahm das Brot in die Hand. Der quiekende Nager konnte später wiederkommen und das gräulich aussehende Fleisch fressen, aber sie brauchte das Brot, mochte es noch so verschimmelt sein, zum Überleben. Und natürlich das Wasser.

Am späten Nachmittag waren Rains vordem so hoffnungsvolle Lebensgeister ermattet. Die Schreie und das Stöhnen, das sie aus den Zellen in ihrer Nähe hörte, sagten ihr, dass es noch andere Gefangene in diesem unterirdischen Gewölbe gab. In den vielen Stunden, die sie hier nun schon festgehalten wurde, war niemand in ihre Zelle gekommen. Sie begann, sich gegen die erschreckende Aussicht zu wappnen, in diesem rattenverseuchten Loch schlafen zu müssen.

Wohl schon zum hundertsten Mal stellte sie sich auf die Bank und spähte durch das schmale Fenster, das auf einer Höhe mit dem Boden des Burghofes lag. Unzählige Male hatte sie um Hilfe gerufen, wenn Soldaten oder Diener vorbeigegangen waren, aber alles ohne Erfolg. Hoffnungslos starrte sie hinaus.

Zwei gut gekleidete Männer näherten sich von der linken Seite. Der eine von ihnen, ein hoch gewachsener dunkelhaariger Mann von Anfang zwanzig, ging mit raschen Schritten neben seinem Begleiter her und diskutierte lebhaft mit ihm. Der Wind ließ seinen pelzgesäumten Umhang aufwehen, unter dem eine wunderschöne blaue Tunika zu sehen war, die von einem Gürtel aus Silbergliedern geschmückt wurde. Dazu trug der junge Mann eine dunkle Hose und fein gearbeitete Lederstiefel. Als er das Gesicht wandte, keuchte Rain auf. O mein Gott! Er sah genauso aus wie ihr Bruder Eddie, der im Libanon gefallen war.

Die feinen Härchen an Rains Körper richteten sich auf, als ihr Blick auf die drachenförmige Brosche fiel, die den Umhang des Mannes zusammenhielt. In fliegender Hast hob Rain ihre zwei Tuniken hoch und tastete unter dem Taillenband ihrer beiden Hosen nach der Gürteltasche, die sie sich um die Taille gebunden hatte. Gott sei Dank – die Soldaten hatten sie nicht entdeckt! Rain zog die Drachen-Brosche heraus, dann schaute sie wieder zu dem Mann, der näher kam. Die beiden Broschen sahen genau gleich aus.

Er musste Eirik sein, begriff Rain in dieser Sekunde. Ihr Halbbruder aus der Vergangenheit. Tykirs Bruder.

»Eirik!«, rief sie hoffnungsvoll. Er hörte sie nicht. »Eirik!«

Er reagierte noch immer nicht. In einem Moment würde er vorbeigegangen sein und mit ihm Rains Hoffnung auf Befreiung.

Okay, Gott, wie wäre es jetzt mit ein wenig Hilfe?, betete Rain verzweifelt.

Aus vollen Lungen schrie sie seinen Namen. »Eirik!« Gerade jetzt kam erneut leichter Wind auf, und er trug ihren Schrei Eirik zu, denn er wandte sich zum Fenster um, die dunklen Brauen verwirrt zusammengezogen.

»Eirik, hier drüben bin ich!«

Er kam näher, ignorierte den Protest seines Begleiters, der in den Saal der Burg zurückkehren wollte. Eirik kniete sich hin und spähte durch den Fensterschlitz.

»Eirik, Gott sei Dank, dass du mich endlich doch gehört hast. Mach bitte rasch. Du musst mich hier herausholen. Ich bin deine Schwester – oh, ich weiß, dass du noch nie von mir gehört hast, aber ich werde dir später alles erklären. Bring die Wachen dazu, mich freizulassen. Wir müssen Selik helfen – schnell!«

»Ich habe keine Schwester«, erwiderte Eirik und wollte aufstehen.

»Doch, das hast du. Ich bin Rain – Thoraine Jordan. Rubys Tochter. Sieh hier«, sagte sie und hielt die Drachen-Brosche hoch, sodass er sie sehen konnte.

»Was hast du da?«, knurrte er und versuchte, nach der Brosche zu greifen. Doch Rain zog sie rasch zurück. Wenn sie die Brosche aus der Hand gab, hätte sie keinen Beweis mehr für ihre Identität. Seltsam, sie hatte bisher noch nicht einmal daran gedacht, dass das kostbare Familienerbstück ihr als Beweis dienen könnte. Fast hätte sie hysterisch gekichert.

Eirik kniff die Augen zusammen, als er versuchte, durch den schmalen Spalt ihr Gesicht anzusehen. »Verdammte Hölle!«, sagte er schließlich, stand auf und ging davon.

Enttäuscht starrte Rain ihm hinterher. Er hatte ihr nicht geglaubt. Sie sank auf die Bank und ließ die Tränen über ihre Wangen strömen. Was aus ihr wurde, war ihr egal. Es ging um Selik. Sie fürchtete voller Verzweiflung um sein Leben. Was mochten die verdammten Angelsachsen ihm angetan haben, um ihn zu quälen?

Das Knarren der Türangel schreckte Rain auf. Die massive Tür schwang nach außen auf und gab Eirik den Weg frei.

Er musste sich ducken, als er die Zelle betrat, die durch seine imposante Größe und seine prachtvolle Kleidung noch winziger und elender zu werden schien. Er musterte Rain kalt. »Rede!«, befahl er schließlich.

»Nimm Platz«, forderte Rain ihn auf. Sie wischte sich die Tränen von den Wangen und deutete auf die Bank, auf der sie noch immer saß. »Wäre dir eine Erfrischung recht?«, fragte sie mit spöttischer Höflichkeit.

»Dein Sarkasmus ist fehl am Platze, Frau«, fauchte Eirik. »Ich weiß nicht, wer du bist, aber eines ist gewiss – du bist nicht meine Schwester.«

Rain erhob sich und ging zu ihm. Sie war mit ihrer Geduld am Ende. Sie starrte ihn an, die Hände in die Hüften gestemmt.

Eirik betrachtete sie geringschätzig, dann hatte er die Unverschämtheit zu sagen: »Du bist groß ... für eine Frau, in der Tat.«

»Hoch gewachsen.«

»Wie bitte?«

»Hoch gewachsen. Ich bin nicht groß, du Witzbold.«

Sein Mund verzog sich zu einem Lächeln. »Witzbold – das ist ein Wort, das ich schon einmal gehört habe. Ich habe es von ...« Er verstummte abrupt, seine Augen weiteten sich vor Begreifen. Dann nahm er Rain am Arm und zog sie mit sich zur Tür. »Komm. Wir werden in meinem Zimmer weiterreden.«

Nachdem er zunächst halbherzig protestiert hatte, gestattete der Wachposten es Eirik dann doch, Rain aus dem Gefängnis zu führen. Offensichtlich genoss Eirik an König Athelstans Hof ein gewisses Ansehen. Jetzt fiel ihr auch wieder ein, dass Tykir etwas in dieser Richtung erwähnt hatte. Vielleicht war es Eirik möglich, auch Selik zu helfen.

Eiriks kleines, aber reich ausgestattetes Zimmer lag in einem Seitenflügel von Winchester Castle, einer bevorzugten Residenz des Königs. Jetzt, da sie ungestört waren, konnte Rain nicht anders. Sie warf sich an Eiriks Brust und umarmte ihn fest. »O Gott, du hast keine Ahnung, wie sehr du meinem Bruder Eddie ähnelst. Ich wusste nicht, wie sehr ich Eddie vermisst habe, bis ich dich sah. Ihr könntet Zwillinge sein.«

»Und wo ist Eddie jetzt?«, fragte Eirik zurückhaltend. Er schob Rain ein Stückchen von sich fort.

»Er ist tot«, sagte Rain und zog geräuschvoll die Nase hoch. »Er wurde im Libanon getötet, vor mehr als zehn Jahren. Er hat in der Marine gedient und ...« Ihre Worte erstarben, als sie begriff, dass Eirik das Meiste von dem, was sie sagte, nicht verstand, und dass er sie voller Argwohn betrachtete.

Rain ließ den Kopf sinken und versuchte, Kraft zu sammeln. Ihr Blick fiel auf ihre zur Faust geballte Hand. Sie öffnete sie und sah die Drachen-Brosche – die kostbare Nadel, von der ihre Mutter behauptete, sie sei ihr von ihrem Ehemann Thork geschenkt worden. Rain wusste nicht, was sie sagen sollte, um Eirik zu überzeugen, also reichte sie ihm wortlos die Brosche.

Er forderte Rain mit einer Handbewegung auf, sich auf den einzigen Stuhl im Zimmer zu setzen, während er sich auf dem Bett niederließ. Eirik löste die Brosche von seinem Umhang, der von seinen Schultern auf das Bett herunterglitt. Rain glaubte, Schmerz in Eiriks hellblauen Augen aufflackern zu sehen, den er aber eisern beherrschte.

Endlich schaute er Rain an. »Sag mir alles«, verlangte er heiser.

Als sie ihre unglaubliche Geschichte beendet hatte, sagte Eirik: »Ich habe Rubys Geschichte nie geglaubt ... dass sie aus der Zukunft gekommen wäre. Und deshalb glaube ich dir deine auch nicht.«

Rain machte eine abwehrende Handbewegung. »Ruby ist meine Mutter. Ob du glaubst, dass wir aus einer anderen Zeit oder aus einem anderen Land kommen, ist jetzt unwichtig. Das Wichtigste ist, Selik freizubekommen. Kannst du mir helfen? Hast du ihn gesehen?«

»Ich war gerade in seiner Zelle«, erwiderte er und rieb sich müde den Nacken. »Und nein, ich kann ihm nicht helfen. Ich habe es bereits versucht. Selik hat Athelstan zu weit getrieben. Der König wird dieses Mal nicht nachgeben.«

Es gelang Rain nicht, den klagenden schmerzerfüllten Laut zu unterdrücken, der sich aus ihrer Kehle löste. Eiskalte Angst packte sie, und sie zitterte. Sie wünschte, sie könnte unter die weichen Felldecken auf Eiriks Bett kriechen und schlafen und schlafen. Und wenn sie aufwachte, wäre dieser Albtraum zu Ende und sie würde wieder in Seliks Armen liegen.

»Wenn ich mit dem König reden könnte, vielleicht könnte ich ihn überzeugen.«

Eirik sah sie von der Seite ungläubig an. »Das ist verdammt unwahrscheinlich.«

»Aber ich habe gehört, dass Athelstan großes Interesse an der Medizin hat und dass Heilkundige ihm stets willkommen sind. Ich bin Chirurgin – und zwar eine gute, Eirik. Es gibt medizinische Entwicklungen, wie er sie sich nie träumen lassen würde und von denen ich ihm erzählen könnte, ich könnte ihm meine Dienste anbieten …«

»Du bist Ärztin? Wirklich?« Eirik sah sie erstaunt an.

Rain nickte. »Ich bin vom College abgegangen, als ich zwanzig war, und habe die *Medical School* in spitzenmäßig schnellen vier Jahren absolviert. Ich habe einen ziemlich hohen IQ«, sagte sie mit einem verlegenen Schulterzucken. »Dann habe ich ein zweijähriges Praktikum in einem Armeehospital gemacht, um die Kredite zurückzahlen zu können, die ich für mein Studium aufgenommen hatte. Danach habe ich mich für die Chirurgie entschieden. In Jorvik habe ich im Hospizium geholfen, aber glaube mir, ich weiß viel mehr als diese primitiven Heiler.«

»Kann es sein, dass du prahlsüchtig bist?«, fragte Eirik und grinste.

»Nein, ich bin verzweifelt.«

»Und in deiner Verzweiflung würdest du – vielleicht – lügen?«

»Ich lüge nicht«, sagte sie und seufzte resigniert. »Was kann ich sagen, um zu beweisen, dass alles, was ich dir erzähle, wahr ist? Lass mich nachdenken. In meiner Zeit können wir eine Frau künstlich befruchten, der es nicht möglich ist, auf natürlichem Wege zu empfangen. Wir können ein Körperglied, das abgetrennt worden ist, wieder an den Körper anfügen und sogar die meisten der Funktionen wiederherstellen. Es gibt Herz- und Nierentransplantationen. Alle Kinder sind geimpft, gegen Pocken und …«

»Genug!« Eirik hatte die Hände erhoben, als wolle er sich ergeben. »Der König könnte an deinen Geschichten über eine so fremde Welt interessiert sein, selbst wenn sie nicht wahr sind. Ob er jedoch auf deine Fürsprache hin die Freilassung Seliks überhaupt in Erwägung ziehen würde, ist eine ganz andere Geschichte. Mach dir keine übertriebenen Hoffnungen.«

»Bring mich nur zum König«, sagte sie. »Der Rest wird dann meine Sache sein.«

Eirik nickte, dann schüttelte er verwundert den Kopf. »Eine Schwester? Das ist ein Gedanke, an den ich mich erst noch gewöhnen muss.« Er stand auf, schien zu zögern, dann streckte er die Arme nach Rain aus und umarmte sie fest. »Nachher wirst du mir mehr von diesem Eddie erzählen müssen, meinem Zwilling. Ohne Zweifel war er ein verdammt gut aussehender und außerordentlich tapferer Mann.« Er grinste und warf sich in die Brust.

Rain schniefte und sah zu ihm hoch. »Ja, und unerträglich arrogant.« Sie schien mit ihren Gedanken woanders zu sein. Mit leiser, zittriger Stimme fragte sie: »Kann ich Selik sehen?«

Eirik zuckte unbestimmt mit den Schultern. »Ich werde sehen, was ich tun kann, aber, Rain ... ich bin nicht sicher, ob Selik will, dass du zu ihm kommst.«

»Warum nicht?«

Er zog eine Grimasse und versuchte zu scherzen. »Er ist nicht mehr so schön, wie er mal war.«

Sie presste die Hand auf ihr Herz und schloss für einen Augenblick die Augen, um ihren Mut zusammenzunehmen. Dann sah sie ihn direkt an. »Um Gottes willen, Eirik, ich bin Ärztin. Wie schlimm ist er verletzt?«

»Es sind keine lebensbedrohenden Wunden, soweit ich das beurteilen kann. Aber – nun, an seinem Körper gibt es keinen Teil, der nicht zerschunden oder gebrochen ist.«

»Gebrochen?«, keuchte sie heraus.

Er nickte. »Ein gebrochener Arm, gebrochene Rippen – o

Rain, ich weiß es wirklich nicht. Ich bin erst heute aus der Normandie zurückgekommen und habe Selik nur kurz gesehen.«

Rain streckte trotzig das Kinn vor. Jemand würde für die Qualen bezahlen, die man Selik zufügte. Sie begann zu denken, dass es nichts Tödlicheres gab als eine gewesene Pazifistin. Aber zuerst musste sie Selik freibekommen.

»Geh und arrangiere meine Audienz beim König. Es ist keine Zeit zu vergeuden. Und sieh zu, dass du ein paar Dinge auftreiben kannst, um Selik zu versorgen – Streifen aus Leinen, Salben, einfach alles, was du bekommen kannst.«

»Und du solltest erst einmal baden und deine Kleider wechseln. In einem solchen Aufzug wird dich der König nicht empfangen, du stinkst ja bis hinauf zu seinem Thronsessel.« Er grinste, als sie ihn in gespieltem Ärger in den Arm knuffte.

Kurze Zeit später hatte Rain gebadet, sich das Haar gewaschen und die Kleider angelegt, die Eirik ihr gegeben hatte – eine wunderschöne gegürtete Tunika aus Seide von der Farbe dunklen Bernsteins, die über einem weichen, cremefarbenen Wollhemd getragen wurde. Als Eirik ihr von seiner Unterredung mit König Athelstan berichtete, saß Rain angespannt und mit ineinander verschlungenen Händen vor ihm.

»Der König wird dir morgen eine Audienz gewähren, aber sie wird nur kurz sein. Eines solltest du wissen – Athelstan bringt es kaum über sich, über seine Wut über die vielen Männer zu sprechen, die Selik getötet hat. Er frohlockt geradezu darüber, den Geächteten endlich gefangen zu haben. Es wird so gut wie unmöglich sein, ihn in seiner Haltung zu beeinflussen.«

Rain schluckte mühsam. *Ich werde später mit dir darüber reden, Gott. Das verspreche ich Dir.* »Und kann ich Selik sehen?«

Er nickte.

»Wann?«

Eirik reichte ihr die Hand. »Wir sollten jetzt gleich gehen.«

Sie verließen den Seitenflügel, überquerten den Burghof und betraten die Wachstube. Dann stiegen sie in den Keller hinunter, der die Zellen beherbergte. Rain vermutete, dass es dasselbe feuchte Gewölbe war, in dem auch sie vor kurzem noch gefangen gehalten worden war. In den flackernden Schatten, die ihre Fackeln auf die Wände warfen, sah es hier unten nicht viel besser aus als bei Nacht. Es roch auch nicht anders. Aber die Schreie und das Stöhnen der Gefangenen schienen lauter geworden zu sein.

Trotz Eiriks Warnungen, trotz Rains Erfahrungen als Ärztin in einer Notfallambulanz war sie nicht auf das Entsetzen vorbereitet, das sie packte, als sie Seliks gequälten Körper sah.

Selik lag auf einer harten Bank und hatte den Arm über das Gesicht gelegt. Seine Kleider hingen in Fetzen herunter, und er zitterte in der feuchten Kälte. Rain schaute auf Eiriks pelzgefütterten Umhang und schwor, dass sie Selik damit zudecken würde, wenn sie gingen.

»Selik«, sagte sie leise und sah, wie sein Körper erstarrte. Langsam ließ er den Arm sinken. Zögernd, als habe er Angst vor dem, was er sehen würde, wandte er den Kopf.

»Rain!« Er setzte sich auf und stöhnte vor Schmerz. Dann warf er einen wütenden Blick auf Eirik. »Wie hast du sie in ein solches Höllenloch bringen können?«

»Vor wenigen Stunden war ich auch hier gefangen, nur ein Stück den Gang hinunter«, erklärte Rain und hörte Selik unterdrückt fluchen – über starrsinnige Frauen.

Sie richtete den Fackelschein auf ihn und schrie beim ersten Blick in sein Gesicht erschrocken auf. Beide Augen waren blauschwarz verfärbt und so geschwollen, dass er sie kaum öffnen konnte. Seine Nase schien wieder gebrochen zu sein. Und sein Haar – o Gott! – sein wunderschönes blondes Haar hatte man ihm so kurz geschoren, dass die Kopfhaut und die blutigen Schnitte, die man ihm beigebracht hatte, durchschimmerten.

»Dein Haar«, stammelte sie. »O Selik, sie haben dir dein wundervolles Haar abgeschnitten.«

Selik versuchte zu lachen, aber es klang eher wie ein Stöhnen. »Himmel, mein Körper fühlt sich an wie ein Hauklotz, und die Frau sorgt sich um solche Eitelkeiten wie Haare.«

Rain kniete sich vor die Bank und schlang die Arme um Seliks Taille, unaufhaltsam liefen ihr die Tränen über die Wangen.

Wie geistesabwesend strich er über ihren Kopf. Seine leisen Worte klangen wie ein Summen: »Still, Süße, still. Du hättest nicht kommen dürfen.«

Rain wusste, dass sie nicht unbegrenzt Zeit hatte, und zwang sich, ihre Fassung zurückzugewinnen. Sie bat Selik, sich hinzulegen, damit sie seine Wunden untersuchen konnte. Sie reinigte und verband die zahlreichen Schnitte und entzündeten Wunden, die seinen Körper übersäten. Sie schickte Eirik los, einen geraden Stock zu beschaffen, den sie dann dazu verwendete, Seliks gebrochenen Arm zu schienen und zu bandagieren. Sie nähte klaffende Wunden auf seinem Oberschenkel, seinem Unterarm, seinem Bauch – sehr zu Seliks Widerwillen bei dessen erstem Blick auf die feine Nadel. Mit den Leinenstreifen umwickelte Rain so fest sie konnte seinen Brustkorb, um die gebrochenen Rippen zu entlasten. Dann behandelte sie sein stark geschwollenes Knie. Wiederholt musste sie Eirik darum bitten, den Eimer mit dem blutigen Wasser hinauszutragen und frisches zu holen, bis alle Wunden versorgt waren.

Selik sah viel besser aus, als er dann, gekleidet in eine saubere Tunika und Hosen, die Eirik für ihn mitgebracht hatte, auf der Bank saß. Zu seinen Füßen stand der Korb, den sie ihm mitgebracht hatten. Darin befanden sich etwas zu essen, ein paar Münzen und einige andere Dinge, die er würde brauchen können.

Selik zog Rain neben sich auf die Bank, nahm sie in seinen gesunden Arm und küsste sie sanft auf den Scheitel. Er berührte die Schwellung an ihrem Kinn und schüttelte betrübt den Kopf. Dann zwang er sich, einen fröhlichen Ton anzuschlagen. »Nun, Eirik, was hältst du von meinem Engel?«

Eirik zog eine Augenbraue hoch. »Engel? Davon habe ich nichts gemerkt. Ich denke, sie hat die Sanftheit eines Rammbocks.« Rain streckte den Fuß aus, um Eirik einen spielerischen Tritt zu versetzen, aber er wich ihr mit einem Sprung zur Seite aus. Wieder ernst werdend, fügte Eirik hinzu: »Aber aus der Art und Weise zu schließen, wie sie dich gerade versorgt hat, muss ich ihrer Behauptung, Ärztin zu sein, wohl glauben.«

Selik lächelte Rain an, so gut er es mit seinen wunden und geschwollenen Lippen vermochte. »Du hättest sehen sollen, wie sie in Jorvik ein Baby auf die Welt geholt hat. Und im Hospizium sticht sie mit ihrem Können alle Mönche aus. Ehrlich, deine Schwester ist eine gute Heilerin. Und sie hat Tykirs Bein vor dem Messer eines unfähigen Stümpers gerettet.«

Rain sah Selik überrascht an. Sie hatte noch nie bemerkt, dass er so stolz auf ihre medizinischen Fähigkeiten war. Er zwinkerte ihr zu, und ihr Herz machte vor lauter Liebe zu ihm einen Sprung.

Eirik wollte von Rain mehr über die Verletzungen seines Bruders wissen und dankte ihr dann für ihre Hilfe.

»Wo ist Ubbi?«, fragte Selik.

»Er ist auf dem Hof geblieben und kümmert sich um die Kinder. Er wollte mitkommen, aber seine Arthritis macht ihm schrecklich zu schaffen.«

»Rain, ich will, dass du nach Northumbrien zurückkehrst. Du solltest nicht hier sein«, sagte Selik eindringlich.

»Ich habe dir doch gesagt, dass ich dir folgen werde«, neckte sie ihn. Sie streichelte seinen Nacken und schnalzte ärgerlich mit der Zunge, als sie sein gerupftes Haar berührte.

»Ich finde das wirklich nicht komisch, Frau. Und hör auf, dich über meine verdammten Haare zu ärgern. Die werden schon wieder wachsen«, sagte Selik und rieb sein Kinn an ihrem Scheitel. »Wichtig ist, dass du nach Jorvik zurückgehen *musst*.«

»Ich kann nicht, Selik. Ich werde mich morgen mit dem König treffen.«

Er nahm den Arm von ihren Schultern und drehte sie zu sich, um sie prüfend anzusehen. »Warum?« Seine Stimme klang plötzlich abweisend und kalt.

Rain spürte, dass sie errötete. »Ich will ihn einfach nur treffen«, erwiderte sie lahm.

»Du wirst dich unterstehen, dich für mich als Lösegeld anzubieten«, sagte Selik ruhig. »Hast du das verstanden?«

»Nein, natürlich nicht – ich meine, daran habe ich überhaupt nicht gedacht. Komm, Selik, sei nicht so spröde zu mir. Ich habe mir gedacht, ich könnte dem König vielleicht irgendein fantastisches medizinisches Wunder anbieten, für das er bereit sein würde, dich freizulassen.«

»Das müsste schon enorm fantastisch sein«, bemerkte Eirik trocken.

»Und welches Wunder, bitte sag mir das, willst du ihm anbieten?«, fragte Selik zynisch.

»Ich weiß es noch nicht«, gestand Rain. »So weit habe ich noch nicht gedacht, aber es gibt viele, unendlich viele Entwicklungen in der Medizin, von denen ich profitieren könnte.« Sie lächelte. »Zum Beispiel erinnere ich mich, dass meine Mutter mir erzählt hat, König Athelstan lebe keusch, dass er sich enthält und keinen ... – du weißt schon, was ich meine ... er will keine eigenen Kinder zeugen, weil der Thron nach seinem Tod an seine beiden Neffen zurückfallen soll.«

»Ja und?«, fragte Selik verständnislos.

»Ich könnte beim König eine Vasektomie durchführen.«

Selik keuchte und brach in Lachen aus, offensichtlich erinnerte er sich an das, was Rain ihm und Ubbi über einen solchen Eingriff einmal erzählt hatte. »Großer Gott, ich wäre gern eine Fliege an der Wand, wenn du diese Operation an ihm durchführst. Eine Nadel in das Gemächt dieses Bastards zu stechen, würde mir wirklich eine Freude sein.«

»Nadel? Gemächt? Will mir keiner von euch den Witz erklären?«, fragte Eirik schließlich neugierig.

Rain erklärte es ihm, und Eirik verzog schmerzvoll das Gesicht. »Wir lachen jetzt darüber, aber daran könnte Athelstan wirklich interessiert sein. Wenn man keusch lebt, muss das ein ziemlich hartes Ding sein.« Er grinste über seine Anspielung.

Selik sah Eirik missbilligend an, ehe er sich wieder zu Rain wandte. »Ich meine es ernst, Rain. Ich möchte, dass du Winchester verlässt.«

Ihr blieb keine Gelegenheit mehr, etwas zu erwidern, denn ein Wachsoldat klopfte an die Tür, woraufhin Eirik sagte, dass sie gehen müssten.

Selik erhob sich unter Schmerzen und schloss die Hände um Rains Gesicht. In unbeschreiblicher Zärtlichkeit berührten seine Lippen ihren Mund. »Ich liebe dich«, flüsterte er.

»Ich liebe dich auch, Selik. Mehr als ich in meinen Träumen je für möglich gehalten habe.«

Dann schob Selik sie zur Tür hinaus. »Wenn du das nächste Mal mit deinem Gott sprichst, sag ihm, dass er aufhören soll, in meinem verdammten Kopf herumzuspuken.«

Rain fuhr herum. »Gott hat zu dir gesprochen?«

»Wie ein Schwätzer. Tag und Nacht. Er gibt mehr gute Ratschläge als ein zänkisches Weib.«

Danke, Gott, wisperte Rain im Stillen. Sie wusste, dass es einen Grund dafür geben musste, dass Gott zu Selik sprach.

Es gab also doch noch Hoffnung.

19

Rain sprach am nächsten Tag nicht mit König Athelstan. Auch nicht am darauf folgenden. Jedes Mal, wenn die Audienz stattfinden sollte, hatte der König unerwartet andere, wichtigere Verpflichtungen – das Sitzen für ein Porträt, eine Unterredung mit dem Gesandten des fränkischen Königs, eine Partie Schach.

Rain hätte froh sein müssen, dass Eirik zumindest ihre Freilassung erreicht hatte, aber jede Minute, die ungenutzt verstrich, trieb Rain tiefer in die nervenzerreißende Verzweiflung über Seliks Gefangenschaft. Und die Ungewissheit, ob er auch weiterhin misshandelt wurde. Der Kastellan von Winchester verweigerte ihr und Eirik die Erlaubnis, Selik noch einmal zu besuchen. Und es kursierten Gerüchte über eine öffentliche Auspeitschung und eine Hinrichtung, die in naher Zukunft bevorstünden.

Am dritten Tag saß Rain des Nachmittags im Damenzimmer und kämpfte gegen ihre Nervosität an. Und sie bemühte sich, ihren Zorn zu beherrschen, der sie packte, wenn sie das geistlose Geplappere der Hofdamen hörte, die an ihren Stickarbeiten saßen und Klatsch austauschten. *Nadelarbeiten!* Ha! Die einzige Nadelarbeit, die Rain im Augenblick interessierte, war die, ein paar dieser Klatschmäuler zuzunähen.

Lady Elgiva, eine aus Mercien stammende, hinreißend schöne Witwe mit rabenschwarzem Haar, trat jetzt zu Rain. Sie trug ein herrliches Gewand aus schwerer, lavendelfarbener, golddurchwirkter Seide, das sich bei jedem Schritt um ihre schlanke Gestalt bauschte. Sie war eine der wenigen Frauen, die sich die Mühe machten, Rain zu bemerken und ihr mit Achtung zu begegnen. Vermutlich, weil Elgivas Stellung am angelsächsischen Königshof ebenso unsicher war wie ihre. Man erzählte sich, Elgiva sei hoffnungslos in den keusch lebenden König verliebt.

Elgiva fragte höflich: »Darf ich mich zu Euch setzen?«

Rain, die auf einer Bank am Fenster saß, nickte und bot ihr mit einer Handbewegung an, Platz zu nehmen.

»Eure Audienz beim König hat noch immer nicht stattgefunden?«, begann sie das Gespräch.

»Nein«, erwiderte Rain mit einem Seufzen. »Wenn ich doch nur mit König Athelstan sprechen könnte. Ich weiß, ich könnte ihn davon überzeugen, Selik freizulassen.« *Hörst du mir zu, Gott?* »Ich habe gehört, dass er ist ein gerechter Mann ist.«

Elgiva zog die Augenbraue hoch. »Gerecht zu sein ist die eine Sache, aber der König ist kein Narr. Er würde Selik niemals trauen. Der Geächtete könnte sich jederzeit wieder umdrehen und ihm ein Messer in den Rücken stechen – oder noch hundert angelsächsische Soldaten mehr töten.«

Rain fühlte, wie sich ihr Gesicht vor Ärger rötete. »Seliks Wort ist Gold wert. Wenn er einen Eid schwört, wird er ihn halten. Auch gegenüber einem König der Angelsachsen.«

Elgiva legte den schlanken Zeigefinger an ihre Wange, während sie über Rains Worte nachdachte. Rain hatte noch nie einen so wunderschönen, cremefarbenen Teint wie den Elgivas gesehen, und sie fragte sich unwillkürlich, wie der König der Schönheit dieser Frau widerstehen konnte.

»Liebt Ihr Athelstan?«, fragte sie unvermittelt. Sie hatte ihre Neugier nicht zügeln können.

Elgiva bedachte Rain mit einem prüfenden Blick und schien ihre Frage sorgsam abzuwägen. Schließlich hob sie trotzig das Kinn und gestand mit leiser Stimme: »Ja, das tue ich.«

»Und ist es wahr, dass er Keuschheit geschworen hat, um den Anspruch seiner Neffen auf den Königsthron nicht zu gefährden?«

In Elgivas haselnussbraunen Augen schimmerten Tränen, als sie stumm nickte.

»Liebt er Euch auch?«

»Ja, das tut er. Wir kennen uns, seit er am Hof Königin Aethelflaeds in Mercien gelebt hat. Sie ist seine Tante, und er ist bei ihr aufgewachsen. Aber es gibt keine Zukunft für uns«, sagte sie, und die Stimme drohte in Tränen zu ersticken.

Tröstend legte Rain die Hand auf Elgivas. »Ich weiß sehr gut, wie es ist, einen Mann zu lieben und zu wissen, dass es keine Zukunft gibt.«

Einen Moment saßen die beiden Frauen schweigend da. Dann lachte Rain leise. »Zu schade, ich hätte Euch ein paar Pillen mitbringen sollen, mit denen hättet Ihr eine Empfängnis verhüten können. So etwas gibt es in der Zuk – in meiner Heimat.«

Elgiva richtete sich aufmerksam auf. »Pillen? Die eine Empfängnis verhindern?«

Rain erklärte es ihr und erzählte bei dieser Gelegenheit auch von den anderen Möglichkeiten, die einer Frau zur Empfängnisverhütung zur Wahl standen. Elgiva zeigte sich daran *sehr* interessiert.

»Und Ihr sagt, dieses Plättchen unter Eurer Haut schützt Euch davor, ein Kind zu empfangen?«

»Ja. Implantate sind zwar noch im Experimentierstadium, aber vermutlich hält ihre Wirkung fünf Jahre an.«

Elgivas Lippen formten ein kreisrundes O des Erstaunens. »Kann ich eines davon haben?«, flüsterte sie hoffnungsvoll.

Rain lächelte. »Nein, unglücklicherweise habe ich keine Ahnung, wie ich eines beschaffen sollte.«

»Dann werde ich Eures nehmen«, erklärte Elgiva kurz und bündig.

»Nein, das wäre nicht sicher.«

Elgiva ließ die Schultern sinken. »Dann hält die Zukunft nichts mehr für mich bereit. Ich könnte ebenso gut nach Mercien zurückgehen. Es ist eine Qual, Athelstan so nahe und doch nicht mit ihm zusammen sein zu können.«

»Es ist komisch, aber als ich vor kurzem mit Selik und Eirik gesprochen habe, erwähnte ich, dass ich beim König eine Vasektomie durchführen könnte.«

»Eine Vas ... Vasektomie?«

Obwohl Elgiva blass wurde, als Rain ihr die komplizierten Details des Eingriffs beschrieb, fragte sie: »Und der Mann kann danach noch ... Ihr wisst schon ... es tun?«

Rain nickte.

»Und das Vergnügen ist dasselbe?«, fragte Elgiva ungläubig.

Rain nickte wieder.

»Könntet Ihr das bei Athelstan machen?«

»O nein! Ich habe nur Spaß gemacht. Es wäre unmöglich ohne Betäubung und Schmerzblocker.« Rain dachte plötzlich an die Operation, die sie bei Tykir durchgeführt hatte, und an die Möglichkeiten der Akupunktur.

»Es kann doch gemacht werden! Ich sehe es Euch an. Ich habe gehört, Ihr seid eine bekannte Heilkundige, aber diese – oh, es würde Euch berühmt machen.«

»O nein, nein«, wehrte Rain rasch ab. Was sie auf keinen Fall wollte, war Ruhm. Ebenso wenig wollte sie in den Lauf der Geschichte eingreifen. »Ich könnte es nicht tun.«

»Habt Ihr sie je durchgeführt ... diese Vas ... Vasektomie?«

»Nun, das schon, aber ...« Rain war es unmöglich, dieser Dame dieses finsteren Zeitalters die medizinischen Möglichkeiten der Neuzeit zu erklären. Zudem hatte Eirik sie davor gewarnt, die Zukunft oder die Zeitreise zu erwähnen, denn in einem Land wie diesem konnte man sehr schnell in den Verdacht geraten, eine Hexe zu sein. »Außerdem, glaubt Ihr wirklich, der König – oder überhaupt irgendein Mann hier – würde mich an seiner Männlichkeit herumhantieren lassen? Männer sind in solchen Dingen wirklich überempfindlich, sogar in meinem Land.«

»Athelstan würde es machen, wenn ich ihn darum bitte«, versicherte Elgiva, doch ihr leichtes Lachen verriet ihre Unsicherheit.

»Es gibt Schmerz und Unbehagen ein paar Tage nach dem Eingriff. Der König würde denken, ich hätte ihn verstümmelt.«

»Ihr könntet es ihm erklären.«

»Elgiva, es ist absolut undenkbar.«

»Wenn Ihr das sagt.« Elgiva gab überraschend schnell auf.

»Unsere Chancen stünden weitaus besser, wenn Selik dem König erklären würde, wie er Euren G-Punkt finden könnte«, bemerkte Rain trocken. Im selben Moment schlug sie die Hand vor den Mund und wünschte, sie hätte ihre Zunge im Zaum gehalten.

»Was ist ein G-Punkt?«, verlangte Elgiva denn auch sogleich zu wissen.

Rain seufzte. Dann erklärte sie es, wobei sie von Elgivas ständigen Fragen unterbrochen wurde: »Und was, sagtet Ihr, ist die Bedeutung von Ejakulation?«, oder: »Orgasmus? Was ist das?«, oder: »Ihr sagt, die Frauen in Eurem Land verlangen dasselbe Vergnügen wie die Männer?« Als Rain aufhörte zu erzählen und sich umschaute, stellte sie mit Schrecken fest, dass die anderen edlen Damen näher gekommen waren und ihren Ausführungen mit lebhaftem Interesse zugehört hatten.

»Hmmm! Es sieht den Männern allerdings ähnlich, uns Frauen solches Wissen vorzuenthalten«, beklagte sich Elgiva. »Mein Gatte hielt sich für den besten Liebhaber der Welt, aber diesen G-Punkt hat er nie gefunden. Ohne Zweifel hat er dieses Vergnügen für seine Geliebte aufgespart.«

Plötzlich lächelte Elgiva geheimnisvoll, und Rain spürte eine Vorahnung in sich aufsteigen.

»Ich bin es gründlich leid, hier herumzusitzen«, beklagte sich Rain später an diesem Tag bei Eirik. »Ich kann all diese überflüssigen Menschen, die hier herumscharwenzeln und um Athelstans Gunst buhlen, einfach nicht mehr ertragen.«

Eirik lächelte sie gleichmütig an. Er hatte diese Klagen in den vergangenen beiden Tagen so oft gehört, dass er sie auswendig kannte.

Sie saßen gemeinsam mit hundert oder noch mehr Menschen an einem der vielen Tische in der Großen Halle, weil König Athelstan wieder einmal ein großes Fest veranstaltete. Man hatte sie weit ans untere Ende der Tafel gesetzt, sodass Rain den König oder seine engsten Freunde kaum sehen konnte. Und der Rauch, der die Luft erfüllte, weil die Kamine der Feuerstellen schlecht zogen, machte die Sicht auch nicht besser.

Die Gerichte, die serviert wurden, waren – selbst an modernen Maßstäben gemessen – aufwändig zubereitet und unübertrefflich: gebackene Neunaugen, mit Kalb- und Rindfleisch gefüllte Pasteten, Lamm mit Linsen, Tauben in Weintraubensoße, pochierter, mit Senfglasur überzogener Hecht, mit Datteln gefüllte Wachteln, ganze Seiten vom Rind und vom Hirsch. Und das war nur der Hauptgang. Immer weitere Köstlichkeiten trugen die Diener auf: riesige Tabletts mit Kohl, der mit Maronen zubereitet war, gekräuterte Rüben, Pastinaken in Sahnesoße, sauer eingelegte Pilze, Gemüsecremesuppe, Artischocken auf mit Blaubeeren vermischtem Reis, einen Salat aus weißen Rüben, fein geschnittenem Kohl, getrockneten Früchten, Senf, braunem Zucker und Honig. Zum Nachtisch wurde mit Levkojen aromatisierter Pudding, Mandel- und Eiercremes, gedünstete Früchte und Honigkuchen gereicht. Und dazu fässerweise Wein und Met.

Rain hätte ihre rechte Hand für eine Pizza mit Peperoni und Pilzen gegeben. Und für eine Diät-Cola.

Der König und seine engsten Begleiter erhoben sich und verließen den erhöhten Tisch, um sich ihrer Abendunterhaltung zu widmen – Musik, Geschichtenerzählen, Würfel- und Brettspiele. Rain musste akzeptieren, dass ein weiterer Tag vergangen und Selik noch immer in diesem verdammten Verlies eingesperrt war. Und sie hatte nichts erreicht. Heute Abend würde sich keine Möglichkeit mehr ergeben, sich dem König zu nähern.

»Psst!«

Rain schaute sich suchend nach der Quelle des Geräuschs um.

»Psst!« Rain blickte in die andere Richtung, als sie den Laut erneut hörte. In einem der im Schatten liegenden Seitengänge sah sie etwas Lavendelblaues aufscheinen. Sie erhob sich und entschuldigte sich unter dem Vorwand bei Eirik, dass sie ihre Schlafkammer aufsuchen wolle. Dann huschte sie zu Elgiva in den dunklen Gang. Die junge Witwe legte warnend den Finger auf den Mund und gab Rain ein Zeichen, ihr zu folgen. Nachdem sie einige der zugigen Gänge entlanggegangen waren, blieb Elgiva stehen und flüsterte: »Ihr habt ein paar Minuten Zeit, um dem König Euer Anliegen vorzutragen.«

Rain ergriff Elgivas Hände und drückte sie fest. »O danke, danke. Wie habt Ihr es geschafft, ihn zu überreden, mich zu empfangen?«

»Nun, es ist nicht gerade eine Audienz, die ich arrangiert habe«, erklärte Elgiva und sah sie bedeutungsvoll an.

»Was genau habt Ihr dann arrangiert?«, fragte Rain argwöhnisch.

»Ich habe mit ihm über die Vasektomie gesprochen, und er war alles andere als davon angetan. Genau genommen hat er gesagt: ›Der Tag, an dem ich das Weib des Geächteten auf weniger als zwei *hides* an mein Gemächt heranlasse, wird der sein, an dem ich mich selbst zum Idioten erkläre und den Thron aufgebe.‹ Oder so etwas ähnlich Dummes. Ich glaube, ich werde noch ein wenig Zeit brauchen, ihn zu überreden.«

Rain stöhnte. Sie sah ihre Chancen, für Selik zu sprechen, langsam dahinschwinden. »Elgiva, kommt zur Sache. Ihr sagtet, ich würde die Gelegenheit haben, mit dem König zu sprechen.«

»Ja. Athelstan hat vor, sein Skriptorium aufzusuchen und sich die Manuskripte anzusehen, die seine Schreiber heute fertig gestellt haben. Wenn wir ganz zufällig zur selben Zeit dort vorbeigehen – nun, dann kann er uns nicht einfach wieder wegschicken, oder?«

Rain schloss die Augen und biss die Zähne zusammen. Sie musste sich jetzt darauf konzentrieren, sich die richtigen Worte zurechtzulegen. Diese Gelegenheit könnte durchaus ihre einzige Chance bleiben, mit König Athelstan zu sprechen.

Bist du da, Gott? Ich könnte jetzt ein wenig Beistand gebrauchen.

Doch die verdammte Stimme verharrte in steinernem Schweigen.

König Athelstan stand über das mit reichen Ornamenten geschmückte Manuskript gebeugt und betrachtete es eingehend, während der hinter ihm stehende, hoch gewachsene Mönch ihn auf die Feinheiten der Arbeit hinwies. Dutzende von Kerzen erhellten den luftigen Raum. In ihm standen große, pultähnliche Tische, auf denen sich Pergamentrollen und Behälter mit Tinten in verschiedenen Farben befanden. Vor jedem der Tische stand ein hochlehniger Stuhl.

»Elgiva!«, rief der König erfreut, als er sie an der Tür stehen sah. »Ich dachte, du hättest dich schon zurückgezogen.«

»Nein, ich war unruhig und beschloss, noch ein wenig umherzugehen.« Sie legte die zierlichen Hände in die des Königs, und Rain konnte aus dieser kleinen Geste ersehen, wie groß die Liebe zwischen ihnen war.

Athelstan war ein gut aussehender Mann von mittlerer Größe. Rain schätzte sein Alter auf ungefähr vierzig. Sein flachsblondes Haar glänzte im flackernden Licht der Kerzen wie Gold, und Rain dachte im Stillen, was für ein herrliches Paar diese beiden schönen Menschen abgaben.

Zärtliche Liebe stand in den Augen des Königs geschrieben, als er sich zu Elgiva herunterbeugte und sie leicht auf den Mund küsste. Er schien die Anwesenheit des Mönchs vergessen zu haben. Rain hielt sich im schattigen Dunkel nahe der Tür.

Rain wandte sich von der intimen Szene ab und ging von Pult zu Pult, um die hervorragend feinen Zeichnungen zu bewundern – einige waren Kopien, andere hingegen Originalwerke. Unglücklicherweise würden die meisten dieser kostbaren Bücher den Verschleiß, dem sie über die Jahrhunderte ausgesetzt sein würden, nicht überdauern.

»Lieber, ich möchte, dass du meine neue Freundin kennen lernst ... Rain«, sagte Elgiva und führte den König dorthin, wo Rain stand. »Sie ist es, von der ich dir vorhin erzählt habe.«

Der König zog eine Augenbraue hoch und trat näher, mit Elgiva an seinem Arm. »Ah, die selbst ernannte Ärztin.« Seine Lippen verzogen sich zu einem leichten Lächeln, und Rain wusste einfach, dass er an Vasektomien dachte.

»Nicht selbst ernannt«, erklärte sie. »Ich habe viele Jahre

der Ausbildung und der Arbeit in einigen der besten Kliniken meines Landes absolviert.«

»Ihr meint Hospizien?«

Rain zuckte mit den Schultern. »Das ist ungefähr das Gleiche.«

»Und diese Hospizien in Eurem Land erlauben es Frauen, zu studieren?«

»Ja, wir sind sehr ... verständig.«

»Hmmm.« Er betrachtete sie mit klugen, aufmerksamen Augen. »Ich habe hier eine medizinische Abhandlung, einer meiner Schreiber arbeitet zurzeit daran«, sagte er und trat an eines der Pulte, auf dem ein dickes Buch lag. »Es ist in Latein geschrieben.«

Rain schaute sich einige Seiten an. »Es ist wunderschön, aber ich kann kein Latein lesen.«

»Aha«, sagte Athelstan und warf Elgiva einen »Ich-habe-es-dir-ja-gesagt«-Blick zu. Offensichtlich wurde von allen Heilern erwartet, Latein zu können.

Seine herablassende Art ärgerte Rain, und sie platzte heraus: »Einige der Zeichnungen sind falsch.« Sie bereute ihren Ausbruch augenblicklich.

Der Mönch stieß ein Keuchen aus, das empört klang, und die Schultern des Königs strafften sich angesichts ihrer Vermessenheit.

»Zeigt mir, welche Ihr meint«, forderte der König sie auf.

Rain schaute Hilfe suchend zu Elgiva, doch die hüllte sich in Schweigen. Dafür sprach ihr Gesicht Bände. Rain war auf sich selbst gestellt.

»Ich möchte diese wunderbaren Malereien nicht verderben. Gebt mir ein leeres Stück Pergament und eine Feder, und ich werde es Euch zeigen.« Mit ein paar raschen Strichen der Feder, die sie von Zeit zu Zeit in dicke schwarze Tinte tauchte, skizzierte Rain das Innere des Körpers, zeigte an, wo Lunge,

Herz, Leber, Magen, Bauchspeicheldrüse, Dünndarm und Dickdarm saßen. »Auf Eurer Zeichnung«, sie wies auf die betreffende Stelle, »sitzen die Leber und der Magen falsch. Und so«, fügte sie hinzu und fertigte noch eine weitere Skizze an, dieses Mal vom Herzen, »so sieht das Herz wirklich aus, wenn es seziert wird. Es gibt vier Hohlräume – die oberen beiden nennen wir den Vorhof, die beiden unteren sind die Kammern. Das Blut wird durch diese Arterien und Venen in das Herz hinein- und wieder herausgepumpt.«

Sie hielt inne, als sie sich des unheilvollen Schweigens im Raum bewusst wurde. Der Mönch spähte dem König über die Schulter, der ihr beim Anfertigen der Skizzen zugesehen hatte. Jetzt starrten beide Männer Rain an, als würde sie plötzlich einen Heiligenschein tragen. Sie wünschte, es wäre so. Und ein Paar Flügel würden ihr gerade jetzt auch sehr zupass kommen. O Gott, wann würde sie je lernen, ihren Mund zu halten?

»Father Egbert, ist es möglich, dass das, was diese Frau sagt, wahr ist?«, fragte der König.

»Nein, natürlich nicht.«

Aber sie alle konnten das Zögern in der Stimme des Geistlichen hören.

»Vielleicht würdet Ihr morgen Früh wiederkommen und weiter darüber mit mir diskutieren?«, wandte sich Father Egbert zaghaft an Rain. »Eure Skizze ist selbstredend unkorrekt, aber es würde mich interessieren, mehr von Euren Theorien zu hören. Wo habt Ihr studiert?«

Aber der König unterbrach ihn. Er hatte die Augen zusammengekniffen, als er fragte: »Ihr habt das Wort ›sezieren‹ verwendet. Für Eure Forschungen habt Ihr doch gewiss nicht den Leib eines Menschen aufgeschnitten?«

Oje! Rain spürte, dass sie sich auf dünnem Eis bewegte.

»Sagte ich tatsächlich sezieren?«, fragte sie und hoffte, die

Röte ihres Gesichts würde sie nicht verraten. »Da habe ich mich wohl versprochen. Ich meinte natürlich skizzieren.«

Der König betrachtete sie nachdenklich. »Wie ist Euer Name?«

»Rain – Thoraine Jordan. Ich glaube, Ihr seid einmal meiner Mutter begegnet – Ruby Jordan.«

Athelstans Stirn furchte sich, als er konzentriert nachdachte, dann leuchtete sein Gesicht auf. »Die Lady, die behauptet hat, sie käme aus der Zukunft? Die mit der unerhörten Unterwäsche?«

»Sagt mir nicht, meine Mutter hat auch Euch ihre Dessous gezeigt?«

Athelstan grinste. »Nein, das hat sie nicht, aber ihren Ruf kannte man weit und breit.« Er bedeutete dem Geistlichen, sie allein zu lassen, nachdem er ihm gesagt hatte, dass er am morgigen Nachmittag noch einmal mit ihm über die Manuskripte sprechen wollte. Als der Mönch gegangen war, wandte sich der König wieder an Rain, er war offensichtlich fasziniert. »Und wer ist Euer Vater?«

»Thork – Thork Haraldsson.« Rain kreuzte die Finger hinter dem Rücken, wenn auch nur halbherzig. Sie hatte inzwischen angefangen, die absurden Behauptungen ihrer Mutter zu glauben: dass sie Rain in der Vergangenheit empfangen und in der Zukunft geboren habe.

»Ah, dann wäre Eirik wahrhaftig Euer Halbbruder, wie er behauptet.«

»Ja.«

»Jetzt verstehe ich seine Beziehung und seine Parteinahme für Euch. Und der Geächtete? In welcher Beziehung steht Ihr zu dieser heidnischen Bestie?«

Rain grub die Fingernägel in ihre zu Fäusten geballten Hände, um ihr Temperament zu zügeln. Sie hielt Athelstans Blick stand und erklärte stolz: »Ich liebe ihn.«

Die Unterlippe des Königs verzog sich vor Abscheu. »Dann seid Ihr eine Närrin, denn er ist ein toter Mann.«

Rain befeuchtete ihre trockenen Lippen und suchte nach den richtigen Worten. »König Athelstan, in meiner – in meinem Land sehen die Menschen Euch als einen gerechten Herrscher. Ihr tragt viele Titel. Der Kriegskönig. Der Weise König. König von ganz Britannien. Aber am meisten gedenkt man Eurer als eines gerechten Königs, eines Herrschers, der selbst dem verderbtesten Verbrecher eine zweite Chance geben würde, wenn dieser Reue zeigt.«

»Ihr verschwendet Euren Atem, Mylady, wenn Ihr glaubt, für den Geächteten eine zweite Chance herausschlagen zu können. Habt Ihr überhaupt eine Ahnung, was er meinem Cousin Elwinus in Brunanburh angetan hat?«

»Das weiß ich sogar ganz genau. Ich war dabei.« Rain ignorierte seinen erstaunten Ausruf und sprach weiter. »Aber so schrecklich es auch war, habt *Ihr* überhaupt eine Ahnung, was Elwinus' Familie Selik angetan hat?«

Die Augen des Königs weiteten sich interessiert. »Erklärt Euch.«

Rasch rekapitulierte Rain alles, was sie über Elwinus' Bruder Steven von Gravely wusste und was er Seliks Frau und seinem Kind angetan hatte. Sie sah Tränen in Elgivas Augen, als sie schilderte, dass Steven den Kopf des Säuglings auf seine Lanze gespießt und vor sich hergetragen hatte. Aber in den Augen des Königs blitzte es zornig auf.

»Das ist Seliks Sicht des Ereignisses. Ohne Zweifel hat er Steven herausgefordert.«

Rain wollte fragen, welche mögliche Provokation es für solch eine Brutalität geben könnte, doch sie hütete ihre Zunge.

»Und es ist keine Entschuldigung für den Krieg, den er seit zehn Jahren gegen mich und meine Männer führt, die mit diesem angeblichen Vorkommnis nichts zu tun hatten.«

»Dem stimme ich zu. Es gibt keine Entschuldigung für Gewalt. Aber es hat Auswüchse auf beiden Seiten gegeben, und Seliks einzige Entschuldigung ist, dass er zum Berserker geworden ist, nachdem er seine Frau und seinen kleinen Sohn gefunden hatte. Für ihn war es der einzige Weg zu überleben, ohne darüber den Verstand zu verlieren.«

Rain wusste nicht, was sie noch sagen könnte. *Bitte, Gott, hilf mir, die richtigen Worte zu finden. Lass den König verstehen.*

Sie holte tief Luft und unternahm einen weiteren Versuch. »Lasst mich nur noch eines sagen: Wenn Ihr nicht König wärt und Ihr hättet geheiratet – eine Frau wie Elgiva, zum Beispiel –, wie würdet Ihr Euch fühlen, wenn Ihr eines Tages nach Hause kämt und fändet sie geschändet und verstümmelt? Und die enthauptete Leiche Eures Sohnes liegt neben ihr im Dreck. Und bedenkt, welche Wut Euch überkommen würde, wenn Ihr hörtet, dass der Kopf Eures Sohnes von Eurem Feind auf dessen Lanzenspitze herumgetragen wird. Was hättet Ihr getan?« Rain musste angestrengt schlucken, sie glaubte, ihre Kehle würde sich zuschnüren. Mit einem gekeuchten Flüstern wiederholte sie ihre Frage: »Was hättet Ihr getan?«

Elgiva liefen die Tränen über das Gesicht. Der König hingegen hatte die Lippen zornig zusammengepresst und streckte abweisend das Kinn vor, fast so, als ob Rain ihn persönlich für die Gräueltaten verantwortlich gemacht hätte.

»Ich werde den Geächteten nicht freilassen«, erklärte Athelstan, »ganz egal, wie redegewandt Ihr diesen Fall auch vortragt. Und jetzt geht.« Er winkte zum Zeichen dafür, dass sie entlassen war. »Ich möchte ungestört mit Elgiva reden.«

Am nächsten Tag brach Eirik nach Ravenshire auf. Er hatte die Nachricht bekommen, dass Wegelagerer auf seinem Land ihr Unwesen trieben. Er stellte einen seiner Männer zu Rains Schutz ab, sorgte dafür, dass eine der Dienerinnen mit in Rains Kammer schlief, und versprach überdies, dass er zurückkommen würde, sobald ihm dies möglich sei.

Hin und wieder begegneten sich Rain und Blanche. Die junge Frau war fast jedes Mal in Begleitung des Kastellans, Master Herberts. Offensichtlich hatte sie die Gefangennahme am Stadttor unbeschadet überstanden und war wieder auf die Füße gefallen – oder auf ihren Rücken, wenn man es genau nehmen wollte. Sie ignorierte Rain voller Geringschätzung, wann immer sie sich über den Weg liefen.

Elgiva hatte Rain davor gewarnt, sich mit ihrem Anliegen noch einmal an den König zu wenden: Er hätte Rains flehende Bitten angehört und würde, da er ein gerechter Mann sei, dementsprechend handeln.

So verbrachte Rain ihre Tage damit, bei den Burgwachen vergebens darum zu betteln, zu Selik gelassen zu werden, oder in langen Gesprächen mit Father Egbert über dessen medizinische Abhandlung. Father Egbert hatte Rain mit dem Leibarzt König Athelstans bekannt gemacht, der gleichermaßen entsetzt wie fasziniert von ihren »unverschämten« medizinischen Theorien gewesen war.

Rain war wieder einmal auf dem üblichen Bittgang zum Gefängnis, als ein prächtig gekleideter Mann ihr den Weg vertrat. Der Mann, der gut über einen Meter achtzig groß war, trug einen langen Umhang aus schwarzer Wolle von allerbester Qualität, der mit goldfarbenem Fuchspelz verbrämt war. Der Fremde hatte mitternachtsschwarzes Haar, das ihm bis auf die Schultern reichte. In seinen blassblauen Augen lag ein amüsierter Ausdruck, und er schien sich Rains Einschätzung seiner Attraktivität durchaus bewusst zu sein. Rain fand, dass der Mann ihrem Bruder Eirik sehr ähnlich sah, nur dass seine Gesichtszüge noch feiner geschnitten waren, fast schon wieder zu vollkommen wirkten.

Er verbeugte sich leicht und nahm ihre Hand in seine. »Seid Ihr Lady Rain?«

»Ja.«

»Ich habe schon so viel von Euch gehört. Ich könnte Euch womöglich bei Eurem Anliegen von Nutzen sein.«

»Wirklich?«, fragte Rain hoffnungsvoll, die es in diesem Augenblick nicht kümmerte, dass der Mann ihre Hand etwas zu lange fest hielt und dass seine Fingerspitze die Innenfläche ihrer Hand streichelte.

»Ihr würdet gern den Gefangenen Selik sehen?«

»Ja – o ja. Könnt Ihr mich zu ihm bringen?«

»Vielleicht. Ich frage mich …«, er zögerte und sah sie seltsam an. »Ich frage mich, ob Ihr bereit seid, den Preis dafür zu zahlen.«

»Den Pr … Preis? O ja, natürlich. Ich habe Geld bei mir. Wie viel?«

Der so beeindruckend wirkende Mann tat ihre Frage mit einer Handbewegung ab. »Das können wir später klären. Aber die Frage bleibt dennoch: Seid Ihr bereit, jeden Preis zu zahlen, um die Freilassung des Geächteten zu erwirken?«

»Ja«, versicherte Rain heftig. »Jeden Preis.«

Er lächelte. Und Rain zitterte. Es war kein angenehmes Lächeln gewesen.

»Kommt«, sagte er und legte ihre Hand auf seinen Arm. »Denn jetzt werden wir Euren Geliebten besuchen. Er ist doch Euer Geliebter, nicht wahr?«

Rain nickte und errötete bei dieser intimen Frage.

»Gut. Ja, das ist sehr gut.«

Der so prächtig gekleidete Mann führte Rain ohne Zaudern an dem schleimig-schmierig lächelnden Herbert und den

Wachen vorbei, die ihr bis jetzt stets den Zutritt zum Gefängnis verweigert hatten. Diesem Edelmann stellten sie nicht einmal eine Frage.

»Wie, sagtet Ihr, ist Euer Name?«

Der Fremde tätschelte ihre Hand. »Später. Wir werden später über alles reden.«

Sie kamen an Seliks Zellentür. Als sie eintraten, versuchte Rain, dem Mann ihren Arm zu entziehen, doch er hielt ihn fest. Rain wollte ihn fragen, was das bedeuten sollte, aber sie vergaß alles, als sie Selik sah. Sie war sogar dankbar für den Halt, den ihr der Arm des Mannes bot.

Selik war nackt. Halb lag er, halb saß er auf der harten Bank und schien unempfindlich gegen die kalte Luft. Neue Schnitte und neue Blutergüsse verunstalteten seinen wunderschönen Körper. Das kurze Haar stand ihm in verfilzten Strähnen vom Kopf ab, dessen Haut zwischen ihnen hindurchschimmerte. Seine Hände waren ihm auf den Rücken gebunden worden, mit einem Strick, der an einem Wandhaken befestigt war. Ein dreckiger Knebel hinderte Selik am Sprechen.

Aber seine Augen schrien seine Wut heraus.

Er sprang abrupt auf, tobte vor ohnmächtigem Zorn und versuchte, sich auf sie zu stürzen, doch das kurze Seil, mit dem er an die Wand gefesselt war, hinderte ihn daran.

Rain hatte nicht gemerkt, dass ihr Begleiter den Arm um ihre Schultern gelegt und sie fest an sich gezogen hatte. Erst als sie auf Selik zugehen und ihm sagen wollte, dass sie alles versuchte, um seine Freilassung zu erreichen, wurde sie sich dessen bewusst.

Seliks Augen blitzten wütend, als sein Blick zwischen Rain und dem Mann hin und her schoss. Unverständliche grunzende Laute drangen aus seinem geknebelten Mund. Natürlich war Selik wütend auf sie. Schließlich hatte er sie aufgefordert, Winchester zu verlassen, weil er um ihre Sicherheit gefürchtet hatte.

Sie wollte den Arm des Mannes abstreifen und erkannte plötzlich, dass er sie daran hinderte, zu Selik zu gehen. Sie sah fragend zu ihm hoch, aber ehe sie etwas sagen konnte, beugte der Mann sich über sie und küsste sie leidenschaftlich.

In einer Bewegung schnell wie Quecksilber, den Mund noch auf ihrem, schob der Mann Rain durch die Tür hinaus auf den Gang. Dort, außerhalb Seliks Blickfeld, drängte er sie gegen die Wand und presste die Hand auf ihren Mund. Dann, laut genug, dass Selik es durch die offene Tür hören musste, sagte er: »Siehst du, meine Liebe, der Geächtete ist doch nur ein Tier. Ich habe dir gesagt, dass du deine Fürsorge nicht an dieses Stück Dreck verschwenden musst. Komm, lass uns zurück in mein Zimmer gehen. Dort werde ich dir *noch einmal* zeigen, wie ein richtiger Mann die Wünsche einer Frau erfüllt.«

Rain hörte ein lautes, würgendes Stöhnen der Wut aus der Zelle. Und der Mann, der ihr mit einer Hand den Mund zuhielt und sie mit der anderen zum Ausgang des Gefängnisses zerrte, lachte vor teuflischem Vergnügen.

Und Rain erkannte schlagartig, dass sie in die Fänge des teuflischen Steven von Gravely geraten war.

20

Kurz bevor sie den Ausgang des Gefängnisses erreichten, blieb Steven von Gravely stehen und drückte Rain gegen die Wand, ohne die Hand von ihrem Mund zu nehmen. Auch wenn er von ungefähr gleicher Größe wie Selik war, so war er bei weitem nicht so sehnig und muskulös wie dieser.

Doch seine Hagerkeit war trügerisch. Stevens Hüften bohrten sich in Rains Magen und hielten sie wie ein Rammbock fest gegen die Steinwand gedrückt. Sein Unterarm lag quer über ihrer Brust, nahe ihrer Kehle, und war nicht weniger unbezwingbar als ein stählerner Riegel.

»Ich werde jetzt die Hand von deinem Mund nehmen, und du wirst keinen Ton von dir geben«, sagte Steven. »Hast du das verstanden?«

Rain starrte ihn an. Mach schon, du verdammter Kerl. *Sie werden meine Schreie bis nach Amerika hören.*

Sein Lachen schien tief aus seiner Kehle zu kommen und klang diabolisch und hinterhältig. Rain wurde klar, warum man diesen Mann mit dem Teufel verglich. Seine Finger gruben sich so schmerzhaft in ihre linke Schulter, dass Rain glaubte, ihre Haut würde reißen.

»Hör gut zu, du kleines Miststück, du bist mir völlig gleichgültig – ob du lebst oder stirbst, ob du gedeihst oder verrottest. Aber der Geächtete – tja, das ist eine ganz andere Sache. Wenn du meinen Worten nicht folgst – genauestens folgst –, dann wird er nicht einfach so sterben; dann wird er Demütigungen und Schmerzen erdulden, die du dir nicht einmal vorstellen kannst.«

Rains Herz hämmerte wie wild, und ihr Blut rauschte vor Angst. Sie fragte sich nicht, ob es ihm überhaupt möglich wäre, dem Gefangenen des Königs etwas anzutun. Sie hatte ja gesehen, dass es ihm ein Leichtes gewesen war, an den Wachen vorbei zu Selik zu gelangen. Etwas, was ihr tagelang nicht geglückt war. In seinen blassblauen Augen funkelte es grausam, als er ihr seine teuflische Absicht offenbarte, und Rain wusste, dass es ihm eine Freude sein würde, seine Drohungen wahr zu machen.

»Also – wirst du ruhig sein, wenn ich die Hand von deinem Mund nehme?«

Sie nickte.

Er ließ die Hand sinken, und sie holte tief Luft, um ihren rasenden Herzschlag zu beruhigen.

»Rain – so heißt du doch, nicht wahr?«, sagte er mit einem höhnischen Grinsen. »Wir werden jetzt in die Burg zurückgehen. Und du wirst dich benehmen, als seien wir gute Bekannte. Weder durch Blicke noch durch Worte wirst du dir deine vermutlich nicht gerade freundschaftlichen Gefühle für mich anmerken lassen.«

Sie schwieg, und er versetzte ihr einen Fausthieb in den Magen.

Rain krümmte sich stöhnend: »Oh – oh, Gott!«

»Habe ich mich klar ausgedrückt?«

Sie versuchte zu nicken, als sie sich aufrichtete, aber offensichtlich hatte sie ihm nicht schnell genug geantwortet. Er stieß ihr die Hände vor die Brust. Rain prallte zurück, und ihr Kopf schlug dumpf gegen die Wand.

»Antworte, du Schlampe!«

»Ich habe verstanden«, stieß sie mühsam hervor, in ihren Ohren klingelte es von dem Schlag gegen den Kopf.

Steven legte den Arm um ihre Schultern, eine Geste, die auf jeden Vorbeigehenden vertraut und freundlich wirken musste, und führte Rain aus dem Gefängnis. Sie überquerten den Burghof, gingen durch die Große Halle zur Treppe, die von dort hinauf zu den Wohnkammern führte. Sie gingen über lange Gänge, folgten verwirrenden Abzweigungen und erreichten endlich Steven von Gravelys Kammer. Und auf dem ganzen Weg dorthin blieb Steven nicht einmal stehen. Seine Bekannten, denen sie begegneten, grüßte er nur mit einem Kopfnicken. Rain hatte niemanden gesehen, den sie kannte – außer Blanche, die erst gegrinst und dann spöttisch gelacht hatte. Vermutlich hatte sie gedacht, Rain hätte Selik gegen den gut aussehenden Edelmann an ihrer Seite eingetauscht.

Steven öffnete die Tür und stieß Rain in das Zimmer. Ein junger Mann und eine junge Frau, beide prächtig gekleidet und außergewöhnlich gut aussehend, schauten gelangweilt von dem Schachspiel auf, bei dem sie saßen.

Der Mann, er mochte ungefähr sechzehn Jahre alt sein, zog müßig die Augenbraue hoch, als er bemerkte: »Du hast nicht lange gebraucht, dir die Frau des Geächteten zu holen.«

»Hattest du etwas anderes angenommen, Efric?«, lautete Stevens Gegenfrage, während er den pelzverbrämten Umhang über eine Truhe warf und sich dann auf einen Stuhl fallen ließ. Er streckte die langen Beine aus, und Efric ging zu ihm und kniete sich vor ihn, lächelte Steven auf seltsam süße Weise an und begann, ihm die Lederstiefel auszuziehen.

»Ist sie freiwillig mitgekommen?«, fragte die schlanke blonde Frau, die sich erhoben hatte und mit übertrieben trippelnden Schrittchen durch das Zimmer ging und dabei lasziv die Hüften schwang. Die ungewöhnlich tiefe Stimme der Frau verwirrte Rain – bis sie begriff, dass diese Frau ein Mann war. Ein Transvestit. O Allmächtiger!

»Nicht gerade freiwillig, Caedmon. Es hat ein wenig gedauert, sie zu überzeugen.«

Caedmons Schmolllippen öffneten sich erwartungsvoll,

und Rain argwöhnte, dass der Gedanke an ihren Schmerz den jungen Mann erregte.

»Du kannst sicher sein, dass sie über kurz oder lang sehr bereitwillig sein wird.« Steven grinste seine beiden Kumpane viel sagend an.

Beide, Caedmon und Efric, sahen Rain an und leckten sich über die Lippen, als sei sie ein schmackhafter Happen, der ihnen angeboten wurde.

»Ich werde zu nichts bereit sein, was euch betrifft, ihr verdammten Perversen«, fauchte Rain und wich vor Steven und seinen zwei schleimigen Freunden zurück. »Ich werde im Gegenteil die ganze Burg zusammenschreien. König Athelstan wird niemals erlauben, mich hier als Gefangene zu halten.«

»Oh, du wirst keine Gefangene sein«, erklärte Steven. »Du kannst sofort gehen, wenn du es möchtest.« Er goss sich einen Becher Wein ein und nippte daran, als sei es ihm egal, was Rain tat. »Die Wahl liegt allein bei dir, allerdings ...«

Rain begann, in Richtung Tür zu gehen.

»... wird Selik dann noch vor dem Morgengrauen tot sein.«

Rain blieb stehen. Sie schluckte. Dann wandte sie sich um. »Du bist ein Teufel!«, spie sie ihm ins Gesicht.

»Danke.« Steven zuckte mit den Schultern und sah Rain amüsiert an. »Güte ist eine Eigenschaft, die man nach meiner Meinung sehr überschätzt. Das Böse hingegen ... es ist schon erstaunlich, wie schnell so genannte gute Menschen das Böse akzeptieren, wenn es zu ihrem Nutzen ist. So wie du, zum Beispiel.«

Rain hatte Angst zu fragen, was er meinte.

»Ich frage mich ... ich frage mich gerade, inwieweit du das Böse in Kauf nehmen würdest, um die Freilassung deines Geliebten zu erreichen.«

Tief in ihrem Innern zitterte Rain.

»Natürlich werde ich Selik letzten Endes töten müssen. Es ist eine Schande. Es bereitet ein so unbeschreibliches Vergnügen, ihn zu quälen. Das ist bei Männern von Ehre immer so.«

Welche Ironie, dachte Rain. Denn gerade seine Ehre war das, was Selik vor langer Zeit verloren zu haben glaubte. »Warum hasst du Selik so sehr?«

»Er hat meinen Vater getötet, darum. Und auch meinen Bruder Elwinus. Ich war erst zehn Jahre alt, als mein Vater starb, und Elwinus war kaum aus den Windeln heraus. Wir hatten keine Familie, die sich um uns kümmerte, nur Gerard, den Kastellan.« Er sprach diesen Namen mit äußerster Verachtung aus und schloss wie im Schmerz die Augen. Als er sie wieder öffnete, knurrte er: »Ich wusste nicht, was das Böse ist, bis Gerard es mir *gezeigt* hat.«

»Aber das war nicht Seliks Schuld. Wenn er Euren Vater wirklich getötet hat, dann ist es während einer Schlacht geschehen und ...«

»Nicht die Schuld des Geächteten!«, kreischte Steven wütend. Er packte Rain bei den Schultern und schüttelte sie heftig. »*Seinetwegen* – dass du es nur weißt, du dummes Miststück – wird Selik sterben. Und dafür, dass er mein Leben zerstört hat. Aber vorher wird er dafür leiden müssen.«

»Er hat bereits gelitten.«

»Aber nicht genug«, erwiderte Steven und schob sie von Abscheu erfüllt beiseite. »Nicht annähernd genug.«

»Und was wollt Ihr von mir?«

»Das weiß ich noch nicht. Aber wir könnten damit anfangen, dass du deine Kleider ablegst – alle –, damit ich beurteilen kann, was du zu bieten hast.«

Rain zwang sich, ruhig zu bleiben und nichts zu sagen, was ihn dazu provozieren würde, ihr oder Selik etwas anzutun. Sie schaute zu den beiden anderen Männern hinüber.

Steven machte eine wegwerfende Handbewegung. »Tu so, als wären Efric und Caedmon nicht hier. Sie sind nicht wie ich. Sie verabscheuen das weibliche Geschlecht völlig.«

Steven, ein Bisexueller! »Ich kann das nicht«, protestierte Rain.

»Efric, geh in das Gefängnis und sag dem Wachsoldaten Bescheid – du weißt, welchen ich meine, diesen großen brutalen Kerl mit dem Lispeln. Sag ihm, er soll damit anfangen, dem Geächteten die Fingernägel und die Fußnägel herauszureißen. Du bleibst da und sorgst dafür, dass es gemacht wird; dann bring sie mir her.«

»Nein!«, schrie Rain.

»Du widersprichst? Warum? Du hast nur zu tun, was man dir sagt, um seine Qualen zu verhindern.«

Rain legte ihre Kleider ab. Alles. Von Scham erfüllt, stand sie vor den drei Männern, während die ihre rüden Bemerkungen machten.

»Ihre Brüste sind wie Euter«, quengelte Efric und kniff sie einige Male.

»Und sie ist so groß, so unweiblich«, zirpte Caedmon und stieß mit seinen spitzen Schuhen nach Rain. Er trat ihr in die Hüften, in den Po, gegen ihre Schenkel und Waden. »Ich bin mehr Frau, als sie es ist.«

Aber Rain war es egal, was die beiden Kerle über sie sagten; sie hatte mehr Furcht vor Steven, der jetzt auch seine Kleider ablegte. Sie wich zurück, hatte Angst, sie sollte vergewaltigt werden. Als Steven nackt vor ihr stand, sein Glied aufgerichtet wie eine Waffe, lächelte er Efric und Caedmon an, ehe er Rain höhnisch angrinste. »Wenn ich ehrlich bin, dann entsprichst du ganz und gar nicht meinem Geschmack. Ich mag meine Frauen zierlicher und vor allem jünger.«

Sie zwangen Rain dazu, ihnen zuzusehen, als sie sich ihren perversen Sexspielen hingaben. Sobald Rain die Augen zumachte oder den Kopf abwandte, trat oder stieß einer der Männer nach ihr, bis sie sich fügte. Stunden später begann Rain zu begreifen, was in deren Verstand vorging. Sex mit ihr würde ihnen keine Lust machen – Gott sei Dank blieb ihr das erspart –, aber Schmerz und Demütigung erregten sie. Und das alles war auf eine verzerrt perfide Weise gegen Selik gerichtet.

Am Ende stieß Steven Rain in ein fensterloses Gelass neben seiner Kammer, das kaum größer als ein Schrank war. Als Rain sich auf den Boden kauerte, hörte sie, wie der Riegel vorgeschoben wurde.

Tagelang ertrug Rain Demütigungen und Gewalt, die sie niemals für möglich gehalten hätte. Wenn ihr Körper nicht mit Tritten oder Schlägen und Hieben malträtiert wurde, sperrte man sie stundenlang in den engen, finsteren Raum. Rain war in der Hölle gelandet und wusste nicht, ob sie je wieder herauskommen würde.

Warum kehrte Eirik nicht zurück? Die Probleme auf Ravenshire mussten größer sein, als er gedacht hatte.

Sie hoffte, niemand würde Selik zutragen, dass sie vermisst wurde. Als ob ihm das etwas ausmachen würde, nach dem Auftritt, den Steven in seiner Zelle arrangiert hatte! Nein, sie wollte nicht, dass Selik von ihrer Demütigung erfuhr, denn er würde sich die Schuld daran geben. Er würde sich die Schuld dafür geben, wieder einmal versagt zu haben, weil er den Menschen, den er liebte, nicht hatte beschützen können. Und niemals würde er es hinnehmen können, dass Steven von Gravely statt seiner Rain bestraft hatte.

Manchmal wünschte sich Rain, einfach sterben zu können. Aber das war nur in den Sekunden tiefster Verzweiflung. Denn sie war jemand, der überleben wollte. Sie kochte innerlich vor

Wut, und ihr wurde bewusst, dass sie keine Pazifistin mehr war. Denn die gewalterfüllten Rachegedanken, die sie gegen Steven hegte und die sie in die Tat umsetzen würde, sollte Selik jemals wieder freikommen, hätte ein Pazifist niemals gehabt.

Am Nachmittag des fünften Tages wurde ein großer Zuber in die Kammer getragen, und Steven befahl ihr, sich zu waschen. Als sie ihr Bad beendet hatte, frisierten Efric und Caedmon ihr Haar und hielten ihr dann ein Stück poliertes Metall vor, um sich daran zu betrachten. Es war erstaunlich. Bei allem, was sie ertragen hatte, hatte ihr Gesicht keine einzige Verletzung abbekommen, keinen der Blutergüsse oder der kleinen Schnitte, von denen ihr übriger Körper übersät war. Gott sei Dank hatten sie sie nicht vergewaltigt ... noch nicht. Bis auf ihre geschwollenen Lippen und ihre vom vielen Weinen roten Augen sah Rain aus wie immer.

Auf Stevens Geheiß zog Rain eine spitzenverbrämte Seidentunika an und legte einen Gürtel um, der ihre Taille betonte. Steven hatte ihr nicht erlaubt, etwas darunter zu tragen. Als er ihr zu guter Letzt einen pelzgefütterten Umhang um die Schultern legte, sagte er: »Wir werden einen Spaziergang machen. Ich glaube, du brauchst etwas frische Luft.«

Rain sah ihn misstrauisch an. Steven tat nichts ohne einen Hintergedanken.

Erheitert über die Verachtung in ihren Augen, lachte Steven. Er hatte ihr wieder und wieder gesagt, dass ihr Widerstand ihn reizte. Sie wünschte, sie könnte aufhören zu kämpfen.

»Wir werden deinen Geliebten besuchen.«

Rain begann zu zittern. Sie hatte Angst vor dem, was Steven als Nächstes tun würde. Seine Art zu denken war so hinterhältig, dass es ihr unmöglich war, ihn zu begreifen.

»Du wirst nichts sagen, während wir dort sind. Hast du mich

verstanden, Rain?« Er umschloss ihr Kinn in einem kneifzangenähnlichen Griff.

Sie nickte.

»Falls du irgendetwas tust, aus dem sich schließen lässt, dass du nicht freiwillig bei mir bist, sei es durch Blicke oder durch Worte, wird Selik heute Abend ein toter Mann sein. Glaubst du mir das?«

Sie nickte erneut, und er ließ ihr Kinn los. Ehe sie das Zimmer verließen, kniff Steven ihr in die Brustwarzen, sodass sie sich unter der dünnen Seide der Tunika schmerzhaft aufrichteten.

Selik ging hin und her, soweit es der kurze Strick zuließ. Die Hände waren ihm noch immer auf den Rücken gebunden, seit Tagen hatte er niemanden gesehen oder gesprochen.

Er versuchte, das Bild zu vergessen, das ihn verfolgte. Das Bild von Rain und Steven, die vor fünf Tagen bei ihm in der Zelle gewesen waren. Vor fünf quälenden Tagen, in denen er sich unablässig ausgemalt hatte, was es bedeutete, dass die beiden zusammen waren.

Vertrau ihr.

Ein Teil von ihm wollte glauben, dass Rain gegen ihren Willen mit Steven zusammen war, wollte auf die Stimme in seinem Kopf hören. Aber alles hatte danach ausgesehen, dass Rain freiwillig bei Steven war. Die Frauen hatten Steven schon immer verdammt anziehend gefunden, wenn er seinen heimtückischen Charme entfaltet hatte. Selik erinnerte sich genau daran, dass Rain Steven erlaubt hatte, den Arm um ihre Schultern zu legen. Und noch schlimmer war, dass er sich in aller Deutlichkeit an Stevens Worte draußen vor der Zellentür erinnerte. Ein dreckiges Tier hatte Steven ihn genannt, und er hatte Rain aufgefordert, mit ihm in sein Zimmer zurückzugehen. So sehr Selik sich auch bemüht hatte, er hatte nicht gehört, dass Rain sich dagegen gewehrt oder mit Worten verwahrt hatte.

Vertrau ihr.

Selik versuchte, die innere Stimme zu ignorieren. Er wünschte, er würde sterben. Keine der Misshandlungen, die ihm von Athelstans bösartigen Soldaten zugefügt worden waren, kamen dem Schmerz über Rains Verrat gleich.

Und dann wieder, in weniger verzweifelten Augenblicken, hoffte Selik, dass er das hier überleben würde, um Rache üben zu können. Rache an beiden.

Der Riegel der Zellentür wurde zurückgeschoben, und gleich darauf öffnete sich die Tür, die in ihren rostigen Angeln quietschte. Selik keuchte, als er Steven eintreten sah – Hand in Hand mit Rain.

Ihr Haar war wunderschön frisiert, und sie trug einen prächtigen pelzgefütterten Umhang. Sie starrte Selik aus großen goldfarbenen Augen an – tiefe schimmernde Seen, die von einem Ausdruck erfüllt waren, den er nicht verstehen konnte. Ihre Lippen waren rosig und geschwollen, als wären sie endlos lange geküsst worden.

In Selik erstarb der süße, kostbare Teil seiner Seele, der erst vor so kurzer Zeit wieder zum Leben erweckt worden war.

»*Argh!*«, wütete er und bäumte sich in seinen Fesseln auf. Er würde Rain töten, ebenso wie Steven, wenn er sie erreichen könnte.

Rains Augen weiteten sich und füllten sich mit Tränen. Selik sah die dunklen Ringe unter ihren Augen. Ohne Zweifel von den schlaflosen Nächten, die sie unter Gravelys schnaufendem Körper liegend verbracht hatte. Stöhnte sie bei ihrem neuen Liebhaber so, wie sie es bei ihm getan hatte?

Selik glaubte, ihm würde das Herz in tausend Splitter brechen, und er fürchtete, es stünden Tränen in seinen Augen.

Wie konnte sie das tun? Wie konnte sie das tun?

Steven lächelte Selik an – ein infames, krankes Lächeln –, als er hinter Rain trat und ihr den Umhang von den Schultern streifte. Mit einer raschen Bewegung öffnete er ihre Tunika und entblößte ihre Brüste mit den hart aufgerichteten Spitzen Seliks Blick. Dann legte er die Hände unter ihre Brüste und hob sie an. Die roten Kratzspuren des Liebesspiels überzogen die weiße Haut ihrer Brüste. Die ganze Zeit über lächelte Steven Selik an.

Erfüllt von Scham, senkte Rain den Kopf. Selbst eine liebende Frau – und sie musste den gut aussehenden Steven lieben, da sie solche Intimitäten zuließ –, würde nicht wollen, dass ihr Körper vor einem anderen Mann entblößt wurde, vor einem ehemaligen Liebhaber. Doch Rain sagte kein Wort, kein einziges Wort, um Steven aufzuhalten. Und sie schwieg auch, als er die Hand auf ihr Geschlecht legte und es sinnlich rieb. Mit der anderen hielt er ihr Kinn umschlossen und zwang sie, ihn anzusehen.

»Ich hasse dich«, sagte Selik zu Rain mit all der Wut, die in seinem Blut kochte. »Ich hasse dich mehr, als ich Steven hasse, und mein Hass auf ihn ist grenzenlos. Du hast meine Liebe genommen und darauf gespuckt, und das werde ich dir niemals vergeben.«

Selik kehrte ihr den Rücken zu, und dann spürte er die Nässe auf seinen Wangen. Er hörte einen leisen würgenden Ton hinter sich, der rasch verstummte, doch er wandte sich erst wieder um, als sie schon lange fort waren und sich die Tür hinter ihnen wieder geschlossen hatte.

Danach kümmerte Rain nichts mehr. Ihre resignierte Ergebenheit in ihr Schicksal erzürnte Steven, und seine Brutalität nahm zu. Rain fragte sich, ob sie die nächste Woche noch erleben würde – sie schloss nicht aus, dass Steven bei einem seiner Wutanfälle zu weit gehen und sie töten könnte. Oder er könnte seine Meinung ändern und sie sexuell angreifen. Und das zu erdulden wäre sie nicht fähig.

Trotz alldem rief sie nicht um Hilfe, weil sie Selik beschützen wollte. Auch wenn er sie jetzt hasste.

Eine Woche nach dem schicksalhaften Zusammentreffen mit Selik kam Caedmon aufgeregt in Stevens Kammer gestürzt. »Diese Hündin Elgiva sucht nach Rain. Sie ist zum König gegangen, und er hat zugestimmt, dass die Burg durchsucht wird.«

Rain hockte am Boden des engen Gelasses und hob kaum den Kopf, als sie seine Worte durch die offene Tür hörte.

»Beeil dich, Caedmon, pack unsere Sachen zusammen«, befahl Steven besorgt. »Und du machst die Pferde bereit, Efric. Wir werden sofort aufbrechen.«

Rain döste ein, vielleicht war sie auch ohnmächtig. Das passierte häufiger in letzter Zeit. Steven hatte ihr vor einigen Tagen einen Schlag auf den Kopf versetzt, und Rain befürchtete, eine Gehirnerschütterung erlitten zu haben. Irgendwann hörte sie Efrics erregte Stimme ihren Dämmerzustand durchdringen: »Verdammte Hölle, Steven, der König und diese Hündin kommen hierher. Jemand hat Athelstan gesagt, dass er die Frau des Geächteten mit dir zusammen im Gefängnis gesehen hat.«

Irgendwie wurde Rain bewusst, dass Steven im Begriff stand zu fliehen. Einmal mehr würde er einer Bestrafung seiner teuflischen Taten entkommen. Er würde nicht dafür bezahlen müssen, Seliks Frau vergewaltigt und ermordet zu haben, nicht dafür büßen müssen, den kleinen Thorkel enthauptet zu haben. Die Misshandlungen, die er ihr zugefügt hatte, alle seine schrecklichen Untaten würden ungesühnt bleiben. Rain konnte nicht zulassen, dass das geschah.

Während die drei Männer sich ihre Reisekisten und Ledersäcke aufluden, stand Rain unbemerkt auf und bewegte sich unter Schmerzen auf das Bett zu. Auf dem Tischchen daneben hatte sie ein Messer liegen sehen, das sie jetzt wie in Trance ergriff. Dann taumelte sie auf Steven zu, der ihr den Rücken zuwandte, und schrie: »Du Bastard! Du Bastard!«

Steven wandte sich um und streckte im letzten Augenblick den Arm aus, um den Angriff abzuwehren. Der heftige Zusammenprall brachte Rain, die sich ohnehin kaum auf den Beinen halten konnte, ins Straucheln. Statt Stevens Rücken zu treffen, wie sie es vorgehabt hatte, streifte es nur seinen Unterarm. Doch immerhin war die Verletzung so tief, dass Blut seinen Ärmel tränkte.

Zuerst weiteten sich Stevens Augen vor Überraschung, weil sie es gewagt hatte, ihn anzugreifen. Als er dann auf seinen Arm schaute und das Blut sah, das den Stoff seiner Tunika rot färbte, wurde seine Überraschung erst zu Erschrecken und dann zu Wut. Rain sah, wie Steven mit dem Fuß ausholte. Aber sie war nicht schnell genug, ihm auszuweichen. Der Tritt traf sie mit voller Wucht in den Magen.

In einem dichten Nebel aus Schmerz und Übelkeit sah Rain König Athelstans Gesicht, das sich über sie beugte. »Beim Blute Christi! Wer hat ihr das angetan?«

Jemand antwortete: »Steven von Gravely.«

»Wo ist er?«, fragte Athelstan, und seine Stimme war kalt vor Zorn.

»Fort.«

Fortfortfortfortfortfort ... Das Wort hallte endlos in Rains benommenem Verstand wider. Sie spürte, dass jemand sie aufhob und forttrug.

Sie hörte ein Schluchzen hinter sich und erkannte dann die

Stimme Elgivas: »O Athelstan, sieh, wie dieses Tier sie geschlagen hat!«

»El … Elgiva«, keuchte Rain und versuchte, den Arm nach ihr auszustrecken.

»Ich bin hier«, sagte Elgiva. Mit sanfter Hand strich sie Rain das strähnige Haar aus dem Gesicht.

»Versprich …« Rain keuchte. »Versprich mir …«

»Was? Was soll ich dir versprechen, liebste Freundin?«

»Sag nichts … Selik … sag ihm nichts. Er soll es nicht wissen.«

»Aber warum denn nicht?«

Rain sah die Tränen, die über Elgivas Wangen liefen. Und sie sah das Mitleid. Sie musste wirklich schlimm aussehen, um den Schrecken hervorzurufen, der sich auf Elgivas Gesicht widerspiegelte.

»Er würde sich die Schuld geben. Weil er mich nicht beschützt hat«, sagte Rain mit rauer Stimme und leckte sich über die rissigen Lippen. »Er könnte mit diesem Schmerz nicht leben. Er könnte es einfach nicht.«

»Aber …«

»Versprich es«, verlangte Rain und umklammerte Elgivas Arm mit einer Kraft, die sie selbst überraschte. »Versprich es mir.«

Elgiva nickte.

Und Rain versank in gnädigem Vergessen.

Abgesehen von den Verletzungen, die jeden Zentimeter ihres Körpers bedeckten, und von den seelischen Wunden, die vielleicht nie ganz heilen würden, fühlte sich Rain fast wie immer, als sie einige Tage später in Elgivas Bett saß. Auch ihre Befürchtung, eine Gehirnerschütterung davongetragen zu haben, hatte sich Gott sei Dank nicht bestätigt.

Und zum ersten Mal seit Tagen wusste Rain wieder, dass sie leben wollte.

»Hat er dich vergewaltigt?«, fragte Elgiva, während sie die Betttücher richtete. Die angelsächsische Lady hatte Rain in den vergangenen Tagen umsorgt und umhegt. Wenn jemand ein Engel war, dann sie.

Rain schüttelte den Kopf.

»Nun, das ist ein Segen. Du hast eine fürchterliche Erfahrung machen müssen, aber das Schlimmste ist vorüber.«

»Ich weiß. Und ich sollte dankbar sein, aber ich kann kaum die Wut beherrschen, die in mir tobt. Ich habe eine so mörderische, barbarische Wut auf Steven von Gravely, dass ich ihn umbringen könnte.«

»Das Schlimmste ist, dass Gravely entflohen ist und man ihn für seine scheußlichen Taten nicht bestrafen kann.«

»Oh, das glaube ich nicht. Ich glaube, dass er irgendwann seine gerechte Strafe bekommen wird, entweder in diesem Leben oder in einem anderen. Aber ich darf nicht zulassen, dass mein Hass auf ihn mich verzehrt. Ich muss diesen Hass verdrängen, oder er wird wie ein Krebsgeschwür an mir fressen. Ich muss jetzt gesund werden, Elgiva. Und, o Gott, ich brauche Selik.«

Elgiva schaute Rain an und setzte sich neben sie auf die Bettkante. »Das ist es, worüber ich mit dir sprechen wollte.«

»Selik?«, fragte Rain. Ihre Stimme klang alarmiert.

Elgiva tätschelte beruhigend ihre Hand. »Hab keine Angst. Er ist in Sicherheit. Genau genommen ...« Elgiva holte tief Luft, als brauchte sie Kraft, »... genau genommen ist er gestern freigelassen worden.«

»Er ist ... er ist frei?«, fragte Rain langsam und zog verwirrt die Stirn kraus.

»Ja, das ist er. Nachdem Athelstan gesehen hat, was Steven dir angetan hat, musste er schließlich doch glauben, dass Selik einen

Grund für seine Rachetaten hatte. Er hat dem Geächteten ein riesiges Wergeld auferlegt und ihn lebenslang aus England verbannt. In ein paar Tagen werden ihn bewaffnete Soldaten nach Southampton bringen, wo er an Bord eines Schiffes gehen wird. Er wird nie mehr in dieses Land zurückkehren.«

Rain lächelte und machte Anstalten aufzustehen. »Ich muss sofort zu ihm.«

»Nein, du bist noch zu schwach.«

»Dann schick ihn zu mir. Sofort. Ich muss mit eigenen Augen sehen, dass er wohlauf ist. Und wir müssen meine Sachen packen, damit ich morgen mit ihm gehen kann.« Aufgeregt über die wunderbaren Neuigkeiten begann Rain, in ihrem Kopf all die Dinge aufzulisten, die sie brauchte, um eine Reise vorzubereiten. Wohin werden wir wohl fahren?, fragte sie sich. Ob sie nach Ubbi, nach Adam und Adela und den anderen Waisen schicken könnten?

Elgiva schüttelte traurig den Kopf. »Rain, er weigert sich, dich zu sehen.«

»Aber warum denn?« Rain ließ sich auf Bett zurücksinken. Das Mitleid in Elgivas tränenerstickter Stimme machte ihr Angst.

»Du hast es Athelstan und mir doch nicht erlaubt, ihm zu sagen, warum du bei Steven warst. Und deshalb glaubt er ...«

»... dass ich freiwillig bei Steven gewesen bin. Dass ich seine Geliebte war«, schloss Rain für sie.

»Er sagt, dass er dich hasst, Rain. Ich bin überzeugt, irgendwann, wenn er wieder klar denken kann, wird er seinen Irrtum erkennen. Aber seit seiner Freilassung ist er wie von Sinnen, er trinkt und flucht und ...«

»Hilf mir, mich anzuziehen«, sagte Rain entschlossen und zwang sich, den Schmerz zu ertragen, den ihr geschundener Körper ihr bei jeder Bewegung bereitete. »Ob du mir hilfst oder nicht, ich werde Selik finden und mit ihm reden.«

Nach vielen wirkungslosen Protesten half Elgiva ihr schließlich, eines ihrer eigenen Gewänder anzulegen – eine weiche weiße Wolltunika über einem blauen Hemd. Sie legte die Bernsteinkette um und befestigte die Drachenbrosche auf ihrer linken Schulter. Als Rain vor Elgivas großem Wandspiegel aus poliertem Metall stand, sah sie die dunklen Ringe unter ihren Augen. Ihre hohlen Wangen verrieten, dass sie an Gewicht verloren hatte, aber andererseits würde auch niemand auf den Gedanken kommen, welch massive Wundmale unter ihrer Kleidung verborgen waren.

»Wirst du ihm die Wahrheit sagen?, fragte Elgiva, die Rain stützte, als sie die Große Halle durchquerten. Das Gehen fiel Rain schwer, und sie konnte nur kleine Schritte machen.

Rain schüttelte den Kopf. »Nein – zumindest jetzt noch nicht. Vielleicht irgendwann einmal, wenn wir beide die Zeit hatten, gesund zu werden. Zurzeit könnte Selik noch nicht damit umgehen. Er hat schon so viel durchlitten. Ich weiß genau, er würde zu seinem früheren Leben zurückkehren, das ganz von dem Gedanken an blutige Rache beherrscht war.«

Als sie vor der Tür zur Seliks Kammer standen, hörte Rain, dass sich drinnen jemand aufhielt.

»Soll ich mit hineinkommen?«, bot Elgiva besorgt an.

Rain schüttelte den Kopf. »Nein – aber ... Elgiva, danke für all deine Hilfe.« Sie umarmte die Freundin liebevoll, und auf ihren Lippen lag ein erwartungsvolles Lächeln.

Endlich würden sie und Selik ein gemeinsames Leben haben.

Selik hörte ein Klopfen und glaubte zunächst, es wäre in seinem metberauschten Kopf. Er versuchte einige Male, sich aufzurichten, doch ohne Erfolg.

Als er den Kopf zur Seite wandte, schoss er abrupt hoch. Eine nackte Frau lag neben ihm in den zerwühlten Laken. Er stöhnte. Es war Blanche.

Selik runzelte die Stirn und versuchte sich zu erinnern. Auch wenn er gestern Abend heftig getrunken hatte, so wusste er doch ganz sicher, dass er allein in sein Bett gegangen war. Was führte die Frau im Schilde?

Er rieb sich müde die Augen, und unvermittelt fiel ihm wieder ein, warum er gestern so viel getrunken hatte. Dieser Bastard von einem König hatte ihn freigelassen, ohne irgendeine Erklärung. Stattdessen war ihm befohlen worden, ein enorm hohes Wergeld zu entrichten, seinen gesamten Besitz in Northumbrien der Krone zu übertragen und England für immer zu verlassen.

Es war ihm egal.

Er hatte viel, viel mehr verloren.

Rain!, schrie es wie seit Tagen schon auch jetzt wieder in seinem gequälten Verstand. *Rain* ... *Rain* ... *Rain* ... *Rain* ...

Wie hat sie das tun können?, fragte er sich wieder und wieder. Es gab keine Antworten, denn die unerbittlichen Tatsachen sprachen für sich. Sie war mit seinem meistgehassten Feind zusammen, mit Steven von Gravely.

Gravely war in Seliks Augen Dreck, und das war Rain jetzt auch. Diesen Verrat würde er ihr nie, nie, *nie* vergeben.

Das Klopfen hörte nicht auf. Es war an der Tür. Selik zwang sich aus dem Bett und taumelte auf die Tür zu, wobei ihn seine Nacktheit herzlich wenig kümmerte. Vielleicht waren es Athelstans Soldaten, die ihn schon heute nach Southampton bringen sollten. Es konnte Athelstan wohl nicht früh genug sein.

Der Anblick Rains traf Selik so unvorbereitet, dass er sich gegen den Türrahmen stützen musste. Verdammte Hölle! Sie sah aus wie ein Engel, als sie so ganz in Weiß gekleidet vor ihm stand und ihn aus tränenschimmernden goldenen Augen ansah. Und dazu trug sie seine Bernsteinkette wie ein verdammtes Zeichen der Liebe. Verflucht sollte sie sein. Er zwang sich, nicht die Hand nach ihr auszustrecken und nicht zu vergessen, dass sie alles andere als ein Engel war. Ein schwarzer Engel, das bestenfalls noch, denn alles Gute in ihr war sicherlich durch die Vereinigung mit des Satans rechter Hand, mit Steven von Gravely, aus ihr verschwunden.

»Selik!«, flüsterte sie heiser und streckte die Arme nach ihm aus, als wollte sie, dass er sie umarmte.

War sie verrückt? Erwartete sie wirklich, dass er sie voller Liebe wieder in die Arme schließen würde, als sei nichts geschehen?

Als sie die Hand nach ihm ausstreckte, wich Selik erst zur Seite und zog sich dann in sein Zimmer zurück. Rain folgte ihm. Und jetzt entdeckte sie Blanche.

Sie keuchte und schlug entsetzt die Hand vor den Mund, dann starrte sie ihn aus verwundeten, anklagenden Augen an.

Wie konnte sie es wagen, ihn anzuklagen? Selbst wenn er nicht ein Härchen an Blanches einnehmenden Körper berührt hatte, wieso, verdammt nochmal, unterstand sie sich, ihm Vorwürfe zu machen?

Blanche setzte sich auf und bedachte Rain mit einem geringschätzigen, triumphierenden Blick. Sie ließ die Bettlaken bis auf die Taille herunterrutschen, um voller Stolz ihre üppigen Brüste zu präsentieren. »Schick die Schlampe weg«, sagte dieses Flittchen doch tatsächlich. »Und komm wieder ins Bett, mein Süßer.«

»Halts Maul!«

Blanche stieß bei diesem rüden Befehl einen jammervollen Ton aus, und Rain sah hoffnungsvoll zu Selik hoch.

»Was willst du?«, verlangte er von Rain zu wissen, während er in seine Hosen stieg.

»Dich«, erwiderte sie leise. Sie warf einen Blick auf Blanche und sah dann wieder zu Selik. »Dich.«

»Niemals.«

»Warum nicht?«

»Wie kannst du das noch fragen? Ich würde niemals die Reste nehmen, die Steven übrig gelassen hat, und so wie ich es sehe, bist du nichts anderes. Die Diener sagen, dass er seit einigen Tagen fort ist, ohne Zweifel hat er vorausgeahnt, dass ich freigelassen werde. Hat dein Liebhaber sich geweigert, dich mitzunehmen?«

»Er war nicht mein Liebhaber. Niemals« widersprach Rain heftig.

Zum ersten Mal seit Tagen fühlte Selik, dass Hoffnung seine ausgedörrte Seele wie Wasser labte. Als er die Hände auf Rains Arme legte, entging ihm nicht, dass sie zusammenzuckte. Empfand sie Abscheu vor seiner Berührung? »Was meinst du damit? Willst du sagen, dass du nicht freiwillig bei Steven warst?«

Rain zögerte, und ihre Augen flehten ihn an. Selik fühlte alle Hoffnungen sterben.

»Verschwinde«, befahl er und wandte sich von ihr ab.

»Selik, es war nicht so, wie du denkst«, flehte sie und stöhnte, als habe er sie in den Magen getreten.

»Wie war es denn dann?«, fauchte er und fuhr mit kaum gezügelter Wut zu ihr herum. In diesem Augenblick hätte er Rain für den tiefen Schmerz, den sie ihm zugefügt hatte, ohne jedes Bedauern erwürgen können.

Ihre Schultern sackten herunter, und Tränen strömten aus ihren Augen. Sie würde nicht antworten, und das war die ganze Antwort, die er brauchte.

»Ich liebe dich, Selik«, sagte sie schließlich.

»Ich hasse dich. Ich will dich nie wieder sehen«, erklärte er eisig. Seine Fingernägel bohrten sich in seine Handflächen. »Nie.«

»Kannst du mir nicht einfach vertrauen, Selik?«, bettelte sie. »Kannst du dich nicht an unsere Liebe erinnern und einfach vertrauen?«

Ihr leises Schluchzen riss an seinem brechenden Herzen, aber er durfte sich ihrer verräterischen Art von Liebe nicht ergeben. Entschlossen ging Selik zum Bett, legte sich neben Blanche und wandte den Kopf von Rain ab. Eine lange Zeit noch stand Rain an der Tür, und Selik hörte ihr herzzerreißendes Weinen.

Als die Tür endlich geöffnet und mit einem dumpfen Klicken wieder geschlossen worden war, schob er Blanche voller Abscheu von sich fort und befahl ihr, sein Zimmer zu verlassen. Erst jammernd und dann fluchend ging sie, die Tür laut hinter sich zuknallend. Selik setzte sich im Bett auf und schlug die Hände vors Gesicht.

Und er weinte um alles, was er verloren hatte.

21

Zwei Tage später erwachte Selik mit der Gewissheit aus seinem komaähnlichen Rausch, dass er ohne Rain nicht weiterleben konnte. Es zählte nicht, ob sie mit Steven von Gravely zusammen gewesen war oder mit Luzifer höchstpersönlich. Er liebte sie und konnte ohne sie an seiner Seite nicht leben.

Vertrau ihr.

»Gott, wenn mich nicht die Liebe zu Rain umbringt, dann wirst Du es tun mit diesem verdammten, teuflischen, endlosen Geplapper«, knurrte Selik, als er sich wie ein Fußlahmer zur Tür bewegte und einen vorbeigehenden Diener anbrüllte, ihm Badewasser zu bringen. Seine eigene Stimme schien innen in seinem Kopf zu rumpeln, und Selik legte beide Hände auf die Ohren, um sein wirres Gehirn festzuhalten.

Wirres Gehirn ist richtig, mein Junge. Habe ich dir nicht gesagt, du sollst der Liebe vertrauen? Und was hast du getan? Hast das Beste zurückgewiesen, das es in deinem Leben gab und das ich dir geschenkt habe – so sieht es aus. Und übrigens ... die Erwähnung Luzifers in meiner Gegenwart gefällt mir nicht.

»O Gott«, stöhnte Selik. »Hast du denn nicht irgendwo noch irgendein kleines Wunder zu vollbringen – so etwas wie Island zum Beispiel?«

Selik wusste, dass Rain nach Northumbrien zurückgekehrt war, gleich am nächsten Tag, nachdem er sie zurückgewiesen hatte. Athelstan war entzückt gewesen, ihm berichten zu können, dass er seine eigenen bewaffneten Soldaten mitgeschickt hatte, um sie zu begleiten. Selik war inzwischen davon überzeugt, dass er mit König Athelstan zu einer Übereinkunft kommen könnte, die es ihm ermöglichen würde, in England zu bleiben. Aber das würde vermutlich voraussetzen, dass er seine Seele an diesen verdammten Angelsachsen verschachern müsste, aber …

Nicht deine Seele, unterbrach die Stimme, *dieses kostbare Gut gehört mir.*

Selik schaute zur Decke hinauf und verdrehte gereizt die Augen. »Ich meinte, dass er mir vielleicht gestatten wird, auf meinem Land zu bleiben, wenn ich ihm meine Treue schwöre und obendrein das Wergeld zahle, das geradezu Schwindel erregend hoch ist.« Kaum hatte Selik dies gesagt, schalt er sich dafür aus, mit einem unsichtbaren Wesen eine Unterhaltung zu führen. Vielleicht hatte er zu guter Letzt doch noch den Verstand verloren.

Geh zu ihr.

»Rain muss mich jetzt hassen.«

Sie hat allen Grund dazu. Und wenn sie dich hasst, dann überzeuge sie davon, dich wieder zu lieben. Du warst schon immer ein Meister der Verführung.

Selik grinste beschämt. Plötzlich war ihm ein anderer Gedanke gekommen. Was war mit Steven von Gravely? Er konnte nicht zulassen, dass dieser Mann wieder ohne Strafe für seine Verbrechen davonkam. Ja, er sollte zuerst hinter Steven von Gravely herjagen und endgültig Rache üben.

Mein ist die Rache.

»Sagt wer?«, fauchte Selik. Die Hände in die Hüften gestemmt, sprach er zur Decke seiner Schlafkammer hinauf.

Spricht der Herr, du Dummkopf.

»Was habt Ihr gesagt, Herr?«, fragte einer der beiden Diener, die zwei Eimer mit heißem Wasser heranschleppten. Der schmuddelige Bursche schaute neugierig zu den Deckenbalken hinauf, um zu sehen, mit wem Selik wohl gesprochen haben mochte.

»Gar nichts.«

Selik schüttelte den Kopf. Diese Selbstgespräche wurden ihm langsam zur Gewohnheit. Er wusste nicht mehr, wo sein Verstand aufhörte und wo die Geisterstimme begann. Nichtsdestotrotz fing er an, über den Rat nachzudenken, den die Stimme ihm gegeben hatte. Vielleicht war es wirklich an der Zeit, seine Rache gegen Steven Rache sein zu lassen und sich auf Wichtigeres in seinem Leben zu konzentrieren. Auf Rain zum Beispiel. Steven könnte er schließlich auch noch später verfolgen – nächsten Monat, nächstes Jahr, irgendwann. Denn das Allerwichtigste war jetzt, Rain zu finden und ihr zu sagen, dass er sie noch liebte.

Selik glaubte, von oben einen tiefen Seufzer der Erleichterung zu hören.

Zum ersten Mal seit langer Zeit lächelte Selik wieder, und ihm war zu Mute, als sei ihm eine große Last von den Schultern genommen worden.

Eine am Boden zerstörte Rain kehrte auf den Hof zurück. Es war nicht nur der Verlust der Liebe Seliks, der sie so niederdrückte, es war auch die Gewissheit, dass er sich wie unter einem todbringenden Zwang wieder auf Stevens Spur setzen würde, um sein Rachebedürfnis zu befriedigen. Rain fühlte, dass sich der Kreis geschlossen hatte. Die ganze Zeit, die sie auf das Bemühen verwandt hatte, Selik von seiner Verbitterung zu heilen und ihn zu überzeugen, seine Rache ruhen zu lassen, schien vergeudet zu sein, wenn er den selbstzerstörerischen Fehdehandschuh wieder aufnahm.

»Dieser dickköpfige Bastard! Wie konnte er glauben, Ihr

würdet freiwillig mit Steven zusammen sein?«, rief Ubbi, als er die vielen noch nicht verheilten Wunden sah.

»Steven ist ein gut aussehender Mann, äußerlich. Und er kann sehr einnehmend wirken, wenn er es will. Er ist ein vollendeter Schauspieler.«

»Trotzdem, Selik hätte Euch vertrauen müssen.«

»Ja, das hätte er tun müssen«, sagte Rain, und ihre Stimme klang traurig. »Offensichtlich hat er mich nicht genug geliebt. Denn hätte er es getan, hätte er gewusst, dass ich ihn niemals hätte verraten können. Aber mich mit Steven zu sehen, hat ihn blind gemacht. Es war für ihn ein weiterer Stein, den er in die Mauer seines Hasses gegen Steven einfügen konnte.«

In den Tagen, die nun folgten, scharte Rain die Kinder und Ubbi um sich. Sie musste einfach fühlen, von jemandem geliebt zu werden.

König Athelstan hatte Rain eingeladen, zu einem späteren Zeitpunkt an seinen Hof zurückzukehren, damit er mit ihr noch weiter über die medizinischen Wunder reden könnte, die es in ihrem Land gab. Rain hatte ihm dies versprochen, aber sie bezweifelte, dass sie den »Weisen König« je wiedersehen würde. Beim Abschied hatte Rain Elgiva umarmt, die ihr lachend für die detaillierten Erläuterungen der Empfängnisverhütung nach der Knaus-Ogino-Methode dankte. Es hatte Rain nicht überrascht, dass der König ihr – eher halbherzig gemeintes – Angebot einer Vasektomie abgelehnt hatte. Dazu beigetragen hatte in nicht unerheblichem Maße die Erwähnung der Akupunkturnadeln, die sie für die lokale Anästhesie hätte einsetzen müssen.

»Der Herr wird zurückkommen, Mylady, wenn er erst wieder zu Verstand gekommen ist«, sagte Ubbi und tätschelte Rains Hand.

Rain war davon nicht so überzeugt, aber ein kleiner Teil ihrer Seele, der noch nicht gestorben war, hoffte, dass Ubbi

Recht hatte. Im Stillen betete sie: *Bitte, Gott, schick ihn zu mir zurück.*

Vertrau auf mich.

Rain war nicht sicher, ob sie irgendjemandem jemals wieder würde vertrauen können.

Adam war der Einzige, der die Aufregung um Rains Rückkehr nicht teilte. Zurückgezogen und stumm litt er unter Seliks Abwesenheit. Rain hatte den Kindern erklärt, dass der König Selik unter der Bedingung verziehen hatte, dass er das Land verließ. Und das bedeutete, dass Selik nicht zurückkommen konnte, um sie zu sehen.

Adam kam zu ihr. Er schien ihren Schmerz zu spüren, denn er legte seine Hand in ihre und flüsterte: »Ich werde dich nicht allein lassen.« Dann ging er davon, um an einem Stück Holz herumzuschnitzen und dabei von Zeit zu Zeit wütend vor sich hin zu starren. Dieser erstaunliche kleine Junge kam Rain vor wie ein erwachsener Mann im Körper eines Kindes; er war viel zu scharfsichtig für sein Alter. Adela saß neben ihrem Bruder auf einer Bank nahe dem Herdfeuer. Schweigend, den Daumen im Mund, lehnte sie vertrauensvoll den Kopf gegen Adams Arm.

Während der ersten Tage nach ihrer Rückkehr war Rain noch voller Zuversicht, dass Selik zu ihr zurückkehren würde. Ihr Körper kräftigte sich wieder, und sie versuchte, nicht mehr an den teuflischen Steven und seine Freunde zu denken.

Erst vergingen die Tage. Dann die Wochen.

Rain ging über die einsamen Felder des Gehöfts. Sie versuchte verzweifelt, die kostbare Liebe zu vergessen, die sie für einen kurzen Augenblick der Zeit in ihren Händen gehalten hatte. Und die sie verloren hatte.

Dann verschwand Adam. Kurze Zeit darauf lag Adela teilnahmslos und vor Bauchschmerzen stöhnend auf ihrer Matratze. Rain vermutete, dass ihre Erkrankung psychosomatischer Natur war. Adela vermisste ihren Bruder so sehr, dass emotionaler Schmerz zu einem körperlichen geworden war.

Der Spätwinter brachte erneut Schnee. Heftige Winde stürmten über das Land und rüttelten am Holz der alten Scheune, was Rains Gefühl von Einsamkeit, Unzulänglichkeit und Verzweiflung nur noch verstärkte. In ihr erwachte der Wunsch, nach Jorvik zurückzukehren und in die Coppergate zu gehen, um in die Zukunft zurückzureisen. Dort, in der Vertrautheit ihres alten Lebens, könnte es ihr vielleicht gelingen, die zerbrochenen Stücke ihres Herzens wieder zusammenzusetzen. Sie wollte sich an der Schulter ihrer Mutter ausweinen, denn sie wusste, dass Ruby sie verstehen würde.

Aber sie konnte nicht fort, ehe es Adela besser ging. Und Adam zurückgekehrt war. Wohin war der dumme Junge gegangen? Adela sagte, er habe eine Besorgung in Jorvik zu erledigen. Das war vor fast einer Woche gewesen.

Die kalte Witterung verschlimmerte Ubbis Arthritis, und er blieb auf seinem Bett liegen, wobei er sich fortwährend für seine Schwäche entschuldigte. Rain kümmerte sich liebevoll um den Mann, der so etwas wie ein Vater für sie geworden war. Sie würde ihn schrecklich vermissen.

Ella, die gelegentlich kam, um sie zu besuchen – wahrscheinlicher war jedoch, dass sie sich Ubbi angeln wollte, gab Rain mehr gute Ratschläge, als diese hören mochte. »Am besten, du hältst die Ohren steif und schaust nach vorn. Es gibt außer Selik noch andere Fische im Teich. Such dir einen anderen Mann, das sage ich dir.«

»Leichter gesagt als getan«, erwiderte Rain gereizt.

In der darauf folgenden Woche erhielt Rain einen Brief von Elgiva. In dem kurzweiligen Brief berichtete die Freundin von den Neuigkeiten des Hofes und ihrer enger werdenden Beziehung zum König und erwähnte dann in einem Nebensatz, dass sich Selik noch in Winchester aufhielt. Offensichtlich hatten er und Athelstan eine Art Waffenstillstand vereinbart.

Rain keuchte, und ihr sprangen die Tränen in die Augen. Trotz all ihrer Behauptungen des Gegenteils, ganz tief drinnen hatte sie bis jetzt nie aufgehört zu hoffen, dass Selik wieder zur Besinnung kommen würde. Wenn er sie noch liebte, selbst wenn er glaubte, dass sie freiwillig mit Steven zusammen gewesen sei, wäre er zu ihr zurückgekommen. Dass er es nicht getan hatte, konnte nur bedeuten, dass er sie nicht mehr liebte.

Und wenn er sie nicht mehr liebte, gab es für sie hier in der Vergangenheit keine Zukunft mehr. Ruhig begann sie, Pläne zu machen. Ganz egal, was Ubbi sagte, oder Gyda oder Ella, Rain würde sich nicht davon abbringen lassen. Sie würde heimkehren. In die Zukunft.

Zwei Tage später, am Karfreitag, küsste Rain die Kinder und Ubbi zum Abschied und umarmte sie tränenreich. Sie packte die Drachenbrosche ein, die Bernsteinkette, die Selik für sie gekauft hatte, und die kostbare Wolfsskulptur. »Zur Erinnerung«, hatte Selik gesagt, als er ihr die kleine Holzfigur geschenkt hatte. Damals hatte Rain nicht ahnen können, wie passend diese Worte gewesen waren.

Sie ging allein nach Jorvik, ging allein zur Coppergate, an den Ort, an dem ihre Reise in die Zeit begonnen hatte.

Fast sieben Monate waren seit dem Tag vergangen, an dem sie unter dem Baugerüst im Wikingermuseum von York gestanden hatte. Sie fragte sich, ob in der Zukunft überhaupt irgendwelche Zeit vergangen war. Vielleicht nicht. Vielleicht lag ihre Mutter noch immer in ihrem Hotelbett und schlief. Wie würde Rains Rückkehr wohl aussehen? Vielleicht würde sie einfach vom Fliesenboden aufstehen, auf den sie gestürzt war, würde sich den Staub von den Kleidern klopfen und ihr altes Leben wieder aufnehmen, als sei nie etwas gewesen.

Vielleicht. Vielleicht aber auch nicht.

Selik ging durch die Gassen Southamptons und war froh, Winchester und dem Ostertrubel entkommen zu sein, der dort geherrscht hatte. Jetzt konnte er zu Rain nach Northumbrien zurückkehren, endlich. Nach wochenlangen Verhandlungen war Athelstan einverstanden gewesen, Selik zu gestatten, in England zu bleiben – unter der Bedingung, dass er dem König seine Treue gelobte. Selik hatte den Eid geleistet, nachdem er dem König zuvor das Zugeständnis abgerungen hatte, dass er niemals gegen die Nordmänner würde kämpfen müssen. Und natürlich war der angelsächsische Staatsschatz jetzt um eine beträchtliche Summe größer. Seliks Schiff würde in ein oder zwei Tagen in See stechen können. So lange würde es brauchen, die Schäden auszubessern, die der Winter angerichtet hatte.

Er hoffte, dass Rain seine Botschaft bekommen hatte. Der König, hatte er ihr darin mitgeteilt, beharre darauf, dass er in Winchester bleibe, bis sie sich in allen Punkten geeinigt und eine Übereinkunft getroffen hätten. Selik hatte den Brief einem angelsächsischen Kaufmann anvertraut, der seine Münzen gern genommen und ihm dafür glattzüngig versprochen hatte, das Schreiben rasch zu befördern. Inzwischen waren Selik Zweifel gekommen, ob er dem verschlagen wirkenden Mann wirklich hatte vertrauen können.

Als Selik den Hafen erreichte, sah er, dass das Langschiff Hasteins, eines Händlers aus Jorvik, dort am Kai vor Anker lag. Wenn Hastein die Rückreise nach Northumbrien antrat, ehe Seliks Schiff zum Auslaufen bereit war, könnte er vielleicht mit ihm reisen.

»Selik! Genau der Mann, nach dem ich gesucht habe!«, rief Hastein mit polternder Stimme. »Ich habe ein Geschenk für dich.«

Seliks Interesse war sofort geweckt, und er half Hastein dabei, von Bord zu gehen. Es war keine leichte Aufgabe, denn der Händler trug schwer an einer Teppichrolle, die eine auffallend ungewöhnliche Form hatte. Und aus der obendrein derbe Worte hervordrangen.

Worte, die Selik bekannt vorkamen.

Er stand horchend da. Nein, das kann nicht sein, sagte er sich dann und schüttelte den Kopf. So lange, bis Hastein den aufgerollten Teppich mit einer schwungvollen Verbeugung und einem breiten Grinsen auf den Boden fallen ließ und er sich öffnete.

Und ein fluchender Adam heraussprang.

»Du verdammter schwanzlutschender Mistkerl!«, schrie der Junge und ging mit Händen und Füßen auf Hasteins dicken Bauch los.

Selik packte Adam am Kragen seiner verdreckten Tunika, die bestialisch nach Fisch stank, und hob ihn vom Boden hoch. Fluchend und um sich schlagend, bedachte Adam die beiden Männer mit Schimpfworten, die selbst Selik noch nie gehört hatte.

Hastein erklärte kurz, dass dieser freche Hundesohn sich auf seinem Schiff in einem Fass mit Salzfischen versteckt hatte. Er war froh, den kleinen Bastard jetzt an Selik weiterreichen zu können, denn, so behauptete Hastein, der Junge habe seine Männer mit seinem losen Mundwerk und seinem herrischen Benehmen fast bis zum Mord getrieben. Schließlich packte Selik sich Adam über die Schulter und trug ihn zu einer kleinen Lichtung in der Nähe. Dort ließ er ihn einfach fallen.

»Was tust du hier, Adam?«

Selik setzte sich auf den Boden und lehnte den Rücken gegen einen Baum, während er auf Adams Antwort wartete. Getreu seiner Art starrte Adam ihn böse an und hatte die Hände in die Hüften gestemmt.

»Ich bin hier, weil ich dich gesucht habe, du verdammter Scheißkerl.«

»Achte auf deine Ausdrücke.«

»Meine Ausdrücke sind nicht das Problem.«

»Was ist es dann?«

»Die Mistress. Rain.«

Selik setzte sich aufrecht hin. »Was ist mit Rain?«

»Sie wird fortgehen.«

Selik spürte ein dumpfes drückendes Gefühl nahe seines Herzens, und für einen Augenblick konnte er nicht mehr atmen. »Wohin?«

Der Junge zuckte die Achseln. »Dahin zurück, wo sie hergekommen ist, denke ich.«

Selik holte scharf Luft. »Hat sie meine Nachricht bekommen? Dass sich meine Rückreise verzögert?«

Adam sah ihn misstrauisch an. »Sie hat keine Nachricht von dir gekriegt.«

Selik stöhnte. »Wann hast du sie zuletzt gesehen?«

Wieder zuckte Adam mit den Schultern. »Vor zwei Wochen, so ungefähr.« Er runzelte die Stirn und sah Selik fragend an. »Gehst du zu ihr zurück?«

»Wieso glaubst du, dass sie mich will?«

»Bist du so ein verdammter Trottel, dass du nicht merkst, wann eine Frau dich liebt?«

Selik fühlte, wie sich ein Grinsen auf seinem Gesicht ausbreitete. »Aber du kennst dich in solchen Dingen natürlich aus.«

»Ich mag erst sieben Winter gesehen haben, aber ich weiß, was es bedeutet, wenn eine Frau einen Batzen Geld für Zucker verschwendet und ein Dutzend hilfloser Waisen vergiftet, nur um einem Mann ein Geschenk zu machen. Hmm! Wenn das nicht Liebe ist, dann weiß ich auch nicht.« Er drückte Selik ein schmutziges Stück zusammengefaltetes Pergament in die Hand, das mit einem noch schmutzigeren Band zugebunden war, das einmal rot gewesen sein mochte.

Adam argwöhnisch ansehend, öffnete Selik das Päckchen vorsichtig. Zuerst starrte er einfach nur auf die merkwürdigen Dinger, die in seiner Hand lagen. Die roten Dinger starrten zu ihm zurück, wie blutige Augen – einige waren rund, andere oval wie ein Ei, wieder andere sahen aus wie zerquetschte Radieschen. »Was ist das?«, fragte Selik.

Adam stieß ein von Abscheu gefärbtes Schnauben aus. »Weißt du eigentlich überhaupt irgendwas? Das sind Lifesaver. Kirsch-Lifesaver. Die Mistress hat sie für dich als Weihnachtsgeschenk gemacht, aber du bist nicht gekommen. Und du hast sie außerdem zum Weinen gebracht.«

Selik nahm einen der Bonbons, um ihn sich in den Mund zu stecken. Adam legte die Hand auf seinen Arm. »Ich würde das nicht tun, wenn ich du wäre«, warnte er ihn.

»Warum nicht?«

»Sie schmecken wie Pferdescheiße.«

Zwei Tage später verabschiedete sich Selik von König Athelstan. Er würde am nächsten Morgen abreisen. Nach Northumbrien.

»Und wer ist der ungehobelte Junge, der neben dir steht?«, fragte Athelstan.

Selik schaute auf Adam herunter. Der Junge war so glücklich darüber, dass er mit Selik nach Jorvik zurückging, dass er wie ein liebeskranker Welpe zu ihm hochstarrte. Selik musste schlucken, bis er fähig war, Athelstan zu antworten. Er legte die Hand auf Adams Schulter. »Das ist mein Sohn Adam«, sagte er. »Mein Adoptivsohn Adam.«

Fünf Tage später fuhr Seliks Langschiff in die Mündung des Humber ein. Selik hatte mit gemischten Gefühlen geduldet, dass Adam die Schiffsbesatzung fortwährend angetrieben hatte, damit sie schneller vorankamen. Und die erboste Bemerkung »Werft den kleinen Scheißkerl endlich über Bord« war von mehr als nur einem der Wikinger zu hören gewesen.

Kaum hatte das Schiff den Zusammenfluss von Ouse und Foss River bei Jorvik erreicht, da sprang Selik auch schon an Land und eilte zu seinem Hof. Und zu Rain.

Adam folgte ihm auf den Fersen und gab ihm unentwegt Anweisungen, wie Selik Rain zu behandeln habe. »Pass auf, dass du nicht so rumbrüllst. Du hast manchmal den Hang zum Brüllen.«

»Sei still.«

»Und vielleicht solltest du so tun, als würden dir ihre Lifesaver schmecken. Frauen lieben süße Worte.«

»Sei still.«

»Vielleicht könntest du ihr sagen, dass sie gar nicht so schrecklich groß aussieht, wie das letzte Mal, als du sie gesehen hast. Sie macht sich Gedanken darüber, dass sie groß ist, weißt du.«

»Sei still.«

»Und was immer du tust, wirf sie nicht gleich aufs Bett, um sie als Erstes durchzupflügen.«

Selik holte scharf Luft und blieb abrupt stehen. Die Hände in die Hüften gestemmt, wandte er sich zu dem unverschämten Halunken um und sah ihn drohend an.

»Ich weiß – sei still.«

Adam entdeckte die Kinder, die auf den brachliegenden Feldern des Hofes spielten, als Erster. Als er Adela sah, rannte er voraus und umarmte seine Schwester liebevoll. Dann straffte er die Schultern und baute sich mit vor Stolz und Selbstwichtigkeit geschwellter Brust vor den anderen Kindern auf, als die ihn nach seinem großen Abenteuer auszufragen begannen.

Vom Lärm alarmiert, kam Ubbi aus der Scheune. Als er Selik sah, rief er: »Nun, das wird aber auch Zeit. Wir hatten dich schon aufgegeben.«

»Wo ist Rain?«, war Seliks erste Frage, und sein Blick wanderte suchend über das Anwesen. Er ließ Ubbi einfach stehen und stürmte in die Scheune. Aber sie war leer, denn das Frühjahrswetter hatte alle nach draußen gelockt. Alle bis auf Ella, die in einem Topf rührte, der über dem Feuer hing.

Ella! Verdammte Hölle! Sie musste Ubbi schließlich doch eingefangen haben.

Als Ella ihn bemerkte, runzelte sie die Stirn und begrüßte ihn mit einem Fluch: »Elender Bastard!« Dann drehte sie ihm demonstrativ den Rücken zu.

»Wo ist sie?«, fragte er Ubbi noch einmal, als er wieder nach draußen ging.

Adela kam auf Selik zugelaufen und schlang ihre kurzen Arme um seine Beine. Als er sie hochhob, drückte sie sich an ihn und gab ihm einen nassen Kuss auf den Hals. »Du hast mich wohl vermisst, nicht wahr, Adela?«, fragte er und wirbelte sie hoch über seinem Kopf durch die Luft, bis sie vor Entzücken kreischte.

Als er sie wieder auf dem Arm hielt, nickte sie heftig. Selik fiel auf, dass sie nicht mehr am Daumen lutschte. Überhaupt sah sie aus wie ein glückliches kleines Mädchen, das keine Angst mehr hatte. Nichts erinnerte mehr an das zitternde Kind, das ihm auf der Straße in Jorvik begegnet war.

»Er ist jetzt mein Vater«, brüstete sich Adam vor den anderen Kindern und zeigte mit dem Daumen auf Selik.

»Schäm dich, Adam, solche Geschichten zu erzählen«, tadelte Ubbi den Jungen. Er warf einen besorgten Blick auf Selik, da er wusste, wie sehr diesem Hinweise auf seinen verlorenen Sohn missfielen.

»Aber er ist es doch. Ja, er ist es«, protestierte Adam und sah Ubbi gekränkt an. »Er hat mich adap ... adoptiert.«

Ubbi schaute fragend zu seinem Herrn.

Der zuckte die Schultern. »Ich hatte keine Wahl. Er kam zu mir an Athelstans Hof und drohte mir mit Lifesavern, wenn ich nicht tue, was er will.«

Glücklich wie ein junger Hund grinste Adam ihn an

Selik setzte Adela behutsam auf den Boden und sah Ubbi direkt an. Ubbis Augenbrauen hoben sich nervös.

»Wo ist sie?«, fragte Selik mit tiefer Stimme und hatte fast Angst davor, die Antwort zu hören.

»Fort.«

Selik schloss für einen Augenblick die Augen und presste die Hand auf sein Herz. *Bitte, Gott, bitte!*

Vertrau auf mich.

Ha! Sieh doch, wie weit mich das bis jetzt gebracht hat!

Vielleicht hast du nicht genug vertraut.

Er holte tief Luft und fragte: »Wann? Wann ist sie fortgegangen?«

»Heute Morgen.«

Seliks Augen schossen auf. »Heute Morgen? Wie kann das sein? Genau an dem Tag, an dem ich zurückkehre, beschließt sie, in ihr Land zurückzugehen?«

»Sie geht jeden Tag«, erklärte Ubbi widerstrebend.

»Jeden Tag?«

»Du hörst dich an wie ein verdammter Papagei.«

Selik knurrte drohend Ubbi an, und der wich zurück. »Sag es mir, ehe ich dir die Zunge löse.«

»Sie geht jeden Tag in die Coppergate. Sie packt ihre verdammte Tasche, sagt allen auf Wiedersehen, weint ein bisschen – Herrgott, die Frau kann verdammt viel weinen – und ...«

»*Argh!* Spuck es aus, ehe ich dir deine Zunge lang ziehe und einen Knoten reinmache.«

»Bist wohl ein wenig gereizt, wie?«, fragte Ubbi. »Was ich dir zu sagen versuche, ist, dass sie die Aura verloren hat.«

»Die Aura! Welche Aura?«

Ubbi hob resigniert die Hände. »Ich hab gewusst, dass du mich das fragen würdest, Herr. Ehrlich, ich verstehe nichts von diesen Dingen. Die Aura – das ist das, was Gott herunterschickt, um seine Engel in den Himmel zurückzuholen, vermute ich mal. Ich weiß es nicht, wirklich.«

Aber Selik begann zu begreifen. Es lag schon viele Monate zurück, dass Rain versucht hatte, in die Zukunft zurückzukehren. An jenem Tag in der Coppergate hatte auch er diesen seltsamen Sog gespürt. Die Coppergate – das war der Ort, von dem Rain behauptete, ihre Zeitreise habe dort begonnen. Und es war der Ort, den sie aufsuchen würde, um in ihre eigene Zeit zurückzukehren.

Ein Frösteln lief über Seliks Haut, und er ballte die Fäuste, um sich zu wappnen. »Wann ist sie gegangen?«

»Vor dem Mittag. Normalerweise wäre sie jetzt schon zurück.« Ubbi biss sich besorgt auf die Unterlippe. »Vielleicht ist es heute gelungen, und die Mistress ist gegangen.«

Selik schaute auf die tief stehende Sonne. Es war später Nachmittag. Hatte die »Aura« Rain schließlich doch noch den Weg zurück gewiesen? Genau an dem Tag, an dem er zurückgekehrt war? So grausam konnte Gott doch nicht sein. Er wandte den Blick gen Himmel. *Könntest du so grausam sein?*

Dein Mangel an Vertrauen kränkt mich.

Ohne noch ein Wort zu sagen, machte Selik auf dem Absatz kehrt, um nach Jorvik zurückzugehen.

22

Selik traf Rain weder auf seinem Rückweg nach Jorvik, noch fand er sie in Coppergate.

Und was das Beängstigendste war: die Aura war verschwunden. Selik ging durch verlassen stehende Haus in der Coppergate und durch dessen Hof. Nichts.

Rain musste hier gewesen sein, die Aura gespürt haben und in die Zukunft zurückgegangen sein.

Tränen füllten seine Augen, und Selik schlang die Arme um sich. War dies seine Strafe für die vergangenen zehn Jahre des Blutvergießens? Wie sollte er den Schmerz, Rain verloren zu haben, ein zweites Mal ertragen? Unfähig sich zu bewegen, stand er lange Zeit reglos da und starrte blicklos um sich. Er fühlte sich, als lastete ein riesiges Gewicht auf ihm, presste alle Lebenskraft aus ihm heraus, den Willen, weiterzuleben.

Endlich, mit einem Stöhnen der Verzweiflung, wandte Selik sich um und schlug den Weg zum Hof ein. Mit hölzernen Schritten ging er durch die Gassen der Stadt, sah nichts, hörte nichts so sehr zerriss ihn der Schmerz über seine verlorene Liebe.

Selbstanklagen hämmerten auf ihn ein. Er hätte sie mehr lieben müssen. Er hätte ihr vertrauen müssen, hätte ihre Liebe wertschätzen müssen, als er sie noch besessen hatte. Er hätte sie in Winchester nicht zurückweisen dürfen.

Selik ging an den Stufen vorbei, die zur Klosterkirche hinaufführten, als er Bernie – Father Bernard – durch die riesige Eichentür treten sah. Ein Gedanke durchfuhr Selik. Er hatte viel Geld. Vielleicht würde er dem Hospizium eine Spende zukommen lassen, als Erinnerung an Rain. Das hätte ihr gefallen. Er könnte die Geistlichen sogar bitten, seine Zuwendung in den Kirchenbüchern zu vermerken. Vielleicht würde Rain es viele Jahre später lesen und dann wissen, dass er zu ihr zurückgekommen war. Dass er sie aufrichtig geliebt hatte.

»Father Bernard!«, rief er und lief durch das Hauptschiff der Kirche. Kurz vor dem Eingang zum Hospizium holte er den jungen Priester ein.

Der wandte sich abrupt zu ihm um, dann stieß er entsetzt hervor: »Father Ethelwolf! Wo ist Euer priesterliches Gewand?«

»Ich bin kein Priester, Father Bernard«, gestand Selik.

»Ts ts! Genau wie Rain habt Ihr Euer närrisches Spiel in Gottes Haus getrieben. Schämt Euch!«

»Dann wisst Ihr, dass Rain – Bruder Godwine – eine Frau ist?«, fragte er mit einem leichten Lächeln.

Father Bernards Oberlippe verzog sich vor Widerwillen. »Ja, und Father Theodric war höchst aufgebracht über ihre Täuschung. Zuerst wollte er ihr auch nicht erlauben, weiterhin im Hospizium zu arbeiten.«

»Rain hat hier weitergearbeitet?«, fragte Selik überrascht. »Bis wann?«

»Bis eben jetzt«, antwortete Father Bernard gereizt und von dieser Frage offensichtlich verwirrt.

Es dauerte nur einen Augenblick, bis Selik die ganze Bedeutung der Worte des Geistlichen begriff.

Jetzt.

Voller Hoffnung stürmte Selik an Father Bernard vorbei und ließ den Blick durch das Hospizium gleiten, bis er die hohe, in eine Tunika gekleidete Gestalt endlich entdeckte. Sie stand über einen Kranken gebeugt.

Danke, Gott.

Oh, du Kleingläubiger! Wann wirst du endlich dazulernen?

Selik schickte einen kurzen Gruß nach oben und lächelte. Dann blieb er wie angewachsen stehen und schaute sehnsüchtig zu Rain hinüber. Er wollte das wunderbare Geschenk auskosten, dass Gott – oder wer auch immer – ihm gerade gemacht hatte.

Rain wandte ihm den Rücken zu, als sie sich jetzt aufrichtete. Sie stützte die Hand ins Kreuz und streckte ihre müden Muskeln. Dann, als wittere sie eine Gefahr, erstarrte sie für einen Augenblick. Dann fuhr sie herum. Sie holte scharf Luft und ihre Augen weiteten sich.

»Selik?«, flüsterte sie.

Für einen kurzen Moment leuchteten ihre goldenen Augen vor Glück darüber auf, ihn zu sehen, doch dann blickten sie ihn wütend an. Und verletzt.

Selik ging näher und streckte die Hand nach Rain aus, aber sie wich zurück. »Fass mich nicht an«, befahl sie.

Er blieb stehen und neigte fragend den Kopf.

»Du bist also doch noch zurückgekommen«, stellte sie spöttisch fest.

»Ich bin gekommen, so bald ich konnte. Athelstan hat darauf bestanden, dass ich bleibe, und ...«

»Zwei Monate lang?«, fragte sie ungläubig.

Selik spürte, wie sein Gesicht warm wurde. »Ich habe einen Brief geschickt.«

»Ich habe keinen bekommen«, erwiderte Rain in scharfem Ton und starrte ihn hochmütig an. »Solltest du nicht im Exil sein oder sonst irgendwo? Wird König Athelstan nicht seine Männer auf dich hetzen?«

»Athelstan hat mir die Erlaubnis gegeben, wieder in Northumbrien zu leben.«

Seine Antwort überraschte sie. »Warum sollte er das tun?«

»Ich habe dem angelsächsischen König meine Treue geschworen. Und meine Dienste versprochen, wann immer er sie braucht.«

»Du hast dem angelsächsischen Feind den Treueeid geschworen?«, fragte sie ungläubig.

»Ich empfinde keinen Hass auf die Angelsachsen an sich, nur gegen Steven. Ich weiß, ich weiß, das ist nicht das, was ich sonst immer behauptet habe. Das hast du mich gelehrt, Liebling.«

Er sah, wie die Ader an ihrem Hals bei diesem Kosewort heftig zu pochen begann. Mit einem kaum unterdrückten Grinsen bewahrte er diese Erkenntnis in seinem Gedächtnis, um sie später entsprechend zu nutzen. »Zumindest Athelstan ist kein *ganz* schlechter Mensch.«

»Warum bist du zurückgekommen, Selik?«

»Weil ich dich liebe, Rain. Ich vergebe dir alles, was zwischen dir und Steven gewesen ist. Und mit der Zeit werde ich es vergessen. Komm nur zurück.«

Rain ließ sich nicht erweichen. Und sie kam nicht in seine Arme, wie er es sich zutiefst wünschte. Stattdessen versteifte sie sich, und ihre Augen blitzten.

»Und wo ist Steven?«

»Er ist ins Frankenland geflohen.«

»Und du wirst ihn verfolgen?«, fragte sie mit kalter Stimme.

Er starrte sie verständnislos an. Er begriff nicht, warum sie so aufgebracht war. »Noch nicht gleich.«

Sie stürzte sich auf ihn, trommelte mit den Fäusten gegen seine Brust, zerkratzte ihm das Gesicht. »Du Bastard! Du dummer Bastard!«

»Was ist? Was?« Er konnte ihre Wut nicht verstehen. Endlich gelang es Selik, Rain an den Unterarmen zu packen und sie fest zu halten, wobei er darauf achtete, ihr nicht zu nahe zu kommen, um ihren Fußtritten zu entgehen.

Zu seinem Entsetzen hatte sich ein großes Publikum faszinierter Mönche um sie versammelt, das sich keines ihrer Worte entgehen ließ.

»Warum bist du so wütend, Liebes?«, fragte er leise und versuchte, die Zuschauer zu ignorieren.

»Weil du so blind wie eine Fledermaus bist und die Tatsachen nicht siehst, die genau vor deiner Nase liegen. Und weil du noch immer deine verdammte Rache an Steven nehmen willst. Ich hasse diesen heimtückischen Mann. Ich wünschte, er wäre tot, aber ich werde nicht hingehen und mein Leben ruinieren, indem ich ihn verfolge. Für dich hat sich überhaupt nichts geändert, nicht wahr, du Trottel? Und ich bin nicht dein ›Liebes‹. Ich bin nicht dein überhaupt irgendetwas. Nicht mehr. Ach, übrigens ... wo ist denn Blanche?«

»Ich weiß nicht, wo Blanche ist. Vermutlich in Winchester. Als ich sie das letzte Mal gesehen habe, war sie mit einem von Athelstans Wachsoldaten zusammen.«

»Hast du sie an einen anderen Mann weitergereicht? Wie einen Gegenstand, der dir gehört hat?«, fragte sie boshaft.

Selik fing an zu begreifen. »Rain, ich war nie mit Blanche zusammen – nicht auf *diese* Art. Ich habe es nur vorgetäuscht, damit du das annimmst. Ich sah dich mit Steven, und ich wollte dich auch verletzen.«

Rain starrte ihn sekundenlang an, fassungslos, dann holte sie weit aus und schlug ihm mit der Faust in den Magen.

»*Oomph!*« Selik krümmte sich bis zur Taille, dann stieß er hervor: »Warum hast du das getan?«

»Um dir wehzutun, du Bastard. So wie du mir wehgetan hast.«

Selik starrte sie an, während er seine Magengrube rieb. Mehr als alles andere auf der Welt wollte er ihr Gesicht berühren, ihre Lippen küssen, um ihr zu zeigen, wie viel sie ihm bedeutete. Wie sehr er es bedauerte, ihr so viel Schmerz zugefügt zu haben. »Ich liebe dich, Rain.«

»In Winchester hast du mir etwas anderes gesagt.«

»Es tut mir wirklich, wirklich Leid. All die Kränkungen, die ich dir zugefügt habe.«

Ungehindert strömten die Tränen über Rains Gesicht, und Selik legte ihr sanft die Hand auf die Schulter. »Ach, Süße, weine nicht. Bitte. Ich bin doch wieder da.«

Mit einem empörten Achselzucken schüttelte sie seine Hand ab. »Es ist zu spät. Verdammt zu spät.« Niedergeschlagen ließ sie den Kopf sinken und flüsterte kaum hörbar: »Ich habe auf dich gewartet und gewartet. Und die einzige Möglichkeit, zu überleben, war, aufzuhören, dich zu lieben. Es ist zu spät.«

»Nein! Es ist nie zu spät«, rief Selik. »Ich liebe dich.« Er packte ihre Arme und schüttelte sie sanft. »Hörst du mich? Ich liebe dich. Ich liebe dich.«

Als Rain nicht reagierte, hörte er damit auf und sagte resigniert: »Komm mit mir zurück auf den Hof. Mit der Zeit wird es uns gelingen, unsere Probleme zu lösen.«

»Nein. Jetzt, da du zurück bist, werde ich hier in Jorvik bleiben, bei Gyda. Ich will nicht wieder im selben Haus mit dir wohnen.«

Sein Herz setzte einen Schlag lang aus, als es die Botschaft verstand, die in diesen Worten lag. Selik kniff die Augen zusammen. »Fürchtest du, meine Anwesenheit könnte dich schwach machen?«

»Ha! Noch immer der unverbesserliche Egoist!«

»Du liebst mich. Ich weiß, dass du es tust. Du hast deine Liebe nur für eine Weile begraben, so wie ich es mit meinen Gefühlen getan hatte, ehe du in mein Leben gekommen bist.«

Rain verzichtete darauf zu antworten, aber am Zittern ihrer Lippen erkannte Selik, dass er bei ihr Fortschritte machte. Er brauchte nur noch ein wenig Zeit. »Wenn dir das lieber ist, dann bleib vorerst bei Gyda. Wir werden noch einmal neu anfangen. Und ich werde dir den Hof machen, wie noch keiner anderen Frau auf der Welt der Hof gemacht worden ist.«

Rain lächelte fast, doch dann schüttelte sie den Kopf, als wollte sie ihn klar bekommen. »Ich werde zurückgehen, Selik«, sagte sie ihm leise.

»Nein, das werde ich nicht zulassen.«

»Du kannst mich nicht aufhalten«, fauchte sie zornig. »Ich werde jeden Tag zur Coppergate gehen, bis ich die Aura spüre. Und dann wird sie mich zurückbringen. Ich weiß, dass es gelingen wird.« Ihre Stimme klang nicht ganz so überzeugend fest wie ihre Worte.

Nun, Gott, was tun wir jetzt?

Was soll dieses Wir-Gerede? Es liegt allein bei dir.

Selik tippte Rain mit dem Finger auf die Brust und grinste, weil er plötzlich eine Eingebung gehabt hatte. »Nein, du wirst nicht fortgehen. Würde es dir gefallen, eine Wette darauf abzuschließen, *Liebes*?«

Mit diesen Worten zog er Rain in seine Arme und küsste sie verlangend. Seine Lippen kosteten ihren süßen Atem, die Wärme ihrer Haut. Zuerst wehrte sie sich; dann ergab auch sie sich der alles verzehrenden Leidenschaft, die sie beide miteinander verband. Mit einem leisen Stöhnen öffneten sich ihre Lippen seinem Mund.

Als Selik sich wieder von ihr löste und ihr begehrend in die großen schimmernden Augen und auf ihre geöffneten Lippen schaute, stieß er heiser hervor: »Komm mit mir nach Hause, Rain.«

Sie schien unschlüssig, dann stieß sie ihn vor die Brust.

»Nein. Es ist zu spät.«

Er küsste sie noch einmal, rasch und hart, dann ließ er sie los.

»Ich werde morgen wiederkommen. Sei dann hier.«

»Ich werde dann wahrscheinlich schon fort sein«, beharrte Rain stur.

»Meinst du? Ich nicht. Übrigens, aus welchem Stoff soll dein Hochzeitskleid sein?«

»Hochzeitskleid?«, spie sie aus. »Hörst du mir denn nicht zu? Krieg es endlich in deinen wirren Kopf: Ich ... werde ... gehen.«

»Habe ich dir schon gesagt, dass ich Adam adoptiert habe?«

Wie unter Schock riss Rain die Augen auf. Gut so. Es war das Beste, eine Frau im Unklaren zu lassen, das hatte Selik über die Frauen gelernt. Mochte er im Laufe der Jahre auch einiges vergessen haben, nun, er würde seine Fähigkeiten ein wenig aufpolieren.

»Wusstest du«, sprach Selik weiter, »dass der kleine Bursche sich auf einem Schiff versteckt hat und den ganzen Weg nach Southampton gekommen ist, um mich zu suchen? Um mich zu dir zurückzubringen?«

Jetzt stand ihr der Mund offen. Noch ein gutes Zeichen, sagte sich Selik und fuhr ohne Skrupel fort, Rain zur Strecke zu bringen. »Adam wird gewiss darauf beharren, mein – was hast du mir einmal über eure Hochzeitsrituale erzählt? Oh, jetzt weiß ich es wieder – mein Trauzeuge zu sein.«

Rain stieß einen gurgelnden Laut aus.

»Und Adela kann deine Brautjungfer sein.«

Selik wandte sich um und ging, ohne noch etwas zu sagen. Er hatte noch viel zu tun, ehe der Tag zu Ende ging.

Rain starrte Selik fassungslos nach. Sie konnte sich kaum beherrschen, ihm nicht nachzulaufen. Er war so verdammt attraktiv.

Er hatte nicht mehr das herrliche lange blonde Haar, das sie so geliebt hatte, doch mit den kurzen Haaren, die kaum seinen Nacken berührten, sah er ebenso gut aus. Und irgendwie lenkte das den Blick auf die festen Linien seiner Wangenknochen und seines Kinns, machte ihn noch anziehender. Seine tiefblaue, kurzärmelige Tunika spannte sich über seinen breiten Schultern. Sie reichte ihm bis zu den Knien, und unter der engen Hose, die er dazu trug, zeichneten sich die kräftigen Sehnen und Muskeln seiner muskulösen Waden und Oberschenkel ab, als Selik davonging. Ein breiter silberner Gürtel betonte seine schmale Taille.

Würde dies das Bild sein, das Rain mit sich in die Zukunft zurücknehmen würde?

Bevor Selik die Kirchentür öffnete, wandte er sich noch einmal zu Rain um. Seine verwirrend grauen Augen hoben sich hell von seinem gebräunten Gesicht ab, und sein Blick hielt ihren für eine kleine Ewigkeit gefangen. Es war wie ein Versprechen.

Rain hatte ihm gesagt, dass sie ihn nicht mehr liebte, aber es war nicht die Wahrheit gewesen. Sie liebte ihn mehr als ihr Leben.

Dennoch musste sie zurückgehen. Und es war nicht nur Sturheit, die sie veranlasste, an diesem Entschluss festzuhalten. Auch wenn sie niemals Seliks Mangel an Vertrauen und die hässlichen Worte vergessen könnte, die er in Winchester zu ihr gesagt hatte, vergeben hatte sie ihm dafür schon seit langem. Und dass er weiterhin von ihrer vermeintlichen Untreue überzeugt war – nun, selbst das konnte sie akzeptieren, so kränkend es auch war.

Aber Selik hatte vor, seine Blutrache gegen Steven von Gravely fortzuführen. Welche Art von Zukunft würden sie zu erwarten haben, wenn sie hier blieb? Das nächste Mal, wenn jemand Selik verletzte, mochte es nun Steven oder irgendein anderer Widersacher sein, würde er sich ohne Zögern aufmachen, um dafür Rache zu nehmen. Und ein nächstes Mal würde es geben, denn das war in dieser gewalttätigen Zeit unvermeidlich. Es wäre ein Kreislauf, der nie enden würde. Wenn sie bei Selik blieb, würde sie zu einem Teil dieses Kreislaufs werden, und das wollte sie nicht. Sie würde diesen immer währenden Schmerz einfach nicht ertragen können.

Vertrau auf die Liebe, sagte die Stimme.

Aber Rain hatte zu große Angst davor, je wieder zu vertrauen.

»Nun, was hast du denn erwartet?«, rief ein erboster Ubbi, nachdem Selik auf den Hof zurückgekehrt war und von seinem Fehlschlag bei Rain berichtet hatte. »Du bist wirklich blind wie eine Fledermaus, genau wie sie gesagt hat. Und ich dachte, du hättest mehr Verstand, als derart plump bei ihr vorzugehen und alles zu verpatzen.«

»Wenn ich bereit bin, Rain für ihr – für ihren Verrat mit Steven zu vergeben, warum kann sie mir dann nicht meine harten Worte von damals vergeben?«

»Verrat! Verrat! Hast du etwa das zu ihr gesagt!? Dann ist es kein Wunder, dass sie dich abgewiesen hat!«

»Werde deutlicher«, befahl Selik.

»Hast du überhaupt eine Ahnung, in welcher Verfassung Mylady war, als sie aus Winchester zurückkam? Ihr Köper war eine einzige große Wunde, von ihren Schultern bis zu den Zehen. Und das alles deinetwegen!«

Ungeduldig forderte Selik Ubbi auf, ihm alles zu sagen.

Als Ubbi geendet hatte, fuhr sich Selik mit den Händen verwirrt durch das Haar. »Aber ich habe sie zusammen gesehen.«

»Du hast gesehen, was du sehen *wolltest*.«

»Warum hat Athelstan mir nichts davon gesagt?«

»Weil die Mistress ihn darum gebeten hat, zu schweigen.«

Selik fühlte einen riesigen Klumpen in seiner Kehle sitzen. Und sein Herz schlug so schnell, dass er kaum atmen konnte. »Aber warum? Warum hat sie den König überredet, mir sein Wissen vorzuenthalten?«, fragte Selik, der noch immer nicht begreifen konnte, was Ubbi erzählt hatte.

»Sie hat gesagt, du würdest dir die Schuld geben, weil du sie nicht beschützt hast, genau wie du so viele Jahre damit vertan hast, dir die Schuld an Astrids und Thorkels Tod zu geben.«

Selik atmete so geräuschvoll aus, als habe man ihm in den Magen getreten. *Weil du sie nicht beschützt hast.* Selik wiederholte Ubbis Worte im Stillen. Ein quälendes Dröhnen erfüllte seine Ohren, und er schlang die Arme um sich. Er fürchtete sich vor dem, was er als Nächstes hören würde, aber er musste es wissen. »Erzähl mir alles.«

Eine Stunde lang berichtete Ubbi das, was er wusste. Er ersparte Selik keine Einzelheit, als er die Demütigungen schilderte, die Steven von Gravely Rain angetan hatte. Er beschrieb ihm, in welchem Zustand Rain gewesen war, als Athelstan und Elgiva sie endlich gefunden hatten.

»Warum hat sie nicht um Hilfe gerufen?«, fragte Selik, nachdem er eine Weile stumm dagesessen hatte. »Die Burg ist nicht groß.«

Ubbi schwieg und starrte ihn nur an.

»Etwa um mich zu schützen?«, fragte Selik entsetzt.

Ubbi nickte und sparte sich jedes weitere Wort. Er wusste, dass die Selbstvorwürfe, die sich Selik jetzt machen würde, Strafe genug dafür sein würden, dass er der Frau, die er liebte, nicht vertraut hatte.

Ubbi hatte Recht.

Selik schlug erst die Fäuste, dann den Kopf gegen die Holzwand der Scheune. Wie hatte er so blind sein können? Wie hatte er so grausam sein können?

Weil du ein Mensch bist.

Selik stürmte aus der Scheune, nahm das einzige Pferd aus dem Stall und preschte im Galopp nach Jorvik. Er musste sofort mit Rain reden.

Gydas Haus lag dunkel und schweigend, als Selik davor stand. Mensch und Tier lagen in tiefer Nachtruhe. Er winkte einen Wachposten beiseite, der ihn erkannte, und trat ohne Anklopfen ein. Im Dunkeln ertastete er sich seinen Weg durch das vertraute Haus und gelangte zu der Kammer, die immer für Gäste bereitgehalten wurde.

Rain lag auf dem schmalen Bett. Sie war wach und starrte an die Decke. Kerzenlicht flackerte golden über ihre Gesichtszüge. Selik blieb an der Tür stehen. Die Liebe zu dieser Frau aus der Zukunft war so überwältigend, dass sein Herz wie rasend schlug und er unfähig war, sich zu bewegen.

Rain fuhr mit einem Ruck auf, als sie seine Anwesenheit bemerkte. »Was willst du hier, Selik?«, fragte sie kalt.

»Vergib mir«, sagte er weich und betrat die Kammer.

»*Ich* soll *dir* vergeben? Ich dachte, *du* wolltest *mir* vergeben«, erwiderte sie abweisend. Sie stand auf und ging auf die andere Seite des Zimmers, fort von ihm.

»Ich ... ich weiß es«, stieß er hervor. »Ich weiß, was Steven dir angetan hat, und ich werde mir niemals die Worte vergeben, die ich zu dir gesagt habe, meinen Mangel an Vertrauen.«

»Oh, großartig! Noch etwas, was du deinem Schuldkonto zurechnen kannst! Tu mir einen Gefallen, Selik, vergiss das Ganze einfach. Ich bin diejenige, die Steven Schaden zugefügt hat. Belass es dabei.« Ihre Schultern sackten zusammen, und Rain sah ihn ausdruckslos an. Ihre Stimme zitterte, als sie hinzufügte: »Lass mich gehen.«

»Niemals, Herzliebste. Das kann ich nicht. *Niemals!* Jetzt, da ich dich gefunden habe, werde ich dich nie mehr fortlassen.«

Mit diesen Worten ging Selik und überließ Rain ihrem Schlaf. Doch der Schlaf mied sie in dieser Nacht, während sie über all das nachdachte, was Selik ihr an diesem Tag gesagt hatte. Man stelle sich das vor – der kleine Adam versteckt sich auf einem Schiff! Und Selik hat den Jungen adoptiert. Und was ist damit, dass er König Athelstan seine Treue geschworen hat?

Zumindest konnte sie in dem Wissen nach Hause zurückkehren, bei dieser Mission zurück in der Zeit etwas Gutes vollbracht zu haben.

Von Unruhe erfüllt, aber dennoch entschlossen, ging Rain am nächsten Nachmittag nach Coppergate. Als der Morgen gegraut hatte, war sie doch noch eingeschlafen und erst am späten Vormittag wieder erwacht. Sie wusste, dass sie ihren Entschluss endlich in die Tat umsetzen musste. Wenn sie ihre Entscheidung ein weiteres Mal hinauszögerte, würde sie vielleicht nie mehr den Mut aufbringen, zu gehen.

Aber etwas Seltsames geschah. Sie konnte das Haus in der Coppergate nicht finden. Tag für Tag war sie in den vergangenen Wochen zu diesem Ort, zu diesem Haus gegangen, hatte es immer ohne Probleme gefunden. Aber plötzlich war es verschwunden. Das heißt, ganz verschwunden war es nicht. Doch dort, wo das verlassene Gebäude einst gestanden hatte, erhob sich jetzt ein hoher Holzzaun, der von zwei Männern bewacht wurde.

Nein! Das würde er nicht tun! Oder doch?

Rain ging auf einen der Männer zu und sagte: »Ich muss hinein. Lasst mich durch.«

»Nein. Es ist verboten, das Grundstück zu betreten.«

»Wer sagt das?«

»Der neue Besitzer.«

Rain verschränkte die Arme vor der Brust und starrte den stämmigen Mann an. »Und wer ist das?«

»Master Selik von Godwineshire.«

»Godwine ... Godwineshire?«, stammelte Rain.

»Ja, das ist der neue Name für das Land meines Herrn – das Land von Gottes Freunden. Wenn Ihr diesen Besitz betreten wollt, werdet Ihr das mit ihm klären müssen.«

»Oh, dessen könnt Ihr gewiss sein.«

Rain ritt auf Godsend die zwei Meilen bis außerhalb der Stadt zu Seliks Hof und legte sich dabei die Standpauke zurecht, die sie dem arroganten Wikinger halten würde. Von schmerzlichen Erinnerungen gequält, vermied sie es, zu dem Kuhstall zu schauen, in dem Selik ihr zum ersten Mal gesagt hatte, dass er sie liebte. Danach hatte er sie leidenschaftlich geliebt. Es schien so lange her zu sein.

Als Rain sich dem Hof näherte, bemerkte sie die ungewöhnlichen Aktivitäten, die dort vorgingen. Einige Arbeiter bearbeiteten die Felder, die bislang vor sich hingeschlummert hatten. Andere waren dabei, das Wohnhaus wieder aufzubauen oder führten Reparaturen an der Scheune durch.

Zwei weitere Kühe und ein paar Pferde weideten auf einem eingezäunten Stück Land. Rain glaubte, sogar das Grunzen von Schweinen und das Schnattern von Enten zu hören.

Als sie vom Pferd stieg, wurde sie augenblicklich von den Kindern umlagert. Sogar Adam winkte ihr zu. Er lehnte müßig an der Scheunenwand und kaute auf einem Strohhalm – vermutlich war er damit beschäftigt, alles zu »beaufsichtigen«.

»Wo ist Selik?«, fragte sie.

Adam wies auf das rechteckige Haus – ein sehr großes Haus –, das rasch Gestalt annahm und ganz nach Art der Wikinger erbaut sein würde. Die Seitenwände waren schon zur Hälfte errichtet.

Sie fand Selik auf der anderen Seite des Gebäudes, wo er Holz zuschnitt. Bis auf seine Lederschuhe und tief auf den Hüften sitzenden Hosen trug er nichts am Leibe.

O Gott.

Selik unterbrach seine Arbeit, als er sie herankommen sah, und wischte sich mit dem Unterarm den Schweiß von der Stirn – und es war ein wunderbar muskulöser Unterarm, ja, das war er.

O Gott.

Selik lächelte.

O Gott.

Sie zwang sich, auf irgendeinen Punkt auf seiner Schulter zu schauen. »Was zur Hölle glaubst du, tust du?«

»Ich baue dir ein Haus.«

»Was?« Rain warf einen überraschten Blick auf das große Wohnhaus. *Das* hatte sie mit ihrer Frage nicht gemeint. »Coppergate. Ich rede von Coppergate.«

»Oh, ich habe beschlossen, das Land zu kaufen. Ich denke, es ist ein lohnender Besitz, der mir in der Zukunft einigen Gewinn einbringen wird«, erklärte Selik mit unschuldiger Miene. »Wie denkst du darüber?«

»Ich denke, dass du verrückt bist. Ich denke, dass dein Gehirn zu Mus geworden ist. Ich denke, dass du ...«

»An welchem Tag möchtest du heiraten?«

»O verdammt!«, schrie Rain und raufte sich die Haare.

»Meinst du, Bernie würde die Zeremonie für uns durchführen?«

»Du bist hirntot. Hörst du mich?«

»Ich denke, man kann dich bis Jorvik schreien hören, Süße.«

»Und nenn mich nicht so.«

Er grinste. »Habe ich dir erzählt, dass König Athelstan mir eine seltsame Frage gestellt hat, ehe ich Winchester verließ?

Er wollte wissen, wie er ›einen G-Punkt finden kann‹. Scheint, als habe sich jemand mit Elgiva unterhalten und …«

Sie ging, das Gesicht heiß errötet. Den Rest seines Satzes verstand sie nicht mehr, aber er klang ziemlich unverblümt.

Am nächsten Tag tauchte Selik im Hospizium auf. In der grauen Wolltunika, der dunkleren Hose und dem schwarzen Umhang sah er absolut hinreißend aus. Seine Augen strahlten fast so hell wie die der zwölf Kinder, die neben ihm standen – in brandneuen Kleidern und Schuhen, die Gesichter blitzblank vom kürzlichen Bad, und sogar Adams Haar war nass zurückgekämmt. Rain fragte sich, wie Selik das geschafft hatte. Sogar sie hatte Probleme, die Kinder zum Baden zu überreden.

»Ich habe sie alle in den Pferdetrog geworfen«, bemerkte er trocken auf ihre unausgesprochene Frage.

»Was willst du, Selik?«, fragte Rain und warf einen Blick zu Bernie und Father Theodric, die stirnrunzelnd zu ihr herübersahen. Der Aufruhr schien ihnen nicht zu gefallen.

»Dich«, sagte Selik mit dunkler Stimme, und seine Augen funkelten nicht länger vor Mutwillen. »Nur dich.«

Am Tag darauf kam Ubbi zu ihr. Unbehaglich von einem Fuß auf den anderen tretend, stand er vor ihr. »Bitte, Mistress, wollt Ihr nicht wieder nach Hause kommen? Er treibt uns alle mit seiner Herumkommandiererei in den Wahnsinn.«

Rain brauchte nicht zu fragen, wer »er« war.

»Er hat das Haus fertig, hat das undichte Dach der Scheune gerichtet, hat zwei Hektar Land gepflügt, fünf neue Waisen aufgenommen, ist dabei, den …«

»Er hat noch fünf Waisen aufgenommen?«, unterbrach ihn Rain.

»Ja. Hat sie auf der Straße gesehen und hat gesagt, er hätte nicht anders gekonnt. Als Nächstes will er ein Haus nur für die Waisen bauen.«

»Das will er?«

»Ja. Und er will es *Rains Haus* nennen. Nun, und ich ... ich denke daran, nach Norwegen zu gehen.«

»Ubbi! Du würdest Selik niemals verlassen.« *Rains Haus?*

»Doch, das würde ich. Er ist wie ein Bär, wenn er nicht gerade schuftet. Kann nicht still stehen. Ohne Zweifel fängt er an nachzudenken, über Euch und ...«

»Ubbi, hat Selik dich hergeschickt?«

Er schaute nach rechts und nach links, schaute überallhin, nur nicht in ihre klugen Augen.

»Sag dem Trottel, dass ich nicht zurückkomme.«

Ubbi stöhnte und wandte sich mit hängenden Schultern zum Gehen.

Am vierten Tag tauchte Adam auf und folgte ihr auf Schritt und Tritt. Und er grummelte vor sich hin: »Du vergiftest ihn, weißt du das?«

»Wen?«

»Meinen Vater. Wen sonst?«

Rain runzelte die Stirn, dann begriff sie, dass Adam von Selik sprach.

»Er hat die scheußlichen Lifesaver aufgegessen, die du gemacht hast. Er hat fast das Würgen gekriegt. Und sie haben ihm wohl auch ganz schrecklich im Bauch wehgetan. Aber er sagt, wenn ein Mann eine Frau liebt, dann muss er auch bereit sein, das zu essen, was sie kocht.«

Rain konnte nicht anders, sie brach in Lachen aus. »Adam, das denkst du dir aus.«

»Beschuldigst du mich, dass ich lüge?«

»Dass sich die Balken biegen.«

Am fünften Tag kam Gyda, um sich bei Rain darüber zu beklagen, dass Tyra ihre ganze Zeit auf dem Hof verbrachte, um Selik bei den Kindern zu helfen. »Ich fürchte, die Nachbarn werden anfangen, über ihr unschickliches Benehmen zu reden. Wie will sie einen Ehemann finden, wenn sie so viel Zeit allein mit Selik verbringt? Kannst du nicht mal mit ihr reden, Rain?«

Nicht in einer Million Jahren!

Rain sollte auf Tyra nicht eifersüchtig sein. Aber sie war es.

Sie sollte wünschen, dass Selik eine andere Frau fand, die er lieben konnte, wenn sie, Rain, erst fort war. Aber sie wollte es nicht.

Am sechsten Tag erhielt Rain Besuch von Ella, die eine wunderschöne grüne Seidentunika mitbrachte, die an Saum und Ärmeln mit Goldstickereien verziert war.

»Wofür ist die?«, fragte Rain.

»Für meine Hochzeit mit Ubbi. Ich möchte, dass du sie bei meiner Hochzeit trägst. Willst du meine Trauzeugin sein?«

»Ella! Wie wundervoll! Ubbi hat mir kein Sterbenswörtchen davon gesagt. Dieser Halunke!«

»Die Zeremonie wird draußen auf dem Hof stattfinden. Wirst du kommen?«

»Selbstverständlich.«

Am Tag der Hochzeit ritt Rain gemeinsam mit Gyda und Tyra zum Hof. Tyra saß auf einem weißen Psalter und trug eine hinreißende blauseidene Tunika. Das junge Mädchen sah aus wie eine Mischung aus Sharon Stone und Julia Roberts. Rain fühlte sich eher wie Bette Midler.

Auf dem Hof herrschte eine festliche Atmosphäre. Die langen Tische bogen sich unter Mengen von Speisen, die von Dienern – Selik musste sie eingestellt haben – aufgetragen wurden. Im Hintergrund erklangen die zarten Töne einer Harfe, und der Hof war bevölkert von einer Vielzahl von Gästen, unter denen Rain einige als Gydas Nachbarn aus der

Stadt erkannte. Sogar Father Bernard war anwesend, wahrscheinlich um die Trauung vorzunehmen.

Über einem kleinen Altar war ein pavillonähnliches Gebilde errichtet worden, das über und über mit hunderten von Frühlingsblumen geschmückt war. Gyda saß in der Nähe des Pavillons auf einer Bank und flocht den Blumenkranz, den die Braut als Haarschmuck tragen sollte.

»Wie findest du es?«

Rain wandte sich um und sah, dass Selik hinter ihr stand. Sehr dicht hinter ihr. Sie machte einen Schritt von ihm weg. »Es ist sehr hübsch, Selik. Ich weiß gar nicht, wie du das alles in so kurzer Zeit auf die Beine gestellt hast.«

»Gyda und Ella haben geholfen.«

Rain nickte. Sie fühlte sich unter seinem eindringlichen Blick verlegen. Selik trug eine schwarze Tunika über schwarzen Hosen und ebensolchen Stiefeln; das Dunkle der Kleidung wurde nur von seinem blassblonden Haar, einem Gürtel und Armreifen aus Silber aufgehellt.

Rain befeuchtete sich die Lippen. Sie wünschte sich so sehr, einfach die Hand ausstrecken und ihn berühren zu können – die gezackte Narbe in seinem Gesicht, das Wort *ZORN* auf seinem Arm. Seine Augen blickten so voller Sehnsucht auf ihren Mund, dass Rain unter dem Ansturm ihrer Gefühle fast die Knie versagten.

»Ich liebe dich, Rain.«

»Nein.« Das Wort klang wie ein Wimmern, und sie zwang sich, den Blickkontakt abzubrechen. Sie schaute sich auf dem Hof um und sah all die Veränderungen – das fertige Haus, neue Außengebäude und Zäune. Selik musste sehr viel mehr Geld haben, als sie gedacht hatte, um das alles so rasch bewerkstelligt haben zu können.

»Würdest du gern dein Haus sehen?«

Sie stöhnte. »Es ist nicht *mein* Haus, Selik.«

»Meines Wissens hat Athelstan dir diesen Besitz geschenkt. Das Haus ist also wirklich deines, auch wenn du mich nicht willst.«

Dich nicht wollen? Dich nicht wollen? Rain fühlte sich, als würde sie ertrinken, und suchte nach einem Anker, nach irgendeinem Anker. Ihr Blick irrte über den Hof, verharrte dann. Konnten das Eirik und Tykir sein, die dort bei Ubbi standen und sich mit ihm unterhielten? Warum hatte ihr niemand gesagt, dass die beiden kommen würden?

Sie hörte das Klappern von Pferdehufen näher kommen und wandte sich um. Soldaten, deren Banner den Goldenen Drachen trugen, das Zeichen des Hauses Wessex, eskortierten eine prächtig gekleidete Frau. Elgiva! In Rains Kopf begann es vor Verwirrung zu summen.

Irgendetwas stimmte hier nicht.

Dass Tykir und Eirik zu Ubbis Hochzeit kamen, mochte ja angehen ... aber Elgiva? Und der Brautkranz, den Gyda geflochten hatte – nun, irgendwie konnte sich Rain nicht vorstellen, dass Ella einen so jugendlich wirkenden Haarschmuck tragen würde. Jetzt bemerkte Rain die Streifen aus grünem Stoff, die um den Altar gewunden waren, und sie schaute an ihrer Tunika hinunter. Der gleiche Stoff.

Wütend wandte sie sich zu Selik um.

»Bitte sei jetzt vernünftig, Rain«, versuchte er sie zu beschwichtigen, als er ihr ansah, dass sie begriffen hatte.

»Ich glaube das nicht, Selik. Ich kann nicht glauben, dass du alles ohne meine Zustimmung geplant hast.«

»Komm, ich wollte dir das Haus dort drüben zeigen«, sagte Selik, nahm Rain fest am Arm und zog sie mit sich, ehe sie die Gelegenheit hatte, eine Szene zu machen.

Das rechteckige Gebäude, viel kleiner als das Wohnhaus oder die Scheune, stand für sich nahe dem Rand der Lichtung. Selik schob Rain hinein und verriegelte die Tür.

Ihr Blick überflog den großen Raum. Auf der einen Seite standen Bänke aufgereiht, einige Matratzen bedeckten den Boden, an der gegenüberliegenden Wand stand ein erhöhter Tisch. Eingebaute Regale säumten die Wände. Der herbe Geruch nach frischem Holz erfüllte die Luft.

»Selik, du kannst mich hier nicht auf ewig einsperren. Lass mich gehen.«

»Das werde ich, aber zuerst möchte ich dir das neue ... Haus zeigen.«

»Ist es das Waisenhaus, von dem Ubbi gesprochen hat?«

Selik sah überrascht aus. Dann lehnte er sich gegen den Türrahmen und ließ Rain wie ein Adler nicht mehr aus den Augen. »Nein. Wenn du genauer hinsiehst, wirst du erkennen, dass es dafür viel zu klein wäre.«

»Was ist es dann?«, fragte Rain ratlos.

»Eine Klinik. Für dich.« Selik sah sie mit unendlich großer Hoffnung, fast kindlich-unverhüllter Sehnsucht nach Anerkennung an. »Du hast einmal gesagt, du würdest gern dein eigenes kleines Hospizium haben – Klinik, meine ich – und, nun, ich wusste nicht genau, wie ein Untersuchungstisch aussieht, aber ich dachte mir, hüfthoch wäre er richtig. Und die Regale werden deine Kräuter und Arzneien aufnehmen. Und ...«

»Du hast meine Hochzeit *und* meine Klinik geplant? Ohne mich zuerst zu fragen?« Sie konnte nicht anders, sie begann zu weinen.

»Es gefällt dir nicht«, sagte Selik und klang zutiefst enttäuscht. »Nun gut, es ist es nicht wert, deswegen zu weinen. Pst, ich wollte dir nur eine Freude machen.«

»Die Klinik ist wundervoll. Du bist es. Du bist unmöglich.«

»Ich weiß«, sagte er ohne jede Spur von Schuldbewusstsein.

»Selik, du kannst Dinge wie diese nicht einfach heimlich tun.«

»Du hast es getan.«

»Was meinst du?«

»Du hast mich entführt, als du gedacht hast, es wäre zu meinem eigenen Besten. Du bist mir nach Winchester gefolgt, als du dachtest, es wäre zu meinem Besten. Du hast sogar Leid und Schmerz hingenommen, als du gedacht hast, es wäre zu meinem Besten.« Selik sagte die letzten Worte düster, seine Stimme war voller Selbstanklage.

»Und du denkst, das entschuldigt es, ohne mein Wissen meine Hochzeit zu planen? Weil du denkst, es sei zu meinem eigenen Besten?«

»Ja«, erwiderte er und lachte breit, während er die Arme vor der Brust verschränkte.

Rain schüttelte fassungslos den Kopf. »Das ist die verdrehteste, verrückteste Logik, die mir je im Leben begegnet ist«, entgegnete sie lachend.

»Ich liebe dich«, sagte Selik zärtlich.

Rain schloss die Augen und versuchte das Bild Seliks zu verdrängen, der vor ihr stand und diese wundervollen Worte sagte. Es gelang ihr nicht. Sie ballte die Hände zu Fäusten und presste die Augen noch fester zu.

»Ich liebe dich«, wiederholte er.

Ihr Puls raste, und in ihren Ohren klang ein seltsames Summer, fast wie ein Hochzeitsmarsch. Sie öffnete die Augen und flehte: »Selik, selbst wenn ich alles vergessen könnte, was du getan hast, täuscht das nicht über die Tatsache hinweg, dass du dich aufmachen und Rache üben wirst, sobald dir die erste schwer wiegende Ungerechtigkeit widerfährt. Du gehörst zu dieser Sorte Mann.«

Er lächelte und stieß einen tiefen erleichterten Seufzer aus, als habe er gerade die schwerste Schlacht seines Lebens für sich entschieden. »Es ist merkwürdig, dass du das erwähnst.« Er drängte Rain, auf dem Stuhl vor dem Untersuchungstisch

Platz zu nehmen, und legte ein eng beschriebenes Blatt Pergament vor sie hin. »Hier.«

Sie betrachtete das Pergament und die nicht zu entziffernden Schriftzeichen darauf. »Selik, ich kann das Englisch des Mittelalters nicht lesen. Was ist es?«

»Ein Heiratsvertrag.« Er ignorierte ihr Aufkeuchen und sprach unbeeindruckt weiter. »Ich werde ihn dir vorlesen.«

Sie schaute verwirrt zu ihm auf, und das Summen in ihrem Kopf wurde lauter.

»Ich verspreche dir, dich immer zu lieben – natürlich.«

»Natürlich.«

Das Summen verstärkte sich.

»Und ich werde dir ein Dutzend Kinder geben.«

»Ein Dutzend? Es gibt bereits ein Dutzend Kinder ... sie laufen da draußen herum.«

»Nein, ich meine ein Dutzend eigene.«

Sie warf ihm einen ungläubigen Blick zu.

»Bezweifelst du mein Stehvermögen?«

»Niemals«, lachte sie. »Was ich bezweifle, ist mein Stehvermögen, für so viele Kinder zu sorgen.«

Selik machte ein wegwerfende Geste. »Ich werde dir helfen.«

Rain gab einen abschätzigen Ton von sich.

»Und ich verspreche, dass du jeden Morgen mit einem Lächeln auf dem Gesicht aufwachen wirst.«

»Du bist unverschämt.«

»Ich weiß. Das ist eine meiner wunderbaren Eigenschaften.«

»Selik, du hast eine Art, mich zum Lachen zu bringen, selbst wenn ich so wütend wie jetzt auf dich bin, dass ich spucken könnte.«

Er strahlte. »Dass ist eine weitere meiner wunderbaren Eigenschaften. Möchtest du,, dass ich dir den Rest auch noch vorlese?«, fragte er lächelnd und sah Rain mit solcher Verehrung an, dass sie sich gesegnet fühlte. »Ich denke, dieser Teil wird dir gefallen. Er besagt, dass du Nadeln in mich stechen darfst, wenn du es willst ...«

Sie lachte.

»... und ich verspreche, niemals absichtlich Rache zu üben oder Gewalt anzuwenden ohne die Zustimmung meiner Frau. Auch dann nicht, wenn es meine geliebte Frau und meine Kinder betrifft.«

Rain presste fassungslos die Hand auf ihre Brust. Sie glaubte, in einem Strudel zu versinken, und Selik war ihr einziger Anker.

Sein Gesicht wurde plötzlich feierlich, und er kniete vor Rain nieder, um ihr in die Augen zu sehen. »Willst du mich heiraten, Rain?«

Das Summen in ihrem Kopf wurde zu klingender Musik.

»Ja«, sagte sie weich. Sie nahm sein Gesicht in ihre Hände und küsste Selik zart.

Zuerst war sich Selik nicht sicher, ob er Rain richtig verstanden hatte. Verwirrt sah er sie an. Aber dann drang dieses eine Wort, das sie gesagt hatte, zu seinem Bewusstsein vor, und ein Jubelschrei kam aus seiner Kehle. »Danke, Gott!«

Gern geschehen.

»O Liebstes, ich habe mich so sehr angestrengt, dir zu gefallen. Und ich habe wirklich versucht, mich zu ändern. Aber bis jetzt hatte ich Angst, du würdest niemals nachgeben. Es war höchste Zeit, dass du es getan hast.«

Das kannst du noch einmal sagen.

Spät am Abend, nach der schönsten Hochzeit aller Zeit, lag Rain im Bett in ihrem neuen Heim mit ihrem neuen Ehemann. Sie glaubte nicht, noch glücklicher sein zu können.

»Bist du dir sicher, dass du hier in der Vergangenheit zufrieden leben kannst, Süße? Wirst du deine Mutter nicht vermissen?«, fragte Selik. Er hatte sich auf den Ellbogen gestützt und sah auf sie herunter.

»Glaub mir, meine Mutter wird es verstehen.«

»Und deine Arbeit? Eines Tages könntest du den Mangel an den besseren medizinischen Bedingungen und Instrumenten bedauern, die du aus der Zukunft kennst.«

Rain schüttelte den Kopf. Allein daran zu denken, dass dieser wundervolle, attraktive, unverschämte Mann ihr Ehemann war, ließ ihr Herz vor Glück überfließen. Wie konnte er annehmen, dass sie mehr wollte? »In der Klinik, die du für mich gebaut hast, kann ich eine Menge Gutes tun. Wir beide können das.«

»Ich mache mir Sorgen, dass es dir eines Tages Leid tun könnte.«

»Selik, ich liebe dich. So lange ich dich habe, wird es mir niemals Leid tun.«

»Ich liebe dich auch, Liebste«, flüsterte er und küsste ihren Hals. Dann glitt sein Mund Hand tiefer und tiefer. Plötzlich hob Selik den Kopf und lachte. »Ich habe vergessen, dir dein Brautgeschenk zu zeigen.«

»Selik, du hast schon ein Haus und eine Klinik für mich gebaut. Das ist mehr als genug.«

»Ja, aber dieses Geschenk ist . . . persönlicher. Seit du so nett warst, mir gleich bei unserer ersten Begegnung vom G-Punkt zu erzählen, werde ich jetzt ebenfalls entgegenkommend sein und dich mit dem berühmten S-Punkt der Wikinger bekannt machen.« Er kitzelte Rain intensiv an einer sehr empfindsamen Stelle.

»Ich glaube nicht, dass es so etwas gibt.«

»Ha! Wehe den Kleingläubigen!«, sagte Selik und zitierte damit die geisterhafte Stimme, die verstummt war, seit Rain eingewilligt hatte, seine Frau zu werden. Lachend beugte er sich über Rain. »Der Trick an der Sache mit dem S-Punkt ist der, dass er nur mit der Zunge gefunden werden kann.«

Rain keuchte. »Oh … oh, ich glaube … ich glaube … du hast ihn schon gefunden.«

Und ihr Glaube wurde nicht enttäuscht.

Und Gott schaute auf sie und freute sich.

Anmerkung

Das Wikinger-Museum, das in diesem Roman Erwähnung findet, gibt es wirklich. Es steht in York und beherbergt die Fundstücke der umfangreichen Coppergate-Ausgrabungen. Die Artefakte stammen aus der Zeit zwischen 800 bis 1000 n. Chr. und werfen ein neues Licht auf unser Bild von den stolzen, grimmigen Nordmännern.

Das große Ölgemälde, das die Schlacht von Brunanburh darstellt, die den grausamen Schlusspunkt unter die Herrschaft der Wikinger in England setzte und in dessen Mittelpunkt mein von Kriegen und Kämpfen gezeichneter Held Selik steht, ist reine Erfindung.

Oder doch nicht?

Die moderne Wissenschaft beginnt gerade erst, das genetische Gedächtnis zu verstehen, und, auf Ehre und Gewissen, der Stammbaum meiner Familie väterlicherseits lässt sich bis in die Zeit der Wikinger zurückverfolgen, durch dreiunddreißig Generationen hindurch bis zu dem großen Wikinger Rollo (oder Hrolf der Vagabund).

Vielleicht sind die Szenen, die ich im Wikinger-England beschreibe, nur das Produkt einer allzu lebhaften Fantasie, die von der Anziehung herrührt, die diese wunderbaren Menschen auf mich ausüben und die Teil meines biologischen Erbes ist. Mit dem Verstand würde man es so erklären.

Aber könnten sie nicht doch mehr als das sein?

In einer uralten Burgruine oder in einer längst vergessenen

Ecke irgendeines Musums gibt es vielleicht ein solches Bild, das die Geschichte der Wikinger erzählt. Es gefällt mir, das zu glauben.

Es sind schon merkwürdigere Dinge geschehen.